खामोशी के उस पार

'द अदर साइड ऑफ साइलेंस'
का हिंदी अनुवाद

वाणी प्रकाशन

21-ए, दरियागंज, नयी दिल्ली-110002

फोन : 011-23273167, 23275710, 41562622

फैक्स : 011-23275710

e-mail : vani_prakashan@yahoo.com

vaniprakashan@gmail.com

website : vaniprakashan.com

ख़ामोशी के उस पार

भारत-विभाजन के त्रासद स्वर

उर्वशी बुटालिया

अनुवाद
राजीवकुमार श्रीवास्तव

वाणी प्रकाशन

प्रकाशन के उत्कृष्टतम 63 वर्ष

सजिल्द पहला संस्करण : 2002
सजिल्द दूसरा संस्करण : 2007

vaniprakashan.com

वाणी प्रकाशन

4695, 21-ए, दरियागंज, नयी दिल्ली-110 002
फ़ोन : + 91 11 23273167, 23275710

शाखाएँ

अशोक राजपथ, पटना-800 004, बिहार
कॉफ़ी हाउस कैम्पस, महात्मा गांधी मार्ग, प्रयागराज-211 001, उत्तर प्रदेश
महात्मा गांधी अन्तरराष्ट्रीय हिन्दी विश्वविद्यालय, वर्धा-442 001, महाराष्ट्र
sales@vaniprakashan.in
vaniprakashan@gmail.com

Khamoshi Ke Us Paar
by Urvashi Butaliya
Translated by Rajeevkumar Srivastava

ISBN : 978-81-7055-993-1
Novel

मूल्य : ₹ 695

जी.एस. ऑफ़सेट, दिल्ली-110 095 में मुद्रित

वाणी प्रकाशन का लोगो मक़बूल फ़िदा हुसैन की कूची से

अपनी माँ सुभद्रा के लिए
और अपने पिता जोगिन्दर के लिए
जिन्होंने मुझे विभाजन के बारे में बताया।
अपने मामा, राणा मामा के लिए
जो दिन-प्रतिदिन विभाजन को भोगते हैं;
और अपनी नानी दयावन्ती/आयशा के लिए
जिनके जीवन को विभाजन ने
उनकी मौत की तरह ही गढ़ा।

अनुक्रम

आभार

इस पुस्तक को लिखने के विचार से ज्यादा, मैंने आभार व्यक्त करने के विचार से जी चुराया है। मैं उन बहुत-से मित्रों का शुक्रिया किस तरह से अदा करूँगी जिन्होंने मेरा हाथ थामा है, और इस पूरी कवायद के दौरान केवल हिमायती बने रहने से काफी अधिक रहे हैं? मैं उन्हें याद भी कैसे करूँगी? और भूलती हूँ तब मैं क्या करूँगी? बहुत साल हो गए जब मैंने इस परियोजना पर काम करना आरम्भ किया था। तब मैं यह भी नहीं जानती थी कि यह अन्ततः एक पुस्तक की शक्ल ले लेगा, लेकिन अब जब यह एक पुस्तक के रूप में सामने है, तो मुझे उन विभिन्न तरीकों को याद करने के लिए अपनी स्मृति को बरसों पीछे ले जाने की जरूरत है, जिसमें मेरे मित्रों द्वारा इस काम को प्रभावित किया गया है—हालाँकि निःसन्देह, मैं यह सामान्य स्वत्वत्याग अवश्य करूँगी कि गलतियाँ सारी मेरी हैं।

मेरा पहला धन्यवाद पीटर चैपल और सत्ती खन्ना को जाता है जिनकी फिल्म, 'ए डिवीज़न ऑफ हार्ट्स' ने मुझसे यह काम शुरू कराया था। मैं अपने मित्र, सी.वी. सुब्बाराव की बहुत अधिक अहसानमन्द हूँ और मेरे लिए, सबसे अधिक दुखद बात यह है कि मेरे काम की आलोचना करने, तर्क करने, मेरी गलतियाँ खोजने और मेरी सहायता करने के लिए अब सुब्बा मौजूद नहीं हैं। मैं यह कसरत जारी नहीं रख सकती थी यदि मेरी बहुत प्यारी मित्र और पुरानी हमसफर सुदेश वैद्य न होती, जिसने उस समय उदारतापूर्वक इस कार्य में शामिल होने और मदद करने का प्रस्ताव किया, जब ऐसी दुखद घटना की कहानियाँ सुनना विशेष रूप से भारी लगने लगा था। सारी दुनिया में फैले हुए मेरे अनेक परिवार हैं। बिल्कुल शुरुआत से ही मेरे लन्दन परिवार के लोग—ऑलिविया बेनेट, स्टीफन क्लूस, सारा हॉब्सन, अपर्णा जैक, नैला कबीर, मुन्नी कबीर, मैरियन और राबर्ट मॉल्टेने, बन्नी पेजे, अन्ने रॉडफोर्ड, रूपर्ट स्नेल और पॉल वेस्टलेक मेरे लिए प्रोत्साहन के ऐसे स्रोत रहे हैं कि मेरे लिए उन्हें शुक्रिया अदा करने को शब्द खोजना कठिन है। न केवल उन्होंने मुझे, मेरे अपने घर से दूर, इतने सारे घर उपलब्ध कराए, बल्कि उनके जीवन में मेरे अनगिनत अतिक्रमणों, और मेरे द्वारा उनका मूल्यवान समय लेने को भी बर्दाश्त किया, और सुबह, शाम या काम पर जाने से पहले किसी

भी समय 'भूमिका के केवल पाँच पन्ने' पढ़ने के लिए बड़ी विनोदशीलता के साथ स्वयं को मजबूर होने दिया। उनकी मैं तहेदिल से शुक्रगुजार हूँ। लन्दन में ही, मेरे परिवार के दूसरे और भी बहुत प्यारे सदस्य हैं : इयान जैक, डेविड पेजे और रॉल्फ रसेल, जो खासतौर पर पुनर्निवेशन (फीडबैक) देने में, और हल्की (कभी-कभी इतनी हल्की भी नहीं) आलोचना करने तथा मेरा उत्साह बढ़ाने में काफी उदार रहे हैं। मैं ग्रांटा के सम्पादकों की भी कृतज्ञ हूँ जिन्होंने भारत पर जारी किए गए अपने विशेषांक में मेरे काम का कुछ भाग प्रकाशित किया था, क्योंकि इसी ने, कई मायनों में, मुझे यह काम जारी रखने के लिए आत्मविश्वास दिया।

मेरे लन्दन परिवार में मेरा हांगकांग परिवार भी शामिल है : मैं गीता चन्दा की ई-मेल पर भेजी वाहवाहियों, और मेरे काम में भरोसा बनाए रखने के लिए उनकी, और इस पर अपनी सकारात्मक प्रतिक्रिया के लिए नयन चन्दा की बहुत शुक्रगुजार हूँ। अरेना में मेरे मित्रों—अह किंग, एड, जेम्स, जीनी, कैथी, नेंग, सूमी, टिटोस और विशेषकर और सबसे खासतौर पर, लाऊ किन ची को अपना काम बाँटने और मेरे काम में भरोसा रखने के लिए मेरा धन्यवाद। अपने पाकिस्तान परिवार को भी मैं धन्यवाद कहती हूँ। फरीदा, फरहाना, लाला, नीलम और उनके माता-पिता को उनकी हार्दिकता, आतिथ्य, और अत्यन्त आवश्यक सहयोग उपलब्ध कराने के लिए शुक्रिया! मोरक्को में मेरी मित्रों—फातिमा मरनिस्सी और लैला चाऊनी ने मुझे लिखते समय एक कमरे में बन्द कर दिया और मुझे भोजन कराया तथा मेरी देखभाल की। हर रोज शाम को जब मैं फातिमा को पुस्तक की एक और संशोधित योजना दिखाती तो वह मुझसे सवाल पूछती और मुझे इस 'परीक्षा' की तैयारी में दिन बिताना पड़ता था।

और घर पर : मैं कहाँ से आरम्भ करूँ? इतने सारे लोगों ने इस काम के अंशों को पढ़ा है। साल का एक भी सप्ताह ऐसा नहीं गया है जब मेरे अनेक अच्छे मित्रों में से किसी न किसी ने मुझे फोन न किया हो। कब समाप्त करने जा रही हो इसे? तुम इसके साथ और आगे क्यों नहीं बढ़तीं? इसे देखने के लिए कोई चाहिए तुम्हें? अगर लोगों का इतना प्रोत्साहन न होता, और कभी-कभी उनकी धमकी भी, तो मुझे सन्देह है कि मैं पाण्डुलिपि को पूरा भी कर पाती कि नहीं। मैं इन लोगों के सहयोग, और उनके बार-बार कभी इसे, कभी उसे पढ़ते रहने के लिए भी बहुत आभारी हूँ, कई साल तक ठीक से काम नहीं करने के लिए रोबी चटर्जी और गौरी चटर्जी के उलाहने के प्रति, इस पुस्तक की अभिदिशा बनाने के मेरे अनेक प्रयासों पर इला दत्ता और बीट्राइस काचुक के विस्तृत पुनर्निवेशन (फीडबैक) के प्रति, इस पुस्तक के शीर्षक के बारे में अनुराधा कपूर, अरविन्द कुमार, चार्ल्स लेविस, मीनाक्षी और सुजीत मुखर्जी, मंजुला पद्मनाभन, रजनी पालरीवाला, विनोद रैना, संजीव सेठ, कुमकुम संगारी, राधिका सिंघा, ड्रैगो स्टैमबक के सुझावों के प्रति जिन्हें मैंने नहीं माना, और रम्या सुब्रमन्यन, रवि वासुदेवन के प्रति भी। मेरे संपादक उदयन मित्रा को मेरा धन्यवाद, मेरे प्रकाशक डेविड डेविडर को उनके

भरोसे, उनके सब्र और मेरी पाण्डुलिपि की बारीकियों पर उनकी सलाह, और ज़मीर अंसारी को इसे बिना पढ़े ही मेरे काम पर इतना विश्वास करने के लिए मेरा बहुत-बहुत शुक्रिया! विभिन्न मौकों पर सुभद्रा सान्याल और रामनारायण ने बहुत मूल्यवान शोध सहायता उपलब्ध कराई; उन्होंने नई और लगातार मोहक सामग्री खोजी और प्रायः मुझे सही दिशा में संकेत किया। अपने साथियों—भीम सिंह, एल्सी, जया, रितु और सतीश को उन चीजों के लिए जिनके बारे में वे जानते भी नहीं। हेनरी एरोनसन को अपनी छुट्टियाँ देने और इसे 'बाहर' से पढ़ने के लिए, और, खासकर मेरे मित्र, क्लॉडियो नैप्पो को, मुझमें और मेरे काम में विश्वास करने के प्रति मेरा आभार।

तीन बड़े आभार बाकी हैं। इनमें से पहला उन दोस्तों के एक छोटे ग्रुप के प्रति जिनके बिना मैं इस कार्य से निबट पाने में समर्थ नहीं हो पाती। न केवल उन्होंने इसके प्रत्येक पृष्ठ, प्रत्येक अध्याय को बार-बार पढ़ा है, बल्कि उन्होंने मुझे सलाह भी दी, इसकी आलोचना भी की, और दिन-रात हर समय मेरे लिए उपलब्ध रहे। आभार एक मामूली चीज है : मुझे पता नहीं मैं उन्हें किस तरह से पर्याप्त धन्यवाद दे सकती हूँ, लेकिन मेरे पास केवल एक आभार ही तो है, इसलिए मैं इसी को बड़ी कृतज्ञता के साथ उमा चक्रवर्ती, प्रिमिला लेविस, तनिका और सुमित सरकार और हर्ष सेठी को पेश करती हूँ।

इतना ही मैं उन अनेक लोगों को धन्यवाद करती हूँ जो मुझसे बात करने के लिए राजी हुए थे, जिन्होंने मुझे अपना समय और भरोसा दिया था। अगर वे लोग, और उनकी कहानियाँ न होतीं, तो यह पुस्तक कभी भी नहीं लिखी जा सकती थी। उनके नाम इतने अधिक हैं कि उनका उल्लेख यहाँ सम्भव नहीं है, और कुछ लोग स्वयं ही अपने नाम का जिक्र शायद नहीं चाह सकते होंगे, लेकिन उन लोगों को मेरी सच्ची कृतज्ञता।

और अन्त में, सबसे महत्वपूर्ण रूप से, मेरा अपना परिवार : मेरी माँ, पिता, बेला, मेरी बहन और सम्पादक विशेष; कॉफी (बहुत जरूरी और जिसके बिना मैं इन पूरे वर्षों को केवल सोकर ही गुजार देती) और बहुत-सी चर्चाओं और पाठ्यों के लिए पंकज और नीलोफर; दिन और रात, हर समय ई-मेल ऐक्सेस और उनके सामान्य परिहास के लिए राहुल और मीरा, और मेरे सबसे प्यारे भतीजे और भतीजियों—दामिनी, ईशानी और विदुर को, जिनके बिना इस पुस्तक के साथ बिताया गया समय अकथनीय रूप से नीरस होता, मेरा हृदय से आभार। सीमा पार से राणा मामा, जिनके चारों ओर इस काम का काफी हिस्सा रचा-बुना गया है, पूरी पुस्तक में मेरे साथ रहे हैं, और मुझे आशा है कि एक दिन मैं उन्हें यह दिखाने में समर्थ होऊँगी और बताऊँगी कि मेरे लिए इसका क्या मतलब रहा है, और दूसरी दुनिया से मेरी नानी दयावन्ती/आयशा, जिसकी आत्मा इस पूरी पुस्तक के दौरान मेरे साथ रही है।

धन्यवाद!

● 'द न्यू हिस्ट्री ऑफ सिफॉलोनिया' मुसीबत बनती जा रही थी; अपने मनोभावों और पूर्वाग्रहों के अनुचित हस्तक्षेप के बिना लिखना असम्भव-सा लगा। वास्तविकता को प्राप्त करना काफी मुश्किल लगा, और उसने यह महसूस किया कि इसे लिखने की उसकी गलत शुरुआतों ने अवश्य ही इतना अधिक कागज बरबाद कर दिया होगा, जितना इस द्वीप में पूरे एक साल में भी इस्तेमाल नहीं किया गया था। उसके वर्णन से जो स्वर निकला, वह आवश्यक रूप से स्वयं उसका अपना स्वर था; यह कभी भी ऐतिहासिक स्वर नहीं था। इसमें भव्यता और निष्पक्षता का अभाव था। यह शानदार नहीं था।

वह बैठ गया और उसने लिखा : ''यह द्वीप अपने ही वासियों के साथ महज विद्यमान होने के कार्य में ही विश्वासघात करता है।'' उसने लिखा, और फिर कागज को मचोड़ा और कमरे के कोने में फेंक दिया। इस तरह कभी नहीं लिखा जाएगा : वह इतिहासों के एक लेखक की तरह क्यों नहीं लिख सका? वह बिना मनोविकार के क्यों नहीं लिख सका? बिना क्रोध के? बिना विश्वासघात और उत्पीड़न की भावना के? उसने कागज उठाया, जो पहले ही कोनों पर मचोड़ा हुआ था, जिस पर उसने सबसे पहले लिखा था। यह शीर्षकवाला पन्ना था : 'दें न्यू हिस्ट्री ऑफ सिफॉलोनिया।' उसने पहले दो शब्द काटे और उनकी जगह 'ए पर्सनल' लिख दिया। अब वह वही भारी-भरकम यथार्थ और प्राचीन ऐतिहासिक मनमुटावों को छोड़ देने की बात भूल सकता था, अब वह रोमनों, नॉरमनों, वैनोशियनों, तुर्कों, ब्रिटिशों और यहाँ तक कि स्वयं द्वीपवासियों के लिए अत्यन्त कटु भाषा का प्रयोग कर सकता था। और उसने लिखा...

लुईस डी बरनियर्स : कैप्टन कोरेलीज़ मैंडोलिन

● क्या आप सचमुच सोचती हैं, कोई आपके टेपों को सुनकर बदलेगा? हाँ, यह अनुभव पकड़ में आएगा, जो यहाँ रहेगा कि विभाजन के समय इस तरह की चीज हुई थी, एक तरह की पीड़ा तो है कि लोग जानते नहीं हैं या भूल गए हैं। और लोग यह भी नहीं जानते कि केवल तभी जाकर हमें आजादी मिली थी। इसलिए यह इसे याद करने में मदद कर सकता है, लेकिन इसके अलावा मैं नहीं सोचता कि इससे किसी को कोई फर्क पड़ेगा।

मान लीजिए सरकार आपके कुछ रिकार्डों को बजाती है। अगर आप पचास इण्टरव्यू लेती हैं, और वे एक को बजाते हैं, और वह एक आदमी ऐसा है जिसके सरकार के साथ कड़वे अनुभव रहे हों—और यह पूरी तरह मुमकिन भी है—और वह सरकार की आलोचना करता है। क्या आप सोचती हैं कि वे इसे सहन करेंगे? और एक चीज और है। आप इन टेपों को रखती हैं, कौन जानता है ये किस चीज के बारे में हैं। आप यह कहकर इन पर लेबल लगाएँगी कि यह भारत और पाकिस्तान के विभाजन के बारे में हैं। आप एक कार्ड बनाएँगी, नम्बर के साथ, और यह विभाजन के समय तकलीफ झेलनेवाले व्यक्ति का अनुभव बताएगा...सच्चाई यह है कि यह अनुभव हमारे साथ बहुत लम्बे समय से रहा है। क्या आप सोचती हैं, इन टेपों से राज करनेवालों की अगली मण्डली को कोई फर्क पड़ेगा?

मनमोहन सिंह, गाँव थमाली

1

प्रारम्भ

भारत का राजनीतिक विभाजन इतिहास की भारी मानवीय उथल-पुथल में से एक का कारण बना। न कभी इससे पहले और न कभी इसके बाद इतने अधिक व्यक्तियों ने इतनी तेजी से अपने घरों और देशों की अदला-बदली की है। कुछ महीनों के अन्तराल में, करीब एक करोड़ बीस लाख लोगों ने नए, कटे-छँटे भारत और नए बने पाकिस्तान के दो हिस्सों, पूर्व तथा पश्चिमी, के बीच निवास-परिवर्तन किया। इन शरणार्थियों के सबसे बड़े हिस्से ने—इनमें से एक करोड़ से भी अधिक लोगों ने—पश्चिमी सीमा को पार किया जिसने ऐतिहासिक पंजाब राज्य को बाँटा था। मुलसमान पश्चिम की ओर पाकिस्तान गए, और हिन्दू एवं सिख पूर्व में भारत की तरफ आए। बीच में कभी-कभी नरसंहार हुए और इसने यदा-कदा उनकी गति को प्रेरित किया; दूसरे बहुत-से लोग कुपोषण और छूत की बीमारी से मर गए। मरनेवालों की संख्या का अनुमान दो लाख (तत्कालीन ब्रिटिश आँकड़ा) से बीस लाख (बाद का एक भारतीय अनुमान) तक भिन्न-भिन्न लगाया जाता है, लेकिन अब करीब दस लाख के आसपास लोगों के मरने की बात व्यापक रूप से स्वीकार की जाती है। हमेशा की तरह यहाँ भी बड़े पैमाने पर यौन-पाशविकता हुई थी : समझा जाता है कि करीब 75,000 महिलाओं का उनके अपने धर्मों से भिन्न धर्मों के पुरुषों—और वास्तव में कभी-कभी उनके अपने ही धर्म के पुरुषों—द्वारा अपहरण और बलात्कार किया गया। हजारों परिवार बाँट दिए गए, घर बरबाद कर दिए गए, फसलें सड़ने के लिए छूट गईं, गाँव वीरान हो गए। आश्चर्यजनक रूप से, और कई चेतावनियों के बावजूद, भारत और पाकिस्तान की नई सरकारें इस उथल-पुथल के लिए तैयार नहीं थीं : उन्होंने यह पूर्वानुमान नहीं लगाया था कि धार्मिक पहचान की गणनाओं—अनेक हिन्दू बनाम अनेक मुसलमान—पर आधारित खींची गई सीमाओं द्वारा उत्पन्न भय और अनिश्चितता लोगों को उन स्थानों की तरफ भागने को विवश कर देगी जिन्हें वे सुरक्षित समझते हैं, जहाँ वे अपने ही जैसे लोगों से घिरे होंगे। लोगों ने बसों में, कारों में, रेलगाड़ी में यात्रा की, लेकिन अधिकतर लोग विशाल झुण्डों में काफिलों की शक्ल में पैदल ही चले, जो मीलों-मीलों तक फैल

सकते थे। इनमें से सबसे लम्बे काफिले ने, जिसमें पश्चिमी पंजाब से पूरब की ओर चलकर भारत आ रहे लगभग 4,00,000 शरणार्थी थे, अपने मार्ग में किसी भी निश्चित स्थान को पार करने में आठ दिनों का समय लिया।

यह विभाजन की सामान्य बात है : यह इतिहास की पुस्तकों में सार्वजनिक रूप से मौजूद है। विशेष को खोजना अधिक कठिन है; यह भारत और पाकिस्तान में इतने अधिक घरों के भीतर बार-बार सुनाए जानेवाले किस्सों में गुप्त रूप से विद्यमान है। मैं उन्हीं के साथ पली-बढ़ी हूँ : अपनी पीढ़ी के अनेक पंजाबियों की तरह, मैं भी विभाजन के शरणार्थियों के एक परिवार से हूँ। विभाजन की स्मृतियाँ, समय की बर्बरता और विभीषिका, एक ऐसे अतीत को (प्रायः मनगढ़ंत) ध्यान से सुनना जहाँ हिन्दू और मुसलमान और सिख एक साथ आपेक्षिक शान्ति और सद्भाव से रहते थे, आदि ने उन कहानियों का मुख्य विषय रचा है जिनके साथ मैं रही हूँ। मेरे माता-पिता, पाकिस्तानी सीमा के केवल बीस मील अन्दर स्थित, लाहौर शहर से हैं जहाँ के बाशिंदों को अपने शहर से बहुत प्यार और भावनात्मक लगाव है। मेरी माँ लाहौर वापस जाने की उन दो खतरनाक यात्राओं के बारे में बताती है जो उसने अपने छोटे भाइयों और बहनों को भारत लाने के लिए की थीं। मेरे पिता बन्दूकों की गूँज और दहकती आग के बीच लाहौर से भागने की बात याद करते हैं। मैं अपने भाइयों और बहनों के साथ इन कहानियों को सुनती और शायद ही कभी इन पर विश्वास करती। हम मध्यवर्गीय भारतीय थे जो आपेक्षिक शान्ति और सम्पन्नता के उस दौर में पले-बढ़े थे, जब सहिष्णुता और 'धर्मनिरपेक्षता' का बोलबाला लगता था। ये कहानियाँ—लूट, आगजनी, बलात्कार, हत्या की—दूसरे काल से आई थीं। ये मेरे लिए कोई खास अर्थ नहीं रखती थीं।

फिर, अक्तूबर 1984 में, प्रधानमन्त्री इन्दिरा गाँधी की उनके ही दो सुरक्षाकर्मियों द्वारा हत्या कर दी गई, जो दोनों ही सिख थे। इसके बाद कई दिनों तक पूरे भारत में सिखों पर हिंसा और बदले के आधिक्य में हमले हुए थे। बहुत से घर तबाह कर दिए गए और हजारों लोग मर गए। दिल्ली के बाहरी अर्धशहरी इलाकों में ही तीन हजार से भी अधिक लोग मारे गए थे, अकसर मिट्टी के तेल से सराबोर करके और आग लगा करके। वे डरावनी बीभत्स मौत मरे थे। जमीन पर जलने के काले निशानों ने वह जगह दिखाई जहाँ उनकी लाशें पड़ी थीं। सरकार—जिसके मुखिया अब श्रीमती गाँधी के पुत्र राजीव थे—उदासीन रही, लेकिन कई नागरिक संगठन पीड़ितों को राहत, भोजन और आश्रय उपलब्ध कराने के लिए आगे आए। मैं भी उन सैकड़ों लोगों में शामिल थी जिन्होंने इन समूहों में कार्य किया। हर रोज जब हम खाना और कम्बल बाँट रहे होते, मृतकों और लापता लोगों की सूची तैयार कर रहे होते, और मुआवजे के दावों में लोगों की मदद कर रहे होते, तब हम उन व्यक्तियों की विपदाएँ सुनते थे जिन्होंने यह सब

झेला था। प्रायः अधिक बूढ़े लोग, जो 1947 में शरणार्थियों के रूप में दिल्ली आए थे, याद करते कि वे ऐसे ही आतंक से पहले भी गुजर चुके हैं। "हमने सोचा भी नहीं था, अपने ही देश में हमारे साथ ऐसा हो सकता है, यह बिल्कुल फिर से विभाजन होने के समान है।" वे कहते।

यहाँ, यमुना नदी के पार, जहाँ मैं रहती थी, यहाँ से महज कुछ ही मील दूर, सीधे-सादे, शान्तिप्रिय लोगों ने अपने ही पड़ोसियों को उनके घरों से निकलने को बाध्य किया था और बिना किसी स्पष्ट कारण के, सिर्फ यही कि वे एक भिन्न धार्मिक समुदाय के लोग थे, उन्हें मार डाला था। तब विभाजन की कहानियाँ बहुत अधिक पुरानी नहीं लगीं : एक ही देश, एक ही कस्बे, एक ही गाँव के लोग उनकी धार्मिक भिन्नता की राजनीति से अब भी बाँटे जा सकते थे, और एक बार बँट जाने के बाद, एक दूसरे के विरुद्ध भयावह कांड कर सकते थे। दो साल बाद, एक ब्रिटिश टेलीविजन चैनल के लिए विभाजन से संबंधित एक फिल्म पर काम करते समय, मैंने विभाजन के बाद इसके उत्तरजीवियों (बचे हुए लोगों) से कहानियाँ बटोरनी शुरू कीं। कई कहानियाँ बहुत भयावह थीं और उन कहानियों जैसी ही थीं, जिन्हें मैंने, जब मैं किशोरावस्था में थी, दूसरे या तीसरे लोगों की जुबानी सुनकर विश्वास करना कठिन समझा था। मैंने सुना था, बहुत-सी औरतें अपने साथ बलात्कार या बलात धर्म-परिवर्तन से बचने के लिए स्वयं को डुबाने हेतु कुओं में कूद गई थीं; पिताओं ने अपने ही बच्चों की गरदनें उड़ा दी थीं, ताकि वे ऐसी ही अपमानजनक नियति से बचते। अब मैं इन्हीं किस्सों को उन चश्मदीद गवाहों से सुन रही थी जिनकी कटुता, क्रोधोन्माद और नफरत—जो एक बार सामने आने पर डरावने हो सकते थे—ने मुझे बताया कि वे सच बोल रहे हैं।

उनकी कहानियों ने मुझे गहराई तक प्रभावित किया। जहाँ तक मैं जानती थी, मेरे अपने परिवार में भी इतना क्रूर और इतना रक्तरंजित ऐसा कुछ भी नहीं हुआ था, लेकिन मैंने अनुभव करना आरम्भ कर दिया था कि विभाजन, मेरे अपने परिवार में भी, इतिहास का एक बन्द अध्याय नहीं था—क्योंकि इसके सहज, बर्बर राजनीतिक भूगोल ने हमें अभी भी उकसाया और बाँटा हुआ था। यहाँ रोजमर्रा की जिन्दगी में विभाजन थे, साथ ही विभाजन के विरोधी भी थे : कितनी ही बार मैंने अपने माता-पिता, अपनी दादी को लाहौर के अपने मुस्लिम मित्रों के बारे में प्यार और उत्कण्ठापूर्वक बात करते हुए सुना है, और कितनी ही बार उन्हें 'उन मुसलमानों' के बारे में विवेकहीन द्वेष के साथ बात करते हुए सुना है; कितनी ही बार मैंने अपनी माँ को अपने भाई के विश्वासघात की अनुभूति के साथ बात करते हुए सुना था, जिसने एक मुसलमान लड़की से शादी कर ली थी...। हमारी जिन्दगियों में भी विभाजन किस कदर हमेशा मौजूद था यह समझने में, और इसे इतनी आसानी से इतिहास की किताबों के अन्दर बन्द नहीं किया जा सकता,

यह पहचानने में मुझे 1984 तक का समय लग गया। अब मैं और अधिक समय तक यह स्वाँग नहीं कर सकती थी कि यह इतिहास किसी और काल से, किन्हीं और लोगों से सम्बन्धित था।

❑ ❑

मैंने, किसी अन्य शोधकर्त्ता की तरह ही, विभाजन पर जो कुछ लिखा गया था, उस पर दृष्टि डालते हुए शुरुआत की। और यहाँ पठन सामग्री की कोई कमी नहीं थी। लेकिन ज्यों-ज्यों मैं इसे पढ़ती गई, त्यों-त्यों मेरा असन्तोष बढ़ता गया, कभी-कभी क्रोध भी आया। जिन पुस्तकों को मैं पढ़ रही थी यदि उन पर विश्वास किया जाय तो भारत का विभाजन कोई ऐसी एक चीज थी जो अगस्त 1947 में हुई थी। इसके पहले घटनाओं का एक क्रम चला था, कांग्रेस और मुस्लिम लीग के बीच बढ़ती खाई, जिन्ना, गाँधी, नेहरू, पटेल के बीच बहसें, और 'राजनीतिक' मोर्चे पर अनेक दूसरी गतिविधियाँ। और विभाजन के साथ तथा उसके बाद घटनाओं का एक क्रम चला : हिंसा, सामूहिक पलायन, शरणार्थीवाद, पुर्नवास। लेकिन विभाजन का इतिहास केवल राजनीतिक परिवर्तनों में ही समाया लगा, जिन्होंने इसका रास्ता दिखाया था। उन दूसरे पहलुओं का—उन लाखों लोगों का क्या हुआ था जिन्हें यह समय भोगना पड़ा था, जिन्हें हम इस इतिहास के 'मानवीय आयाम' कह सकते हैं—इसमें किसी तरह से 'कम' महत्व लगता था। ऐसा शायद इसलिए था क्योंकि उनका कठिन चीजों से पाला पड़ा था : क्षति और भागीदारी, दोस्ती और दुश्मनी, सुख और दुख, और घरबार, देश और दोस्तों को खोने की तकलीफ और वियोग और फिर नया घर, देश बनाने का उतना ही कठोर संकल्प। 'तथ्यात्मक रूप से' ये चीजें पकड़ने में मुश्किल थी। फिर भी क्या सचमुच में ऐसा हो सकता था कि विभाजन के इतिहास में इनका कोई स्थान नहीं था? तब फिर क्यों ये व्यक्तिगत और सामूहिक स्मृति में इतनी विविधता से जीवित रही थीं?

इस इतिहास के बड़े राजनीतिक तथ्य क्या कहते लग रहे थे, मैंने इस पर भी दृष्टि डाली। यदि मैं इन्हें सही पढ़ रही थी, तो यही लगता था कि विभाजन अब बीत चुका है, समाप्त हो चुका है, अतीत की चीज है। फिर भी, हमारे चारों ओर एक भिन्न सच्चाई थी : हर जगह विभाजन, साम्प्रदायिक तनाव, धार्मिक कट्टरपन, धर्म के आधार पर लगातार जीवित मतभेद। 1984 में सिख दिल्ली में साम्प्रदायिक हमलों का निशाना बने; 1989 में भागलपुर (बिहार) में सैकड़ों मुसलमान मारे गए, यह भारत के सबसे बुरे साम्प्रदायिक दंगों में से एक था; कुछ वर्षों बाद अयोध्या में हिन्दू धर्मांधों (जिन्हें भारतीय जनता पार्टी, राष्ट्रीय सेवक संघ, विश्व हिन्दू परिषद और शिव सेना जैसे राजनीतिक दलों द्वारा खुला और निर्लज्ज

समर्थन प्राप्त था) द्वारा बाबरी मस्जिद तोड़ दी गई; और बाद में सूरत, अहमदाबाद और बम्बई में हजारों मुसलमानों को फिर से निशाना बनाया गया। इनमें से प्रत्येक घटना में हमलावरों द्वारा विभाजन की यादों और कहानियों का चुन-चुनकर प्रयोग किया गया था। उग्रवादी हिन्दुओं को यह एकतरफा तर्क देकर लामबन्द किया गया था कि मुसलमानों ने विभाजन के समय हिन्दुओं को मारा था, उन्होंने हिन्दू औरतों के साथ बलात्कार किया था, और इसलिए उन्हें भी मारा जाना चाहिए और उनकी औरतों के साथ बलात्कार होना चाहिए। और व्यक्तिगत जीवन में भी इसके उदाहरण थे : स्वतन्त्र भारत में एक हिन्दू और एक मुसलमान इस बात की चिन्ता किए बिना आसानी से विवाह नहीं कर सकते कि उनमें कोई एक या दूसरा अपने परिवारों या समुदायों के कहर से बच पाएगा या नहीं; यदि ऐसा कोई विवाह टूट गया, या किसी कारण से न्यायालय में समाप्त हुआ, तो आप आश्वस्त हो सकते हैं कि यह, मिसाल के तौर पर न्यायपालिका की ओर से ही, उन लोगों के बारे में जिन लोगों ने द्विराष्ट्र सिद्धान्त को स्वीकार किया था और जिन्होंने इसे स्वीकार नहीं किया था, सार्वजनिक उद्घोषणाओं के साथ ही होगा।

यह सब इस बात को बल देता लगा कि विभाजन को इतनी आसानी के साथ नहीं भुलाया जा सकता, क्योंकि इसके गहरे, व्यक्तिगत अर्थ, सम्बन्ध-भंग होने का इसका गम्भीर बोध, जिन मतभेदों को इसने पैदा किया या मजबूत किया, अभी भी इतने लोगों के जीवन में मौजूद थे। मैंने महसूस करना आरम्भ किया कि विभाजन महज एक राजनीतिक बँटवारे, या दायित्वों के, परिसम्पत्तियों और जायदादों के बँटवारे से भी अधिक बहुत कुछ था। 'यह दिलों का भी बँटवारा था' जैसा कि विभाजन के बचे हुए लोग बार-बार कहते हैं। यह सब अब तक किसी तरह के सामाजिक ढाँचे में एक साथ रह रहे समुदायों के लिए अनकही तकलीफें, त्रासदी, सदमे, दुख और हिंसा लेकर आया था। इसने मनमाने ढंग से खींची गई सीमा के आर-पार परिवारों के लिए यह जानना व्यवहारतः असम्भव कर दिया कि उनके माँ-बाप, भाई-बहन या बच्चे जिन्दा भी हैं या नहीं। विभाजन की हिंसा में अलग हुईं, एक माँ और बेटी, एक समाचार पत्रिका के माध्यम से एक दूसरे से पचास साल बाद तब मिलीं जब भारत की आजादी की पचासवीं वर्षगाँठ के उपलक्ष्य में, वृत्तान्तों की तलाश में, एक सम्वाददाता और एक फोटोग्राफर विभाजन के समय बँट गए परिवारों को खोजने गए थे। इसी पत्रिका द्वारा एक भाई और बहन को सीमा पर एक साथ लाया गया था। एक पिता ने, जिसकी तेरह वर्षीया बेटी को पाकिस्तान से हिन्दू पुरुषों द्वारा अपहृत कर लिया गया था, उसे खोजने के लिए कई बार भारत की यात्रा की। इसी में एक बार, उसे एक जासूस होने के आरोपों में गिरफ्तार कर लिया गया था और जेल भेजा गया था। उसकी बेटी उसे कभी भी वापस नहीं लौटाई गई थी।

❑ ❑

विभाजन के इन पहलुओं का—कि परिवार किस तरह से बाँट दिए गए, सीमाओं के पास मित्रताएँ किस तरह से बनी रहीं, लोगों ने सदमे को किस तरह से निबटाया, उन्होंने अपने जीवन किस तरह से पुनर्निर्मित किए, कौन-कौन से, मानसिक और शारीरिक दोनों ही, स्रोत उन्होंने जुटाए, विस्थापन और मानसिक आघात के उनके अनुभव ने उनके जीवन को किस तरह से आकार दिया, और वास्तव में किन शहरों और कस्बों और गाँवों में वे बस गए, उनका—लिखित इतिहास में कोई खास जिक्र नहीं है। फिर भी, 1984 के बाद, मैंने काफी शिद्दत से यह महसूस करना आरम्भ किया कि विभाजन को जानने के लिए इनको जानना आवश्यक है। तब मैंने स्वयं से यह पूछा—यह खोज शुरू करने के लिए वे कौन-से साधन हैं जिन्हें मुझको अपने हाथ में लेने की जरूरत है, कौन-से 'स्रोत' हैं जिनकी मैं सहायता ले सकती हूँ? विध्वंस की स्मृतियों और साक्ष्यों पर लिखते समय जेम्स यंग प्रश्न करते हैं : हम महाविनाश को सिवाय उन अनेक तरीकों के अलावा कैसे जान सकते हैं जिनके जरिए इसकी जानकारी हम तक पहुँचाई गई है?[1] वह इसका उत्तर इस सुझाव के साथ देते हैं कि इसे जितना हम इसके 'इतिहास' से जानते हैं, उतना ही इसके साहित्यिक, काल्पनिक, ऐतिहासिक, राजनीतिक निरूपणों, और इसके व्यक्तिगत, प्रामाणिक निरूपणों के जरिए जानते हैं, क्योंकि किसी घटना के केवल 'तथ्य' ही महत्वपूर्ण नहीं होते, बल्कि यह भी उतना ही महत्वपूर्ण है कि लोग किस तरह से उन तथ्यों को याद रखते हैं, और किस तरह से उन्हें प्रस्तुत करते हैं। यही प्रश्न विभाजन के बारे में भी किया जा सकता है कि हम इस घटना को कैसे जानते हैं, सिवाय उन तरीकों के जिनसे इसकी जानकारी हम तक पहुँची है : जैसे कथा साहित्य, संस्मरणों, साक्ष्यों के जरिए, व्यक्तिगत और सामूहिक स्मृतियों के जरिए, इससे पैदा हुई साम्प्रदायिकता के जरिए, और इन्हीं पहलुओं में से एक पहलू की तरह, केवल इतिहासों के जरिए जो इसने उत्पन्न किए हैं। आधुनिक भारतीय इतिहास में, विशेषकर उत्तर-भारतीय पारिवारिक इतिवृत्तों में विभाजन शायद किसी भी अन्य घटना से अधिक सजीव है, जहाँ बीभत्सता और क्रूरता, मित्रता और मिल-बाँटने की कहानियाँ समुदायों, परिवारों और व्यक्तियों के बीच बार-बार सुनाई जाती हैं। किसी पंजाबी शरणार्थी के एक दूसरे पंजाबी शरणार्थी से मिलने-भर की देर है और तुरन्त 'उस समय' की, और घर और देश की कहानियों का आदान-प्रदान होने लगता है। या, एक भारतीय शरणार्थी के एक पाकिस्तानी शरणार्थी से मिलने-भर

---

1. जेम्स इ यंग : राइटिंग एंड रिराइटिंग द हॉलोकोस्ट नैरेटिव एंड द कांसिक्वैसेंस ऑफ इंटरप्रिटेशन, ब्लूमिंगटन, इंडियाना यूनिवर्सिटी प्रेस, 1990, इंट्रोडक्शन

से यही प्रक्रिया शुरू हो जाती है। पारिवारिक और ऐतिहासिक, व्यक्तिगत और सामूहिक यादों का यह संकलन ही विभाजन की वास्तविकता बनाता है। ये इतिहास के 'पक्ष' को प्रकाशित करते हैं। यही ये तरीके हैं जिनके जरिए हम इस घटना को जान सकते हैं। कई मायनों में, ये ही इस घटना का इतिहास हैं। तब, मैंने इन्हीं को पलटने का निश्चय किया।

चयन अपनी स्वयं की समस्याएँ लाया। स्मृति के साथ काम करना कभी भी आसान या समस्याविहीन नहीं होता। जो तरीका मैंने चुना है, उससे जुड़ी हुई कठिनाइयों से मैं काफी गहराई से परिचित हूँ। यह दिखाने के लिए काफी शोध हो चुका है कि याददाश्त हमेशा ही 'विशुद्ध' या 'अविवेचित' नहीं रहती। यह सब इसी बात पर अधिक निर्भर करता है कि कौन, कब, किसके साथ, वास्तव में किसको, और किस तरह से याद करता है। लेकिन मेरे लिए, लोग किसी घटना, किसी इतिहास को जिस तरह से याद करना पसन्द करते हैं, वह कम से कम इतिहास के 'तथ्यों' जितना ही महत्वपूर्ण है, क्योंकि फिर भी, इतिहास के तथ्य भी कोई स्वयंसिद्ध प्रदत्तताएँ नहीं हैं; बल्कि ये भी किसी एक या दूसरे व्यक्ति द्वारा याद रखी गई या रिकार्ड की गई व्याख्याएँ ही हैं। मैं एक उदाहरण द्वारा इसे समझाने का प्रयास करती हूँ। जब मैंने काम आरम्भ किया तो लोगों की जिन सबसे सामान्य प्रतिक्रियाओं का मैंने सामना किया, उनमें से एक थी कुछ बोलने में उनकी (आरम्भिक) अनिच्छा। उन्होंने मुझसे पूछा कि उन स्मृतियों को खोदने का क्या लाभ है जो हमने अपने पीछे छोड़ दी हैं? हर बार मेरा इसी प्रश्न से सामना हुआ, तो मैंने अपना एक प्रश्न उठाया : मैं जानना चाहती हूँ कि लोग इस समय को याद करने के इतने अनिच्छुक क्यों हैं? क्या निश्चय ही यह अनिच्छा किसी चीज की ओर इशारा करती है? क्या इसका सम्बन्ध केवल घटनाओं की भयावह प्रकृति से था—जो इतिहास की पुस्तकों के पन्नों में संख्याओं और आँकड़ों में व्याप्त है—या फिर, कम से कम कुछ मामलों में, इसका उस इतिहास में उन लोगों की अपनी सह-अपराधिता से कोई सम्बन्ध था? विभाजन के समय वहाँ 'अच्छे' लोग या 'बुरे' लोग नहीं थे; वस्तुतः प्रत्येक परिवार का, हिंसा में हमलावर होने और उसका शिकार होने, दोनों का ही इतिहास रहा था। और यदि यह ऐसा था, तो निश्चय ही हमें इस बारे में यह बताता था कि क्यों लोग विभाजन को, सार्वजनिक रूप से, याद नहीं करना चाहते थे, सिवाय शायद अपने परिवारों के भीतर जहाँ इस इतिहास के 'घिनावने' भागों को दबाया जा सकता था।

जेम्स यंग के प्रतिपादन को आगे बढ़ाते हुए हम पूछ सकते हैं कि तब हम विभाजन के बारे में कैसे जान सकते हैं, सिवाय उन तरीकों के जिनके जरिए इसकी जानकारी हम तक पहुँचाई गई है : न केवल किताबों और स्मृतियों में ही

जो इसने उत्पन्न की हैं, बल्कि इसे याद करने में लोगों की अनिच्छा के जरिए भी। तब इस तरह की जानकारी में, जिसे हम 'तथ्यों' के रूप में जानते थे, वे भी स्वयंसिद्ध प्रदत्तताएँ नहीं हैं। विभाजन के मौजूदा इतिहास का एक इतना अधिक हिस्सा इन 'तथ्यों' पर हुई बहसों—ऐसी बहसों जो एक व्यक्ति की व्याख्या को दूसरे व्यक्ति की व्याख्या से सन्तुलित करती हैं—के आधार पर बना है कि यहाँ उन्हें दुहराने या वास्तव में उनके अन्दर जाने की मेरी योजना नहीं है। अतः यद्यपि विभाजन ही इस पुस्तक का विषय है, फिर भी पाठक को विभाजन की ओर ले जानेवाली घटनाओं का, या फिर इसके बाद हुई अनेक 'राजनीतिक' सौदेबाजियों का कोई कालानुक्रम नहीं मिलेगा। न ही पाठक को इसमें इस इतिहास के बड़े खिलाड़ियों—गाँधी, नेहरू, पटेल, जिन्ना, लियाकत अली खाँ, माउन्टबेटन—के बारे में अधिक कुछ मिलेगा। मेरे काम से उनकी अनुपस्थिति सुविचारित है। इनकी जगह मैं छोटे, प्रायः अदृश्य खिलाड़ियों—जैसे आम आदमियों, औरतों, बच्चों, अनुसूचित जातियों पर अपना ध्यान केन्द्रित करती हूँ। मैं यह मुख्यतः साक्षात्कारों और मौखिक वर्णनों के जरिए करती हूँ।

जैसे ही मैं यह कहती हूँ मुझे पता है कि मैं एक समस्याग्रस्त क्षेत्र में प्रवेश कर रही हूँ। ऐतिहासिक निबन्ध में मौखिक इतिहास एक अत्यधिक विवादित क्षेत्र होता है। किसी चीज को जिसे हम इतिहास कह सकते हैं, उसके विरुद्ध लोगों के वर्णनों, या यहाँ तक कि 'कच्चे अनुभव' के किसी बोध को भी, खड़ा करने की मेरी कोई दिलचस्पी नहीं है, क्यांकि दोनों ही धारणाएँ समस्याविहीन नहीं हैं। मैं कोई इतिहासकार नहीं हूँ। इतिहास मेरा विषय नहीं है। मैं इस कार्य पर समकालीन सम्प्रदायवाद, नारीवाद में एक गहरे और स्थाई विश्वास, और इतिहास के साथ एक राजनीतिक—और व्यक्तिगत—विनियोजन के जरिए आई हूँ। इन सभी ने मुझे यह अनुभूति कराई है कि यह सुनने में समर्थ होना, यह समझने का प्रयास करना अत्यन्त महत्वपूर्ण है कि क्यों और किस तरह से, उदाहरण के तौर पर, धार्मिक मतभेद ने इस तरह का लचीलापन धारण कर लिया है। ऐसा क्यों है कि विभाजन के बाद के बहुत-से दूसरी और तीसरी पीढ़ी के हिन्दुओं और सिखों ने 'हमें' और 'उन्हें' जैसे सम्बोधन अपना लिए हैं, जबकि उनके पास विभाजन का कोई प्रसंग नहीं है—सिवाय इसके कि यह परिवार या समुदाय की स्मृतियों के जरिए ही उन तक पहुँचा है? याददाश्त की वरण-क्षमता के बारे में ऐसा क्या है कि इस मामले में इसमें भय और घृणा की भावनाएँ पनप गईं, और जो अधिक लचीलापन लिए हुए लगती हैं, जबकि मित्रता और मिल-बाँटने की भावनाएँ इसमें उभरने ही नहीं दी जाती हैं? मैंने जो पद्धति चुनी है उसमें जो अनेक रुकावटें विद्यमान हैं उनकी मुझे जानकारी है: उदाहरण के लिए, यह जानने का कोई तरीका नहीं है कि लोग जो कहानियाँ सुनाना पसन्द करते हैं वे

सच्ची हैं या नहीं, और न ही यह जानने का कोई तरीका है कि वे क्या छिपाना चाहते हैं। हम यह किस तरह से जान सकते हैं कि घटना के चार या पाँच दशक बाद, ये कहानियाँ महज दोहराए गए प्रदर्शन मात्र नहीं हैं; इन्हें सुनानेवाले ने, यह सोचकर कि साक्षात्कर्त्ता यही सुनना चाहता है, इन्हें उसके उपयुक्त बनाने के लिए तोड़-मरोड़ दिया हो? हम इन कहानियों के पार उन खामोशियों तक कैसे पहुँचते हैं जो ये छिपाती हैं; हम यह कैसे मान सकते हैं कि वाणी, खामोशी का टूटना, अपने आप में अच्छी चीज है? यहाँ ऐसे एक सौ प्रश्न हैं। लेकिन जिन्हें हम इतिहास के अनुशासनिक वर्णनों के रूप में समझते हैं, उनके विरुद्ध मौखिक इतिहास के लिए मैं कोई दावा तैयार नहीं कर रही हूँ, बल्कि मैं यह पूछना चाहूँगी कि क्या ऐसा कोई रास्ता है जिसमें लोगों की कहानियाँ, इनकी सभी समस्याओं के बावजूद, इतिहास की सीमाओं और परिभाषाओं को किसी तरह बढ़ा, फैला सकती हैं और इसमें कोई स्थान पा सकती हैं? क्या ऐसा कोई रास्ता है जिसमें इतिहास इस मामूली, व्यक्तिगत आवाज के लिए जगह बना सकता है?

इसकी जो भी सीमाएँ हों, मौखिक वर्णन इतिहास पर दृष्टि डालने का एक भिन्न मार्ग, एक भिन्न परिदृश्य प्रस्तुत करता है। क्योंकि, चूँकि ऐसे वर्णन सांसारिक काल के लिहाज से प्रायः एक दूसरे में प्रवाहित होते हैं, इसलिए ये कुछ-कुछ दुर्नम्य समय-दशाओं को धुँधला कर देते हैं जिनके भीतर इतिहास स्वयं को स्थित रखता है। चूँकि लोग इतिहासों का आरम्भ और अन्त दर्शानेवाली घटनाओं के बजाय विभिन्न तिथियों और समय-दशाओं द्वारा अपनी स्मृतियों को खोजते हैं, इसलिए उनके वर्णन इतिहास के अनुशासनिक वर्णनों के ऊपर-नीचे से प्रवाहित होते हैं। ये इतिहास के लेंस को एक कुछ विभिन्न कोण पर घुमाने, और परिदृश्य क्या दिखाता है, उस पर दृष्टि डालने का हमें एक मार्ग प्रस्तुत करते हैं। मैं यहाँ यह बहस नहीं करना चाहती हूँ कि जिसे हम इतिहास के रूप में देखते हैं, मौखिक वर्णन उसकी जगह ले सकते हैं, बल्कि केवल यह कि ये इतिहास पर एक भिन्न और अत्यन्त महत्वपूर्ण परिदृश्य दिखा सकते हैं, एक ऐसा परिदृश्य जो, मुझे विश्वास है, इतिहास को समृद्ध करता है।

मुझे विश्वास हो चला है कि जब तक हम इस पर दृष्टि न डाल लें कि लोग विभाजन को किस तरह से याद करते हैं, तब तक ऐसा कोई रास्ता नहीं है कि हम यह समझना आरम्भ कर सकें कि विभाजन क्या था। मैं यहाँ कोई शाब्दिक कसरत नहीं करना चाहती हूँ कि पहले यह देखा जाय कि लोग विभाजन को किस तरह से याद करते हैं, और तब इसके बाद किसी प्रकार के 'सत्य' के अनुमान पर पहुँचने के लिए उनके वर्णन में इसके नीचे छुपे तथ्यों को खोजने के लिए इसमें घुसने का प्रयास किया जाय। इसकी जगह, मैं स्वयं स्मृतियों पर ही दृष्टि डालना चाहती हूँ—चाहे वे खिसकती हुई, बदलती हुई, अविश्वसनीय ही

क्यों न हों। जेम्स यंग कहते हैं : "बच गए लोगों के वर्णन से चाहे जो कुछ भी 'कल्पनाएँ' उभरती हैं वे 'सत्य' से परे नहीं हैं, बल्कि किसी विशेष वृत्तान्त में सत्य का ही भाग होती हैं।" साक्ष्य में काल्पनिकता तथ्यों के बारे में विवादों को शामिल नहीं करती, लेकिन इन तथ्यों को गवाह-दर-गवाह, भाषा-दर-भाषा, संस्कृति-दर-संस्कृति पहचानने और प्रदर्शित करने में अवश्यंभावी मतभेद होते हैं।" मैं इस पुस्तक में जो करने की आशा करती हूँ उसकी इससे अधिक भावपूर्ण व्याख्या नहीं पा सकती।

❑ ❑

किसी पुस्तक को एकत्र करने में सामग्री जुटाना कभी-कभी सबसे आसान काम होता है। कठिनाई तो तब होती है जब कोई यह प्रयास करना और तय करना चाहता है कि क्या शामिल करना है और क्या छोड़ना है। कई वर्षों तक, जिनमें मैं इस विषय पर कार्य करती रही हूँ, मैंने शायद सत्तर या इसके आसपास व्यक्तियों का साक्षात्कार किया है। जहाँ यह एक ऐसी संख्या है जो मुझे काफी लगती है, वहीं विभाजन से प्रभावित हुए लोगों की संख्या के लिहाज से यह नगण्य है। यह इस तथ्य का संकेत है कि कोई भी एक अकेला व्यक्ति इस परियोजना को इसकी सम्पूर्णता में नहीं निबटा सकता। जहाँ इस पुस्तक का एक भाग विभाजन सम्बन्धी मेरी सुनाई गई कहानियों से बना है, वहीं दूसरे भागों में वे लोग अपनी कहानियाँ सुनाते हैं जिनका मैंने साक्षात्कार किया है। लेकिन जितने लोगों के साथ मैंने बात की थी, उनमें से भी केवल थोड़े-से लोगों को मैंने इसमें शामिल किया है। ऐसा इसलिए नहीं है कि दूसरे लोगों के साक्षात्कार इसमें प्रस्तुत करने के योग्य नहीं थे, बल्कि यह इसलिए था क्योंकि प्रत्येक कहानी को सम्पादित करके इस पुस्तक से बाहर निकालना एक या दूसरे कारण से वस्तुतः असम्भव था। और अन्त में मैंने बल्कि एक स्वच्छ मानदण्ड का प्रयोग करना पसन्द किया है। मैंने उन कहानियों को इसमें शामिल किया है जिनका मेरे लिए सबसे अधिक महत्व था, उन लोगों की कहानियाँ जिन पर मैं बार-बार वापस लौटती रहती हूँ।

पाठकों के समक्ष ये साक्षात्कार प्रस्तुत करते समय मैंने इन्हें वर्णनात्मक रूप देने की स्वतंत्रता ली है—यानी साक्षात्कारकर्त्ता द्वारा उठाए गए प्रश्नों को मैंने हटा दिया है, और मूल पाठ को एक निरन्तर वर्णन के रूप में चलने दिया है, यद्यपि कालक्रमानुसार कोई परिवर्तन नहीं किए गए हैं। और कुछ मामलों में मैंने दूसरे लोगों द्वारा किए गए हस्तक्षेपों की बनाए रखा है, विशेषकर उन मामलों में जहाँ ये मूल पाठ के निश्चित पहलुओं में कुछ जोड़ते हैं, या उन पर प्रकाश डालते हैं। साक्षात्कारों को अधिक 'पठनीय' विषयों में बदलने का यह गढ़न-कार्य काफी समझ-बूझकर किया गया है। मैं यह विश्वास नहीं करती कि किसी साक्षात्कार

की प्रतिलिपि कभी कोई अविवेचित उद्धरण बन सकती है। शब्दों को विषय में ढालने पर, काफी कुछ खो जाता है: विशेष अंतर्मन, निश्चित विचार और वाक्यांश, यहाँ तक कि निश्चित भावनाओं से जुड़े मिथक, शारीरिक हाव-भाव, जो शब्दों से भिन्न एक कहानी सुनाता है, और वास्तव में साक्षात्कारकर्त्ता द्वारा साक्षात्कार को सचेतन 'स्वरूप' देना, यह सब साक्षात्कार देनेवाले व्यक्ति की तुलना में, और आमतौर पर प्रभाव की स्थिति में रहता है। इसलिए, मैंने सोचा कि यह दावा करना बेकार है कि ये साक्षात्कार पाठक के समक्ष किसी 'विशुद्ध' रूप में प्रकाशित हो सकते थे और इन्हें मैंने उस रूप में सम्पादित कर दिया है, जो कि मैं समझती हूँ, अधिक पठनीय रूप है। प्रत्येक साक्षात्कार का सम्पूर्ण मूल पाठ, और वास्तव में वे साक्षात्कार जिनका मैंने यहाँ इस्तेमाल नहीं किया है उन्हें भी, मैं आशा करती हूँ कि किसी पुस्तकालय या अभिलेखागार में रखा जाएगा, ताकि इस विषय में शोध कर रहे अन्य लोगों द्वारा इनका उपयोग किया जा सके।

इस सच्चाई का, कि अधिकतर साक्षात्कार पारिवारिक परिस्थितियों में लिए गए थे, यह अर्थ भी था कि महिलाओं ने जब हमसे बात की तब वे कभी-कभार ही अकेली होती थीं। घर के काम-काज से उन्हें बीच-बीच में फुर्सत मिलने के क्षणों में ही ज्यादातर समय हमें साक्षात्कार लेने पड़ते थे। साथ ही, यदि उनके पति या पुत्र वहाँ मौजूद होते थे, तो अनजाने में ही या अन्यथा वे साक्षात्कार को अपने नियन्त्रण में लेते हुए लगते थे, जिससे महिलाएँ एक प्रकार की खामोशी में खो जातीं। यह कोई असामान्य नहीं है—अनेक मौखिक इतिहासकारों ने औरतों के साथ और उनसे बात करने की, भिन्न रूप से सुनना सीखने की, प्रायः छिपे हुए सूक्ष्म भेद को, अधकही बात को, उन चुप्पियों को जो कभी-कभी वाणी से भी अधिक मुखर होती हैं, सुनने की कठिनाइयों के बारे में लिखा है। महिलाओं को महिलाओं के बीच सुनना, मैं सोचती हूँ, उन्हें पुरुषों और महिलाओं के बीच सुनने की तुलना में एक भिन्न चीज है।

जब मैं इन साक्षात्कारों को अब पुनः पढ़ती हूँ, तब मुझे यह प्रतीत होता है कि महिलाओं के और पुरुषों के कथन में कुछ बहुत स्पष्ट अन्तर हैं। तब क्या विभाजन की बातें बताने में लिंगभेद जैसी कोई चीज भी है? मैंने इस चीज को उस तरह से पहचानना सीखा कि महिलाओं ने, लगभग तुरन्त ही, उस बड़ी घटना को अपने जीवन की कोई साधारण-सी बात समझकर याद किया। महिलाओं से मुझे उनके जीवन की गौण बातें पता चलीं, जबकि अधिकांश भाग में पुरुषों ने समुदायों के बीच आपसी सम्बन्धों, वृहत राजनीतिक सच्चाइयों के बारे में बात की। शायद ही कभी ऐसा मौका आया, जब कोई पुरुष साक्षात्कार करने के दौरान किसी खोए हुए या मारे गए बच्चे के बारे में बात करता, जबकि एक महिला के लिए यह संभव ही नहीं था कि वह ऐसा कोई जिक्र करने से चूक पाती। यह

एक प्रश्न है जिस पर मैं पुस्तक के निष्कर्ष में और आगे चर्चा करूँगी।

लोगों से बात करने के लिए उन्हें पहचानने की प्रक्रिया लगभग बिल्कुल बेतरतीब थी। मैंने लोगों से सबसे पहले सचेतनता से बात करनी तब शुरू की जब मैं ब्रिटेन में चैनल 4 टेलीविजन के लिए दो मित्रों द्वारा बनाई गई एक फिल्म 'ए डिवीज़न ऑफ हार्ट्स' पर काम कर रही थी। लेकिन एक बार जब मैं आरम्भ कर चुकी थी, तो लगभग हर जगह जहाँ भी मैं गई, मुझे कोई न कोई कहानी सुनने को मिली। विशेषकर दिल्ली में, आप आश्वस्त हो सकते हैं कि एक निश्चित आयु के लगभग हर तीसरे पंजाबी का उसके परिवार में कहीं न कहीं विभाजन का इतिहास जरूर मौजूद है। प्रायः मैं स्वयं को सड़कों पर उन लोगों से बात करने के लिए रुकते हुए पाती जो मुझे लगता कि सही आयु के थे। एक बार, दिल्ली में जंगपुरा इलाके के एक परिवार से बात करने के बाद मैं घर जाने के लिए एक आटो रिक्शा खोजने बाहर आई थी। आटो रिक्शा के ड्राइवर ने किसी ठेठ पाकिस्तानी पंजाबी की तरह का सलवार-कुर्ता पहना हुआ था। मैंने उससे पूछा कि वह कहाँ से आया था? उसने जवाब में मुझसे सवाल किया—वही सवाल जो सामान्यतः तब किया जाता है जब आप उत्तर भारतीयों से पूछते हैं कि वे कहाँ के रहनेवाले हैं— क्या आप अभी के बारे में पूछ रही हैं या पहले के बारे में? 'पहले' शब्द उस शब्द का केवल एक समीपवर्ती अनुवाद है जो उसने वास्तव में प्रयुक्त किया था : 'पिच्छे से' शब्द किसी ऐसी चीज का संकेत करता है जो पहले के समय से जुड़ी है, और पीछे छोड़ दी गई है। मैं उससे बोली, मेरी दिलचस्पी इसमें है कि आप 'पहले' कहाँ से आए थे? उसने कहा, वह बलूचिस्तान से आया था, और वहाँ विभाजन के बाद दस वर्षों तक रहा था, एक छोटे-से गाँव में जहाँ हिन्दुओं का एक समुदाय बिना किन्हीं समस्याओं के, शांतिपूर्वक रहता था। जल्दी ही हम उसके घर में थे और उससे उसकी उस समय की यादों के बारे में बातें कर रहे थे। एक दिन, दक्षिण दिल्ली के एक रेस्टोरेन्ट से मैं एक रोटी और कबाब लेकर ज्योंही बाहर आई, एक भिखारी औरत ने मुझे आवाज देकर मुझसे पैसे माँगे। वह पंजाबी में बोली जो एक असामान्य बात थी, क्योंकि दिल्ली में बहुत ही कम पंजाबी भिखारी हैं। मैंने उससे पूछा, वह कहाँ से है? उसने भी उसी प्रश्न में उत्तर दिया : अभी या पहले? मैंने वही उत्तर दिया और उसने मुझे बताया कि वह चाक 53 नामक एक छोटे-से गाँव से आई थी, शरणार्थियों के एक बड़े काफिले के साथ वह पैदल चली थी और एक घुमावदार मार्ग द्वारा दिल्ली की सड़कों पर उसकी यात्रा समाप्त हुई, जहाँ वह भीख माँग रही है। इसी तरह, मैं एक व्यक्ति से दूसरे व्यक्ति, एक कहानी से दूसरी कहानी तक बढ़ती गई, और कहानियों को लगभग बेतरतीब रूप से एकत्रित करती गई। इस पुस्तक में मौखिक विवरणों का कोई स्पष्ट क्रम क्यों नहीं है, इसका यह एक कारण है।

यद्यपि, कुछ क्रम पाठक को दिखेगा। उदाहरण के लिए, जो साक्षात्कार मैंने किए हैं उनमें से अनेक साक्षात्कार एक ही इलाके–रावलपिण्डी जिले–से आते हैं और उस हिंसा की घटनाओं से सम्बन्ध रखते हैं जो विभाजन से महज कुछ माह पूर्व वहाँ मार्च 1947 में हुई थीं। विभाजन से बरबाद हो गए समुदायों को पुनः बनाने के एक प्रयास में लोग प्रायः सामूहिक रूप से एक स्थान को चलते थे, या सरकार द्वारा किसी एक विशेष स्थान पर रखे जाते थे। जब मैंने विभाजन से बचे हुए लोगों को खोजना आरम्भ किया तब मैं, सबसे पहले, रावलपिण्डी हिंसा के बचे हुए लोगों के पास पहुँची जो दक्षिण दिल्ली के एक मध्यवर्गीय इलाके में रहते थे। एक व्यक्ति ने मुझे दूसरे से मिलाया था, और तब एक अन्य से और इस तरह से मैंने बहुत-सी कहानियाँ एकत्र कीं। यही कारण है कि रावलपिण्डी से बचकर आए हुए लोगों की कहानियाँ मेरे काम का एक बड़ा भाग बनाती हैं।

सभी सिलसिलेवार समस्याओं के अलावा जो मौखिक विवरणों के साथ जुड़ी रहती हैं, इनसे व्यावहारिक, संरचनात्मक सम्बन्धों में भी निबटना काफी कठिन होता है। आप ऐसी किसी पुस्तक की संरचना किस तरह से करते हैं जो मुख्यतः इस तरह के विवरणों से बनी है? क्या इसमें केवल साक्षात्कारों के मूल पाठ होने चाहिए, क्या इसमें एक संलग्न टिप्पणी भी होनी चाहिए, क्या इसमें विश्लेषण और/या व्याख्या होनी चाहिए, क्या साक्षात्कारों को छोटा या बड़ा होना चाहिए, इत्यादि। मैंने इन सभी प्रश्नों से हाथापाई की है। आरम्भ में, मैंने केवल मौखिक विवरणों को ही समेटकर, बिना किसी व्याख्या या टिप्पणी के ही, पुस्तक लिखना बेहतर समझा। धीरे-धीरे मुझे कुछ और ही यकीन होने लगा : एक पाठक, और एक प्रकाशक होने के नाते मैं जानती हूँ कि जब तक मौखिक विवरण बहुत छोटे न हों तब तक इनके किसी संकलन को बहुत कम पाठक वास्तव में पढ़ते हैं, और मैंने सोचा कि लोगों ने साक्षात्कारों में जो बातें कहीं हैं वे इतनी महत्वपूर्ण थीं कि इन्हें सरसरी तौर पर घटाकर छोटा नहीं किया जा सकता था, और न ही बिना किसी टिप्पणी के एक साथ समाहित किया जा सकता था। साथ ही, अगर मैं उन साक्षात्कारों को आकार दे रही थी तब भी, मुझे महसूस हुआ कि मुझे इन साक्षात्कारों में जो, मेरे लिए, महत्वपूर्ण था उसकी ओर इशारा करने की आवश्यकता है। ज्यों-ज्यों मैं इस काम में और अधिक सम्मिलित होती गई, मैंने पाया कि मुझसे बात करने के दौरान लोगों ने जो बातें मुझसे कही थीं, उनके साथ-साथ मैं भी बहुत कुछ कहना चाहती हूँ। यहाँ उनकी कहानियाँ थीं, जैसा कि उन्होंने सुनाया था, और इन्हें सुनकर मैंने जो जाना और समझा, वह भी था। तब मैंने दोनों को साथ बुनने का कोई रास्ता खोजने के बारे में सोचना आरम्भ किया। जो ढाँचा आप इस पुस्तक में अब देखते हैं, जिसमें साक्षात्कारों के उद्धरण इसके विश्लेषणात्मक पाठों का एक बड़ा भाग बनाते हैं, वह इसी से प्रकट हुआ

है। तब भी, साक्षात्कारों के मूल पाठ को कहाँ और किस प्रकार से स्थापित किया जाए, यह समस्या बनी ही रही। मैंने यह महसूस किया कि कम से कम उन थोड़े-से साक्षात्कारों के लिए जो मैंने चुने थे, यहाँ एक स्थान होना चाहिए, जो इस पुस्तक का अभिन्न अंग बनें। काफी सोचने-विचारने के बाद, मैंने सभी साक्षात्कारों को पुस्तक के अन्त में एक साथ, एक अलग भाग में रखना तय किया, लेकिन एक बार ऐसा कर लेने के बाद भी, यही समस्या स्वयं फिर से उठ खड़ी हुई : क्या लोग इन्हें सचमुच में पढ़ेंगे, या क्या फिर वे इन्हें अन्य अध्यायों के महज परिशिष्ट के रूप में समझेंगे? मुझे लगा कि ऐसा ही होगा, और मेरे लिए ये साक्षात्कार इतने अधिक महत्वपूर्ण थे कि इन्हें एक परिशिष्ट के रूप में एक तरफ नहीं कर सकती थी। आखिरस, मैंने साक्षात्कारों को मुख्य पाठ में देने का निश्चय किया, और प्रत्येक अध्याय में जो कुछ भी मैंने कहा है, उसे एक या दो साक्षात्कारों के साथ जोड़ दिया। जहाँ तक सम्भव था, मैंने साक्षात्कारों को उस अध्याय से सम्बन्धित करने का प्रयास किया जिसमें इन्हें शामिल किया गया है, लेकिन हर बार ऐसा सम्भव नहीं था। हर अध्याय के अन्त में उसी अध्याय विशेष की विषयवस्तु से बिल्कुल मेल खाता हुआ कोई साक्षात्कार रखना मुश्किल है, वास्तव में अत्यधिक उपयुक्त है। अगर यह काम आरम्भ करने से पहले ही मेरे दिमाग में अध्यायों की सूची होती, तो शायद मैं उन साक्षात्कारों को सावधानी से खोज पाने में समर्थ होती जो विशेष विषयों से सीधे ही सम्बन्धित हो सकते थे। जैसा कि था, मेरे साक्षात्कार किसी विशेष पैटर्न में फिट नहीं होते थे। फिर भी मैंने इन्हें प्रत्येक अध्याय के साथ रखना पसन्द किया है, क्योंकि मैं यह विश्वास करती हूँ कि इस पुस्तक में मैंने जिन बातों की चर्चा की है, उन सभी में तथा और अधिक चीजों में, ये एक अन्तरदृष्टि प्रदान करते हैं, और केवल उन्हीं अध्यायों तक सीमित नहीं हैं जिनमें ये शामिल हैं। तब, कभी-कभी साक्षात्कार ही अध्याय का आरम्भ करता है, और दूसरे मौकों पर यह अध्याय का अंत करता है और एक अवसर पर, यह वह सूत्र देता है जो अध्याय को कथासूत्र में पिरोता है। मैं सोचती हूँ पाठक को इन साक्षात्कारों को पढ़ते समय इस बात को ध्यान में रखने से सुविधा हो सकती है।

जहाँ साक्षात्कारों ने मेरे प्राथमिक स्रोतों को तैयार किया है, वहीं मैंने डायरियों, संस्मरणों, समाचारपत्र की रिपोर्टों और उन अनेक प्रकार के दस्तावेजों पर भी दृष्टि डाली है जो मैं महसूस करती हूँ कि मेरे काम के लिए महत्वपूर्ण हैं : इनमें विभिन्न लोगों द्वारा लिखी गई चिट्ठियाँ, जाँच-आयोगों की रिपोर्टें, पंफ्लेट और निःसन्देह, पुस्तकें भी शामिल हैं। इन्हीं से मैंने विभाजन के अनेक विभिन्न 'स्वरों' की पुनर्संरचना की है : चाहे वे अधिकृत हों या अनधिकृत, औपचारिक हों या अनौपचारिक या फिर अन्य। इनमें कहानी सुना रहे लोगों के स्वर शामिल

हैं, वे स्वर जिनके जरिए वे संस्मरणों, डायरियों, आत्मकथाओं में बात करते हैं, वे स्वर जो अधिकृत वर्णनों से निकलते हैं, वे स्वर जो साम्प्रदायिक प्रवचनों में स्पष्ट हैं; और इन सबके जरिए बुना गया, पढ़ने, बोलने, खोजने, व्याख्याओं को जोखिमपूर्ण बनानेवाला मेरा अपना स्वर शामिल है।

इन सबने मिलकर, एक ऐसा वर्णन तैयार किया है जिसमें लेखक और व्याख्याता के रूप में मेरी उपस्थिति काफी दिखती है। कुछ लोग कहेंगे, प्रायः जरूरत से अधिक दिखती है। मैं इसके लिए कोई खेद व्यक्त नहीं करती। मैं केवल इतना ही कह सकती हूँ कि मुझे उन इतिहासों पर हमेशा ही गहरा संशय रहा है जो इस तरह से लिखे गए हैं, मानो लेखक महज एक माध्यम हो, ऐसे इतिहास जो, रोलैण्ड बार्थ्स की भाषा प्रयोग करें तो, "स्वयं को लिखते प्रतीत होते हैं।"। ऐसे इतिहासों में 'मैं' की अनुपस्थिति शायद एक दूरी स्थापित करने में सहायता करती है, यहाँ तक कि वास्तविकता का भ्रम स्थापित करने में भी, शायद तथ्यात्मकता स्थापित करने में भी सहायता करती है। यह दावा करने की मेरी कोई इच्छा नहीं है कि ये इतिहास, ये कहानियाँ किसी भी तरह से विभाजन का एक तटस्थ प्रस्तुतिकरण हैं। मैं विश्वास नहीं करती कि ऐसी कोई चीज सम्भव है। उन अनेक वर्षों से जब से यह कार्य मेरे साथ रहा है, मैंने महसूसू किया है कि मैं इसमें तत्परतापूर्वक, भावनात्मक रूप से, राजनीतिक और अकादमिक रूप से रच-बस गई हूँ। तब ऐसा दावा करना कि यह एक ऐसा इतिहास है जिसने 'स्वयं को लिख लिया है' या ऐसा कहना, कपटपूर्ण होता।

विभाजन पर काम करने की प्रक्रिया में हर तीसरे शोधकर्त्ता या लेखक की तरह, जो इसमें लल्लीन हो जाता है, मैं भी इस कार्य को लेकर सम्मोहित हो गई हूँ। बरसों तक मैंने कसी अन्य चीज के बारे में नहीं सोचा। जब मैंने शुरुआत की तो मुझे जिन चीजों ने बहुत अधिक परेशान किया, उनमें से एक थी मेरे कार्य में विषयनिष्ठता के रूप में जानी जानेवाली चीज का स्पष्ट अभाव। मैं इसमें अपने व्यक्तिगत रूप से शामिल होने को भी किसी तरह से इन्कार नहीं कर सकती थी; किसी तरह की भावनात्मक उलझन न होने का कोई दावा भी नहीं कर सकती थी; और किसी भी तरह से खुद की राजनीति को भी नहीं भुला सकती थी। इस तथ्य के साथ निश्चित अनुभव करने में मुझे कई साल लग गए हैं। यदि यह वर्णन इतिहास के रूप में पढ़ा जाता है, तो सम्भव है इसे दरवाजे से बाहर फेंका जा सकता है। तब शायद, इसे पढ़ने का श्रेष्ठ तरीका यह है कि इस इतिहास में, जिसका मैं इस पुस्तक में प्रयास कर रही हूँ, 'व्यक्तिगत' शब्द जोड़ दिया जाय। और, यथार्थता या दूरी के किन्हीं भी बोधों को हमेशा के लिए निकाल बाहर कर दिया जाय। यह एक व्यक्तिगत इतिहास है, जो विषयपरक होने का ढोंग नहीं करता।

यहाँ एक अन्य कारण भी है कि मेरी आवाज इन कहानियों के अन्दर और बाहर गूँजती है। मौखिक इतिहास एक सुव्यवस्थित औजार है, जिसे अनेक नारीवादी इतिहासकारों ने अत्यन्त शक्ति देनेवाला पाया है। महिलाओं के विवरणों और साक्ष्यों पर दृष्टि डालने, और इन्हें इतिहास के अधिकृत निबन्धों के साथ, या वास्तव में इनके विरुद्ध रखने पर नारीवादी इतिहासकारों को इतिहास पर दृष्टि डालने का एक नया और भिन्न मार्ग मिला है। जब कोई महिलाओं की आँखों से देखता है तब 'इतिहास' कैसा दिखता है? जब महिलाएँ महिलाओं से बात करती हैं, तब यह, विवरणों और साक्ष्यों में, किस प्रकार से विकसित होता है? लेकिन मौखिक इतिहास जहाँ एक ओर सामर्थ्य प्रदान करनेवाला रहा है, वहीं दूसरी ओर यह अपनी समस्याएँ भी लाया है। फिर भी, किस्सागोई हमेशा केवल एकतरफा ही होती है। इसके अलावा, ऐसे इतिहासकार यह किस तरह से सुनिश्चित कर सकते हैं कि उनके साक्षात्कारों के विषय (व्यक्ति) केवल 'कच्ची सामग्री' नहीं हैं, जिनके अनुभवों पर वे अपने सिद्धान्तों को तैयार करेंगे? कुछ मामलों में, मौखिक इतिहासकारों ने, और खासकर नारीवादी मौखिक इतिहासकारों ने, स्वयं को स्वार्थ-साधक न बनने देने के एक प्रयास में, अपने शोधकार्य के परिणामों को अपने विषयों तक लौटाने की कोशिश की है। ऐसे प्रयास जहाँ प्रयोजन की गम्भीरता को तो स्थापित करते हैं, लेकिन ये मौखिक प्रमाणों के संकलन के मूल में मौजूद शक्ति-समीकरण में कोई परिवर्तन लाने के लिए कुछ नहीं करते : क्योंकि आपसे बात कर लेने के काफी समय बाद तक आपके विषयों के स्वर आपके कार्य में जिन्दा रहेंगे, ये आपके कैरियर को प्रोत्साहन देने में सहायक हो सकते हैं, और जहाँ आप संबंधित हैं वहाँ ये प्रकट होना जारी रखते हैं, वहीं स्वयं विषय दूर और दूर पृष्ठभूमि में रिसते चले जाएँगे। इस उभयभाविता की सदा परेशान करनेवाली जानकारी ने मुझे एक ऐसी प्रणाली चुनने को निर्दिष्ट किया है जिसमें मैं एक प्रतिच्छाया होने पर कोई दिखावा नहीं करती हूँ, जिसमें मैं इन कहानियों को जिन्हें मैंने सुना है, उनके साथ, केन्द्र में रखने का प्रयास करती हूँ। इस तरह, यद्यपि यह पुस्तक 'केवल' महिलाओं के बारे में नहीं है, फिर भी महिलाएँ, उनके इतिहास, जो प्रणालियाँ उन्होंने उत्पन्न की हैं, इसके केन्द्र में मौजूद हैं। एक नारीवादी के रूप में, जिसके लिए नारीवादी इतिहास लेखन के औजार महत्वपूर्ण होते हैं, मैं इस कार्य तक पहुँचती हूँ।

हालाँकि मेरे काम में एक बहुत बड़ी कमी है : यह एकतरफा है; और विभाजन के केवल एक पहलू से सम्बन्ध रखता है—वह है, पंजाब का विभाजन। मैंने पूरब की ओर, बंगाल पर कोई नजर नहीं डाली है। मुख्यतः यह इसलिए है क्योंकि एक तो मेरे पास भाषा नहीं है; साथ ही बंगाल का विभाजन पंजाब के विभाजन से इतना भिन्न था कि मुझे यही पता नहीं चलता कि इसे कहाँ से और

किस तरह से शुरू किया जाय। समानतः पाकिस्तान से किसी साक्षात्कार, सूचना या किसी भी चीज तक मेरी पहुँच भी नहीं थी। (सिवाय इसके, निसन्देह, मेरे मामा की कहानी, और यहाँ खून का एक रिश्ता था, और एक अन्य साक्षात्कार भी जो मैंने किन्हीं मित्रों के काम में से उद्धृत किया है)। यह विभाजन की त्रासदियों में से एक है कि उपमहाद्वीप की इस प्रमुख ऐतिहासिक घटना पर काम करनेवाले शोधकर्त्ता अगर किसी तीसरे देश के हैं, तभी उनकी पहुँच दोनों देशों—भारत और पाकिस्तान—तक हो सकती है। दोनों ही देशों के शोधकर्त्ताओं को न केवल फाइलें और दस्तावेज ही आसानी से उपलब्ध नहीं हैं, बल्कि लोगों का साक्षात्कार लेने का प्रयास करने में, कड़वाहट और तकलीफ का असबाब, भारत से किसी का पाकिस्तान जाकर—या पाकिस्तान से किसी का भारत आकर—किसी व्यक्ति का विभाजन-जैसी भावोत्तेजक चीज के बारे में इन्टव्यू लेना वस्तुतः असम्भव बना देता है। कई अवसरों पर, मैंने ऐसा करने के प्रयास किए हैं लेकिन बिना किसी सफलता के।

इस पुस्तक में आप जो साक्षात्कार देखेंगे वे कई वर्षों के दौरान किए गए थे। जब मैंने लोगों से बात करना आरम्भ किया, तो मेरी कोई पूर्व निश्चित योजना नहीं थी : कार्यसूची में कोई पुस्तक लिखने की बात नहीं थी और यह केवल धीरे-धीरे हुआ कि ऐसा एक विचार उभरकर आया। हालाँकि, मैंने यह काफी पहले ही तय कर लिया था कि मैं साक्षात्कारों में कोई एक ढर्रा नहीं अपनाऊँगी—यानी, कोई निश्चित प्रश्नावली नहीं होगी, न ही भूगोल या वर्ग या श्रेणी के लिहाज से लोगों का चुना हुआ कोई 'नमूना' होगा। मैं बस लोगों से उनकी जिन्दगियों के उस समय के बारे में बात करने को कहती, और बातचीत को उसकी अपनी दिशा लेने देती, ऐसी किसी भी दिशा में प्रवाहित होने देती जो उचित प्रतीत होती थी। यह जान-बूझकर लिया गया एक निर्णय था : यदि किसी को विभाजन के सम्बन्ध में लोगों के इतिहासों का एक उचित संकलन करना हो तो कोई भी अकेला व्यक्ति उस तरह का उद्यम नहीं कर सकता है। तब ऐसा कोई भी व्यक्तिगत प्रयास, जैसा कि मेरा है, सीमित रहता है । इसके अलावा, सावधानी से तैयार प्रश्नावलियाँ, या सोचे-समझे नमूने, इस प्रयास को कोई अधिक सम्पूर्ण बनाने में मदद नहीं करते। इसलिए मैंने, साक्षात्कारों ने जो भी ढर्रा अपनाने का निर्देश दिया, उसी पर चलने, और लोगों को उसी तरीके से खोजने का निर्णय किया जो सबसे अच्छा लगा। इस तरह मैंने बहुत-से लोगों से, काफी लम्बे समय तक बात की—कभी-कभी साक्षात्कार कई महीनों तक चले, जैसा कि दमयन्ती सहगल के मामले में हुआ।

इस तरह की स्थितियों में, लोगों से अकेले में साक्षात्कार करने में समर्थ होना अत्यन्त कठिन होता है। अधिकांश बातचीत पारिवारिक स्थितियों में हुई :

यद्यपि हम एक ही व्यक्ति से बात कर रहे होते, पूरा परिवार—प्रायः इसकी कई पीढ़ियाँ—वहाँ जमा हो जाता, और बार-बार, कोई एक या दूसरा व्यक्ति कोई स्पष्टीकरण प्रस्तुत करने लगता, या किसी प्रश्न का उत्तर देने लगता। शुरू हुई कहानियाँ अधूरी छूट जातीं, और जब फिर शुरू होतीं, तो किसी और चीज पर चलने लगतीं। बाद में, हम उसी कहानी पर वापस आ सकते थे, या फिर बिल्कुल भी नहीं आते थे। कहानी सुनाने का कोई स्पष्ट कालक्रम नहीं था; कोई भी स्पष्ट आरम्भ और अन्त नहीं था। मैंने समझना आरम्भ कर दिया कि अतीत कितना अधिक, और कितनी आसानी से वर्तमान के अन्दर बहने लगा था, अतीत को याद करने का अर्थ किस तरह से वर्तमान के सन्दर्भ में से अतीत को पुनः जीना था। तब इतने अधिक लोगों के लिए, 1947 और 1984 एक दूसरे में प्रवाहित हुए थे और प्रायः यह समझना मुश्किल हो गया कि वह क्या चीज थी जिसे वे याद कर रहे थे : हिंसा की याद, पीड़ित होने की कमजोरी ने बीच में बीत गए अनेक वर्षों का लोप कर दिया। दूसरे मौकों पर, याद करना, स्मृति को कुरेदना आरम्भ करके, जैसे ही स्मृति किसी बहुत अधिक दर्दनाक चीज का सामना करती तो शब्द अचानक वाणी को अशक्त कर देते, प्रायः वह इतनी भयावह बात होती कि उसे वाणी में प्रवेश करने की आज्ञा नहीं देते । "मैं इसे किस तरह से बयान कर सकता हूँ, ऐसा करने के लिए कोई शब्द नहीं हैं।" व्यथित स्वर में उत्तर मिलता। ऐसे मौकों पर, मैं कुछ बताने के लिए अधिक जोर नहीं देती थी, स्मृतियों को बातचीत में उभारने पर मजबूर नहीं करती थी। कहानियाँ शुरू होकर इस तरह से अधूरी ही छूट जातीं। मैं कहानियों में, स्वयं को और दूसरों को, याद करने की प्रक्रिया के भाग के रूप में, अतीत के और वर्तमान के काल का मिलना, अधूरापन, प्रायः समान विरोधात्मकता को पहचानना सीख गई। मैं शक्ति के असन्तुलन को भी पहचान गई जिसके बारे में मौखिक इतिहासकारों ने बहुधा बात की है, कि यह ऐसी स्थितियों में स्वाभाविक ही होता है। जब लोग अपने जीवन के बारे में बताते थे तो मैं अधिकांशतः उन्हें सुनती, देखती, उनकी बातें रिकार्ड करती थी। जब उन्होंने उलटकर मुझसे सवाल किया कि आप क्या सोचती हैं, इससे क्या हासिल होगा, इन टेपों को कौन सुनेगा, क्या सचमुच इससे किसी चीज में, हमारी या दूसरों की जिन्दगियों में कोई अन्तर आएगा, तो मुझे तुरन्त ही अपने उत्तरों की अपर्याप्तता महसूस हुई। जिन लोगों से मैं बात कर रही थी, क्या उनके लिए यह बात कोई मायने रखती थी कि मैंने यह महत्वपूर्ण समझा कि विभाजन की याद खो न जाय? विभाजन के इतिहास ने उनके अनुभवों और कहानियों की अनदेखी की थी, और मेरा काम इन कहानियों को इतिहास में पुनः प्रतिष्ठित कराने की, कामचलाऊ रूप से आरम्भ, एक कसरत का भाग था। क्या यह उनके लिए कोई अर्थ रखता था? क्या उन लोगों के लिए इस बात का कोई महत्व था

कि याद करना, मेरे लिए, भूल जाने का एक आवश्यक भाग था? मेरे पास इन प्रश्नों के कोई आसान उत्तर नहीं थे।

उस प्रक्षेप-पथ के बारे में एक अन्तिम शब्द, जो मुझे इस कार्य तक लाया है, आरम्भ में, मैंने अकेले ही काम शुरू किया। कुछ समय बाद, हालाँकि, इस तरह से इसे जारी रखना काफी कठिन हो गया। जिस तरह की कहानियों को मैं सुन रही थी वे इतनी डरावनी थीं, दुख और व्यथा से इतनी भरी हुई थीं कि प्रायः मैं उन्हें सुनना बर्दाश्त नहीं कर पाती थी। और मैं उन कहानियों के बोझ की अनुभूति से भी नहीं बच सकती थी जो किसी तरह से स्वयं मुझ पर स्थानान्तरित हो गया था—लगभग ऐसा लगता था मानो, बोलने की अपनी आरम्भिक अनिच्छा के बाद, जब लोग एक बार फैसला करते थे कि वे ऐसा करेंगे, तो वे लगभग विरेचकता के साथ आपको, श्रोता के रूप में अपने बोझ का वाहक बनाते हुए ऐसा करते। मुझे याद है, जंगपुरा के एक परिवार के साथ एक दिन एक लम्बा साक्षात्कार करने के बाद बाहर आना, और सोचना कि मैं लगातार ऐसी हिंसा, ऐसी भयावहता की कहानियाँ नहीं सुनती रह पाऊँगी। इसी समय मेरी एक बहुत अच्छी मित्र, सुदेश वैद्य, ने मेरे अनुरोध पर मेरे साथ काम करना आरम्भ किया और तब हम दोनों के एक साथ काम करने से चीजें काफी अधिक आसान हो गईं। हम बात करने में, कुछ चीजों को बाँटने में, दूसरों के बारे में हँसने में समर्थ थे। इस पुस्तक में जिन साक्षात्कारों को आप देखते हैं, उनमें से कई को हमारे द्वारा संयुक्त रूप से किया गया था—और इसीलिए मैं प्रायः साक्षात्कारों का सन्दर्भ बहुवचन में देती हूँ—और कुछ मेरे द्वारा आरम्भ किए गए थे, और तब हम दोनों द्वारा जारी रखे गए थे। इस कार्य को किसी समय, सुदेश ने बीच में ही छोड़ दिया। सुदेश के ऐसा करने का मुख्य कारण यह था, क्योंकि उन्होंने अब महसूस करना आरम्भ कर दिया था कि जिस तरह की कहानियाँ हम सुन रहे थे, वे ऐसी कहानियों का सामना नहीं कर सकती थीं। इस समय तक, मैं इसमें इतना लिप्त हो चुकी थी कि इस परियोजना को बीच में नहीं छोड़ सकती थी, और इसलिए मैंने इसे अकेले ही जारी रखने का फैसला लिया। मुझे इस बात का हमेशा अफसोस रहेगा कि सुदेश इसमें मेरे साथ नहीं रहीं : अगर उन्होंने ऐसा किया होता तो यह कार्य और अधिक समृद्ध होता, और मैं पक्के तौर पर मानती हूँ कि एक बेहतर—वास्तव में एक बहुत ही भिन्न—कार्य होता।

इसकी जो भी सीमाएँ हों—और बहुत-सी हैं भी—मैं अब इस कार्य को इस आशा के साथ पाठकों के सामने रखती हूँ, कि यह विभाजन के इतिहास के लेखे में, भले ही थोड़ा सही, कुछ योगदान करेगा, और निकट भविष्य में कभी किसी समय, सीमा के दोनों ओर हम सब को स्वतन्त्र रूप से अभिगमन उपलब्ध हो जाएगा। 1997 में भारत और पाकिस्तान दोनों ने ही आजादी की पचासवीं वर्षगाँठ

'मनाई' थी। उस समय मैंने सोचा कि दोनों देशों के लिए इस अवसर को मनाने का श्रेष्ठ तरीका यही होगा कि दोनों देश अपनी सीमाएँ, भले ही कुछ समय के लिए (एक या शायद दो साल) खोल दें। मुझे भरोसा है कि यदि ऐसा हो गया होता, तो सैकड़ों-हजारों लोग 'दूसरे' देश में, अपने पुराने घरों को देखने, पुराने दोस्तों और रिश्तेदारों से मिलने जाना चाहते। लेकिन वह क्षण अतीत है : मैं सोचती हूँ कि अब हम केवल यही आशा कर सकते हैं कि कभी कोई शुरुआत होगी, क्योंकि जब तक ऐसा नहीं होता और हम विभाजन के बारे में बात करने में समर्थ बने रहते हैं, तब तक मुझे डर है कि हम इसे अपने पीछे छोड़ पाने में समर्थ नहीं हो सकते।

2

लहू

भाग—1

राणा मामा

यह कहानी, जैसा कि सभी कहानियाँ अवश्यंभावी रूप से होती हैं, स्वयं मेरे साथ आरम्भ होती है। बरसों से, जब तक यह कहानी मेरे साथ रही है, मैंने इसके बारे में सोचा और तर्क किया है कि मैं यह कहानी किस तरह से सुनाऊँ, वास्तव में इसे सुनाऊँ भी या नहीं। सर्वप्रथम यह दुखद थी और, मैंने सोचा, इतनी अधिक व्यक्तिगत थी कि सुनाई नहीं जा सकती थी। यद्यपि मेरे मामा ने बार-बार कहा था कि वह मेरे इसे सुनाने पर बुरा नहीं मानते हैं, यद्यपि मेरी माँ जानती थी कि मैं इस कहानी को कहना चाहती हूँ, तब भी मैं विश्वासघात की एक अनुभूति से छुटकारा नहीं पा सकी थी। मुझे यकीन था कि वे जो कह रहे हैं, उसकी उलझनों का उन्हें अन्दाजा नहीं था। तब शायद आसान चीज यही होती कि मैं यह कहानी लिखकर पहले उन्हें ही दिखाती, लेकिन जब मैंने ऐसा करने की बात सोची तो मुझे लगा कि मैं स्वयं ही ऐसा नहीं चाहती, क्योंकि ईमानदारी की बात तो यह है कि मैं पहले ही यह तय कर चुकी थी कि इस कहानी को सुनाया ही जाना है। कई मायनों में, जब मैंने इसे देखना आरम्भ किया, तब उसे सुनाने से न केवल मेरी अपनी कहानी, न केवल अपने परिवार की कहानी, बल्कि उनके जीवन के जरिए, दूसरी बहुत-सी कहानियाँ भी सामने आईं, जो सभी कहीं न कहीं इस अजीब-सी चीज के एक वर्णन में बुनी गई थीं, जिसे हम राष्ट्र कहते हैं। यह सब बहुत आडम्बरपूर्ण लग सकता है, और यह कहानी सुनाने में और इसे सुनाने के बाद आनेवाली दूसरी बहुत-सी कहानियाँ भी; लेकिन मेरा तात्पर्य भड़कीली चीजों के बारे में कल्पना करने से नहीं है। हाँ, मैं कुछ सवाल जरूर पूछना चाहती हूँ : कठिन, उत्तेजित करनेवाले सवाल जो यह यात्रा आरम्भ करने के समय से ही मेरे पीछे पड़े हुए हैं।

बहुत पहले से ही मैंने इस बारे में विचार किया है कि जब कभी यह कहानी कहने का काम मुझ पर आएगा तब मैं इसे किस तरह से आरम्भ करूँगी। बहुत-सी

शुरुआतें हैं, चुनना कठिन था। उदाहरण के लिए, क्या ये विभाजन के दर्द और सदमे की, उससे उत्पन्न हुई हिंसा की कहानियाँ हैं, जिन्हें मैंने सारे जीवन सुना था, जिन्हें सुनकर मैंने यह शोध आरम्भ किया था? क्या यह वह फिल्म थी, जिस पर मैंने किसी मित्र के लिए काम किया था, जो मुझे विभाजन के बाद बचे रह गए लोगों के सम्पर्क में लाई थी और जिसने मेरे लिए यह प्रक्षेप-पथ आरम्भ किया था? या कि यह 1984 था, जो इन्दिरा गाँधी की हत्या के परिणाम लाया था : दिल्ली में हजारों सिखों की हत्या और उन्हें अपंग बनाना, वह हिंसक उथल-पुथल और उनके जीवन का विस्थापन जिसने विभाजन को इतनी स्पष्टता से याद दिलाया? या फिर इनमें से सभी कुछ था? मैं सचमुच नहीं जानती। यहाँ, किसी भी कीमत पर, यह एक शुरुआत है। दूसरी शुरुआतें भी, इस वर्णन में कहीं उभरेंगी।

❑ ❑

1987 में गर्मी की एक तप्त रात को करीब दस बजे मैं लाहौर के एक कस्बाई इलाके में स्थित लगभग जर्जर-से एक मकान के बरामदे में खड़ी थी। वहाँ एक-लपेट तार से लटका एक धूसरित-सा बल्ब, पिस्ते के रंग-जैसी हरी दरारों पड़ी दीवारों पर पीली रोशनी डाल रहा था। मैं घबराई हुई, कुछ डरी हुई, और उत्सुक्त भी थी। जो काम मैं करने आई थी उसकी जटिलता मुझ पर प्रकट होना आरम्भ हो गई थी। और यकीनन, मेरी इच्छा हुई कि मैं वापस मुड़ूँ और भाग जाऊँ। लेकिन वहाँ भागने की कोई जगह नहीं थी। यह लाहौर था; रात थी; यहाँ औरतें सुनसान सड़कों पर—या वाकई भीड़ भरी सड़कों पर भी—कोई सवारी खोजने अकेले बाहर नहीं निकला करती थीं।

फिर मैंने वही किया जो मैं यहाँ करने आई थी। मैंने घण्टी बजाई। थोड़ी देर बाद, तीन औरतें ग्रिल लगी खिड़की पर आईं। मैं जिस व्यक्ति की तलाश में थी क्या यह उसी का घर है, मैंने उनसे पूछा। हाँ, उन्होंने कहा। लेकिन वह वहाँ नहीं था। कहीं 'दौरे' पर गया था और देर रात तक उसके लौटने की आशा थी। मैंने यह तो सोचा ही नहीं था : मैंने अपनी मूर्खता में अन्दाजा लगा लिया था कि अगर वह वहाँ होता तो मुझे देखते ही पहचान लेता—इस सच्चाई के बावजूद कि पहले उसने मुझे कभी देखा तक नहीं है, और शायद उसे मेरे अस्तित्व की भी जानकारी नहीं थी। मुझे धुँधली-सी याद है कि साहस बटोरने के लिए उस समय मैं जमीन पर देख रही थी, और देख रही थी कि इसमें चौपड़ के खेल की बिसात उकेरी हुई है, जिसके बारे में मेरी माँ ने हमें बताया था—उसने बताया था कि यह कोई ऐसी चीज थी जो मेरे नाना ने अपनी पत्नी, मेरी नानी, के लिए खास तौर पर बनवाई थी। अपनी सारी हिम्मत बटोरते हुए मैंने वहाँ इकट्ठी उन तीन औरतों से कहा : "मैं उन्हें खोज रही हूँ क्योंकि मैं उनकी भांजी हूँ, उनकी

बहन की बेटी, दिल्ली से आई हूँ।''

दरवाजे की चटखनियाँ खोली गईं और मुझे भीतर आमंत्रित किया गया। वे औरतें—राणा की पत्नी—मेरी मामी, और उनकी बेटियाँ—मेरी ममेरी बहनें थीं। आज तक भी मुझे विश्वास नहीं है कि यह मेरी कल्पना थी या फिर वे सचमुच में काफी दोस्ताना थीं। मुझे याद है, मैं काफी हैरत में थी, क्योंकि मुझे लगा जैसे उन्हें पता है कि मैं कौन हूँ—तुम जरूर सुभद्रा की बेटी होगी, थोड़ा उसी के जैसी दिखती हो, उन्होंने कहा। उसके जैसी दिखती हो? लेकिन उन्होंने तो मेरी माँ को भी कभी देखा नहीं था। उस समय, यद्यपि, मैं इतनी घबराई हुई थी कि पूछ नहीं सकी। वे मुझे एक बड़े, लेकिन साधारण-से सज्जित कमरे में ले गईं : हमने एक घण्टे तक बड़े सँभलकर बातचीत की और कोकाकोला पिया। तब मेरी मित्र फरहाना मुझे वहाँ लेने आ गई : मैं उसकी बहन फरीदा को जानती थी, और उन्हीं के घर में ठहरी हुई थी।

यह इस कहानी का अन्त हो सकता था। एक तरह से, अपने मामा को घर में न पाना लगभग राहत की एक बात थी। मैं यह सोचते हुए गई कि चलो यही है, मैंने अपना काम खत्म कर लिया है। अब मैं घर लौट सकती हूँ और इसके बारे में सब कुछ भूल-भुला सकती हूँ। लेकिन यह कहना, इसे करने से अधिक आसान था। इतिहास आपको इतनी आसानी से भूलने की छूट नहीं देता है।

❑ ❑

सीमा पार करके पाकिस्तान में जाना उससे अधिक आसान था, जितना मैंने सोचा था। वीसा लेना कठिन था, यद्यपि विडम्बनापूर्ण। पाकिस्तान उच्चायोग के वीसा आफिस में दो काउण्टर थे, एक उन लोगों के लिए था जिन्हें वे 'विदेशी' कहते थे, और दूसरा भारतीयों के लिए था। भारतीय काउण्टर पर लोगों की भीड़ धक्का-मुक्की करते, सभी जरूरी कागजी काम बटोरने की कोशिश कर रही थी, जबकि बाहर एक गंजा और कमर तक आधा झुका हुआ बूढ़ा व्यक्ति, रील धोनेवाले डवलपर की एक छोटी-सी बाल्टी लिए हुए, तत्काल फोटो खींचने का आग्रह करता था। हालाँकि, एक बार सीमा पार पहुँचने के बाद, हवाईअड्डे पर सब कुछ जाना-पहचाना-सा लगा—वही शोरगुल, वही भाषा, वही गंध, वही कपड़े। फिर भी, जिस चीज के लिए मैं तैयार नहीं थी, वह था तीव्र भावनात्मक खिंचाव जो सीमा पार करते ही मुझे महसूस हुआ। मुझे घर वापस आने की एक अनुभूति—इसके लिए कोई दूसरा शब्द नहीं है—महसूस हुई। मैं स्वयं से पूछती रही, क्यों? मैं विभाजन के पाँच साल बाद पैदा हुई थी। मैं उस दर्द और मनोव्यथा के बारे में क्या जानती थी जिसने मेरे माँ-बाप और दादा-दादी की जिन्दगियों का पीछा किया था? क्यों

यह जगह, जो मैंने पहले कभी नहीं देखी थी, मुझे दिल्ली की तुलना में, जहाँ मैंने व्यवहारतः अपना पूरा जीवन बिताया था, अधिक घर जैसी लगनी चाहिए?

इतिहासों और कहानियों का यह ऐसा कौन-सा अजीब प्रक्षेप-पथ था जिसने मेरे लिए यहाँ आना इतना अधिक महत्वपूर्ण लगने जैसा बना दिया था? मामा के घर के बरामदे में खड़े होकर मुझे, शायद पहली बार, यह सोचना याद है कि यह कुछ अनपेक्षित-सा था। जब मैंने अपनी खोज आरम्भ की थी तब मुझे निश्चित रूप से पता नहीं था कि मैं क्या पाऊँगी। लेकिन जो मुझे सचमुच में मिला, उसके लिए मैं तैयार नहीं थी। यह कुछ ऐसा था जिसके लिए इतिहास के किसी भी अध्याय ने मुझे तैयार नहीं किया था : ये लोग, अजनबी लोग जिनसे मैं अभी तत्काल ही मिली थी, मुझसे बिल्कुल अपने परिवार की तरह पेश आ रहे थे। लेकिन वास्तव में हमें बाँटनेवाली सरहद इतनी गहरी थी कि धर्म में, राजनीति में, भूगोल और इतिहास में, हर जगह, जहाँ भी आपकी दृष्टि जाए, वहाँ यह अपना बदसूरत सिर उठाती और विभाजन को काबू में करनेवाली उन छोटी कोशिशों का मखौल उड़ाती थी।

राणा मामा, जिनके घर के बाहर मैं उस रात खड़ी थी, मेरी माँ के सबसे छोटे भाई हैं। अनेक उत्तर-भारतीय परिवारों की तरह हमारा परिवार भी विभाजन के समय बँट गया था। मेरी माँ ने, जो उस समय कुवाँरी थी, स्वयं को भारतीय सीमा के अन्दर पाया। राणा मामा, उनके भाई ने, वहीं रहना पसन्द किया। मेरी माँ और उनके छोटे भाई-बहनों के मुताबिक राणा मामा का फैसला किसी प्रयोजन से प्रेरित था। वह मेरे नाना—जो जीवित नहीं थे—की जायदाद पर अपनी पैठ बनाना चाहते थे। परिवार में दूसरे सभी दावेदारों के चले जाने पर, वही उसके अकेले वारिस हो सकते थे। इस वजह से, और विभाजन के बाद कोई सम्पर्क बनाए रखना लगभग असम्भव होने के कारण भी, परिवार ने राणा मामा से सम्पर्क 'खो' दिया। चालीस वर्षों तक, उनसे किसी ने भी कोई पत्र-व्यवहार नहीं किया। न किसी ने उनके बारे में कुछ सुना या उनके बारे में कुछ देखा। यानी जब तक कि मैं उनसे मिलने नहीं गई, तब तक उनसे सारे सम्पर्क टूटे रहे।

❑ ❑

जब से मैं याद कर सकती हूँ हमने विभाजन की कहानियाँ ही सुनी थीं—अपनी दादी से जो हमारे साथ रहती थीं, और अपने माता-पिता से जिन्होंने इसे बहुत ही भिन्न रूप में भोगा था। इस तरह से मैंने इनमें से बहुत-सी कहानियाँ धुँधुली-सी दर्ज की थीं। मैंने राणा मामा की कहानी भी दर्ज की थी। न केवल वह वहीं रह गए थे, बल्कि इससे भी बदतर, मुसलमान भी बन गए थे; और मुझे सन्देह है यही चीज थी जिसने उन्हें हमारे परिवार में एक अस्वीकार्य व्यक्ति बना दिया था।

मेरी माँ ने अपने परिवार के सदस्यों को भारत लाने के लिए, भीषण साम्प्रदायिक हिंसा के बीच, लाहौर की दो मुश्किल और खतरनाक यात्राएँ कीं। पहली बार में वह अपने छोटे भाई बिल्लो, और एक बहन सविता को लाईं। दूसरी बार वह अपनी माँ और सबसे छोटे भाई राणा को लाने गईं (उनके पिता काफी पहले ही मर चुके थे)। लेकिन माँ ने बताया कि राणा ने आने से मना कर दिया, और वह मेरी नानी को भी नहीं जाने देना चाहते थे। उन्होंने इस बात से इन्कार किया था कि वह नानी को, उनके नाम लिखी मेरे नाना की जायदाद की खतिर रोकना चाहते हैं, और उन्होंने नानी को जल्दी ही भारत लाने का वादा भी किया। पर यह कभी नहीं हुआ। एक बार देश बँट गया, तो फिर भिन्न समुदाय के लोगों के लिए 'दूसरे' देश में आजादी से आवागमन लगभग असम्भव हो गया। केवल कुछ ही लोगों के अलावा–जिन्हें विशेषाधिकार प्राप्त थे और जिनकी पहुँच सत्ता में बैठे लोगों तक थी–एक ऐसी परिस्थिति जो सापेक्षिक रूप से निर्विघ्न यात्रा सुनिश्चित करती थी–ज्यादातर लोग अपने घरों को लौटने में समर्थ नहीं थे, और जो प्रायः जल्दबाजी में ही पीछे छोड़ दिए गए थे। दोनों ओर गहरा सन्देह था, और सीमा-पार की किसी भी हलचल की चौकसी और निगरानी पुलिस और गुप्तचर विभाग द्वारा की जाती थी। राणा और उनके परिवार ने कुछ समय तो सम्पर्क रखा, लेकिन खुद को लगातार निगरानी में पाया, उनकी चिट्ठियाँ खोली जातीं, और उनसे सवाल पूछे जाते। कुछ समय बाद उन्होंने सम्पर्क करने की कोशिश को ही बन्द कर दिया और चालीस साल तक ऐसा ही रहा। यद्यपि राणा मामा मेरे नाना के घर ही रहे, फिर भी किसी ने उनसे कोई बात नहीं की, न ही कोई पत्र लिखा, इन सभी वर्षों में किसी ने उनसे कुछ नहीं सुना। इस दौरान किसी समय, 1947 के करीब, मेरे परिवारवालों ने मेरी नानी के मरने की अपुष्ट-सी खबरें सुनी थीं। लेकिन किसी को भी वास्तव में पता नहीं था। परिवार, माँ, घर-बार को खोने की गहरी व्यथा की जगह अब कड़ुआहट, और गुस्से, और अन्त में विरक्ति ने ले ली। बचपन में, जब हम विभाजन और परिवार के अतीत की कहानियाँ सुनते थे, तब शायद यही उदासीनता स्वयं को हम तक सम्प्रेषित करती थी।

❑ ❑

आधी रात को, मेरी मित्र फरीदा के घर का फोन घनघनाया। हम कॉफी और नमकीन/मीठी चाय पीते हुए, जिसे पाकिस्तानी लोग कहवा कहते हैं, गपशप और बातचीत में गहरे डूबे हुए थे। फरीदा ने कुछ व्याकुलता से एक मिनट तक फोन सुना–इस समय कौन फोन कर रहा होगा–और फोन मुझे थमाकर, अचानक चिहुँक उठी, "तुम्हारे मामा हैं।" जब फरीदा ने फोन उठाया था, तब उधर से एक मर्दानी आवाज ने बिना किसी हुज्जत के कहा था, "मुझे यकीन है मेरी भांजी आपके साथ

ठहरी हुई है। जरा उसे बुला दीजिए, मैं उससे बात करना चाहता हूँ।''

जब मैंने कुछ संकोच से फोन पर उनका अभिवादन किया तो वह बोले, ''बेटी, तुम वहाँ क्या कर रही हो? यह तुम्हार घर है, तुम फौरन चली आओ, और तुम्हें यहीं रहना है। मुझे अपना पता दो और मैं आऊँगा और तुम्हें ले जाऊँगा।'' कोई उपक्रम नहीं, कोई अभिवादन नहीं, बस सीधे ही, पारिवारिक रिश्तों को कुरेदे बिना ही उन्होंने मुझसे कहा। मैं अभिभूत भी थी और आश्चर्यचकित भी।

हमने बात की, और तर्क-वितर्क किया। अन्त में मैं उन्हें मना करने में सफल हो गई। काफी देर हो चुकी थी, वह थके हुए थे। ''हम सुबह क्यों न मिलें? मैं अपनी मित्र के साथ वहाँ आ जाऊँगी।''

''सिर्फ मिलने से मेरा मन नहीं भरेगा, तुम यहाँ से जा सकती हो, यह बात सोचना भी मत। यह तुम्हारा घर है और यही वह जगह है जहाँ तुम्हें जरूर रहना है—अपने परिवार के साथ।'' मामा ने मुझसे कहा।

घर? परिवार? मुझे याद है मैं सोच रही थी कि उन दो लोगों के बीच ये शब्द अनजाने हैं, जो एक दूसरे को जानते तक नहीं। क्या मुझे वहाँ जाना चाहिए और उनके साथ रहना चाहिए? मेरा मन कर रहा था, लेकिन मैं फैसला भी नहीं कर पा रही थी। मैं अपना सामान बाँधकर किसी के घर में रहने के लिए कैसे जा सकती हूँ जिसे मैं, यद्यपि एक पारिवारिक सम्बन्ध होने के बावजूद, जानती तक नहीं। अगली सुबह मैं, बिना सामान लिए ही, वहाँ गई तो मामा ने तुरन्त कहा—तुम्हारा सामान कहाँ है? बाद में उसी शाम को वह मेरे साथ फरीदा के घर आए। मैंने अपना सामान उठाया और हम एक साथ उनके घर चले गए।

मैं अपने मामा के साथ एक सप्ताह रही। पूरे समय मैं उस विश्वासघात के छुपे हुए बोध से परिचित थी : मेरी माँ को अपने इस भाई से दुबारा सम्बन्ध बनाने की कोई इच्छा नहीं थी जिस पर उन्हें स्वार्थी और षड्यंत्रकारी होने का सन्देह था। वह पूछती थी—क्यों वह वहाँ तेरी नानी और उनकी जायदाद पर कब्जा बनाए रखने के लिए वहीं रुक गया था? बाद के बरसों में, उनकी कड़ुआहट और क्रोध केवल बढ़े ही थे। लेकिन, मेरे अपने राजनीतिक प्रक्षेप के चलते, यह दौरा मेरे लिए इतना अधिक महत्वपूर्ण था कि इसे छोड़ देना सम्भव नहीं था। और एक बार मुझे अपने मामा से मिलने, और उनके द्वारा मुझे 'बेटी' सम्बोधित करने के बाद यहाँ से बाहर निकलना मेरे लिए और भी मुश्किल हो गया। इसलिए मैं उस बड़ी असम्बद्ध हेवली में रही, और हफ्ता-भर हमने खूब बातें कीं। वह बड़ा ही उत्तेजक और भावनात्मक शक्ति सोख लेनेवाला सप्ताह था। इसके बाद भी एक लम्बे समय तक मुझे अपने जीवन के उस निक्षिप्त काल के बारे में बात करना बड़ा मुश्किल लगा था। मुझे मेरी मामी, मेरे छोटे और बड़े ममेरे भाई-बहन, वहाँ खाना, सोना सब कुछ किंचित धुँधला-सा याद आता है। केवल अपने मामा के

साथ किए गए अनेक वार्तालाप ही मुझे ठीक से और साफ-साफ याद हैं।

विभाजन के समय वह अपने भाई और बहनों के साथ भारत के लिए क्यों नहीं चले थे, मैंने उनसे पूछा, "आप वहीं क्यों रह गए?" राणा मामा ने बताया, बहुत से दूसरे लोगों की तरह उन्होंने भी, जिस तरह से विभाजन हुआ था, इसकी कभी आशा नहीं की थी। "हम में से बहुत से लोगों ने सोचा था कि हाँ, परिवर्तन तो होगा, लेकिन हमें यहाँ से जाना क्यों पड़ेगा?" उन्होंने नहीं सोचा था कि राजनीतिक निर्णय उनके जीवन को प्रभावित कर सकते हैं, और जब तक उन्हें यह महसूस हुआ, तब तक काफी देर हो चुकी थी, और हालात के पहले जैसा होने की कोई गुंजाइश नहीं बची थी। "मैं उस समय मुश्किल से बीस साल का था। मैं पढ़ा-लिखा भी नहीं था। भारत जाकर मैं क्या करता? मेरे पास कोई योग्यताएँ, कोई काम, मेरी सिफारिश के लिए कुछ भी तो नहीं था।" लेकिन भारत में उनका परिवार तो था, और यकीनन उनमें से कोई न कोई उनकी देखभाल जरूर करता? इस पर मामा ने कहा, "मुझे तुम्हारी माँ के अलावा और किसी ने भी वाकई में चलने के लिए नहीं कहा। लेकिन वह अविवाहित थी, और दूसरे दो भाई-बहनों की जिम्मेदारी पहले ले चुकी थी।"

"और मेरी नानी? आपने नानी को वहाँ रहने पर जोर क्यों दिया?" मैंने पूछा। मैं यह विश्वास करने को उत्सुक्त थी कि इसका कोई उचित क्षम्य कारण होगा, लेकिन मामा ने जो स्पष्टीकरण दिया, मुझे उस पर यकीन नहीं हुआ। उन्होंने बताया, "मैं तुम्हारी माँ के बारे में चिन्तित था जो एक बूढ़ी माँ का बोझ उठाती, ठीक वैसे ही जैसे मैं तब भी चिन्तित था जब उसने मुझे भी अपने साथ चलने के लिए कहा था। इसलिए मैंने सोचा, मैं अपने हिस्से की जिम्मेदारी निभाऊँगा और माँ की देखभाल करूँगा।"

मेरी नानी, दयावन्ती का 1956 में देहान्त हुआ था। पहली बार हमारे परिवार में किसी को भी यह बात तब मालूम हुई जब 1987 में मैं राणा मामा के घर गई और उन्होंने मुझे बताया। वर्षों तक, हमने यही सुना था कि वह पाकिस्तान में ही छोड़ दी गई थीं, और 1949, 52, 53, या कभी-कभी और पहले उनकी मौत होने की अफवाह से हम अस्पष्ट रूप से अवगत थे। लेकिन वह 1956 तक जीवित रही थीं। विभाजन के नौ वर्षों बाद तक। उस समय, उनके आठ में से सात बच्चे सीमा पार, भारत में रहते थे और ज्यादातर दिल्ली में ही। हवाई जहाज द्वारा दिल्ली लाहौर से महज आधे घण्टे की दूरी पर है। पर उनमें से कोई यह नहीं जानता था। कुछ चीजें, मैंने पाया, क्षमा करनी मुश्किल हैं।

राणा मामा ने जिस तरह से इसे बखान किया तो लगा, मानो वहाँ रुकने का विकल्प वास्तव में कोई विकल्प था ही नहीं। असल में, बहुत-से लोगों की तरह, उन्होंने भी सोचा था कि वह वहाँ रुकने का कोई विकल्प नहीं चुन रहे थे,

बल्कि वास्तव में जब तक उनके लिए स्थिति स्पष्ट होगी, तब तक ऐसा करने का इन्तजार कर रहे थे। लेकिन धर्म-परिवर्तन करने के निर्णय के बारे में क्या? क्या अब भी वह आस्तिक हैं? क्या तब भी थे? धर्म का उनके लिए क्या अर्थ था—फिर भी, एक देश में से दो देशों के जन्म के पीछे सारा तर्काधार भी तो धर्म ही बताया गया है। और, यह व्यापक रूप से माना जाता है—कुछ सच्चाई के साथ—कि भारी संख्या में लोगों को 'दूसरे' धर्म में परिवर्तन के लिए बाध्य किया गया था। लेकिन राणा?

"किसी ने मुझे कुछ भी करने को बाध्य नहीं किया। लेकिन एक तरह से वास्तव में कोई विकल्प भी तो नहीं था। केवल धर्म बदलकर ही मैं यहाँ रह सकता था। और मैंने यही किया भी। मैंने एक मुस्लिम लड़की से शादी की, अपना धर्म बदला, और एक मुस्लिम नाम रखा।"

लेकिन क्या वह सचमुच विश्वास करते थे? और क्या विश्वास से पैदा हुआ धर्म-परिवर्तन भी उतना ही था जितना कि यह धर्म-परिवर्तन के कारण हुई सुविधा से था? इस प्रश्न पर मामा के उत्तर को यहाँ पूरी सच्चाई से रख पाना मेरे लिए मुश्किल है। जब मैंने उनसे पूछा कि उन्होंने जो कुछ भी कहा है, क्या उसे मैं लिख सकती हूँ, तो इस पर मामा ने कहा, "जरूर, जो लिखना चाहो लिखो। मेरी जिन्दगी इससे अधिक बदतर तो हो नहीं सकती।" लेकिन मेरी अपनी अनुभूति यह है कि इससे जिस तरह की उलझनें पैदा हो सकती थीं, उनसे वह सचमुच वाकिफ नहीं थे। इसलिए मैंने वही किया जो मैंने सोचा था : उन हिस्सों को जिन्हें मौन रखना जरूरी था, मौन ही रहने दिया। मैं इसके लिए कोई सफाई नहीं देती, सिवाय इसके कि मैं स्वयं को एक भ्रान्ति, जिसे बौद्धिक ईमानदारी कहते हैं, के नाम पर किसी जोखिम में नहीं डाल सकती थी या राणा मामा को इतना असुरक्षित नहीं कर सकती थी।

मेरे प्रश्न के उत्तर में मामू ने कहा, "एक चीज मैं तुम्हें बताऊँगा। इन चालीस वर्षों में मैं अपने इस फैसले पर एक रात भी बिना अफसोस के नहीं सोया हूँ।" एक रात भी नहीं? मैं रीढ़ तक सिहर गई। वह ऐसा कैसे कह सकते हैं, उनका क्या मतलब है, इन चालीस सालों को उन्होंने कैसे भोगा है, और यदि उन्हें ऐसा महसूस हुआ है तो वास्तव में अगले चालीस वर्षों तक वह किस प्रकार से जिएँगे? "देखो बेटी, धर्म बदलनेवाले को किसी तरह से कभी माफ नहीं किया जाता। तुम्हारा अतीत तुम्हारा पीछा करता है, तुम्हें उत्तेजित करता है। मेरे लिए, यह सबसे बुरा है क्योंकि मैं इसके बाद भी इसी जगह पर रहता रहा हूँ। आज भी, जब मैं बाजार से गुजरता हूँ तो लोगों को अकसर 'हिन्दू, हिन्दू', फुसफुसाते हुए सुनता हूँ। नहीं, तुम नहीं जानतीं, यह कैसा लगता है। वे तुम्हें धर्म बदलने पर कभी माफ नहीं करते।" मामा ने उस बात को दुहराते हुए कहा जिसे उन दिनों, जिन्हें हमने साथ

गुजारा था, एक प्रकार से स्थाई रूप लेना था।

मैं इस बारे में उत्सुक थी कि राणा मामा ने कभी भारत आकर अपना परिवार खोजने को कोशिश क्यों नहीं की। यदि उन्हें अपना परिवार खोने का इतना अधिक दुख था, तो उन्होंने भी दूसरे बहुत-से लोगों की तरह अपने परिवार को खोजने की चेष्टा क्यों नहीं की? यकीनन, शुरू में लोगों के लिए ये दो सीमाएँ पार करना कठिन काम था, लेकिन बीच में ऐसे मौके भी आए थे जब हालात सामान्य भी हुए, भले ही थोड़े-बहुत, लेकिन इसका भी उनके पास उत्तर था : ''मैं कैसे कोशिश करता? मैं कहाँ जाता? मेरा परिवार, मेरी बहनें मेरा पता जानती थीं। मुझे कुछ भी मालूम नहीं था कि वे कहाँ हैं। और फिर, किसी मुसलमान बने पुराने हिन्दू पर भारत में कौन भरोसा करता जो अब अपने हिन्दू रिश्तेदारों को खोजना चाहता था? और यही एकमात्र घर है जिसे मैंने जाना है।''

और फिर भी, उनके लिए घर भिन्न-भिन्न अनेक तरीकों से परिभाषित था। जब से टेलीविजन ने अपनी उपस्थिति बनाई, तब से राणा मामा ने यह सुनिश्चित किया कि रोजाना भारतीय समाचार सुनें। जब दोनों देशों में क्रिकेट खेला जाता था, तब वह इसे देखते और भीतर ही भीतर भारत से जुड़े रहते। प्रायः, जब भारत किसी और देश से खेल रहा होता था तो वह भारत की तरफ होते थे। हाल ही में, कभी-कभी वह छोटे पर्दे पर भारतीय साबुनों को देखते थे। और, यद्यपि उन्होंने मुझे बताया था कि लाहौर में उनका घर ही एकमात्र घर है, जिसे उन्होंने कभी जाना था, फिर भी घर-जैसी किसी अनुभूति के लिए वह भारत की ओर ही ताकते थे। पंजाबी में एक शब्द है जो ज्यादातर पंजाबियों के लिए काफी लुभावना और भावोत्तेजक है : वतन। अनुवाद करने में यह एक कठिन शब्द है : इसका अर्थ घर, देश, जमीन—इनमें से कोई भी या सभी कुछ हो सकता है। जब कोई पंजाबी अपने वतन की बात करता है, तो आप जानते हैं वह किसी स्थान की अनुभूति, किसी जगह का रहनेवाला होने का अनुभव और वहाँ से जुड़े रहने की अनुभूति की उत्कंठा-जैसी कुछ अकथनीय चीजों का जिक्र कर रहा होता है। विभाजन के कारण उजड़ गए ज्यादातर पंजाबियों के लिए उनका वतन उस घर में है, जिसे वे पीछे छोड़ आए थे। राणा मामा के लिए इसकी एक विचित्र विडम्बना यह थी कि जहाँ वह पाकिस्तान में अपने पारिवारिक घर में रहते रहे, वहीं उनका वतन भारत बन गया, एक ऐसा देश, जहाँ वह एक बार केवल थोड़े-से समय के लिए आए थे।

उनके परिवार और बच्चों को यह बड़ा बेतुका लगता था। वे इन गुप्त लालसाओं को, इन चीजों को जो उनके मन में घुमड़ती रहती थीं, समझ नहीं सके थे। वे सोचते थे, राणा मामा ने जो कहानियाँ सुनाई थीं वे अजीब थीं, और वे लोग भी जिनके बारे में राणा मामा बताते थे, उनके सीमा पार के परिवार के हिन्दू

लोग। उनकी दो छोटी लड़कियों ने एक बार मुझे बताया, "आपा, आप तो बिल्कुल ठीक हैं, आप तो बिल्कुल हमारी तरह हैं, लेकिन जानती हैं हमने सोचा था कि 'वे' सचमुच बड़े डरावने होंगे।" और उन्हें कौन दोष दे सकता था? वे केवल दूर के ही कुछ हिन्दू रिश्तेदारों से मिली थीं जो एक बार उनके घर आए थे, और जिन्होंने उनके साथ ऐसा व्यवहार किया था जैसा कि कट्टर हिन्दू प्रायः करते हैं—अस्पृश्यता का आचरण। वे परिवारवालों द्वारा पकाया हुआ खाना न खाकर और अपने मेजबानों को किसी तरह से 'निकृष्ट' होने का अनुभव करवा करके अपना भोजन स्वयं पकाने पर जोर देते। विभाजन पर काम करने के दौरान बाद में मैंने जिन लोगों का इण्टरव्यू किया था, उनमें से एक, वीर बहादुर सिंह, ने मुझे बताया कि हिन्दू और सिख जिस तरह से मुसलमानों के साथ व्यवहार करते थे, उसके बारे में वह क्या सोचता है :

> हमारे मुसलमानों से इतने अच्छे सम्बन्ध थे कि अगर हमारे यहाँ कोई समारोह होता था, तब हम मुसलमानों को अपने घरों में बुलाया करते थे, वे हमारे घरों में खाते, लेकिन हम उनके घरों में नहीं खाते, और यह एक बुरी चीज है, जो मैं अब महसूस करता हूँ। यदि वे हमारे घरों में आते तो हमारे घर के एक कोने में दो बरतन रखे होते, और हम उन्हें बताते, इन्हें उठाओ और इनमें खाओ। तब वे इन्हें धोते और अलग रखते, और यह एक कितनी भयावह चीज थी। यही कारण था कि पाकिस्तान बनाया गया। यदि हम उनके घरों में जाते थे और उनकी शादियों और समारोहों में भाग लेते थे, तो वे सचमुच हमारी इज्जत और हमारा सम्मान किया करते थे। वे हमें अनपका भोजन—घी, आटा, दाल, जो सब्जियाँ उनके पास होतीं, चिकन और यहाँ तक कि मटन, सभी कुछ कच्चा ही देते। और हमारा उनके साथ बर्ताव इतना नीच था कि मुझे कहते हुए भी शर्म आती है। एक मेहमान हमारे घर आता है और हम उससे कहते हैं, उन बरतनों को लाओ और उन्हें धोओ। और यदि मेरी माँ या बहन को उसे खाना देना हो तो वे उसे इस डर से कमोवेश इतनी दूर से रोटी फेंककर देंगी कि वे कहीं उनके बर्तन से न छू जाएँ, गंदी न हो जाएँ।...हमारा अपनी निचली जातियों से भी इतना घटिया व्यवहार नहीं है जितना कि हिन्दुओं और सिखों ने मुसलमानों से किया था।

जैसे-जैसे साल बीतते गए, राणा मामा ने ज्यादातर अपने भीतर ही भीतर, एक ऐसी घुटन-भरी जिन्दगी जीना शुरू कर दी, जिसके बारे में कोई कुछ नहीं जानता था, लेकिन हर कोई, खासकर उनका परिवार, इस पर सन्देह करता था। उनके बच्चे—विशेषकर उनकी बेटियाँ और बहुएँ—उनकी परवाह करते थे लेकिन हर कोई उनके दिमाग में क्या चल रहा है, इससे घबराता था। क्योंकि उन्हें सारा

प्यार उनकी बेटियों ने दिया, मुझे लगा कि उनके बेटों से उन्हें बहुत ही कम मिला। उनकी असली दिलचस्पी मामा की जायदाद में थी। शायद एक व्यक्ति, जो कुछ मायने में, उनके मन की दुविधाओं को समझता था, वह थी मेरी मामी, उनकी पत्नी। उन्होंने काफी पहले ही, और मैंने सोचा समझदारी से, यह तय कर लिया था कि वह अपने बच्चों को उसी तरह की पहचान के संकट में रहने की इजाजत नहीं देंगी जिस तरह का संकट मामू को था। उनका पालन-पोषण अच्छे मुसलमानों की तरह से हुआ था, लड़कियाँ पर्दे में रहती थीं, वे घर पर ही मुल्ला से पढ़ती थीं, उन्होंने कुरान पढ़ना सीख लिया था। विशेषकर घर के छोटों के लिए, जिनके मन में बँटवारे की याद या सन्दर्भ नहीं थे, राणा अपने परिवार, अपने दोस्तों, अपने घर की अपनी अनेक कहानियों के साथ उनके पिता बने रहे, पर फिर भी वे एक अजनबी थे। कुछ मायनों में, इसने राणा को अपने परिवार से और दूर कर दिया, और उन्हें और अकेला करने में भारी भूमिका अदा की। दूसरे मायनों में, एक विचित्र प्रकार के विरोधाभास में, राणा का पितृसत्तात्मक प्रभुत्व कम कर दिया गया था, जिसके कारण वह एक आम मध्यवर्गीय पंजाबी परिवार का मुखिया होने की तुलना में एक अधिक सहृदय पिता बन गए थे। लेकिन अपने परिवार के अनेक सदस्यों के लिए, वह जायदाद के केवल एक कष्टदायी स्वामी थे, जिसे जितनी जल्दी सम्भव हो, निबटाया जाना था।

मैं नहीं समझ सकी, वह इस तरह से कैसे जी सकते हैं : क्या ऐसा कोई व्यक्ति है जिससे वह बात कर सकते थे? इस पर उन्होंने बताया, नहीं। वह इतनी गहरी, इतनी पीड़ादायक चीज पर किसी से कैसे बात कर सकते हैं? और किससे करते? वहाँ कोई नहीं था, कोई नहीं, जो इसे समझना शुरू भी कर सके। उन्होंने बताया, कुछ बातें अनकही ही छोड़ देनी बेहतर रहती हैं। लेकिन तब वह यह सब मुझसे क्यों कह रहे हैं? मैं कौन हूँ? एक दिन, जब हम देर शाम तक बतियाते रहे, बीच में केवल कुछ खाने, या चाय के प्याले के लिए सिलसिला रुकता, और उन्होंने बँटवारे के बाद से अपनी जिन्दगी के बारे में मुझे बताया, उस समय मैंने बोझ की, क्लांति की एक अनुभूति को महसूस करना आरम्भ किया। ''क्यों'', तब मैंने पूछा, ''आप मुझसे इस तरह से क्यों बात कर रहे हैं? आप मुझे जानते तक नहीं। यदि आप मुझे बाजार में मिलते तो मैं भी बस एक दूसरा अजनबी ही होती। हाँ, हम एक ही भाषा बोलते हैं, एक जैसे कपड़े पहनते हैं, लेकिन इसके अलावा...।'' मामा ने कुछ देर तक मुझे घूरा और कहा, ''मेरी बेटी, यह पहली बार है, जब मैं अपने खून से बात कर रहा हूँ।''

मैं अवाक रह गई। मैंने इसका प्रतिवाद किया, ''और आपके अपने परिवार के बारे में क्या? वे आपका खून हैं, मैं नहीं।'' इस पर मामा बोले, ''नहीं, उनके लिए मैं अजनबी ही हूँ। तुम, तुम समझती हो वह क्या है जिसके बारे में मैं बात

कर रहा हूँ। इसीलिए तुम यहाँ इस खोज पर हो। तुम जानती हो। यहाँ तक कि यदि कभी कुछ और भी नहीं घटित होता तो भी, मुझे पता है तुम्हें यहाँ मेरा बोझ हल्का करने के लिए भेजा गया है।''

और, कुछ मायनों में मुझे लगता है, यह सही भी था। मैं जरूर समझी थी, और मैंने हैरान होना शुरू कर दिया। इस तरह से करीब कितने ही लोग इस घटना द्वारा बरबाद कर दिए गए थे, जिसे हम विभाजन कहते हैं, जिसे इतिहास के रूप में जाना जाता है। कितने लोगों को अपनी खामोशियों के साथ जीना पड़ा था, कितने लोग कुछ बोलने में समर्थ थे, और ऐसा क्यों था कि हम जैसे लोग, जिन्होंने आधुनिक भारतीय इतिहास को स्कूल में पढ़ा था, जो यह जानते थे कि विभाजन नाम की कोई घटना भारत की आजादी के साथ ही घटी थी, इसके दूसरे पक्ष को कभी नहीं जानते थे? क्यों वे कहानियाँ छुपी रह गई थीं? क्या इनके लिए इतिहास में कोई जगह नहीं थी?

❑ ❑

पहली बार उस समय जब मैं पाकिस्तान से भारत लौटी, तो अपने साथ पूरे परिवार से सरहद के इस ओर के हरेक सदस्य के लिए चिट्ठियाँ, सन्देशे और उपहार लेकर आई थी। राणा मामा ने सारी बहनों के नाम एक लम्बा पत्र भेजा था (उनके एक बचे हुए भाई की उस समय तक मृत्यु हो चुकी थी)। शुरू में, मेरी माँ को अपनी कडुवाहट और गुस्से पर काबू करने, और उनके पत्र का सामना करने में काफी मुश्किल हुई। हमारे घर में जमा, एक पंक्ति में बैठीं, उनकी पाँचों बहनें चिट्ठी देखने को बेताब तो थीं, लेकिन कुछ नाराज भी थीं। फिर किसी ने चिट्ठी उठाई और पढ़नी शुरू की, और जल्दी ही एक के बाद एक दूसरे लोग भी इसे पढ़ने लगे, स्मृतियों का आदान-प्रदान होने लगा, किस्सों को दुबारा सुनाने और एक दूसरे को बताने के साथ ही आँसू बहते जाते, और हँसी के ठहाके भी लगते। ''हमें बताओ'', उन्होंने माँग की, ''हमें बताओ लाहौर का घर कैसा दिखता है, क्या अमरूद का पेड़ अभी भी वहीं है, वहाँ जमीन पर जो चौपड़ बनी हुई थी उसका क्या हुआ, पिछवाड़े में अब कौन रहता है...?'' सैकड़ों सवाल। मैंने सभी के उत्तर देने की कोशिश की—असफलतापूर्वक। मैं उन्हें कैसे बता सकती थी कि किस कमरे में कौन रहता है, घर किस तरह से बदल गया है, जब मैंने खुद ही पुराना घर नहीं देखा था? मामू का खत कई-कई बार पढ़ा गया, छुआ और सूँघा गया, इस पर सभी लोग खूब रोए भी और हँसे भी। मेरी माँ और मौसियों को एकाएक सीमा पार एक परिवार मिल गया था। उसके बाद हमारा सम्पर्क बना रहा, कभी-कभार चिट्ठियाँ भी आ जाती थीं। फिर मैं कई बार वहाँ गई और उनसे दुबारा मिली। एक बार मामा ने मेरी माँ को चिट्ठी में लिखा, ''मन करता है उर्वशी को एक पिंजरे

में कैद करके यहीं रख लूँ।'' और माँ ने बताया कि मैंने मामा की जिन्दगी में असल फर्क ला दिया है। जैसा कि मैं सोचती हूँ, उन्होंने मेरी जिन्दगी में ला दिया था, क्योंकि उन्होंने मुझे एक ऐसे रास्ते पर ला खड़ा किया जिससे वापस लौटना मेरे लिए काफी मुश्किल है। लेकिन पुरानी नाराजगियाँ आसानी से नहीं मिटतीं। और सतह के नीचे ऐसी बहुत-सी चीजें छिपी रहती हैं जिनके बारे में हम जान भी नहीं सकते हैं। एक बार, जब मैं मामा के यहाँ जा रही थी, तो माँ ने मुझसे कहा, ''उससे पूछो...उससे पूछो कि उसने मेरी माँ को दफनाया था या जलाया था।'' मैंने स्तब्ध होकर माँ को देखा। धर्म का उनके लिए कभी कोई अधिक अर्थ नहीं रहा है—वह नास्तिक नहीं हैं, लेकिन धर्म के फन्दों के प्रति उनमें बहुत कम धैर्य है।

''इससे तुम्हें क्या फर्क पड़ता है?'' मैंने उनसे पूछा।

''बस़ उससे पूछो,'' उन्होंने कठोरता से कहा।

मैंने मामा से पूछा। मामा ने बताया, ''वह यहाँ कैसे रह सकती थी और अपना मूल नाम रख सकती थी? मुझे उसका धर्म-परिवर्तन करवाना पड़ा था। वह आयशा बीबी के नाम से बुलाई जाती थी। मैंने उसे दफनाया था।''

मैं प्रायः कल्पना करती हूँ मेरी नानी ने विभाजन के बाद के वे नौ वर्ष किस तरह के मौन धुँधलके में गुजारे होंगे। क्या उन्हें अचरज नहीं होता था कि उनके बच्चे कहाँ चले गए हैं? क्या वह सोचती थीं कि वे सब उसे छोड़ कर चले गए हैं? जो हो गया था क्या उसे वह समझती भी थीं? सौभाग्य से उनका नाम ही वास्तव में दयावंती, अर्थात दयालु रखा गया था। एक बड़ा भरा-पूरा परिवार—उनके नौ बच्चे जिन्दा थे, छह बेटियाँ तीन बेटे—और एक डॉक्टर पति जिनकी प्रैक्टिस बहुत सफल थी, पाकर वह धन्य थीं, उनके पास सुखी होने का पर्याप्त कारण था। तभी अचानक उन पर विपदा आन पड़ी, और उनका बड़ा बेटा, विक्रम, एक अभ्यास-उड़ान के दौरान हवाई दुर्घटना में मारा गया। जैसा कि मेरी माँ बताती हैं, उसके बाद नानी एक किस्म के दायरे में सिमटकर रह गईं, कभी-कभार, यद्यपि, बच्चों का ध्यान रखने और खाना पकाने के समय वह इससे बाहर भी आती थीं। फिर दूसरा वज्रपात हुआ, उनके पति बीमार पड़े और चल बसे; और एक बार फिर दयावंती अपनी एक अंदरूनी दुनिया में चली गईं शान्ति पाने। जब विभाजन हुआ तो, सम्भव है दयावंती को कुछ पता ही नहीं था कि क्या हो रहा है। लेकिन उनकी धुँधली दुनिया के अन्दर और बाहर की यात्रा ने उन्हें जरूर ही उन लम्बे पलों में ला छोड़ा होगा जिन्हें 'विवेक' कहा जा सकता है। वह अपने परिवार के बारे में अवश्य ही कुछ सोचती होंगी, वह किससे पूछ सकती हैं? अपनी नई पहचान के विषय में उन्होंने अवश्य ही कुछ महसूस किया होगा? मेरी माँ ने उन्हें प्रायः ही एक कट्टर हिन्दू कहकर बताया है—कोई जोशीली, धर्मांध किस्म की हिन्दू नहीं,

बल्कि एक पक्की आस्तिक औरत, जिसे पूजा-पाठ और व्रत आदि नित्यक्रम करने में सुख मिलता था। रातों-रात उनका धर्म-परिवर्तन होने, उसका नित्यक्रम बदलने पर उन्हें क्या मूल्य चुकाना पड़ा होगा? मुझे सन्देह है, क्या इससे उनमें और अधिक तीव्र विमुखता पैदा नहीं हुई होगी, स्वयं में एक और अधिक घृणा, या फिर इसका उल्टा हुआ, उस असत्य के प्रति एक भावशून्य, स्पष्ट स्वस्थचित्तता और समझ जिसे उन्हें अपनी मृत्यु तक ढोते रहना था? इन नौ वर्षों तक उनके साथ कौन था? क्या इतिहास दयावंती के जीवन और मृत्यु के प्रति जबावदेह होगा?

❑ ❑

विभाजन के परिणामस्वरूप एक करोड़ बीस लाख लोग विस्थापित हो गए थे। करीब दस लाख लोग मारे गए। लगभग 75,000 औरतों को 'दूसरे' धर्म के आदमियों द्वारा अपहृत किया गया, भगा ले जाया गया, उनके साथ बलात्कार किया गया और बलपूर्वक गर्भवती किया गया, हजारों परिवार तोड़ दिए गए, घरों को जलाया गया और बरबाद किया गया, गाँव उजाड़ दिए गए। अधिकांश बड़े उत्तरी शहरों में शरणार्थी शिविर वहाँ के परिदृश्य का भाग बन गए, लेकिन आधी सदी बाद भी, इनका अभी तक कोई स्मारक नहीं है, कोई स्मृति नहीं, कोई स्मरण नहीं, सिवाय इसके कि जो बँटवारे से उजड़े परिवारों में और सामूहिक स्मृतियों में सुरक्षित है और जो अब तेजी से समाप्त हो रहा है। अपना शोध आरम्भ करते समय जो कहानियाँ मैंने सुनी थीं उनमें से कुछ इतनी काल्पनिक लगी थीं कि उन पर विश्वास करना कठिन था। हमने बार-बार सुना था कि सीमा के दोनों तरफ के अनेक गाँवों में सैकड़ों औरतें कुओं में कूद गईं—या कूदने पर विवश कर दी गईं—क्योंकि उन्हें भय था कि उन्हें भगा ले जाया जाएगा, उनके साथ बलात्कार होगा, उन्हें दूसरे धर्म में जाने को मजबूर किया जाएगा। बड़ा बेतुका लगता था यह : क्या धर्म का प्रभाव इतना अधिक हो सकता है कि लोग—विशेषकर औरतें—वाकई में स्वयं को मार देते? और तब मैं वीर बहादुर सिंह की माँ बसन्त कौर से मिली। साठ-सत्तर के बीच की, कद्दावर हट्टी-कट्टी औरत बसन्त कौर, मार्च 1947 में अपने गाँव थोआ खालसा में उस समय मौजूद थी जब वहाँ यह फैसला लिया गया था कि औरतें एक कुएँ में कूदेंगी। उसने नब्बे से भी अधिक औरतों को मुसलमानों के डर से स्वयं को कुएँ में फेंकते हुए देखा था। वह भी कूदी थी, लेकिन बच इसलिए गई क्योंकि कुएँ में उन सबको डुबोने लायक पानी नहीं था। उसने बताया, "बिल्कुल वैसे ही जैसे किसी तन्दूर में ज्यादा रोटियाँ डाल दें तो सबसे ऊपर की रोटियाँ नहीं पकतीं और उन्हें बाहर निकालना पड़ता है। तो कुआँ भर गया था, और हम नहीं डूब सके...। जो मर गए, सो मर गए, जो जिन्दा थे उनको उन्होंने बाहर निकाल लिया...।"

और उसके बेटे वीर बहादुर सिंह ने, अपने पिता को अपनी ही बेटी को मारते देखा था। उसने इस घटना का अपनी आवाज में गर्व के साथ बखान किया, अपनी बहन की हिम्मत और 'शहादत' पर गर्व के साथ, क्योंकि अब वह सिख धर्म के अन्य शहीदों की पाँत में रखी जा सकती थी। परिवार में मौतों, यानी परिवार के पुरुषों द्वारा अपनी महिलाओं और बच्चों की हत्या, के प्रति मैं पहली बार उस समय चौकन्नी हुई थी, जब 'ए डिवीजन ऑफ हार्ट्स' फिल्म पर काम करते समय मैं अमृतसर के एक बूढ़े व्यक्ति मंगल सिंह से मिली थी। मंगल सिंह ने बताया कि किस तरह से उसने और उसके दो भाइयों ने मिलकर अपने परिवार के सत्रह सदस्यों की हत्या—उसने इसके लिए 'शहीद' शब्द का प्रयोग किया—करने का निर्णय लिया था। "हमें यह करना पड़ा था क्योंकि अन्यथा उनका धर्म बदल दिया जाता," उसने बताया। यह 'कर्त्तव्य' निभाकर मंगल सिंह सीमा पार कर अमृतसर आ गया, जहाँ उसने एक नई जिन्दगी शुरू की। जब मैं उससे मिली, तो तीन भाइयों में वही अकेला बचा था। उसका एक नया परिवार था, एक पत्नी, बच्चे और पोते-पोतियाँ, जिन सभी ने उसकी कहानियाँ सुनी थीं, और उन पर कोई ध्यान नहीं दिया था। वह मुझसे पूछता रहा, "आप यह सब क्यों जानना चाहती हैं, क्या फायदा है?" मैंने उसे बताया कि मैं जानना चाहती हूँ—उसने अपने दुःख, क्षति की अनुभूति और अपराध-भाव पर किस प्रकार काबू पाया। उसने कहा, "भूख सारे दुःख और तकलीफ को भगा देती है। समझीं आप? जब आपके पास कुछ है ही नहीं, तब दुःख और तकलीफ होने का क्या मतलब?"

❑ ❑

"आप यह क्यों जानना चाहती हैं?" यह एक ऐसा सवाल है जो मुझसे उन लोगों द्वारा बार-बार पूछा गया है जिनका मैंने साक्षात्कार लेना चाहा है, या जिनके समक्ष मैंने अपना कार्य प्रस्तुत करने का प्रयास किया है। विभाजन पर काम शुरू करने के बाद, दो या तीन बार, मैंने हिम्मत जुटाई और अपने कुछ कागज अकादमिक सभाओं में पढ़े। मैं वहाँ कुछ सवालों को जो मुझे परेशान करते रहे थे, लोगों से बाँटना चाहती थी। मसलन ऐतिहासिक विवरणों, विभाजन के इतिहास के उस छुपे हुए पक्ष को सम्बोधित करने, लोगों के अनुभवों को साझा करने, और आज जिस भारत को हम जानते हैं, उसे आकार देने में इन सीधे-सरल लोगों ने क्या भूमिका निभाई थी? ये देखने में समर्थ क्यों नहीं थे? क्या ऐसा था कि उन्हें पता हो कि उन्हें दुःख और दर्द से इस कदर विदीर्ण एक ऐसी कहानी से निपटना पड़ेगा, एक ऐसी कहानी से, जो बहुत-से लोगों के इतनी करीब थी—क्योंकि कई मायनों में, हमारे अनेक परिवार विभाजन के शरणार्थी थे—कि वास्तव में इस कार्य के शुरू होने से पहले कुछ समय बीतना ही था? मैं समझना चाहती थी कि जिन अनेक

कहानियों को मैं अब सुन रही हूँ, उन्हें कैसे पढ़ा जाए, मैं इतिहासकार बने बिना ही जानती थी कि मैं इन्हें समस्याविहीन रूप से नहीं देख सकती थी। मसलन, जो कहानियाँ मैं सुन रही थी, क्या मैं उन कहानियों की 'सच्चाई' पर भरोसा कर सकती थी? इतने वर्षों बाद याददाश्त पर कोई कितना अधिक भरोसा कर सकता था? जिन लोगों ने मुझे अपनी कहानियाँ सुनाने का फैसला किया था, उनमें से बहुत-से लोगों के लिए मैं जरूर ही महज एक अन्य श्रोता रही होऊँगी, उनके लिए यह अनुभव शायद एक और किस्सागोई रहा होगा। मुझे पता था कि मेरे एक मध्यवर्गीय, एक महिला, एक पंजाबी, और शायद आधा सिख होने के कारण लोगों का जवाब देने का तरीका प्रभावित हुआ होगा। तब मुझे उनकी याददाश्त, उनके स्मरण को कितना महत्व देना चाहिए? बहुधा, साक्षात्कार में से जो कुछ बाहर निकलता था वह इतनी कटुता, इतने क्रोध, इतनी नाराजगी और साम्प्रदायिक भावनाओं से भरा होता था कि यह मुझे भयभीत कर देता था। ऐसी सामग्री के साथ मुझे क्या करना चाहिए था? क्या यह मेरे लिए आवश्यक था कि किसी सम्भावित इतिहासकार की तरह, मैं भी इस सामग्री के साथ ईमानदारी से पेश आने का प्रयास करूँ, या फिर मैं, एक धर्मनिरपेक्ष भारतीय की तरह, जो मैंने दृष्टिगोचर बनाया और जो नहीं बनाया, उसके साथ वास्तव में कुछ सावधानी बरतूँ? जिस एक सवाल ने लगातार मेरा पीछा किया है, वह है : क्या इन साक्षात्कारों को, यदि ये (जैसे कि मेरे साक्षात्कार करते हैं) कहानी के एक ही पक्ष से सम्बन्ध रखते हों तब भी, सार्वजनिक बनाना उचित है? क्या इस तरह की सामग्री स्वयं को एक अथवा दूसरे पक्ष द्वारा गलत प्रयोग के लिए उपयुक्त नहीं बनाती? आज तक मैंने इस दुविधा को हल नहीं किया है : मैं सावधान रहने और ईमानदार बने रहने की इच्छा के बीच अन्तर्द्वन्द्व में पड़ी हुई हूँ। और हर समय, मुझसे यही पूछा गया : क्यों, आप ऐसा क्यों कर रही हैं? एक दूसरे कारण से भी यह प्रश्न महत्वपूर्ण बन गया था : जिस तरह से दोनों देशों के बीच सीमा-रेखाएँ खींची गई थीं उससे मेरे लिए पाकिस्तान जाकर शोध करना, यहाँ तक कि साक्षात्कार लेना भी वस्तुतः असम्भव-सा था। नतीजतन मेरा काम काफी एकतरफा रहा—और अभी भी है। मुझे पता था, यह सही नहीं है। मैं नहीं जानती थी और अभी भी नहीं जानती—कि मैं क्या कर रही होती। क्या मुझे काम बन्द कर देना चाहिए था? इनके कोई आसान उत्तर नहीं हैं। लेकिन अन्त में मैंने निर्णय किया कि अगर यह खोज मेरे लिए इतना अधिक महत्व रखती है तो मुझे बस इसके साथ चलते ही जाना है। मैं इसे त्याग नहीं सकी।

❑ ❑

कुछ वर्षों तक भारत और पाकिस्तान के बीच सीमा अधिक पारगम्य हो गई लगती

थी, जिसके फलस्वरूप मैं राणा मामा के यहाँ कई बार जाने और उनसे अपने सम्बन्ध प्रगाढ़ करने में समर्थ थी। एक बार, जब उनकी दूसरी सबसे छोटी बेटी की शादी हो रही थी, तो मैं अपने साथ अपनी माँ और उनकी बड़ी बहन को उनके यहाँ ले गई। जब हमने वहाँ जाने की तैयारी की तो काफी उत्तेजना थी, क्योंकि यह सचमुच किसी अज्ञात जगह का दौरा करने के समान था। माँ और मौसी को यह भी मालूम नहीं था कि उनका भाई कैसा दिखेगा, वह उनके साथ किस तरह से बर्ताव करेगा, उनके प्यारे शहर के पास उन्हें देने के लिए क्या होगा...। लाहौर हवाई अड्डे पर मामू अपनी बहनों को लेने आए। आखिरी बार मेरी माँ और मौसी ने अपने भाई को इकतालीस साल पहले देखा था, जब वह बीस बरस का एक नौजवान रहा था। दुबला, लम्बा और सुन्दर। जो व्यक्ति उनसे अब मिला था, वह साठ पार का सफेद होते बालोंवाला एक गंजाता-सा आदमी था। उसने भुट्टो द्वारा लोकप्रिय बनाया गया ढीली सलवार और कमीजवाला आवामी सूट पहना हुआ था। मैंने कल्पना करने की कोशिश की कि उसने क्या देखा होगा। सफेद बालोंवाली दो महिलाएँ—सत्तर से ऊपर मेरी मौसी, और मध्य साठ के करीब मेरी माँ। पुनर्मिलन काफी संकोचपूर्ण और कठिन था, हर कोई आँसुओं को थामने की कोशिश कर रहा था। मैं अब एक बाहरी आदमी की तरह, एक ओर खड़ी थी। हवाई अड्डे पर आई मेरी मित्र, लाला, मुझे बताती है कि वह उनके चेहरों की प्रत्याशा को कभी नहीं भूली है—उसके पास इसे बयान करने के लिए शब्द नहीं हैं। घर आते समय कार में सबने थोड़ी-बहुत बात की। घर, यह वही घर था जिसमें मेरी माँ तथा उनके भाई-बहन बड़े हुए थे। वे इस स्थान का हर पत्थर, हर कोना और दरार जानती थीं। लेकिन अब, इसका अधिकांश भाग उन लोगों द्वारा अधिकृत कर लिया गया था, जिन्हें वह जानती तक नहीं थीं। इसलिए वह इसे किसी दूसरे घर की तरह भद्रतापूर्वक मानने को बाध्य थीं। मेरी मामी ने बड़ी गर्मजोशी से स्वागत किया, लेकिन उसे कुछ सन्देह भी था। वह अवश्य ही हैरान हुई होगी कि दूसरी ओर के ये सम्बन्धी परिवार में एक शादी के वक्त यहाँ क्या कर रहे हैं? उसने कैसे यह आशा की होगी कि वे उसके मेहमानों के सामने उसे लज्जित नहीं करेंगे।

पहले दो दिनों तक मामू और उनकी दो बहनें एक दूसरे से कतराते रहे। वे बात करते, लेकिन बड़ी भद्रता से, और केवल बनावटी बातें। तीसरे दिन, किसी तरह बाढ़ द्वारा खुल ही गए, और जल्दी ही तीनों एक कमरे में बन्द होकर, हँसने, रोने, बात करने और सब कुछ याद करने लगे। मामू ने अपनी बहनों को अच्छी तरह से घर दिखाया। वे अपने पुराने कमरों में जाने, अपने मनपसन्द पुराने पेड़ों को खोजने, अपने माँ-बाप और दूसरे भाई-बहनों को याद करने में समर्थ थीं। मैं, जहाँ उन्हें हवाई अड्डे पर मिलानेवाली बनी थी, अब उनके लिए बेकार थी। मैंने उन्हें पहले ही बता दिया था कि मैं लाला के यहाँ ठहरूँगी, और मैंने किया भी

यही था। लेकिन बिना किसी अपराधबोध के नहीं। अब मैं खुश थी कि मैंने ऐसा किया—मैंने सोचा, मेरी गैर-मौजूदगी में अब वे खुलकर बात कर सकते हैं।

लेकिन जिस चीज का मुझे अन्दाजा नहीं था, वह यह थी कि तुरन्त एक परिवार जुड़ा तो दूसरा अधिक दूर हो गया। मामू के अपने परिवार के लिए, उनकी दो बहनों का आना स्वाभाविक तौर पर चिन्ताजनक था। एक लड़की की शादी हो रही थी। अगर उसके सम्भावित ससुरालवालों ने परिवार में हिन्दुओं के होने पर आपत्ति की तो क्या होगा? अगर हिन्दुओं ने उनकी जमीन पर पुनः अपना दावा कर दिया तो? अगर हिन्दुओं ने शादी के समय परिवारवालों को लज्जित करने के लिए ऐसा कुछ कर दिया तो? और एक दूसरी मुश्किल भी थी। मेरी माँ और मेरी मौसी बड़ी बहनें हैं। रिवाज के मुताबिक उनकी इज्जत होनी चाहिए थी। इसका अर्थ हुआ, शादी के अनुष्ठान में उनके बैठने के लिए उसी जगह स्थान बनाना। लेकिन यह सब कैसे हो सकता था? इसलिए परिवार के 'इस' और 'उस' तरफ के बीच छोटी-छोटी खामोशियों ने फिर से घर करना शुरू कर दिया, और मैं इस बात से बड़ी आक्रान्त थी कि उन सरहदों को, जिन्हें हमने सोचा कि अभी-अभी पार किया था, दोबारा बनाना कितना आसान है।

❑ ❑

राणा के साथ कुछ वर्षों तक सम्पर्क बना रहा। मैं किसी तरह फिर पाकिस्तान जाने और उनसे मिल पाने में भी सफल रही। लेकिन यह आसान नहीं था। मामा को चिन्ता होने लगी कि पुलिस द्वारा उन पर नजर रखी जा रही है, और धीरे-धीरे उन्होंने खत लिखने भी बन्द कर दिए। कुछ समय तक मेरी माँ भी उन्हें चिट्ठियाँ और उपहार भेजती रही, लेकिन धीरे-धीरे, यह भी बन्द हो गया। कई बार, मैंने भी उन्हें अपने मित्रों के हाथ पत्र और सन्देशे भेजे। अन्त में एक मित्र से यह सन्देशा मिला—सम्पर्क न रखने का प्रयास किया जाय, इससे हालात बहुत ही मुश्किल हो जाते हैं। ऐसा सिर्फ सरकारी तौर पर ही नहीं था बल्कि परिवार के अन्दर भी था, क्योंकि उनके बेटों ने भी उन पर अपने भारतीय परिवार से नाता तोड़ लेने के लिए दबाव डाला था। और फिर, जो भी हो, एक देश से दूसरे देश की यात्रा करना भी अधिक से अधिक मुश्किल हो चला था।

अब मुझे राणा मामा से मिले हुए कई साल हो चुके हैं। मुझे यह भी नहीं मालूम कि वह जिन्दा भी हैं या नहीं। मैं सोचती हूँ वह अभी जिन्दा हैं। मैं यही चाहती भी हूँ कि वह जीवित हों। उनके न रहने की बात मुझे अभी तक किसी ने नहीं बताई है, इसलिए मुझे यही विश्वास करते रहना होगा कि वह जिन्दा हैं। और मैं स्वयं से कहती रहती हूँ, यदि उन्हें कुछ हुआ होता, तो जरूर ही किसी ने हमें बताया होता। लेकिन मैं निश्चित रूप से नहीं जानती कि जब मैं यह

कहती हूँ तो मुझे इसका पूरा भरोसा रहता ही है। बरसों पहले, जब मामू ने मेरी माँ के इस प्रश्न का उत्तर दिया था कि उन्होंने मेरी नानी को जलाया था या दफनाया था, तो मैंने उनसे नानी की कब्र पर ले चलने के लिए कहा था। मुझे अभी भी याद है, मैंने उनके गेट के पास शाम के सूरज की धुँधली रोशनी में उनके निकट खड़े होकर, सड़क पर निगाह डालते हुए उनसे कहा था, ''मामू, मैं अपनी नानी की कब्र देखना चाहती हूँ। मुझे वहाँ ले चलिए।''

तब पहली बार मामू ने मुझे बिना देखे ही जवाब दिया था : ''नहीं बेटी, अभी नहीं, मैं अभी भी इसके लिए तैयार नहीं हूँ।'' और वे अपने पैरों के नीचे से जमीन की धूल कुरेदते रहे थे।

❑ ❑

14 अगस्त, 1996 की रात को करीब सौ भारतीयों ने पंजाब स्थित वाघा में भारत-पाकिस्तान-सीमा का दौरा किया। वे वहाँ दोनों देशों के संगठनों के लम्बे समय से चले आ रहे शान्ति-उद्देश्य को पूरा करने गए थे। सीमा के दोनों ओर लगभग बराबर संख्या में खड़े होकर भारतीय और पाकिस्तानी लोग शान्ति के गीत गाते। उन्होंने सोचा था कि सीमा एक संतरी-चौकी द्वारा प्रतीकात्मक रूप से बनी होगी और वे दूसरी तरफ से आए ग्रुप के लोगों को देख सकेंगे। लेकिन वे निराश होकर वापस लौटे। जितना उन्होंने सोचा था, सरहद उससे कहीं अधिक जटिल थी—वहाँ बीच में मैदान है—और वृहत्तर भी। भारतीय सीमा पर नियान लाइट की रोशनी में नहाई एक मेहराब है, जिस पर बड़े अक्षरों में लिखा है—मेरा भारत महान। पाकिस्तानी सीमा में भी ऐसी ही नियान लाइट से रोशन एक मेहराब पर लिखा है—पाकिस्तान जिंदाबाद। लोग यहाँ पिकनिक मनाने आते हैं, खाते-पीते हैं, और मौज-मस्ती करते हैं। रोज शाम को, यहाँ एक अनुष्ठान बदस्तूर होता है, जो दोनों देशों की एक दूसरे के प्रति आक्रामकता को ही दर्शाता है, ताकि कोई इसे भूल न जाए। शाम को जब झण्डे नीचे किए जाते हैं, तब भारत और पाकिस्तान के सीमा सुरक्षा-कर्मचारी एक दूसरे को घूरते हुए, तेजी से एक दूसरे की ओर बढ़ते हैं, फिर फुर्ती से मुड़ते हैं और दूर चले जाते हैं। पूरा अनुष्ठान इतनी सफाई से सम्पन्न होता है कि आपको आश्चर्य होता है कि पारस्परिक भिन्नता की दिशा को स्थापित करने के लिए दोनों को कितना परिश्रम करना पड़ता होगा। दिन में जब लोग सीमा पर आते हैं, तो भिन्न रंगों की वर्दीवाले कुली—'हमारे' और 'उनके' कुलियों के रूप में भेद करने के लिए नीले और लाल रंग की वर्दियों में—बारह इंच मोटी रेखा पर मिलकर भारी बोरों और झोलों को एक व्यक्ति से दूसरे व्यक्ति तक पहुँचाते हैं; जब उनके सिर आपस में छूते हैं तो सीमा के इधर-उधर होते हैं, जबकि उनके पैर अपनी-अपनी सीमा में रहते हैं।

विभाजन के दुःख और तकलीफ का सीमा पर कोई स्मारक नहीं बनाया गया है, और न ही सार्वजनिक तौर पर भारत, पाकिस्तान और बंगलादेश में कहीं कोई स्मारक है। दस लाख लोग मरे होंगे, लेकिन उनका कहीं कोई कीर्ति-स्तम्भ नहीं है। लोगों के पास केवल कहानियाँ ही हैं, वे कहानियाँ जो परिवार और धार्मिक समुदाय की सीमाओं का शायद ही कभी उल्लंघन करती हों। अपने खून से ही बातें करते कितने ही लोग!

भाग—2

सुभद्रा बुटालिया

'एक ही माता-पिता, एक ही वंश के बच्चे...'

सुभद्रा बुटालिया मेरी माँ हैं। उन्होंने और मैंने विभाजन और राणा मामा के बारे में काफी हिचकते हुए केवल तब बात करनी शुरू की जब मैं मामा से मिलने जानेवाली थी, और बाद में, जब मैं माँ को उनके पैतृक घर में ले गई थी। तब मुझे महसूस हुआ कि हमने कितने प्रायः, और कितनी नियमितता से, अपने नाना-नानी, अपने पुराने पैतृक घर, और लाहौर के किस्से सुने थे, और हमने इनके बारे में कितना कम आत्मसात किया था। जब मामू ने खत लिखने शुरू किए उसके बाद, और विशेषकर जब माँ लाहौर वापस गईं, तब मैं इस बारे में उत्सुकता से भरी हुई थी कि अपने भाई से दुबारा मिलने, अपने पुराने घर वापस जाने पर माँ ने कैसा महसूस किया था। अगर मैंने लाहौर जाकर इतना भावनात्मक खिंचाव महसूस किया था तो माँ को यह कैसा लगा होगा? बरसों में, धीरे-धीरे, मैं माँ को उनके अनुभव सुनाने के लिए राजी कर पाई, और तब मुझे एक और विरोधाभास का सामना करना पड़ा। मेरे माँ-बाप की पीढ़ी के लोग हर समय ही विभाजन सम्बन्धी कहानियाँ सुनाते हैं : वह उनके मन में छाया रहता है, उनके जीवन में भरा रहा रहता है, और उनके अतीत को स्मरण कराता रहता है। फिर भी जब आप उन्हें बैठाकर औपचारिक रूप से, मानो इन कहानियों के बारे में उनका साक्षात्कार करें, तो वे आश्चर्यजनक रूप से बात करने में झिझकते हैं। मैंने इसके बारे में काफी सोचा है और केवल इसी निष्कर्ष पर पहुँच सकती हूँ कि जब स्मृति को खोजना एक स्वचेतन, स्व-आत्मवाची कार्य बन जाता है तब लोग स्वयं को वचनबद्ध करने से शायद और अधिक हिचकते हैं, जब तक कि उन्हें भरोसा न हो जाय कि वे जो कह रहे हैं वह बिल्कुल 'ठीक' या सच है। लेकिन यही सब कुछ नहीं है। मैं सोचती

हूँ मेरी माँ के साथ, उनके घाव इतने गहरे थे कि इनके विषय में बोलना दुगना मुश्किल था, खासकर मुझसे बोलना। जहाँ मैं असफल रही, शायद वहाँ कोई अवयैक्तिक अजनबी सफल रहता। एक बिन्दु पर, इस बारे में बात करते हुए कि अपनी माँ को लाहौर में छोड़ देने पर मजबूर होने पर उन्हें कैसा लगा था, वह बोलीं : एक माँ को छोड़ने का दर्द भला कौन बयान कर सकता है? तब उस क्षण मैंने महसूस किया कि इस पहलू के बारे में मैंने कितना कम सोचा है। बच्चों को छोड़ देनेवाले माँ-बाप का दुख हम समझते हैं, लेकिन इसका उल्टा भी हो सकता है, यह बात तो शायद ही कभी सोची जा सकती हो। यह जानने का कोई तरीका नहीं है कि इतिहास की इस लहर में कितने माँ-बाप अपने बच्चों से दूर हो गए, यह जानने का कोई रास्ता नहीं है कि इनमें से कितने लोग दुर्घटना में मारे गए और कितने षड्यन्त्र के शिकार हुए।

मैंने यह इंटरव्यू इसमें इसलिए शामिल करने का निर्णय किया है, क्योंकि कुछ मायनों में यह राणा मामा की कहानी का एक और पक्ष पेश करता है, लेकिन इसलिए भी कि दूसरे मायनों में यह परिवारों में व्याप्त खामोशियों, और उनसे पार जाने की मुश्किलों का भी खुलासा कर रहा है। खामोशी की जाँच करने जितना ही महत्वपूर्ण यह प्रश्न भी है कि इसकी तहकीकात किस तरह से होती है, इन प्रश्नों को कौन और कब उठाता है, और खामोशी के टूटने के बाद जो कुछ बाहर आता है, वास्तव में उसकी जिम्मेदारी कौन लेता है।

मेरी एक मित्र ने बताया था कि किस तरह से, बरसों तक चुप रहने के बाद, उसकी माँ किसी विश्वसनीय शोधकर्ता से अपनी विभाजन-सम्बन्धी स्मृतियों के बारे में बोली थी। ऐसा करने के बाद हफ्तों तक, उसकी माँ उस समय के दर्द और गुस्से को याद करते हुए, ठीक से सो भी नहीं पाई थी। जिस शोधकर्ता ने उसे बोलने को उत्साहित किया था, वह तब शायद किसी और साक्षात्कार में व्यस्त था। इसलिए यह बोलने या चुप रहने का सामान्य-सा प्रश्न कभी भी नहीं है, क्योंकि वाणी हमेशा ही उदार नहीं होती। अपने काम में जहाँ तक सम्भव हो सका है, मैंने केवल उन्हीं लोगों से बात करने की कोशिश की है जो सचमुच बोलने के इच्छुक थे, और बोलने का अर्थ था उसकी जिम्मेदारी ओढ़ने को भी तैयार थे। यह जानने का कोई रास्ता नहीं है कि मेरा यह तरीका ठीक भी है या नहीं, लेकिन मेरे लिए, शायद यही एक रास्ता था जिसे मैं अपना सकती थी। यहाँ अन्य दूसरे कारण भी हैं जिनके चलते माँ के इन्टरव्यू को यहाँ शामिल करना मैंने महत्वपूर्ण समझा। कुछ मायनों में, मामू ने मेरे मुकाबले मेरी माँ से अधिक खुलकर बात की। उन्होंने माँ से यह स्वीकार किया कि पाकिस्तान में ही रुके रहने के कारणों में से एक कारण वह मकान भी था। यह बड़ा दुखद, और विडम्बनापूर्ण है कि विभाजन के समय जो घर मामू के लिए एक प्रकार की आजादी का परिचायक था, उनके लिए अवसर पाने का एक मार्ग था, वही

घर उनके गले में चक्की का पाट बन गया। यदि उनका विश्वास किया जाय तो एक व्यक्ति के रूप में राणा मामा अपने बेटों के लिए कुछ भी अहमियत नहीं रखते थे। उनके लड़कों के लिए केवल उस घर का महत्व था। जैसा कि उन्होंने मेरी माँ से कहा था, "मैं एक अजनबी की तरह से हूँ, एक ऐसा आदमी हूँ जो अपने ही घर में अपने ही बच्चों द्वारा डराया गया हूँ।"

सुभद्रा बुटालिया

1946 में मैं स्टेट हाईस्कूल, नाभा में काम कर रही थी। स्कूल की इमारत और अहाता काफी बड़े थे। वह चारों ओर से एक गन्दी बस्ती से घिरा हुआ था। वहाँ वेश्याएँ थीं, और कुछ काफी गरीब मुसलमान थे जो वहाँ रहते थे। इसलिए चारों ओर से वह एक मुस्लिमबहुल क्षेत्र था। फिर एक समय पर, लोगों ने विभाजन की बात करनी शुरू कर दी और हमेशा इसी बारे में चर्चा होती थी कि बँटवारा होगा या नहीं। मैं और हेडमास्टरनी रणजीत, मेरी माँ और मेरे सभी भाई तथा बहन—हम सभी इकट्ठे रहते थे। हम हमेशा डरे-सहमे रहते थे, क्योंकि वहाँ फैली कहानियों से यही लगता था कि जब भी गड़बड़ होगी, जब झगड़ा शुरू होगा तो सबसे पहले लड़कियों के स्कूल पर ही हमला होगा। और यहाँ तक कि हमारी आपा और चौकीदार भी मुसलमान ही थे। इसलिए हम काफी आतंकित रहा करते थे। हम सोचते थे कि हम क्या करेंगे। हमने एक तरह से सबको निर्देश दे रखे थे। हम बाहर सोया करते थे खुले मैदान में, और वहाँ चार दीवारें थीं जो बाउंड्री बनाती थीं। इसलिए हल्ला होने और हुल्लड़ मचने पर सभी को सीधे अन्दर भागने की हिदायत थी।

स्कूल से ठीक सड़क के पार एक वेश्या रहती थी। एक दिन उसका रात के वक्त किसी से झगड़ा हो गया, फौज के किसी आदमी से। उसने वेश्या को गोली मार दी। उसने रात को दो गोलियाँ चलाईं और तब वह भागा। उसने दीवार फाँदी, और फिर खुद को भी गोली मारी और मर गया। हम सचमुच डरे हुए थे। हम सभी अन्दर भागे, और मेरी सबसे छोटी बहन मुन्ना घबराहट में अन्दर जाने के बजाय बाहर भागकर कहीं छुप गई। हम सभी चिन्ता में व्यग्र हो गए : मुन्ना, मुन्ना, कहाँ है मुन्ना? किसे पता कि बाहर क्या हो रहा है। रणजीत मुझे बाहर नहीं जाने देती थी। और मैंने कहा, मैं लड़की को अकेला कैसे छोड़ सकती हूँ? यह सचमुच का संकट था। तब उसने हमें चिल्लाते हुए सुना और हम उसे भीतर लाए। अगले दिन हमने देखा कि कुछ नहीं था, बस यही एक और कहानी थी, उसने उस औरत का खून कर दिया था। जब वह फौज में गया था, तो वह उस औरत को पैसा भेजा करता था। वापस लौटने पर उसने उस औरत से पूछा कि क्या वह उससे शादी करेगी?

और उसने उस फौजी से कहा कि भाग जाओ। तुम-जैसे बहुत-से हैं जो आते हैं और मेरे पैरों पर गिरते हैं। ऐसा ही कुछ। लेकिन उसकी माँ ने, वह रात को 'अल्लाह' 'अल्लाह' चिल्लाया करती थी, इसे सचमुच एक डरावने अन्दाज में बयान किया। ऐसा इसलिए था क्योंकि हमारे यहाँ कोई मर्द नहीं था। हम सभी औरतें थीं, इसलिए काफी आतंकित रहा करती थीं। तनाव चरम सीमा पर था और इसी समय मैंने सोचा कि हमें यहाँ से दूर चले जाना चाहिए। इसीलिए बच्चों ने सोचा कि वे लाहौर जाएँगे—हम नहीं जानते थे कि लाहौर में क्या होगा। और रणजीत ने कहा कि वहाँ मत जाओ, वहाँ हालात बहुत खराब हैं। और अभी हम यह सोच-विचार कर ही रहे थे कि तभी मेरा वह भाई आया जो लाहौर में रहता था। राणा और उसने कहा कि वहाँ बँटवारे की बहुत-सी बातें हो रही हैं, इसलिए उसने सोचा—लाहौर का मकान बेच दिया जाना चाहिए।

अब मैं तुम्हें राणा के बारे में थोड़ा बताती हूँ। वह मेरे माता-पिता के नौ बच्चों में से छठा बच्चा है। जब मेरे पिता मरे तो वह हमारे लिए काफी कुछ छोड़ गए थे, भविष्य की सुरक्षा के रूप में काफी कुछ था। जो लोग उनकी मृत्यु पर शोक करने आए थे, वे बोले कि परिवार को भविष्य में किसी मुश्किल का सामना नहीं करना पड़ेगा। लेकिन हमारे भाग्य में कुछ और ही था। हमारे सबसे बड़े भाई विक्रम ने कालेज की पढ़ाई बीच में ही छोड़ दी थी। उसने व्यापार करने का फैसला किया। मेरी माँ से कुछ पैसे लिए, लेकिन उसका काम नहीं चला। फिर भी, नुकसान का असर अधिक महसूस नहीं हुआ, और बाद में विक्रम रायल एयरफोर्स में भर्ती हो गया। जब वह अपनी नियुक्ति का समाचार घर लाया तो अपने साथ एक खूबसूरत-सी मुस्लिम लड़की अमीना को भी लाया था। वह बोला—जिस दिन उसे उसकी पहली तनख्वाह मिलेगी उसी दिन वह उससे शादी कर लेगा। लेकिन यह कभी नहीं हुआ। जिस दिन विक्रम अपनी पहली तनख्वाह लेने आफिस गया, तो तब तक आफिस खुला नहीं था, इसलिए उसने थोड़ी देर के लिए अपना छोटा हवाई जहाज उड़ाने का फैसला किया। उसी दिन उसका जहाज क्रैश होकर बिजली के तारों में जा गिरा और उसकी मौत हो गई। कुछ कारणों से विक्रम की मौत का असर सबसे अधिक राणा की जिन्दगी पर पड़ा। हमारे एक चाचा ने जो लाहौर हाईकोर्ट में जज थे, राणा को गाँव भेज देने का हुक्म दिया। तब, बारह या तेरह साल की उम्र में राणा का स्कूल छुड़ाकर उसे परागपुर भेज दिया गया। उसे इससे नफरत थी। एक दिन उसने घर भेजी गई एक चिट्ठी में लिखा, 'यहाँ मुझे अपनी चादरें धोनी पड़ती हैं, मैं यहाँ नहीं रहना चाहता। यदि तुमने मुझे वापस नहीं बुलाया तो मैं भाग जाऊँगा।' इसके तुरन्त बाद हमने सुना कि

वह गायब हो गया है। लेकिन हमें नहीं मालूम था कि क्या करें, उसे कैसे खोजें। इस समय तक मेरी माँ को मिरगी के दौरे पड़ने लगे थे, मेरी बड़ी बहनों की शादी हो चुकी थी और वे सब घर छोड़ चुकी थीं, और मैं मुश्किल से बीस की थी।

मुझे याद नहीं कि हमें कैसे पता चला कि राणा मेरी मौसी, मेरी माँ की बहन के घर था। हमने उसे वापस लाने की कोशिश की, और वह फिर भाग गया। राणा दो साल तक खोजा न जा सका और हमने सोचना शुरू कर दिया कि हमारा एक और भाई खत्म हो गया। मुझे उसके जाने का औरों से अधिक दुख था...। और तब एक सुबह मेरी बड़ी बहन राणा के साथ घर आई। उसने राणा को किसी रेलवे रेस्टोरेन्ट में टेबलों पर इन्तजार करते हुए पाया था। फिजूलखर्च लड़का वापस आ गया था। वह परिवार के लिए अजनबी बन चुका था। लेकिन वह जिन्दा रहने की कला भी सीख चुका था। बाद में जब हम सभी नाभा चले गए, तब राणा लाहौर में ही रहा। मैंने नाभा में एक नौकरी कर ली और अपनी माँ तथा छोटे भाई और बहन को अपने साथ ही रखा। राणा पैतृक घर में ही रहा। उसका खर्चा कैसे चलता था, कोई नहीं जानता। अक्सर वह मुझसे थोड़ा-बहुत पैसा उधार माँगता...।

जब बँटवारे के बादल हमारे ऊपर मँडराने शुरू हुए तो मैंने लाहौर के घर की चिन्ता करनी शुरू कर दी। यह हमारी एकमात्र सुरक्षा थी। मैंने सोचा अगर बँटवारे की दुविधा में किसी ने घर हड़प लिया, तो हमारे पास कुछ भी नहीं रह जाएगा। एक दिन मैंने अखबार में सहारनपुर के किसी घर के बारे में एक विज्ञापन देखा। उसका मुस्लिम मालिक पाकिस्तान पलायन करना चाहता था और लाहौर में ऐसे ही किसी घर के बदले में अपना घर देना चाहता था। मुझे यह ठीक लगा। मैंने उससे इस पर बात करनी शुरू कर दी, और अपने चाचा को इस बारे में खत लिखा।

चाचा से कोई जवाब नहीं मिला लेकिन कुछ दिनों बाद राणा हमारे पास आया। वह खुश था कि मैंने मकान बदलने का इन्तजाम करने की कोशिश की है, और बोला कि इसकी तफसील पता करने वह माँ को अपने साथ ले जाना चाहता है। मैं तैयार हो गई। मैं खुश थी कि मेरी कोशिशें सफल हुई हैं। जब वह कई दिनों बाद तक भी वापस नहीं लौटी तो मुझे चिन्ता होने लगी। उसकी तबीयत ठीक नहीं थी, इसलिए मैं उसे देखने और पता लगाने के लिए लाहौर गई।

वहाँ मुझे पता चला कि मेरे चाचा ने यह कहकर राणा को मेरे खिलाफ सावधान किया था कि मैं जायदाद हड़प लूँगी। राणा वास्तव में माँ को इसलिए वहाँ वापस लाया था, ताकि वह लाहौरवाले घर पर अपनी पकड़ बना सके।

जब मैंने इस बारे में उससे पूछा तो वह बोला, "मैं एक अनपढ़ आदमी हूँ। भला भारत में क्या करूँगा? तुम कितने दिनों तक मुझे सहारा दोगी? जल्दी ही तुम्हारी शादी हो जाएगी और तब तुम्हारा ध्यान तुम्हारे परिवार पर रहेगा। यहाँ कम से कम यह घर तो मुझे आश्रय देगा।"

मैंने उसके साथ बहस करने की कोशिश की। अगर पाकिस्तान एक हकीकत बन गया तो वह यहाँ किस तरह से रहेगा? राणा बिल्कुल स्पष्ट था। उसने कहा, "धर्म जिन्दा रहने से अधिक महत्वपूर्ण नहीं है।" उसने मुझे बताया कि उसने हर चीज की योजना बना ली है। "तुम उस लड़की को जानती हो जिसकी माँ जतिंदर के घर से अगले क्वार्टर में रहती है? मैं उसे काफी दिनों से जानता हूँ, और अगर मैं मुसलमान बन जाऊँ तो वह मुझसे शादी करने को तैयार है।"

माँ के बारे में क्या? मैंने उससे पूछा। उसने मुझे बताया कि वह उसकी भी माँ है। उसने कहा कि वह मुसलमान बन जाएगा, उस मुस्लिम लड़की से शादी कर लेगा, और माँ को अपने साथ ही रखेगा। एक बीमार माँ को छोड़ने की तकलीफ का अन्दाजा भला कौन लगा सकता है?...मैंने राणा से चिरौरी की कि वह माँ और छोटे भाई को मेरे साथ जाने दे। मुझे लगा, अब मैं उस पर और भरोसा नहीं कर सकती थी। मैंने सोचा, जायदाद के लालच में वह मेरी माँ या मेरे भाई की हत्या भी कर सकता है...। वहाँ काफी अधिक तनाव था। मैं डरी हुई थी। मैं रात को उस घर में नहीं रुकना चाहती थी। लेकिन अन्त में मुझे जाना ही पड़ा था। मैंने अपनी अभागी बीमार माँ को वहीं छोड़ दिया और इस निर्दयता के लिए मैंने राणा को कभी माफ नहीं किया। वहाँ से चलते वक्त मैं रोई थी। उसने मुझे देखा और कहा, "तुम इसलिए नाखुश हो क्योंकि मैं मुसलमान बन रहा हूँ।" मैंने बस उसका हाथ पकड़ा और चिल्लाई। मैंने उससे माँ की देखभाल करने को कहा। मैंने कहा—मुझे इस बात से कोई फर्क नहीं पड़ता कि वह हिन्दू रहे या मुसलमान। आखिर हमारे पिता भी काफी प्रगतिशील और भविष्य की ओर देखनेवाले व्यक्ति थे। लेकिन जिस औरत को वह मुझसे छीन रहा था, वह बीमार और कमजोर थी और उसे देखभाल की जरूरत थी...। मैं भरे हुए दिल से चली आई। मुझे आशा थी कि मेरी कोई बहन माँ को जाने देने के लिए राजी कर लेगी। लेकिन ऐसा नहीं हुआ। वह कैसे रही, उसकी देखभाल हुई या नहीं, उसे भरपेट खाना मिलता था या वह भूखी ही रही...इस सबका मुझे कभी पता नहीं चला। मैं अपने दिल ही दिल में उसके लिए तरसती रही। मेरे पिता की मृत्यु के बाद भी माँ मेरे साथ ही रही थी...वह एक पक्की हिन्दू थी, वह रोज शाम को पूजा करती...मैं सोचती थी, अब उसकी रोज की दिनचर्या क्या होगी...

राणा अब्दुल्ला बन गया और फौजिया उसकी बीवी बन गई। हमारे बचपन का घर अब धर्म-परिवर्तन करके बने पक्के मुस्लिम परिवार का निवास था। क्या वह खुश था? क्या उसने मेरी माँ का ख्याल रखा? यह जानने का कोई तरीका नहीं था। एक या दो बार उसने मेरी छोटी बहन, मुन्ना, को खत लिखे लेकिन तब मुन्ना को उससे चिट्ठी लिखना बन्द करने को कहना पड़ा। उसका पति रक्षा सेनाओं में था और इस पर बहुत-से प्रश्न खड़े हो गए होते...। जैसे-जैसे समय बीता और राणा ने खुद को ज्यादा से ज्यादा अकेला महसूस करना शुरू किया, मुझे लगता है, उसे हमारी कमी महसूस होने लगी थी। लेकिन उसने मुझे कभी चिट्ठी नहीं लिखी। और तब, बरसों बाद तुमने उसके साथ सम्पर्क बनाया। उसने तुम्हारे जरिए एक पत्र भेजा। उसने लिखा कि वह चार बेटों और तीन बेटियों का पिता है। उसने बताया, ''मैंने जवानी में जो कुछ भी किया उसके लिए खुद को कभी माफ नहीं किया है। मैं अपने कदम वापस नहीं खींच सकता। मैं यहाँ कभी भी स्वीकारा नहीं गया हूँ, यहाँ तक कि अपने परिवार में भी नहीं...।''

उसके पत्र ने मुझे व्याकुल कर दिया। मैंने उसे वापस लिखा। मैंने उसे बताया कि वह खुशकिस्मत है—कम से कम वह पैतृक घर में तो रहा। ''मुझे खुशकिस्मत मत कहो, प्यारी बहन'', उसने लिखा, ''तुम्हें पता है जब से मैं मुसलमान बना हूँ तब से एक भी रात चैन से नहीं सोया हूँ। घर की ईंट-ईंट मुझे धिक्कारती लगती है। जो मेरा था उसे मैंने नकार दिया और जिस धर्म को मैंने अपनाया, उसके द्वारा मुझे स्वीकार नहीं किया गया है।''

जब राणा मेरी माँ को अपने साथ ले गया तो मुझे कोई अन्दाजा नहीं था कि उसके मन में कोई बेईमानी है। लेकिन मैं काफी चिन्तित थी। मैं नहीं जानती थी कि क्या करूँ। मैंने सोचा, बच्चों को मैं अपनी बड़ी बहन सुनीति के घर मसूरी भेज दूँगी। इसलिए मैंने उसे एक पत्र लिखा—यह कहते हुए कि यह जगह सुरक्षित नहीं है और मैं बच्चों को तुम्हारे पास भेज रही हूँ, इन्हें कुछ दिन अपने साथ रखो और जब हालात सुधरेंगे तो मैं इन्हें वापस ले आऊँगी। अब उनकी देखभाल होगी, और मेरे पास कुछ समय है, यह सोचकर मैंने मिरांडा हाउस में रूसी भाषा के कोर्स में दाखिला ले लिया। मैं सदा से ही रूसी भाषा पढ़ना चाहती थी। मैं हॉस्टल में रही। यह जुलाई 1946 की बात है। वहाँ काफी तनाव था, और हालात बहुत खराब थे, लेकिन मैंने सोचा, चलो कम से कम बच्चे तो सुरक्षित हैं। लेकिन सुनीति ने यह कहकर बच्चों को वापस भेज दिया कि हम वहाँ छुट्टियों में आए हैं और बच्चों की देखभाल नहीं कर सकते। लेकिन तब रणजीत ने मुझे बताया कि चिन्ता मत करो, हम गाँव जा रहे हैं, हम बच्चों को अपने साथ गाँव ले जाएँगे, वहाँ बच्चे ठीक

रहेंगे, और तुम अपनी रूसी भाषा की पढ़ाई जारी रखो। इसलिए—चूँकि रणजीत एक बहुत अच्छी मित्र थी—मैंने पढ़ाई जारी रखी।

पहले छह महीने अच्छी तरह से बीते, और तब छुट्टियाँ पड़ीं और मैं नाभा गई। जब गर्मी की छुट्टियों के बाद मैं वापस लौटी, तब हालात अचानक बहुत बिगड़ गए। हुआ यह था कि वहाँ कॉलेज का प्रिंसिपल था, राजाराम, और उसके साथ हम लड़कियाँ उसकी जीप में बैठते और जाकर खरीददारी करते थे। वह बोला—आओ चलें। वह इतवार का दिन था तो हमने थोड़ा बाहर जाने का फैसला किया। लेकिन जब हम बाहर निकले, तो हालात बहुत खराब थे, हर जगह लाशें ही लाशें पड़ी थीं। हम विश्वविद्यालय के इलाके से लालकिले तक गए। मुझे याद है वह दृश्य। लालकिले पर मैंने देखा कि एक ताँगे पर चार लड़कियाँ थीं और एक आदमी चाकू लिए हुए था। लड़कियाँ ताँगे से बाहर कूदीं और वह आदमी उनके पीछे-पीछे भागा। मुझे पता नहीं, इसके बाद फिर क्या हुआ। वह जगह लाशों से भरी पड़ी थी। तो राजाराम ने जीप को राजपुर रोड की ओर मोड़ने को कहा। वहाँ एक पुलिस स्टेशन था और राजाराम ने कहा कि चलो पुलिस को खबर करें। वह गया और इस घटना की जानकारी पुलिस को दी, लेकिन पुलिसवाले बोले— हमारे पास कोई पुलिस फोर्स नहीं है, हम कुछ नहीं कर सकते। तब फिर मुझे पता नहीं किस कारण से राजाराम रेलवे स्टेशन की ओर गया, और वह स्थान इसी तरह से खून से भरा पड़ा था। और तब वह बोला—मैं नहीं सोचता कि हमें और आगे जाना चाहिए; और हम वापस आ गए। उसने हमें हॉस्टल छोड़ दिया।

हॉस्टल में मेरे कमरे में एक मुस्लिम लड़की जहीरा इलाही रहती थी। मैं सोचती हूँ वह सर सैयद अहमद की भतीजी थी या उनकी काफी करीब की रिश्तेदार थी...। विश्वविद्यालय में काफी लूटपाट और आगजनी हुई थी...। वहाँ इतिहास का एक प्रोफेसर था, कुरैशी। मुझे लड़कों को देखना याद है, मुझे अभी भी याद है, एक लड़के ने उसका कोट और टाई पकड़ रखे थे। और मैंने लोगों से सुना कि उसके पास काफी कीमती पेंटिंग्स वगैरह थीं, वे यह सब लूटकर ले गए। हमें बताया गया था कि...वहाँ इतना तनाव था कि हम सभी लोग बुरी तरह से डरे हुए थे। मैं सोचती हूँ वहाँ हॉस्टल में हम केवल छह या सात लड़कियाँ ही थीं, वहाँ वार्डन थी, और उसकी एक गोल-मटोल-सी बेटी भी थी, और हम सोचा करते थे कि हॉस्टल में बन्द होकर हम स्वयं को कैसे सुरक्षित रख सकते हैं। एक दिन हम खाना खाने के लिए बैठे ही थे, और एक आदमी वहाँ दौड़ता हुआ आया और उसने जहीरा को हाथ से पकड़ा और बोला, चलो चलें। उसने इन्तजार तक नहीं किया और उसे खींचता हुआ बाहर ले गया और हम पूरी तरह से अवाक थे। बाद में हमें पता चला कि

वह जहीरा का भाई था और उसे कहीं से मालूम हुआ था कि वहाँ एक भीड़ है जो हॉस्टल पर हमला करने आ रही है, या ऐसा ही कुछ था। इसलिए वह लड़की को अपने साथ ले गया, और उसका सारा सामान, बड़े-बड़े बक्से और सब कुछ कमरे में ही पड़े रहे। बाद में हमने सुना कि वे कोटा हाउस में रह रहे थे। फिर वह उसे हैदराबाद ले गया और जहीरा इलाही से मेरा सम्पर्क खत्म हो गया। लेकिन भीड़ आई और वे चिल्लाते रहे, "हमें जहीरा चाहिए, हमें जहीरा चाहिए, उसे बाहर निकालो।" हम सब एक कमरे में बन्द हो गए, और उसके बाद वार्डन ने हम सबको बचाया और राजाराम के घर भेज दिया। चूँकि जहीरा वहाँ नहीं थी, इसलिए भीड़ समझ गई कि वह बच निकली है। इसके बाद हम कुछ दिन राजाराम के घर में रुके और मुझे याद है, जब वे लोग यहाँ से गए, तो अपने साथ लूट के माल-भरे बड़े बक्से भी ले गए थे। दो-एक बार वे यहाँ रुके। वहाँ केवल हम लड़कियाँ ही बाहर खड़ी थीं और उन्होंने हमें सिल्क के कपड़े और अन्य सामान बेचने तक की पेशकश की कि लड़कियों को शादी के वक्त इस सामान की जरूरत पड़ेगी।

फिर सभी लड़कियों को अपने-अपने घरों को जाना ही था, इसलिए वे सभी चली गईं, लेकिन मेरे पास कोई घर नहीं था जहाँ मैं जाती। मैं समझ नहीं सकी कि कहाँ जाऊँ, कोई घर नहीं था...जानती हो, यह एक बहुत ही अजीब-सी स्थिति थी। फिर मैंने खूब सोचा, मैं थोड़ी हिम्मती थी और मैंने सोचा कि मैं महाराजा नाभा के आफिस जाऊँगी। मैं वहाँ गई और मैंने कहा कि मैं नाभा में काम किया करती थी, और मैं यहाँ फँसी हुई हूँ और नाभा जाना चाहती हूँ। तो वहाँ उनके आफिस में किसी ने कहा कि हमारी कारें रोज नाभा जाती हैं और हम किसी एक कार में तुम्हें नाभा भेज देंगे। इसलिए उन्होंने मेरे लिए भी एक कार में जाने का इन्तजाम किया, जिसमें मेरे मित्र के एक मामा भी थे, और उस मिलिटरी कार में मैं नाभा गई। मैंने वहाँ से छुट्टी ली हुई थी, छह साल तक वहाँ नौकरी करके मैं ऊब गई थी, और शादी के आसार भी कुछ निश्चित नहीं थे। वहाँ तनाव था, व्यक्तिगत समस्याएँ थीं, इसलिए मैंने सोचा कि मैं बाहर निकलूँगी और अपनी योग्यता बढ़ाऊँगी और कुछ करने की कोशिश करूँगी। तब हम वापस आए और अम्बाला के पास रुक गए। रात का समय था। मैं सचमुच डरी हुई थी, और मैं अपने मित्र के मामा से बोली–अंकल, क्या आप मुझे रेलवे स्टेशन पर छोड़ देंगे? वह बोले–नहीं, चिन्ता मत करो। हम सभी वहाँ हैं और तुम हमारी जिम्मेदारी हो...।

जब हम नाभा पहुँचे तब रात के ढाई बजे थे। स्कूल के गेट पर वह मुझसे बोले–यदि तुम चाहो तो मेरे साथ चल सकती हो और सुबह मैं तुम्हें

यहाँ ले आऊँगा। मैंने कहा—नहीं, यहीं ठीक है। आखिर किसी का घर, किसी का घर ही होता है। पर रात के इस समय, मैंने सोचा, मैं कहाँ जाऊँगी। तो उन्होंने बस मुझे गेट पर छोड़ा और चले गए। चौकीदार का नाम जिवना था। मैंने चिल्लाना शुरू किया—जिवना, जिवना! वहाँ कोई नहीं था। मैंने धीरे से फाटक को धकेला और वह खुल गया। मैं भीतर आई, और वहाँ इतनी बड़ी जगह थी, बिल्कुल खाली। वहाँ कोई रोशनी नहीं थी। मैंने देखा, जिवना का कमरा बन्द था। यह मेरे दिमाग में ही नहीं आया कि वें सभी पाकिस्तान चले गए होंगे। वहाँ सायरा हुआ करती थी, मैंने उसे भी पुकारा। वहाँ भी कोई नहीं था। मैं घर की तरफ गई, उसमें ताला लगा था। वे सभी लोग गाँव चले गए थे। रणजीत मेरे भाई और बहन को ले गई थी। मेरी बहन सुधा की शादी हो चुकी थी। मैंने अपनी दूसरी बहन भुचर को कन्या महाविद्यालय, जालन्धर के एक हॉस्टल में रखा हुआ था। इसलिए वह भी चली गई थी। मेरा छोटा भाई बिल्लो भाग गया था और लाहौर चला गया था। मुझे ठीक से पता नहीं कि माताजी और मुन्ना कहाँ थे। नहीं, माता जी को राणा ले गया था, लेकिन वहाँ कोई नहीं था। पूरा घर खाली था और छह-सात एकड़ की विशाल जगह..., गहरी रात, और आसपास कहीं आदम की जात नहीं। मैं बुरी तरह से डरी हुई थी। और मैं समझ नहीं सकी थी कि क्या करूँ। कुछ देर बरामदे में बैठी, लेकिन मैं डर से मरी जा रही थी, वहाँ हर ओर अँधेरा था। वहाँ हर जगह मुसलमान थे। तब मैंने सोचा, मैं मूर्ख हूँ। मैंने एक खतरा मोल लिया है। अचानक मुझे याद आया कि स्कूल के पीछे हमारा एक मश्की हुआ करता था। उसका नाम...मैं याद नहीं कर सकती। तब, मैं किसी तरह से रेंगती हुई, दीवारों से सटती हुई, और पिछवाड़े गई। मैंने उसे पुकारा, और वह उठा। अवाक् रह गया, यह कहता हुआ कि बीबी जी कहाँ हैं आप, कहाँ से आई हैं? वह दीवार फाँदकर भीतर आया, और उसने ताला खोला, और मैं भीतर चली गई, और वह बाहर बरामदे में सोया। अगले दिन सुबह उसने एक साइकिल ली और रणजीत के गाँव गया और वह वहाँ आई तो मैं वहाँ कुछ दिन रुकी।

इस दौरान, मैं एक बार लाहौर गई, राणा से अपनी माँ को वापस भेजने की बात कहने के लिए। मैंने माँ की देखभाल करने का वादा भी किया। उस समय तब मैंने वह पत्र वहाँ पड़ा देखा, और मैं समझ गई कि यह वही पत्र है जिसमें लिखा था कि सुभद्रा तुम्हारी जायदाद हड़प लेगी, माँ को मत जाने देना। और मैं समझ गई, अब कोई फायदा नहीं था। मैं काफी गिड़गिड़ाई और मैंने मिन्नतें कीं कि वह बिल्लो को भेज दे, जो यहाँ उसके पास भाग आया था। मैंने सोचा, यदि वह माँ को जायदाद के लिए यहाँ लाया है, तो वह मेरे

भाई को मार देगा। इसलिए उसने बिल्लो को भेज दिया।

यह बात...विभाजन से पहले की है। यह 1947 में हुआ था, विभाजन से कुछ समय पहले। मैं दो बार लाहौर गई। दोनों बार विभाजन से कुछ पहले, लेकिन मुझे ठीक से याद नहीं कि कब। किसी मूर्ख की तरह मैंने लाहौर स्टेशन से अपने घर तक के लिए ताँगा किया। बिना किसी डर के या किसी और चीज के। यह ठीक मास्काट के बीच था। दूसरी बार जब मैं वहाँ गई तब मैंने राणा से बहुत अनुनय-विनय की थी, यह कहते हुए कि उसे कैसे खिलाओगे वगैरह, और तब मैं बिल्लो को ले आई। गाड़ी में वह दूसरे डिब्बे में था। बीच में कहीं कोई आया और बोला कि जो लड़का तुम्हारे साथ सफर कर रहा था, वह ट्रेन से गिर गया है। मैं पागल हो गई, मैं भागी, लेकिन वह पूरी तरह ठीक-ठाक था। उसके बाद वह कोई काम खोजने गुड़गाँव गया, लेकिन वह भी पूरा घुमक्कड़ था...इसी प्रकार से बच्चे किसी तरह व्यवस्थित होते गए। तब मुझे शिमला जाना पड़ा था, जहाँ तुम्हारे पिता थे, और मैं कोई रास्ता न खोज सकी थी। वहाँ कोई गाड़ी नहीं जा रही थी। और मैं कोशिश करती रही, तब मुझे किसी ने बताया कि वहाँ टैक्सियाँ हैं जिनमें आपको एक सीट का किराया छह सौ रुपए देना पड़ेगा। फिर मैंने पैसे जमा किए और दिल्ली से शिमला की एक टैक्सी ली। मैंने अपना सामान जहीरा इलाही के बक्सों के साथ ही छोड़ दिया—ये बाद में कभी नहीं मिले। मैंने उन्हें हॉस्टल के वार्डन की देखभाल में छोड़ दिया था। बाद में हमें बक्से तो जरूर मिले, उनमें ताले भी लगे थे, लेकिन उनके अन्दर कुछ भी नहीं था।

मेरे लिए यह बताना बड़ा मुश्किल है कि जब तुम हमें राणा के पास ले गईं तब उसे फिर से देखकर मैंने कैसा महसूस किया था। जब मैंने उसे हवाईअड्डे पर देखा तो मैंने सोचा, वह बिल्कुल भी वैसा नहीं दिखता था, जैसा कि दुबला-पतला, लम्बा नौजवान मैं चालीस साल पहले पीछे छोड़कर आई थी। उसने वजन बढ़ा लिया था और काफी कुछ मेरे पिता जैसा दिखता था। हालाँकि विक्रम भी ठीक वैसा ही लम्बा—करीब छह फुट तीन इंच—था लेकिन वह काफी गोरा था। राणा जब मेरे सामने खड़ा था तो मुझे बिल्कुल अपने पिता की प्रतिमूर्ति लगा, हू-ब-हू उन्हीं के जैसा। मेरे भीतर मेरे पिता, मेरे बचपन, मेरी माँ और उस महाविश्वासघात की यादों का सैलाब उमड़ पड़ा...। फिर भी मुझे लगा, जैसे मुझे अपने भाई से नफरत नहीं हुई है। मुझे उस पर काफी तरस आया। वह मुझे बिल्कुल किसी भगोड़े की तरह से दिखा जो अपने ही जाल में फँस गया हो।

जब मैं गई और उसे अपनी बाँहों में भरा तो वह फुसफुसाया, "क्या तुम अभी भी मुझसे नाराज हो?" मैं रो रही थी। हम एक ही माँ-बाप, एक

ही वंश की सन्तानें थीं, फिर भी आज हम अजनबियों की तरह से थे, दो दुश्मन देशों के बाशिंदे। मैंने सोचा, यह उसका धर्म-परिवर्तन नहीं था जो मेरे लिए इतना अधिक महत्व रखता था, लेकिन मेरी माँ के साथ उसने जो कुछ भी किया, उसके लिए मैं उसे कभी माफ नहीं कर सकी थी।

वह हमें घर ले जाने के लिए अपनी कार लाया था। हम ऐसी जगह ले जाए गए जो अनेक बरसों तक मेरा घर था। जब हम वहाँ पहुँचे, तो मैंने घर पर निगाह डाली, वही प्रभुत्वपूर्ण निगाह, लेकिन जब मैंने देखने के लिए अँधेरे में ताका, तो वहाँ दो चीजें गायब थीं। गेट पर मेरे पिता का नाम अब नहीं था, और घर के ऊपर बनी पानी की टंकी पर लिखा बड़ा-सा 'ॐ' भी नहीं दिखता था। हम राणा के परिवार से मिले, उसकी पत्नी और तीन बेटों से—चौथा कहीं बाहर था। हम वहाँ आराम से बैठे। यह दिसम्बर का महीना था, लेकिन रूम-हीटरों से सभी कमरे गर्म थे। पाकिस्तान में पाइपों से गैस सप्लाई काफी सस्ती है। केवल अगले दिन सुबह ही जाकर मैंने देखा कि वहाँ फलों के सारे पेड़ खत्म हो चुके हैं। राणा ने बताया कि पानी की कमी के कारण उसे सारे पेड़ कटवाने पड़े। लेकिन मुझे पेड़ों के न होने पर बड़ा दुख हुआ, बिल्कुल किसी शारीरिक तकलीफ की तरह। मेरे पिता को उन पेड़ों से, किसी अन्य चीज की तुलना में अधिक प्यार था। यह सब किसी विश्वासघात-जैसा लगा। मैंने सोचा, बँटवारे में हमने काफी कुछ खोया था—कुछ पेड़ों से भला क्या फर्क पड़ता है, फिर भी मुझे उस समय ये पेड़ उन सभी चीजों के प्रतीक जैसे लगे थे, जिन्हें हमने खो दिया था।

उस रोज तुम्हारी दोस्त लाला आई और मुझे लाहौर शहर घुमाने ले गई। वहाँ काफी कुछ बदल चुका था। मैं अपना पुराना कालेज देखने हाल रोड जाना चाहती थी, लेकिन जब वहाँ पहुँचे तो कालेज वहाँ नहीं था। उसकी जगह बदल दी गई थी। मैं बहुत सारी जगहें देखने गई जो मैं ठीक से जानती थी, लेकिन कुछ भी पहले जैसा नहीं था, इतना शानदार विश्वप्रसिद्ध शहर अब एक मुस्लिम शहर बन चुका था। लाउडस्पीकर से नमाज पढ़नेवालों को पुकारा जाता...दुकानें, गलियाँ सब कुछ भिन्न था...।

मैं पाकिस्तान और अपने घर में पूरा एक दिन रही थी, लेकिन दूसरे कमरों में नहीं गई थी। बचपन में जो मेरा कमरा था मैं बड़ी शिद्दत से उसमें जाना चाहती थी, लेकिन मेरी हिम्मत नहीं हुई। बस ड्राइंग रूम से आगे देखते ही मेरी दृष्टि ने मुझे वापस लौटने पर मजबूर कर दिया। दूसरी तरफ के कमरों में आनेवाली शादी के दहेज का सामान भरा पड़ा था, और उनमें कोई रहता भी नहीं लगता था। शायद वे सभी लोग पहली मंजिल पर रहते थे। फिर भी रात के खाने पर, सारा परिवार इकट्ठा हुआ और हमने बड़ा लजीज और मजेदार

खाना खाया।

कुछ दिनों बाद राणा हमारे कमरे में आया और उसने बात करनी शुरू की। उसने दरवाजा बन्द कर दिया। वह बोला, "अगर यह घर यहाँ न होता तो मैं सोचता हूँ हम सभी इकट्ठे रहते। मैं मुसलमान नहीं बना होता और अपनी जिन्दगी की शान्ति का हर पल मैंने खोया नहीं होता।" "लेकिन", मैंने पूछा, "धर्म बदलना तो निश्चित रूप से तुम्हीं ने चुना था।" वह बोला, हाँ। लेकिन उस समय तक भी वह स्वीकारा नहीं गया था। "उनके लिए मैं अभी भी एक हिन्दू ही हूँ। यदि एक लड़की ब्याही न जा रही होती और जिसमें मेरी मौजूदगी जरूरी है, तो शायद मैं जेल में होता।" हम स्तब्ध रह गए। तब उसने हमें बताया कि उसके एक बेटे ने, उस पर हिन्दू जासूस होने का आरोप लगाकर, केस कर दिया है। उसने कहा, "मैं एक अजनबी की तरह हूँ, अपने ही घर में अपने ही बच्चों से भयभीत एक आदमी।" उसने मुझे बार-बार बताया कि वह एक नतीजे पर पहुँचा है और वह यह कि किसी को कभी भी अपना मजहब नहीं बदलना चाहिए।

पाकिस्तान में वह मेरी आखिरी रात थी। मुझे याद है अगले दिन, हमारे वहाँ से चलने से पहले, जब मैं खाने के लिए बैठी तो राणा ने फ्रिज से सफेद कच्चे मक्खन का कटोरा निकाला। "मैं अभी भी नहीं भूला हूँ कि तुम्हें कच्चा मक्खन कितना अच्छा लगता था। मैंने इसे कल ही खरीदा है।" उसने कटोरा मेरे आगे रख दिया, और मेरी आँखें आँसुओं से भर आईं। वह आखिरी बार था जब राणा और मैंने बात की थी।

मैं यह तय करने में समर्थ नहीं हो पाई हूँ कि राणा सच बोल रहा था या नहीं। क्या सचमुच उसकी समस्या धर्म-परिवर्तन की ही थी? लेकिन बहुत-से लोग हैं, जिन्होंने धर्म-परिवर्तन किया है और उसी धर्म में रह गए हैं—फिर भी मजहब क्या इतना अहम है? या फिर वह सिर्फ झूठ बोल रहा था, बचने का एक तरीका चुन रहा था, जिसका उसने पहले भी कई बार सहारा लिया था।

मैं सचमुच नहीं जानती।

3

सच्चाइयाँ

भाग—1

जिन्दगियों का विभाजन

भारत का विभाजन करने की योजना 3 जून 1947 को घोषित की गई थी। जो लोग इस निर्णय से पूर्व की चर्चाओं और लम्बी बातचीत में प्रत्यक्ष या परोक्ष रूप से शामिल थे, उनके लिए यह घोषणा एक राहत के रूप में आई। उस समय कांग्रेस के साथ एक राजनीतिक कार्यकर्ता रहे संखो चौधरी ने कहा, "हम लोग बार-बार इसे आगे और पीछे करने से इतना थक और ऊब चुके थे कि आखिर में कोई निर्णय लिए जाने से बहुत कृतज्ञ हुए। हमने सोचा, चलो, अन्त में यहाँ कोई हल तो निकला और अब हम चैन की साँस ले सकते हैं।" उसके विचार अनेक दूसरों द्वारा भी दुहराए गए। एक दम्पति जो बाद में राहत-कार्यकर्ता बन गए थे, उन्होंने कहा, "आखिरकार थरथराहट और कलह खत्म हो गए और अब एक नई शुरुआत की जा सकती है।"

लेकिन यह समाधान, किसी भी तरह से, वास्तव में कोई समाधान नहीं था, और न ही यह शुरुआत कोई शुरुआत थी। और यदि राजनीतिक नेताओं और राष्ट्र ने मिलकर चैन की साँस ली कि मामला निबट गया, वहीं लाखों लोगों में संभ्रम की भावना भी थी। इसका असल में मतलब ही क्या था? विभाजन से पूर्व के महीनों, और वास्तव में जून 47 में योजना की घोषणा के बाद, ऑल इंडिया कांग्रेस कमेटी (AICC) के कार्यालयों को भारी संख्या में लोगों के पत्र मिले, जिनमें वे जानना चाहते थे कि क्या हो रहा है? खतों में लोगों ने पूछा, हमारा क्या होगा? हमें विश्वास है कि भारत का विभाजन होना है : हम कहाँ जाएँगे? हम कैसे जाएँगे? हमारी नौकरियों, काम-धन्धों का क्या होगा? यदि हमें जाना पड़ा तो क्या नए देश में हमें हमारी नौकरियाँ वगैरह वापस मिलेंगी? यदि हमें जाना पड़ा तो हमारे घरों, हमारी जमीनों का क्या होगा?

14 मई 1947 को एक पत्र में श्री जे. बी. कृपलानी ने लिखा था :

पंजाब के अल्पसंख्यकों (हिन्दुओं और सिखों को जो स्वयं को अल्पसंख्यक के रूप में देखते थे) को आपकी सलाह कि जो स्वयं की सुरक्षा नहीं कर सकते वे पलायन कर सकते हैं, अत्यन्त ही स्तब्ध करनेवाली है। इससे यही जाहिर होता है कि तथाकथित ताकतवर कांग्रेस पंजाब, बंगाल और सिन्ध के असहाय अल्पसंख्यकों को बचाने में असफल रही है या फिर यह इन्हें बचाना या इनकी रक्षा करना नहीं चाहती या कर नहीं सकती है।

अहिंसा का राग अलापकर हिन्दुओं को सुरक्षाहीन करने के बाद कांग्रेस, अब उन्हें पलायन करने की सलाह देती है। क्या आप कृपया हमें यह बता सकते हैं कि प्रवासियों को कौन-सी जगहें आबंटित की गई हैं। उन्हें सम्मान से बसाने के लिए अब तक कौन-से इन्तजाम किए गए हैं। उन्हें कहाँ पलायन करना चाहिए। कितनी संख्या में और किस प्रकार से। अपनी अचल सम्पत्तियों का वे क्या करें। क्या आप कृपया हरेक के लिए नौकरियाँ या व्यवसाय खोज पाने में समर्थ होंगे। क्या उन्हें आपके राहत शिविरों में भिखारियों की तरह आना है, और बसना है और यू.पी., सी.पी., बिहार, बम्बई आदि में आपके लोगों के टुकड़ों पर निर्भर रहना और गुजारा करना है।

हम लोग भी बिहारियों, मद्रासियों और यू.पी. के भैयनों की तरह अपनी पाँच नदियों की भूमि में सम्माननीय रहे हैं, और हैं। हम पूरी तरह से महसूस करते हैं कि आपने अपने सात प्रांतों की आजादी हमारी कीमत पर पाई है और आज पंजाबियों और बंगालियों को क्या हो सकता है, इसके लिए फन्दे की परवाह करते हैं। अगर आप हमारे लिए यही सब कर सकते हैं, अगर आप किसी भी तरह से बहुसंख्यक या अल्पसंख्यक प्रांतों में हिन्दुओं को मुसलमानों से लड़ने या उन्हें मारने की कोई सलाह नहीं दे सकते हैं, और आप हमारी सुरक्षा नहीं कर सकते हैं और हमें स्वयं ही अपनी सुरक्षा करनी है, तो भगवान के लिए हमारे मामलों से अपने हाथों को दूर ही रखें। आप में से किसी को भी हमारी जलती जमीनों पर चलने के लिए अपने बीमार कदमों को बढ़ाने की तकलीफ नहीं उठानी चाहिए। हमें ऐसी किसी सलाह की आवश्यकता नहीं है। सिर्फ जुबानी जमाखर्च से हमारी सुरक्षा नहीं हो सकेगी। यह हमें कोई भौतिक सहायता नहीं देगी। हमें अपनी सुरक्षा और आपकी भारत माता की एकता को बनाए रखने के लिए पर्याप्त सहायता की जरूरत है।

हम खानाबदोशों या जिप्सियों की तरह पलायन नहीं कर सकते। हम अन्त तक लड़ेंगे, और भगवान की इच्छा से सफल भी होंगे और जिन्दा भी रहेंगे। लेकिन–लेकिन अगर रावलपिण्डी की नियति हमारी प्रतीक्षा करती

> है, तो हिन्दू बने रहने और भिखारी बनकर आपके दरवाजे पर भिक्षा के लिए झाँकने, और आप तथा आपके वंशजों द्वारा हँसी उड़वाने और तिरस्कार करवाने से बेहतर है—बहुत बेहतर—बहुत, बहुत बेहतर है कि हम मुसलमान बन जाएँ।
>
> यदि आप हमें नहीं बचा सकते हैं तो हम आपकी राय नहीं मान सकते हैं। हम भी आप ही लोगों की तरह इन्सान हैं। हमारी जिन्दगी भी आप लोगों की जिन्दगी जितनी ही कीमती और जीने योग्य है। आपकी उदारता या उन्नति के लिए हम कसाई नहीं बनना चाहते। हम जीना चाहते हैं, और सम्मान से जीना चाहते हैं। यदि कांग्रेस हमें बचाने में अक्षम है तो पंजाब में कांग्रेस संगठन को भंग करके हिन्दुओं को अपना रास्ता अख्तियार करने दिया जाय। हमें उन ऊँचे मंचों से या आसमानों से जिनमें आप उड़ते हैं, किन्हीं सन्देशों या प्रवचनों की आवश्यकता नहीं है।
>
> आप लोग कायर हैं, आपके सिद्धान्त भी कायरतापूर्ण हैं, और आपका उनसे चिपके रहना भी कायरतापूर्ण है, हम आपको अलविदा कहते हैं। हमारा विनाश हो सकता है या हम बच सकते हैं, हम जिन्दा रह सकते हैं या मर सकते हैं या हिन्दुओं के रूप में जिन्दा रह सकते हैं या जिस तरह हम चाहें जिन्दा रह सकते हैं। भगवान के लिए अगर आप हमारी कोई सच्ची मदद नहीं करते, तो कृपया चले जाइए, दूर रहिए और कुछ मत कीजिए।[1]

ये प्रश्न, जो ज्यादातर अनुत्तरित ही रहे—और उस भारी विश्वासघात का बोध जो इस खास पत्र में झलकता है—उन लोगों ने उठाए थे जो यह समझते थे, या कम से कम उन्हें इसका भय था, कि क्या हो सकता है। और लोग भी थे—हजारों, शायद दसियों लाख—जो नहीं मानते थे कि कोई बदलाव होगा, या होगा भी तो इतनी स्थाई प्रकृति का होगा। निश्चित रूप से उनकी जिन्दगियाँ क्या इतनी आसानी से नहीं उलट सकती थीं? "राजनीतिज्ञ, राजे-महाराजे और नेता तो बदलते रहते हैं, पर प्रजा कब बदली है?" यह बात राजिन्दर सिंह ने कही, ऐसी बात जिसे कई लोगों द्वारा बार-बार कहा जाना था। वह गलत था, यद्यपि दूसरे बहुत-से लोग भी। प्रजा जरूर बदली, और यह बदलाव केवल भौगोलिक ही नहीं था। उसने बताया :

> जब हालात खासतौर पर खराब हो गए तो हमें लगा अब चलने का वक्त आ गया है। यह पूरा इलाका पाकिस्तान में जानेवाला था और हमें वहाँ से जाना पड़ा। जमींदारों ने कहना शुरू किया, तुम दुकानदारों के लिए यह

1. AICC दस्तावेज। FMO.CL9 (भाग-1) 1946, पंजाब। मैंने मूल पत्र को हू-ब-हू पेश किया है।

आसान है—तुम्हें तो बस अपने बाट और तराजू लेकर निकल लेना है, लेकिन हमारा क्या होगा? हमारे पास यहाँ जमीन है। उसे हम कैसे ले जा सकते हैं? हम अपनी जमीन को सिर पर तो ढोकर ले नहीं जा सकते। दुकानदार कहीं भी काम शुरू कर सकते हैं। और लोग स्वयं को इस तरह की बातें बताते रहते कि नहीं, ऐसा नहीं होगा, राजे-महाराजे बदल सकते हैं, लेकिन प्रजा अपना घर छोड़कर कब जाती है? जब राजा रणजीत सिंह ने राज करना शुरू किया था, तो क्या प्रजा बदली थी? जब सिख सत्ता में आए थे तो क्या उन्होंने मुसलमानों को बाहर भगा दिया था? वे बोले—चिन्ता मत करो, कुछ नहीं होगा...। इसी तरह से लोग खुद को तसल्ली दिया करते थे। मेरे पिता ने बताया...उन्होंने बताया कि कहानी खत्म हो गई है। यहाँ तक कि गाँवों में भी लोग आपसे नजर नहीं मिलाते।

शायद सबसे विस्मयकारी बात यह थी कि बहुत-से लोगों द्वारा भय जाहिर करने के बावजूद, न तो भारतीय और न ही पाकिस्तानी सरकारों—और न ही वास्तव में ब्रिटिश सरकार—ने जनसंख्या की इतनी बड़ी अदला-बदली का अन्दाजा लगाया था कि डर से बाध्य होकर लोग ऐसे स्थानों को चल देंगे, जहाँ वे अपने ही जैसे लोगों के बीच रह सकें। जब तक विभाजन की योजना की घोषणा की गई, तब तक पंजाब में पहले ही भीषण दंगे हो चुके थे। मार्च 1947 में रावलपिण्डी-दंगों में हजारों लोग मारे गए, और चारों ओर लूटमार, आगजनी, तोड़फोड़ और औरतों के प्रति हिंसा का बाजार गर्म रहा था। इन सभी को विभाजन की हिंसा का प्रमाणक बनना था। इससे पहले, 1946 में, बंगाल, नोआखली, बिहार, गढ़ मुक्तेश्वर में हिंसा हुई थी, और मरनेवालों में हिन्दू और मुसलमान दोनों ही थे—और मारनेवालों में भी। फिर भी, केवल 17 अगस्त 1947 को ही, विभाजन के दो दिन बाद, भारत और पाकिस्तान के प्रधानमंत्रियों ने अम्बाला में मुलाकात की और आबादी की अदला-बदली के लिए सहमत हुए। उस समय तक, पुनर्वास मंत्रालय की रिपोर्टों के अनुसार, पाँच लाख से भी अधिक लोग पाकिस्तान पलायन कर चुके थे। एक बार जब यह स्पष्ट हो गया कि लोग घर-बार छोड़कर भागेंगे, दोनों सरकारें इसे स्वीकार करने को बाध्य हो गईं। लेकिन शरणार्थियों को एक ओर जहाँ पलायन करने की इजाजत तो थी, वहीं उन्हें अपनी मशीनों, अपने वाहनों, फैक्टरियों के साजो-सामान, उपस्करों और ऐसी दूसरी सम्पत्तियों को ले जाने से निषिद्ध कर दिया गया। न केवल ये उनके पलायन को ही धीमा करते, बल्कि उस देश के काम भी आते जिसे ये लोग छोड़कर जा रहे थे।

विभाजन की हिंसा में शामिल लोग बरसों तक, वास्तव में आज तक भी, स्वयं से यही पूछते हैं कि वह क्या चीज थी जिसने सम्पूर्ण जीवन-काल की प्रायः साझी, अन्योन्याश्रित, यद्यपि भिन्न जिन्दगियों की पीढ़ियों की अंतर्सम्बद्धता को

शत्रुता की भावना में बदल दिया था। सीमान्त कस्बे अटारी के पास रहनेवाले एक सिख हरजीत ने कहा, ''मैं बयान नहीं कर सकता, लेकिन एक दिन हमारा पूरा गाँव पास के एक मुस्लिम गाँव में मौत का ताण्डव मचाने गया था। हम बिल्कुल पागल हो गए थे। और पचास साल के बाद, उनींदी रातों के रूप में मुझे इसकी कीमत चुकानी पड़ी है—जिन्हें हमने मारा था उनके चेहरों को मैं भूल नहीं सकता।'' उसकी भावनाएँ 'दूसरी ओर' से भी ठीक ऐसी ही प्रतिध्वनि पाती हैं—एक किसान और पूर्व सैनिक नासिर हुसैन की भावनाओं में : ''मैं अभी भी नहीं समझ सकता कि मुझे और मेरी उम्र के दूसरे लड़कों को उस समय क्या हो गया था। केवल दो दिनों की ही बात थी और हम नफरत के उस भीषण आवेग द्वारा बहा लिए गए थे... मैं ठीक से याद भी नहीं कर सकता कि वास्तव में मैंने कितने व्यक्तियों को मारा था। यह एक ऐसा दौर था, ऐसी मनःस्थिति थी जिस पर हमारा कोई नियन्त्रण नहीं था। हमें पता भी नहीं था कि हम क्या कर रहे हैं।'' नासिर हुसैन ने बताया। हरजीत की तरह वह भी अपने जीवन में पागलपन के उस क्षण के लिए पश्चाताप की ज्वाला में जलता है।

उस 'अन्य' का एक मनुष्य से शत्रु में परिवर्तित हो जाना, एक ऐसी चीज जो आपको बर्बाद कर देने से पूर्व ही नष्ट कर दी जानी चाहिए थी, सबसे अहम अनिवार्यता बन गया। घृणा, उदासीनता, नापसंदगी के अलावा अन्य किसी अनुभूति के लिए यहाँ स्थान नहीं था। बाद में, वही अनुभूतियाँ हिंसा में शामिल लोगों या इसके प्रति उदासीन रहे लोगों को कचोटने वापस आतीं। एक सत्तर वर्षीय प्रोफेसर ने, जो उस समय पटियाला में राष्ट्रीय स्वयंसेवक संघ (RSS) का एक युवा कार्यकर्ता था, वर्णन किया कि किस तरह से उसे एक मुसलमान औरत की चीखें याद हैं, जिसके साथ पास के एक थोक बाजार में बलात्कार किया जा रहा था और फिर उस औरत की हत्या कर दी गई थी। उसने चीखें सुनीं, और कुछ महसूस नहीं किया, क्योंकि, उसने बताया, ''उस समय राष्ट्रीय स्वयंसेवक संघ के सदस्यों के रूप में हमें 'उनके' लिए कुछ भी महसूस करने की इजाजत नहीं थी।'' पचास साल बाद, वह उस औरत के लिए, और उस घटना के प्रति अपनी उदासीनता के लिए, शोक के आँसू रोया।

नेताओं द्वारा सुनाए गए 'समाधान' की बिडम्बना कहीं भी इतनी अधिक स्पष्ट नहीं थी। सहज ही, उन नेताओं ने कल्पना कर ली थी कि यदि मारकाट करनेवाले धड़ों को (यदि वे मार-काट करनेवाले धड़े ही थे तो) अलग कर दिया जाय, और उनके बीच क्षेत्रीय अलगाव को दर्शानेवाली कोई रेखा खींच दी जाय, तो समस्या हल जो जाएगी। लेकिन युद्ध और लड़ाइयाँ ऐसी सीमाओं को पार करने और इन्हें कोई भी अहमियत नहीं देने के लिए कुख्यात होती हैं। और सदियों की इस जटिल गूँथ को एक ही झटके में शायद ही खत्म किया जा सकता है।

शायद सबसे दुखद विडम्बना के अन्तर्गत, यह 'समाधान' ही वास्तव में समस्या की शुरुआत बन गया।

❑ ❑

एक बार विभाजन की योजना घोषित हो जाने और दोनों पक्षों द्वारा स्वीकृत हो जाने के बाद, उसे लागू करने के लिए एक पूरी कार्य-प्रणाली को हरकत में लाया जाना था। लगभग मानो किसी मौन सहमति के अन्तर्गत, लाखों-करोड़ों लोगों की जिन्दगियों को बदल डालनेवाली सीमा-रेखा को खींचने के सबसे टेढ़े सवाल को बाद में किसी तारीख को हल करने के लिए टाल दिया गया। भारत और पाकिस्तान के नक्शे कैसे दिखेंगे, यह कार्य करने की जिम्मेदारी साइरिल रैडक्लिफ को सौंपी गई थी, परन्तु उसका काम समाप्त होने से पहले ही सत्ता का हस्तांतरण हो गया, और दोनों देश आजाद हो गए। दोनों देशों को अपने क्षेत्रों की भौगोलिक सीमाओं का पता बाद में चलना था—और इसके बाद कई वर्षों तक इस पर विवाद भी करना था। 18 जुलाई 1947 को, विभाजन-योजना की घोषणा के तुरन्त बाद इंडियन इंडिपेंडेंस बिल को ब्रिटिश संसद ने पास किया और यह कानून बन गया। इसके प्रावधानों के अंतर्गत, विभाजन के विभिन्न पहलुओं से निबटने के लिए दस विशेषज्ञ कमेटियाँ बनाई गईं। ये थीं :

1. संगठन, रिकार्ड और सरकारी कर्मचारी।
2. परिसम्पत्तियाँ और दायित्व।
3. केन्द्रीय आगम।
4. समझौते।
5. मुद्रा, सिक्के और विनिमय।
6. आर्थिक सम्बन्ध (i)।
7. आर्थिक सम्बन्ध (ii)।
8. निवास स्थान।
9. विदेशों से सम्बन्ध।
10. सशस्त्र सेनाएँ।[1]

इनमें से कोई भी समिति लोगों के जीवन के विस्थापन और विनाश से सम्बन्धित नहीं थी। भय और अविश्वास के बढ़ते हुए माहौल के बावजूद, लोगों में उनकी सुरक्षा और भलाई के प्रति डर पर बहुत कम ध्यान दिया गया था। इसकी जगह, राजनीतिक नेता बड़ी सहजता से यही दावा करते रहे कि लोग जहाँ हैं, वहीं रह जाएँ तो हालात बिल्कुल ठीक हो जाएँगे। अगस्त 1947 के शुरू में गाँधी ने लोगों के घर छोड़ने और भागने पर खेद व्यक्त किया था। उन्होंने कहा था,

1. ऑफ्टर पार्टीशन, मॉडर्न इंडिया सीरीज, प्रकाशन विभाग, दिल्ली, 1948, पृष्ठ 20-21

"यह जैसा होना चाहिए वैसा नहीं है।" बाद में, उसी साल नवम्बर में, अखिल भारतीय कांग्रेस समिति लोगों को अपने मूल घरों को लौट जाने को राजी करने के लिए कृत संकल्प हुई थी। लोगों को सुरक्षा का आश्वासन देते हुए, उनसे अपना घर न छोड़ने की बात कहते हुए, अपील के बाद अपील जारी की गई। इन आश्वासनों और प्रबोधनों का लोगों पर कोई असर नहीं हुआ। लोग जानते थे कि अब घर छोड़कर जाना अवश्यंभावी है। वे देख चुके थे कि रावलपिण्डी में, बिहार में, नोआखली में क्या हुआ था। जब यह हुआ, तो पलायन के विस्तार चौंका देनेवाले थे। इसके पहले कभी या फिर इसके बाद, मानव इतिहास में, इतने कम समय में, इतने बड़े पैमाने पर लोगों का पलायन नहीं हुआ है। महज पैमाना ही असाधारण था। एक करोड़ बीस लाख लोगों ने दोनों दिशाओं में सीमा पार की। अगस्त और नवम्बर 1947 के बीच केवल तीन महीनों में ही 673 शरणार्थी गाड़ियों में करीब 28,00,000 शरणार्थियों को भारत में और सीमा पार पहुँचाया; केवल एक ही महीने में मिलिटरी इवैक्यूएशन आर्गनाइजेशन (MEO) ने, जो सेना के कर्मचारियों से बनाया गया और लोगों को ले जाने के लिए गठित किया गया था, जैसा कि इसके नाम से जाहिर है, पूर्वी पंजाब से लोगों को बचाकर निकालने में करीब दस लाख गैलन पेट्रोल इस्तेमाल किया। अगस्त के अन्त तक, हवाई जहाजों को भी इस काम में लगाना शुरू कर दिया गया, हालाँकि हवाई यात्राएँ केवल सरकारी कर्मचारियों और अमीर लोगों तक ही सीमित थीं। फिर भी, हर रोज भारत और पाकिस्तान के बीच औसतन छह से सात जहाज़ सरगोधा, लायलपुर, मुल्तान और रावलपिण्डी से शरणार्थियों को लेकर उड़ते थे। यह दिल्ली, कराँची, लाहौर, क्वेटा और रावलपिण्डी के बीच मौजूदा उड़ानों के अतिरिक्त था। नवम्बर के तीसरे सप्ताह तक करीब 32,000 शरणार्थी दोनों देशों में जहाजों से आ-जा चुके थे। सिन्ध से बम्बई का सबसे सीधा मार्ग समुद्र के रास्ते था, जहाँ से काफी बड़ी संख्या में लोग गए। 21 नवम्बर तक, 1,33,000 लोगों ने स्टीमर और नाव से प्रस्थान किया। यह संख्या, लगता था और बड़ी हो सकती थी, लेकिन कराँची बन्दरगाह पर अधिकारियों ने केवल 2000 लोगों को ही प्रतिदिन भेजने की इजाजत दी थी, क्योंकि यही वह अधिकतम संख्या थी जिससे वे निबटने में सक्षम थे।[1] गरीब और दूसरे लोग जो ट्रेनों या सड़क-वाहनों से नहीं आ सकते थे, या नहीं आए, उनके लिए अपनी नई मातृभूमि में पहुँचने के लिए केवल विशाल मानव-काफिलों में पैदल चलकर आना ही एकमात्र रास्ता था। विभाजन के करीब दो हफ्तों बाद इन काफिलों ने चलना आरम्भ किया। शुरू में तीस से चालीस हजार लोगों का काफिला होता था। इनकी संख्या बढ़ती जाती थी। सबसे बड़े काफिले में चार लाख लोग थे—एक वृहत, विशाल, पैदल दस्ता, जिसने बताया जाता है कि पैदल चलते हुए किसी एक नियत

1. ऑफ्टर पार्टीशन, पृष्ठ 50-55

स्थान को पार करने में आठ दिन लिए थे। 18 सितम्बर से 22 अक्टूबर के बीच, हिन्दुओं और सिखों के 24 काफिले लायलपुर और मोंटगुमरी से भारत की ओर चले थे, जिनमें करीब 8,49,000 लोग थे। यह विश्वास किया जाता है कि कुल मिलाकर, दस लाख लोगों ने पश्चिम से पूरब की ओर, पैदल चलते हुए, सीमा पार की थी।[1]

रास्ते में हर जगह, चाहे लोग पैदल थे, गाड़ियों, कारों या लारियों में थे, हमलावर छुपकर उनकी राह देखते। विपरीत दिशाओं में चलते हुए, काफिले एक दूसरे को पार करते, तो जो लोग बिल्कुल एक ही जैसे दिखते थे—क्योंकि पहली नजर में उनका रूप-रंग यह नहीं बताता कि वे हिन्दू थे या मुसलमान—और गरीबी और दुख के बोझ से दबे हुए लोग थे, अचानक एक दूसरे पर खूनी अन्दाज से टूट पड़ते।

उन हजारों औरतों में से, जिनका बलात्कार और अपहरण किया गया था, बड़ी संख्या में इन्हीं काफिलों के किनारों से उठाई गई थीं। भागने की उत्तेजना में कमजोर और असुरक्षित—बूढ़े और दुर्बल, अपंग, बच्चे, औरतें—लोग प्रायः पीछे ही छूट गए। बहुत ही कम लोगों के पास अपने सिवा किसी और के लिए समय था। फिर सितम्बर में कुदरत का कहर टूटा, असामान्य रूप से भारी बारिश होने से बाढ़ आ गई और संचार-व्यवस्थाओं को गड़बड़ा गई। रेल-यातायात को धीमा करना पड़ा, सड़क मार्ग से यात्रा करना मुश्किल हो गया, और काफिलों में, बारिश से बीमारी और व्याधि फैलने लगी। पुलों और सड़कों की मरम्मत के लिए सेना को बुलाना पड़ा था, और पुलिस तथा सेना को पैदल और सड़क और रेल से यात्रा करनेवालों के साथ रहने और उनकी हिफाजत करने का काम सौंपा गया।

लेकिन पुलिस अब केवल पुलिस ही नहीं रह गई थी—तथाकथित रूप से निष्पक्ष लोग जिनका काम कानून और व्यवस्था की सुरक्षा करना था। और न ही सशस्त्र सेनाएँ ही केवल सशस्त्र सेनाएँ रह गई थीं—तथाकथित रूप से तटस्थ सेनाएँ जो केवल वही काम करतीं जो उन्हें सौंपा गया था। विभाजन ने राष्ट्र के ऐसे अंगों की तटस्थता और विषयनिष्ठता के भ्रम को पूरी तरह से तबाह कर दिया। विभाजन के समय पुलिस बल में साठ फीसदी मुसलमान थे। पाकिस्तान से भारत आनेवाले गैर-मुस्लिम, और भारत से पाकिस्तान जानेवाले मुसलमान, केवल 'अपने प्रकार की पुलिस' के साथ चलने में ही सुरक्षित महसूस करते थे। लेकिन ऐसा केवल सीमित तौर पर ही सम्भव था, क्योंकि पुलिस और सेना को भी अपने इलाकाई अधिकार क्षेत्र तय करने थे। पाकिस्तान से भारतीय सीमा की ओर आनेवाले शरणार्थी, पाकिस्तान के अन्दर भारतीय सीमा तक पाकिस्तानी 'मिलिटरी', जैसा कि वे उन्हें

1. ऑफ्टर पार्टीशन, और एच. भास्कर राव, द स्टोरी ऑफ रिहैबिलिटेशन, दिल्ली, पुनर्वास विभाग, 1967

कहते थे, के साथ चलते थे, और इसके बाद एक निश्चित बिन्दु से, भारतीय सेना इन्हें अपने नियन्त्रण में ले लेती थी।

यदि पुलिस बल अधिकांशतः मुसलमानों से बना था तो वहीं सेना में ये आँकड़े उलटे थे। सेना में मुस्लिमों की संख्या महज तीस प्रतिशत ही थी, जबकि बाकी गैर-मुस्लिम थे। एक बार जब देश को विभाजित करने का निर्णय ले लिया गया, तब फिर हर किसी चीज का बँटवारा होना ही था। इसमें सेना भी शामिल थी : न केवल सेना का भण्डार और उपस्कर—जैसे वाहन, टैंक, बन्दूकें, गोला, बारूद— के डिपो ही, बल्कि सैनिकों को भी बाँटा जाना था। इस तरह सेना को साम्प्रदायिक आधार पर बाँटा गया। मुसलमान सिपाही पाकिस्तान को और गैर-मुस्लिम सिपाही भारत को। सशस्त्र सेनाओं की पुनर्स्थापना के लिए बनी विभाजन परिषद द्वारा बनाए गए सामान्य सिद्धान्तों की धारा (F) के अनुसार :

> सेनाओं का विभाजन दो चरणों में होगा। पहले चरण में लगभग काम चलाऊ तौर पर वर्तमान सेनाओं का विभाजन साम्प्रदायिक आधार पर होगा और इसकी योजना तत्काल बनेगी। अगले चरण में ऐच्छिक स्थानांतरणों के आधार पर स्वयं इकाइयों को छाँटना होगा। हालाँकि, इसका एक अपवाद होगा—भारतीय सशस्त्र सेनाओं में अब काम कर रहे पाकिस्तान के मुसलमानों को भारतीय संघ की सशस्त्र सेनाओं में शामिल होने का विकल्प नहीं होगा, और इसी तरह सशस्त्र सेनाओं में काम कर रहे शेष भारत के किसी गैर-मुस्लिम को पाकिस्तान की सशस्त्र सेनाओं में शामिल होने का विकल्प नहीं होगा।[1]

यहाँ चयन का एक तत्व तो था, लेकिन उस समय जो भारत बना उसमें कार्यरत हिन्दुओं और सिखों को, या उस समय जो पाकिस्तान बना उसमें कार्यरत मुस्लिमों को इससे वंचित किया गया था। यह एक अजीब किस्म का तर्क था। यदि आप लाहौर में सेना में कार्यरत कोई मुस्लिम थे, तो आप भारतीय सेना में शामिल होने का विकल्प नहीं चुन सकते थे, लेकिन यदि आप लाहौर में सेना में कार्यरत हिन्दू थे, तो आपके पास भारतीय या पाकिस्तानी सेनाओं में शामिल होने का विकल्प था। गोरखे इससे अलग रहे : भारतीय सेना में उनकी संख्या सात फीसदी थी और उन्हें किसी तरह पृथक, तटस्थ समझा जाता था—यद्यपि वे एक हिन्दू देश नेपाल से आते थे। अविभाजित भारत में दस गोरखा रेजीमेंटें थीं : भारत, नेपाल और ब्रिटेन के बीच हुए एक अंतरिम समझौते के द्वारा छह रेजीमेंटें भारतीय सेना में रहीं, जबकि चार ब्रिटिश सेना में शामिल हो गईं। विभाजन के बाद उस

1. विभाजन के प्रशासनिक परिणामों से निबटने के लिए बनी आर्म्ड फोर्सेज रिकंस्ट्रक्शन कमेटी।

समय पाकिस्तान से भारत और दूसरी दिशा में यात्रा करनेवाले बहुत-से लोगों के लिए, एकमात्र मार्ग-सुरक्षा केवल गोरखा सैनिक ही थे, जिन्हें हिन्दू या मुस्लिम सेनाओं की तुलना में किसी तरह अधिक तटस्थ समझा जाता था।

❑ ❑

बीती घटनाओं पर अगर नजर डालें, तो कभी-कभी पूरा मामला ही बड़ा बेतुका लगता है। दो जिन्दगियों का विभाजन करना काफी मुश्किल काम है। लाखों लोगों को बाँटना पागलपन है। कितनी अधिक चीजों को विभाजित करना पड़ा था : भौगोलिक सीमाएँ खींचना कोई आसान काम नहीं था। अविभाजित पंजाब में सड़कों और रेलवे लाइनों का एक आड़ा-तिरछा जाल बिछा हुआ था, इसे किस तरह से बाँटा जा सकता था? राज्य में पाँच नदियाँ बहती थीं और राज्य को पानी उपलब्ध कराती थीं। अब इन्हें भी बाँटा जाता। इन नदियों से निकलनेवाली नहरों के एक तंत्र से पंजाब के बहुत-से हिस्सों में सिंचाई होती थी, मसलन, ऊपरी बड़ी दोआब नहर से पश्चिमी पंजाब के लाहौर और मोंटगुमरी जिलों में सिचाई होती थी, लेकिन इसके उद्‌गम पूर्वी पंजाब में, पश्चिमी पंजाब के इलाकों में सिंचाई करनेवाली दीपालपुर नहर का नियन्त्रण पूर्वी पंजाब के फिरोजपुर वयर द्वारा होता था। हर प्रशासनिक इकाई का विभाजन किया गया, उसके कर्मचारियों को भारत या पाकिस्तान में से कोई एक विकल्प चुनने को कहा गया।

जिन्होंने पलायन किया, उनके लिए अब दूसरी समस्याएँ उठ खड़ी हुईं : उनकी पेंशन का क्या होता, प्राविडेंट फण्ड खातों, बैंकों और नियोक्ताओं से लिए हुए कर्जों जैसी चीजों का क्या होता? एक या दूसरे देश का विकल्प चुनना कुछ लोगों के लिए तुलनात्मक रूप से आसान रहा होगा (और दूसरे लोगों के लिए इतना नहीं), लेकिन जब सचमुच यह विकल्प अपनाने का प्रश्न उठा, तो चीजें इतनी आसान नहीं थीं। एक अनिश्चित, गड़बड़ स्थिति का अर्थ था लोगों को अपना पलायन आरम्भ करने से पहले प्रायः कई-कई दिन, यहाँ तक कि महीनों तक इन्तजार करना पड़ता। कयामत के इस वक्त उनकी नौकरियों, काम-धन्धों का क्या होता? उन्हें उनकी तनख्वाहें कौन देता? शिक्षा में भी बाधा पड़ी, और अब अन्तहीन बहसें होने लगीं कि विश्वविद्यालयों का विभाजन करना उचित है या नहीं। घर की खलबली और उत्तेजना से दूर विदेशों में एक अथवा दूसरी चीज के लिए अध्ययन कर रहे अनेक विद्यार्थी थे, जिन्हें राज्य द्वारा स्कालरशिप मिलती थी। उनकी छात्रवृत्तियों का आंशिक या पूर्ण रूप से भुगतान राज्य करता था। अब उन्हें भी दोनों में से कोई एक देश चुनना था। और इस बात की कोई स्पष्टता नहीं थी कि जब तक दोनों देश संगठित होंगे, तब तक उनके वजीफे कौन देता। पूर्वी पंजाब से कुशल मुस्लिम कारीगरों के चले जाने

पर हौजरी, धातु के काम जैसे उद्योग और रेलवे सेवाएँ पंगु हो गए, क्योंकि इनमें कार्य करनेवाले अधिकांश व्यक्ति मुसलमान थे। उदाहरणार्थ, बटाला का धातु-कर्म उद्योग मुसलमान कारीगरों के चले जाने से क्षीण हो गया। पंजाब के दो भागों के बीच व्यापार काफी सीमित करना पड़ा। कच्चा माल और रसायन और मशीन उपस्कर जो पहले कराँची से उपलब्ध होते थे, अब वहाँ से नहीं मिल सकते थे, और इनकी नई आपूर्ति बम्बई में खोजनी थी। अमृतसर के प्रमुख उद्योगों में से एक, कपड़ा उद्योग को अब भारत के अन्दरूनी हिस्सों में बाजार खोजना था। शहरों का रूप भी बदला, लाहौर अब वैसा शानदार, सांस्कृतिक केन्द्र नहीं रह गया जैसा कि यह एक समय था। कभी पंजाब का दिल, और एक उन्नत व्यापारिक नगर रहा अमृतसर अब ग्रैंड ट्रंक रोड पर वाघा सीमा से पहले का आखिरी शहर बन गया।[1] भागने की जल्दी में हर किसी ने अपने पीछे कुछ न कुछ सम्पत्ति छोड़ी थी। इसमें नगदी, जेवर, व्यक्तिगत चीजें, बैंक में जमा रुपया, प्रतिभूतियाँ, लॉकर में मूल्यवान वस्तुएँ, पुरानी चिट्ठियाँ, लेखा-पुस्तकें वगैरह...हर तरह की चीजें थीं। बहुत से लोग यह सोचकर कि वे कभी वापस लौटेंगे, अपने जेवर, रुपया, पैसा, सोना इत्यादि विभिन्न जगहों में गाड़ गए थे। वह सब कैसे वापस मिलना था? अगस्त 1947 के बाद के वर्ष दोनों देशों की सरकारों के बीच बैठकों और वार्ताओं से भरे थे, जिनमें यही चर्चा होती कि कौन किसका कितना देनदार है, और जो लोग इन्हें छोड़ गए थे उनके द्वारा जो बकाया था—या जिस पर इनका स्वामित्व था—उसकी बरामदगी किस तरह से होनी है। जो लोग बैंकों में जमा अपना रुपया-पैसा या सामान छोड़ गए थे, उन्हें इन्हें ले जाने के लिए कस्टोडियंस ऑफ इवैक्यूई प्रापर्टीज की आज्ञा लेने के लिए दरख्वास्त देनी थी, जिनके पास राष्ट्रीय बचतपत्र, रक्षापत्र, और ऐसी ही दूसरी प्रतिभूतियाँ थीं, वे किसी भी देश के किसी भी डाकखाने पर इनका दावा कर सकते थे, और तब एक विस्तृत जाँच-पड़ताल की प्रक्रिया से गुजरने के बाद ही इनकी वसूली हो सकती थी। यहाँ तक कि हथियारों की भी अदला-बदली होनी थी, और ऐसी पहली अदला-बदली अक्टूबर 1956 में लाहौर में हुई और फिर उसी दिन जालंधर में भी हुई।

चार अन्य अदला-बदलियाँ भी हुईं, जिनके अन्त में, फरवरी 1958 में, भारत ने 1200 हथियार प्राप्त किए जिन्हें उनके मालिकों को सौंपा जाना था। लगभग इसी समय के आसपास, 1954 में, और मई 1958 तक पाकिस्तान में जमीन के अन्दर गड़े खजानों की करीब 2200 खोजें हुईं जिसमें 1300 खोजें सफल रहीं,

1. नवतेज के. पुरेवाल, 'डिसप्लेस्ड कम्यूनिटीज़ : सम इम्पैक्ट्स ऑफ पार्टीशन ऑन पूअर कम्यूनिटीज़ इन इंटरनेशनल जनरल ऑफ पंजाब स्टडीज़, खण्ड 4, न. 1 जन-जून 1997, पृ. 129-46

और 69 लाख रुपए का खजाना बरामद हुआ।[1] ब्रिटिश राज की स्थाई बपौतियों में से एक रही है प्रशासनिक व्यवस्था और 'फाईलों' पर इसकी निर्भरता—वे फाईलें जिन पर अंकित रहता कि फलाँ फाईलें पूरी (क्लीयर) हैं, फलाँ फाईलें लंबित (पेंडिंग) हैं...। 1947 में जब एक प्रशासनिक व्यवस्था ने स्वयं को दो में तब्दील किया, तो सभी फाईलों की नकल करना जरूरी हो गया।[2] उस समय यद्यपि, आज की तरह से, फाईलों की नकल तैयार करना आसान नहीं था, इसलिए कई महीनों तक पाकिस्तान का विकल्प चुननेवाले प्रशासकों को भारतीय मंत्रालयों में, अपने साथ ले जानेवाले जरूरी दस्तावेजों की नकल तैयार करने के लिए आना पड़ता था। मुझे प्रायः यह सन्देह हुआ है कि अगर कोई कर्मचारी फाईलों की कापी तैयार करते समय सो गया होता या उसने कोई बात दर्ज करते समय गलतियाँ कर दी होतीं तो क्या हुआ होता? इन्हीं तफसीलों से इतिहास बना है।

❑ ❑

30 जून 1947 को, विभाजन-योजना घोषित होने के कोई तीन हफ्ते बाद, भारत के गवर्नर जनरल ने पंजाब और बंगाल के लिए सीमा-आयोग स्थापित किए। प्रत्येक में चार सदस्य थे, दो हिन्दू और दो मुसलमान, और इन दोनों का ही अध्यक्ष इंगलैंड का एक वकील सर साइरिल रैडक्लिफ था, जो 'ऊँचे व्यक्तित्व, व्यापक प्रशासनिक अनुभव, तथा अनेक कानूनी क्षमताओं' का एक व्यक्ति बताया जाता था। सीमा-आयोगों का काम 'मुस्लिम और गैर-मुस्लिमबहुल निकटस्थ इलाकों को सुनिश्चित करके इनके आधार पर' भारत और पाकिस्तान की सीमा-रेखाएँ खींचना था, और ऐसा करते समय, 'अन्य कारकों' को भी ध्यान में रखना था। 'अन्य कारकों' का क्या अर्थ था, यह कभी स्पष्ट नहीं हुआ। केवल पाँच हफ्तों में रैडक्लिफ को यह फैसला करना था (वह 8 जुलाई 1947 को भारत आया था और 16 अगस्त को अधिनिर्णय की घोषणा कर दी गई थी)। रैडक्लिफ एक ऐसी सीमा रेखा को खींचने के महत्वपूर्ण कार्य में जुट गया जो "साढ़े तीन करोड़ से भी अधिक लोगों के एक प्रान्त—हजारों गाँवों, कस्बों, शहरों, नहरों के एकीकृत और सम्पूर्ण तन्त्र, संचार नेटवर्कों तथा एक करोड़ साठ लाख मुसलमानों, डेढ़ करोड़ हिन्दुओं, और पचास लाख सिखों का विभाजन करती, जो अपनी धार्मिक विभिन्नताओं के बावजूद, एक साझी संस्कृति, भाषा और इतिहास के हिस्सेदार थे।"[3] जाहिरा तौर पर, इसके सदस्यों

1. किरपाल सिंह, द पार्टीशन ऑफ पंजाब, पटियाला, पब्लिकेशंस ब्यूरो, 1972
2. किरपाल सिंह, सेलेक्ट डाक्यूमेंट्स ऑन पार्टीशन ऑफ पंजाब, 1947, इण्डिया एण्ड पाकिस्तान : पंजाब, हरियाणा एण्ड हिमाचल—इण्डिया एण्ड पंजाब—पाकिस्तान, दिल्ली, नेशनल बुकशाप, 1991, पृष्ठ-144-46
3. ऑफ्टर पार्टीशन, पृ. 28-29

के बीच दूर न किए जा सकनेवाले मतभेद भी थे, और विभिन्न राजनीतिक संगठनों की अपनी स्वयं की व्याख्याएँ भी थीं कि सीमा रेखा कहाँ खींची जानी चाहिए। जहाँ मुसलमानों ने जनसांख्यिकी के आधार पर, उन जिलों का खुलासा करते हुए जिन्हें वे मुस्लिमों और गैर-मुस्लिमों के लिए निकटस्थ समझते थे, अपना दावा पेश किया, वहीं हिन्दुओं ने 'अन्य कारकों' के आधार पर अपना दावा प्रस्तुत किया—वे लाहौर को, उसके 'हिन्दुओं और सिखों से ऐतिहासिक सम्बन्धों' के कारण, पूर्वी पंजाब का हिस्सा बनाना चाहते थे, और इसलिए भी क्योंकि वहाँ का ज्यादातर व्यवसाय और उद्योग गैर-मुस्लिमों के स्वामित्व में था। हालाँकि, यदि विभाजन रेखा मुस्लिम और गैर-मुस्लिमबहुल जिलों के आधार पर खींची जाती, तो सिख बीच में बँट जाते। तब सिखों ने इस तथ्य के आधार पर अपना दावा पेश किया कि उनके सबसे पवित्र अनेक धार्मिक तीर्थस्थल, यदि इस सिद्धान्त का पालन हुआ तो, पाकिस्तान में शामिल हो जाएँगे और उन्होंने कुछ खास मुस्लिमबहुल जिलों में भी इस तथ्य के आधार पर विशेष भू-भागों की माँग की कि वहाँ ज्यादातर भूमि-लगान का भुगतान सिख ही करते हैं और उनके पास इन इलाकों में व्यापक भू-स्वामित्व है। स्पष्ट रूप से, इन विवादित दावों का कोई समाधान नहीं था, और अन्त में, निर्णय साइरिल रैडक्लिफ पर छोड़ दिया गया।

रैडक्लिफ का काम कोई आसान नहीं था। उसके पास समय नहीं था, यहाँ की जमीन या लोगों, और जनगणना के आँकड़ों की भी जानकारी नहीं थी जो वैसे भी अब तक निश्चित रूप से पुराने हो चले थे, और लगभग बेकार ही थे। सीमाएँ आमतौर पर भौगोलिक रेखाओं के साथ खींची जाती हैं—जैसे नदियाँ, पहाड़ आदि। और जहाँ सीमा रेखा के दोनों ओर के पक्षों में अनबन हो, वहाँ भौगोलिक सीमाएँ भी संदिग्ध हो जाती हैं (मसलन, नदियाँ अपना मार्ग बदलती रहती हैं, और यह तनाव का कारण हो सकता है।) और धार्मिक सन्निध्य, किसी भी मामले में, भौगोलिक ढर्रों का पालन नहीं करता। सबसे अधिक पवित्र सिख तीर्थस्थल, ननकाना साहिब, पश्चिम पंजाब में काफी अन्दर स्थित है। लाहौर दोनों सम्प्रदायों के लिए समान रूप से एक बहुत प्यारा शहर था, इसी तरह प्रमुख व्यापारिक और धार्मिक शहर अमृतसर भी सिखों के लिए पवित्र था, लेकिन बहुत से मुसलमानों को भी यह बहुत अच्छा लगता था। गुरदासपुर जिले में मुसलमानों की बहुलता बताई जाती थी, लेकिन आर्थिक रूप से यहाँ सिखों का वर्चस्व था। जो रेखा आखिरकार सरहद बनी, उस पर कुछ मुस्लिम संतों की मजारें फैली हुई थीं। फिर भी, यहाँ आनेवाले सैकड़ों-हजारों श्रद्धालुओं में सिखों, हिन्दुओं, ईसाइयों आदि की तादाद भी काफी होती थी। राजनीतिक तर्कों की माँग थी कि सरहद को निकटस्थ इलाकों में ही होना चाहिए। भूगोल की माँग कुछ और ही थी : राजनीति की माँगें भौगोलिक निरोधों के साथ अनुपयुक्त थीं, लेकिन अन्त में भूगोल पर राजनीति

की जीत हो गई। प्राकृतिक विभाजनों का अनुसरण करने में असमर्थ रैडक्लिफ ऐसी 'जटिल' सीमाएँ खींचने को मजबूर हो गया था जो गाँवों, रेगिस्तानों और समाधियों से होकर गुजरीं—और गुजरीं लोगों की जिन्दगियों से होकर भी। समानतः भूगोल की बाधाएँ अर्थशास्त्र और व्यवसाय की माँगों के साथ अनुपयुक्त थीं। हिन्दुओं और सिखों ने धार्मिक पहचान और अर्थशास्त्र के आधार पर विभाजन चाहा, जिनमें कोई सम्भावित संसर्ग नहीं था। उन्होंने लाहौर में उद्योग और व्यवसाय के विकास से अपनी भूमिका को महत्व दिया, क्योंकि अधिकांश बैंकिंग व्यवस्था, बीमा, कारखानों और शिक्षा पर ज्यादातर उन्हीं का स्वामित्व था। आयोग में भारत के प्रतिनिधियों में से एक प्रतिनिधि, जस्टिस मेहरचन्द महाजन के अनुसार, यही सब 'अन्य कारक' थे जिन्हें सीमा आयोग को ध्यान में रखने की जरूरत थी। महज जनसंख्या पर ही ध्यान केन्द्रित करना पर्याप्त नहीं था।

अन्त में, जाहिर था, पंचाट ने किसी को भी सन्तुष्ट नहीं किया। वास्तव में विभाजन करने का कोई सन्तोषजनक तरीका था भी नहीं। अखबार 'अमृत बाजार पत्रिका' ने इसे 'हिन्दुओं और मुसलमानों पर ब्रिटिश साम्राज्यवाद की विदाई ठोकर' बताया, जबकि डॉन ने इसे 'इलाकाई कत्ल' बताते हुए लिखा कि "पाकिस्तान को एक अन्यायपूर्ण पंचाट, एक पक्षपातपूर्ण फैसले द्वारा ठगा गया है, एक ऐसे व्यक्ति द्वारा एक शर्मनाक पक्षपात के कार्य से जिस पर निष्पक्ष होने का भरोसा किया गया था, क्योंकि वह तटस्थ था।"[1] अपनी भूमिका के लिए, साइरिल रैडक्लिफ जानता था कि उसने स्वयं को लोकप्रिय नहीं बनाया। "वह कभी भारत वापस नहीं जाएगा", उसने कहा, और अपने भतीजे को लिखा : "पंजाब और बंगाल के बारे में पंचाट के लिए भारत में मुझे कोई पसन्द नहीं करेगा और करीब आठ करोड़ लोग एक शिकायत के साथ मुझे खोजना शुरू करेंगे। मैं नहीं चाहता, वे मुझे खोजें। मैंने काम किया है और यात्रा की है और पसीना बहाया है...ओह, मैंने पूरे समय पसीना बहाया है।" बाद में—काफी समय बाद—एक इन्टरव्यू में उससे पूछा गया कि यदि उसके पास अधिक समय होता तो क्या उसने भिन्न रूप से कार्य किया होता? उसने कहा : "हाँ। मैंने यहाँ आने के बाद सभी राजनीतिक नेताओं को बताया था कि मुझे काफी कम समय दिया गया है। लेकिन जिन्ना, नेहरू, पटेल जैसे सभी नेताओं ने मुझसे कहा कि वे 15 अगस्त को या इससे पहले ही एक विभाजन-रेखा चाहते हैं। इसलिए मैंने उनके लिए एक विभाजन-रेखा खींच दी।"[2]

रैडक्लिफ के हाथों सीमाएँ खींचे जाने से पूर्व के राजनीतिक घटनाक्रमों ने हिन्दुओं, सिखों और मुसलमानों के बीच बढ़ते हुए विद्वेष में और योगदान किया।

---

1. ऑफ्टर पार्टीशन, पृ. 30
2. किरपाल सिंह, सेलेक्ट डाक्यूमेंट्स ऑन पार्टीशन ऑफ पंजाब, पृ. 744 (साईरिल रैडक्लिफ से लेखक का इण्टरव्यू)

इसका सिर्फ धर्म से ही ताल्लुक नहीं था। काफी कुछ और भी दाँव पर था : नौकरियाँ, जीवन-यापन, सम्पत्ति, गृहप्रदेश सभी कुछ दाँव पर था। इनके लिए एक किस्म की होड़-सी होने लगी, लेकिन महत्वपूर्ण रूप से और भिन्न रूप से, धार्मिक तर्ज पर यह होने लगा : कि क्या कोई मुस्लिम व्यक्ति X या Y नौकर पाएगा, या फिर कोई हिन्दू? जिस तरह से धर्म का भूगोल से विवाद हुआ था : कि किसी नदी या पहाड़ या रेगिस्तान क़े इस ओर कितने हिन्दू या मुसलमान होंगे, ठीक उसी तरह से इसका टकराव जायदाद, और रोजगार जैसी चीजों से भी हुआ।

लेकिन जहाँ विद्वेष काफी आसानी से बढ़ सकता है, वहीं सीमाओं का तुरन्त निर्धारण इतना आसान नहीं था। सीमा के बावजूद लोगों ने इधर-उधर यात्रा की। कुछ वर्षों तक भारत और पाकिस्तान के बीच कोई पासपोर्ट व्यवस्था नहीं थी। पहले के इस 'खुलेपन' की दुखद विडम्बना यह है कि आज भारतीयों और पाकिस्तानियों के लिए वीजा लेकर एक दूसरे के देश में आना-जाना काफी कठिन, और लगभग असम्भव-सा कार्य है। और जब वे वीजा लेने में सफल हो जाते हैं, तो उन्हें दूसरे देश पहुँचकर, और वहाँ से वापस लौटने से पहले, उस देश की पुलिस को अवश्य सूचित करना होता है, और साथ ही दोनों देशों में, केवल तीन शहरों में ही जाने की इजाजत होती है।

विडम्बनापूर्ण रूप से, तात्कालिक शत्रुता और विद्वेष को कुछ चीजों में साझेदारी भी करनी पड़ी थी। दोनों देश भयानक घृणा और एक दूसरे के साथ अनैच्छिक अन्तरनिर्भरता के सम्बन्ध में एक साथ बँधे थे। भारत से हज्जामों, बुनकरों, दर्जियों, सुनारों और अन्य कारीगरों के एक साथ पाकिस्तान पलायन कर जाने से यहाँ रोजमर्रा जीवन के विशेष पहलू, विशेषकर दिल्ली में, पंगु हो गए। पाकिस्तान में लेखाकारों, बैंकरों, वकीलों और अध्यापकों के एक साथ भारत पलायन करने से, वहाँ भी जीवन को, यद्यपि एक विभिन्न स्तर पर, ऐसा ही धक्का लगा। एक नया देश होने के कारण पाकिस्तान के पास अपनी मुद्रा छापने का तत्काल कोई प्रबन्ध नहीं था, क्योंकि इसकी टकसाल भारत में थी। न ही इसका अपना कहा जा सकनेवाला कोई बैंकनोट था। इसलिए, करीब एक साल तक, पाकिस्तानी मुद्रा (जब तक कि पाकिस्तान ने अपनी प्रेस स्थापित नहीं कर ली, तब तक वहाँ भारतीय बैंकनोट ही विधिमान्य थे) भारत में ही छपी, शिमला में सरकारी प्रेस और अधिकांश सरकारी सामग्री और स्टेशनरी, और अलीगढ़ की प्रेस का कुछ भाग पूरी तरह से पाकिस्तान की सामग्री को छापने के लिए दे दिया गया। पाकिस्तान के अधिकारियों को (मुद्रा के लिए) कई हफ्तों तक भारत में प्रशिक्षण दिया गया, और भारत ने अपने लेखाकारों को पाकिस्तानी लेखाकार्य में मदद के लिए कुछ समय तक पाकिस्तान को दे दिया। जुलाई 1948 तक, जब स्टेटबैंक ऑफ पाकिस्तान स्थापित हुआ, रिजर्व बैंक ऑफ इण्डिया दोनों देशों के लिए काम करता रहा। इस

दौरान एक नए पाकिस्तानी बैंकनोट का डिजाइन तैयार किया गया और एक बार इसके छपाई में जाते ही, भारतीय बैंकनोट वहाँ विधिमान्य चलार्थ नहीं रह गया। जैसा कि दूसरी सभी चीजों के साथ हुआ, इन परिवर्तनों के साथ भी असहमतियों का एक ताँता लगा था, क्योंकि पाकिस्तान ने भारत पर आरोप लगाया कि भारत, पाकिस्तान में अब नहीं चल रहे भारतीय बैंकनोटों को स्वीकार करने, और इनके बदले में नगद भुगतान करने से मना कर रहा है।

❑ ❑

यह तर्क किया जा सकता है कि पंजाब में विभाजन के हालात सभी को दिखने के लिए प्रकट थे। बहुसंख्या से कुछ ही कम, गैर-मुस्लिम (हिन्दू और सिख) आर्थिक रूप से प्रबल थे। अधिकांश उद्योग, कृषि और व्यवसाय के स्वामित्व इन्हीं के पास थे और बहुत-से लोग महाजन भी थे। एक अलग निर्वाचन-मण्डल की मुस्लिम माँग के पीछे तब इसी प्रभुत्व और शोषण का वास्तविक भय मौजूद था—सत्ता में आपका अपना प्रतिनिधि, यह विश्वास किया जाता था, आपके समुदाय के हितों की रक्षा करेगा। भारत में अन्य स्थानों पर भी, हालाँकि उन समुदायों को अपना अलग निर्वाचन-मण्डल चुनने की इजाजत थी जो संख्यात्मक अल्पसंख्या में थे। यहाँ, पंजाब में, यदि जनगणना-आँकड़ों को सही माना जाता, तो मुसलमान मामूली बहुसंख्या में थे, लेकिन हिन्दुओं और सिखों के मुकाबले उनकी खराब सामाजिक और आर्थिक स्थिति उन्हें अलग निर्वाचन-मण्डल चुनने की इजाजत देने का एक कारण समझी गई थी। पंजाब में इस पर सिखों और हिन्दुओं की प्रतिक्रिया स्पष्टतः नकारात्मक थी, सिख भी ऐसा ही सलूक करवाने के लिए लामबन्दी कर रहे थे। हर प्रतियोगी दावे का कुछ औचित्य तो था, लेकिन फिर प्रत्येक का अर्थ दूसरे के लिए अन्याय भी था।

लेकिन सत्ता की एक माँग, विधानमण्डल में अपनी आवाज की माँग, एक चीज थी। यह माँग आखिर एक गृहप्रदेश, एक अलग देश, की माँग में कैसे परिवर्तित हो गई? कैसे—और कहाँ से—विभाजन का विचार पैदा हुआ? हमेशा की तरह—यहाँ भी कोई एक बिन्दु तय करना मुश्किल है, जिस पर एक विचार सिर्फ एक विचार से अधिक कुछ बन गया—विभाजन भी इसका अपवाद नहीं है। इस विषय की पुस्तकों में यदा-कदा यह बताया गया है कि विभाजन का ख्याल सबसे पहले चौधरी रहमत अली को आया था, दूसरे मौकों पर शायद मुहम्मद इकबाल का नाम लिया जाता है; यह भी कहा जाता है कि यह विचार भारतीय राजनीतिज्ञ लाला लाजपत राय ने दिया था, और जब इसे एक विचार के रूप में पक्के तौर पर 'तय' करने की बात आती है, तब इस अवस्था में इसका श्रेय, 1940 में लाहौर प्रस्ताव (जिसे पाकिस्तान प्रस्ताव भी कहते हैं) के बाद जिन्ना पर आता है। फिर

भी विचारों का कभी कोई आसान इतिहास, या वाकई में जुगराफिया नहीं रहा है। हाल के शोध ने दिखाया है कि मुस्लिम लीग और कांग्रेस के बीच बढ़ते तनाव के बावजूद, यहाँ तक कि तथाकथित लाहौर प्रस्ताव के बाद भी, मुहम्मद अली जिन्ना, जिन्हें व्यापक रूप से पाकिस्तान का निर्माता समझा जाता है, पाकिस्तान बनाने के विचार पर ढुलमुल ही बने रहे, जबकि कांग्रेस इसे स्वीकार करने में ऐसी अनिच्छुक नहीं थी जैसा कि माना जाता रहा है।[1]

धरातल पर भी, इस बात का प्रमाण था कि धार्मिक मतभेद इतने कठोर नहीं थे। इतिहासकार सुमित सरकार इशारा करते हैं कि विभाजन से पूर्व और विभाजन तक का समय दो परस्पर विरोधी दिखनेवाली प्रतिक्रियाओं से अंकित था—धरातल पर अनेक विरोध-आंदोलन, जिनमें हिन्दू-मुस्लिम एकता एक ध्यान देने योग्य विशेषता थी,[2] साथ ही एक बृहत्तर राजनीतिक स्तर पर प्रक्रियाओं की कड़ी भी थी, जहाँ कांग्रेस और और मुस्लिम लीग ने मैत्री और विघटन का एक जटिल खेल खेला। इसी बीच, अंग्रेजों ने अपनी चालाकी भरी चालें चलीं। वे अभी एक को बढ़ावा दे रहे थे, तो अभी दूसरे को। उनका अपना रवैया घरेलू (1945 के चुनावों में लेबर पार्टी की विजय) और अन्तर्राष्ट्रीय मंचों पर (1939 में विश्व युद्ध) बृहत्तर राजनीतिक घटनाचक्रों के अनुसार बदलता रहा।

विभाजन का विचार चाहे कहीं से भी पैदा हुआ हो, 1946 तक यह स्पष्ट था कि अंग्रेजों की भारत से विदाई अब आसन्न है। जुलाई 1945 में लेबर सरकार इंगलैंड में भारी बहुमत से चुनाव जीतकर सत्ता में आई, और दूसरा विश्वयुद्ध खत्म होने के कुछ ही समय बाद, इस सरकार ने भारत में चुनावों की घोषणा कर दी। यद्यपि सार्वभौम मताधिकार पर आधारित चुनावों की घोषणा के पिछले वायदों के लिहाज से ये चुनाव भी दूर के ढोल-जैसे लगते थे, फिर भी कांग्रेस और मुस्लिम लीग ने इन्हें बड़े उत्साह से लिया। उन्होंने इसमें खूब प्रचार किया, और प्रभावी विजय भी हासिल की। लीग ने पहली बार एक महत्वपूर्ण राज्य पंजाब में अपनी पैठ बनाई। तब भी, एक स्पष्ट बहुमत अभी भी इसकी पकड़ से बाहर ही रहा, क्योंकि यूनियनिस्ट पार्टी, कांग्रेस और अकालियों के बीच रणनीतिक सहयोग था। करीब एक साल बाद यह सहयोग टूट गया। जून 1947 में पंजाब के प्रधानमंत्री खिज़र हयात खाँ टिवाना ने इस्तीफा दे दिया और फिर लीग का पंजाब पर पूरे नियंत्रण का रास्ता साफ हो गया। वोटिंग के इस नमूने की जो अहम बात थी, वह थी इसका साम्प्रदायिक स्वभाव, जिसने धरातल पर बढ़ते हुए साम्प्रदायिक तनाव

1. उदाहरण के लिए, ऐजाज अहमद, 'ट्रिस्ट विद डेस्टिनी—फ्री बट डिवाइडेड', इन इण्डिया! स्पेशल इश्यू ऑन 50 इयर्स ऑफ इण्डिपेंडेंस में, द हिन्दू, अगस्त 1947 द्वारा प्रकाशित।
2. सुमित सरकार : मॉडर्न इण्डिया 1885-1947, मद्रास, मैकमिलन इण्डिया, 1983, 'इंट्रोडक्शन'।

को प्रतिबिंबित किया। आर्य समाज, सिंध सभा और दूसरे शक्तिशाली पुनर्जागरण आन्दोलनों को भी पंजाब में पहले ही उर्वर जमीन मिल चुकी थी। अब इस दौड़ में दूसरे अधिक नए पात्र राष्ट्रीय स्वयंसेवक संघ, मुस्लिम लीग नेशनल गार्ड्स, और अकाली सेना भी शामिल हो गए। इन समी ने विभिन्न समुदायों में तनाव बढ़ाने में कोई छोटी भूमिका अदा नहीं की थी।

फिर अन्य घटनाक्रम हुए : फरवरी 1947 में ब्रिटिश प्रधानमंत्री क्लेमेंट एटली ने घोषणा की—ब्रिटिश शासक 'जून 1948 तक' किसी समय भारतीय उपमहाद्वीप में सत्ता-हस्तांतरण कर देंगे। अब मुस्लिम लीग ने पंजाब में सत्ता हथियाने के लिए जोरदार प्रयास किए, और पंजाब के प्रधानमन्त्री के इस्तीफे के बाद यह एक सच्चाई बन गई। 8 मार्च, 1947 को रावलपिण्डी में सिखबहुल गाँवों में जब मुस्लिम दंगाइयों के हमले हो रहे थे, तब कांग्रेस कार्य समिति ने पंजाब को दो प्रान्तों में बाँटने की माँग करते हुए एक प्रस्ताव पास किया।

ये सभी उलझी हुई लटें विभाजन के साथ किस तरह से जुड़ी हुई थीं, इस बात की अनेक व्याख्याएँ हैं : बहसें जगजाहिर हैं, और इस काल के बारे में लिखित इतिहास में काफी हद तक मौजूद हैं। मेरी इन बहसों में पड़ने की, या यह स्थापित करने की कोई इच्छा नहीं है कि कांग्रेस या मुस्लिम लीग में से कौन अधिक जिम्मेदार है, या अंग्रेजों ने किस तरह से अपनी विदाई को छलयोजित किया, या कौन अधिक साम्प्रदायिक था, इत्यादि। मैं न तो कोई इतिहासकार हूँ, न ही मुझमें यह क्षमता है, और न ही इन सवालों को खोजने में मेरी कोई दिलचस्पी है। मैं बनिस्बत लोगों के लिए उनके जीवन में उस समय विभाजन के नतीजों से, और अब इसके प्रभावों से ही सम्बन्धित हूँ। यहाँ मेरा ध्यान विभाजन से जुड़े छोटे पात्रों और इसमें अपनी आंशिक भूमिका निभानेवालों पर है जिनके जीवन, अन्य सभी लोगों की जिन्दगियों की तरह, अधिक व्यापक राजनीतिक वास्तविकताओं के साथ बारीकी से बने हुए हैं। इन वास्तविकताओं ने उनके जीवन पर किस तरह से रोशनी डाली और उन्हें रूपान्तरित कर डाला, मेरा काम इसी से सम्बन्धित है।

विभाजन के विचार ने चाहे जब भी जड़ पकड़ी हो, यह नया नहीं था। मसलन; भारत में बंगाल का विभाजन पहले ही हो चुका था। लेकिन एक आंतरिक बँटवारा या एक प्रांत का बँटवारा, एक देश के विभाजन से काफी भिन्न होता है। पंजाब में आरम्भिक बातचीत में भी प्रान्त को पूरब और पश्चिम में बाँटने की संभावना शामिल थी क्योंकि एक में हिन्दू और सिख, और दूसरे में मुसलमान बहुसंख्या में थे। सभी तरह की योजनाओं पर चर्चा हुई—अम्बाला डिवीजन को अलग करके एक समुदाय का वर्चस्व बनाना : रावलपिण्डी और मुलतान डिवीजनों (मोंटगुमरी और लायलपुर जिलों को छोड़कर) को उत्तर-पश्चिम सीमान्त प्राप्त (NWFP) से मिलाना, जिससे बाकी बचे हुए पंजाब से हिन्दू और सिख बहुलता सुनिश्चित

हो जाती।

समस्या का एक भाग, ऐसा लगता है, यह भी था कि तीनों ही समदाय इस इलाके में इतनी अधिक संतुलित संख्या में थे कि किसी एक को भी प्रान्त से हटाने पर सन्तुलन बदल जाता—और शायद समस्या हल हो जाती। लेकिन सब कुछ इतना आसान कभी नहीं होता। चुनावों में विजय और सत्ता-धारण ने, भले सीमित सही, दोनों ही दलों को यह दिखाया था कि सत्ता कितनी सम्मोहक हो सकती है, और अब वे भ्रम, तदर्थवाद और सत्ता हथियाने की भागम-भाग में साँठ-गाँठ करने लगे। स्वतन्त्रता की मूल तिथि माउंटबेटन द्वारा, जो 'हड़बड़ी' में रहनेवाला आदमी कहा जाता था, आगे बढ़ा दी गई, और राजनीतिक नेताओं ने उसके गतिशील कार्यक्रम का समर्थन किया, जिसमें लोगों को सोच-समझकर निर्णय लेने का बहुत ही कम समय मिला। कहा जाता है कि 1940 में ही नेहरू ने स्वतन्त्रता प्राप्ति को स्थगित करने के बजाय विभाजन पसन्द करने की बात कही थी। देश को बाँटने की अपनी अनिच्छा के बावजूद तब नेतागणों ने, विशेषकर कांग्रेस पार्टी के नेताओं ने, इसे आजादी की एक कीमत के रूप में देखना शुरू कर दिया था, और वे उन प्रक्रियाओं में भी सह-अपराधी थे जिनके चलते देश का एक अंग कट गया, जिसे सरदार पटेल ने बाद में एक 'बीमार अंग' कहा। हालाँकि जो खून बहाया गया वह न केवल उस कटे हुए अंग का था, बल्कि हजारों ज़िन्दगियों का भी था।

कुछ हद तक, विभाजन के विचार का बीज हिन्दुओं, सिखों और मुसलमानों के बीच मौजूद आर्थिक और सामाजिक भिन्नताओं के भीतर ही पनपा होगा, यह कहा जा सकता है। विभाजन सम्बन्धी ज्यादातर यादें विभाजन से पूर्व के दिनों की ही बातें करती हैं, जब हिन्दू, मुसलमान और सिख काफी सौहार्द—प्रायः काल्पनिक—के साथ रहते थे। फिर भी यह भाईचारा मजबूत, वास्तविक भिन्नताओं पर बना था। रोजमर्रा के स्तर पर दूसरे फर्क जरूर थे। वीर बहादुर सिंह ने, जिससे कुछ वर्षों पहले मैंने बात की थी, काफी भावपूर्ण तरीके से इनका वर्णन किया है :

> यदि कोई मुसलमान आ रहा होता था, और हम उससे हाथ मिलाते थे, और हमारे हाथ में, कहिए खाने का डिब्बा था, तो वह खाना दूषित हो जाता और हम उसे नहीं खाते; यदि हम एक हाथ में कुत्ता पकड़े हुए हैं और दूसरे हाथ में खाना, तो उस खाने के साथ कुछ भी गलत नहीं था और खाना ठीक ही रहता। लेकिन कोई मुसलमान आता और हाथ मिलाता तो हमारी माएँ और दादियाँ इस पर कहतीं—बेटा, इस खाने को मत खाओ, यह खराब हो गया है। इस तरह से तो हमारे व्यवहार थे। ऐसा कैसे हो सकता है कि दो लोग एक ही गाँव में रह रहे हैं और

एक तो दूसरे के साथ सम्मानपूर्ण व्यवहार करता है और दूसरा उसे एक कुत्ते जितनी इज्जत भी नहीं देता? वे हमारी माताओं, बहनों को दीदी कहकर पुकारते। वे हमें अपने भाइयों, बहनों, पिताओं के रूप में सम्बोधित करते, और जब हमें उनकी जरूरत पड़ती, तो वे वहाँ हमेशा हमारी मदद के लिए तैयार रहते। फिर भी जब वे हमारे घर आते थे, तो हम उनसे दुर्व्यवहार करते थे। यह सचमुच बड़ी बुरी बात है। और यही कारण है कि पाकिस्तान बनाया गया था।

ये विभाजन के कुछ 'तथ्य' हैं। तथ्यों के रूप में ये इतिहास की केवल गौण बातें ही बताते हैं, इसके प्रमुख अत्यंत प्रभावी प्रतिमानों को नहीं। ये जगजाहिर हैं और मेरे विचार से, इन्हें यहाँ दोहराने की जरूरत नहीं है। मेरी दिलचस्पी छोटे कारकों, विभाजन में अपनी आंशिक भूमिका निभानेवाले पात्रों में है। यहाँ तक कि जब मैं इतिहास पर, जिसे हम जानते हैं कि वह विभाजन का इतिहास है, वापस दृष्टि डालती हूँ तो मेरा उद्देश्य इसके 'तथ्यों' की सच्चाई पर सवाल करना नहीं, बल्कि जिसे मैं ऐसे तथ्यों की 'पर्याप्तता' के रूप में श्रेष्ठ तरीके से वर्णन कर सकती हूँ उस पर प्रश्न करना है: क्या हम विभाजन के इतिहास के बारे में केवल बृहत राजनीतिक लेने-देने के लिहाज से ही सोचना जारी रख सकते हैं? तब हम इस तरह के 'तथ्यों' को, जिनके बारे में मैंने यहाँ बात की है, कहाँ रखते हैं, और इनके नीचे या पीछे अवस्थित कहानियों को कहाँ रखते हैं? एक दशक से भी थोड़े अधिक समय तक लोगों की स्मृतियों को सुनने, उनकी कहानियों को बटोरने के बाद, मेरे सामने प्रश्न यह है: इन कहानियों ने जो मुझे बताया है, और मैंने, अपने सन्दर्भ और राजनीति से इनमें जो कुछ भी पढ़ा है, क्या इतिहास अब 'वह' दे सकता है? कैरोलिन स्टीडमैन बताती हैं, जो मैं सोचती हूँ कि मैं 'तथ्यों' की व्याख्या (या पुनर्व्याख्या) को एक प्रक्रिया के रूप में करने की कोशिश कर रही हूँ—यानी "वर्तमान घटनाओं को अर्थ देने के लिए, जो कुछ पहले ही हो चुका है", उसे पुनः कहना। वह कहती हैं : "यह प्रश्न वहाँ अतीत में, उस खोए हुए समय में जिसमें ये (घटनाएँ) घटित हुईं, नहीं पड़ा होता; एकमात्र प्रश्न इसकी व्याख्या में है।"[1] मैं तब एक भिन्न सच्चाई, एक भिन्न व्याख्या से सम्बन्धित हूँ।

मैंने जिन तथ्यों का ऊपर वर्णन किया है, और वे तथ्य जो यहाँ इस वर्णन में नहीं हैं, उन सभी के पीछे मौजूद हैं इन्सान, हाड़ और मांस के बने असली इन्सान जिनकी जिन्दगियाँ इस विभाजन से बुरी तरह प्रभावित हुई थीं। कुछ लोग स्थाई क्षति और अफसोस की अनुभूति के साथ जिए हैं, जैसे मेरे मामा,

---

1. कैरोलिन स्टीडमैन, लैंडस्केप फॉर ए गुड वूमैन, लंदन विरैगो, 1986, पृ. 5-6

और दूसरे बहुत से लोग बलात्कार के सदमे, और अपहरण जैसे एक गहरे अपमान को स्वीकार करने की सचेतन, शायद धीमी और सदैव कठिन प्रक्रिया के बीच जिए हैं; कुछ लोग इस बोध के साथ कि अतीत में उन्होंने कितनों को ही मारा है...। जब कोई विभाजन के 'तथ्यों' के पीछे और इनसे परे झाँकने में समर्थ होता है, तो केवल तभी ये विभिन्न, बहुपरती इतिहास खुलने आरम्भ होते हैं। इसलिए मैं इस पुस्तक में जो कहानियाँ कहती हूँ, वे परम्परागत इतिहास के साधनों से समझे जा सकनेवाले तथ्यों की तुलना में 'तथ्यों' की एक भिन्न कड़ी के रूप में कही जा सकती हैं, क्योंकि ऐसे साधन या तरीके जो दस्तावेजों, रिपोर्टों, भाषणों आदि के साथ व्यवहार में प्रयुक्त होते हैं, उस सीवन के टाँकों को खोल सकने के लिए अपर्याप्त हैं, जिसके पीछे छिपे सन्नाटों में मैं झाँकने की कोशिश कर रही हूँ। यदि मेरे हाथों में इतिहास के केवल परम्परागत साधन ही हों, तो ऐसा कोई ऐतिहासिक प्रवेश मार्ग नहीं है, जो, उदाहरण के तौर पर, मुझे अपने मामा की कहानी जैसी कोई कहानी खोजने–और पाने–की इजाजत देता हो। कोई भी ऐतिहासिक दस्तावेज उनके दुख और वेदना को सादृश नहीं कर सकता, ऐसा कोई भी दस्तावेज नहीं है जो उनके सदमे को प्रतिबिंबित कर सके या यहाँ तक कि उनके भ्रम और उनकी द्वैधवृत्ति को समझना आरम्भ भी कर सके। कोई नहीं है जो मामा को–या इस पुस्तक में दर्ज दूसरे लोगों में से किसी को–उन इन्सानों के रूप में देख सकता है जिनकी जिन्दगियों और जिस्मों पर इतिहास खेला गया है। विभाजन के ज्यादातर ऐतिहासिक वर्णनों में, लोग महज संख्याओं में ही हैं, या फिर उनका जिक्र 'मुखबिर' जैसे खतरनाक शब्दों में किया गया है, जो महज सूचना के स्रोत होते हैं। मेरे लिए, विभाजन के अपने अध्ययन में, जिन लोगों से मैंने बात की है, वही लोग विभाजन के इतिहास के अभिन्न अंग हैं। कई मायनों में, उन्हीं लोगों का जीवन इस विभाजन का इतिहास है।

तब यह पुस्तक इतिहासों और कहानियों को आपस से गूँथने का प्रयास करती है। यह बात मैं एक कहानी से स्पष्ट करती हूँ : विभाजन के जिन तथ्यों का मैंने पहले जिक्र किया है, उनमें से एक का सम्बन्ध सशस्त्र सेनाओं में बँटवारे से है। फौज की चल-अचल सम्पत्तियों का बँटवारा किया गया, और सैन्यकर्मियों को पाकिस्तानी सेना में भर्ती होने या भारतीय सेना में ही बने रहने का विकल्प दिया गया। सीधे तौर पर, यह महज एक सूचना है। लेकिन मुझे जिज्ञासा हुई थी : वह क्या चीज थी जिसने लोगों के एक या दूसरे देश में जाने के फैसले को निर्धारित किया था? क्या यह केवल मजहब था? जीवन में यह विभाजन कैसे खेला गया? फौज में उस समय सबसे निचले दर्जे पर कार्यरत, अब्दुल शुदूल के पास भी अपने अन्य साथियों की तरह ही एक विकल्प था। उसने भारत में ही रहना पसन्द किया। फौजी अफसरों के एक बोर्ड–एक भारतीय

और एक पाकिस्तानी अफसर—के सामने पेश होकर अब्दुल शुदूल ने यह स्पष्ट किया कि वह भारत में ही रहना चाहता है। उसका घर और परिवार यहीं हैं, और यद्यपि उसके गाँव बेगमपुर में (जो दिल्ली के काफी करीब है) थोड़े-बहुत असन्तोष की सुगबुगाहट थी, फिर भी उसने सोचा कि उसे अपने पड़ोसियों से कोई खास डर नहीं है। उसके पास एक अच्छी नौकरी थी, और उसने अपना परिवार अभी शुरू ही किया था, और उसे यहाँ रहना ज्यादा आसान लगा। लेकिन तब उसकी जिन्दगी ने एक अनपेक्षित मोड़ लिया। सम्भावित गड़बड़ी से चिन्तित होकर, उसने अपनी पत्नी और दो माह की बेटी को अपने भाई के साथ भेज दिया—जो पाकिस्तान जाने का फैसला कर चुका था। उन्हें उसके भाई के पाकिस्तान जाने से पहले, दिल्ली के दूसरी ओर अपने सास-ससुर के पास ठहरना था। रास्ते में ही उन्हें गड़बड़ी का सामना करना पड़ा। वे अपने गंतव्य पर कभी नहीं पहुँच सके, बल्कि पुराने किले के शरणार्थी शिविर में जा लगे, जहाँ लोगों को—अधिकांशतः—पाकिस्तान भेजने के लिए रखा हुआ था। शिविर में पहुँचने के एक हफ्ते बाद, वे पाकिस्तान को चल दिए। इस सबसे अनभिज्ञ, अब्दुल शुदूल एक दिन अपने परिवार को वापस लाने अपनी ससुराल पहुँचा तो उसे पता चला कि वे वहाँ कभी पहुँचे ही नहीं। तब उसने पुराना किला कैंप का चक्कर लगाया, और उसे मालूम हुआ कि वे एक हफ्ता पहले ही पाकिस्तान चले गए हैं। उसे डर था कि उन सबकी हत्या हो गई होगी। उसने बताया : "मुझे पता था कि पाकिस्तान जानेवाली कई गाड़ियों को रोका गया था और उसके मुसाफिरों को मार डाला था। मुझे निश्चित रूप से लगा, मेरे परिवार के साथ भी यही हुआ है।" अब अकेले जिन्दगी गुजारने की बात सोचता हुआ, उदास मन से वह घर लौट आया। कुछ हफ्तों बाद, इत्तेफाक से, उसे अपने घर में रखे अपने भाई के सन्दूक से एक पता लिखा पर्चा मिला, और उस पर पेशावर में किसी जगह का पता था, जहाँ उसका भाई जानेवाला था। शुदूल ने पाकिस्तान जाने की तैयारी की। उसने कहा, "उस समय कोई पासपोर्ट व्यवस्था नहीं थी, इसलिए जाना मुश्किल नहीं था।" अक्टूबर 1947 में वह पाकिस्तान के लिए चल पड़ा।

वहाँ उसका सबसे पहला पड़ाव सेना मुख्यालय पर था। यहाँ सौभाग्य से उसे भारत से वहाँ आया अपना एक पुराना अफसर मिल गया, जिसने उसे उसकी पुरानी नौकरी वापस दिलाने का वायदा भी किया। उसने शुदूल से पूछा, "क्या तुम्हें पक्का यकीन है कि तुम पाकिस्तान में ही रहना चाहते हो? पहले तुमने भारत को चुना था।" शुदूल ने उसे विश्वास दिलाया कि वह पाकिस्तान में ही रहना चाहता है। अब उसका परिवार पाकिस्तान में ही है, भारत वापस जाने के लिए वहाँ कुछ नहीं है। अफसर ने कहा कि वह जो कुछ भी कर सकता

है, करेगा। अगले कुछ महीने उसे भारत में सेना मुख्यालय को एक के बाद एक पत्र भेजकर यह अनुरोध करने में ही बीत गए कि शुदूल की फाईल पाकिस्तान भेजी जाय, ताकि उसे उचित रूप से पाकिस्तानी सेना में स्थानांतरित किया जा सके। वह अफसर, जो स्वयं एक शरणार्थी था, उसने दूसरे शरणार्थियों की मदद करने के लिए कष्ट उठाकर विशेष प्रयास किए। यह निसन्देह, उन लोगों द्वारा पसन्द नहीं किया गया जो शरणार्थी नहीं थे, और शुदूल को शक था कि वहाँ उन क्लर्कों में से कोई क्लर्क था जिसने शायद भारत से आनेवाले किन्हीं जवाबों को अवरुद्ध कर दिया था। या फिर शायद भारत को ही जवाब भेजने की चिन्ता नहीं थी। उसके कागज नहीं आए। पाकिस्तानी सेना के मुख्यालय में, शुदूल के मुताबिक, आमतौर पर यही माना जाता था कि भारत उन लोगों के कागजात स्थानान्तरित करने का इच्छुक नहीं था, जिन लोगों ने पाकिस्तान जाने का विकल्प चुना था, और रास्ते में हर तरह के रोड़े और बाधाएँ अटकाई गई थीं। वह दो देशों के बीच तुच्छ सत्ता के लिए हुई खींचतान का अनजाने ही शिकार हो गया।

इस बीच, वह अपने भाई और परिवार को खोजने में सफल हो गया था। वे उसे लेने आए, और फिर वह कुछ समय के लिए पेशावर चला गया। "लेकिन हम वहाँ खुश नहीं थे," उसने बतांया, "हम किसी को नहीं जानते थे। लोग रिफ्यूज़ियों से ज्यादा घुलते-मिलते नहीं थे, और मेरी पत्नी भारत वापस चलने को कहती रहती थी। सो मैंने सोचा, चूँकि मुझे यहाँ नौकरी नहीं मिल रही है, तो मैं भारत वापंस जा सकता हूँ और अपनी पुरानी नौकरी को ही वापस पा सकता हूँ।" फरवरी 1948 में वे भारत लौट आए। बेगमपुर में उनका घर अब एक हिन्दू शरणार्थी द्वारा कब्जा लिया गया था। उन्होंने उसे वापस पाने के लिए दरख्वास्त दी। शुदूल अपने पुराने आफिस गया और उसने पूछा कि क्या उसे अपनी नौकरी वापस मिल सकती है? उसे अर्जियाँ देने में कई महीने लगे, लेकिन अन्त में, नौ महीने बाद, वह पुनः सेना में शामिल हो गया। और इसके बाद जल्दी ही उसका घर भी वहाँ रहनेवाले लोगों द्वारा खाली कर दिया गया। "असल में, उनसे घर खाली करने को कहा गया था, लेकिन वे खुद ही कोई घर पाने का इन्तजार कर रहे थे। इसलिए उन्होंने मुझसे थोड़ा समय देने का अनुरोध किया। उन्होंने वादा किया कि वे घर लौटा देंगे, और यह भी सुनिश्चित करेंगे कि जब वे इसे छोड़ें तो वह मकान मुझे ही मिले, और उन्होंने बिल्कुल ऐसा ही किया भी। आज अब्दुल शुदूल अपनी तीन पीढ़ियों के साथ बेगमपुर के अपने उसी पुराने मकान में रहता है जो पूरे गाँव का लगभग एकमात्र मुस्लिम परिवार है। "लोग बदल चुके हैं," उसने बताया, "ज्यादातर पुराने लोग खत्म हो चुके हैं। लेकिन फिर भी, हमें यहाँ कभी कोई दिक्कत नहीं हुई है।"

शुदूल के वर्णन से लगा, उसके लिए राष्ट्र और देश का कोई खास महत्व नहीं रहा है। जहाँ काम हो, घर-बार हो, वहीं रहना महत्वपूर्ण बात थी। यदि यह बात उसको पाकिस्तान ले जाती, तो वह वहाँ जाता, और अगर यह उसको भारत वापस लाती तो वह यही करता। मैंने उससे बार-बार पूछा कि उसने भारत वापस आना क्यों चुना, पाकिस्तान में जीवन कैसा था, वगैरह। मुझे आशा थी कि राष्ट्रत्व और गृहप्रदेशों के प्रति उसकी अनुभूतियों में शायद कुछ अन्तरदृष्टि देखने को मिले। लेकिन उसका उत्तर कोई अनापशनाप नहीं, सपाट था। वह बोला, ''मैं वापस इसलिए आ गया क्योंकि वहाँ मुझे मेरी पुरानी नौकरी मिलने की कोई गुंजाइश नहीं लगती थी। भारत सरकार मेरी फाइलें नहीं भेज रही थी और मेरी पत्नी ने भी सोचा, अपने पुराने घर ही वापस चलें, *कम से कम वहाँ हमें रहने की जगह तो है।* (इटैलिक अंशों पर जोर मेरा–लेखिका) इसलिए हम वापस आ गए।''

अब्दुल शुदूल के जैसी कहानियाँ ही हैं जो 'विभाजन के तथ्यों' के पीछे छिपी रहती हैं, और इन्हीं के जैसी अनेक ऐसी कहानियाँ भी हैं जो हमें तथ्यों के पार तक झाँकने में समर्थ बनाती हैं। सशस्त्र सेनाओं के कर्मचारियों के लिए एक या दूसरे देश का चयन करना आखिर कोई आसान निर्णय नहीं था और चयन कर लेना मात्र ही कहानी का अन्त नहीं था। यह तो केवल शुरुआत-भर थी।

मेरे मामा की कहानी, अब्दुल शुदूल की जिन्दगी, और वे कहानियाँ जिनको आप बाद में इस पुस्तक देखेंगे–मेरे लिए, इन कहानियों में मौजूद अनुभव, इनमें व्याप्त प्रत्यक्ष बोध, वे अनुभूतियाँ जिनका ये खुलासा करती हैं, विभाजन का अर्थ बनाते हैं। मैं–लोकतन्त्र और धर्मनिरपेक्षता के आदर्शों के प्रति समर्पित एक मध्यवर्गीय भारतीय, एक नारीवादी, एक शरणार्थी माता-पिता से पैदा हुई, विभाजन के बाद की पीढ़ी की एक महिला–आज जहाँ खड़ी हूँ, वहाँ यही प्रत्यक्ष बोध और इतिहास है जो मुझे वापस जाने और एक भिन्न नजरिए, एक भिन्न व्याख्या पर पहुँचने की इजाजत देते हैं। जब आप विभाजन के केन्द्र में–ढोंगी राजनीति के बजाय–लोगों को रखते हैं, तब मुझे विभाजन ऐसा ही दिखता है। इससे जो परिणाम निकलता है, मैं उसमें भारतीय इतिहास के तीन सबसे अधिक अलग-थलग पड़े तबकों के इतिहास पर दृष्टि डालकर और अधिक खोजबीन करती हूँ–ये हैं औरतें, बच्चे और हरिजन, जो कि हिन्दू समाज में निकृष्टतम तबके माने जाते हैं।

भाग—2

राजिन्दर सिंह

किस नगर? किस तरफ? किस दिशा में?

1990 में सुदेश और मैंने दिल्ली में एक तिपहिया स्कूटर ड्राइवर राजिन्दर सिंह से बात करनी शुरू की। हम शहर के एक स्थान से दूसरे स्थान पर जाने के लिए उसके स्कूटर में बैठे थे। चूँकि वह काफी सही उम्र का आदमी लगता था, इसलिए हमने रास्ते में कहीं उससे पूछ ही लिया कि वह कहाँ से आया था। उसने हमसे अपने घर चलने को कहा, ताकि वहाँ वह हमें अपनी कहानी सुनाए। तब वह कहानी हमें बाहरी दिल्ली के पुनर्वास इलाके गाँधीनगर ले गई जहाँ काफी अन्दर एक सँकरी, भीड़-भाड़ भरी गली में एक छोटे-से मकान में राजिन्दर सिंह और उसका परिवार रहता था। जैसा कि उन सभी परिवारों में हुआ जहाँ हम गए थे, उन्होंने अपने घरों में हमारा वैसे ही स्वागत किया मानो हम वहीं से सम्बन्ध रखते हों। राजिन्दर सिंह और उसके भाई मनमोहन सिंह से लिए गए इण्टरव्यू के कई दौरों के बीच उनके पड़ोसियों से भी लम्बी बातचीत होती थी जो वहाँ यह देखने के लिए आते-जाते रहते थे कि क्या हो रहा है, और जिनके पास खुद अपने किस्से भी सुनाने के लिए थे। कहानियाँ शुरू की जाती थीं केवल बीच में ही अधूरी छूट जाने के लिए; कभी-कभी उनका वर्णन अचानक ही किसी विचार से रुक जाता, जब राजिन्दर या मनमोहन स्वयं से पूछते कि यह बात उन्हें हमें बतानी चाहिए या नहीं। और जैसा कि पारिवारिक स्थितियों में हमेशा ही होता है, हमें पत्नियों से बात करने का मौका शायद ही कभी मिला हो, सिवाय उन अल्पक्षणों के जब हम उनसे अकेले में मिल पाते थे। आरम्भ में इस पर चिंतित होकर, हमने बाद में आदमियों और औरतों से एक ही समय पर बात करने के बजाय अलग-अलग ऐसा करने की कोशिश करने का फैसला किया।

विभिन्न लोगों के लिए विभाजन का भिन्न-भिन्न अर्थ था। राजिन्दर सिंह के लिए उसकी सबसे अधिक प्रभावशाली स्मृति स्वयं इस घटना के बारे में नहीं है, बल्कि किसी और चीज के बारे में है जो विभाजन से भी कुछ साल पहले घटित हुई थी, जब एक नौजवान के रूप में वह लाहौर की हीरामंडी में गाने-बजानेवालों और वेश्याओं के समूह में शामिल होने के लिए घर से भाग गया था। उसके घर से गायब होने के चार साल बाद, उसके पिता उसको खोज पाने में सफल हो गए और वह उसे लेने के लिए कोठे पर जा पहुँचे। युवा राजिन्दर ने कोठे की छत

से अपने पिता को बाजार में आते देखा। उसने लोगों को अपने बूढ़े पिता पर फिकरे कसते हुए और ताने मारते हुए सुना, और फिर उसने अपने 'घर' की सीढ़ियों के नीचे एक फूल बेचनेवाले को जान-बूझकर अड़ंगी मारकर उन्हें गिराते हुए देखा। जैसे ही राजिन्दर के पिता जमीन पर गिरे, उनकी पगड़ी खुलकर वहीं गिर पड़ी। एक सिख के लिए सबसे बड़ी तौहीन। उसके बूढ़े संतप्त पिता ने अपनी पगड़ी समेटी और धीमे से वहाँ से चले गए। अपनी मनपसन्द जगह पर रहने की इच्छा, और अपने पिता के लिए सहानुभूति के दो फाड़ों में बँटा राजिन्दर उनके पीछे-पीछे रेलवे स्टेशन तक गया, और वहाँ से अपने घर, जहाँ तब उसने दस्का में बरतन के एक कारखाने में काम शुरू कर दिया।

यहीं उसे सबसे पहली बार बँटवारे के संकेत मिले थे जो विभाजन के बाद और अधिक स्पष्ट हो गए। कारखाने के हिन्दू मालिक ने हिन्दुओं, मुसलमानों और सिखों सभी को काम पर रखा हुआ था, और जैसे-जैसे विभाजन अधिक नजदीक आता गया, उनके बीच झगड़े शुरू होने लगे। राजिन्दर के मन में अपने मुस्लिम सहकर्मियों के प्रति दुश्मनी या नफरत की कोई विशेष भावना नहीं है। वह अपनी कहानी–जिसका केवल एक ही भाग मैं यहाँ देती हूँ–ऐसी तथ्यात्मकता और यथार्थता के साथ सुनाता है जो सभी वर्णनों से गुजरती है। बहुत-से लोगों की तरह, जिनका अपना कोई 'पेशा' नहीं था, राजिन्दर ने भी सीमा पार करके भारत आने के बाद कई चीजों में अपना हाथ आजमाया था : अमृतसर में उसने एक हलवाई की दुकान में काम किया, बाद में उसने अपनी हलवाई की दुकान खोली, कुछ समय तक ताँगा भी चलाया, और जब हम उससे मिले, तो वह अपना स्वयं का तिपहिया स्कूटर चला रहा था। मैंने राजिन्दर के इण्टरव्यू का एक भाग यहाँ शामिल करना इसलिए चुना है, क्योंकि इसमें वह बताता है कि उसके परिवार और गाँव के लोग किस तरह से एक काफिले में पैदल चलते हुए यहाँ आए थे, जो अधिक से अधिक लोगों के इसमें शामिल होते जाने से बड़ा होता गया था। एक निश्चित दूरी तक काफिले के साथ, और सम्भवतः उसकी सुरक्षा के लिए, पाकिस्तानी सेना थी, और तब वह भारतीय सेना की सुरक्षा में यहाँ पहुँचा। उसने बताया, इससे पहले उसने यह कहानी वाकई में कभी किसी को नहीं सुनाई है। उसके नाती-पोते बहुत छोटे थे, और उसके अपने बेटे अपनी जीविका कमाने में इतने व्यस्त थे कि किसी को उसकी बात सुनने की फिक्र नहीं थी। फिर भी, जब हम बैठते और बात करते थे तो उसके परिवार के सदस्य बार-बार अन्दर आते और हमसे टेप रिकार्डर पर इस या उस घटना को चलाने को कहते, मानो टेप पर उसकी आवाज सुनना किसी तरह से उसे अधिक प्रभुत्व प्रदान करना था। राजिन्दर का वर्णन यहाँ यह बयान करता है कि लोग वहाँ से चलने को कितने अधिक अनिच्छुक थे, उन्हें ऐसा करने के लिए किस तरह से तैयार होना पड़ा

था, और एक बार उन्होंने ऐसा कर दिया, तो रास्ते में उन्होंने भीषण कष्ट और वेदना का सामना किया था। वह एक औरत का किस्सा सुनाता है जिसने रास्ते में एक लड़की को जन्म दिया (बाद में उसने मुझे बताया कि वह डेक नदी के किनारे पैदा हुई थी, और पूरी जिन्दगी वह डेको के नाम से ही पुकारी जाती रही), और एक वृद्ध व्यक्ति की कहानी जिसने उसे सहारा देने की पेशकश की, क्योंकि वह अपनी पोती को पीछे छोड़ आया था। यह नहीं बताया गया कि उस वृद्ध व्यक्ति की पोती का अपहरण हुआ था, वह मारी गई थी, या किसी को दे दी गई थी, लेकिन उस गर्भवती औरत को उसकी मदद की पेशकश अब लगभग एक तपस्या-सी लगती है। जब लोग, जैसा कि उसने बताया, अपने नियंत्रण से परे की ताकतों द्वारा तबाह हो गए जीवन से एक अज्ञात भविष्य की ओर चले, तब उन कठोर, धीमे, पीड़ादायक क्षणों की अनुभूति के लिए मैं राजिन्दर के वर्णन को अत्यंत हृदयस्पर्शी पाती हूँ। उसी के शब्दों में, "हमारे दिल दहशत से भरे हुए थे—हमारा रुख किधर को है? हम कहाँ जाकर रुकेंगे?" ऐसे सवाल जो वस्तुतः विभाजन से सम्बन्धित हर वर्णन से, जिसे मैंने सुना है, गुजरते हैं।

राजिंदर सिंह

मेरी बुआ के बड़े बेटे के सास-ससुर रिछेड़ गाँव में रहते थे। मेरा भाई मेरी बुआ के छोटे बेटे के साथ वहाँ आया। उसने सोचा, हमें वहाँ से किसी तरह जाना तो है ही, इसलिए थोड़ा-थोड़ा करके वहाँ से निकला जाए ताकि खतरा पड़ने पर एक ही बार में हर कोई न मारा जाय। हमें लगता था, मरना तो है ही तो हमने सोचा, हम फैलकर चलें तो शायद बाद में कोई जिन्दा बच सके, तो एक दूसरे से मिल सकते थे। मैं अपनी पत्नी को लेने गया...लेकिन मुझे चिन्ता थी कि मेरा भाई पीछे छूट जाएगा। सो हम सभी बाबा लाखन नामक एक जगह पर आए, हम वहाँ आए और उस गाँव के लोग भी वहाँ रुके थे। मैंने उनसे कहा, आप लोग यहाँ बहुत कम संख्या में हैं, आप इस गाँव के लोगों को भी शामिल क्यों नहीं कर लेते। वहाँ काफी सिख हैं, उन्हें भी मिला लें और हमारा काफिला बड़ा और मजबूत हो जाएगा। चूँकि इस एक गाँव में काफी कम लोग हैं तो क्यों न काफिले का आकार बढ़ाया जाय? इस तरह हम चलते रहे और बीच में दूसरों के शामिल होने से काफिला भी बढ़ता गया। हम एक दूसरे गाँव गए और देखा, हर कोई वहाँ आराम से सोया हुआ है। रात के करीब नौ बजे थे। वे सब सोए हुए थे, उन्हें किसी चीज की चिन्ता नहीं थी। जब हम गए और उन्हें बताया, तो वे बोले—नहीं, क्या इस तरह की चीजें भी कमी हो सकती हैं? मैंने उनसे कहा—अगर ये पहले नहीं हुई हैं तो क्या, आज तो हुई हैं। अगर तुम्हें लगता

है कि इस तरह की चीजें नहीं होंगी तो तुम गलती पर हो। ये सब चीजें हो रही हैं। तब कुछ बुजुर्गों ने इस पर ध्यान देना शुरू किया। उन्होंने पूछा—क्या तुम सच बोल रहे हो? मैंने कहा—हाँ, बाहर आओ और देखो। बाबा लाखन जाओ। वहाँ बहुत-से लोग हैं, इन्तजार कर रहे हैं...जब हम बाबा लाखन वापस आए तो हमने देखा, दो और गाँवों से लोग वहाँ जमा हो गए हैं। अब हम करीब हजार लोग होंगे...पहले केवल चार या पाँच सौ...हिन्दू, सिख थे। लोग जो भी छोटी और बड़ी चीजें उठा सकते थे, वे चीजें उठाकर उन्होंने पहने हुए कपड़ों के ऊपर और कपड़े पहन लिए, और कंधों पर खेस या चादर डाल ली। लोग जो कुछ उठाकर चल सकते थे, उसे उठा लिया और काफिले में शामिल हो गए। भारी चीजें कौन साथ ले जा सकता था? और काफिले ने चलना शुरू किया। रास्ते में अगला गाँव पड़ा था कटियाना। वहाँ एक शादी हो रही थी, किसी मुसलमान की शादी, और वहाँ खूब पटाखे छूट रहे थे। हमने सोचा, वहाँ गोलियाँ चल रही हैं और बन्दूकें, इसलिए काफिला हमने गाँव से कुछ दूर रोक लिया। कुछ लोगों ने कहा, वे वहाँ जाएँगे और पता लगाएँगे। जब वे वहाँ जाने लगे तो लोग उनसे बोले—सावधान रहना, एकदम खुले में मत जाना। ऐसा न हो कि तुम वहाँ कुछ पता करने गए हो और बस मारे जाओ...वे वहाँ गए और देखा और उन्होंने संगीत सुना; और उन्हें समझ में आया कि वह एक शादी थी।

धीरे-धीरे दिन निकल आया। वह पहली रात थी, और तब सुबह हुई और ज्यों ही सूरज चढ़ा, बारिश होने लगी। इतना अधिक पानी बरसा और हमारे कपड़े खूब भारी हो गए...हम उन्हें उठा भी न सके। हमारे कपड़े और अधिक भीग गए, और लोगों ने उन्हें वहीं छोड़ दिया। हमारे पेट खाली थे, हम भूखे थे, हमारे कपड़े गीले और तर-ब-तर थे, हमारे दिलों में दहशत थी—हमारा रुख किस ओर था? हम कहाँ रुकते? हमारे दिल दुख से भरे हुए थे : क्या होगा? हम कहाँ जाएँगे? जैसे आज आप घर से चले, तो आपको पता था आप गाँधीनगर जा रहे हैं। हमें तो यह भी नहीं मालूम था। किस नगर, किस तरफ, किस दिशा में...हमारा कुछ खाने का मन नहीं था, न ही वहाँ कुछ खाने को ही था। आखिर, जब हमने अपने घर छोड़े थे, तो हम अपने साथ आटा भी लेकर नहीं चले थे, तवों से रोटी तक नहीं उतारी थी। हमने सोचा ही नहीं था कि हम आटा लेकर चलेंगे और इसे माड़ेंगे और पकाएँगे। हम जैसे थे, बस खाली हाथ ही चल पड़े थे। तब कुछ लोग बीमार पड़ गए—कोई गम से बीमार पड़ा, कुछ को डायरिया हो गया, कुछ को बुखार था...इतने सारे लोग अचानक ही चल पड़े थे, वे सभी ठीक-ठाक

और स्वस्थ नहीं रह सकते थे। कुछ लोग चलने से पहले ही बीमार थे, कुछ लोग अफसोस में बीमार पड़ गए, फिर पानी बरस गया और इसके बाद तेज धूप की मार। सर्दी और गर्मी ने लोगों के शरीरों को मुर्झा दिया, और उन सभी बदलावों से लोग बीमार पड़े। और इस सब के साथ यह कि हमें पता भी नहीं चला कि बतियाना पहुँचते दोपहर हो गई थी।

काफिले में एक औरत थी जो गर्भवती थी और बच्चा जननेवाली थी। पूरे काफिले ने चलना शुरू किया, लेकिन वह पहले से ही थोड़ी परेशान थी और वह बोली—आप लोग आगे जाओ, मैं मरने को तैयार हूँ। फिर किसी भी तरह मेरा यहाँ अपना कहने को है ही कौन? मुझे जो मुसीबत झेलनी है, झेल लूँगी, मेरे बारे में चिन्ता मत करो।...जो बाबा मेरे साथ था, मैं उससे बोला—बाबा, कुछ लोगों के नाम भलाई करनी लिखी होती है। तुम्हारी पोती तुम्हारे साथ थी और तुमने मेरे साथ चलने का फैसला किया। मैं तुम्हें कहता रहा, चिन्ता क्यों...लेकिन इस बेचारी औरत को देखो, यह बच्चे को जन्म देनेवाली है, यह एक जवान औरत है, और यहाँ सड़क पर पड़ी है...आओ कुछ भला करने की कोशिश करें। हम सभी दुख से भरे हैं, हम सभी रो रहे हैं। वह बोला—यह क्या है? मैंने कहा—उस लड़की को देखो, उसका न कोई भाई है न बाप, और वह अकेली है, उसका आदमी मारा गया है और ये बच्चा जननेवाली है। वहाँ कुछ अन्य औरतें उसके साथ बैठी हुई थीं, और जब काफिले ने बढ़ना शुरू किया, तो वे भी चलने लगीं। तो मेरा बाबा बोला—लड़की, मेरे घोड़े पर बैठ जा। जहाँ कहीं भी हमें कोई मिलेगा, जो मदद कर सके, हम तुझे वहाँ ले चलेंगे। लेकिन, शायद डर से उसने वहाँ एक बेटी को जन्म दे दिया, डरके मारे। वहाँ किसी के पास कोई चाकू या कुछ और नहीं था। आपको पता है वह औजार जिससे बच्चे की नाल काटते हैं। फिर वहाँ एक आदमी था, और उसके पास एक किस्म की तलवार थी। हमने उससे कहा— बाबा, यही वह चीज है, कृपया हमारी मदद करो। तो उसने यह हमें दे दी, और फिर औरतों ने बच्चे की नाल काटी, और हमने काफिले को पौन घण्टे तक वहीं रोके रखा। हमने उनसे कहा—अनजान लोगों के घरों को जाने के वास्ते तुम अपनी इज्जत पीछे छोड़कर जा रहे हो। अगर आपको थोड़ी देर भी हो जाय तो, इससे क्या फर्क पड़ता है? रास्ते में पसरूर नाम का एक गाँव पड़ा। हमारे साथ बलूची मिलिटरी थी। उन्होंने हमें वहाँ एक स्कूल में रखा। वे बोले—कोई भी यहाँ से बाहर जाने की कोशिश करता है, इन चारदीवारियों से, तो हम उसे काट डालेंगे। स्कूल की एक चार फुट ऊँची चारदीवारी थी। उन्होंने बड़ा सख्त होने की कोशिश की, लेकिन हमारे पास खाने या पीने को कुछ नहीं था...इसलिए कुछ लोग

गए। वे एक दुकान में घुस गए और मूँगफलियों के कुछ थैले ले आए। तो हमने उन्हें भूना और खाया। आखिर हम और क्या कर सकते थे? किसी को कुछ मिला तो किसी को कुछ मिला। फिर किसी और ने दीवार फाँदी और पास के गन्ने के खेतों से गन्ना चुराने पहुँच गया। फौजी लोगों ने उनमें से कुछ लोगों को मार दिया—हमारे सामने ही उसने एक जाट को मार डाला। उसके परिवार के पास एक छकड़ा था, उसमें उन्होंने अपना सामान लादा था और उसे ले आए थे, इसलिए उन्होंने इसमें आग लगाई और इसे उस आदमी की आखिरी रस्में पूरी करने में उपयोग किया जो मारा गया था...

नरोवर के बाद, मद्रासी मिलिटरी काफिले में शामिल हो गई...उन्होंने बलूचियों को चले जाने को बोला कि उनकी ड्यूटी खत्म और उन्हें चले जाना चाहिए...वहाँ दोनों फौजों में एक दूसरे से झड़प हो गई। एक ने कहा—ये हमारी ड्यूटी है, जबकि दूसरी बोली—तुम्हारी ड्यूटी खत्म, तुम्हें वापस जाना चाहिए...कुओं में दवाइयाँ और जहर पड़ा था, उनमें मुर्दे पड़े थे, कहीं पीने को पानी नहीं था, हम भूखे और प्यासे थे...कुछ खाने को नहीं था, कुछ पीने को नहीं था। तब हमारी मिलिटरी नरोवर में दो ट्रक लेकर आई और उनमें आटा भरा था। उन्होंने एक तिरपाल बिछाया और लोगों को यह कहते हुए आटा दिया कि जिसको जितना लेना है, ले लो। उन्होंने हमें मक्का दी। वे यह कहते हुए हमें देते रहे कि खाओ, उनके खेतों को तबाह कर दो। मद्रासी मिलिटरी ने सचमुच हमारी मदद की। हर कोई दुख का मारा था। किसी की माँ मर गई थी, किसी का बाप चला गया था, किसी की बेटी का अपहरण कर लिया गया था...तब हम चल पड़े। आपको पता है, आपको मुर्दे से कुछ डर लगता है, लेकिन उस समय हमें कोई डर नहीं था...। वहाँ से हम रावी नदी के पुल तक आए। वहाँ उन्होंने हमें बताया—हमारी ड्यूटी यहीं तक थी, और अब हम दस्का से जो काफिला आया है, उसकी मदद करने के लिए वापस जा रहे हैं। हमने देखा कि ठसाठस भरी एक गाड़ी के सभी हिन्दुओं को कत्ल कर डाला गया था और डेरा बाबा नानक में मुसलमानों से भरी एक गाड़ी के सभी आदमियों को, जो लुधियाना से आए थे, मार डाला गया था...उन्होंने एक दूसरे के आदमियों को मार डाला। हमने मुसलमानों की लाशें देखीं, कीचड़ में पड़े बरतन, कपड़े...कुछ लोग दूसरे लोगों के नीचे दबे थे, और चारों ओर बीमारी और व्याधि थी। जब हम डेरा बाबा नानक पहुँचे तो उन्होंने हमें बताया, आप घर आ गए हैं। लेकिन हमने सोचा, हमारा घर तो वहाँ था। हमने उसे पीछे छोड़ दिया है। यह घर कैसे हो सकता है?

4

महिलाएँ

दमयंती सहगल

'सुनाने की बहुत-सी कहानियाँ...'

पहली बार दमयंती सहगल से मैं 1989 में मिली थी। तब वह अस्सी साल की थीं—अपनी आँखों में निरन्तर शरारत और परिहास छिपाए, एक छोटी-सी ओजस्वी महिला। दमयंती की भांजी, लीना धींगड़ा ने मुझे उनसे परिचित कराया था। एक दिन जब मैं विभाजन पर अपने काम के बारे में उससे बात कर रही थी तो वह बोली, "मेरी मौसी से बात करो, उनके पास सुनाने के लिए बहुत-सी कहानियाँ हैं।" दमयंती, हालाँकि बहुत अधिक उत्साही नहीं थीं। "तुम मुझसे क्यों बात करना चाहती हो?" वह बोलीं, "मेरे पास कहने को कुछ नहीं है। बस इधर-उधर की कुछ मूर्खतापूर्ण कहानियाँ हैं।" मैंने यह कहते हुए जोर दिया कि मुझे उनकी कहानियाँ सुनकर प्रसन्नता होगी, चाहे वे मूर्खतापूर्ण हों या कुछ और—और अन्त में, अनिच्छा से, वह नरम पड़ गईं।

बोलने का फैसला कर लेने के बाद दमयंती इस परियोजना में काफी जोश-खरोश से शामिल हो गईं। उन्होंने मेरे इन सुझावों को भी अलग कर दिया कि मैं उनके घर जाकर उनसे बात करूँ, बल्कि वह बोलीं कि वही मेरे घर आएँगी, "ताकि तुम मुझे कुछ कॉफी और लंच दे सको और मैं कुछ मजे कर सकूँ।" उन्होंने कहा। और मजे हमने किए भी—यह पहला और एकमात्र मौका था जब एक पूरा इण्टरव्यू मेरे घर पर किया गया था। अमूमन, जहाँ तक सम्भव हुआ, हमने लोगों से ऐसे माहौल में मिलने का प्रयास किया था, जहाँ वे निश्चिंत रहते थे और ज्यादातर समय ऐसा माहौल उन्हीं के घरों में होता था। बाद में मैंने महसूस किया कि दमयंती का मेरे घर में मुझसे मिलने पर जोर देना गृहविहीनता की एक मौलिक अनुभूति से प्रेरित था, जो विभाजन के बाद से ही उनके साथ रही थी, क्योंकि ऐसा कोई घर ही नहीं था जिसे वह अपना कहतीं। "यदि तुम हरिद्वार में मेरी छोटी-सी कुटिया को मेरा घर नहीं समझो तो..." जैसा कि उन्होंने मुझे बताया।

पहले दिन जब हमें मिलना था, तब दमयंती अपनी बहन कमला बुल्डून धींगड़ा और भांजी लीना के साथ मेरे घर आईं। मेरे साथ मेरी मित्र—और उस समय मेरी हमसफर—सुदेश वैद्य थीं। अनेक सत्रों में लिया गया वह लम्बा इण्टरव्यू कई महीनों तक चला। प्रायः, जैसाकि कई साक्षात्कारों के साथ हुआ, जिनमें से अधिकतर साक्षात्कार व्यक्तिगत न होकर सामूहिक थे, पूरी चीज बातचीत में बदल जाती जिसमें हर कोई कूद पड़ता। दमयंती के इण्टरव्यू में, एक ऐसा मौका था जब बीच में ही उनकी बहन ने उनसे पूछना शुरू कर दिया कि उन्होंने यह चीज पहले क्यों नहीं की या वह चीज पहले क्यों नहीं की। दूसरे अवसर पर दमयंती की जगह कमला ने बोलना शुरू कर दिया। एक मौके पर कई लोग कमरे में आ गए और दमयंती जो कहानी सुना रही थीं, वह अधूरी ही छोड़ दी गई, इत्यादि।

हालाँकि जो इण्टरव्यू आप यहाँ देखते हैं, उसमें ऐसी चीजें काफी कम हैं। इसकी संरचना एक अनवरत वर्णन के रूप में—और अधिक ठीक से कहें तो सम्पादित रूप में—की गई है। जहाँ मैंने इण्टरव्यू के कालानुक्रम को नहीं बदला है, वहीं मैंने बड़ी सावधानी से, और जान-बूझकर, इसमें और बाद के साक्षात्कारों में उन प्रश्नों को हटा दिया है जो मैंने और सुदेश ने पूछे थे, साथ ही रुकावटों और बीच के आकस्मिक संवाद और वार्तालाप के छोटे टुकड़ों को भी हटाया है। यद्यपि दो अवसरों पर मैंने दमयंती और कमला की बातचीत को यहाँ बरकरार रखा है, क्योंकि मुझे लगता है कि उस बातचीत को उसी रूप में रखना, जिस रूप में वह हुई थी, महत्वपूर्ण है और मेरे ख्याल से उन घटनापूर्ण क्षणों या समय को पकड़ने का एकमात्र रास्ता है।

जब मैं दमयंती के इण्टरव्यू की प्रतिलिपि को अब पुनः पढ़ती हूँ (पाठक जिसका कुछ भाग ही इस पड़ाव पर देखेंगे) तो यह मुझे चार विशाल, और कुछ-कुछ एक दूसरे को ढके हुए, खण्डों में बँटा हुआ-सा लगता है। पहले में दमयंती का स्वयं के बारे में, विभाजन से पूर्व की उनकी जिन्दगी, और जो पाकिस्तान बना वहाँ से, उनका एकदम अकेले और वस्तुतः कंगाल अवस्था में भारत की ओर भागने का वर्णन है। यह वही भाग है जो आप यहाँ देखेंगे। दूसरे भाग में, जो बाद में आता है, उसमें वह अपने धीमे, और शुरू में कुछ अनिच्छा के साथ, सामाजिक कार्य में, अपने शामिल होने की बात बताती हैं, और तीसरे और चौथे भाग में, जो इस विशेष अध्याय के बाद ही आते हैं, उनके असली काम का जिक्र है, जिसमें पाकिस्तान में अपहरण और बलात्कार का शिकार हुई महिलाओं की मुख्यतः 'बरामदगी', 'बचाव' और 'पुनर्वास' का कार्य शामिल है। इसमें किसी भाग की कोई स्पष्टतः निर्धारित सीमा नहीं है, और प्रत्येक भाग दूसरे में प्रवाहित होता लगता है। तीसरे और चौथे भाग, आवश्यक रूप से दूसरे भाग की कहानी को ही जारी रखते हैं, और कुछ मायनों में यह वर्णन उनके वास्तविक कार्य, यानी पहले बचाव,

फिर बरामदगी, तब पुनर्वास के चरणों को गृहीत करते हुए काफी रेखीय बन जाता है। पहले और दूसरे भाग अपने में अधिक खतरा समेटे लगते हैं, तीसरा भाग कुछ-कुछ 'सुरक्षित' लगता है, हालाँकि जल्दी ही हम पाते हैं कि महिलाओं और सामाजिक कार्यकर्ताओं दोनों के लिए ही, पुर्नवास-कार्य अपने खतरों से भरा पड़ा है। पूरे वर्णन में दमयंती स्वयं नए बने राष्ट्र-राज्य की एक सामाजिक कार्यकर्ता, एक सेवक—यदि आप चाहें तो—के रूप में स्वयं—और एक अधिक विस्तृत रूप में अपने निजी ईश्वर, अपने ठाकुर जी के एक साधक के रूप में—और दूसरी महिलाओं के लिए दुख-दर्द रखनेवाली एक महिला के रूप में एक तनाव का वर्णन करती हैं। ठीक जिस तरह महिलाओं में से बहुत-सी महिलाएँ अपने बचाव का विरोध करती हैं, उसी तरह से दमयंती भी अपने काम में अपना निजी विरोध व्यक्त करती हैं। लेकिन, दिलचस्प रूप से, इन दोनों के बीच दमयंती कोई अन्तर्विरोध नहीं देखतीं। इस तथ्य का कि उन्हें अपनी उस विशेष बगावत से अधिक सफलता मिली है (एक वरिष्ठ पाकिस्तानी अधिकारी, और बाद में, दमयंती के तहत आई औरतों की आयु को प्रमाणित करनेवाले डिप्टी मजिस्ट्रेट से हुई उनकी मुठभेड़ों से यह स्पष्ट होता है), उनके वर्ग और उस पहुँच से निश्चित रूप से सम्बन्ध है जो दमयंती को उपलब्ध रहा है।

मेरे लिए, सुदेश और मैंने जो साक्षात्कार किए थे, उनमें से दमयंती का साक्षात्कार सबसे अधिक महत्वपूर्ण साक्षात्कारों में से एक था। महीनों तक साथ बातें करते-करते हममें अच्छी मित्रता हो गई। उन्होंने हमें अपने आप को दंती कहकर संबोधित करने पर जोर दिया, और यदि हमें अधिक अच्छा लगे तो हम इसमें 'मौसी' या 'आंटी' भी जोड़ सकते हैं। जब हम मिले थे उस समय, और इसके काफी पहले और सचमुच बाद में, दमयंती ने अपना जीवन दिल्ली में, जहाँ वह आमतौर पर अपनी बहन कमला के फ्लैट में रहती थीं, और हरिद्वार में बाँटा हुआ था, जहाँ उनकी एक छोटी-सी कुटिया, या कमरा था। धीरे-धीरे वह अपना अधिकांश समय हरिद्वार में बिताने लगीं, और एक समय, उन्होंने दिल्ली वापस आने से पूरी तरह इन्कार कर दिया, तथा हरिद्वार में ही अकेले रहना—और वहीं मरना—पसन्द किया।

दमयंती की कहानी अन्य कारणा से भी महत्वपूर्ण है। विभाजन ने दमयंती की तरह ही दूसरी हजारों औरतों को भी अकेला कर दिया था। प्रायः ठीक विवाह की उम्र होने पर, इसने उनकी जिन्दगियों को बिगाड़ दिया, उनके जीवन से शादी जैसे 'सामान्य' दस्तूरों को भी अमूमन हमेशा के लिए दूर कर दिया। एक जानी-मानी लेखिका और स्वयं विभाजन की पीड़ा झेल चुकीं कृष्णा सोबती, औरतों की एक पूरी पीढ़ी के बारे में हृदयस्पर्शी अन्दाज में बताती हैं, "जिनके जीवन", वह कहती हैं, "विभाजन द्वारा नष्ट कर दिए गए थे।" शरणार्थी परिवारों में उपलब्ध सभी

हाथों को बिखर गए अपने घरों की पुनर्स्थापना, और पुनर्निर्माण की प्रक्रिया में लगना पड़ा था। लड़कियाँ और युवतियाँ विभिन्न तरह के कार्यों में लगा दी गईं—घरेलू, पेशेवर व अन्य तरह के कार्यों में । जब तक हालात और अधिक 'सामान्य' हुए तब तक उनकी उपस्थिति पहले से ही कुछ-कुछ धुँधली हो चली थी। कुछ मायनों में परिवार औरतों की मेहनत पर इतना आश्रित हो चुके थे कि उन औरतों की अपनी इच्छाओं और आशाओं को पृष्ठभूमि में कर देना पड़ा था। अन्य मामलों में, अपने जीवन के बारे में दमयंती के वर्णन के अनुसार, वह भी ऐसी ही एक महिला थीं। वस्तुतः गृहविहीन दमयंती को उनकी मौसी प्रेमावती थापर द्वारा सामाजिक कार्यों में घसीट लिया गया था। लेकिन उनके अपने परिवार से उनका बहुत कम या कोई भी सम्पर्क नहीं रहा था। न ही, अगर दमयंती की बात मानी जाए तो, उनके परिवारवाले ही उनका पता-ठिकाना जानने को विशेष रूप से इच्छुक थे। और एक बार सामाजिक कार्य में शामिल होने के बाद, उनकी जिन्दगी के लम्बे साल इसी में खप गए। हालाँकि यहाँ इसकी एक विडम्बना भी है। उनके परिवार द्वारा इसी 'अस्वीकृति' ने, उनके अकेलेपन के इसी वास्तविक तथ्य ने, दमयंती को आम संसार में निकलने और अपनी जिन्दगी में कुछ करने की इजाजत दी। जिस तरह विभाजन द्वारा औरतों की एक पूरी पीढ़ी बरबाद कर दी गई थी, उसी तरह विभाजन ने ही अनेक औरतों को आम जीवन में उतरने का अब तक का एक अद्वितीय अवसर भी उपलब्ध कराया।

मुझे बहुधा आश्चर्य हुआ है कि दमयंती ने अपने अकेलेपन के बारे में अवश्य ही कुछ न कुछ अनुभव किया होगा। अपने साक्षात्कार के एक पहले भाग में, वह अपने सुन्दर दिखने, शादी करने की इच्छा के बारे में बात करती हैं...लेकिन जब तक विभाजन हुआ, यह सभी इच्छाएँ ताक पर रख दी गईं। उनके स्वयं के वर्णनानुसार, उनकी विवाह की उम्र निकल चुकी थी (उस समय वह चालीस के लगभग थीं)। लेकिन मैं सोचती हूँ उनकी सपने देखने की उम्र नहीं निकली थी। फिर भी, उन्होंने काम हाथ में ले लिया और मेरी समझ में उन्होंने इसे बिना किसी 'समर्पण' भाव के ही किया। उन्होंने यह सब इसलिए किया क्योंकि उन्हें इसमें ढकेल दिया गया था, और साधारणतया, क्योंकि यही काम वहाँ था भी।

मुझे दमयंती का साक्षात्कार दूसरे अनेक कारणों से भी महत्वपूर्ण लगा। उनके अनुसार, वह पहली बार वास्तव में किसी से अपने अनुभवों के बारे में बात कर रही थीं, पहली बार, उन्होंने कहा, उनसे किसी ने कुछ पूछा था, और पहली बार वह किसी के साथ और किसी को याद कर रही थीं। यहाँ तक कि उनकी बहन और भांजी के लिए भी, उन्होंने जिन अनुभवों का वर्णन किया वे नए थे। एक बिन्दु पर कमला ने दमयंती से पूछा कि उन्होंने ये कहानियाँ कभी पहले क्यों नहीं सुनाई थीं। उनकी बात सुनते हुए, मुझे यह विश्वास करना कठिन लगा कि परिवारों

के निकटस्थ सम्बन्धों में भी लोग इस बात से इतने अनभिज्ञ—और उदासीन—रह सकते हैं कि उनके किसी इतने निकट के सम्बन्धी की जिन्दगी में क्या-क्या घटित हो रहा था। मैं सोचती हूँ, दमयंती ने इस तरह से विभाजन की विभीषिका को देखने और भोगने के बाद, प्यार और उदासीनता की इस निकटता को हममें से किसी की भी तुलना में ज्यादा बेहतर समझा था। मुझे लगता है, इसी के कारण उन्होंने अपना अधिकांश जीवन—विशेषकर बाद का—अकेले ही जीना पसन्द किया। कई मायनों में, वह जिनके साथ काम करती थीं, उनमें से अनेक लोगों के बहुत करीब थीं, प्रायः बिल्कुल माता-पिता के समान ही। लेकिन एक दूसरे स्तर पर, वह बिल्कुल अलग, और नितान्त अकेली ही रहीं।

यह इसी कारण से था कि मैंने काफी शिद्दत से महसूस किया कि अपहृत औरतों की कहानियों के उनके वर्णन में, उनका यह सुनाना कि किस तरह से वे इतिहास द्वारा मूलतः अकेली छोड़ दी गई थीं, दमयंती सचमुच अपने ही जीवन का वर्णन कर रही थीं। बावजूद इस तथ्य के कि किसी समय दमयंती का अपने परिवार से फिर सम्पर्क बना था, वह मूलतः अकेली ही रहीं। अपनी मृत्यु से कुछ अर्सा पहले वह बीमार रही थीं—उस समय, वह हरिद्वार में थीं। लेकिन अपनी बहन और भांजी की अनुनय-विनय के बावजूद उन्होंने दिल्ली लौटने से मना कर दिया, जहाँ उनके स्वास्थ्य की बेहतर देखभाल हो सकती थी। जब वह गुजरीं, तब भी, अपने जीवन की तरह ही, अकेली थीं। बाद में, उनके 'बेटों' में से एक—एक युवक जो विभाजन के दौरान अनाथ हो गया था और जिसके लिए वह माँ के समान ही थीं—उनका शव लाने और अन्तिम रस्में पूरी करने गया।

दमयंती का वर्णन मैं इतना महत्वपूर्ण क्यों पाती हूँ इसका एक और कारण है। उन्होंने भारतीय राज्य द्वारा शुरू किए गए बरामदगी और राहत-कार्य में बरसों तक काम किया। वह अपहृत हुई औरतों को खोजने के लिए पाकिस्तान के अन्दरूनी इलाकों तक, आमतौर पर पाकिस्तानी पुलिसकर्मियों के साथ ही जाती थीं, जो प्रायः न केवल उनके प्रति, बल्कि इस पूरी कार्यवाही के प्रति भी—शत्रुतापूर्ण रवैया रखते थे। उनका इण्टरव्यू करने पर, मुझे राहत और बरामदगी-कार्य की प्रकृति और इसके द्वारा बरामद हुई औरतों के बारे में, किसी भी पुस्तक में दी गई जानकारी की तुलना में, बहुत अधिक जानने को मिला। बलात्कार, जबरन अगुवा करना और शादी करना, और राहत तथा बरामदगी के अपने कार्य में राज्य द्वारा एक तरह के अपराधकर्म जैसी हिंसा के इतिहास को स्मरण करने में उनकी अन्तर्दृष्टि और वर्णन मुझे विशेष मूल्यवान लगे। इसमें झाँकने पर शोधकर्ता को एक कठिन दुविधा का सामना करना पड़ता है : वह ऐसी हिंसा को झेल चुकी महिलाओं के स्वरों को किस तरह से खोज सकती है? क्या उसे ऐसी हिंसा से गुजर चुकी औरतों को, उनका मुँह खुलवाने के लिए, खोजने का प्रयास करना चाहिए? मेरे लिए,

अपहृत हुई औरतों की वेदना के बारे में दमयंती का वर्णन इसीलिए दोगुना महत्वपूर्ण हो जाता है।

इन्हीं सब कारणों से मैंने जान-बूझकर दमयंती के वृत्तान्त को उस धागे के रूप में चुना है जो विभाजन के दौरान औरतों के अपहरण और बलात्कार के इतिहासों पर इस लम्बे अध्याय को बुनता है।

दमयंती सहगल

विभाजन के समय मैं अपने गाँव कोटरा में थी जो लाहौर से केवल तीस मील दूर, मुल्तान जानेवाली सड़क पर रायविन्द स्टेशन के पास था। हमारा सब कुछ वहीं था। हमारा एक कारखाना था। चूँकि मेरी शादी नहीं हुई थी, इसलिए मैं अपने पिता के साथ ही रहती थी। मेरी माँ नहीं थी। मैं ही अपने पिता की साथी थी, जो कुछ हुआ...मेरे पिता ने सोचा कि चूँकि उनकी सारी जायदाद वहीं थी, इसलिए उनके सभी कर्मचारी किसी भी मुसीबत के समय उनकी मदद करेंगे। इतना अधिक भरोसा...मेरे चाचा पी. एन. थापर उस समय लाहौर डिवीजन के एक कमिश्नर थे। उन्होंने यह कहने के लिए एक आदमी भेजा कि जंडियाला में सिखों ने एक सभा की है, उन्होंने एक गुरुद्वारे में मिलकर यह कसम खाई है कि वे मुसलमानों से रावलपिण्डी का बदला लेंगे, और शपथ ली है कि फलाँ तारीख को—मुझे दिन याद नहीं—वे मुसलमानों का अन्धाधुन्ध कत्लेआम करेंगे। इसलिए मेरे चाचा थापर ने यह सन्देशा भेजा कि तुम लोग यहाँ से फौरन निकल चलो, क्योंकि मेरे पास यह गुप्त खबर है कि जंडियाला गाँव में, अमृतसर के पास, एक गुरुदारे में सिखों ने कसम खाई है कि फलाँ-फलाँ दिन वे मुसलमानों को मारेंगे। इसकी प्रतिक्रिया भी होगी। मुसलमान लोग हिन्दुओं को मारेंगे। सिखों ने कहा, पिण्डी में हमारी औरतों के साथ जो कुछ भी हुआ है, हम उसका बदला लिए बिना नहीं रहेंगे...मेरे पिता बोले—ठीक है, यह थापर तो डरपोक है...हम सब कुछ छोड़कर कैसे जा सकते हैं? मेरे पास इतने आदमी है, वे मुझे बचाएँगे। कुछ दिनों तक हो-हल्ला होगा और फिर सब कुछ ठीक हो जाएगा। इसलिए उन्होंने जाने से मना कर दिया। तब एक दूसरा सन्देशा आया...मेरे चाचा ने कहा—तुम्हारे पिता तो जिद्दी हैं, इसलिए तुम्हें तो चले ही जाना चाहिए। ज्यादा से ज्यादा वह मारे जाएँगे, लेकिन तुम, तुम तो बर्बाद हो जाओगी...और यह हमारे लिए बर्दाश्त करना बहुत मुश्किल होगा। तुम बरबाद हो जाओगी...इसलिए तुम्हें चले जाना चाहिए।

पिता जी नहीं माने...उनकी फैक्ट्री में मजदूर मिले-जुले थे : जाट, हिन्दू, लेकिन कुल मिलाकर यह एक मुस्लिम गाँव था, इसलिए ज्यादातर

मजदूर मुसलमान थे...उस समय तक वे बड़े विनम्र और लिहाज करनेवाले थे। वे विश्वसनीय लगते थे...

जब मैंने अपने पिता को राजी करने की कोशिश की तो वह बोले—ठीक है, अगर तुम्हें डर लगता है तो तुम जाओ। मैंने कहा—लेकिन बाऊजी...वह बोले—नहीं बीबी, अगर तुम्हें डर लगता है तो तुम जाओ। लेकिन मैं कहाँ जाती? तब मैं लाहौर आई। मुझे याद है उनसे यह पूछना कि मैं क्या करूँ, कहाँ जाऊँ? मेरे पिता जाने को मना कर रहे थे। और वे बोले—सबसे सुरक्षित हिन्दू इलाका—अब क्या कहते हैं इसे? कमला, क्या है वह, व्यास के ठीक उत्तर में...मेरा दिमाग बहुत जल्दी भूलता है। अरे हाँ, कुल्लू, कुल्लू-मनाली वह पूरा इलाका। बँटवारा शुरू हो चुका था। मैं अकेली हो गई और वहाँ अमृतसर में दंगे हो रहे थे...मैं अकेली ही गई। हमारे साथ एक छोटा-सा लड़का हुआ करता था, उसका नाम मुझे याद नहीं दीपू या टीपू, एक छोटा-सा लड़का था। बाऊजी बोले—तुम यह नौकर अपने साथ ले जाओ और पैसे...जो भी, कुछ दो या तीन सौ रुपए, जो कुछ भी घर में था, उन्होंने मेरे हाथ पर रख दिया। मुझे ठीक से याद नहीं है। और वह बोले—जब तुम कुल्लू पहुँच जाओ, तो, डॉ. देवीचन्द ने मुझे बताया है कि उनका वहाँ एक घर है, तो तुम वहीं जाना। तुम वहाँ सुरक्षित रहोगी और जब गड़बड़ी थम जाए तो तुम लौट सकती हो...सो मैंने नौकर साथ लिया और कुछ रुपए, कोई दो या तीन सौ रुपए, मैं नहीं जानती कितने, शायद केवल सौ ही थे। जब हम अमृतसर के करीब आए तो पता चला कि उन्होंने ट्रेनें रोकनी शुरू कर दी हैं, उनमें सवार लोगों को मारना शुरू कर दिया है, लेकिन हम भाग्यशाली थे। हर कोई बोला—अपनी खिड़कियाँ बन्द करो, वह लोगों को काट रहे हैं।

ट्रेन, ट्रेन। हर कोई डर से भरा हुआ था...वे कहते रहे—अपनी खिड़कियाँ बन्द करो, अपनी खिड़कियाँ बन्द करो, अमृतसर आ रहा है और वे वहाँ लोगों को काटकर गिरा रहे हैं। हमने खिड़कियाँ बन्द कर लीं...भगवान जाने वे बाहर क्या कर रहे थे? हम इतना डरे हुए थे कि देख भी नहीं पाए। हम मनाते रहे कि हमारी गाड़ी स्टेशन पर न रुके। और वहाँ से हमारी गाड़ी सीधी निकल गई...हमने सुना था वहाँ मारकाट और लूटपाट शुरू हो गई है, मुसलमानों ने भी हथियार उठा लिए हैं और सिखों ने भी। किसी तरह से हम वहाँ से चले गए और मैं सीधे कुल्लू गई, और वहाँ देवीचन्द वोहरा के घर कुछ समय तक रही। वह छोटा लड़का, वह नौकर भी मेरे साथ था। इसके बाद मैंने घर छोड़ा और मैं वहाँ गई—क्या था वह कमला, तुम्हारा नागर? मैं वहाँ भी गई, और मनाली को भी, मैं उस पूरे इलाके में भटकी, मुझे रेस्ट

हाउसों में भी टिकना पड़ा था। रेस्ट हाउसों में उनके कुछ खास दिन होते हैं—वहाँ वे आपको केवल 8-10 दिन ही रुकने देते हैं। वहाँ आने पर, जब मैं रेस्ट हाउस पहुँचती तो मैं दस्तखत किया करती। चपरासी वहाँ रहनेवालों की किताब, विजीटर्स बुक लाता और तब वे आते और कहते, आपका समय पूरा हुआ, अब आपको जाना ही होगा। और फिर हमें उसके बाद, रेस्ट हाउस का बिल चुकाना पड़ता था। कुछ समय उनके घर रहने के बाद उन्होंने मुझे नागर भेज दिया, यही कुछ मुझे याद है। जब मैं वहाँ से चली, जब मैं भागी तो मेरे पास सिर्फ एक या दो धोतियाँ ही थीं। हाँ, मेरे पिता ने कहा था, जब मैं वहाँ पहुँचूँ तो किराए पर एक मकान ले लूँ और तब उन्हें तार या चिट्ठी भेज दूँ और वह आ जाएँगे। वह बोले, मैं तुम्हारे साथ इस तरह से नहीं जाना चाहता हूँ। मैं एक बूढ़ा आदमी हूँ, मुझे तुम अपने साथ कहाँ ले जाओगी? मैं इस तरह नहीं जाना चाहता हूँ, लेकिन एक बार तुम किसी चीज का इन्तजाम करने में सफल हो जाओ तो मुझे बता देना और मैं आ जाऊँगा। लेकिन वहाँ इन्तजाम करने को था ही क्या?

सबसे पहले मैं धर्मशाला गई। वह छोटा लड़का समझ गया, मेरे पास पैसा नहीं बचा था। कोई दस दिन या एक महीना वह मेरे साथ रहा। जब मेरे खुद के खाने लायक ही पैसा मेरे पास नहीं था, तो उसकी तो बात ही दूर थी। इसलिए उसने सोचा, इसके पास कुछ नहीं बचा, और वह चुपचाप कहीं भाग गया। कांगड़ा की ओर। मुझे पता नहीं वह कहाँ गया। अगले दिन मैं उसे 'दीपू, दीपू' पुकारती रही, लेकिन वह कहीं दिखाई नहीं दिया। वह भाग गया था। तब रेस्ट हाउस में चौकीदार ने मुझसे पैसे माँगे। मैंने उसे कहा कि मेरे पास पैसे नहीं हैं, लेकिन मैं एक काफी नामी परिवार से हूँ और यहाँ अपना नाम लिखकर दस्तखत कर सकती हूँ...मैं अपने घर से भाग आई हूँ और वहाँ वापस नहीं जा सकती। अखबारों में और रेडियो पर वहाँ लूटपाट और हत्याओं की खबरें आ रही हैं। मुझे पता नहीं मेरे रिश्तेदार कहाँ हैं, लेकिन जैसे ही मुझे परिवार से किसी की खबर लगी, मैं तुम्हें पैसे दे दूँगी। वहाँ से मैं नागर गई और वापस आई—कौन-सी जगह थी यह, मुझे याद नहीं। यह कोई दूसरी जगह थी। यहाँ हत्याएँ हो रही थीं...यहाँ गूजरे थे और उन्होंने मुसलमानों को मारना शुरू कर दिया था। जनसंघी भी मारा करते थे, वे शराब पीते और कत्ल करते। हिन्दू ऐसा नहीं कर सकते, वे डरे हुए थे। नौजवान लड़के ढेर सारी शराब पीते और फिर आकर मुसलमानों का कत्ल करते। वहाँ एक जवान लड़का था, छोटा-सा लेकिन किसी पठान-जैसा मजबूत और खूबसूरत। मैं उस समय डॉ. देवीचन्द के घर में थी। मैं वहाँ खड़ी थी जब उन्होंने चीखना और चिल्लाना शुरू कर

दिया—'वे उसे मारने जा रहे हैं,' 'वे उसे मारने जा रहे हैं', और लोग गड़गिड़ाने लगे, "उसे मत मारो, उसे मत मारो, वह अभी इतना छोटा है"...तो उन्होंने जवाब दिया, "ठीक है, हम उसे हिन्दू बनने को कह रहे हैं...और यदि वह हिन्दू बनता है तो हम उसे बख्श देंगे, वरना हम उसे छोड़ेंगे नहीं।" हमने उसे राजी करने का प्रयास किया। हमने कहा, "बच्चे, हिन्दू बन जा।" लेकिन वह दहाड़ा, "मैं हिन्दू नहीं बनूँगा, वे मेरा गला काट सकते हैं लेकिन मैं हिन्दू नहीं बनूँगा!" ऐसा साहस कि मैं गला कटवा दूँगा! वे उसे चीखते-चिल्लाते हुए ले गए। पता नहीं उसे उन्होंने मारा या नहीं। स्थिति तब काफी खराब थी, चारों ओर लाशें ही बिखरी हुई दिखतीं, व्यास भी इतनी चढ़ी हुई थी...काफी पानी बरसा था। मैंने वैसी बारिश कभी नहीं देखी है। नदी अपने किनारे को तोड़कर बाहर आ गई, लाशें नदी में बहतीं...मेरे पास पैसा नहीं था, कपड़े भी नहीं, केवल चीथड़े। किसी तरह मैं एक थाली खरीदने में सफल हो गई और मैं थोड़ा-बहुत आटा बटोरकर और थाली में ही पकाकर...हालात खराब थे...।

एक शाम, मैं नदी के किनारे चल रही थी...मेरे हाथ में एक माला थी, जेब में फूटी कौड़ी भी नहीं...देखो, एक समय मैं लगभग पूरी तरह से तपस्विनी बन गई थी, जब मैं कोटरा में थी, जब मैंने शादी न करने का निश्चय किया था। मेरा विवाह तो अपने भगवान, अपने ठाकुर जी से हो चुका था, मैं केवल उन्हीं से प्यार करती थी, और उसी कारण से मैं एक तरह के जीवन का अन्त कर रही थी। इसलिए मेरे हाथों में माला हुआ करती थी और मेरे होठों पर उनका नाम।

इससे पहले, निस्सन्देह, मैं अच्छे-अच्छे कपड़े पहनने की, अपने रूप-रंग का ध्यान रखने की बड़ी शौकीन हुआ करती थी। मेरी बहनें गोरी थीं और मैं साँवली, लेकिन मैं अपने रूप-आकृति पर बहुत अभिमान करती और हमेशा इंचीटेप से अपनी नाप-जोख करती रहती। यहाँ से इतना, वहाँ से उतना...और भी सभी कुछ, स्तनों को और बढ़ाने के लिए अंगूर खाना, यह ऐसा होना चाहिए, और यह वैसा, इसलिए मैं खुद ही जाँच करती रहती, यहाँ से इतना ऊपर, वहाँ से इतना अन्दर, काफी बाहर की ओर, काफी भीतर की ओर...घुँघराले बाल फैशनेबल समझे जाते थे और हमने सोचा, बालों में कुछ खास किस्म की पत्तियाँ डालने से ये घुँघराले बन जाते हैं! इसलिए मैं बालों में ये पत्तियाँ डालकर छिपा लेती। तब किसी ने कहा, तुम गलत कर रही हो, तुम्हें बेरी की पत्तियाँ डालनी चाहिए, और तब किसी ने कहा, तुम्हें मिट्टी का तेल डालना चाहिए...। और मैं बता नहीं सकती कि कितने समय तक मैंने बालों में मिट्टी का तेल डाला होगा...मैंने सोचा, इससे बाल

सफेद नहीं होंगे। बेशक बालों का वही हुआ जो होना था, लेकिन मैं बस तुम्हें बता रही हूँ...नाखून, कमर....और तब, जब भगवान ने मुझे आशीर्वाद दिया...क्यों और कैसे मुझे पता नहीं, लेकिन इसके बाद मैंने आमतौर पर अपना समय हरिद्वार में ही बिताया, गंगा के किनारे। मैं हमेशा अपने भगवान के बारे में ही सोचा करती थी। और तब वे बोले, मेरे पिता ने सोचा मेरे दिमाग को कुछ हो गया है, और मैं अकेली ही पूजा करती हुई घूमती रहती, और इसी हालत में देश का बँटवारा हो गया।

रेस्ट हाउस में वहाँ एक बूढ़ा चौकीदार था। मैंने एक या दो दिन से कुछ भी नहीं खाया था; आखिर, कोई केवल तभी खा सकता है जब उसके पास पैसे हों। ठीक तभी वहाँ एक अफसर आया। उसने चौकीदार से पूछा—बगलवाले कमरे में कौन है? चौकीदार ने कहा—मुझे ठीक से पता नहीं, मेरी समझ में नहीं आता, वहाँ एक औरत है,—उस समय मैं तगड़ी थी, मेरे गाल लाल थे—वह कमरा बन्द रखती है, न कुछ खाती है, न कुछ पीती है। वह यहाँ दो दिन से है, वह न बाहर आती है न कुछ खाती है। तब अफसर ने मेरा दरवाजा खटखटाया और कहा—मैं यहाँ से अफसर हूँ और ड्यूटी पर हूँ, तुम कहाँ से आई हो? मैंने उसे बताया, मैं वहाँ कैसे आई। उसने कहा—तुम्हारे खाने और पीने का क्या इन्तजाम है? मैं चुप रही...क्या कह सकती थी?...शायद मेरी आँखों में आँसू आ गए, उसे यह काफी दुखद लगा और वह बोला—तुम मेरे साथ आओ, तुम यहाँ इस तरह नहीं रह सकतीं, यह ठीक नहीं है...और वह मेरे लिए खाना और पानी लेकर आया।

एक रोज वह बूढ़ा चपरासी, वह चौकीदार आया और बोला, "मैं आपको एक किस्सा सुनाऊँगा। यहाँ एक अंग्रेज डिप्टी कमिश्नर"—मुझे याद नहीं क्या नाम लिया था उसने—"इस रेस्ट हाउस में ठहरा था। मैं उसका चपरासी हुआ करता था। एक रात वह आया और मुझसे बोला—चपरासी, मेरे जूते उतारो...मैंने जूते पहने हुए हैं, इन्हें उतारो। और आज...मैं तुम्हें एक कहानी सुनाऊँगा...कागज और कलम से इसे लिख लो...तुम अपने गाँधी बाबा को जानते हो, उसने हमें बहुत-सी तकलीफें दी हैं, बहुत तकलीफें। वह बूढ़ा साँस लेने को भी नहीं रुकता, बस हमें कहता रहता है चले जाओ, चले जाओ। आखिर, हम कहाँ जाएँगे? यहाँ हम बड़े मजे से हैं। बाबा, हम जाएँगे क्योंकि हमें जाना ही है, लेकिन उसे सबक सिखाए बिना नहीं जाएँगे। हम ऐसी हालत छोड़ जाएँगे कि भाई का झगड़ा भाई से, और बहन का झगड़ा बहन से होगा, लूटपाट, आगजनी, हत्या, बलात्कार होंगे, हम ऐसी हालत में छोड़कर जाएँगे कि वह काबू नहीं कर सकेगा, और वह हाथ उठाएगा और भगवान से हमें वापस भेज देने की विनती करेगा...उन्हें

वापस भेजो। और तब क्या होगा...उसी के अपने आदमी, उसके अपने लोग उसे गालियाँ देंगे, वे उसके लिए मुसीबतें खड़ी करेंगे, वे कहेंगे देख तूने हमें किस दोजख में डाल दिया। और उसने एक कागज निकाला और बोला, देखो, नोट करो, आज की तारीख देखो। मैं बता रहा हूँ हम जाएँगे, हम यहाँ नहीं रुकनेवाले हैं, लेकिन हम जाने से पहले उसे पाठ जरूर पढ़ाएँगे। ऐसा होगा, वैसा होगा और हर कोई कहेगा, हे भगवान, उन्हें वापस भेज दो..."

❑ ❑

कमला : क्या हैं ये किस्से, तुमने इन्हें हमें पहले कभी नहीं सुनाया है...

दमयंती : तुम्हें नहीं पता, कमला, तुम्हें कुछ नहीं पता क्योंकि तुम इंगलैंड में थी...

कमला : नहीं, मेरा मतलब है, हमारे पास बात करने को ज्यादा समय ही नहीं था...एक घण्टा यहाँ, या एक घण्टा वहाँ...तुम बहुत कम समय के लिए ही आया करती थीं...

दमयंती : और इसके बाद, मेरी जिन्दगी ही पूरी तरह से दूसरी हो गई थी, और हालात बदलते रहे...

कमला : मुझे पता है, हमने तुमसे कभी नहीं पूछा कि तुम कैसे आईं...

दमयंती : मैं अकेली ही आई...

कमला : नहीं, मेरा मतलब है हमने सोचा...

दमयंती : कभी नहीं, कभी नहीं...

कमला : हम मानकर चले थे, क्योंकि हम इंगलैंड से आए थे। हमें पता था कि हर कोई आया था, किसी ने नहीं पूछा कैसे...हम तय करके चले थे...

दमयंती : कमला, वहाँ कोई मदद करनेवाला नहीं था...

कमला : नहीं, मेरा तात्पर्य है तुम आईं और आश्रमों से चली गईं...किसी को पता नहीं था...दूसरे लोग इकट्ठे आए...

दमयंती : तुम्हें पता है...

कमला : दूसरे लोग एक साथ आए, हमने सोचा तुम भी जरूर उन सभी के साथ आई होगी...

❑ ❑

मुझे लगा मेरा दुनिया में कोई नहीं है। मुझे वाकई नहीं पता था कि कोई कहाँ है। मैं पहाड़ों में थी, अकेली, बिना पैसों के। क्या कर सकती थी?

एक दिन मैंने नदी किनारे दो युवकों को आपस में धीमे-धीमे बात करते देखा। मैंने सुनने की कोशिश की...। वे कह रहे थे—हमारा आफिस खुलने जा रहा है, हमारे पास छुट्टी नहीं है...नागर से... यहाँ एक जगह है, जहाँ से उन्होंने बिजली ली हुई है। कमला, इस जगह का क्या नाम है? यह वापस आएगा। वे चिन्ता कर रहे थे। काफी दिन हो चुके थे, उन्हें अपनी नौकरियों पर जाना था। मेरे कान खड़े हो गए। वे बोले, वहाँ एक जगह है, पहाड़ों के बीच एक रास्ता जाता है जहाँ से पुलिस जाती है। कोई दर्रा है, खैबर पास नहीं, लेकिन कुछ...यह पहाड़ों से गुजरता है, हम वहाँ से जाएँगे। नदी उफान पर थी। मैं उनके पास गई और उनसे बड़ी नम्रता से पूछा कि क्या तुम लोग जानेवाले हो? वे बोले—हाँ, हमारा आफिस खुल रहा है, हमें जाना ही होगा, वरना हमारे खिलाफ कार्यवाही हो जाएगी। हम पहाड़ों के बीच से जाएँगे। मैं बोली—मुझे भी अपने साथ ले चलो। उन्होंने कहा—नहीं, माफ करना, रास्ता बड़ा खतरनाक है, कहीं-कहीं बहुत सँकरा, हमें एक या दो रात रुकना भी पड़ सकता है और वहाँ पहुँचना मुश्किल होगा। मैंने कहा—मैं जरूर चलूँगी। लेकिन वे अड़े रहे।

उन्होंने अगली सुबह किसी खास जगह एक दूसरे से मिलना तय किया। सवेरे मैं वहाँ जाकर बैठ गई जहाँ पहाड़ खुलते थे। आखिर मेरे पास खोने को था ही क्या? मेरे पास जो कुछ था वो मैंने पहन रखा था। मैंने खुद से कहा कि मैं बस उनके पीछे-पीछे जाऊँगी, वे मुझे कैसे रोक सकते हैं। हाँ, इससे पहले मैं जंगलात के लोगों से मिली और उनसे पूछा कि क्या वहाँ रास्ते में कोई फॉरेस्ट रेस्ट हाउस है और क्या वे मेरे लिए उसमें जगह बुक कर सकते हैं। वे बोले—वो जगहें खतरनाक हैं, वहाँ अभी भी लूटमार और हत्याएँ हो रही हैं। मैंने उनसे मिन्नत की। मैं बोली—कैसे भी अगर आप मुझे शिमला भेज सको सड़क के रास्ते से, वहाँ मेरे लोग हैं। लेकिन उन्होंने मना कर दिया। वे बोले—हम तुम्हें पैसे दे सकते हैं। लेकिन मैंने पैसे लेने से मना कर दिया, हालाँकि वे यही कहते रहे, तुम हमारी बहन की तरह हो, हमारी माँ की तरह, हमें पता है तुम अच्छे परिवार से हो। लेक़िन मैंने इन्कार कर दिया। तब मैंने पहाड़ पर जाने का निश्चय किया...और जब वे दोनों नौजवान आए तो स्तब्ध रह गए। वे बोले—तुम यहाँ इस रास्ते पर क्या कर रही हो? हमने तुम्हें बार-बार बताया है कि तुम इस रास्ते से नहीं जा सकतीं, यह बहुत खतरनाक है। मैंने कहा—तुम मुझे कैसे रोक सकते हो, मैं तो सिर्फ सड़क पर जा रही हूँ। मेरे पास पैसे नहीं हैं। वे बोले—हम तुम्हें पैसे देंगे। मैं सिर्फ पैसे तो ले नहीं सकती थी। मैं उस जगह से निकल जाना चाहती थी। सो तुम्हें पता है, वह जगह जहाँ

से बिजली आती है। मण्डी है क्या? मैंने कहा—मगर तुम मुझे वहाँ तक ले चलो, तो मैं धर्मशाला या पंजाब में सम्पर्क बना सकती हूँ, लेकिन वे बोले—जिस दर्रे से हम जानेवाले हैं बहुत खतरनाक है। लेकिन मैं उनके पीछे चलती रही, और वे काफी गुस्सा हुए, पर इस बारे में कुछ कर नहीं सके।

कुछ दूर आगे रुककर उन्होंने अपने खाने के पैकेट खोले, और बेशक फिर उन्हें मुझे भी कुछ देना पड़ा। उन्होंने जरूर सोचा होगा, कैसी जोंक है, कैसी चिचड़ है! लेकिन वे क्या कर सकते थे, मैं भी उन्हें आसानी से नहीं छोड़ती। मैं काफी कमजोर थी, लाल आँखें...कोई पैसा नहीं। थोड़ा और आगे हम एक छोटे-से गाँव में पहुँचे और वहाँ उन्हें दूध और रोटी भी मिली। अगले दिन सुबह मैं फिर उनके पीछे थी...लेकिन घास बड़ी फिसलन भरी थी, और हमारे पैर फँसते, रगड़ खाते और खरोंच खाते रहे...सर्दी से दम निकल रहा था, गर्म कपड़े नहीं थे...। तब हम एक ऐसी जगह पहुँचे, एक प्रकार की मुख्य जगह-जैसी, जहाँ से बसें चलती थीं। वहाँ एक पुलिस चौकी भी थी। उन दोनों ने फैसला किया कि वे मुझे पुलिस चौकी में छोड़ देंगे, क्योंकि मैंने खुद को उनके साथ कर दिया था। वे मुझे एक चबूतरे जैसी जगह ले गए और बोले—यहाँ बैठो, हम तुम्हारे लिए कुछ पानी वगैरह लाएँगे, और खिसक गए...आखिर उन्हें किसी तरह मुझसे पीछा तो छुड़ाना ही था।

जब मैं वहाँ बैठी हुई थी, तब पुलिस आई और मैंने उन्हें बताया कि मैं वहाँ कैसे पहुँची, मैं लाहौर से आई हूँ, फलाँ-फलाँ मेरे रिश्तेदार हैं, और क्या तुम मुझे धर्मशाला पहुँचा सकते हो। वे बोले, तुम वहाँ क्या करोगी? मैंने कहा, मैं वहाँ ड्यूटी पर तैनात डिप्टी कमिश्नर से सम्पर्क करूँगी...मैंने उन्हें बताया कि मेरे पास पैसा नहीं है, लेकिन कृपा करके किसी तरह मुझे किसी बस में बैठा दो। तुम्हें पता है, मैं वहाँ चौकी में थी। मेरे पाँव सूजे हुए थे, बदन बिल्कुल ऐसे अकड़ा हुआ था, बड़ी मुश्किल से हिल पाती थी। फिर उन्होंने क्या किया कि सड़क के बीच बसें रोकने के लिए एक तार और एक चेन लगा दी। एक बस आई, और उन्होंने उसे रोका और बोले—तुम्हें यह सवारी ले जानी है। बसवाले बोले—हमारी बस बुक है और इसमें जगह नहीं है। पुलिसवाले बोले—यह सवारी तुमको ले जानी है। वे बोले—हमारी तो एक बारात है, हमारे पास बिल्कुल जगह नहीं है। तब पुलिस वाले बोले—ये बचारी औरत हालात की मारी है, तुम्हें इसे ले ही जाना है, इसे तुम उस जगह तक जरूर पहुँचा दो जहाँ से बिजली आती है। उस जगह का नाम इस समय मैं याद नहीं कर सकती। वे बोले—हमारे पास कोई सीट नहीं है। तब उन्होंने किया यह कि पिछला दरवाजा खोला और

उस थोड़ी-सी जगह में मुझे उठाकर ठूँस दिया। भगवान मेरी हमेशा मदद करता है...मैं इतना ज्यादा अकड़ी हुई थी कि खड़ी नहीं हो सकी। और बस के चलते ही मेरा सिर घूमने लगा और मुझे उबकाई आने लगी, मैं आधी बेहोश हो रही थी...मुझे पता नहीं था क्या करूँ। मैं अपने कुर्ते पर उल्टी करती रही, मेरा कुर्ता और धोती...और बीमार बनी रही...मैंने अपने ईश्वर से प्रार्थना की—हे भगवान, तुमने द्रौपदी की लाज रखी थी, देखो अब मुझे क्या हो रहा है! हे भगवान, मदद करो। मैं प्रार्थना कर रही थी, तभी अगला स्टॉप आ गया। मैं खिड़की से भी बाहर नहीं देख सकी, उल्टी से लथ-पथ अपने कपड़ों पर झुकी रही। दरवाजा खुला और खादी पहने एक लम्बा, सुन्दर-सा नौजवान बोला—माता जी, बहन जी, आप मेरी सीट पर बैठ जाओ। मैं बोली—नहीं, नहीं, मुझे अकेला छोड़ दो, मैं गन्दी हूँ, घिनावनी हूँ...मैं मुश्किल से बोल सकी...और तुम्हें पता है, वह यह काफी देर के बाद बोला। वास्तव में जब मैंने प्रार्थना की, उसके तुरन्त बाद। वह बोला—मेरी अंतरात्मा नहीं मानती, इस हालत में आपको यहाँ नहीं बैठना चाहिए। मेरी आगेवाली सीट है, आप वहाँ आकर बैठ जाओ, और मैं यहीं बैठ जाऊँगा। मैं बोली—नहीं, मैं गन्दगी में सनी हुई हूँ, सीट गन्दी कर दूँगी। वह बोला—कोई फर्क नहीं पड़ता...मैं चिल्लाती रही, उसने बस मुझे उठाया और सीट पर बैठा दिया...मैं चिल्लाती रही, मेरा बदन अकड़ा हुआ है, मैं इस मुद्रा में फँसी हुई हूँ, मेरे अंग जकड़े हुए हैं। उसने मेरी कोई बात नहीं सुनी और सीट पर बैठा दिया, मेरे कपड़ों पर से सारी उल्टी साफ कर दी, और मुझे वहाँ बैठाकर कहीं और बैठने चला गया। मुझे पता नहीं, कहाँ।

जब हम उस जगह पहुँचे जहाँ से बिजली आती है, वहाँ बस रुकती है, और वहाँ से मुझे दूसरी बस पकड़नी पड़ी। मैंने वहाँ बैठने की कोशिश की, और कोई मुझसे बोला—चिन्ता मत करो, बस आने पर हम तुम्हें उसमें बैठा देंगे। मैंने कहा, लेकिन मेरे पास कुछ है नहीं, किसी तरह मुझे धर्मशाला पहुँचने में मदद करने की कृपा करो, बस इतना ही चाहती हूँ। तब वह नौजवान उठा और बोला—मैं यहीं रहता हूँ और काम करता हूँ। मेरा घर यहीं है, आप मेरे साथ आओ। मैं बोली, नहीं। उसने कहा, क्यों? मैंने कहा, बेटा, मैं नहीं जा सकती। मैं यह सहन नहीं कर सकता, उसने कहा, हम आपको इस हालत में नहीं छोड़ सकते, आपको आना ही होगा। मैं बोली, मैं पहाड़ नहीं चढ़ सकती। वह बोला, चिन्ता मत करो, मैं एक आदमी और ले लूँगा और हम बारी-बारी से आपको उठा ले चलेंगे। उसका बँगला काफी ऊँचाई पर था। बहरहाल, मेरे मना करने के बावजूद वह मुझे वहाँ ले गया, और मुझे बँगले के बरामदे में उतारा। और तब उसने पुकारा—बहनजी,

बहनजी, एक मेहमान लाया हूँ, आपके लिए बहनजी! देखिए कोई आया है। दरवाजा खुला, और मैं हैरान रह गई, जो महिला बाहर निकली, वह मेरी छात्रा थी!

हे भगवान, हे भगवान, बहनजी, आपको क्या हुआ, अपनी हालत देखिए! कमला, वह शकुन्तला थी, महिला देवीवाली सुन्दर-सी लड़की। वह आकर मुझसे लिपट गई और 'अपनी हालत देखिए,' कहते हुए चिल्लाने लगी। मैंने कहा, तुम शकुन्तला हो? हाँ...हाँ... मुझसे दूर हो जाओ, मैं गन्दी हूँ...गन्दी! उसी क्षण वह बोली, ये महिला मेरे लिए मेरी जिन्दगी से भी ज्यादा अहमियत रखती हैं। हर छात्रा इन्हें प्यार करती थी। और वह गर्म पानी, साफ और गर्म कपड़े ले आई, हीटर चला दिए, मेरा बिस्तर लगा दिया, और मुझे चाय दी और बिस्तर पर लिटा दिया। मैं रोना रोक नहीं सकी, और वह कहती रही—बहन जी, आप क्यों रो रही हैं? आपने हमें ज्ञान का तोहफा दिया...मैं बोली, शकुन्तला, मुझे पता नहीं क्या करूँ, कहाँ जाऊँ, मेरी कुछ समझ में नहीं आता। मैंने कहा, कृपा करके मुझे धर्मशाला भेज दो, मैं तुम्हारी बड़ी शुक्रगुजार होऊँगी...मेरे पास पैसा या और कुछ भी नहीं है। वह बोली, मुझे शर्मिदा मत कीजिए...और इस हालत में मैं आपको कहीं नहीं भेजने जा रही, आप पहले आराम कीजिए, ठीक होकर चलने लायक हो जाइए, और मजबूत हो जाइए और तब...यह आपका ही तो घर है, हम आपके बच्चे हैं, यह मेरी बहन का घर है। उन्होंने मुझे वहाँ दस या पन्द्रह दिन रखा, मेरी खूब देखभाल की, मालिश की, डॉक्टरों को दिखाया....मैं खुश थी। लेकिन यह भी लग रहा था कि किसी से मेहमाननवाजी करवा रही हूँ, जिसे मैं ठीक से जानती तक नहीं। मुझमें एक किस्म की हीनता भी थी। बाद में, उन्होंने मुझे धर्मशाला भेज दिया। वहाँ मैं सीधी डिप्टी कमिश्नर के पास गई।

मैंने उसे बताया, मैं कैसे भागकर आई हूँ, फलाँ-फलाँ जगह से आई हूँ...मैं आपसे कुछ नहीं चाहती, बस मुझे किसी तरह पंजाब भेज दीजिए। मुझे पता नहीं मेरे रिश्तेदार कहाँ हैं, सिवाय सन्तोख सिंह के जो अमृतसर में हैं, इसलिए कृपया मुझे वहीं भेज दीजिए। वह बोला, चिन्ता मत करो, हम तुम्हें वहाँ भेज देंगे, लेकिन पहले मेरे घर चलो। उसने अपना ड्राईवर बुलाया और मुझे अपने घर ले चलने को कहा। उसकी पत्नी दमे की मरीज थी...उसने वहाँ मुझे करीब एक महीना रखा और मेरी खूब देखभाल की। उसने कहा, मैं तुम्हें नहीं भेज सकता क्योंकि नदी अब पूरे चढ़ाव पर है और सड़कें सभी बन्द हैं। मैं स्थिति अच्छी होते ही भेज दूँगा। इस समय सड़कें काफी फिसलन भरी हैं और जीप उन पर आसानी से फिसल सकती है।

❑❑

कमला : एक मिनट। क्या परिवार मैं किसी को चिन्ता नहीं थी? क्या उन्हें चिन्ता नहीं हुई? प्रेमी आंटी के बारे में क्या?

दमयंती : कमला, उन्हें क्या पता था या मुझे क्या पता था? वे सब तो बस इतना जानते थे कि मैं अब भी कोटरा में ही हो सकती हूँ या मर गई। या कुछ और...समय ही ऐसा था...कोई भी किसी दूसरे के बारे में कुछ नहीं जानता था, न ही किसी को इसमें रुचि थी, तो फिर मेरे बारे में वे क्या जानते? उन्होंने जरूर यही सोचा होगा कि वह कोई रास्ता निकाल लेगी...।

भाग—1

प्रच्छन्न इतिहास

अब मैं बिल्कुल ठीक से नहीं बता सकती कि मुझे महिलाओं के इतिवृत्तों की जानकारी कब हुई। मैं 'जानकारी हुई' कहती हूँ क्योंकि यह प्रक्रिया एक संचित किस्म की थी, जहाँ इन कहानियों ने मेरे चैतन्य में तब रिसना शुरू किया जब एक दिन यह स्पष्ट हो गया कि वहाँ ऐसा कुछ था जिसे मैं सक्रियता से खोज रही होऊँगी।

यहाँ तक कि जब मैं ऐसा कहती हूँ, यह मुझे अजीब लगता है। एक नारीवादी के रूप में मैं इस आवश्यकता से काफी अवगत रही हूँ, अक्सर दुखदायी रूप से भी कि किसी भिन्न, जटिलतर 'सत्य' पर पहुँचने से पूर्व इतिहास की कई परतों (या जिसे हम तथ्य के रूप में देखते हैं) को वापस मोड़ना जरूरी है। तब मैंने अक्सर खुद से पूछा है कि महिलाओं की 'खोज' को ऐसे एक आश्चर्य के रूप में क्यों सामने आना चाहिए? लेकिन ऐसा ही हुआ। शायद ऐसा इसलिए कि मेरे शोध की आरम्भिक मान्यता साधारण-सी थी : विभाजन के इतिहास ने, जैसा कि मैंने इसे जाना, महिलाओं का कोई जिक्र नहीं किया। एक महिला, और एक नारीवादी के रूप में मैं बँटवारे में महिलाओं को 'खोजने' निकलती और मैंने एक बार ऐसा किया, तो मैं फिर उन्हें दृष्टिगत करने का प्रयास भी करती। यह एक प्रकार से एक अधूरी तस्वीर को 'पूर्ण' करता।

यहाँ, निस्सन्देह, कोई पूर्ण तस्वीरें नहीं हैं। अब मैं यह जानती हूँ : हर कोई जो इसे बनाता है, शुरू से ही बनाता है। हर बार, पूर्व व्यापी रूप से, तस्वीर बदल

जाती है : आप कौन हैं, आप कहाँ से आए हैं, आप किससे बात कर रहे हैं, आप उनसे कब बात करते हैं, आप उनसे कहाँ बात करते हैं, आप क्या सुनते हैं, वे आपको क्या बताना तय करते हैं...यह सभी तस्वीर को प्रभावित करते हैं, जिसे आप बनाते हैं। राणा की कहानी सुनते हुए मुझे इसकी काफी गहरी जानकारी हुई।

मैंने महसूस किया, मसलन, यदि राणा मामा के लिए अपनी कहानी के बारे में बात करना इतना मुश्किल रहा था तो औरतों के लिए यह काम कितना अधिक कठिन रहा होगा। वे किससे बात करतीं? कौन उनकी बात सुनता? मुझे यह भी महसूस हुआ कि अपने सवाल पूछने में जिस बात का मैंने ध्यान नहीं रखा, वह यह थी कि महिलाओं की आवाज 'सुनने' में समर्थ होने के लिए मुझे अलग-अलग प्रश्न उठाने शुरू करने चाहिए थे, विभिन्न परिस्थितियों में बात करनी चाहिए थी, और उनकी बातें, उनके मौन, और अधकही बातें, सूक्ष्म भेद सुनने-जैसी सबसे महत्वपूर्ण चीजें करने के लिए तैयार रहना चाहिए था। पुरुषों ने कभी-कभार ही महिलाओं के बारे में बातें की थीं। महिलाओं ने खुद के बारे में लगभग कभी भी कुछ नहीं बताया, वास्तव में उन्होंने खण्डन ही किया कि उनके पास कुछ 'काम का' कहने को है। एक ऐसी स्थिति, जिसकी उनके पुरुषों ने अक्सर पुष्टि की है या फिर अक्सर, औरतें बोलने को उपलब्ध ही नहीं थीं। और मुझे, एक अजनबी, एक बाहरी को, उनका जीवन कुरेदने, उन्हें अतीत में झाँकने को मजबूर करने का अब क्या हक था जिसे भूल जाना ही उनके लिए शायद बेहतर था। खासकर जब मुझे पता था कि जिन इतिहासों को मैं जानना चाहती थी वह हिंसा, बलात्कार और हत्या के इतिहास हैं।

तब, कुछ समय के लिए, मैंने महिलाओं से बातचीत रोक दी : मैंने खुद को बताया कि इन इतिहासों में मौन की इतनी परतें संहित हैं कि शायद मैं कहीं और देखकर भी अपनी खोज कर सकती हूँ—और निश्चित रूप से तब भी मैं कुछ खामोशियों को उघाड़ रही होती। इसलिए मैंने कुछ ऐसे 'दस्तावेजों' पर ध्यान दिया जिन्हें मैंने अक्सर आवश्यक पाया है। अखबारों की खबरों, एक संस्मरण और दूसरे स्रोतों ने मुझे एक कहानी के टुकड़े जोड़ने में मदद की : प्यार और घृणा की कहानी, चार जिन्दगियों और दो राष्ट्रों की कहानी, एक ऐसी कहानी जो मुझे औरतों के इतिहासों पर वापस ले आई : ज़ैनब और बूटासिंह की कहानी।

ज़ैनब एक मुस्लिम युवती थी। जब उसका परिवार एक काफिले में पाकिस्तान जा रहा था तब उसका अपहरण कर लिया गया बताया जाता था। कोई नहीं जानता उसके अपहरणकर्ता कौन थे या वह कितने हाथों से गुजरी, लेकिन आखिर में वह अमृतसर के एक जाट बूटासिंह को बेच दी गई। उन बहुत से लोगों की तरह, जिन्होंने खुद औरतों को अगुआ किया या खरीदा था, बूटासिंह ने भी, जो उस समय

अविवाहित था, चद्दर की रस्म पूरी की और ज़ैनब से 'शादी' कर ली। कहानी यह है कि दोनों एक दूसरे को प्यार करने लगे। उन्हें दो लड़कियाँ भी हुईं। बँटवारे के कई साल बाद, अपहृत औरतों को ढूँढ़नेवाले खोजी दल ने ज़ैनब को अमृतसर में देखा, जहाँ वह बूटासिंह के साथ रह रही थी। यह सन्देह था कि बूटासिंह के भाई—या उसके भतीजों—ने खोजी दल को ज़ैनब के ठिकाने की सूचना दी थी। उनकी चिन्ता थी कि बूटासिंह के बच्चे उन्हें पारिवारिक सम्पत्ति से वंचित कर देंगे, और अब उनका हिस्सा कम हो जाएगा। बहुत-सी औरतों की तरह जिन्हें इस तरह 'बचाया' गया था, जैनब के पास भी इस मामले में कोई चारा नहीं था। वह चले जाने पर मजबूर कर दी गई। अखबार की रिपोर्टें इस दृश्य को काफी मार्मिक बताती हैं : वहाँ पूरा गाँव जैनब को जाता देखने के लिए जमा हो गया था। वह गोद में एक बच्चा लिए और कपड़ों की एक छोटी पोटली उठाए धीरे-धीरे अपने घर से बाहर निकली। उसका सामान जीप में रखा गया और जब वह जीप में बैठी तो बूटासिंह की ओर मुड़ी और, जैसा कि बताया गया, बड़ी लड़की की ओर इशारा करके बोली : "इसका ध्यान रखना। और चिन्ता मत करो, मैं जल्दी ही वापस आऊँगी।"

आश्चर्य नहीं कि ज़ैनब की बरामदगी से सम्पत्ति का मामला भी जुड़ा था। उसके अपने माँ-बाप मारे गए थे, लेकिन परिवार को भारतीय पंजाब में छोड़ी गई उनकी जमीन के मुआवजे के रूप में लायलपुर में जमीन मिली थी। ज़ैनब और उसकी बहन को अपने पिता का हिस्सा मिला था और उनके एक चाचा को उनके बगल की जमीन। अफवाह यह थी कि ज़ैनब को खोजने के पीछे मुख्यतः उसका चाचा ही था : वह जमीन को अपने परिवार में ही बनाए रखना चाहता था, और चाहता था कि जब ज़ैनब मिले तो वह उसके लड़के से शादी कर ले, ताकि तब सारी सम्पत्ति उसके परिवार के पास ही रहे। उसके लड़के की ज़ैनब से शादी में कोई दिलचस्पी नहीं थी, जैसा कि किस्सा है, उसकी एक झिझक यह भी थी कि ज़ैनब एक सिख के साथ बरसों तक रह चुकी है। कुछ समय तक परिवार में इसकी चर्चा चली, और बूटासिंह को कभी-कभी पड़ोसियों या दूसरों से इस बारे में थोड़ी-बहुत खबर मिलती रहती थी जो उसे बताते रहते थे।

इस बीच, बूटासिंह ने भी अपने मामले को, जहाँ भी सम्भव था, उठाने की हर मुमकिन कोशिश की। उसने पाकिस्तान जाने का प्रयास भी किया, लेकिन उस समय यह इतना आसान नहीं था। एक दिन उसे पाकिस्तान से एक चिट्ठी मिली—प्रकटतः ज़ैनब के किसी पड़ोसी से, हालाँकि किसी को ठीक से मालूम नहीं—जिसमें उसे जल्दी से जल्दी पाकिस्तान जाने को कहा गया था। ज़ैनब का परिवार, लगता है, उस पर शादी करने के लिए काफी दबाव डाल रहा था। बूटासिंह ने अपनी जमीन बेची और कुछ पैसे इकट्ठे किए, लेकिन उसे दोनों देशों के बीच

आने-जाने में होनेवाली मुश्किलों का अन्दाजा नहीं था। उसे एक पासपोर्ट और एक वीज़ा की जरूरत थी, जिसके लिए वह दिल्ली तक आया। यहाँ सबसे पहले वह यह सोचकर मुसलमान बन गया कि शायद इससे उसे पाकिस्तान जाने में आसानी होगी। बूटासिंह अब जमील अहमद बन गया था।

और बूटासिंह ने एक पासपोर्ट और पाकिस्तानी नागरिकता के लिए दरख्वास्त दी। अगर ऐसा करने से वह ज़ैनब तक पहुँच पाता तो वह यही करता भी, लेकिन ऐसे हालात में एक नया देश अपनाना, विशेषकर उस स्थिति में, आसान नहीं था। पाकिस्तान के उच्चायोग ने उसकी पाकिस्तानी नागरिकता की अर्जी मंजूर कर ली और आगे भेज दी। सवाल सिर्फ किसी की नागरिकता बदलने जितना आसान नहीं था—यदि ऐसे सवाल कभी आसान हो सकते हैं। दोनों देश वस्तुतः लड़ाई में लिप्त थे; दोनों देश एक दूसरे की नीयत पर गहरा शक करते थे; लोग अब आजादी से दोनों देशों में आवाजाही नहीं कर सकते थे—तब फिर मुहब्बत के मारे एक आदमी की 'दूसरे' देश की नागरिकता के लिए गुहार को कैसे प्रत्यक्षतः ही स्वीकार कर लिया जाता? कई महीनों बाद उसकी अर्जी नामंजूर हो गई। (मजेदार बात है कि लगभग उसी समय अखबारी खबरों के मुताबिक, एक मशहूर अभिनेत्री मीना ने पाकिस्तानी नागरिक बनने की इच्छा जाहिर करते हुए अर्जी दी थी, जिसे फौरन ही मंजूर कर लिया गया था, और प्रेस में उसके 'अपसरण' की खबरें भी खूब छपी थीं।)

हालाँकि बूटासिंह ने आसानी से हार नहीं मानी। उसने अल्पकालिक वीज़ा के लिए अर्जी दी, और चूँकि पाकिस्तान उच्चायोग के लोग उससे अब तक काफी परिचित हो चुके थे इसलिए, उसे इसकी इजाजत मिल गई। अब बूटासिंह उर्फ जमील अहमद पाकिस्तान चल पड़ा, और जब वह वहाँ पहुँचा तो देखा कि ज़ैनब की शादी उसके चचेरे भाई से पहले ही हो चुकी है। यहाँ बूटासिंह की दुनिया का अंत हो सकता था, लेकिन हालात की एक विचित्रता ने उसे ज़ैनब के लिए लड़ने का एक और मौका दिया। ज़ैनब को खोजने की जल्दी में वह पुलिस को अपने वहाँ पहुँचने की इत्तला देना भूल गया था—आज भी भारतीयों और पाकिस्तानियों को एक दूसरे के देश में पहुँचने के चौबीस घण्टों में ही पुलिस को इसकी सूचना देनी पड़ती है। इस भूल के लिए बूटासिंह को मजिस्ट्रेट के सामने पेश होने को कहा गया, और स्पष्टतः उसने मजिस्ट्रेट को बताया कि ज़ैनब के साथ जो हुआ उस वजह से वह काफी व्याकुल हो गया था, इसलिए वह अपने आने की इत्तला देना भूल गया। तब मजिस्ट्रेट ने ज़ैनब को कोर्ट में पेश होने को कहा, जहाँ उसे एक बयान देने को कहा गया। इसी समय बूटासिंह की सारी आशाओं पर तुषारापात हुआ। रिश्तेदारों के पहरे में घिरी ज़ैनब ने उसे यह कहते हुए अस्वीकृत कर दिया कि "मैं एक शादीशुदा औरत हूँ। अब मेरा इस आदमी

से कोई लेना-देना नहीं। वह अपने दूसरे बच्चे को वापस ले जा सकता है, जिसे मैं उसके घर से ले आई थी...।''

अगले दिन बूटासिंह ने ट्रेन के नीचे कटकर आत्महत्या कर ली। उसकी जेब से मिले नोट में उसने लिखा था कि उसे ज़ैनब के गाँव में दफनाया जाय। यह इच्छा, हालाँकि, अधूरी ही छूटनी थी। जब बूटासिंह की लाश निरीक्षण के लिए लाहौर लाई गई, तो बताया जाता है कि वहाँ काफी भीड़ जमा हो गई थी; कुछ लोग रोए भी; एक फिल्म-मेकर ने घोषणा की कि वह इस कहानी पर फिल्म बनाएगा। बाद में एक पुलिस-दल उसके शव को ज़ैनब के गाँव ले गया लेकिन उसके समुदायवालों ने उसे वहाँ दफनाने से रोक दिया। वे इस घटना की कोई स्थाई याद नहीं रखना चाहते थे, और बूटासिंह या जमील अहमद को लाहौर वापस लाकर दफना दिया गया।[1]

❑ ❑

बूटासिंह मरकर भी हीरो बन गया। हीर और रांझा, सोहनी और महिवाल की धरती पर उपयुक्त रूप से किसी लोककथा का विषय। इस बीच, ज़ैनब अपने चारों ओर अपनी खामोशी को 'जीती' रही। अपने प्रेमी के लिए दुख या मातम मनाने में असमर्थ, और बहुत सम्भव है, बात तक करने में असमर्थ। वह ऐसी हजारों औरतों में से एक थी।

ज़ैनब और बूटासिंह की कहानी मेरे साथ स्थाई रूप से ठहर गई : यह एक दिल को छू लेनेवाली कहानी थी, लेकिन इससे भी अधिक, मैं इस कहानी पर एक परेशान करनेवाली सतत असन्तुष्टि के बोध के चलते बार-बार लौटती रही। जैसा कि बताया गया था, यह एक हीरो और एक 'शिकार' की कहानी थी। हमने हीरो के बारे में तो कुछ जाना : उसका आवेगशील स्वभाव, उसकी ईमानदारी और दृढ़निश्चयता, जिस औरत से वह प्यार करता था उसके लिए सब कुछ छोड़ देने की ख्वाहिश, और उसके प्यार की शक्ति। लेकिन उस शिकार हुए आदमी के बारे में हमें कुछ नहीं पता। मैंने चाहे कितनी भी कोशिश की हो, 'उस औरत' की आवाज नहीं खोज सकी। ज़ैनब को क्या महसूस हुआ था? क्या उसने सचमुच बूटासिंह को प्यार किया था या वह अपनी जिन्दगी में आए दोनों आदमियों के

1. यह कहानी मैंने अखबारों की रिपोर्टों, पुस्तकों और एक अप्रकाशित पांडुलिपि, 'लाहौर : ए मेमायर', सोम आनन्द, से लिए गए विवरणों को मिलाकर लिखी है। बूटासिंह-ज़ैनब कहानी के अब विभिन्न वृत्तांत हैं, खासतौर पर इसने एक लोककथा का रूप ले लिया है, इसलिए प्रत्येक में इसका ब्यौरा भिन्न है। मैं यह भी मानती हूँ कि इस कहानी पर बनी फिल्म, करतब सिंह, अभी हाल ही में पाकिस्तान में वीडियो पर रिलीज़ की गई है।

प्रति उदासीन थी? अपहरण, लगभग निश्चित बलात्कार, के अनुभव की उस पर कैसी छाप पड़ी थी? यह बताया गया था कि ज़ैनब और बूटासिंह खुश थे, यहाँ तक कि उनमें प्यार भी था। फिर भी उस आदमी ने वास्तव में उसे किसी चल सम्पत्ति की तरह खरीदा था : तब वह कैसे उससे प्यार कर सकती थी? मैंने महसूस किया कि यदि कुछ औरतें अभी भी जीवित हैं तो उनसे मुझे बात करनी चाहिए थी, यही शायद एक ऐसा रास्ता था, जिसके जरिए मैं उनके अनुभवों, उनकी भावनाओं को जान सकती थी।

यह निर्णय कोई आसान नहीं था। एक ऐसा मौका आता है जब शोध खुद ही अपना अन्त बन जाता है। जिस मानवीय विषय पर आप शोध कर रहे हों, वह साधारणतः सूचनाएँ उपलब्ध करानेवाला बन जाता है, और 'सूचक', उसकी खुद की भावनाओं से रहित, लेकिन आपके काम के लिए वह महत्वपूर्ण होता है। मैं इस तरह की अतिक्रामक–और स्वार्थ-साधक–स्थिति में नहीं रहना चाहती थी। मैंने फैसला किया, जैसा कि मैंने राणा मामा के साथ किया था, कि मैं अपनी खामोशियों को इस शोध पर लागू करूँगी। अब मैं जानती थी कि बँटवारे का इतिहास महिलाओं के लिए गहरी–मानसिक और शारीरिक–उपेक्षा का इतिहास था। मैं तब केवल उन्हीं औरतों से बात करती जो इस बारे में बात करना चाहती थीं, और अन्य स्रोतों की खोजबीन भी जारी रखती ताकि महिलाओं के अतीत को खोजने में मदद मिले। यह दूरदर्शितापूर्ण था–या उस समय यह ऐसा लगा, क्योंकि अब मैं महसूस करती हूँ कि एक बार किसी चीज में शामिल होने पर आप उन चीजों पर ध्यान देना शुरू कर देते हैं, जो उस चीज से सम्बन्ध रखती हैं जिसे अगले कदम ने स्वयं ही प्रस्तावित किया।

❑ ❑

1988 में, महिलाओं की एक पत्रिका 'मानुषी' ने एक गुजराती पुस्तक 'मूल सुता उखड़े' (जड़ से उखड़े) की समीक्षा प्रकाशित की। यह पुस्तक इसकी लेखिका कमला बेन पटेल द्वारा, विभाजन के समय अपहृत और बलात्कृता औरतों के साथ किए गए उनके काम का एक प्रकार का दस्तावेजी वर्णन और संस्मरण है। कमला बेन ने जो कहानी सुनाई, वह बड़ी दिल दहलानेवाली है। उन्होंने बताया कि विभाजन के समय सरहद के दोनों ओर करीब 75,000 औरतों का अपहरण और बलात्कार हुआ था। अगर कश्मीर को भी इसमें शामिल कर लेते तो शायद यह संख्या एक लाख के लगभग होती। बलात्कार के अलावा, औरतों पर अन्य विशेष तरह की हिंसाएँ भी हुईं। बहुतों को गलियों में नंगा घुमाया गया, कइयों के स्तनों को काट डाला गया, उनके शरीरों पर 'दूसरे' धर्म के चिह्न दाग दिए गए; उनके धर्म की तथाकथित 'विशुद्धता' का अपमान करने के लिए उन्हें दूसरे धर्म के पुरुषों से

संभोग करने पर मजबूर किया गया, बहुत-सी औरतें गर्भवती हो गईं। उन्होंने बच्चों को जन्म दिया, और अक्सर जिन्हें उनसे जबरन छीन लिया गया। कभी-कभी परिवारों ने आजादी पाने के लिए औरतों का ही सौदा कर दिया, बहुत-सी औरतें गायब हो गईं, उन्हें कैंपों से उठा लिया गया, या पैदल चलते काफिलों से अगवा कर लिया गया। लेकिन सैकड़ों, वास्तव में हजारों, औरतें बलात्कार और अपहरण का शिकार हुईं, यह अब स्पष्ट था।

कमला बेन ने अपनी पुस्तक में जिन अपहृत औरतों की बात की है, उनमें से बहुतों को खोजने और बचाने के लिए उन्होंने अन्य महिलाओं के साथ मिलकर काम किया था। लेकिन उन्हें अपने काम के बारे में, और वह कैसा महसूस करती थीं, इस बारे में लिखने में कई दशक लग गए। मैं सोचती हूँ, क्यों? उन्होंने खामोशी का रास्ता क्यों अख्तियार किया? और ऐसा क्या था जो अन्त में उन्होंने इसे सार्वजनिक करने का फैसला किया? मैं उनकी खोज में गई—और बम्बई में उन्हें देखा, एक छोटी-सी सच्ची महिला, जो अपनी साथी-सहायक, गोद ली हुई बेटी के साथ अकेली रहती हैं। ''तुम जानना चाहती हो मैंने इस बारे में क्यों नहीं लिखा?'' वह बोलीं, ''मैं तुम्हें बताऊँगी।''

> मैंने अपनी यह पुस्तक पहले इसलिए नहीं लिखी, क्योंकि उस समय मैंने जो कुछ भी देखा था उसे मैं स्वीकार नहीं कर सकी थी। मुझे यह विश्वास करना कठिन लगा कि इन्सान इस तरह के भी हो सकते हैं। ऐसा था मानो धरती पर दानव उतर आए हों...जैसे जब शिवजी में दानव प्रवेश कर जाए तो वह तांडव नृत्य करते हैं, मौत और विनाश का नृत्य...लगता था मानो सभी आदमियों और औरतों में दुरात्माएँ प्रवेश कर गई हैं। विभाजन भी बिल्कुल एक तांडव नृत्य की तरह ही था...मैंने ऐसी असाधारण चीजें देखी हैं, मैं खुद से पूछती रही, इसमें लिखने को क्या है, मैं इसे क्यों लिखूँ...।

कमला बेन का मौन एक अलग चीज थी। लेकिन उन बहुत-से परिवारों का क्या जिनसे मैंने बात की थी? उन्होंने औरतों के अपहरण और बलात्कार का कोई जिक्र क्यों नहीं किया था? क्या उन्हें जान-बूझकर छिपाया गया था, या फिर ऐसा हो सकता था कि मैंने ही गलत सवाल किए थे? या फिर उस अर्थभेद को, उन अधकही बातों को सुना ही नहीं? मैंने सोचा, शायद मैं ही ऐसी कुछ चीज भूल गई थी, इसके बारे में शायद लोगों ने बात की थी। इसलिए मैं अपने साक्षात्कारों पर वापस गई। और, अचानक उस द्विअर्थक सूक्ति, विषम खामोशी में यह मौजूद था। रावलपिण्डी दंगों से बचकर आए दो भाइयों से जब दिल्ली में मैंने बात की तो उन्होंने अपने परिवार के बारे में बताया था :

> हमारे घर में दादा, दादी, माता, पिता, तीन भाई, तीन बहनें थीं। (एक बहन पूर्वी पंजाब में रहती थी।) हमारी आंटी दिल्ली में रहती थीं, वह अपनी बेटी के साथ हमारे पास थीं। वे वहाँ मारे गए थे। वह हमसे मिलने आई हुई थीं। वास्तव में हमारा सारा परिवार मारा गया था। केवल हम दो ही बचे थे।
>
> कुछ लोग गुरुद्वारे में मारे गए और कुछ लोग कहीं और। हमारे दादा और दादी को घर पर ही पठानों ने मार दिया था। दूसरे लोग...मेरी माँ और छोटा भाई गुरुद्वारे में मारे गए। हमारे पिता बच सकने में सफल हो गए थे, लेकिन रास्ते में ही कहीं उन्हें मार दिया गया...केवल हमीं कुछ बाकी रह गए थे, और केवल कुछ ही लोग बचे।

मारे गए लोगों में से, तब परिवार के अनेक सदस्य थे। लेकिन उन्होंने अपनी बहनों का कोई सीधा जिक्र नहीं किया। दो बहनें उस समय 'गायब' हो गई थीं। उनके आस-पास हरेक को यह कहानी पता थी, वे एक ही समुदाय, एक ही गाँव के भाग थे और वे आपस में फुसफुसाकर इसके बारे में बात करते थे। एक पड़ोसी ने मुझे बताया, "उनसे बात करिए, उस समय उनकी दो बहनें गायब हुई थीं।" जिस तरह वह बोला, उससे लगा, मानो यह कोई बड़े शर्म की बात है। इसलिए मैंने पूछा नहीं। लेकिन जब मैं उनके साथ अपनी बातचीत पर वापस लौटी तो मुझे ख्याल आया कि शायद इसी अजीब खामोशी, इसी अनिश्चित सूक्ति में दोनों बहनों का गायब होना छुपा है—खामोशी द्वारा ढकी एक छोटी दरार में। तब मुझे महसूस हुआ कि इसी खामोशी में बँटवारे के अनेक छुपे हुए इतिहास मौजूद हैं, ऐसे इतिहास जो उन कहे जा चुके इतिवृत्तों के हाशियों पर हमेशा मँडराते रहे हैं, और जो आजादी के उस छुपे हुए स्याह पहलू का वर्णन करते हैं। जब मैंने शोध करना शुरू किया, इस इतिहास ने धीरे-धीरे, कठोरता से खुद का खुलासा करना शुरू कर दिया।

कमला बेन से मेरे मिलने के कुछ महीनों बाद, मुझे और सुदेश को सेकेण्ड हैंड किताबों की एक दुकान पर एक पुस्तक मिली, एक बड़ा वृहत ग्रन्थ, जो उन हजारों हिन्दू और सिख औरतों का सूचीकरण साबित हुआ जिनका अपहरण कर लिया गया था, या उनके परिवारों द्वारा विभाजन के बाद उनके गायब हो जाने की रिपोर्ट लिखाई गई थी। पुस्तक में बड़े आकार के 1414 पृष्ठ थे। इसमें जिला-दर-जिला, गुमशुदा औरतों और बच्चों का सूचीकरण था, कोई 21,809 नाम थे। स्पष्टतः एक अधूरी, लेकिन फिर भी एक भयावह सूची। अनगिनत गुमशुदाओं की तरह दोनों गुम हुई बहनों के नाम भी इसमें थे...जवान लड़कियाँ, बूढ़ी औरतें, बच्चे। बहुधा उन्हें अपने ही गाँव के लोग उठा ले गए थे : अनेक मिथ्याओं में से एक मिथ्या—जिसे साम्प्रदायिक विवाद के इतिहासकारों ने प्रिय समझा है, और

यह कि ऐसे झगड़ों के शिकार लोग प्रायः अपराध-कर्म में साथ देते हैं—यह है कि हमलावर हमेशा 'बाहरी' ही होते हैं। यह सूची, मेरे लिए, इसके विपरीत एक पक्का सबूत थी : इतनी अधिक औरतें उन्हीं के गाँव के आदमियों द्वारा उठा ली गई थीं। बहुत-सी उम्रदराज औरतों को अपहृत किया गया था—पचास और साठ साल से अधिक उम्र की औरतों को भी। सामाजिक कार्यकर्ताओं के अनुसार, यह असामान्य नहीं था : क्योंकि अपहरणकर्ताओं को अक्सर उन औरतों के हालात का पता होता था जिन्हें वे उठाकर ले जा रहे हैं; वे बूढ़ी औरतों, विधवाओं या अन्य औरतों को जिनके पति मारे गए थे, उनकी सम्पत्ति के लिए उठाते। फिर वे उनके गोद लिए 'बेटे' बनने को कहते—जल्दी से सम्पत्ति पर कब्जा पाने का एक आसान तरीका। इस सूची का एक नमूना यहाँ इस प्रकार है :

जिला गुजरात

क्रम सं.	*संदर्भ संख्या*	*अपहृत व्यक्ति*	*अपहरण की तारीख का विवरण और स्थान*	*अपहरणकर्ताओं, रक्षकों आदि का विवरण*
851	GRT/S-2/ N-11C	पियारा सिंह, दस वर्ष, पुत्र कानिया लाल, गाँव, कीदर पु. स्टे. खुटालिया, बिनका, पो. आ. और तहसील फलिया, जिला गुजरात	कीदर, जिला गुज. 28.8.47	मियाँ सदरदीन, पु. नासरदीन कबसी, गाँव गजन, पो.आ. और तहसील, फलिया, जिला गुजरात
852	GRT/B/ U-97W	परमेश्वरी बाई, 28 वर्ष पत्नी हरिदयाल, गाँव गंधी खेल, पु.स्टे. ताजौरी, तहसील तकीमारवाड़ जिला, बन्नू	गुजरात 12.1.48	संभवतः गुजरात में या इसके आसपास
853	GRT/B/ B-98W	पीरी बाई, 18 वर्ष, पुत्री भानराम, पत्नी मूलचन्द गाँव हुस्सोखैल, पु.स्टे. बन्नू, तहसील मिराली, जिला बन्नू	गुजरात स्टेशन 10.1.48	सम्भवतः गुजरात में या इसके आसपास
854	GRT/B/ 0-6C	पेशावरी लाल, 9 वर्ष, पुत्र पालाराम, गाँव बुर्क बख्तेड़ा, पु.स्टे. कादिराबाद, तहसील फलिया, जिला गुजरात	मण्डी बहाउद्दीन 28.8.47	लम्बरदार मौलू, पु. तेजा, गाँव बुर्ज बख्तेड़ा, पो.आ. और पु.स्टे. कादिराबाद, तह. फलिया जिला, गुजरात
855	GRT/B/ U-94 W	प्रकाश कौर, 22 चर्ष, पत्नी प्रीतम सिंह, गाँव दिंगा, खरियान, जिला गुजरात	दिंगा 18.4.47	गुजरात के दिंगा जिले में या इसके आसपास उसके पाए जाने की सम्भावना है

क्रम सं.	संदर्भ संख्या	अपहृत व्यक्ति	अपहरण की तारीख का विवरण और स्थान	अपहरणकर्ताओं, रक्षकों आदि का विवरण
856	GRT/S-2/ U-16C	पाश, 6 वर्ष, पुत्री सरदारी लाल गाँव चौकड़ी मिलोवाल तहसील खरियान, जिला गुज.	–	गुजरात जिले के चौकड़ी मिलोवाल या इसके आस-पास पाए जाने की सम्भावना है
857	GRT/S/I/ 0-8W	पूरो, 25 वर्ष, पुत्री सरदार सिंह गाँव और पो.आ. भगोवाल तहसील और जिला गुजरात	भागोवाल अगस्त 47	रहमत खाँ और गुलाम कादिर, तह. भागोवाल, जिला गुजरात
858	GRT/S/I/ N-5C	प्रकाश, 10 वर्ष, पुत्र मोहन लाल, गाँव खम्बी, तहसील खरियान, जिला गुजरात	लथेरी अगस्त, 47	दालत खान, पो.आ. और गाँव खम्बी, तहसील खरियान, जिला गुजरात
859	GRT/S-14/ 199W	प्रेम देवी, 40 वर्ष, पुत्री जमन राम, गाँव बटाला, तहसील भीमबर, जिला मीरपुर	बटाला	इसी गाँव का भोला बढ़ई
860	GRT/S-14/ 201W	प्रेम कौर, 34 वर्ष, पत्नी रामसिंह, गाँव लथेरी, तहसील खरियान, जिला गुज.	लथेरी अगस्त 47	इसी गाँव का सूबेदार इनायत खान

ए.जे. फ्लेचर (कमिश्नर, अम्बाला और जालंधर डिवीजन, और भारत में अपहृत औरतों व बच्चों की बरामदगी के काम के लिए उच्चाधिकार प्राप्त आफिसर) द्वारा प्रकाशित यह पुस्तक, लिस्ट ऑफ 'नॉन-मुस्लिम अबडक्टेड वूमेन एण्ड चिल्ड्रन इन पाकिस्तान एण्ड पाकिस्तान साइड ऑफ सीज़फायर लाइन इन जम्मू एण्ड कश्मीर स्टेट' आम जनता के लिए, उन लोगों की भावनाओं का 'सम्मान' करते हुए रिलीज़ नहीं की गई जिनके रिश्तेदारों के नाम वहाँ सूची में थे। अपने प्राक्कथन में फ्लेचर ने लिखा :

> यह खण्ड 1947 की गड़बड़ियों के दौरान पश्चिम पंजाब (पाकिस्तान) में अपहृत की गई हिन्दू और सिख औरतों व बच्चों के क्रमानुसार नाम तथा अन्य विवरणों का नवीनतम (अप-टू-डेट) संकलन है। यह सूचना पाकिस्तान सरकार को समय-समय पर प्राथमिक और पूरक सूचियों के ज़रिए भेजी गई थी। इन सूचियों के रिकार्ड अब इतने भारी और छितराए हुए हो गए हैं कि विशिष्ट प्रविष्टियों के सन्दर्भों को खोजना न केवल थकाऊ है, बल्कि

मुश्किल भी है, और कभी-कभी, भ्रामक भी है। नामों को अब उन जिलों के अनुसार समूहित किया गया है जहाँ वे वर्तमान में रह रहे बताए जाते हैं। सत्यापन करने के उद्देश्य के लिए, यह आवश्यक हो सकता है कि अपहृत व्यक्ति के मूल निवासस्थान और कथित अपहरण के स्थान, दोनों की ही जाँच की जाय।

2. इस खण्ड का प्रकाशन, दंगा-पीड़ित व्यक्तियों और उनके सम्बन्धियों की भावनाओं का सम्मान करते हुए, पहले नहीं किया गया। हालाँकि, समय आ गया है कि इन बदनसीब लोगों की शीघ्रता से बरामदगी और इनके रिश्तेदारों के पास इनकी वापसी के काम को सर्वोच्च प्राथमिकता दी जाय और इस खण्ड में शामिल विवरणों के प्रकाशन के बारे में अपहृत व्यक्तियों या उनके सम्बन्धियों की चाहे जो भी भावनाएँ हों, इस मानवीय कार्य को जल्दी पूरा करने के लिए, यह जरूरी है कि अभी तक बरामद न हुए व्यक्तियों के आवश्यक विवरणों को दोनों देशों की सरकारों के लिए तुरन्त उपलब्ध कराया जाय। इन विवरणों की सूचना पश्चिम पंजाब के शरणार्थियों द्वारा भारतीय अधिकारियों को भारत में प्रवेश करते समय, या बाद में, जहाँ वे अस्थाई रूप से बस गए थे, दी गई थी।

परिवारों ने अपनी औरतों के गायब होने की सूचना दी थी। उन्होंने पुलिस में शिकायतें दर्ज कराई थीं। एक बार जब समस्या का वजन स्पष्ट हुआ, तो राज्य को कुछ कार्यवाही करने के लिए आगे आना पड़ा था। पहला काम था गुमशुदा औरतों की सूचियाँ तैयार करना। तब यही उनकी खोज का आधार बनातीं। हालाँकि यह आसान नहीं था : अक्सर अलग-अलग जगहों पर फैले एक ही परिवार के तीन या चार सदस्य अपने घर की अपहृत हुई एक ही औरत का नाम दर्ज करा देते। उस समय, इस सूचना को अलगाने या मिलान करने की कोई व्यवस्था नहीं थी, इसलिए किसी भी सूची पर पूरी तरह भरोसा नहीं किया जा सकता था। ऐसी सूचियाँ तैयार करने का काम एडविना माउंटबेटन की यूनाइटेड काउंसिल फॉर रिलीफ एण्ड वेलफेयर संस्था को सौंपा गया था, जिसने नामों का मिलान करके विशेष क्षेत्रों की स्थानीय पुलिस को भेजा।

अंततः सूचियों के खतरनाक रूप से बढ़ते आकार ने दोनों सरकारों को कार्य करने पर विवश कर दिया। सितम्बर 1947 में ही दोनों देशों के प्रधानमंत्री लाहौर में मिले और उन्होंने अपहृत औरतों की बरामदगी के सवाल पर फैसला लिया। इसी बैठक में उन्होंने संयुक्त घोषणा जारी की, जिसमें यह विशेष उल्लेख था कि : ‘‘दोनों केन्द्रीय सरकारें और पूर्वी और पश्चिमी पंजाब की सरकारें यह स्पष्ट करना चाहती हैं कि जबरन धर्म-परिवर्तनों और विवाहों को मान्यता नहीं दी जाएगी। इसके अलावा, अपहृत लड़कियों और औरतों को उनके परिवारों को जरूर सौंपा जाएगा,

और दोनों सरक व उनके सम्बन्धित अफसरों द्वारा ऐसी औरतों और लड़कियों को खोजने तथा बरामद करने के सभी प्रयास अवश्य किए जाएँगे।"[1] मान्यता यह थी कि सभी अपहृतों का जबरन धर्म-परिवर्तन होगा, और चूँकि उन्हें ऐसा करने को बाध्य किया गया, इसलिए ऐसा धर्म-परिवर्तन स्वीकार्य नहीं था। बाद में, उसी साल 6 दिसम्बर को, जब कागज, कलम, कुर्सी, मेजों और अन्य सम्पत्तियों का बँटवारा अभी हुआ ही था, और जब कई पेचीदा मामले अभी लटके ही हुए थे, इस आरम्भिक समझौते को इंटरडोमिनियन ट्रीटी के जरिए प्रशासकीय शक्ति दे दी गई। दिलचस्प बात है कि किसी भी सरकार ने अपहरणों से इन्कार नहीं किया—संभवतः अपने व्यक्तियों को दोनों ही सरकारें जानती थीं—और दोनों ही देश एक दूसरे के इलाकों से अपहृत हुई औरतों को बचाने की व्यवस्था तय करने पर राजी हो गए। दोनों देश इस बात पर भी सहमत हो गए कि दूसरे धर्म के आदमियों के साथ रह रही औरतों को भी, अगर जरूरी हुआ तो जबरदस्ती, उनके 'अपने' घरों को वापस लाया जाएगा—दूसरे शब्दों में, उन्हें उनके अपने धर्म में वापस लाया जाएगा। यह एक विचित्र विरोधाभास था—कम से कम भारतीय राज्य के लिए। भारत की विभाजन को स्वीकार करने की झिझक (यद्यपि हाल के इतिहास ने इस पर प्रश्न उठाया है) इसकी—धर्मनिरपेक्ष भारत की युक्तिमूलक राष्ट्र की—निजी अवधारणा पर आधारित थी, न कि धर्म पर आधारित। फिर भी, सिद्धान्ततः इस राष्ट्र की समान नागरिक—महिलाओं को उनकी धार्मिक पहचान के आधार पर ही परिभाषित किया जा सका। अतः अपहृत मान ली गई हिन्दू, सिख औरतों के लिए हिन्दू और सिख धर्म का घर भारत ही उनका 'उचित' घर था, और मुस्लिम औरतों के लिए मुस्लिम धर्म का देश पाकिस्तान, न कि वह घर जहाँ वे वाकई रहना पसन्द करतीं। सिद्धान्ततः, विभाजन के समय, हर नागरिक को अपनी पसन्द का राष्ट्र चुनने का विकल्प था। लेकिन यदि किसी औरत का दुर्भाग्य से अपहरण हो गया हो तो फिर उसके पास ऐसा कोई विकल्प नहीं था।

औरतों को खोज लाने के लिए स्थापित तन्त्र को पुलिस-अफसरों और महिलाओं से—सामाजिक कार्यकर्ताओं या इन महिलाओं से, जो अमूमन अमीर घरों से होतीं और इस काम में अपना समय देने को तैयार थीं—मिलकर बनाया ज था। ऐसी महिलाओं में मृदुला साराभाई, प्रेमवती थापर, कमला बेन पटे दमयंती सहगल थीं। नीचे एक लम्बे उद्धरण में दमयंती सहगल ब वह इस काम में कैसे शामिल हुईं।

1. यू. भास्कर राव, द स्टेट ऑफ रीहैबिलिटेशन, ति 1967, पृ. 30

दमयंती सहगल

मेरी मौसी प्रेमवती थापर अपनी शादी के तीन महीने बाद ही विधवा हो गई थीं। उनका स्कूल छुड़ाकर उनकी शादी की गई थी। तीन महीने बाद ही उनके पति की मृत्यु हो गई और वह वापस उसी स्कूल (कॉनवेंट) में कुमारी थापर बनकर चली गईं। वहाँ एक गणितज्ञ थे, देवीदयाल। वहाँ उन्होंने अपना एफ. ए., बी. ए., एम. ए., डबल एम. ए. किया। फिर उन्होंने कैंब्रिज से अर्थशास्त्र में ऑनर्स किया।

एक रोज लाहौर के एक नामी आर्यसमाजी महात्मा हंसराज मेरे नाना से मिलने आए और बोले—थापर साहब, हम आपसे एक बड़ा सवाल करने आए हैं। आपको तो पता है, आर्यसमाजी कहीं भी बिना मतलब नहीं जाते और हम आपसे कुछ माँगने आए हैं। आपको हमसे वादा करना होगा कि हम जो भी चाहते हैं आप हमें देंगे। तो थापर साहब ने पूछा—लेकिन मुझसे कम से कम कुछ बताइए तो, आप क्या माँग रहे हैं। वे बोले—नहीं, पहले आप वादा करिए कि आप इसे हमें देंगे, हम जो लेने आए हैं, साथ लेकर जाएँगे। आपको पता है आर्यसमाजी बड़े जिद्दी होते हैं। मेरे नाना बोले—ठीक है, ठीक से सोचिए और माँगिए ताकि जो आप माँगें वह चीज दी जा सके। वे बोले—आपकी बेटी जो अभी ही लौटी है, हम चाहेंगे कि आप हमें उसकी जिन्दगी दें। वहाँ एक डी.ए.वी. गर्ल्स कालेज तो है लेकिन वहाँ कोई स्कूल नहीं है और हम स्कूल उसके जिम्मे छोड़ना चाहते हैं, और उसे बिना तनखा के काम करना होगा। मेरे भाईजी बोले—आप किस चीज के बारे में बात कर रहे हैं? मैंने उसकी पढ़ाई पर इतना खर्च किया है और उसके पास तो कई नौकरियों की पेशकश है (अचानक वहाँ कई नौकरियों की पेशकश हुई थी) और आप कह रहे हैं मैं उसे दे दूँ, बिना तनखा के। आप कहते हैं, पर उसका खर्चा कैसे चलेगा? वह खाएगी कहाँ से? वे हँसे और बोले—राय साहब, बच्चे की तरह बात मत करिए। आपके तीन बेटे नहीं हैं क्या? अगर आपको कोई चौथा बेटा होता तो आप क्या करते, उसे फेंक देते? उसे भी अपना बेटा ही समझें, जायदाद में उसे उसका हिस्सा दे दें और वह उसी पर जी लेगी। मेरे नाना तैयार नहीं थे। उन्होंने सोचा, मैंने इतना खर्चा किया है और अब, किसी और को देने के लिए...लेकिन प्रेमी मौसी ने खुद आगे बढ़कर कहा—मैंने सोच लिया है, मैं यह करूँगी, उनके लिए काम करूँगी। वह प्रेमी से कहते रहे—नहीं, समझने की कोशिश करो। लेकिन वह अड़ी रही। उसके बाद मौसी एक रुपए महीने पर काम किया करती थी। हम सभी उनके मातहत काम करते थे...एक रुपया महीना पर...आप देखिए वह इतनी अच्छी इन्सान थीं, ऐसा व्यक्तित्व! वह अपनी सारी जिन्दगी सामाजिक

कार्य करती रहीं और लाहौर में उनके तहत काफी लोगों ने काम किया था। जब वह श्रीमती नेहरू के पास गईं और पूछा कि क्या कोई काम है, तो श्रीमती नेहरू ने कहा—ठीक है, जवाहरलाल किसी चीज पर काम कर रहे हैं। दो सरकारों के बीच एक समझौता किया जा रहा है। आपको हमारी उन अपहृत कर ली गई औरतों के बारे में पता है, उनकी हालत सचमुच दयनीय है। हमें उन्हें उन बदमाशों के हाथों से बचाना है। और यहाँ सिखों ने भी यही किया है, इसलिए हमने एक बरामदगी संगठन बनाने की योजना बनाई है, और मैं आपको वहाँ कुछ काम देना चाहती हूँ। मौसी बोली, अब तो मेरे पास पैसे भी नहीं हैं, और मुझे बहुत थोड़ा चाहिए...रहने को एक जगह, एक कार और एक चपरासी की जरूरत है। कृपा करके यह सब दिला दीजिए।

एक दिन मौसी मुझसे बोलीं—दंती, सर्दी आ रही है, और हमारे पास पैसे नहीं हैं, कपड़े नहीं...तुम जानती हो, प्रेमी मौसी को कपड़े और चीजें अच्छी लगती थीं, और वह साफ-सुथरा रहना पसन्द करती थीं, वह जिन्दगी का मजा लेती थीं, और लाहौर में हमारी अलमारियों में हमारी चीजें भरी रहती थीं और हमें यहाँ तक भी पता था कि परिवारों ने हमारे घर ले लिए थे। उन दिनों कारवाँ लाहौर जाया करते थे और हमने भी जाने का निश्चय किया। मौसी ने कहा—दंती चलो, हम लाहौर में डी.ए.वी. कालेज कैंप जाएँगे—वहाँ से हम सरकारी जीप लेंगे और अपने पुराने घरों में जाकर वहाँ से मैं कुछ धोतियाँ और एक शाल लूँगी। फिर हम गए। और हम डी.ए.वी. कालेज पहुँचे जहाँ से हमें एक सुरक्षा जीप मिली और हम मौसी के घर गए। उन्होंने हमारा स्वागत किया, बेगमें बाहर आईं, हम उन्हें जानते थे। मौसी बोलीं—हम एक मकसद से आए हैं। मैं अपनी अलमारियों में यहाँ ताला लगा गई थी और अब मैं जाड़े में जमी जा रही हूँ। मैं यहाँ कुछ शालें और कपड़े लेने आई हूँ। वे बोलीं—आप किस बारे में बात कर रही हैं? वह सब तो ज़ैत-उल-मनियत—लावारिस चीजों—में चला गया, और यहाँ कुछ नहीं बचा है। मौसी और मैं स्तब्ध रह गए। वे बोलीं—चाय पीओ। लेकिन हम नहीं पी सके। वे कहती रहीं—आपकी कोई चीज़ यहाँ नहीं है...।

हम कैम्प वापस आए और वहाँ कुछ खाया। कैम्पों में शरण
होते, और जब उनकी संख्या काफी हो जाती तो कारवाँ च
सीमापार पहुँचाते। इसलिए हमने दाल और रोटी खाई। व
होते थे। और मृदुला साराभाई ने हमें चौंका दिया।
लेकिन मैं नहीं। मैंने उनके बारे में किस्से सुने
आप यहाँ हो। मौसी ने कहा—हाँ, हम अ

कुछ ले नहीं पाए। मृदुला साराभाई बोलीं—लेकिन तुम इस संगठन के बारे में जानती हो जो शुरू हो रहा है (अपहृत औरतों की बरामदी के लिए सेंट्रल रिकवरी आर्गनाईज़ेशन)। उन्होंने तुम्हें इसका एक डायरेक्टर बनाने का फैसला किया है। और यह कौन है...उन्होंने मेरी ओर इशारा करके पूछा।—यह मेरी भांजी, मौसी बोलीं।—अरे वाह, यह मेरे काम में काफी उपयोगी रहेगी, बिल्कुल वैसी है जैसी मुझे चाहिए। देखो प्रेमी, जब यह संस्था शुरू होगी, तुम वहाँ इसकी डायरेक्टर होगी, और यह यहाँ इसकी डायरेक्टर होगी। मैं कुछ शर्मीली थी और निसन्देह पूरे दिन कुछ नहीं करती। बस पूजा करती, माला फेरती और इधर-उधर घूमती। मैं समझ नहीं पाई कि क्या हो रहा है और बोली—नहीं-नहीं, मुझे इन सबसे अलग रखो। लेकिन वह बोलीं—नहीं, मैं इसे मुख्य सम्पर्क अधिकारी बनाऊँगी, और वह मेरी मौसी से बोलीं—इसे अपने साथ वापस मत ले जाओ, यह यहीं रुकेगी और जल्दी ही मैं इसे एक नियुक्तिपत्र दिला दूँगी। मैंने पूछा—यह सब क्या हो रहा है, तो वह बोलीं—मैं तुम्हें डायरेक्टर बनाऊँगी। मैंने पूछा—किसका डायरेक्टर? वह बोलीं—बरामदगी का। मुझे पता नहीं था कि बरामदगी क्या होती है या डायरेक्टर क्या होता है। मैं कोई सीधा अर्थ नहीं निकाल सकी। वह बोलीं—नहीं, नहीं, यह हो गया, यह हो गया। मैंने कहा—मेरे पास कोई कपड़े नहीं हैं...वह बोलीं—जीप जा रही है, यह तुम्हारे कपड़े ले आएगी। मुझे पता नहीं था क्या हो रहा है...अचानक मौसी चली गईं। मेरे पास कपड़े नहीं थे...सो फिर, तुम देखो मेरी यह आदत है। जब मुझे कोई समस्या होती है मैं अपने भगवान, अपने ठाकुर से बात करती हूँ। मैं कुछ नहीं जानती, मैं तो बस उसकी इच्छा का एक माध्यम-भर हूँ। इसलिए मैं उनसे बोली—तुम यह क्या खेल खेल रहे हो? यहाँ मैं एक डायरेक्टर बन गई हूँ और मेरे हाथ में एक चिट्ठी है। मेरे बाप और दादा तक डायरेक्टर नहीं बने। अब यह तुम पर है कि मेरा मान बनाए रखना।

इसके बाद जल्दी ही यह सन्देशा आया कि वहाँ एक जवान लड़की का अपहरण हुआ था और जो पास में ही कहीं खोजी गई है, किसी तरह उसे बचाने में कामयाब हो गए। वहाँ शरणार्थी बड़ी संख्या में आया करते थे, वे वहाँ जमा होते और जब उनकी काफी बड़ी संख्या हो जाती तो काफिले आगे चल देते।

भाग—2

एक औरत का जिस्म है इतिहास

भारी संख्या में अपहृत हुई औरतों की समस्या से ग्रसित, भारत और पाकिस्तान की सरकारों ने, अपहृत हुई जितनी भी औरतों को खोजा जा सकता था, उनकी बरामदगी के लिए 6 दिसम्बर 1947 को इंटर-डोमिनियन ट्रीटी नामक एक समझौता किया। पूरा ऑपरेशन सेन्ट्रल रिकवरी ऑपरेशन के नाम से जाना गया, और बताया जाता है कि विशेषकर एक महिला, मृदुला साराभाई, ने इसके लिए अभियान चलाया था। साराभाई ने गाँधी और नेहरू के साथ खासे प्रभाव का उपयोग किया—वह अहमदाबाद के एक शक्तिशाली उद्योगपति परिवार से थीं—और कांग्रेस की राजनीति के साथ भी करीब से शामिल थीं। उन्होंने नेहरू को चौदह पृष्ठों का नोट प्रस्तुत किया जिसमें अपहृत महिलाओं को खोजने की आवश्यकता का खाका था, और उन्होंने सरकार को एक रिकवरी ऑपरेशन शुरू करने के लिए राजी करने में अपने प्रभाव का भी उपयोग किया। 1947 के इंटर-डोमिनियन सम्मेलन में जहाँ इस पर सहमति हुई थी, भारतीय सरकार ने साराभाई को मुख्य सामाजिक कार्यकर्ता नियुक्त करके उन्हें अपहृत औरतों की बरामदगी का जिम्मा सौंप दिया, जहाँ उन्हें एक दल द्वारा सहायता मिलनी थी जो मुख्यतः पुलिस के लोगों से बना था।

थोड़े ही समय में, दोनों सरकारों के बीच हुए आरम्भिक समझौते को वैधानिक मंजूरी भी मिल गई। अबडक्टेड परसंस रिकवरी एण्ड रेस्टोरेशन आर्डिनेंस को पहले बिल में बदला गया, और बाद में, 1949 में, एक अधिनियम में।[1] इस अधिनियम की शर्तों के अनुसार भारत सरकार ने एक कार्यान्वयन कार्यप्रणाली स्थापित की और महत्वपूर्ण रूप से 'अबडक्टेड परसंस' (अपहृत व्यक्तियों) की एक कामचलाऊ परिभाषा तय की।

यह जरूरी भी था, क्योंकि पूरा मामला ही बड़ा जटिल था : यह कैसे तय हो कि किसका अपहरण हुआ था और किसका नहीं? कोई औरत अगर अ[illegible] ही इच्छा से गई थी तब क्या? यही बातें थीं जिन पर विचार किया ग[illegible] पर ध्यान देने की जरूरत थी। किसी अवयैक्तिक संस्था, जैसे राज्य [illegible] जटिल समस्याओं का फैसला करने हेतु समय, तारीख और आँक[illegible] आसान काम था। इसलिए एक तिथि तय कर दी गई। पंज[illegible] के शुरू में ही आरम्भ हो गई थी, अतः कोई भी औरत [illegible]

1. द अबडक्टेड परसंस (रिकवरी एण्ड रेस्टोरेशन) [illegible]

दूसरे धर्म के व्यक्ति के साथ, या उसके साथ किसी सम्बन्ध में रहते हुए देखी जाती तो यह माना जाता कि उसका अपहरण हुआ है, उसे जबरन उठाया गया है। इस तारीख के बाद हुई सभी शादियों और धर्म-परिवर्तनों को जबरन माना जाता और कोई भी सरकार इसे मान्यता नहीं देती। चाहे अपहृत औरत कुछ भी कहे, कितना भी विरोध करे, चाहे कितना भी 'सच्चा' सम्बन्ध हो, औरतों के लिए इस मामले में कोई विकल्प नहीं था। इस तिथि को तय करने से बहुत-सी बातें अनसुलझी ही रह गईं : मिश्रित विवाहों से इस तिथि के बाद जिन औरतों को सन्तानें हुईं तो क्या उन औरतों को भी अपहृत माना जाय? या फिर इस तारीख का सम्बन्ध केवल उन बच्चों से था जो 1 मार्च के बाद गर्भ में आए? इन बातों पर यह अधिनियम अस्पष्ट ही रहा।

बचाव के कार्य में मुख्य सामाजिक कार्यकर्ता की मदद एक इकाई द्वारा की जानी थी जिसमें ज्यादातर पुलिसवाले थे। पूरी इकाई में एक असिस्टेंट इंस्पेक्टर जनरल (ASI), दो डिप्टी सब इंस्पेक्टर ऑफ पुलिस (DSPs), पन्द्रह इंस्पेक्टर, दस सब इंस्पेक्टर, और छह असिस्टेंट सब इंस्पेक्टर (ASIs) थे। महिला सामाजिक कार्यकर्ताओं के साथ मिलकर दोनों देशों में इस पुलिस बल को किन्हीं विशेष महिलाओं की खोज में और दूसरे देश में जाने, और यदि तब उन्हें ठीक लगे तो, 'बचाव' और 'बरामदगी' कार्य करने के अधिकार दिए गए थे। दोनों देशों के सामाजिक कार्यकर्ताओं को अपहृत औरतें खोजने के लिए हर तरह की चालबाजियों का सहारा लेना पड़ता था। अक्सर स्थानीय पुलिस, जिसे गुम औरतों की खोज में साथ जाना चाहिए था और मदद करनी चाहिए थी, अपहर्ताओं को पहले ही चेतावनी भेज देती और वे उन औरतों को छिपा दिया करते। कल्पनाशील सामाजिक कार्यकर्ता इससे कई तरह के तरीकों से निबटते : कभी भेस बदलकर, कभी झूठे नाम रखकर, कभी खुद ही गुप्त रूप से कार्य करते हुए, या सीधे ही उन घरों पर धावा बोलकर जहाँ उन्हें शक होता कि अपहृत औरतों को छुपाया गया है। यहाँ ऐसे दो वर्णन दिए गए हैं :

> सुबह हम देहाती इलाकों में लड़कियों को खोजने के लिए जाया करते थे। शाम को हम मुख्यालय आया करते थे, कैम्प में, और उस इलाके से ढूँढ़ी गई औरतों को कैम्प लाया जाता था, जहाँ हम उन्हें प्रवेश कराते। फिर दोनों देशों के बीच उनकी अदला-बदली होती (इंटर-डोमिनियन)। एकमात्र अन्तर यह था कि वे कार्यकर्ता बड़े बहादुर थे—वे बाहर जाते और औरतों को खोजते...।
>
> हम अण्डे बेचते हुए जाते। हम गाँवों में जाते, और लोगों से लस्सी माँगते, कहते—अम्मा, अम्मा, हम बहुत दूर से आए हैं, हमें कृपा करके थोड़ी लस्सी दो। सो हम अण्डे बेचते और लस्सी माँगते। तब हम उन्हें कहानियाँ

सुनाते, हम कहते, हम हिन्दुस्तान से आए हैं और तुम्हें मालूम है, मेरा छोटा भाई, इन हरामी सिखों ने उसकी जवान औरत उठा ली है, उन्होंने उसको अगवा कर लिया। वह दुखी है, और अकेला है। क्या तुम यहाँ इस इलाके में किसी काफिर की लड़की को जानती हो—अगर ऐसी कोई लड़की हो तो हमें जरूर बताना, शायद हम उसे खरीद सकें और वह बेचारा, कम से कम अपना घर तो दुबारा बसा सकता है। और वे बूढ़ी औरतें जानतीं और अक्सर हमें बतातीं कि फलाँ-फलाँ जगह एक लड़की है...। इसलिए वहाँ अण्डे बेचने और 'अम्मा हमें लस्सी दो' कहने पर यह सब होता था।

या हम अम्मा, मुझे भूख लगी है, मुझे कुछ खाने को दो; कहते और उनका भरोसा जीतने की कोशिश करते और तब हम उनसे पूछते, या उन्हें बताते कि हम एक लड़की खरीदना चाहते हैं...और हम पूछते कि जिनके पास लड़की है क्या वे हमारे साथ बाँटना चाहेंगे, और तब बड़ी नरमी से पता पूछते...यह हमारा तरीका था सूचना पाने का।[1]

❑ ❑

यहाँ से (दिल्ली से) जानेवाले शरणार्थियों में एक नौजवान था जिसकी डेढ़ साल पहले ही शादी हुई थी और जिसकी पत्नी तथा दो माह का बच्चा खो गए थे। एक दिन किसी ने उन्हें बताया कि उन्होंने सुना है, वह भोगल (दिल्ली में एक इलाका) में किसी जाट के कब्जे में है। एक बूढ़ी चमारिन ने यह खबर दी थी। उसे इस लड़की के लिए काफी दुख था और उसने उसका सन्देशा उसके शौहर तक पहुँचाने का वादा भी किया था। उस नौजवान ने मुझे बताया कि उसकी पत्नी ने उसकी फोटो भी माँगी थी जो उसने उसे भेजी थी...चमारिन बोली, उसे वह अच्छी तरह याद है और, उसका अपहर्ता मिठन, उससे खेतों में काम कराता है।

एक दिन सुशीला नय्यर कैम्प में आई थीं। वह बोलीं—चलो, मैं तुम्हारे साथ चलूँगी, कहाँ हैं वे खेत? जब हम ओखला पहुँचे, रात घिर रही थी
लेकिन सुशीला एकदम निडर और बेझिझक थीं, वह मुझसे कोई बीस
आगे, झाड़ियों और फसलों के बीच रास्ता बनाते हुए चलीं। हम
औरतों से मिले लेकिन जिसे खोज रहे थे, वह नहीं मिली।
भाव से घर में घुस गईं और मैं उनके पीछे थी। औसाफ
समय अपनी बीवी का नाम पुकारता रहा था—जा
वहाँ कोई जवाब नहीं मिला। और सुशीला लो
अगर लड़की तुम्हारे पास है, तो उसे तु

1. दमयंती सहगल : व्यक्तिगत साक्षात्कार

> कहाँ है? इस समय केवल मैं आई हूँ, और मैं लड़की को लेकर जाऊँगी, तुम को कोई नुकसान नहीं होगा। लेकिन यदि पुलिस आई तो तुम्हें जेल ले जाएगी और सजा भी मिलेगी। लेकिन वहाँ लड़की का कोई नामो-निशान तक नहीं था...और रात के नौ बजे हम लौट आए, निराश और नाकामयाब।[1]

बाद में पता चला कि जब सुशीला नय्यर और अनीस किदवई जान बी को खोज रहे थे, तब उसे बाँधकर और उसके मुँह में रूई ठूँसकर और घर में भूसे के ढेर में रखकर ताला बन्द कर दिया गया था। इस डर से कि वह खोज लिया जाएगा, उसका अपहर्ता अब उसे अपने साथ लेकर यू.पी. भाग गया था। रास्ते में, हालाँकि, जान बी बचकर भागने में सफल हो गई : वह नमाज पढ़ रहे कुछ मुसलमानों के पास भागी और उन्हें अपनी आपबीती सुनाई। फिर उसे उसके पति के पास पहुँचाया गया, यद्यपि उसने अपना बच्चा खो दिया था। सभी कहानियों का इतना सुखद अन्त नहीं हुआ और ऐसी हजारों औरतें थीं जो सफलतापूर्वक जान बचाकर भाग पाने की हिम्मत तो जुटा पाईं, लेकिन फिर कभी मिली नहीं।

तारीखें तय करने और कानून बना देने से ही, हालाँकि, बहुत-सी अति सूक्ष्म बातें हल नहीं हो गईं जिनसे निबटना बाकी था। बहुत-सी औरतों ने विरोध किया। उन्होंने वापस जाने से मना कर दिया। यह नामुमकिन-सा लग सकता है, ज़ैनब की तरह कई औरतों ने अपने अपहर्ताओं या उन आदमियों के साथ सम्बन्ध बना लिए थे जिन्होंने उन्हें दाम देकर खरीदा था। पहली बार, मुझे इस पर विश्वास करना कठिन लगा लेकिन यहाँ इसमें एक किस्म का विकृत सत्य है। कोई यह कह सकता है कि अधिकांश भारतीय महिलाओं के लिए शादी एक तरह का अपहरण ही है, आमतौर पर एक अनजान आदमी द्वारा एक अपवित्रीकरण, एक प्रहार। तब फिर यह प्रहार किसी तरह से भिन्न क्यों हो? क्या सीधे-सीधे इसलिए, क्योंकि आदमी किसी दूसरे धर्म से ताल्लुक रखता था? "मैं क्यों लौटूँ?" एक अपहृत औरत ने कहा, "आप मुझे भारत क्यों ले जाना चाहते हैं? धर्म या पवित्रता की कौन-सी चीज अब मुझमें बची है?" एक दूसरी ने बताया : "मैंने अपना पति खो दिया है और, अब दूसरे के लिए चली गई हूँ। आप चाहते हैं मैं भारत चली जाऊँ जहाँ मेरा कोई नहीं है, और निसन्देह, आप मुझसे ये उम्मीद मत कीजिए कि मैं रोज अपना आदमी बदलती फिरूँ।'[2]

मृदुला साराभाई बहुत-सी मध्यवर्गीय औरतों को सामाजिक कार्य में लाने में सहायक थीं। इनमें से अधिकांश औरतों ने अपहृत हुई हिन्दू, सिख औरतों के साथ

---

1. अनीस किदवई : आज़ादी की छाँव में (हिन्दी) नेशनल बुक ट्रस्ट, दिल्ली, 1990, पृ. 131
2. किरपाल सिंह : द पार्टिशन ऑफ पंजाब, पब्लिकेशन ब्यूरो, पंजाब विश्वविद्यालय, पटियाला, 1972, पृ. 171

काम किया दिल्ली में, पुराना किला और हुमायूँ के मकबरे के दो मुस्लिम कैम्पों में। एक और महिला थी जिसने खुद ही सामाजिक कार्य अपने हाथ में लिया था और जिसकी कोशिशें हिन्दुओं और सिखों द्वारा अपहृत की गई मुस्लिम औरतों से सम्बन्धित थीं। अनीस किदवई के पति शफी अहमद किदवई विभाजन के दंगों के दौरान मसूरी में मारे गए थे, जहाँ वह कार्यरत थे। किदवई की अनुनय-विनय के बावजूद, उन्होंने अपना आफिस और कर्मचारियों को छोड़ने से (वह एक सरकारी कर्मचारी थे) यह कहकर इन्कार कर दिया कि वह उन्हें, या अपनी नौकरी को नहीं छोड़ सकते। उनकी मौत ने किदवई को तबाह कर दिया और वह किसी किस्म की सांत्वना की खोज में गाँधी से मिलने गईं। गाँधी ने उन्हें शोक त्यागने और किसी काम में शामिल होने की सलाह दी, और किदवई मुस्लिम शरणार्थियों के साथ काम करने के लिए सामाजिक कार्यकर्ता बन गईं। अपने काम के दौरान उन्हें अपहृत मुस्लिम औरतों के अनेक मामले देखने का मौका मिला, और वह उनकी दुविधाओं के बारे में बड़े मर्मस्पर्शी अन्दाज में लिखती हैं। मैं यहाँ उनका कुछ लम्बा उद्धरण देती हूँ :

> इन सबमें कभी-कभी कोई लड़की मारी जाती या घायल हो जाती। 'अच्छा माल' पुलिस और फौजवाले बाँट लेते, 'दूसरे दर्जे का माल' हर कोई ले जाता। और तब ये लड़कियाँ एक हाथ से दूसरे हाथ, दूसरे से तीसरे हाथ, और फिर कई-कई बार हाथ बदलने के बाद होटलों की सजावट बन जातीं, या पुलिस-अफसरों को दे दी जातीं, कुछ जगहों पर तो उन्हें खुश करने के लिए ही।
>
> और इन लड़कियों में से हर एक, चूँकि किसी चाल का शिकार हुई थी, इसलिए वह अपने बचानेवाले को रहम का फरिश्ता समझने लगती, जिसने उसे लूटमार और कत्ल के वक्त बचाया था, उसके लिए लड़ा था, और उसे ले गया था। और जब यह आदमी उसके नंगे जिस्म को—जिसके कपड़े किसी अन्य चोर की लूट बन चुके थे—अपनी लुंगी या बनियान से ढँकता, जब वह इन कपड़ों को उसके ऊपर डालता, उस पल वह अपनी माँ की कटी गरदन, अपने बाप का रक्तरंजित शरीर, अपने आदमी की काँपती लाश को भूल जाती। वह यह सब भूल जाती और बल्कि, अपने बचानेवाले का शुक्रगुजार होती। और वह यह करे भी क्यों न? आखिर इस विभीषिका से बचाकर यह भला आदमी उसे अपने घर जो ले आया है। वह उसे इज्जत दे रहा है, उससे शादी करने को कहता है। जिन्दगी-भर के लिए वह उसकी गुलाम कैसे न बने?
>
> और काफी देर के बाद ही उसे यह आभास होता कि लुटेरों के बीच केवल यही आदमी अकेला निष्कपट नहीं हो सकता, पुलिस के बीच ठीक

> वही आदमी सज्जन नहीं हो सकता था। लेकिन वे सभी जैसे ऊधो वैसे माधो थे। हर कोई किसी जवान औरत की इज्जत बचाने के लिए जिन्दगी और मौत से खेला था, और हजारों माँएँ और बहनें इन तथाकथित 'बहादुर आदमियों' को कोस रही होंगी, जिन्होंने उनकी बेटियों को अगवा किया था। लेकिन जब तक यह अहसास हुआ तब तक काफी देर हो चुकी थी। अब उसे कहीं जाने के लिए कोई रास्ता नहीं बचा था : अब वह माँ बननेवाली है, या वह कई हाथों से गुजर चुकी है। कई सारे मर्दों के चेहरों को देख चुकने के बाद, हिन्दुस्तान की यह बेटी, अपने माँ-बाप, अपने पति के चेहरे कभी कैसे देखगी?[1]

अपहृत औरतों के प्रति किदवई की भावनाओं ने—'पाठक नहीं समझेंगे कि मैंने, एक औरत के रूप में, यह सब सुनकर कैसा महसूस किया'—उन अनेक सामाजिक कार्यकर्त्ताओं की भावनाओं को ही प्रतिबिम्बित किया था जिन्होंने अपहृत हुई औरतों को खोजने का काम किया था। राज्य के कर्मठ सेवकों की तरह काम करते हुए, वे फिर भी औरतों के प्रति औरतों की तरह ही प्रतिक्रिया करती थीं, और अक्सर राज्य की कार्यसूची को बिगाड़ने में सहायता करतीं, यद्यपि इस तथ्य के कारण कि उनके पास कोई विकल्प नहीं था, सिवाय इसके कि वे उन्हें दिया गया काम करें, ज्यादातर समय वे निःसहाय भी रहतीं और उनके काम में बाधा पड़ती। किदवई अपनी भावनाओं को बड़े मर्मस्पर्शी अन्दाज में बयान करती हैं :

> ...वहाँ कुछ ऐसी औरतें भी थीं जो गरीब घरों में जन्मी थीं और जिन्होंने गरीबी के अलावा और कुछ भी नहीं देखा था। आधा पेट खाना और बदन पर चीथड़े। और अब वे उन लोगों के हाथों में पड़ गई थीं, जिन्होंने उन्हें सिल्क की सलवारें और जालीदार दुपट्टे खरीद दिए, उन आदमियों ने उन्हें ठण्डी आइसक्रीम और गर्म कॉफी का आनन्द लेना सिखाया, जो उन्हें सिनेमा ले गए। वे ऐसे आदमियों को छोड़कर अपने बदन पर चीथड़े लपेटने और तेज धूप में खेतों पर गुलामी करने वापस क्यों जाएँ? यदि वह ऐसे शानदार अनजान आदमी को छोड़ती हैं तो फिर शायद वह गुदड़ी में लिपटे, कंधे पर डण्डा रखे, किसी गन्दे देहाती के साथ जीवन गुजारेंगी। और इसलिए वे अपने डरावने अतीत को, या फिर समानतः उस अनिश्चित और खौफनाक भविष्य को भूलकर ही खुश हैं और केवल वर्तमान में ही रहती हैं।
>
> उन्हें एक और डर भी था। जो लोग उन्हें ले जाना चाहते थे, वे चाहे दोस्त थे या दुश्मन, वे यह कैसे जानतीं कि वे लोग उन्हें दूसरों को बेच नहीं देंगे? आखिर, वे कई बार बेची जा चुकी हैं, कितनी बार और ऐसा

1. अनीस किदवई, आजादी की छाँव में, पृ. 142

होगा? वही पुलिस की वर्दियाँ, वही उन्हें बार-बार इधर से उधर ले गई थीं। वहाँ ऐसा क्या था जो उन्हें भरोसा दिला सके कि वह पगड़ी के प्रभुत्व पर विश्वास कर सकें, कि जिसने इसे पहना है वह उनके रिश्तेदारों में से आया था, और उन्हें फिर से खरीदने या बेचनेवालों में से कोई नहीं है। यह कलंक तब तक नहीं गया जब तक कि उन्हें घसीट नहीं ले जाया गया और अपने रिश्तेदारों के पास कुछ दिनों तक रहने को मजबूर नहीं कर दिया गया।

अब बचा मजहब, और ये लड़कियाँ आखिर इसके बारे में जानती क्या थीं? मर्द कम से कम नमाज, अलविदा तो पढ़ सकते हैं, ईद पर नमाज पढ़ने, मुल्ला को सुनने मस्जिद तो जा सकते हैं। लेकिन मुल्ला ने औरतों को वहाँ कभी खड़ा भी नहीं होने दिया है। वहाँ किसी जवान औरत को देखते ही उसकी आँखों में खून उतर आता है। भाग जाओ, भागो यहाँ से, यहाँ तुम्हारा क्या काम है? मानो वे कुत्ते हों जिन्हें हर जगह से भगा दिया जाता है। दोषी खुद उनके अन्दर है, लेकिन भगाया जाता है औरतों को। यदि वे मस्जिद जाती हैं तो सबकी नमाज खराब हो जाती है। अगर वे उपदेश सुनने जाती हैं तो सबका ध्यान बँट जाता है। अगर वे दरगाह जाती हैं तो आदमियों के धक्के खाएँगी, और अगर कव्वाली की महफिल में भाग लेती हैं तो सूफी का ध्यान खुदा से हटकर दुनियावी चीजों पर चला जाएगा...।

और यारो, मजहब के इस खुदा ने औरत को कभी बहुत आराम से नहीं रखा। लेकिन जिस नए आदमी के साथ वह रहती है, वही उसके लिए खुदा की तरह है। कहने दो सबको, वह इस आदमी को कभी नहीं छोड़ेगी, जिसने उसकी दुनिया में रंग भर दिए हैं।

औरतों की वापस जाने की झिझक के बावजूद (और सभी औरतें इतनी अनिच्छुक नहीं थीं, बहुत-सी औरतें बरामद होकर अपने परिवारों में पहुँचने के लिए खुशी से तैयार थीं) उन पर काफी दबाव, और कभी-कभी ताकत का प्रयोग भी हुआ, ताकि उन्हें ऐसा करने के लिए 'समझाया' जा सके।

दमयंती सहगल

दो युवकों ने मुझे खबर दी कि उनकी बहन, सत्या का, जिसकी वे शादी की तैयारी कर रहे थे, अपहरण कर लिया गया है। उन्हें शक था कि उसे पठान उठा ले गए हैं और मुझसे कहा कि आपको उसे किसी भी तरह खोजना है। मैंने सुना था कि—मैं भूल गई हूँ कौन-सा चक था यह—बदमाश पठानों ने दीनदारों की बेटी उठा ली थी और उसे घोड़े पर चढ़ना सिखा दिया था, और यह भी सुना कि अब वह बन्दूक लेकर चलती थी...। मुझे सत्या के

बारे में पता चला कि वह डकैतों और चोरों के साथ है और उनसे भी बड़ी डकैत-चोर बन गई है। उन्होंने उसे सिखाया है और वह घोड़ों पर भी सवारी करती है। मैंने एस.पी. को कहा कि मैं उस जगह जाना चाहती हूँ और वह बोला कि यह बड़ी खतरनाक जगह है। मैंने कहा, भाड़ में जाए खतरनाक, मैं जाना चाहती हूँ। देखो, वे क्या किया करते थे, हमसे खबर लेते और वहाँ सन्देशा भेज देते ताकि वह आदमी वहाँ से गायब किया जा सके। जैसे ही उन्हें खबर मिलती वे भाग जाते। और हमारा अपना आना-जाना काफी सीमित था—हमें काफी सावधान रहना पड़ता था कि हम कहाँ गए और कैसे गए। मैं काफी चला करती थी, दूसरे कार्यकर्ता इतना नहीं। जो भी हो, उस रोज हमें खेतों और फार्मों से गुजरना था और एस.पी. कहता रहा कि वह जगह काफी खतरनाक और असुरक्षित है। बेचारी औरत जो मेरे साथ थी! सुबह उन्होंने आगे सन्देशा भिजवा दिया कि सत्या वहाँ से भाग जाए। फिर भी, किसी तरह, काफी भागने के बाद हम लड़की को पकड़ने में सफल हो गए। जब हमें उसे गुजरात लाना था, तो पहले हमें एस.पी. से लड़कियों की सुरक्षा के लिए पुलिस-बल की माँग करनी थी। पठानों ने हमारा पीछा किया और कोर्ट में अपील की कि हम इस औरत को छोड़ने के लिए तैयार नहीं हैं, वह शुरू से ही मुसलमान रही है। पाकिस्तान बनने से पहले ही उसने वास्तव में दीन धर्म अपना लिया था और वह मुस्लिम थी। इसलिए डी.सी. ने लड़की को मुझसे लेकर उसे जाने दिया। उसका भाई चिल्लाता और विरोध करता रहा लेकिन उसे उससे मिलने भी नहीं दिया गया। मैं भी बोली कि कम से कम उसके भाई को तो उससे मिलने दो, लेकिन नहीं। डी.सी. ने कोई बात नहीं सुनी। मैं बड़ी दुखी थी—मैं अपनी जिन्दगी खतरे में डालकर, इतनी मुश्किलें और खतरे उठाकर लड़की तक पहुँची थी और डी.सी. ने तब उसे छोड़ दिया! तब मैं—पाकिस्तान का पहला वजीरे आज़म, क्या नाम था उसका? हाँ, लियाकत अली। वह उस समय कराची में था। (यह एक गलती थी। जिस व्यक्ति के बारे में दमयंती बात कर रही थीं, वह प्रधानमंत्री नहीं बल्कि शरणार्थी मंत्री राजा गज़नफर अली खान था) उस समय भारतीय औरतों को भारत लौटाने और मुस्लिम औरतों को पाकिस्तान लौटाने के लिए इंटर डोमिनियन एग्रीमेंट हुआ था। मैंने समझौते का हवाला देते हुए मंत्री को तार किया और बताया कि काफी मुश्किल से मैंने लड़की को समझौते के अनुसार पकड़ा है, लेकिन डी.सी. ने उसे जाने दिया। और मैं पाकिस्तान में रुककर, यदि ऐसे धोखे होते रहेंगे तो, काम करने से मना करती हूँ। उसने तार भेजा कि वह अगले दिन गुजरात आ रहा है और सत्या देवी को उससे मिलने के लिए रेलवे स्टेशन लाया जाय। वह बोला, मैं देखूँगा

क्या कर सकता हूँ। इसलिए हम वहाँ उसकी गाड़ी का इन्तजार कर रहे थे। मुसलमानों को भी पता चल गया कि उनका वजीरे आज़म वहाँ आ रहा है और एक हिन्दू औरत ने उसे बुलाया है। चारों ओर खबर फैल गई। इस मामले में...उन्होंने यह भी सुना था कि मैंने उस औरत को पठानों से छीन लिया था और वह हथकड़ियों में थी। उसके भाई मेरे साथ थे, सभी वहाँ थे। यह बड़ा डरावना मामला था, क्योंकि डाकू और जनता बदला लेते हैं और वह भी ऐसी ही बन गई थी। और तुम विश्वास नहीं करोगी, ऐसा कोई नहीं था जो स्टेशन पर न हो! एस.पी., डी.सी. बस नाम लो, और वे सभी वहाँ हाजिर थे। उन्होंने मुझे एक कमरे में बैठाया। वहाँ फौज भी थी। एक कप्तान। हम सभी गाड़ी का इन्तजार कर रहे थे। मैंने सोचा, मैं इससे कैसे निबटूँगी? वह मुस्लिम बन गई है, जगह भी मुसलमानों से भरी हुई है, मैं अकेली हूँ। मैं उससे क्या कहूँगी? मैं क्या कर सकती हूँ? तब मैंने कागज और एक पेंसिल माँगी यह कहते हुए कि मैं दो लाइनें लिखना चाहती हूँ और उस पर मैंने दो लाइनें लिखीं–'जनाबे आली, आप एक समझदार आदमी हैं, पाकिस्तान की बागडोर आपके हाथों में है...' मैंने उनकी तारीफ की और यह तथ्य बताया कि आप पाकिस्तान के सबसे बड़े पद पर हैं, प्रधानमंत्री हैं, इससे जाहिर होता है कि आप एक बुद्धिमान आदमी हैं। मैं एक मूर्ख औरत हूँ, मुझे चीजों का ठीक से पता भी नहीं है। मैं केवल इतना कहना चाहती हूँ : मैंने एक मामूली, साधारण-सी गरीब लड़की को खोजकर पकड़ा है और पूरा पाकिस्तान यहाँ आकर जमा हो गया है। मैं आपसे पूछना चाहूँगी कि बरामदगी में मदद करने का क्या यही तरीका है? क्या इसी के लिए इंटर डोमिनियन एग्रीमेंट हुआ था? और यहाँ के लोग, क्या इतना नीचे गिर गए हैं कि एक औरत के लिए हजारों लोग बाहर निकल आएँ? और उनके दिलों में इतनी बड़ी आग जल रही है? ऐसे हालात में आप मुझसे काम करने की उम्मीद कैसे कर सकते हैं? मैंने यह चिट्ठी लिखी–छोटी-सी चिट्ठी–और जब गाड़ी आई, मैं सीधे वहाँ गई। लोग कहने लगे–गाड़ी आ गई, गाड़ी आ गई। और क्या गाड़ी थी–पूरी सफेद, और पाकिस्तानी झण्डों से सजी हुई, देखने लायक नजारा था! वह रुकी और पुलिस मुझे वहाँ ले गई। क्या नाम है उसका? लियाकत अली, वह बाहर आया। वह बोला, तुम्हीं हो वह? मैंने कहा, हाँ।–तुम्हारी एक शिकायत है?–हाँ।–कृपया गाड़ी के अन्दर आओ। मैं बोली–मैं गाड़ी में आऊँगी साहब, लेकिन आप स्थिति का अन्दाज लगा सकते हैं।

–इतने सारे लोग, बस एक औरत के लिए! किसलिए है यह सब? मैं समझ नहीं सकती। मैंने तो बस लड़की को खोजा है और यहाँ यह सब

इतना हुल्लड़ और घपला। वह बहुत गुस्सा हुआ–'कहाँ है डी.सी.?' वह चिल्लाया–'यहाँ इतने सारे लोग क्यों हैं?'–'लड़की की वजह से, सर!'–'क्या एक लड़की को बचाने के लिए इतने लोग जरूरी हैं? कहाँ है लड़की? उसे यहाँ लाओ।' पुलिस जंजीरों में बँधी लड़की को लेकर आई। मैं वहाँ खड़ी थी, वह वहाँ। लड़की चिल्लाई : 'मुझे लेने कौन आया है? यह हरामी औरत?' वह हाथ में अपना जूता लेने में सफल हो गई थी और मेरी तरफ लहराने लगी। ओ हो...वह गुस्से में लाल हो गया। वह बोला, 'इसे फौरन जेल में डालो और इन पुलिसवालों को अभी डिसमिस करो। ये आर्डर है। इस एस.पी. का तुरन्त तबादला करो।' फिर उसने प्लेटफार्म पर ऐसा भाषण पिलाया। वह बोला, 'मुझे हिन्दू वर्करों पर नाज़ है। यहाँ एक लड़की भारत का प्रतिनिधित्व कर रही है और तुम्हारी पूरी पुलिस फोर्स और अफसरों को यहाँ आने की जरूरत पड़ गई। देखो इस औरत को, कैसे बब्बर शेर की तरह खड़ी है, और बिना सुरक्षा के...' वह बोला, 'मुझे तुम लोगों पर शर्म आती है, तुम्हारा क्या होगा, तुम लोग कैसे तरक्की करोगे और कहीं पहुँचोगे? अपना काम करने के बजाय तुम लोग उसे मेरे सामने किसी पर जूता तानने दे रहे हो! उसे जंजीरों में डालो और एक कंपार्टमेण्ट में बन्द करो और उसके साथ बदमाशों को दूसरे कंपार्टमेंट में।' उसने पुलिसवालों को डिसमिस कर दिया, एस.पी. और कुछ दूसरों की भी बदली कर दी। फिर उसने मेरी पीठ थपथपाई, मुझे अपनी बगल में बैठाया और बोला, 'मुझे तुम पर बहुत नाज़ है, न केवल तुम पर बल्कि भारत पर भी।' वह बोला, 'यह बड़ा हैरतंगेज है कि तुम ऐसी चीज का सामना कर रही हो, और कैसी कमजोर-सी इन्सान हो तुम।' हमने 15 मिनट तक बात की, फिर गाड़ी चल पड़ी, और मैं, सभी लोग...आश्चर्यचकित थे।

बेटा, मुझे रुकना था। उसने उन्हें खूब गालियाँ दीं, एस.पी., डी. सी. और दूसरों को। मैं बड़ी शर्मसार थी। मैं मुश्किल से ही नजरें उठा सकी। वह कहता रहा, 'देखो इसका तबादला करो, यह कलंक है।' जब मैं वापस आई, उनमें से एक मेरे पास आया और बोला, 'मुझे उम्मीद है अब आपको तसल्ली हो गई होगी। आप शान्त हैं, आपका दिल शान्त है, लेकिन जिन बिचारों का आपने तबादला कराया है, उनके परिवारों-बच्चों का क्या होगा, आपने सोचा है? वे आपको क्या कहेंगे? क्या अपने बारे में सोचती हैं। क्या आप इसके साथ जी सकती हैं?' मैंने सोचा, सचमुच में यह एक समस्या है। वह चला गया और मैं इसमें उलझ गई। और वह बोला, 'इनके घरों में आज हर चीज शान्त और उदास है, आज कोई खाना नहीं पक रहा, बच्चे भूखे हैं, और हर कोई सोच रहा है कि कौन

है यह भारत से आई औरत। जो भी आता है, यह उसी पर हावी हो जाती है, कोई भी आता है। हमारे लिए वह एक राक्षसी की तरह है।' मैं बोली, 'क्या वे डिसमिस कर दिए गए?' 'इसके अलावा और क्या'—वह बोला—'और आप क्या सोचती हैं उन परिवारों में क्या होगा जहाँ कोई खाना नहीं बना, अब वहाँ कोई कमानेवाला नहीं है, क्योंकि उसकी नौकरी तो ले ली गई है। आप सोचती हैं आपको वे दुआ देंगे? कोसने के सिवा उनके पास है ही क्या आपको देने के लिए?' मैं बोली, 'लेकिन मैंने किया ही क्या है?' वह बोला, 'इस सबके पीछे आखिर आप ही हैं, आपने शिकायतें की हैं और इन्हीं पर एक्शन लिया गया।' मैं तब एस.पी. के पास गई। मैं बोली, 'आप जाँच क्यों नहीं करते...ओह, अब इसे क्या कहते हैं? हाँ, मैं बोली, इन्हें सस्पेंड कर दीजिए, इन्हें डिसमिस करने की जरूरत नहीं है आपको।' वह बोला, 'मैं मिनिस्टर की हुक्मउदूली नहीं कर सकता।' तब मैं डी.सी. के पास जाकर रोई और बोली, 'कृपा करके ऐसा न करें।' लेकिन वह अपनी ड्यूटी कर रहा था और बोला, 'मिस सहगल, आपने देखा मंत्री कैसा था, मैं क्या कर सकता हूँ?' मैं बोली, 'हाँ, मैंने देखा कैसा था वह, लेकिन ऐसा कैसे हो सकता है, मेरी खुद कुछ खाने की इच्छा नहीं होती। क्या आप उससे मेरी किसी तरह से बात करा सकते हैं?' वह बोला, 'हाँ, इतना मैं कर सकता हूँ, उसे फोन लगा सकता हूँ और यदि आप उससे बात करें तो शायद कुछ किया जा सकता है, लेकिन आपको उससे बात करनी होगी।' फिर उसने मंत्री को फोन मिलाया और मैंने उससे बात की और उसका शुक्रिया अदा किया और कहा कि मुझे इन बरखास्तगियों पर काफी दुख है, वे बड़े बदकिस्मत हैं। वह बोला, 'लेकिन वे अपनी ड्यूटी में नाकामयाब रहे।' मैं बोली, 'हाँ साहब, लेकिन आप जरूर सोचिए। बात यह है कि हर कोई इस समय भ्रम में है। उन्होंने सोचा, उनकी ड्यूटी इसी तरह से पाकिस्तान की सुरक्षा करने में है। मैंने सोचा, लड़की को पकड़ना मेरी ड्यूटी है। इसलिए मुझे काफी खराब लगता है।' वह बोला, 'यही आप वाकई में चाहती हैं?' मैंने कहा, 'हाँ।' वह बोला, 'ठीक है।' फिर उसने एस.पी. को खबर दी कि कोई एक्शन अभी न लिया जाय। उसके बाद...पता नहीं वह लड़की कहाँ गई और उसका क्या हुआ। लेकिन स्टेशन पर मैंने उससे कहा था कि उसके भाई वहाँ खड़े हैं, और उसने मुझे कोसा और कहा, 'घटिया औरत! मुझे क्या परवा है और तेरा यह क्या लफड़ा है?' उस समय नजारा विस्मयकारी था। आप कल्पना कर सकते हैं, यदि किसी जवान औरत को हथकड़ियों में लाया जाय, और एक ओर पुलिस हो, और उसे अधिकारियों के सामने पेश किया

जाय...भाई एक तरफ थे। लेकिन वह अपना सारा जहर मुझ पर उगल रही थी—यही औरत है जिसने मुझे पकड़ा है और यहाँ लाई है, इसी का किया-धरा है यह सब।

नहीं, मुझे पता भी नहीं उसका क्या हुआ। मंत्री ने उसके भविष्य के बारे में क्या किया। लेकिन वे उसे मुझसे दूर ले गए। उन्होंने उसे भारत वापस भेजा या कुछ और किया, मुझे नहीं पता। गुजरात में मुझे बताया गया, उन्होंने कैम्प लगाए थे। मुझे यह भी बताया गया कि गुजरात में कोई नवाब था जो अपने सिंहासन पर बैठता और अपहृत लड़कियों की उसके सामने परेड कराई जाती और वह सुन्दर लड़कियों को चुन लेता। जो जवान होतीं वह उन्हें छूता, अधिक उम्र की लड़कियों को वह दूसरों को दे देता। लड़कियाँ कुछ नहीं कर पातीं, कोई विरोध नहीं, कुछ भी नहीं। वह कहता—फलाँ-फलाँ को कैटेगरी नं. एक, या दो में डालो और सबसे अच्छी लड़कियों को जनाने में रखो। तब मैंने सुना कि दो लड़के, जिनके माँ-बाप मारे गए थे, उन्हें भी रख लिया गया था। मैंने यह सुना, और मैं वहाँ गई और लड़कों को लौटाने को कहा। उन्होंने कहा—'नहीं, हम इन लड़कों को वापस नहीं देंगे।' मैं बोली, 'क्यों, तुम्हारे पास तो अपना परिवार है।' पत्नी बोली—हाँ, मेरे अपने तीन लड़के हैं।—तब तुमने इन्हें क्यों रखा है? वह बोली—इसके पीछे एक प्लान है। हम यूँ ही किसी को नहीं उठा लेते, हम खाली कचरा नहीं उठाते। हम जिसे लेना है उसे चुनते हैं। अब ये लड़के मेरे लड़कों के साथ पढ़ रहे हैं, यह ट्यूशन पढ़ते हैं, और फिर मैं इन्हें इंगलैंड भेज दूँगी, क्योंकि मेरे पास पैसा है। ये बच्चे इतने बुद्धिमान हैं कि मेरे बच्चों पर भी प्रभाव डालेंगे, और जब इन दोनों की शादी होगी तो इनके बच्चे काफी समझदार होंगे। और हमें हिन्दुओं के जाने का एक ही अफसोस है कि प्यार सीमा के दूसरी ओर चला गया! हम उसे यहाँ लाना और बढ़ाना चाहते हैं। इन बच्चों के बच्चे...इनका लालन-पालन अच्छे मुसलमानों की तरह से हो रहा है।

मुझे कुछ भी ख्याल नहीं था कि क्या हो रहा है, रात और दिन मैं लड़कियों को बचाने के काम में लगी रही, और जब उन्हें मुझे दिया जाता तो फिर उनकी देखभाल में। मैं व्यस्त और अपने काम से सन्तुष्ट थी...लेकिन जानती हो, पुंज में एक जगह है जहाँ उन्होंने कुछ खोला हुआ था, जिसमें मौलवी वहाँ से आनेवाली लड़कियों को समझाते थे कि हिन्दू और सिख उन्हें स्वीकार नहीं करेंगे, क्योंकि वे मुसलमानों को साथ रह चुकी हैं। या, वे उन्हें यह बताया करते कि तुम्हारे रिश्तेदार तुम्हें यहाँ से ले जाएँगे, लेकिन वे तुम्हें सरहद पर मार देंगे। और वे उन्हें यह भी बताते कि भारत में हालात

इतने खराब हैं कि वहाँ तुम्हें एक गिलास पानी के लिए भी एक रुपया देना होगा। जो वहाँ गए हैं, भूखे मर रहे हैं। और वे उन्हें डराने के लिए हर किस्म के नाटक किया करते थे। तब वे उन्हें नमाज पढ़ना सिखाते ताकि उनका सही धर्म-परिवर्तन किया जा सके। तब वहाँ एक आदमी आता और कहता कि फलाँ लड़की का बाप आया है, और वे लड़की को ले जाते और छत से नीचे खड़े कुछ लोगों को दिखाते और पूछते कि उसे अभी छोड़ दिया जाय, इसके रिश्तेदार आए हैं। फिर लड़कियों को आजाद कर दिया जाता, और तब कोई दस दिन या उसके बाद लड़की वापस आ जाती, चीखती, रोती और यह करती कि वह खेतों वगैरह से बड़ी मुश्किल से होती हुई, खुद को सिखों से जो उसे मारने को तैयार थे, बचाती हुई भाग आई। और वे हिन्दू लड़कियों के साथ मुस्लिम लड़कियों को मिला देते। आखिर यदि वहाँ दो सौ हिन्दू लड़कियाँ हों और उनके साथ कुछ मुसलमान लड़कियों को मिला दिया जाय तो बताना मुश्किल होता है, और ये लड़कियाँ आतीं और अपनी दहलानेवाली व्यथाएँ सुनातीं कि हिन्दू और सिख कितने जालिम हैं...हमने उन्हें हर जगह पकड़ा, और हम उन्हें जानते तक नहीं थे, इसलिए कौन जानता था कि क्या था वह। वे उन्हें छोड़ दिया करते थे और तब वह वापस आतीं, और ये कहानियाँ सुनातीं। तब दूसरी लड़कियाँ डर से काँपतीं। जब वे उन्हें वाकई में पकड़ते, तो मर्दों को औरतों से अलग कर देते और मुझे पता नहीं उन्होंने मर्दों के साथ क्या किया, लेकिन शायद उन्हें मार डाला। वे लड़कियों को ले जाते, और ओह, हाँ, उम्रदराज औरतों को भी वे एक ओर रखते। मेरे जैसी औरतें, उनसे वे क्या चाहते थे? लेकिन वे जानते थे, देखो, वे इन बूढ़ियों को अपने साथ रखते, उनके बेटों को मार डालते और खुद उनके बेटे बन जाते। वे कहते, अम्माँ, मुझे अपना बेटा ही समझो...और तब उन्हें उनकी सम्पत्ति मिल जाती। यदि वे इन बूढ़ियों को जाने देते तो उन्हें या उनके परिवारों को भारत में मुआवज़ा मिलता और यहाँ उनकी सम्पत्ति जब्त हो जाती, इसलिए वे उन्हें अपने पास ही रखते। इसलिए यह सब बड़ी सोची-समझी और हरकत में लाई गई चालबाजी थी। ...उनके पास सच्ची हिम्मत और ताकत थी, उन्होंने किया। और हिन्दू, आप उन्हें लाल कपड़ा दिखाओ, या फिर सड़क पर खून पड़ा हो, तो वे डर के मारे सड़क छोड़कर भाग जाएँगे। वे कहेंगे, पता नहीं कौन मारा गया है या किसने मारा है। हम अक्लमंद और दिमागदार हैं, और वे जिस्मानी तौर पर मजबूत...मुसलमानों में भेड़े की खोपड़ी होती है, और हम मछली के सिरवाले हैं।

मुझे पता नहीं मैंने कितनी औरतें खोजी थीं, सैकड़ों या उससे भी अधिक होंगी। लेकिन एक भी मामला नहीं था जो मैंने खुद न पकड़ा

हो। मुझे नहीं लगता कि कोई वर्कर कह सकता है कि उसने एक भी मामला पकड़ा हो। मैंने उन सबको खुद पकड़ा था और इसके अलावा ऐसे भी थे जो हमारे पास लाए जाते थे, हमें उन्हें स्वीकार करना पड़ता था और इन लड़कियों के बदले में उन्हें रसीदें देनी पड़ती थीं। वे उन्हें हमारे पास लाया करते थे। ऐसे 15-20 मामले थे और मैं इधर-उधर जाया करती थी, इसलिए मुझे इन मामलों का पता है।

❑ ❑

'मुझे कोई नहीं मिला'। इस वाक्य में शायद उससे भी अधिक सच्चाई है, जितनी कि बहुत-सी औरतों ने महसूस की थी : बहुत-सी औरतों को, जिन्होंने खुद को 'बचाने' दिया या जिन्हें बलपूर्वक 'खोजा' गया, एक और त्रासदी झेलनी थी। उनके परिवार, जिन्होंने पहले रिपोर्टें लिखाई थीं और सरकार से अपनी औरतों को खोजने की गुहार लगाई थी, अब उन्हें वापस लेने को तैयार नहीं थे। 1948 के शुरू में, विभाजन परिषद की सोलहवीं बैठक में, यह तय किया गया था कि दोनों देश अपने-अपने इलाकों में शरणार्थियों का दायित्व सँभाल लेंगे और किन्हीं भी शरणार्थियों को अपने इलाकों में लौटने को तब तक बाध्य नहीं किया जाएगा जब तक कि यह स्पष्ट न हो जाय कि पूरी सुरक्षा-व्यवस्था बहाल कर दी गई है और देश उनकी जिम्मेदारी लेने को तैयार है। लेकिन औरतों के बारे में उन्होंने कहा :

> राहत और पुनर्वास मंत्रालय ने रेडक्रास से मशिवरा करके एक फैक्ट फाइंडिंग ब्रांच खोली है, जो अपहृत औरतों को खोजने के विशेष उद्देश्य के लिए एक जाँच और खोज समिति है। पाकिस्तान को 23,000 नाम पहले ही दिए जा चुके हैं। अपहृत औरतों को खोजने के लिए, सरकार अभी फिलहाल कार्यकर्त्ताओं और नामी व्यक्तियों की सक्रिय सहायता पर निर्भर है। 6 दिसम्बर को, लाहौर में हुए दोनों देशों के एक सम्मेलन में यह तय हुआ कि दोनों देश इन औरतों को खोजने के लिए विशेष प्रयास करेंगे। पाकिस्तान में मौजूद अपहृत हुई औरतों के बारे में 25,000 से भी अधिक सूचनाएँ मंत्रालय के महिला प्रभाग को मिल चुकी हैं...करीब 2,500 को पहले ही बचाया जा चुका है...हमारे बचाव दलों के सामने आज जो मुख्य बाधा है वह उन अधिकांश अपहृत हिन्दू औरतों का यह भय है कि उन्हें अपने समाज में दुबारा स्वीकृत नहीं किया जा सकता, और उनकी इस आशंका से परिचित मुसलमानों ने इन अभागी औरतों की मानसिकता का लाभ इस हद तक उठाया है कि बहुत-सी औरतें अपने बंदीकर्ताओं को छोड़कर वापस भारत

नहीं आना चाहतीं। *दोनों देशों के बीच यह आपसी समझौता हुआ है कि ऐसे मामलों में उन्हें जबरदस्ती वहाँ से निकाला जाएगा।*[1] (इटैलिक अंश पर जोर मेरा—ले.)

बलपूर्वक निष्क्रमण एक बात थी, परिवारों में औरतों को स्वीकार करना दूसरी। इन औरतों को वापस लेने में परिवारों की झिझक इतनी अधिक थी कि गाँधी और नेहरू को लोगों से बार-बार यह आश्वासन देते हुए अपील करनी पड़ी थी कि अपहृत हुई औरतें अभी भी बिल्कुल 'पवित्र' हैं। गाँधी ने कहा, "मैं सुनता हूँ औरतों को यह आपत्ति है कि हिन्दू उन खोजी गई औरतों को वापस स्वीकार करने के इच्छुक नहीं, क्योंकि वे कहते हैं कि वे अपवित्र हो चुकी हैं। मुझे लगता है यह बड़े शर्म की बात है। ये औरतें उतनी ही पवित्र हैं जितनी कि मेरे बगल में बैठी यह लड़कियाँ। और यदि बरामद की गई कुछ औरतें मेरे पास आएँगी तो मैं उन्हें भी इतना ही सम्मान और आदर दूँगा जितना कि मैं इन सुकुमारियों को देता हूँ।"[2] बाद में, 1948 के आरम्भ में, नेहरू ने लोगों से एक अपील की। उन्होंने कहा :

> मुझे बताया गया है कि इन औरतों और लड़कियों के सम्बन्धी इन्हें अपने घरों में वापस लाने के इच्छुक नहीं हैं। यह सबसे आपत्तिजनक और गलत रवैया है और इसका समर्थन करनेवाले किसी भी सामाजिक रिवाज की निन्दा होनी चाहिए। इन लड़कियों और औरतों को हमारे कोमल बर्ताव और प्यार भरी देखभाल की जरूरत है और उनके सम्बन्धियों को इन्हें वापस लेने में गर्व होना चाहिए और उन्हें हर सहायता देनी चाहिए।[3]

बहुत से पैम्फलेट छापे गए जिनमें रावण द्वारा सीता के हरण की कहानी थी, जिसमें दिखाया गया था कि सीता जी कैसे अपने पति से दूर रहकर भी पवित्र रहीं।

कुल मिलाकर भारत में औरत की 'पवित्रता' हिन्दुओं और सिखों के लिए बहुत महत्वपूर्ण थी—शायद इसलिए कि हिन्दू धर्म पवित्रता और अपवित्रता पर अधिक जोर देता है। स्पष्टः अपहृत मुस्लिम औरतें वापस अपने परिवारों में आसानी से स्वीकृत कर ली गईं, और पाकिस्तान में, ऑल पाकिस्तान वूमेंस एसोसिएशन

1. विभाजन परिषद की सोलहवीं बैठक, 1948
2. हिन्दुस्तान टाइम्स में छपी अपील जन. 17, 1948., सेलेक्टेड वर्क्स ऑफ जवाहरलाल नेहरू, दूसरी शृंखला, खण्ड 5 दिल्ली, जवाहरलाल नेहरू फण्ड, 1987, पृ. 113
3. जी.डी. खोसला, स्टर्न रेकनिंग : ए सर्वे ऑफ द इवेंट्स लीडिंग अपटू एण्ड फालोइंग द पार्टीशन ऑफ इंडिया, दिल्ली, ऑक्सफोर्ड यूनिवर्सिटी प्रेस 1949, रिप्रिंटेड 1989, पृ. 75

और दूसरे संगठनों ने, अनेक बरामद हुई और वापसी की गई औरतों की शादियाँ तय कराने में काफी कठिन परिश्रम भी किया। हिन्दुओं के लिए, अगर कोई औरत अकेली थी तो ऐसा लगता था उसकी पवित्रता अधिक आसानी से मानी जा सकती थी, लेकिन अगर उसके बच्चे थे तो फिर यह बिल्कुल दूसरी ही कहानी होती। मिश्रित सहवास से उत्पन्न हुआ बच्चा औरत के धर्मभ्रष्ट होने की लगातार याद दिलाता था, और इस तथ्य की भी कि उसने दूसरे धर्म के पुरुष से संभोग किया था। इसलिए औरतों को एक विकल्प दिया गया : अपने बच्चों को अपने पास रखो, और—संभवतः—पूरा जीवन आश्रम में रहो, या फिर बच्चों को छोड़कर (जिन्हें तब अनाथाश्रमों में रखा जाता) अपने पुराने परिवारों में लौट जाओ। एक समस्या और भी थी : अनेक औरतें गर्भवती थीं। उनके साथ क्या करना था? सामाजिक कार्यकर्ताओं ने यह सुनिश्चित किया कि गर्भवती औरतें या तो तयशुदा स्थानों पर बच्चे जनने भेज दी जाएँ (जहाँ उन्हें तब गोद लेने की पेशकश की गई थी) या फिर उन्हें 'साफ' करने, दूसरे शब्दों में, सामूहिक गर्भपात कराने के लिए भेजा जाता (इसे 'सफाया' कहते थे)। तब राज्य ने बड़े पैमाने पर गर्भपात कराने के लिए, इस उद्देश्य से बनाए गए विशेष बजट से पैसा जुटाया। यों उन दिनों गर्भपात वास्तव में अवैध था। और स्पष्टतः अनेक अस्पतालों ने यह करके इसका खूब फायदा भी उठाया, जैसा कि दमयंती सहगल ने बताया :

> जालंधर कैम्प में, गाँधी वनिता आश्रम में बहुत-सी शादियाँ थीं क्योंकि वहाँ आनेवाली अधिकांश लड़कियाँ अनब्याही थीं। वहाँ जवान लड़कियाँ आया करतीं थीं और उन्हें ट्रेनिंग दी जाती, और चूँकि लोग जानते वहाँ जवान लड़कियाँ हैं, हमें शादी के अनेक प्रस्ताव मिलते। हम उन्हें नौकरियाँ भी ढूँढ़ा करते थे, उनके रिश्तेदारों के पास ले जाया करते थे...। जिन लड़कियों के पास मुसलमानों से पैदा किए गए बच्चे होते, उनके परिवार उन्हें वापस लेने से कतराते थे। औरत के लिए एक बार बच्चा पेट में आया तो उसे छोड़ना काफी मुश्किल होता है...लेकिन बहुत-सी औरतें, जैसे ही लोगों को पता चलता कि यह मुसलमान का बच्चा है, अपने बच्चों को छोड़ने पर मजबूर कर दी गईं। तुम्हें पता है समाज कैसा है। उस बच्चे का कोई भविष्य नहीं होगा। ज्यादातर औरतें साल-भर में ही खोज ली गईं, और परिवारों ने औरतों को वापस भी लिया। लेकिन गर्भवती औरतें, तुम्हें पता है वह डॉ. कपूर का क्लीनिक, वे वहाँ एबार्शन करवाया करती थीं, और दूसरी औरतें बच्चा जनतीं और अपने बच्चों को इलाहाबाद में अनाथालय को दे देतीं। बच्चों के साथ यह बड़ा मुश्किल था। और जब औरतें अपने बच्चों को इलाहाबाद छोड़ देतीं, तो फिर उनसे मिलना चाहने लगतीं। उन्हें एक विकल्प दिया गया। वे अपने बच्चे अपने पास रख सकती हैं—यदि उनके सम्बन्धी

उन्हें ऐसा करने दें तो, और यदि वे बच्चे को सम्मान से जीने दें तो, यदि वे उस बच्चे को सम्मान से देखें भी तो। अन्यथा उन्हें बच्चों को छोड़ना ही था। यह एक असली समस्या थी। हर मामला अलग था। माँएँ इलाहाबाद जाया करतीं...वे हमसे समय लेतीं और वहाँ जातीं। वे वहाँ क्या करती थीं, हम नहीं जानते, उन्हें कैसा महसूस होता था...हम उन्हें टिकट देते और उनसे कहते, जाओ और अपने बच्चों से मिलो। उन बच्चों का भविष्य किस प्रकार का होगा...कौन जानता है?

अपहृत औरतों को रखने के लिए उत्तर भारत के शहरों—जालंधर, अमृतसर, करनाल, दिल्ली में आश्रम खोले गए। कुछ आश्रमों में इनको तभी तक रखा जाता तब तक कि इनके परिवारवाले इन्हें वापस न ले लें। अक्सर परिवार उन्हें नहीं ले जाते थे : अब ये औरतें कलंकित थीं। परिवार ने उनकी गैर-मौजूदगी से सामंजस्य कर लिया था, अब वे क्यों फिर से व्यवस्था करें, नई जगह बनाएँ और एक 'कलुषित' हो चुके व्यक्ति को उसमें रखें? इसलिए ये आश्रम उन औरतों के स्थाई घर बन गए; जहाँ उन्होंने अपनी यादों के साथ अपनी जिन्दगी बिता दी, कुछ अकथनीय यादें, और कुछ ऐसी यादें जिन्हें वे अपने-जैसी औरतों के समुदाय के साथ ही बाँट सकती थीं। और वहीं, बहुत-सी मर-खप गईं, केवल जिन्होंने बँटवारे के कारण दोहरा विस्थापन झेला था। 1997 तक ऐसी कुछ औरतें करनाल के आश्रम में बची हुई थीं; जालंधर के गाँधी वनिता आश्रम में आज तक ऐसी औरतें हैं। बहुत-सी औरतें जिनका इतिहास हमेशा छिपा रहेगा; और कई दूसरी औरतें जो खुद अपना इतिहास तक नहीं जानतीं। जालंधर के आश्रम में एक औरत है जो बताया जाता है कि केवल कुछ ही महीने की थी जब वहाँ लाई गई थी। कोई नहीं जानता वह किस समुदाय की है, कुछ पता नहीं उसके माँ-बाप कौन थे। इतिहास की एक सन्तान, जिसका कोई इतिहास नहीं है। जालंधर का गाँधी वनिता आश्रम आज असहाय औरतों और विधवाओं का घर है। एक सामाजिक कार्यकर्ता ने मुझे बताया, "जब हमने आश्रम स्थापित किया तो हमने हर जगह एक उपयुक्त स्थान की तलाश की और अन्त में यह स्थान देखा गया। यह वास्तव में मुसलमानों का कब्रिस्तान था, और मुर्दों के जिस्मों पर हमने औरतों की जिन्दगी बनाई।" ऐसा शायद केवल इसलिए था, क्योंकि विभाजन का दौर विस्थापन और उथल-पुथल का समय था, इसीलिए भारत सरकार के लिए कब्रिस्तान पर दावा करना संभव हुआ। और स्पष्टतः इसलिए कि हर कोई अपनी जान बचाने को भाग रहा था, कि किसी के पास इस पर उँगली उठाने का समय नहीं था। लेकिन आश्रमों में रहनेवाली, या परिवारों द्वारा दुत्कार दी गई अनेक औरतों की जिन्दगियाँ किस तरह की बनीं, हम इसे शायद कभी न जान पाएँ

अपहृत औरतों को खोजने का काम बँटवारे के नौ साल बाद तक चला, यद्यपि आरम्भिक कुछ वर्षों के बाद खोज में कमी आनी शुरू हो गई थी। कुल मिलाकर, कोई 30,000 औरतों को खोजा गया, करीब 22,000 मुस्लिम औरतें भारत में और 8000 हिन्दू और सिख औरतें पाकिस्तान में। इनमें से अनेक तो, स्पष्टतः, सरकार को सूचित मामलों में शामिल ही नहीं थीं। समय बीतते खोज की प्रक्रिया और कठिनतर होती गई। साफ तौर पर, जबरन बरामदगी में सबसे बड़ी समस्या थी औरतों की अपने बच्चों को छोड़ने की झिझक। समय पर, इस कार्यक्रम के प्रमुख सामाजिक कार्यकर्ताओं में मतभेद पनपने लगे। मसलन, रामेश्वरी नेहरू इसे रोक देना चाहती थीं, जबकि मृदुला साराभाई इसे जारी रखना चाहती थीं। 1954 में एक विशेष सम्मेलन हुआ, जिसमें यह तय किया गया कि अपहृत व्यक्तियों को उनकी इच्छा के विरुद्ध दूसरे देश में भेजने पर बाध्य न करने का कोई रास्ता ढूँढ़ा जाएगा। तब विशेष गृह स्थापित किए गए जहाँ अनिच्छुक लोगों को रखा जा सके और उन्हें 'बिना डर या दबाव' के सोचने का समय दिया जा सके। यहाँ इन औरतों को वाकई में कितना मुक्त चयन करने को मिला, यह एक दूसरा सवाल है।

दमयंती सहगल

एक साल बाद (जालंधर में), मैं होशियारपुर कैम्प गई। यह एक बड़ा कैंप था। कोई 1500 औरतें, जो किसी तरह से बचकर आई थीं या जिन्हें हमने बचाया था, जिनके परिवारों ने उन्हें मारने की कोशिश की थी...हमारे पास कोई 45 कर्मचारी थे, और मैं वहाँ काफी उलझ गई थी। हमें इन औरतों को इस पुनर्वास कैम्प में मानसिक, शारीरिक और आर्थिक रूप से पुनर्स्थापित करना था। यही है जो हमें करना था। हममें से कितनों ने वाकई में यह किया, यह दूसरी कहानी है।

सरकार ने ये कैम्प लगाए थे, अनाथ हो गई या अकेली औरतों को यहाँ रखा गया था। होशियारपुर एक बड़ा कैम्प था, फिर जालंधर था। एक करनाल में था और कई दूसरे कैम्प। इन्हें खोला गया और मेरे जैसी औरतों को इनका जिम्मा सौंपा गया, और हमने अपना काम कैसे किया, यह असल में अलग-अलग व्यक्ति पर निर्भर था। हममें से कोई भी वाकई में इस काम के योग्य नहीं था, हममें से अधिकतर पढ़े-लिखे भी नहीं थे। सरकार इन औरतों को हर तरह से पुनर्स्थापित करना चाहती थी—हमारा काम उन्हें उनका दुख भुलवाकर उनकी रगों में नई जान फूँकना, और उन्हें आर्थिक रूप से स्वतन्त्र करने के लिए साधन देना था। यह एक बड़ी जिम्मेदारी थी, और मानसिक सामंजस्य बनाने में सबसे अधिक समय लगता; आर्थिक रूप से

यह अधिक आसान था। सरकार ने हमें हौजरी, टेलरिंग, टोकरी बुनना, एम्ब्रायडरी, बुनाई और कताई जैसे औद्योगिक केन्द्र दिए, हमारे पास यह सभी चीजें थीं। मेरे लिए, जब मैं पाकिस्तान से लौटी और होशियारपुर कैम्प में जाने से पहले, मैंने निर्णय किया था कि काफी हो गया। मैं और अधिक कुछ नहीं करना चाहती, मैंने सोचा।

लेकिन श्रीमती नेहरू मेरे काम पर काफी मोहित थीं, और उन्होंने प्रेमी मौसी के साथ जोर दिया कि मैं काम करूँ। पहले हमने बरामदगियाँ कीं, अब अगला कदम बरामद हुई औरतों के पुनर्वास का था। उन्होंने मुझे बताया कि उन्होंने होशियारपुर में कैम्प खोला है, और वहाँ की कैम्प-कमाण्डेंट बहुत अच्छी नहीं है, और उन्हें उसकी खराब रिपोर्टें मिल रही थीं—इसलिए वह मुझे वहाँ का जिम्मा देना चाहती हैं। मैं कहती रही कि मैं कुछ नहीं करना चाहती, लेकिन मौसी मुझे ऐसा नहीं करने देतीं। तब एक दिन लेडी माउण्टबेटन आईं और उन्हें होशियारपुर कैम्प ले जाना पड़ा, इसलिए मैंने सोचा, मैं जाऊँगी—क्योंकि मुझे मुफ्त की सवारी मिल रही थी। मैं गई। वहाँ उन्होंने विजिटरों के लिए खूब इन्तजाम किए हुए थे। सबसे पहले उन्होंने कताई कर रही औरतों को देखा। उन्होंने विजिटरों को बताया कि ये औरतें काफी कमाती हैं, कोई दस रुपए रोज। फिर हम दर्जी का काम करनेवालों के पास गए। उन्होंने भी यही बताया, सुई का काम करती लड़कियों ने भी यही कहा...और मैं सोचने लगी कि कताई में इतना पैसा तो नहीं मिलता। अगर दस रुपए कताई में रोज है तो मतलब हुआ तीन सौ रुपए महीना। मैंने सोचा। मैं वापस आई और मौसी से बोली। उन्होंने कहा कि तुम मूर्ख हो, तुम्हें वहाँ जाना चाहिए। वे एक मजबूत औरत थीं, जीवन्त, ताकतवर। क्या व्यक्तित्व था! वे बोलीं, मुझे बताने से कोई फायदा नहीं। इसलिए उन्होंने जोर दिया कि मैं वहाँ जाऊँ, और प्रेमी आंटी ने मुझे अपने साथ आने को कहा, क्योंकि उन्हें वहाँ इंस्पेक्शन पर जाना था। वहाँ पहुँचकर वह बोलीं—यहीं क्यों नहीं रुकतीं, और मैं कल तुम्हें लेने आ जाऊँगी। उन्होंने बस मुझे वहीं छोड़ दिया और बोलीं कि मैं कुछ दिनों में वापस आऊँगी और तुम्हें ले जाऊँगी।

उन्होंने वहाँ लोगों से कहा—इसे एक बिस्तर दे दो और यहीं रखो। तो उस दिन से मैं उस काम पर नियुक्त हो गई। और तब मेरे साथ ऐसा है, मुझे जो भी काम मिलता, मैं उसमें सब कुछ झोंक देती, और मेरे प्रभु मेरी सफलता में मदद करते। करीब एक महीने बाद जब हमें अपनी सारी कमाई के बिल बनाने होते थे, वे मेरे पास सारे जॉब वर्क के बिल ले आए। मैं बोली, यह क्या है? वे बोले, आपके दस्तखत होने के बाद सभी कर्मचारियों

को पैसा मिलेगा, और तब जब मैंने कागजात देखे तो पाया कि कुछ औरतें पाँच रुपए तो कुछ दस रुपए महीना कमा रही थीं। पहले मैंने सोचा, ये रोजाना का कागज है। तब मुझे महसूस हुआ–कताई औरतों का केवल दस से बारह। टोकरी कर्मचारी–कोई भी चालीस रुपए महीने से अधिक नहीं कमाती थी। मैं बोली–क्या ये रोज की कमाई है? वे बोलीं–नहीं, पूरे महीने की। तो मैं बोली–जब मैं इंस्पेक्शन पर आई थी तब क्या था? उन्होंने कहा–वो तो विजिटरों के लिए था। क्या आप सचमुच सोचती हैं कि हम इतना कमा सकती हैं? मैं हतप्रभ थी। मैंने उनसे कहा–पर आपने इतना झूठ बोला! वे बोलीं–नहीं झूठ नहीं था, हमारा मतलब था अगर कोई व्यक्ति दिन और रात काम करे, तो वह इतना कमा सकती है। चौबीस घण्टे। तो यह सब दिखावा था।

दूसरी चीज जिस पर मेरा ध्यान गया, यह थी कि यदि हमें टेलरिंग का काम बाहर से मिलता, तो टेक्नीशियन कपड़े काटते। उन्हीं की जिम्मेदारी थी। औरतें स्वतन्त्रतापूर्वक कुछ नहीं कर सकती थीं। अगर आप ढेर सारे कपड़े खरीदकर औरतों के सामने रख दें तो वे कुछ नहीं कर पाएँगी! तो मैं बोली, क्या आपको लगता है जहाँ भी औरतें जाएँगी, टेक्नीशियन भी इनके आगे-पीछे भागेंगे? यहाँ तक कि हौजरी विभाग में भी टेक्नीशियन ही जिम्मेदार थे। सब चीजें खूब बढ़ा-चढ़ाकर दिखाई गई थीं, लेकिन सच्चाई कुछ और ही थी। जहाँ अगर कोई टेक्नीशियन था, तो वहीं मशीन भी थीं, और यदि टेक्नीशियनों को निकाल दिया जाता तो सारा काम ठप्प हो जाता। यह किस तरह का आर्थिक पुनर्वास था? जब तक वे कैम्प में थीं, उन्हें राशन मिलता और वे दसेक रुपए भी कमा सकती थीं, लेकिन एक बार वे बाहर निकलीं तो...उन्हें कोई तजुर्बा नहीं है, हौजरी का काम नहीं कर सकतीं, उनके पास मशीनें नहीं हैं, और अगर उनमें से कोई मशीन खरीद भी ले, तो बिना टेक्नीशियन वह काम कैसे करेगी? अगर वह घर में चरखा या लूम लगा भी ले, तो भी वह क्या करेगी? यहाँ कोई धागा टूटे तो उसकी मदद को टेक्नीशियन है, लेकिन कहीं और गई तो...अर्थात कोई भविष्य नहीं, कुछ नहीं। सरकार चाहती थी कि तीन साल बाद ये औरतें अपने पैरों पर खड़ी होना सीख जाएँ। और हम इस तरह के इन्तजाम के साथ क्या कर सकते थे? मैं इस पर बहुत चिन्तित हुआ करती। मैं कई दिनों तक सो नहीं पाई, सोचती रही कि क्या कर सकती हूँ। और चूँकि बुनियादी तौर पर मैं धार्मिक हूँ, मैं इस बात से स्वयं को छुटकारा नहीं दिला सकी कि मैं पाप कर रही हूँ, एक पाप। मैंने सोचा, यहाँ मैं अहम ओहदे पर हूँ, कैम्प कमाण्डेंट बन गई हूँ, चारों ओर मुझे लोग सलाम करनेवाले हैं, मेरे

पास नौकर और सहायक हैं लेकिन...असली काम के बारे में मैं क्या कर रही हूँ। तब मैंने प्रार्थना की, और भगवान से पूछा कि मुझे क्या करना चाहिए। और इसी समय मैंने प्रौढ़ शिक्षा के बारे में सोचना शुरू किया।

1947 से 1948 तक मैं पाकिस्तान में थी, और फिर 1948 में मैंने होशियारपुर का काम सँभाला, और तब मैंने अपना स्टॉफ बटोरा, और हम प्रौढ़ शिक्षा के काम में जुट गए। मैंने स्टॉफ से 35 या 30 साल, याद नहीं, से कम की सभी विधवाओं की लिस्ट बनाने को कहा। मैंने कहा, इससे अधिक उम्रवालियों को छोड़ दो। लिस्ट में करीब डेढ़ सौ विधवाएँ थीं। फिर मैंने स्टॉफ मेम्बरों की लिस्ट उनकी योग्यताओं के साथ माँगी। फिर मैंने कहा कि जो मैट्रिक फेल हैं, फिर भी, आप कम से कम किसी एक विषय में तो तेज होंगे, तो लिस्ट में एक कालम था जिसमें वे वह विषय भर सकते थे। इस तरह मैं लिस्ट में देख सकती थी कि कितने लोग हिन्दी में अच्छे थे, कितने लोग फलाँ-फलाँ विषय में...तब मैं बोली, हम आठ घण्टे काम कर रहे हैं, लेकिन हम वाकई में कुछ खास नहीं कर रहे। हम सुबह प्रार्थना करते हैं, लेकिन देश भारी मुश्किल में है, और फिर भी हम, मसलन कोई दान या चंदा नहीं दे सकते क्योंकि हमारे पास कुछ नहीं है। लेकिन हम समय तो दे ही सकते हैं। हम किसी से पैसा नहीं माँग रहे, लेकिन मैं आपसे कुछ समय माँग रही हूँ। आठ घण्टे आप सरकार को देते हो, इससे ऊपर का समय आप इस काम को दो। तो लिस्ट आई। सबसे ऊपर मेरा नाम था, और उसके आगे मैंने आधा घण्टा लिख दिया, मैं आधा घण्टा देने को तैयार थी।...तब किसी और ने भी आधा घण्टा लिखा, किसी ने पूरा घण्टा और करीब चालीस सदस्यों के साथ हम काफी समय दान करने में सफल हो गए। फिर हमने औरतों की सूची देखी, और हमने स्टॉफ को बाँट दिया, और देखा एक मेम्बर पर पाँच औरतें थीं। अब काम शुरू हो सकता था। तब फिर दूसरी समस्या आई : हमें कापी-पेन्सिलों की जरूरत पड़ी। सरकार इन औरतों को दस रुपए महीना भत्ता देती थी, वे इस पैसे से कैसे क्या कुछ कर पातीं? उन्हें खाना भी था। तो मैं बोली, ठीक है, जो स्टेशनरी तुम्हें चाहिए मुझसे ले लो। हम इसे औरतों से नहीं ले सकते थे, उनके पास पैसा नहीं था। और सरकार से भी नहीं कह सकते थे, क्योंकि उन्होंने हमारी कोशिश को मान्यता नहीं दी थी। तो मैं बोली, कोई बात नहीं, मुझसे ले लो। और तब मैंने प्रार्थना की, औरतों से भी प्रार्थना करने को कहा, कि हमारी कोशिश सफल हो, उन्हें बरतन न माँजने पड़ें या घरेलू नौकर का काम न करना पड़े, और वे सम्मान का जीवन जीने में समर्थ हों...तब मेरे डायरेक्टर को पता चला। शाम को, मिस थापर को पता चला कि मैं प्रौढ़

शिक्षा कक्षाएँ शुरू करने की योजना बना रही हूँ। वह बोलीं, जो भी स्कीम हो, मैं जानती हूँ तुम्हीं इसे शुरू करोगी। खबर फैल गई, स्टॉफ और औरतें वहाँ थे। जालंधर से एक सन्देशा आया जिसमें यह था कि मैंने सुना है तुम्हारी प्रौढ़ शिक्षा-कक्षाएँ शुरू करने की योजना है। तुम्हें नहीं पता तुम एक सरकारी कर्मचारी हो, अपनी मर्जी से कोई काम नहीं कर सकतीं। अगर तुम्हें ऐसा कुछ शुरू करना है तो इसकी इजाजत लेनी पड़ेगी। मैंने सोचा, वे क्या कर सकते हैं? ज्यादा से ज्यादा वे बातें कर सकते हैं, आखिर मुझे मार तो सकते नहीं, इसलिए मैंने औरतों से कहा कि कल तुम्हारी कक्षाएँ शुरू होंगी। लेकिन फिर समस्या थी : कि कक्षाएँ हम कहाँ शुरू करेंगे? और मैंने आम के पेड़ के नीचे कक्षाएँ शुरू करने का फैसला किया...यही मैंने औरतों से कहा। कुछ औरतें थोड़ा-बहुत हिन्दी और पंजाबी जानती थीं। जब उन्हें पैसा मिलता वे अँगूठा लगातीं, जबकि दूसरी दस्तखत कर पातीं। मैंने उस सदस्य को इनाम देने की घोषणा की जो औरतों को सबसे तेजी से पढ़ाता...पूरा काम इतना अच्छा चला, इतना सफल रहा, सरकार ने इतने उद्योग लगाए थे, लेकिन हर जगह टेक्नीशियन थे जो खूब पैसा कमाते। औरतें कहीं नहीं जा सकती थीं। लेकिन थोड़ी शिक्षा, और कई औरतें थोड़ा शिक्षित होते ही टेक्नीशियनों को लेकर हल्ला करने लगतीं। तब टेक्नीशियनों को अपना काम खोने को चिन्ता होने लगी। अगर उन्होंने कुछ काम नहीं किया तो वे निकाल दिए जाते। और एक बार फिर, यह सब करने पर, जिससे उनका काम जा सकता था, मुझे गुस्से का सामना करना पड़ा। बहरहाल...कोई अस्सी औरतों का पहला जत्था, पहले साल, कुछ तो दादी बनने जितनी बूढ़ी थीं! कुछ ने एक सीमा तक पढ़ाई की, कुछ ने दूसरी तक, कुछ 'दरमियाने' के लिए तैयार थीं, कुछ ने देसी भाषा में पढ़ाई की। और तब एक और सवाल उठा : उनकी उम्र का। अधिकांश नौकरियों में आयु सीमा थी, और ये औरतें...तो हमें सबके नए हलफनामे लेने पड़े। उन्हें इनमें अपनी शैक्षिक योग्यताएँ भरनी थीं, लेकिन हमें पहले आयु-प्रमाणपत्र की जरूरत थी। मैंने स्टॉफ से कहा कि सरकारी नियम है कि 28 से अधिक उम्र के व्यक्ति नौकरी नहीं पा सकते। पता नहीं इसमें क्या तर्क था, लेकिन यह तो नियम था। इसलिए हमने मोटी गणना की—हमने शिक्षा के अवसरों का समय, जो कुछ औरतों ने गँवा दिया था, फिर एक साल किसी और चीज के लिए, और कुछ महीने नौकरी ढूँढ़ने में लगा समय निकाल दिया, और देखने की कोशिश की कि कितनी औरतें इसमें फिट बैठती हैं। लेकिन मेरी कार्यकर्ता बोलीं, बहन जी, अब ये सूचियाँ बहुत छोटी हो गई हैं। मैं बोली, हम उन्हें नौकरियाँ कैसे ढूँढेंगे? लिस्ट को और बड़ा करो। वे बोलीं,

लेकिन कैसे? मैं बोली, जैसे भी करो, आदेश तो आदेश है। सबने मुझे देखा, सोचते हुए कि बहन जी पागल हो गई हैं। तब हमें हलफनामे भी बनवाने थे। मैं मजिस्ट्रेट के पास गई, सहायक उपायुक्त के पास गई, क्या कहते थे उसे—याद नहीं। ओह हाँ, मिस्टर पुरी, मैंने उसे फोन किया और कहा कि मैं आपसे मिलना चाहती हूँ। वह बोला, हाँ, हाँ, आइए, क्या जरूरत है आपकी। मैंने कहा, मुझे कुछ हलफनामों पर दस्तखत कराने हैं। वह बोला, कैसे हलफनामे? तो मैंने उसे बताया कि इन औरतों को आठवीं कक्षा का इम्तहान देना है, और यह उनका पहला प्रवेश है, इसलिए हमें आयु-प्रमाणपत्र चाहिए। वह बोला, उन औरतों की उम्र? कहाँ हैं वे? उन्हें यहाँ लाओ। औरतें बाहर थीं। मैं बोली, आपको औरतों को देखने की क्यों जरूरत है? वह बोला, अगर मैं हलफनामे पर दस्तखत कर रहा हूँ, तो मुझे उन्हें देखने की जरूरत है। मैंने उसे रोकने की कोशिश की। वह बोला, मजाक मत करो, मुझे औरतों को देखना है। मैं बोली, किसलिए? वह बोला, मैं निराला हूँ या तुम? मैंने कहा, आप औरतों को देखना चाहते हैं? आपको हलफनामा दस्तखत करना होगा, बस। वह बोला, मिस सहगल, आप अजीब व्यक्ति हो। कम से कम औरतों को अन्दर तो लाओ। मैं बोली, ठीक है अगर आप जोर देते हो तो। सो हम औरतों को अन्दर लाए। (हँसते हुए) बेचारा! हमने उनकी उम्र बारह, अट्ठारह, चौदह लिखी थी...उसने उन्हें देखा और बोला, यही वे औरतें हैं? ये इस उम्र की हैं? मैंने कहा, आप पेपर साइन करो, अपना और मेरा वक्त क्यों खराब कर रहे हो, क्या फर्क पड़ता है। वह बोला, मिस सहगल, उस औरत को देखो, उसके बाल सफेद हैं। मैं बोली, बधाइयाँ! बहुत अच्छे! आपको पता नहीं कि लोगों के बाल कम उम्र में भी सफेद हो जाते हैं? आज, बारह साल तक के लोगों के भी सफेद बाल होते हैं—आपने किसी को देखा नहीं? मैं आपको कई दिखा सकती हूँ। आज, कोई बालों पर पूरी तरह भरोसा नहीं कर सकता, आपको कभी पता नहीं चलता कि बाल कब पक जाएँ! बारह की उम्र में भी! उसको देखिए, वह बोला, उसके मुँह में एक दाँत भी नहीं। अरे हाँ, मैं बोली, आपकी आँखें बड़ी तेज हैं। मैं उस औरत से बोली, बीबी, तुम उस दिन छत से नहीं गिर गई थीं?

वह बोली—हाँ, हाँ, बहनजी, मैं गिर गई थी और मेरे दाँत टूट गए थे, मैं क्या कर सकती हूँ? वह बोला, मिस सहगल, आप मुझे मूर्ख बनाने की कोशिश कर रही हैं। मैं बोली, पुरी साहब, लड़कियाँ आपके सामने हैं, आप सच को खुद देख सकते हो, मैं आपको मूर्ख क्यों बनाऊँगी। वह बोला, इनके चेहरों पर झुर्रियाँ हैं। मैं उससे बोली, आप कितने चौकस हो, इतनी चीजें देख डालीं! मैंने फिर कहा, देखो पुरी साहब, बताओ आज सुबह आपने

घर में क्या खाया? वह बोला, तो अब आप बात मुझ पर पलटने की कोशिश कर रही हैं। मैं बोली, नहीं, मैं सचमुच जानना चाहती हूँ कि आज सुबह आपने नाश्ते में क्या लिया था? आपने दूध, फल, टोस्ट, मक्खन, अण्डे जरूर खाए होंगे—यह सब आपकी पत्नी ने कम से कम आपको जरूर दिया होगा। इतना तो मैं बता सकती हूँ, और बाकी पता नहीं। और मैंने भी खूब खाया है। लेकिन इन गरीब औरतों को देखो, इन्हें कुछ नहीं मिलता। सरकार इन्हें दस रुपए देती है। इससे ये क्या खा सकती हैं। इन्हें भूखा मरना पड़ता है, इसलिए इनके चेहरों पर इतनी झुर्रियाँ हैं। एक बार इन्हें ठीक से खाने को मिल जाय तो ये भी ठीक हो जाएँगी। वह बोला, आप पक्की जट्टी हो। देखो इन औरतों को—एक के दाँत नहीं, एक के बाल सफेद, तीसरी के चेहरे पर झुर्रियाँ हैं...मैं बोली, ओहो, पुरी साहब, आप चाहते क्या हो? वह बोला, मुझे इनकी असली उम्र बताइए। मैं बोली, ठीक है, जो मर्जी आए लिख दो और मैं मान लूँगी। लेकिन कैसे, वह बोला। क्यों नहीं, मैंने कहा, अपना पेन चलाओ, शपथ लो और लिख दो कि ये कब पैदा हुई थीं। मैं विश्वास कर लूँगी। वह बोला, मुझे कैसे पता? तो मैं बोली, जब आप नहीं जानते तो मुझे कैसे पता चल सकता है? आप भी अन्दाजे से लिखोगे और मैं भी यही करूँगी। मैं बोली, आपने इनके चेहरे देखे हैं? ये गाँव से आई हैं। आप सोचते हो, कोई एक भी अपनी जन्मतिथि जानेगी? ये औरतें भला क्या जानती हैं? ये आपको झूठ बताएँगी, मैं भी झूठ बोल रही हूँ, आपको झूठे साइन देने हैं। चूँकि हम सभी झूठे हैं, इसलिए कोई नहीं बोलेगा। क्या आप सोचते हो ये औरतें बता सकती हैं कि ये कब पैदा हुईं? न ही मैं वहाँ थी, न ही आप बता सकते हो। इसलिए हम क्या कर सकते हैं? पौन घण्टे तक हम बहस पर बहस करते गए। वह बोला, मुझे क्या करना चाहिए? मैं बोली, पता नहीं, मैं तो यह सब भगवान के नाम पर कर रही हूँ, आप भी यही क्यों नहीं करते? मैंने कहा, अगर आप शपथ ले सकते हो कि ये औरतें कब-कब पैदा हुई थीं, कितने बजे, किस दिन, तो मैं आपकी बात पर भरोसा करूँगी और काउंटर साइन कर दूँगी, लेकिन आप तो जानते नहीं, मैं भी नहीं जानती। यदि आप नहीं जान सकते, तो मैं भी नहीं जान सकती।...

जो भी हो, उसने दस्तखत कर दिए! और इन औरतों के साथ तब हमें सौ फीसदी नतीजे मिले।

5

इज़्ज़त

भाग—1

हमारी औरतें, तुम्हारी औरतें

लगभग आरम्भ से ही बरामदगी का काम मुश्किल और तनाव से भरा था। प्रारम्भिक चरणों में ही पाकिस्तान ने इसमें मिलिटरी इवैक्यूएशन आर्गनाइजेशन (MEO) के शामिल होने का विरोध किया और सुझाव दिया कि इसका कार्य ट्रांजिट कैंम्पों (यह बरामद हुई अपहृत औरतों को रखने के लिए खोले गए थे, जो अपने 'गृहदेश' भेजे जाने की प्रतीक्षा कर रही थीं) तक ही सीमित रहना चाहिए। उनका सुझाव था कि बचाव का वास्तविक कार्य पुलिस को दिया जाय। भारत सरकार यह करने में अनिच्छुक थी, क्योंकि उसका दावा था कि कई मामलों में पुलिस खुद ही औरतों की अपहर्ता है—और यदि सामाजिक कार्यकर्ताओं की बात पर भरोसा किया जाय, तो इस दावे में सच्चाई भी थी। दोनों ही ओर प्रभावशाली व्यक्तियों द्वारा अपहरण हुए। मांटगुमरी में, दीपालपुर का एक तहसीलदार, जो काफी बढ़-चढ़कर औरतों के अपहरण की सूचना देने की अपीलें प्रसारित करता रहा था, बताया गया कि खुद उसने एक अपहृत औरत को आठ महीने तक अपने पास रखा था। एक दूसरे मामले में, एक अपहृत औरत को खोजने गए दो पुलिस इंस्पेक्टरों ने ही उसके साथ बलात्कार किया।[1]

आरम्भिक समझौते पर दस्तखत के कई साल बाद तक भी अपहृत औरतों की नियति दोनों सरकारों के लिए काफी चिन्ता का विषय बनी रही थी। विधानमण्डल के 1947 के बाद के रिकार्ड, और उस समय के अखबार और पत्र-पत्रिकाएँ भी विभिन्न मामलों से जुड़ी बहस और चिन्ता को जाहिर करते हैं : दोनों देशों में बरामदगी की असमान गति, बरामद हुई औरतों की संख्या, सबसे अधिक बरामदगी कहाँ हुई, भारत सरकार पाकिस्तानी सामाजिक कार्यकर्ताओं को सभी तयशुदा इलाकों में आजादी से क्यों जाने दे रही है, जबकि पाकिस्तान ने

1. किरपाल सिंह, द पार्टिशन ऑफ द पंजाब, पृ. 171

अपने कुछ निश्चित क्षेत्रों को मनमाने ढंग से बन्द कर दिया था। ऐसा क्यों था कि पाकिस्तान से कम संख्या में हिन्दू और सिख औरतें खोजी गईं, जबकि भारत से अधिक संख्या में मुस्लिम औरतों को बरामद किया गया, भारत सरकार ने मुस्लिम औरतों को खोजने की गति तब तक धीमी क्यों नहीं की, जब तक कि और हिन्दू और सिख औरतें पाकिस्तान में ढूँढ़ ली जातीं।

वह अध्यादेश जिसने भारत सरकार को भारत में अपहृत हुई मुस्लिम औरतों को खोजने का अधिकार दिया था, 30 दिसम्बर 1949 को समाप्त होना था। इस तिथि से पन्द्रह दिन पहले सरकार के प्रतिनिधि, गोपालस्वामी आयंगार ने, संविधान सभा में 'अबडक्टेड परसंस रिकवरी एण्ड रेस्टोरेशन एक्ट' पेश किया। यह अधिनियम 1957 तक लागू रहा, इसके बाद इसका नवीकरण नहीं किया गया। इस समय तक, बरामदगी की गति में काफी कमी आ चुकी थी–बहुत-सी औरतें अननुमार्गणीय थीं और दूसरी अपने नए घरों में 'बस' चुकी थीं–यद्यपि यदा-कदा खोज अभी जारी थी।

संविधान सभा में जहाँ बिल के प्रावधानों पर बहसें हो रही थीं, अनेक वक्ता इस बात पर राजी थे कि बरामदगी के प्रयास बढ़ाए जाने चाहिए, और कि यह अपने उद्देश्यों में 'मानवीय' था। और वाकई में, यह सच है कि राज्य अपने नागरिकों की नियति के प्रति उदासीन नहीं रह सकता था : उन औरतों के प्रति जो अपहरण और बलात्कार का शिकार हुईं, न ही दूसरे समूह के नागरिकों, उनके परिवारों और रिश्तेदारों की याचनाओं के प्रति ही। यद्यपि संविधान सभा में हुई बहस ने भारतीय राजनीतिक नेताओं को अपहृत औरतों की बरामदगी के प्रश्न को लेकर पाकिस्तान के चरित्र पर भी अपना मत प्रकट करने का मौका दिया। जो स्वयं को और भारत को धर्मनिरपेक्ष, और सहिष्णु रूप में देखते थे, उन अनेक भारतीय राजनीतिक नेताओं के लिए पाकिस्तान बनने का अर्थ था गहरा विश्वासघात, जो इसकी तह में मौजूद है। सभा में एक के बाद एक वक्ताओं ने संयुक्त समझौते की शर्तों के पालन में पाकिस्तान की उद्दण्डता पर बल दिया। उन्होंने कहा, किसी भी सभ्य सरकार से ऐसे व्यवहार की आशा नहीं होगी। यह बल्कि, दो बातों का प्रतिबिम्बन था : पाकिस्तान का ठेठ असभ्य चरित्र (जो एक साम्प्रदायिक देश के लिए लड़े मुस्लिमों द्वारा बना था, और इसीलिए जो स्वभावतः ही साम्प्रदायिक थे) और भारतीय राष्ट्र का अधिक मानवीय और सभ्य रवैया। वहीं यह तथ्य कि भारत में खोजी गईं औरतों की संख्या के मुकाबले इतनी ही संख्या में औरतों को बरामद करने के लिए पाकिस्तान पर दबाव डालने में भारत असमर्थ है, इसको भारत के पक्ष में इसकी कमजोरी के रूप में देखा गया, दूसरे देश को रास्ते पर लाने में हमारी अक्षमता के रूप में देखा गया। प्रोफेसर शिब्बनलाल सक्सेना (यू.पी. जनरल) ने कहा–वह 'हमारी बहनों को हम तक पहुँचाने के लिए दूसरे देश में उचित मनोभाव पैदा

करने की हमारी सरकार की असफलता पर' बहुत असंतुष्ट हैं। उन्होंने सुझाव दिया कि स्थिति की गम्भीरता के लिहाज से भारत को बदला लेने के लिए ऐसा ही कुछ करना चाहिए, न केवल इसलिए कि यही करना 'हमारी बहनों द्वारा ठीक था, बल्कि इसलिए भी कि भारत की यही 'प्रथा' भी थी।' उन्होंने कहा, ''अभी भी रामायण और महाभारत पर लोगों की श्रद्धा है। रावण द्वारा अपहृत केवल एक नारी के लिए पूरे राष्ट्र ने हथियार उठा लिए थे और लड़ने चला गया था। और यहाँ तो हजारों हैं, और उनसे कैसा व्यवहार किया गया है...। कश्मीर की हमारी बहनें वास्तव में बाजारों में बिकी हैं और क्या नहीं हुआ उनके साथ।''[1] अन्य आलोचनाएँ भी थीं, और एक सुझाव था कि पाकिस्तान में अपहृत हुई हिन्दू, सिख औरतों की वापसी को सीज़ फायर एग्रीमेंट (युद्धविराम समझौता) का भाग बनाया जाना चाहिए। जहाँ एक सदस्य ने 'यदि जरूरत पड़े तो खुले युद्ध' का सुझाव भी दिया, वहीं दूसरे ने कहा :

> यहाँ यदि कोई अप्रिय बिन्दु या दुखद तथ्य है जिस पर हम किसी भी परिस्थिति में कोई मेल-मिलाप नहीं कर सकते तो यह है हिन्दू औरतों के अपहरण और उनकी नावापसी का प्रश्न। हम सब अपना इतिहास जानते हैं कि श्रीराम के काल में सीता-अपहरण के समय क्या हुआ था। यहाँ, जब हजारों लड़कियों का मामला हो तो, हम इसे भुला नहीं सकते। हम सारी सम्पत्तियों को भूल सकते हैं, हम दूसरी सभी चीजों को भूल सकते हैं, लेकिन यह कभी भुलाया नहीं जा सकता...। *राम के वंशज होने के नाते हमें हर उस सीता को वापस लाना होगा जो जिन्दा है।* (इटैलिक अंश पर जोर मेरा—ले.)

पाकिस्तान को सही दिशा में लाने की भावना उन लोगों ने भी जाहिर की जो, पण्डित हृदयनाथ कुंजरू के शब्दों में, मुस्लिम औरतों को उनके 'उचित गृह' (पाकिस्तान) भेजने को एक 'नैतिक दायित्व' समझते थे। ''हम अपने दायित्वों को पूरा करने से इसलिए इन्कार नहीं कर सकते क्योंकि दूसरे भी अपने दायित्व से इन्कार कर रहे हैं।'' उनका मत था कि पाकिस्तान को यह महसूस कराया जाना चाहिए कि यह कोई तारीफ का काम नहीं, बल्कि अनिच्छित व्यक्तियों को अपने इलाके में रखने और 'उन्हें इस्लाम अपनाने को बाध्य करने' का कार्य घृणित है।

बदले की कार्यवाही के सुझाव हालाँकि सरकारी प्रतिनिधि द्वारा ठुकरा दिए

1. इण्डिया : कांस्टीट्यूएंट असेंबली ऑफ इण्डिया (लेजिस्लेटिव) डिबेट्स, 1949, जब तक अन्य जिक्र न हो—इस भाग में दिए गए सन्दर्भ इसी वर्ष हुई बहसों से लिए गए हैं।

गए थे। पण्डित ठाकुरदास भार्गव के बयान कि उन्हें कोई कारण नहीं दिखता कि क्यों 'एक देश इन (मुस्लिम) लड़कियों को कुछ समय तक बंधकों के रूप में रखने में न्यायसंगत नहीं है' के जवाब में गोपालस्वामी आयंगार ने भारत सरकार के लिए बोलते हुए कहा कि एक 'सभ्य' सरकार को ऐसा व्यवहार शोभा नहीं देता। बल्कि भारत के आधुनिक, धर्मनिरपेक्ष, तर्कपरक नजरिए के मद्देनजर यह इसकी जिम्मेदारी है कि भारत दूसरे देश को इस तरीके से व्यवहार करने के लिए बाध्य करे जो उसके 'एक सभ्य सरकार होने के दावे से मेल' खाता हो। उन्होंने अपने साथियों को याद दिलाया कि अपहरण दोनों ओर हुए हैं : "हम सद्गुणों के इजारेदार नहीं हैं और दूसरे देश के लोग बुराई के एकाधिकारी नहीं हैं—हम भी उतने ही अपराधी हैं जितने कि वे रहे हैं।"

हिन्दू और सिख औरतों को अपहृत करनेवाले मुस्लिम आदमी अगर ऊधो थे तो पाकिस्तान भी माधो था। वह सभ्य नहीं था, उसने नैतिक मानदण्ड नहीं दिखाए थे। पं. बंगाल की रेणुका रे स्पष्ट थीं : "भारत पाकिस्तान की मंशाओं के पीछे चलने नहीं जा रहा है। भारत के अपने उद्देश्य और आदर्श हैं और पाकिस्तान उनके बराबर आता है या नहीं, इसका यह अर्थ नहीं कि भारत भी पाकिस्तान द्वारा दिखाए गए निकृष्ट नैतिक मानदण्डों और उसके स्तर तक गिर जाय।" पं. ठाकुरदास भार्गव ने कहा : "...जहाँ तक हमारा सम्बन्ध है, हम जानते हैं कि अपने नैतिक दायित्वों का सम्मान कैसे किया जाय।" बेशक, आशय स्पष्ट था कि पाकिस्तान ने ऐसा नहीं किया। कौन नैतिक है और कौन नैतिक नहीं है, इस दुहाई के बीच अक्सर बहस को इसमें शामिल मुख्य पात्रों, यानी उन औरतों, पर केन्द्रित करने की आवाज भी उठती थी। मद्रास की श्रीमती अम्मू स्वामीनाथन ने कहा : "मुझे बहुत दुख है कि कुछ सदस्यों ने बदला लेने की बात कही। मैं समझती हूँ यह सबसे अमानवीय कार्य है क्योंकि आखिर, यदि दोनों सरकारें एक दूसरे से सहमत नहीं हो रही हैं, तो यह निर्दोष लड़कियों की गलती नहीं है जो क्रूर परिस्थितियों का शिकार रही हैं। हमें बदला लेने की बात तो सोचनी भी नहीं चाहिए... ।"

एक दूसरी बड़ी समस्या थी : उन औरतों का क्या किया जाय जिन्होंने अपनी बरामदगी का विरोध किया था। इन औरतों ने राज्य के लिए एक समस्या खड़ी कर दी। कानून ने उन्हें विकल्प चुनने का अधिकार नहीं दिया था, जो दो आजाद मुल्कों के व्यक्तियों और नागरिकों के रूप में उन्हें मिलना चाहिए था। दोनों देश इस बात पर सहमत थे कि एक निश्चित तारीख के बाद, जबरन धर्म-परिवर्तनों और विवाहों को मान्यता नहीं दी जाएगी। तब क्या किया जाता, जब कोई औरत अपने सम्बन्धों के स्वैच्छिक होने का दावा करे? इस पर कौन फैसला करता? विवाहित मामलों का फैसला करने के लिए बनाए गए न्यायाधिकरण दोनों देशों

के पुलिस अफसरों से मिलकर बने थे। लोगों ने पूछा, क्या वे किसी औरत के दावे की सच्चाई का फैसला करने के योग्य हैं? इस मुश्किल सवाल पर गोपालस्वामी आयंगार ऐसे किसी दावे के असली होने की सम्भावना को स्वीकार करने के इच्छुक नहीं थे। उन्होंने कहा, "औरतें या अपहृत व्यक्ति उस माहौल से छुड़ाए जाते हैं जो उन्हें प्रथम दृष्टि में अपने जीवन से सम्बन्धित मुक्त चयन की आजादी नहीं देते। इस कानून का उद्देश्य उन्हें ऐसे वातावरण में रखना है जो उन्हें इस चयन के लिए स्वतन्त्र महसूस कराएगा।" लेकिन औरतों को एक भिन्न माहौल—आमतौर पर कैम्प—में रखने पर उन्हें किसी चयन के लिए कैसे स्वतन्त्र महसूस कराया जा सकता था? नए माहौल में उन्हें गमन की आजादी नहीं थी; वे पुलिस और सामाजिक कार्यकर्ताओं से घिरी रहती थीं; उन पर—अक्सर काफी बारीकी से—अपने परिवारों के पास लौट जाने को दबाव डाला जाता, और फिर जिन्हें अपने अपहर्ताओं या साथ रहनेवाले पुरुषों से बच्चे पैदा हो चुके थे, उनका चयन अब महज व्यक्तिगत नहीं रह गया था।

मंत्री जी के मत को अन्य सदस्यों का समर्थन तो मिला, लेकिन इसका विरोध भी हुआ। रेणुका रे (पं. बंगाल) बोलीं—यदि सौ में एक भी मामला ऐसा है जिसमें कोई औरत वापस न जाना चाहे तो सरकार को इस पर ध्यान देना चाहिए। वह बोलीं, "आखिर कुछ मामलों में वैध शादियाँ भी होती हैं और हमें यह देखने में बहुत सावधान रहना होगा कि ऐसी औरतें जो ऐसी किसी शादी को इतना अधिक समय बीत जाने के बाद रद्द नहीं करने देना चाहतीं, हमारी जल्दबाजी के चलते वापस न भेज दी जाएँ।" इससे पूर्व एक अन्य महिला, पूर्णिमा बनर्जी, ने इस मामले में सरकार को चेताया था। उन्होंने दर्शाया कि कई औरतों को उठा ले जाने के बाद काफी समय बीत चुका है। इस दौरान वे :

> एक दूसरे के साथ रही हैं और उनमें आपसी अन्तरंगता पनप चुकी है...ऐसी लड़कियों के अपने मूल देश केवल इसलिए नहीं भेजा जाना चाहिए कि वे सिर्फ मुस्लिम हैं या हिन्दू हैं और केवल इसलिए कि जिन परिस्थितियों और हालात में उन्हें उनके मूल घरों से निकाला गया है, उसे अपहरण कहा जा सकता है।

औरतों को यह दोहरा सदमा झेलना होगा। इस चिन्ता में हामी भरते हुए श्री महावीर त्यागी ने कहा कि ये लड़कियाँ पहले ही हिंसा का शिकार हो चुकी हैं। यदि उन्हें फिर से जड़ समेत उखाड़ दिया जाय और उनकी इच्छा के विरुद्ध प्रस्तावित कैम्पों में ले जाया जाय तो क्या यह एक दूसरा हिंसात्मक कार्य नहीं होगा?

हालाँकि मंत्री महोदय अड़े रहे। वह उस धारा में परिवर्तन नहीं करना चाहते

थे जो औरतों को कोई चयन करने और निर्णय करने की स्वतन्त्रता देने से रोकती थी। उन्होंने दावा किया कि "शायद ही कोई मामला होगा जहाँ अपने मूल पिताओं, माताओं, भाइयों या पतियों के सम्पर्क में आने के बाद इन औरतों में से किसी ने अपने अपहर्ता के पास वापस जाने को कहा हो—किसी व्यक्ति की यह स्वाभाविक भावना नहीं हो सकती, जिसे पहले जबरन अपहृत किया गया हो और फिर गलत माहौल में रख दिया गया हो। उन्होंने जोर देकर कहा कि उन्हें एक भी ऐसा मामला नहीं मिला है जिसमें, "एक भी बरामद हुई बालिग अपहृत औरत को उसकी इच्छा के विपरीत पाकिस्तान भेजा गया हो," हालाँकि उन्होंने स्वीकार भी किया कि जब औरत को "सबसे पहले अभिरक्षा में लेते समय उसकी इच्छाओं को ध्यान में नहीं रखा जाता है। खयाल यह है कि इस समय वह जिस माहौल में है, उसमें वह स्वतन्त्र नहीं है, उसे यह कहने की मानसिक आजादी नहीं कि वह इस वातावरण को छोड़कर अपने मूल वातावरण में लौटना चाहती है या फिर उसे यहीं रहना चाहिए।"

यदि बरामदगी के प्रति औरतों का विरोध एक समस्या थी, तो वहीं दूसरा अधिक कठिन प्रश्न यह था कि उनके बच्चों का क्या किया जाय। विचित्र बात यह थी कि अपहरण को एक शर्मनाक और अनैतिक कृत्य बतानेवाले कई सदस्य काफी इच्छुक थे कि औरतें अपने बच्चों को अपने अपहर्ताओं के पास ही छोड़ दें। पं. ठाकुरदास भार्गव ने कहा, "आपको यह अवश्य महसूस करना चाहिए कि भारत में जन्मे वे सभी बच्चे भारतीय नागरिक हैं। मान लीजिए एक हिन्दू पुरुष और एक मुस्लिम औरत ने शादी कर ली हो। तो बच्चे का अभिभावक किसे होना चाहिए?" उन्होंने कहा, "जब एक मुस्लिम औरत पुनर्स्थापित की जाती है तो वह पाकिस्तान जाएगी। एक बार वहाँ पहुँचकर वह बच्चे का धर्म बदल सकती है। लेकिन बच्चे को हरामी समझा जाता रहेगा और उसके साथ दुर्व्यवहार होगा और शायद मार दिया जाएगा।" उन्होंने पूछा, "माता और पिता के बीच उसके संरक्षण का हकदार कौन होगा?" इस बहस में बच्चों का सवाल शायद सबसे अधिक विवादास्पद था—गहरा भावनात्मक, इसे 'निष्पक्ष दृष्टि', 'व्यावहारिक' और 'गैर-भावनात्मक' रूप से हल करने की कोशिश की गई थी—लेकिन जहाँ सभासद गैर-भावनात्मक बनने में समर्थ हो सकते थे, स्पष्टतः माताएँ नहीं हो सकती थीं। कमला बेन पटेल ने इस समस्या की मुश्किलों की ओर इशारा किया। उन्होंने कहा कि हिन्दू समाज में एक मुस्लिम पिता और एक हिन्दू माँ से पेदा हुआ बच्चा स्वीकार्य नहीं होगा, और यदि बरामद हुई औरतों के रिश्तेदारों ने उनके बच्चों को स्वीकार नहीं किया, तो सरकार को बड़ी संख्या में बेसहारा और अनचाहे बच्चों की समस्या का सामना करना होगा। इस सुझाव के पीछे कि बच्चों को उनके 'स्वाभाविक पिताओं' के पास ही छोड़ दिया जाय, शायद यही तर्काधार था। मैं बच्चों

के इस सवाल पर बाद में वापस आऊँगी।

❑ ❑

औरतों की नियति पर केवल असेंबली में ही चर्चा नहीं की गई थी। इस पर ठीक ऐसी ही, और भिन्न, चर्चा उस समय अखबारों और पत्रिकाओं के पन्नों में भी जारी थी। राष्ट्रीय स्वयंसेवक संघ (RSS) के मुखपत्र 'ऑर्गनाइज़र' ने इस मामले को काफी जोश से लिया। 24 दिसम्बर 1949 को इसके पहले पृष्ठ पर वृत्तांत छपा, 'पाकिस्तान द सिनर : 25,000 अबडक्टेड, थाउसैंड्स सोल्ड।' इसमें लिखा था : ''सीता के सम्मान के लिए श्रीराम ने रावण से युद्ध करके उसका नाश किया था। जब भ्रष्ट खिलजी ने चित्तौड़ पर घेरा डाला था तो वहाँ की हजारों औरतें रानी पद्‌मिनी की अगुआई में गेरुआ (केसरिया) साड़ी पहनकर, इससे पहले कि वह म्लेच्छ (अपवित्र) उनके कुलीन हिन्दू रक्त की एक बूँद भी अपवित्र कर पाता, हँसते-हँसते चिता की अग्नि में कूद गईं। आज, जब दसियों हजार हिन्दू औरतें पाकिस्तान में दुख भरे दिन और भयानक रातें गुजार रही हैं, तो भारतीय प्रभुसत्तासम्पन्न लोकतान्त्रिक गणतन्त्र संघ की पहली स्वतन्त्र सरकार के पास उनके लिए बिसूरने के सिवा कुछ भी नहीं है।''

यह लेख और उसके बाद का अभियोग, कि पाकिस्तान वास्तव में 'नापाकिस्तान' (अपवित्र) है, ठेठ वैसा ही था जैसा कि बँटवारे के बाद के वर्षों में भी 'आर्गनाइज़र' छापता रहा। मुस्लिम व्यक्तियों द्वारा हिन्दू और सिख औरतों के अपहरण और बलात्कार ने वह पृष्ठभूमि तैयार की जिसके विरुद्ध पाकिस्तान पर बर्बर, असभ्य और कामुक होने के आरोप लगाए गए थे। भारत की भूमि पर (या भारतमाता के शरीर पर) पाकिस्तान की स्थापना पवित्र हिन्दू औरत के शरीर की तौहीन का एक द्योतक बन गया। अपनी औरतों को बचा पाने और आक्रमणकारी राज्य पाकिस्तान को उसके योग्य उचित भाषा में जवाब देने में असफल रहने पर भारतीय राष्ट्र पर लगातार सवालों की बौछार की जाती थी। सबसे अधिक हिन्दुओं के लिए समय की माँग थी कि 'एक ताकतवर सेना द्वारा समर्थित एक शक्तिशाली और ओजस्वी राष्ट्र की' स्थापना की जाय, क्योंकि जैसा कि एक पुस्तक 'हिन्दू अमेरिका' के लेखक चमनलाल ने लिखा, ''हम इतने अधिक शान्तिवादी बन गए हैं कि लातें खाने के बाद भी...हम हमलावरों से सत्य और न्याय के नाम पर अपील करते रहते हैं। यदि आक्रमणकारी को सही जवाब देना है तो इस भयानक 'राष्ट्रीय' कमजोरी को दूर करने के लिए हिन्दू जात का 'क्षत्रियकरण'[1] करना जरूरी है।''

'आर्गनाइज़र' में कई लेखकों के लिए औरतों का अपहरण और बलात्कार एक शर्मनाक, लेकिन पहले से ही जान लेने योग्य घटना थी, क्योंकि 'हिन्दू सम्पत्ति

1. आर्गनाइज़र, 10 जुलाई, 1947

और हिन्दू औरतों के लिए परभक्षी चाहत पर बने पाकिस्तान से' और उम्मीद भी क्या की जा सकती थी, "जिसने इसके हिमायतियों की पिपासा और लोलुपता को रोकने के लिए कोई कदम नहीं उठाए।"[1] वहाँ, हालाँकि, एक और सच्चाई थी। मुस्लिम औरतें भी हिन्दू और सिख व्यक्तियों द्वारा अपहृत हुई थीं। पर यह कैसे बयान किया जा सकता था? संविधान सभा में हुई बहसों में इसे एक 'मतिभ्रंश' के रूप में देखा गया। वे व्यक्ति स्पष्टतः 'बुरे मनोवेग' के शिकार हुए थे। 'आर्गनाइज़र' यह मानने को कतई तैयार नहीं था कि हिन्दू और सिख अपहरण के दोषी रहे हैं। बल्कि, उन्होंने मुस्लिम औरतों को 'सहारा' दिया था। एक लेख, 'डूरिंग द वार ऑफ 1947' में लेखक ले दावा किया :

> 1947 की गर्मियों में पंजाब में हिन्दू-मुस्लिम दंगों के दौरान आवेश तेजी पर था। दोनों ओर लाखों लोग कत्ल कर दिए गए। लेकिन औरतों पर लड़ाई ने—लड़ाई से भी बुरे, अपहरण ने—*जो मुसलमानों की एक कुख्यात और पुरानी आदत है,* पूरे राष्ट्र को दर्द और गुस्से से छटपटा दिया। हजारों मुस्लिम औरतें, विधवाएँ और परित्यक्त औरतें हिन्दूबहुल इलाकों में ही छोड़ दी गईं। लेकिन जैसे ही उनकी खोज शुरू हुई, तो उनमें से अधिकांश औरतें, जो अब तक हिन्दुओं की पनाह में थीं, अधिकारियों को सौंप दी गईं। शायद ही कोई मुस्लिम औरत भारत में अपनी इच्छा के विरुद्ध रही होगी। *यह ध्यान देने योग्य बात है कि इनमें से कुछ औरतें खुद मुस्लिम आदमियों द्वारा अपहृत हुई थीं।*[2] (इटैलिक अंशों पर जोर मेरा—ले.)

इस तरह कभी-कभी बुरे मनोवेग का शिकार हो जानेवाले हिन्दू पुरुषों को भले मानस के रूप में देखा गया, यहाँ तक कि उन्हें काफी कमजोर समझा गया, और कामुक्र तो उन्हें बिल्कुल नहीं माना गया। पाठकों को बताया गया कि "हिन्दू दिमाग दूसरों के साथ न्याय करने के लिए काफी खुला है, लेकिन दूसरों से न्याय की माँग करने लायक हिम्मती नहीं।"[3] ऐसा इसलिए कि भारत की एक महान परम्परा रही है, एक उदारचरित् संस्कृति रही है, जिसने यह सुनिश्चित किया है कि :

> युगों-युगों तक और यहाँ तक कि जब भारत एक बहुत बड़ी सैनिक शक्ति था और बड़ी आसानी से पूरे महाद्वीप पर कब्जा कर सकता था, इसने कभी भी जालिम की भूमिका नहीं निभाई। जब दूसरे लोग अपने पुरखों द्वारा अपने दूसरे भाइयों को गुलाम बनाने, उत्पीड़ित करने और जबरन धर्म-परिवर्तन के लिए चलाए गए हिंसक अभियानों पर गर्व करते हैं, वहीं अपने यशस्वी

---

1. आर्गनाइज़र, 14 दिसम्बर, 1949
2. वही
3. आर्गनाइज़र, 30 नवम्बर, 1949

ऋषि-मुनियों की प्रज्ञा से परिपूर्ण, और अपनी पुरातन संस्कृति के तद्नुरूप भारत, केवल अपने गौरव के उन मूल दिनों को याद करता है जब उसकी यशस्वी सभ्यता दूर-दूर तक जानी जाती थी।[1] तब यह प्राचीन परम्परा ही थी जिसने हिन्दू पुरुषों को इतना सभ्य और सहिष्णु बना दिया, यहाँ तक कि मुस्लिम औरतों का अपहरण (गलती से?) करने के बावजूद वह उन्हें देश या अधिकारियों को उसी पल देने को इच्छुक और तैयार थे, जब उन्हें ऐसा करने को कहा गया। यही सहिष्णुता—अब तक महत्वपूर्ण है जिसने, संकट के क्षणों में हिन्दू पुरुष को अपनी ही स्त्रियों की रक्षा के अयोग्य बना दिया है। इसीलिए अब हथियार उठाने, लड़ने और मुस्लिम देश को उसी की भाषा में जवाब देने के लिए ललकारा है।

ऐसी ही मनोवृत्ति में हमें एक लेखक द्वारा बताया गया कि :

हमारी दसियों हजारों धर्मनिष्ठ माँओं और बहनों को, जो लहू देखते ही बेहोश हो जातीं, अपहृत किया गया था और कितने ही रुपयों, आनों और पैसों में बेचा गया। उस पाक जमीन से बरामद हुई उनमें से कुछ औरतों को मैंने देखा है। उनके माथों पर 'मुहम्मद की जोरू,' 'मियाँ अहमद की जोरू', 'हाजी हुसैन की जोरू' आदि-आदि...गोदा हुआ था। उन्हें (आमतौर पर शरणार्थियों को) उनके अंगीकरण के क्षेत्र की अर्थव्यवस्था और समाज में तुरन्त और प्रभावी रूप से आत्मसात करने का हर हिन्दुस्तानी नागरिक का प्राथमिक कर्त्तव्य है। काम आसान नहीं है। इसमें मुश्किलें हैं, यह स्पष्ट है। लेकिन *यह तथ्य भी इससे कम स्पष्ट नहीं है कि यह समस्या हमारी मर्दानगी के लिए एक चुनौती है, हमारे राष्ट्रवाद से कम नहीं।*[2] (इटैलिक अंशों पर जोर मेरा—ले.)

मर्दानगी और राष्ट्रवाद का यह आसान समीकरण असामान्य नहीं था। इसमें पुरुषों को मातृभूमि के सम्मान की रक्षा करने की आवश्यकता थी। 'आर्गनाइज़र' के कई लेखकों के लिए, तब, इस दौरान भारतमाता की पवित्रता को स्थापित करना महत्वपूर्ण हो गया, वह मातृभूमि जिसने हिन्दू जाति को जन्म दिया और जो हिन्दू धर्म का घर है। यह देश जिसे भारत कहा जाय या हिन्दुस्तान, माँ के रूप में, स्त्रीलिंग में चित्रित किया गया है, और बँटवारे को उसके शरीर के अपमान के रूप में देखा गया। आर्गनाइज़र के एक अंक (14 अगस्त, 1947) के पहले पन्ने पर भारतमाता का चित्र छपा था, जिसमें भारत के नक्शे पर एक औरत पड़ी थी, जिसका एक अंग कटकर अलग हो गया था और इसे काटने के लिए जिम्मेदार

1. आर्गनाइज़र, 10 जुलाई, 1947
2. आर्गनाइज़र, 13 नवम्बर, 1948

नेहरू ने रक्तरंजित चाकू उठा रखा था। भारतमाता के बारे में कहीं कहा गया है कि यह धर्म में इसका अटल विश्वास ही है, जिसने अनगिनत सदियों से हिन्दुस्तान को लुप्त होने से बचाया है...इसने पराजय और दासता की चुनौतियाँ झेलीं, यह अपना पुराना विश्वास छोड़कर दूसरे को अपनाने के लिए डर, दबाव और लालच से व्यग्र कर दी गई, लेकिन इसने अपना धर्म छोड़ने से इन्कार कर दिया जो इसकी आत्मा है।[1]

इस प्रवचन में उन अपहृत औरतों के लिए एक सबक भी था जो 'दूसरे' धर्म का आसानी से शिकार हो गई थीं या उन्होंने इसे स्वीकार करना चुन लिया था। यदि एक अच्छी हिन्दू औरत होना एक 'अच्छी' माँ होने के समान था, तो उनके मुस्लिम पुरुषों के साथ सहवास—जबरन, शायद ऐच्छिक भी—का अत्यन्त वास्तविक तथ्य इस आदर्श के लिए एक वास्तविक खतरा प्रस्तुत करता था, और इसलिए इससे निबटा जाना चाहिए था। उनके लिए लड़ने, युद्ध पर जाने, यहाँ तक कि जरूरत पड़ने पर 'खुद को जलाकर राख कर देने', और उनकी 'अपवित्रता' के बावजूद उन्हें अपने घर वापस लाने की जिम्मेदारी उनके पतियों और भाइयों पर थी। जैसा कि 'कमल' (एक नियमित लेखक का छद्म नाम) ने लिखा, "न केवल भारतवर्ष हमारी माँ है, और हम इसके बच्चे, बल्कि यह हमारी देवी है और हम इसके भक्त हैं। वह पवित्र है। बाहर जाना विदेशी, अपवित्र और बर्बर भूमि पर जाना समझा जाता है, और इसलिए लौटने पर पवित्रीकरण जरूरी है।"[2] एक अन्य लेख में राम को लक्ष्मण से कहते हुए बताया गया : "हे लक्ष्मण, यह सोने की लंका मेरे हृदय को नहीं भाती। हमारी माँ, हमारी जन्मस्थली, स्वर्ग के सुखों से भी अधिक आनन्ददायक है।"[3]

हिन्दू माँ की छवि की तीखी तुलना में भी मुस्लिम औरत की छवि। यद्यपि वह 'आर्गनाइज़र' के पृष्ठों पर कभी-कभार ही दिखती, तिस पर भी पाठकों को उसके खतरों से सावधान किया जाता था। 'लाइफ इन सिंध' लेख में हूंडराज कृपलानी ने इस तथ्य पर विलाप किया कि हिन्दुओं को हर कदम पर गालियाँ और अपमान मिल रहे हैं : "यहाँ तक कि आप अपने घरों में भी सुरक्षित नहीं हैं। मुस्लिम औरतें आपसे यह पूछने के बहाने आपके घर घुसेंगी कि आपके पास कुछ बेचने को है या नहीं। और कुछ मिनटों के बाद वे आपको बताएँगी कि वे वहाँ रुकने आई हैं। आप उन्हें बाहर नहीं निकाल सकते, क्योंकि न तो आप में उन्हें छूने की हिम्मत है, न ही किसी और से उन्हें बाहर निकलवाने की...।" यह लेखक अपने हिन्दू भाइयों को एक उम्दा चेतावनी भी देता है : "आप दो या तीन

1. आर्गनाइज़र, 13 नवम्बर, 1948
2. आर्गनाइज़र, 25 सितम्बर, 1947
3. आर्गनाइज़र, 19 अगस्त, 1948

दिनों तक किसी तरह उनके साथ रह सकते हैं, लेकिन तब, सचमुच इन मुस्लिम औरतों के रात को जोर से चिल्लाने-चीखने का असली खतरा है। और तब आप कहाँ होते हैं।'' जाहिर है, तब, हिन्दू पुरुषों को उन लड़ाकी मुस्लिम औरतों की मौजूदगी में असहाय बने रहने के सिवा कोई चारा नहीं था, जो खुद को उनके जीवन में शामिल करने पर जोर देती थीं।

❑ ❑

बड़े पैमाने पर पलायन, मौत, विनाश, नुकसान—बँटवारा चाहे कितना भी अवश्यंभावी क्यों न लगा हो, कोई भी इससे उत्पन्न रक्तपात और शत्रुता की माप और भीषणता का पहले से अन्दाजा नहीं लगा सकता था। दिल्ली के एक बढ़ई फरयाद का कहना था, ''हमने सोचा था, जब एक बार आजादी आई तो दिल्ली की सड़कें सोने की बनी होंगी जिन पर दूध बहेगा। इसकी जगह हमने खून की नदियाँ देखीं।'' फिर भी क्या कोई अन्दाजा लगा सकता था कि औरतें इतनी अहम, इतनी प्रमुख, और सचमुच इतनी समस्यात्मक हो जाएँगी। चाहे कितने भी अपर्याप्त क्यों न हों, बेघर हो गए लोगों की मदद के लिए या जिन्होंने अपनी सम्पत्तियाँ खो दी थीं, उनकी भरपाई के लिए एक राष्ट्र कुछ कदम उठा सकता है। लेकिन उस समय आप कैसी प्रतिक्रिया करते हैं जब औरतों के साथ सामूहिक बलात्कार हुआ हो, इतनी भारी संख्या में उनके अपहरण हुए हों और जब इस तथ्य के कारण समस्या ने और विकराल रूप धारण कर लिया हो कि कई अपहृत औरतें अपने अपहर्ताओं के साथ ही रहना चाहती हों? 1947 में स्वतन्त्र भारत एक अनुभवहीन राष्ट्र था—चारों ओर से घिरा हुआ, गहरे संघर्ष में डूबा, और कमजोर भी—जो तुरन्त भारी जटिल समस्याओं से निबटने के लिए ढकेल दिया गया था। इस बात से कोई फर्क नहीं पड़ता कि राष्ट्र के कार्यों को लोगों ने कितना स्वीकृत या अस्वीकृत किया, लेकिन नीति के स्तर पर वहाँ ऐसा लगभग कुछ नहीं था जो हर किसी को स्वीकार्य हो सकता था। हालाँकि अधिकांश असन्तोष आर्थिक चीजों से सम्बन्धित थे : जैसे कितना मुआवजा, सम्पत्ति की बरामदगी इत्यादि। जहाँ औरतों का मामला था, वहाँ बहस ने बिल्कुल दूसरे ही क्षेत्र में प्रवेश किया—और वह था राष्ट्र और इसके नागरिकों का सम्मान।

विभाजन अपने आप में—दूसरे के लिए अपना ही एक भाग खोना—ऐसा ही एक नुकसान था। यद्यपि बँटवारा स्वतन्त्रता भी लाया था, लेकिन वहीं लोगों में लगभग अपर्याप्तता की गहरी शर्मिंदगी भी थी, कि भारत ने दूसरे देश के लिए अपना एक भाग, अपने शरीर का एक अंग खो जाने दिया है। समूचे राष्ट्रवादी आन्दोलन में पुरुषों और औरतों को लामबन्द करने में भारत की—एक माँ, भारत माता, के रूप में—छवि एक सबसे महत्वपूर्ण प्रतीक की रही थी। अब, बँटवारे ने

इस माँ के वास्तविक अपमान का निरूपण किया। उसके (स्त्री) शरीर के अपमान का निरूपण। 'आर्गनाइज़र' द्वारा छापा गया चित्र, जिसमें स्त्री का शरीर भारत के क्षेत्र का मानचित्र बना रहा है, और नेहरू एक भुजा को काट रहे हैं, जो पाकिस्तान की घोतक है, इसका एक ताकतवर और सजीव अनुस्मारक है।

यदि देश के जिस्म का कटना माता के रूप में राष्ट्र के शरीर के अपमान की याद दिलाता था, तो इसकी औरतों का अपहरण और बलात्कार, उनके परिवारों, समुदायों और देश से उनको बलपूर्वक निकालना उनके शरीरों का वास्तविक—लाक्षणिक नहीं—माताओं के रूप में तिरस्कार का निरूपण था। भगाकर ले जाई गई हर औरत वस्तुतः या संभवतः एक माँ थी। मातृत्व की प्रदत्तताओं में उसकी कामुकता सीमित, स्वीकृत और न्यायसंगत हो सकती थी। लेकिन एक बलात्कृत या अपहृत माँ के रूप में, और इससे भी अधिक एक ऐसी अपहत माँ के रूप में जिसने अपने अपहर्ता के साथ ही रहने की इच्छा जाहिर की हो, यह कामुकता अब बोधगम्य या स्वीकार्य नहीं रह गई थी। तब मातृत्व को इस तरह कैसे कलुषित किया जा सकता था? यह सच्चाई कि वास्तव में ऐसा हो चुका है, समय के आदि गर्त्त में छोड़ी जा सकती थी। लेकिन इसे जारी रहने देना : परिवार, समुदाय, राष्ट्र—सचमुच पुरुष इस स्थिति को कैसे जारी रहने दे सकते थे? औरतों को वापस लाना ही था, उन्हें 'पवित्र' करना ही था (और इसका अर्थ था उन्हें उनके 'अवैध' सहवास से पैदा हुए 'अवैध' बच्चों से अलग करना) और उन्हें परिवार और समुदाय में पुनःस्थापित होना ही था। केवल तभी नैतिक व्यवस्था कायम होगी और राष्ट्र फिर से पूर्ण बनेगा और केवल तब, जैसा कि 'आर्गनाइज़र' बार-बार इंगित करता है, हिन्दू पुरुष का नंपुसक, कमजोर पुरुषत्व निर्दोष साबित होगा। यदि विभाजन 'दूसरे' के लिए स्वयं की एक हानि थी, मातृभूमि के शरीर का एक लाक्षणिक अपमान और बलात्कार था, तो अपहृत औरतों की बरामदगी इसका एकदम उलटा था, औरतों के 'पवित्र' शरीर को पुनः प्राप्त करना (और इस पवित्रता पर लगातार पुनः महत्व दिया जाना था) राष्ट्र के—और समुदाय के—स्ववैधीकरण के लिए आवश्यक और असल में निर्णायक भी था।

अपनी व्यापकता के बावजूद तब सदन में 'अबडक्टेट परसंस रिकवरी एण्ड रेस्टोरेशन एक्ट' पर हुई विस्तृत चर्चा का औरतों से कोई खास लेना-देना नहीं था जो इसका विषय था। यह निसन्देह कुछ भी नया नहीं है, क्योंकि आज भी औरतों के बारे में बनाई गई चर्चाओं का अक्सर औरतों से ही कोई मतलब नहीं होता, बल्कि ये दूसरे मामलों को दोहराने का मौका देती हैं। इसी तरह, एसेम्बली में हुई बहस भी भारत की आत्मछवि को स्थापित करने या उसे पक्का करने की ही एक कसरत थी।

सबसे कठोर प्रश्न हमारे सामने शायद यह है : भारतीय राष्ट्र को अपहृत

औरतों को खोजने के लिए इतनी अधिक दूरियों तक जाना इतना महत्वपूर्ण क्यों हो गया? समानतः, सरकार को इस कार्य के लिए समर्थ बनानेवाले अधिनियम की अपनी शक्तियों में इतना व्यापक बनाने की जरूरत क्यों थी? शुरू के दिनों में, परिवारों के इस पर भारी दबाव को देखते हुए, राष्ट्र शायद ही इससे भिन्न कार्य कर पाता। लेकिन जैसे-जैसे समय बीता, और बरामदगी की स्थितियाँ और कठिनतर होती गईं—यह स्पष्ट था कि, उदाहरणार्थ, बहुत-सी औरतें नहीं जाना चाहती थीं, क्योंकि उनके पास बच्चे थे...तो देश की सरकार ने बरादगी-कार्य जारी क्यों रखा?

और यदि अपहृत हुई औरतों की बरामदगी का प्रश्न देश के लिए इतना महत्वपूर्ण हो गया था, तो हम यह एक अतिरिक्त प्रश्न भी उठा सकते हैं : तब इस तरह के प्रवचन भी इतने ही महत्वपूर्ण क्यों हो गए जो हमने 'आर्गनाइज़र' में देखे हैं? दोनों ही उदाहरणों में, औरत की एक व्यक्ति के रूप में कोई हैसियत नहीं थी, उसकी इच्छाओं का कोई महत्व नहीं था, उसे विरोध करने, इन्कार करने या अपील करने तक का भी कोई हक नहीं था, क्योंकि अधिनियम में ये बुनियादी अधिकार भी नहीं दिए गए थे। न केवल उसे बलपूर्वक बरामद किया जाना था, बल्कि यदि वह अपनी बरामदगी पर कोई विवाद उठाती, तो उसे अपना मामला (1954 के बाद) केवल एक न्यायाधिकरण (ट्रिब्युनल) के सामने उठाने की इजाजत थी, लेकिन इससे अधिक—यदि न्यायाधिकरण का निर्णय अन्यायपूर्ण लगे तो—उसके पास कोई रास्ता नहीं था। तब इस सवाल से बचने का कोई रास्ता नहीं है कि यदि औरतें अपने से सम्बन्धित इतनी अधिक केंद्रीभूत कुछ चीजों में इतनी नगण्य, इतनी महत्वहीन थीं, तो फिर वह क्या था जो बरामदी-कार्य के केन्द्र में मौजूद रहा?

राष्ट्रीय सम्मान : सम्मान जो भारतमाता के शरीर को लेकर दाँव पर लगा था, और इसलिए यह विस्तृत होकर सभी हिन्दू और सिख औरतों, माँओं और होनेवाली माँओं के शरीरों पर टिक गया। उन औरतों का 'दूसरे' धर्म के पुरुषों के साथ लोप होना उनके अपने 'मूल' परिवारों की भी हानि थी। यही परिवार, न कि उनके नए परिवार जिनमें ये औरतें अब रहती होंगी, उनके वैध परिवार थे, और इन्हीं परिवारों में उन्हें पुनः लौटाने की जरूरत थी। यदि इसका मतलब उन सम्बन्धों को तोड़ना था जिनमें वे अब हो सकती थीं, जिन्हें उन्होंने चाहे किसी भी कारण से 'स्वीकार' कर लिया था, तो उन सम्बन्धों को तोड़ना ही था। यह मान्यता थी कि यदि उनसे उनकी राय ली भी गई तो औरतें स्वतन्त्र राय नहीं दे पाएँगी, क्योंकि वे उत्पीड़न की स्थितियों में हैं। और इसमें कुछ सच्चाई भी थी। लेकिन दूसरा पहलू भी सच था : कि अपने 'खुद' के परिवारों में भी औरतें कभी-कभार ही ऐसी स्थितियों में होती हैं जहाँ वे आजादी से अपने विचारों को

रख सकें या कोई चयन कर सकें। तिस पर भी, यही परिवार थे, जिन्हें वैध ठहराया गया था; इसलिए इन औरतों को उन 'दूसरे' अस्वीकार्य परिवारों से निकाला ही जाना था और उनके 'वास्तविक' परिवारों में पुनः स्थापित किया जाना था। राष्ट्र के लिए यही सम्माननीय कार्य करने को था।

यदि उपनिवेशवाद ने भारतीय पुरुषों को अपनी हिन्दू स्त्री की पहचान को एक भद्र महिला, अच्छी, मध्यवर्गीय हिन्दू पत्नी और माँ, अपने पतियों की समर्थक के रूप में निर्माण और पुनर्निर्माण करने का मूलाधार दिया, तो स्वतन्त्रता, और इसके 'दूसरे' स्याह पहलू बँटवारे, ने महिलाओं को राष्ट्र के सम्मान का प्रतीक बनाने का तर्काधार भी दिया।

यह आश्चर्यजनक नहीं था। 1947 में मिली आजादी यदि 'उपनिवेशविरोधी राष्ट्रवाद की विजय' को निरूपित करती थी, तो विभाजन, समान रूप से 'साम्प्रदायिकता की जीत'[1] को दर्शाता था, जिसके वर्तमान भारत पर दूरगामी नतीजे हुए हैं। साम्प्रदायिकता मुख्यतः पाकिस्तान के साथ जुड़ी थी, तो भारत इसका विपरीत आवरण ही खुद पर चढ़ा सका। अतः पाकिस्तान एक साम्प्रदायिक, अपहरणकर्ता देश के रूप में निरूपित हुआ जिसने हिन्दू और सिख औरतों को लौटाने से मना कर दिया; जबकि भारत एक समझदार, और सभ्य, असाम्प्रदायिक देश था जो अपना नैतिक दायित्व निभा रहा था।

भाग—2

आत्म-बलिदान की परम्परा

बँटवारे के परिणामस्वरूप औरतों ने जो हिंसा झेली, वह खामोशी की अनेक परतों के पीछे छुपी हुई है। यदि हम ऐतिहासिक विवरणों में औरतों के साथ बलात्कार या उनके अपहरण के बारे में कुछ नहीं सुनते, तो केवल इसलिए कि आमतौर पर हम जिस हिंसा के बारे में जानते हैं उसका सम्बन्ध केवल 'दूसरे' समुदाय के पुरुषों से ही है। यदा-कदा ही, यदि कभी, इसकी कोई स्वीकृति है (शायद काल्पनिक किस्सों के अलावा) कि हिन्दू और सिख औरतें हिन्दू और सिख पुरुषों का निशाना बन सकती थीं। फिर भी रोजमर्रा की जिन्दगी में आई बाधा और उथल-पुथल में हिन्दू पुरुष शायद ही चमत्कारिक रूप से निर्दोष हो सकते थे। दंगों से बचे लोगों में जिस एक मिथ्या पर अटल भरोसा है, वह

1. एजाज़ अहमद, 'सम रिफ्लेक्शंस ऑन उर्दू', सेमिनार 359, जुलाई, 1989, 25

यह कि किस तरह संकट के समय परिवार और समुदाय एक हो गए थे : तब वे इसे कैसे मान सकते हैं कि अपने ही परिवार के सदस्यों द्वारा कोई बाधा उत्पन्न हुई होगी।

1986 में मेरा पहली बार पारिवारिक और सामुदायिक हिंसा की कहानियों से पाला पड़ा। उस समय मुझे इसकी व्यापकता का अन्दाजा नहीं था, और केवल धीरे-धीरे ही इसका ठीक से पता चला। बँटवारे के किस्से इकट्ठा करना शुरू करने पर सबसे पहले मैंने जिन लोगों से बात की उनमें मंगलसिंह भी एक था। अपने मोहल्ले अमृतसर बाजार में मंगलसिंह एक किंवदंती समझा जाता था। तीन भाइयों में अन्तिम बचा मंगलसिंह अगस्त 1947 में बिल्कुल खाली हाथ अमृतसर आया था। "मेरे पास केवल तीन कपड़े थे," उसने बताया। वहाँ वह पाकिस्तान चले गए मुसलमानों द्वारा खाली छोड़ी गई जमीन पर बस गया। उसने बताया, "मेरा दिल भारी था और यह जगह बिल्कुल खुली, बड़ी और खाली थी। मैंने सोचा मुझे यहीं रुकना है, यह खालीपन मेरे लिए अच्छा है, यह खालीपन और खुली जगह।" यहाँ उसने घर बसाया और दो जून की रोटी जुगाड़ने तथा फिर से जिन्दगी शुरू करने की दर्द-भरी प्रक्रिया शुरू की। दोस्तों और रिश्तेदारों से थोड़ा-बहुत रुपया उधार लेकर ('यदि आपको किसी चीज के लिए कुछ सौ या हजार रुपयों की भी जरूरत होती तो आपको मिल जाते, क्योंकि लोग मदद कर देते') उसने पंखों और बिजली के स्पेयर पार्ट्स की दुकान खोली। समय पर उसने शादी की और परिवार आरम्भ किया। जब मैं मंगलसिंह से मिली तो वह सत्तर पार कर चुका था। कई बच्चों का दादा, अपने बड़े परिवार से घिरा। उसके लड़के अपना व्यवसाय सँभालते और मंगलसिंह अपना अधिकांश समय अपने पोते-पोतियों के साथ गुजारता। बहुत-से लोगों ने मुझसे मंगलसिंह से बात करने का आग्रह किया था, और मैं भी उसके बारे में जानने को उत्सुक थी। मंगलसिंह को अपने पड़ोस में किंवदंतीय प्रतिष्ठा इसलिए मिली हुई थी, क्योंकि उसने और उसके दो भाइयों ने, बताया गया कि विभाजन के समय सीमा पार करने से पहले, अपने परिवार की 17 औरतों व बच्चों को मार डाला था! मुझे इस कहानी पर विश्वास करना कठिन लगा : आप अपने ही बच्चों, अपने ही परिवार को कैसे मार सकते हैं? और क्यों? पहले तो मंगलसिंह मुझसे बात करने को तैयार नहीं था : "अब इन सब बातों को दुबारा कुरेदने से क्या फायदा?" उसने पूछा। लेकिन तब, अपने परिवार से बात करने के बाद, उसने अपना इरादा बदल दिया—स्पष्टतः उन्होंने ही उससे बोलने का आग्रह किया था। उन्हें लगा मंगलसिंह ने अपने मन का बोझ काफी लम्बे समय तक उठा लिया है। मैंने उसके समाप्त हो गए परिवार के बारे में पूछा। उसने उनके बारे में इस तरह बताया : "हम लोग काफी पैसेवाले थे। उन दिनों लोगों के खूब बच्चे होते थे—तो हमारे यहाँ कई औरतें थीं और उनके बहुत-से बच्चे थे...लड़कियाँ

थीं...भतीजे और दूसरे। क्या शानदार परिवार था, भरापूरा और प्रसन्न।"

तब उसने और उसके भाइयों ने सबको मार देना ठीक क्यों समझा? मंगलसिंह ने यह मानने से इन्कार कर दिया कि सत्रह औरतें और बच्चे 'मारे' गए थे। बल्कि, उसने उनके लिए 'शहीद' शब्द का प्रयोग किया :

> घर छोड़ने के बाद हमें घर के चारों ओर पानी की बाढ़ भी पार करनी थी। और हम परिवार के कई सदस्य थे, बहुत-सी औरतें और बच्चे थे जो जान बचाकर भागने के लिए बाढ़ को पार नहीं कर पाते। तो हमने उन्हें मार दिया, वे शहीद हो गए—हमारे परिवार के सत्रह सदस्य, सत्रह जानें...हमारे दिल उनके दुख में भारी थे, दुख और अफसोस। उनका दुख, हमारा अपना दुख। इसलिए हमने दुख से भरे हुए ही यात्रा की। अपना कहने को एक पैसा नहीं था, न खाने को एक टुकड़ा...लेकिन हमें जाना ही था। अगर हमने ऐसा नहीं किया होता, तो हम भी मार दिए गए होते, ऐसा वक्त था...।

लेकिन बच्चों और औरतों को क्यों मारा गया, मैंने उससे पूछा। क्या उन्हें जीने का एक मौका नहीं मिलना चाहिए था? क्या वे नहीं भाग सकते थे? उसने जोर देकर कहा—औरतों और बच्चों ने स्वयं ही मरने की 'पेशकश' की थी, क्योंकि निश्चित रूप से उन्हें जो हो सकता था, मौत उससे बेहतर थी : धर्म-परिवर्तन या बलात्कार। लेकिन क्या वे सचमुच स्वयं को पेश कर रहे थे? उन्हें कोई डर नहीं लगा, मैंने उससे पूछा। उसने गुस्से में कहा :

> डर? मुझे एक बात बताने दो। आप सिखों की इस जात को जानती हैं? उनमें कोई डर नहीं होता, बुरे वक्त में भी कोई डर नहीं। उन लोगों (जो मारे गए थे) में कोई डर नहीं था। वे हमारे घर के बड़े आँगन में उस दिन जीने से नीचे उतरे और वहाँ बैठकर बोले, तुम हमें शहीद बना सकते हो—हम शहीद बनना चाहते हैं। और वे बने। छोटे बच्चे भी...डरने को क्या था वहाँ? *असली डर था बेइज्जती का। अगर उन्हें मुसलमानों द्वारा पकड़ लिया गया होता तो हमारी इज्जत, उनकी इज्जत बलि चढ़ गई होती, खो जाती। यह तो किसी की इज्जत का सवाल है...अगर आपको गर्व है तो आप नहीं डरते।* (इटैलिक अंशों पर जोर मेरा—ले.)

लेकिन किसे डर था, और किसे गर्व? इस सवाल का सामना मंगलसिंह नहीं करना चाहता था। यदि उसके जैसे विवरणों को सच माना जाय तो परिवारों, और वास्तव में पूरे समुदायों में सबसे बड़ा खतरा दूसरे धर्म में परिवर्तित होने से मर्यादा खोने का था। दंगे का प्रतिकार किया जा सकता था, लेकिन धर्म-परिवर्तन कुछ अलग ही रूप में देखा गया। कई मायनों में उनकी चिन्ता बेबुनियाद नहीं थी :

बड़े पैमाने पर और जबरन धर्म-परिवर्तन दोनों ओर हुए थे। खासतौर पर सिखों में, पुरुषों ने महसूस किया कि वे खुद को तो बचा सकते हैं, लेकिन उन्हें विश्वास था कि उनकी औरतें ऐसा नहीं कर पाएँगी। उनका तर्क था कि पुरुष लड़ सकते हैं, जरूरी हो तो मर भी सकते हैं, अपनी समझदारी और ताकत से बच सकते हैं, लेकिन औरतों के पास ऐसी कोई ताकत नहीं है। इसलिए उनका धर्म-परिवर्तन आसानी से हो सकता है। इसके अलावा, औरतों के साथ बलात्कार हो सकता था, और इस तरह दूसरे धर्म के पुरुष से गर्भ धारण करके, न केवल वे अपवित्र हो जातीं, बल्कि उनके जरिए समूचा समाज ही कलुषित हो सकता था, क्योंकि तब वे 'अपवित्र' बच्चों को जन्म देतीं। अतः जहाँ पुरुष खुद को बचा सकते थे, वहाँ यह अत्यावश्यक था कि औरतों को और उनके जरिए पूरी कौम को—उनसे 'बचाया' जाय।

मंगलसिंह से बात करने के कुछ वर्षों बाद मैंने पारिवारिक हिंसा के ऐसे ही विवरणों की खोज में अखबारों में छपी विभाजन की रिपोर्टों को देखना शुरू किया। 15 अप्रैल, 1947 को अंग्रेजी दैनिक 'द स्टेट्समैन' में यह वृत्तांत छपा था :

> रावलपिण्डी जिले के एक छोटे-से गाँव थोआ खालसा की 90 औरतों की कहानी...जिन्होंने हाल की गड़बड़ियों के दौरान कुएँ में कूदकर जान दे दी थी। इस घटना ने पंजाब के लोगों की कल्पना को झकझोरकर रख दिया। जब उनके पुरुष उनकी रक्षा में समर्थ नहीं रह गए तो उन्होंने आत्मदाह की राजपूती परम्परा को पुनः जीवित कर दिया। वे भारतीय औरतें मिस्टर गाँधी की सलाह पर भी चलीं कि विशिष्ट परिस्थितियों में आत्मसमर्पण के बजाय आत्महत्या नैतिक रूप से बेहतर है।
>
> करीब एक महीना पहले, लाठियों, बन्दूकों और हथगोलों से लैस एक साम्प्रदायिक सेना ने गाँव को घेरा था। गाँववालों ने खुद को बचाने की भरपूर कोशिश की...लेकिन अन्त में उन्हें सफेद झण्डे खड़े करने पड़े। बातचीत हुई। उनसे 10,000 रुपए माँगे गए...जो तुरन्त दे दिए गए। हमलावरों ने उन्हें दृढ़ भरोसे दिए कि वे अब वापस नहीं आएँगे।
>
> पर अगले ही दिन उनका वादा टूट गया। वे और पैसा माँगने वापस आ गए और इसी में उन्होंने 40 रक्षकों को मार डाला। अब संख्या में काफी कम रह गए लोग मार-काट को रोक सकने में समर्थ नहीं थे। उनकी औरतें आनन-फानन में बातचीत करके इस नतीजे पर पहुँचीं कि उनके सम्मान के सिवा और सब कुछ खत्म हो चुका है। नब्बे औरतें एक छोटे-से कुएँ में कूद गईं। केवल तीन ही बचाई गईं : कुएँ में सबको डुबोकर मारने लायक पानी नहीं था।

यह कहानी पंजाब में साम्प्रदायिक दंगों का प्रमाण है जो वास्तव में बँटवारे से कुछ माह पूर्व ही मार्च 1947 में शुरू हो चुके थे। इस महीने के शुरू में, रावलपिण्डी जिले के कई सिख गाँवों पर नौ दिनों के (6-13 मार्च, यद्यपि कुछ स्थानों पर छिटपुट हमले 15 मार्च तक जारी रहे) दौरान हमले हुए। ये हमले बिहार में मुसलमानों पर हिन्दू हमलों के जवाब में बताए जाते थे; सिख राजनीतिक नेता तारासिंह ने भी, बताया जाता है, लाहौर में भड़कानेवाले बयान दिए थे, जिस पर मुस्लिम नेताओं ने प्रतिक्रिया की थी। यह अन्दाजा लगाना बेकार होगा कि किसकी मुख्य जिम्मेदारी थी; सच्चाई यह है कि जब एक बार यह स्पष्ट हो गया कि बँटवारा होगा, तब मुसलमानों और हिन्दुओं दोनों ने ही एक दूसरे पर हमले करने शुरू कर दिए। रावलपिण्डी जिले में थमाली, थोआ खालसा, मतोड़, नाड़ा और दूसरे कई गाँवों पर 13 मार्च को हमले तब रुके, जब वहाँ सेना पहुँची और जो लोग जिन्दा रह गए थे उन लोगों को बचाया। कई गाँवों में पूरी आबादी का सफाया हो गया था; और दूसरों में कुछ लोग बचे रह गए थे।

इन गाँवों के थोड़े-से बचे हुए लोग दिल्ली के दो मिडिल क्लास इलाकों जंगपुरा और भोगल में रहते हैं। उन्हीं लोगों से मुझे थोआ खालसा में हुई सामुहिक आत्महत्याओं के बारे में थोड़ा और अधिक पता चला। क्योंकि वे इस इतिहास पर दावा कर सकते थे, इसलिए थोआ खालसा के बचे हुए लोग, आज भी, रावलपिण्डी समाज में दूसरे लोगों के मुकाबले अधिक ऊँची स्थिति में लगे। लोगों ने उनके बारे में श्रद्धा और सम्मान से बताया, जैसा कि मंगलसिंह के बारे में लोग बताते थे। इसके उलट, पड़ोस के गाँव के दो भाइयों के बारे में, जिन्होंने अपनी बहनों को अपहर्ताओं के हाथ खो दिया था, लोग इस तरह बोले मानो दोनों ने कोई गलती कर दी हो। साफ था कि औरतों के 'बलिदान' ने उनके परिवारों और उनके समुदायों को एक ऊँचे धरातल पर बिठा दिया। सबसे पहले हमने जिस व्यक्ति से थोआ खालसा की कहानी सुनी वह बसन्त कौर थी, सत्तर साल से अधिक उम्र की। लम्बी और कद्दावर बसन्त कौर के मुताबिक वह भी दूसरी औरतों के साथ कुएँ में कूदी थी; चूँकि वह काफी भर गया था, इसलिए वह डूबी नहीं। मैं यहाँ उसके इन्टरव्यू का लम्बा उद्धरण देती हूँ।

बसन्त कौर

'मैं उन्हें यह किस्से सुनाती रहती हूँ...'

> मेरा नाम बसन्त कौर है। मेरे पति का नाम सन्त राजासिंह था। हम अपने घरों से 12 मार्च को आए और 13 को हम बाहर गाँव में रहे। पहले हमने अपनी ताकत दिखाने की कोशिश की, और जब हमें लगा कि इससे काम नहीं चलेगा तो हम जाने के लिए मोर्चे में शामिल हो गए। हमने थोआ

खालसा में अपना घर 12 को छोड़ा था। तीन-चार दिनों तक हम घर में ही फँसे रहे, बाहर नहीं जा सके, हालाँकि हम घरों की छतों पर ही घूमा करते और इस तरह हम कुछ बाहर निकल सकते थे। हमारे एक आदमी के पास बन्दूक थी, हमने उसका इस्तेमाल किया, और उनके दो या तीन आदमी मर गए। मेरा देवर मर गया। उसे बाहर से उनकी गोली लगी थी और वह मर गया। इसलिए हम बन्दूक पास ही रखते थे। तब वहाँ चारों ओर आग थी, भयानक आग। हमारा उनसे कोई मुकाबला नहीं था। मेरे एक जेठ थे, उनका एक लड़का था, वह मुझसे अफीम देने को कहता रहा। बोला, पानी में मिला दो और मैं पीऊँगा। मेरे जेठ ने अपनी माँ, अपनी बहन, अपनी घरवाली, अपनी बेटी और अपने चाचा को मार डाला। मेरी लड़की भी मारी गई। हम गाँव के अन्दर काफिले में चले गए। हम सबने अपने घर छोड़ दिए और गाँव के बीच एक साथ जमा हो गए, सरदाराँ दी हवेली में जहाँ एक कुआँ भी था। ये लज्जावंती का घर था। सरदार, उसका घरवाला कुछ वक्त पहले मर चुका था, लेकिन उसकी पत्नी और दूसरी औरतें घर में थीं। कुछ बच्चे भी थे। वे सभी बाहर आए। तब हम सबने बात की और कहा कि हम मुसलमान नहीं बनना चाहते, बल्कि हम मर जाएँगे। इसलिए सबको थोड़ी-थोड़ी अफीम दी गई। उन्हें कहा गया, इसे अपने पास रखो...मैं ऊपर गई, और जब नीचे आई तो वहाँ मेरे पति, मेरे जेठ का लड़का, मेरा जेठानी, उसकी लड़कियाँ, मेरे जेठ, मेरे पोते, तीन पोतियाँ थीं, उन सब को मार डाला गया, ताकि वे मुसलमानों के हाथ न पड़ जाएँ। हमारे गाँव की एक लड़की मुसलमानों के साथ चली गई थी। वह बड़ी खूबसूरत थी, और हर कोई चिन्तित था कि अगर कोई एक गई है, तो वे हमारी सारी लड़कियों को ले जाएँगे...इसीलिए तब उन्होंने लड़कियों को मार डालने का फैसला किया। मेरे जेठ, हरबंससिंह ने अपनी पत्नी को मार डाला, अपनी लड़की और आठ दिन के बच्चे को भी। तब मेरी ननद, उसके लड़के, और उसकी लड़की को भी मार डाला, और फिर 14 मार्च को हम झेलम आ गए। गाड़ियाँ आईं और हमें ले गईं, और हम वहाँ तकरीबन एक महीना रहे और तब दिल्ली आ गए।

दिल्ली में मेरे चार भाई थे। उन्होंने अखबार में इसके, कैंप के बारे में पढ़ा और वे आए और हमें खोजा। फिर धीरे-धीरे समय बीतते बच्चे बड़े होने लगे। चीजें खुद-ब-खुद ठीक होने लगीं। मेरे माँ-बाप थमाली के थे। वहाँ शायद ही कोई बचा था। आपको पता है गुरमीत के परिवार का, उनकी दो बहनें थीं, मुसलमान उन्हें ले गए। पता नहीं वे मर गईं या भगा ले जाई गईं, लेकिन उनकी लाशें कभी नहीं मिलीं...कोई ऐसे मरा, तो कोई वैसे,

...ोई यहाँ मरा, कोई वहाँ, और किसी को नहीं पता। मेरे माँ-बाप जिन्दा जला दिए गए थे।

पूरा इलाका जंगल-जैसा था। यह हमारा गाँव था। मेरा एक भाई बचा और वह आया, एक बहन भी। उनकी मदद भी एक मुसलमान ने की। वहाँ कुछ अच्छे मुसलमान भी थे, और उन्होंने उनकी मदद की–उसने उन्हें अपने घर में छिपा दिया–फिर मिलिटरी की जो गाड़ियाँ आई थीं उनमें बैठा दिया। गाड़ियाँ मतोड़ और दूसरी जगहों पर भी गईं। मतोड़ में शाह नवाज़ ने उनकी हिफाजत की। नाड़ा के लोग भागने में कामयाब हो गए थे, लेकिन रास्ते में सभी मारे गए। तब मेरे भाइयों ने पेपरों में पढ़ा और उन्हें पता चला। मेरे आदमी ने, अपनी बेटी, भतीजी, अपनी बहन, और पोते को एक किरपाण से मार डाला। मेरे जेठ के लड़के ने अपनी माँ, अपनी औरत, अपनी बेटी और एक पोते और पोती को पिस्तौल से मार डाला। और तब, मेरे जेठ ने अपने ऊपर मिट्टी का तेल छिड़का और आग में कूद गए।

कई लड़कियाँ मारी गईं। तब माता लज्जावंती, उनके घर के पास, एक बगीचे जैसी जगह पर एक कुआँ था। तब हम सब उसमें कूद गए, कोई सौ...चौरासी...लड़कियाँ और लड़के। हम सभी। लड़के भी, न केवल बच्चे, बल्कि बड़े लडके भी। मैं भी अन्दर गई, अपने दो बच्चों को लिया, और तब हम कूद गए–मैंने कुछ गहने पहने हुए थे, कानों में और कलाइयों पर, मेरे पास चौदह रुपए भी थे। मैं सबको ले गई और कुएँ में फेंक दिया, और तब मैं कूद ग... लेकिन...यह बिल्कुल ऐसा ही है जैसे आपने तन्दूर में रोटियाँ डालीं, और यदि वह खूब भर गया हो, तो जो ऊपर की रोटियाँ होती हैं वे नहीं पकतीं, उन्हें बाहर निकालना पड़ता है, तो कुआँ भर गया था, और हम डूब नहीं सके...बच्चे बच गए। बाद में नेहरू उस कुएँ को देखने गया, और अंग्रेज ने उसे ऊपर से ढँक दिया जो कुआँ लाशों से भरा था। पठानों ने ऊपर के लोगों को बाहर निकाला–जो मर गए, मर गए, और जो बचे उन्हें उन्होंने बाहर निकाल लिया। फिर वे चले गए–और हमारे गाँव का जो रह गया था, बचा लिया गया, सिवाय उस लड़की के जो चली गई थी।

मैं डरी हुई थी, जरूर ही, मैं डरी हुई थी, लेकिन वहाँ और भी...हम भी डरे हुए थे कि मुसलमान हमें उठा ले जाएँगे। हमारे गाँव में, पहले ही, गाँव के अन्दर कुएँ में, लड़कियाँ कूद चुकी थीं। आधी रात को वे सब कुएँ में कूदी थीं। यह सब वहाँ हुआ जहाँ काफिला था। जो सौ...चौरासी औरतें कुएँ में कूदीं वे ठीक बाहर थीं, लज्जावंती के घर से कोई दो सौ गज दूर। काफिले में लोग लज्जावंती के घर जमा हुए थे। वह कोई सत्तर-पच्छत्तर साल

की होंगी। एक लम्बी, हट्टी-कट्टी औरत। उन्होंने सारी औरतों की खूब सेवा की, वह खुद भी कुएँ में कूद गई थीं। मोर्चे में कई लोग मारे गए, और मुसलमान दूसरों को मारने ऊपर चढ़ गए, और तब बहुत-से आए और लोगों को बन्दूकों से मारने की कोशिश की। एक ने मेरे जेठ के सीने पर बन्दूक तान दी...और हम कुएँ में कूदने लगे। दूसरे लोग पहले ही मर चुके थे, और हम काफिले में थे, कुआँ लज्जावंती के घर से थोड़ी दूर, बगीचे में था। वहाँ दो कुएँ थे, एक अन्दर था और एक बाहर बगीचे में। मेरी ननद और उसकी बेटी, वे दोनों वहाँ पड़े हुए थे...पास में एक कलछी पड़ी थी। मैंने इसमें अफीम मिलाकर उन्हें दी, और उसने उसे पी लिया...वह मर गई, और मैं सोचती हूँ गाँव के कुत्ते उसे जरूर खा गए होंगे। हमारे पास कोई क्रियाकर्म करने का वक्त नहीं था। एक घण्टे या बाद में, ट्रक आए...ठीक एक घण्टे बाद...

उसने पाठ किया, और बोली, मुझे मत फेंको, मुझे अफीम दो। उसने रब का नाम लिया और मर गई। हमारे पास अफीम थी, क्योंकि मेरे जेठ का लड़का इसे खाता था, और यह उसके पास थी और वह और ले आया, और सबको दी। मेरे जेठ का लड़का, उसकी बहू और उसकी बेटी, वे बाद में झेलम में मर गए जब हम 15 मार्च या इसके आस-पास दिनिया कैम्प जा रहे थे। कैम्प झेलम के पास था। चार दिन हम लड़े, और मजबूत रहे, तब 12 के आस-पास हम काफिले में शामिल हुए, 13 को हमारे लोग मारे गए, और तब शाम को ट्रक आए और हमें एक गाँव रवात ले गए।

वे हमें वहाँ लाए (कुएँ तक)। वहाँ से...तुम्हें पता है कोई जगह नहीं थी...खाने को कुछ नहीं, कुछ लोग पास में खा रहे थे लेकिन मैं बच्चों को कहाँ से कुछ दे सकती थी...मेरे पास मुश्किल से कुछ पैसे थे...मेरे बड़े बेटे के पास एक दुअन्नी (दो आने) थी। हमने सोचा, हम इसे खर्च कर सकते हैं...मेरे भाई के बच्चे भी भूखे थे...लेकिन तब वे बोले—दुअन्नी खोटी है, टूटी हुई, न चलने लायक...(रोते हुए) ऐसी मुश्किलें...खाने को कुछ नहीं...हमें उनके पेट भरने थे...आज वे रानियाँ होतीं...उनमें से कितनी ही, जेठानियाँ, बच्चे...मैं सबसे छोटी थी...अब मैं घर बैठती हूँ और बच्चे काम कर रहे हैं, और मैं ये कहानियाँ उन्हें सुनाती रहती हूँ...आखिर ये कहानियाँ ही तो हैं...और आप उन्हें सुनाते जाओ, सुनाते जाओ, तब तक जब तक कि होश न खो दो।

❑ ❑

उन्होंने उनसे कहा है, उसकी कहानियाँ मत सुनो...हम 13 मार्च को भोगल

में शहीद दिवस मनाते हैं...गुरमीत ने आपको क्या बताया? क्या उसने थमाली के बारे में बताया? थमाली मेरे माँ-बाप का घर था। वे जवान लड़कियों को वहाँ से ले गए–उसने यह नहीं बताया? हमारे गाँव में एक मन्दिर और एक गुरुद्वारा था, लेकिन कोई मस्जिद नहीं। मुस्लिम बाहर से आए थे। थमाली में कुछ मुसलमान थे जो गेहूँ, अनाज, चना पीसते थे...वे कुछ रिवाजों में शामिल होते थे, यही कुछ रीति-रिवाज थे। उन्होंने कुछ नहीं किया, वे हमारा नमक खाते थे।

मेरे पति? मेरे भतीजे ने उन्हें मार डाला था, मेरे भतीजे ने! क्योंकि उन्होंने लड़कियाँ मार डाली थीं, उसकी लड़की, बहन, पोते-पोतियाँ, अपनी किरपाणों से, और तब मेरे जेठ के लड़के ने पिस्तौल से अपनी माँ, अपने चाचा को मार दिया...फिर मेरे भतीजे ने पिस्तौल से मेरे पति को मारा। उसकी एक छोटी-सी लड़की थी, डेढ़ साल की, उसने भी गोलियाँ खाईं। हाँ, मेरे पति को मेरे भतीजे ने मारा था, क्योंकि मेरे पति मुसलमान नहीं बनना चाहते थे। सोचो...पन्द्रह-बीस हजार लोग, और हमारे पास चार बन्दूकें थीं। इन्हें भी वे ले गए। थमाली में भी यही हुआ, उन्होंने सारे हथियार बटोर लिए थे, लेकिन तब उन्हें इनसे हाथ धोना पड़ा था। फिर उन्होंने उन्हें मार दिया। मेरा भतीजा जवान और तगड़ा था। मेरे जेठ का लड़का...उसकी दुकानें थीं। उसका पिता जलकर नहीं मरा था, बल्कि मरे दूसरे बड़े जेठ थे। मेरे आठ जेठ थे। वह लड़का, उसने खुद को भी मार डाला इसके बाद। मेरा एक बेटा है, उसने उसकी पत्नी, उसकी लड़की, एक छोटे लड़के को मारा...एक जेठ रंगाबाद आए, जहाँ उनका लड़का था, एक जलकर मरा, दूसरा सबसे बड़ा–देखता रहा, जो सब कुछ हो रहा था, वह कुछ नहीं बोला। लोगों ने सोचा इस आदमी को क्या मारें, इसके कोई बच्चे नहीं हैं, कोई लड़की नहीं, कोई लड़का नहीं, कुछ भी नहीं। मेरे दो जेठों के कोई बच्चे नहीं थे...। यह सब पहले हुआ था, और फिर हम कुएँ में कूदे थे। यह सब कुछ पहले ही हुआ था, कुछ 12 को हुआ, कुछ 13 को, और जब रात हुई, मिलिटरी के ट्रक हमें ले जाने आए। चार औरतें कुएँ से खींचकर बाहर निकाली गईं, उन्होंने उन्हें बाजुओं से पकड़कर बाहर निकाला, मुसलमानों ने। चार औरतें, एक तो सचमुच खूबसूरत थी, उसके आठ बच्चे थे, वह बचा ली गई...देखो, आप हिसाब लगाओ, कई तो मर गईं, लेकिन जब पानी और ऊपर नहीं उठ सका, तो जो सबसे ऊपर थीं, बचा ली गईं। पत्नियाँ, पोते-पोतियाँ, बहुएँ, बाह्मनियाँ (ब्राह्मण औरतें)। हमारे गाँव में कुछ ऊँची जात के लोग थे, उनकी औरतें, अपने बच्चों के साथ...बाद में नेहरू हमारे गाँव आया, वह रोया। फिर उन्होंने यह कुआँ ढँक दिया, और बाद में वे

मिलिटरी लेकर वहाँ इसे खोलने गए। कुछ महीनों बाद, उस समय मैं दिल्ली आ रही थी, दीनिया कैम्प से, मेरे भाई मुझे लाए। मेरे भाई यहाँ थे, वे ट्रक चलाया करते थे।

हमारे गाँव में कुछ मुसलमान परिवार थे, लेकिन हमें कभी कोई दिक्कत नहीं हुई। हम साथ रहते थे, वहाँ शादियाँ होतीं, हम उनमें जाते, हम एक-दूसरे के काफी करीब रहते थे। पास में दूसरे गाँव थे जहाँ आपको मुसलमान मिल जाते। तिहाई, सैंथा, सदियोक, सद्दा, छोटे-छोटे गाँव। मैं पेशावर में पैदा हुई थी। मैं उन्नीस या बीस की थी जब थमाली आई थी, हालाँकि मेरी शादी थोआ खालसा में हुई थी। मेरे पिताजी जब मारे गए थे, तब नब्बे साल के थे। जब वह रिटायर हुए तो थमाली में थे, काफी समय तक वह पेंशन लेते रहे। चालीस या पैंतालीस रुपए के करीब, ठीक 1947 से पहले उनकी पेंशन नब्बे रुपए हो गई। मेरे पिताजी बोले, बेटा, तुम्हारी सभी बहनें जा चुकी हैं, केवल तुम्हीं बची हो, तुम्हारा भी जाने का समय हो गया है। मैं बोली, कोई जरूरत नहीं, जब जरूरत होगी तब मैं जाऊँगी। आखिर हम अच्छी तरह से रहे हैं इसलिए...अब मैं भी पेंशन लेती हूँ, लेकिन ये मेरे पति के नाम से है, मेरे नहीं। मैं झूठ क्यों बोलूँ? हम काफिले में चार बोरी चीनी लाए, दो बोरी छुआरे, मूँगफली की बोरियाँ, और कुछ दूसरी चीजें। देखो हम थोक में चीजें खरीदते थे, इसलिए हमारे पास चीजों का ढेर लगा होता था, गुड़, चावल वगैरह। झेलम नदी हमसे कोई बारह मील दूर थी।

हमारे गाँव में हिन्दू घर थे, शायद तीस, चलीस या पचास। और बाकी गाँव सरदारों के पास था। बाह्मनों के बीस, या पच्चीस घर थे। थोआ बिलकुल एक कस्बे जैसा था, काफी बड़ा था वह। हिन्दू अपना काम करते थे, वही चीजें, दुकानें, कपड़े की दुकानें, सैकड़ों चीजें। वही लेन और देन। सिख, सारे के सारे कट्टर सिख थे, उन सभी के पास महाराजा रणजीत सिंह के वक्त से ही पट्टे थे।

वहाँ दंगों की एक हवा थी, ये रावलपिण्डी और लाहौर से शुरू हुई। तब फिर मानो उन्होंने एक ही दिन फैसला किया कि चलो इसी दिन सबको खत्म कर दें। रावलपिण्डी में घटनाएँ हुईं, लेकिन कोई मरा नहीं। सारी मौतें गाँवों के आस-पास हुई थीं। पहले, मैंने सोचा यह सब रवात में हुआ, जहाँ गधों और घोड़ों की कमेटी (बाजार) लगती थी—तुम नहीं समझती हो कमेटी क्या होती है? बेटा, ये एक मेला होता था। लोग अपने गधे, घोड़े बेचने दूर-दराज से रवात आते, वहाँ एक थाना भी था। तब दंगे चोआ, थमाली, थोआ, नाड़ा, बेवाल में थे—उन्होंने यहाँ कुछ भी नहीं छोड़ा, वे सारे हथियार भी ले गए...हमारे पास चार बन्दूकें थीं, वे उन्हें ले गए। दो आदमियों के

पास दो और बन्दूकें थीं, एक नौकर और दूसरा जो फौज से छुट्टी पर आया था, उनके पास भी हथियार थे। रवात से यह सब पिण्डी तक फैल गया, और तब यह हमारे गाँव पहुँचा।

❑ ❑

औरतों का अपहरण और बलात्कार, उनके शरीरों को विकृत करना, उनके गुप्तांगों पर दूसरे धर्म के चिन्हों को गोदना—उन कार्यों की सर्वत्र निन्दा की गई थी। लेकिन इस तरह की हिंसा का कभी किसी ने कोई जिक्र नहीं किया—न तो परिवारों ने, न राष्ट्र ने, और न ही इतिहासकारों ने। और फिर भी, इनकी व्यापकता कोई कम नहीं थी। लगभग हर गाँव की एक जैसी कहानियाँ थीं। गुरमीत सिंह ने जो उस जिले के थमाली गाँव से बचकर आया था, अपने भागने की बात बयान की :

> 12 मार्च की रात को चार बजे हम चले, एकदम तड़के। हमारा अपना परिवार, सभी लोग। हमने सबको गुरुद्वारे में जमा किया और कुछ आदमियों को पहरे पर बैठा दिया। हमने उन्हें सारी जवान लड़कियों को मार डालने का हुक्म दिया, और गुरुद्वारे पर तेल छिड़ककर उसमें आग लगाने को कह दिया।
>
> हमने आपस में ही यह फैसला किया। हमने बिलकुल असहाय महसूस किया, इतने लोग जमा हो गए थे। हम पूरी तरह घिर गए थे। अगर आप चारों ओर देखते, तो आपको केवल लोगों का हुजूम ही दिख सकता था, चारों दिशाओं में...जहाँ तक नजर जा सकती थी, वहाँ आदमी ही आदमी थे। आखिर आप डरे हुए थे...लोग एक दूसरे को सांत्वना देने जमा हुए थे। लेकिन हमने पाया, हम मजबूर हैं...हमारे पास कोई हथियार नहीं थे, जो थोड़े-बहुत थे उन्हें वे ले गए थे। तब हमने गुरुद्वारे में फैसला लिया कि सभी जवान लड़कियों और औरतों को—दो या तीन आदमियों को उन्हें—खत्म करने का काम सौंपा गया। जो गुरुद्वारे में थे उनसे, अन्दर जमा आदमियों समेत, आग लगाने को कहा गया...पहले, हमने सभी लड़कियों को अपने हाथों से कत्ल किया; उनके ऊपर गुरुद्वारे में मिट्टी का तेल छिड़का गया और सभी जगह पर आग लगा दी गई...औरतें और बच्चे...वे कहाँ जा सकते थे?

पिछले कुछ बरसों में मैं ज्यों-ज्यों अधिक से अधिक आदमियों और औरतों से बात करती गई, मुझे इसी जवाब पर फिर से आ 'स्टेट्समैन' ने अपनी रिपोर्ट में जो सुर अपनाया था वह उन परिवारों की उस आवाज से मिलता था जिसमें यह परिवार उन सैकड़ों औरतों के बारे में बताते, जिन्हें उन्होंने धर्म की पवित्रता 'बचाने' के लिए 'शहीद' कर दिया था। बसन्त कौर से मिलने के कुछ समय

बाद में उसके बेटे, वीर बहादुर सिंह, से मिली। उसने थोआ खालसा में हुई सामुहिक हिंसा की वारदातों का विस्तृत विवरण दिया :

> गुलाब सिंह की हवेली में छब्बीस लड़कियों को अलग कर दिया गया। सबसे पहले मेरे पिता, सन्त राजासिंह, जब वह अपनी बेटी को लाए, उसे आँगन में लाए मारने के लिए, तो सबसे पहले उन्होंने प्रार्थना की, उन्होंने अरदास की, यह कहते हुए कि सच्चे पादशाह, हमने आपकी सिखी पर दाग नहीं आने दिया है, और इसे बचाने के लिए हम अपनी बेटियों की बलि चढ़ाने जा रहे हैं, उन्हें शहीद बनाने। हमें माफ करना।
>
> तब वहाँ एक आदमी था जो हमारे गाँव में कुली का काम करता था। वह आगे बढ़ा और...मेरे पिताजी के पैर पकड़कर बोला, भायाजी, पहले आप मुझे मारो, क्योंकि मेरे घुटने सूजे हुए हैं और मैं भाग नहीं पाऊँगा और मुसलमान मुझे पकड़ेंगे और मुसलमान बना देंगे। इसलिए मेरे पिताजी ने तुरन्त अपनी किरपाण से उसको मारा और उसका सिर उड़ा दिया। तब नन्दसिंह धीर मेरे पिताजी से बोला, राजा सिंगा पहले मुझे शहीद बनाओ, क्योंकि मेरे लड़के लाहौर में रहते हैं...तुम्हें लगता है मैं मुसलमानों को अपनी दाढ़ी काटने दूँगा और खुद को शेख बनाकर लाहौर भेजने दूँगा? इस वजह से मुझे मारो। मेरे पिताजी ने तब उसे मार डाला। उन्होंने दो को मारा, और तीसरी मेरी बहन थी, मान कौर...मेरी बहन आकर पिताजी के सामने बैठ गई, और मैं वहाँ खड़ा था, ठीक उनकी बगल में उनका कुर्ता पकड़े, जैसा बच्चे करते हैं, मैं उनसे लिपट रहा था...लेकिन मेरे पिताजी ने जब किरपाण चलाई (वार कित्ता) तो शायद कोई सुबहा या डर उनके मन में आया, या शायद किरपाण उसके दुपट्टे में फँस गई...कोई नहीं कह सकता। वह इतना भयानक, इतना डरावना नजारा था। तब मेरी बहन ने अपने हाथों से अपनी चोटी हटाई और उसे आगे खींचा...और मेरे पिताजी ने अपने हाथों से उसका दुपट्टा एक ओर हटाया और तब वार किया और उसका सिर गरदन समेत घूमकर गिर पड़ा...वहाँ...काफी दूर! मैं जीने से नीचे रेंगता हुआ गया। रोता, सुबकता। और इस दौरान मैं किरपाणों के वार की आवाज लगातार सुन सकता था...पच्चीस लड़कियाँ मारी गईं, काट डाली गईं। एक लड़की, मेरे ताया की बहू, जो गर्भवती थी...किसी तरह वह मारी नहीं गई और बाद में ताया के लड़के ने उसे पिस्तौल से गोली मारी...लेकिन वह बच गई। उसने हमें कहा, मुझे मार डालो, मैं बचूँगी नहीं, मेरे गर्भ में बच्चा है। उसे पेट में जख्म लगा था, एक बड़ा छेद जिससे खून बह रहा था। तब मेरी माँ और ताया साथ बैठे और हरनाम कौर—उसका नाम हरनाम कौर था—बोली, मुझे थोड़ी अफीम दो। हमने अफीम का इन्तजाम किया, लोग

उन दिनों अफीम खाया करते थे...एक कलछी में अफीम को लार के साथ मिलाया...उसने जपजी साहब का पाठ किया...ठीक जैसे ही जपजी साहब का भोग पूरा हुआ, वैसे ही उसका भोग लगा। पूरी तरह मानो वह मरने का तैयार थी...कुछ ही लोग ऐसा कर सकते हैं...उसने मौत को अपने वश में किया हुआ था और केवल जब उसने चाहा तभी उसे मौत आई। करीब आधे घंटे तक उसने पाठ किया...आधे घंटे और तब ज्यों ही उसने अपना अन्तिम श्लोक बोला, वह भी खत्म हो गई। वह जानती थी कि मर जाएगी...इतना कंट्रोल...मौत पर।

बाद में वीर बहादुर सिंह ने औरतों द्वारा अपने सम्मान को कसौटी पर रखे जाने के बजाय, कुएँ में कूदकर जान देने की घटना भी देखी। यह घटना एक टेलीविजन फिल्म, 'तमस' में दिखाने के बाद आज एक स्मारक जितनी महत्वपूर्ण हो गई है। फिल्म में लम्बी, कद्दावर अनेक पंजाबी औरतों को बड़ी दृढ़ता और गर्व के साथ अपने धर्म पर बलिदान देने के लिए कुएँ की ओर लम्बे डग भरते हुए दिखाया है। सच्चाई जरूर ही कुछ और रही होगी। बचे हुए लोगों (ज्यादातर पुरुष बचे थे) के विवरण, हालाँकि, इन दुखद मौतों के 'वीरोचित' और 'बहादुरी भरे' पहलुओं को ही पुनः महत्व देते लगते हैं। वीर बहादुर सिंह के शब्दों में :

> ...कुएँ पर सरदारनी गुलाब कौर...मेरी मौजूदगी में वह बोलीं, सच्चे पादशाह हमें हमारी लड़कियों को बचाने की ताकत दे...हमारे घरों की पच्चीस लड़कियों का यह हादसा पहले ही हो चुका था...तो वह जानती थीं, सन्त राजासिंह अपनी लड़कियों और घर की दूसरी औरतों को मार चुका है...जो बची हैं, हमें उनकी जिन्दगियाँ खतरे में नहीं डालनी चाहिए और उन्हें उठा नहीं ले जाने देना चाहिए। इसलिए, कुएँ पर, आपस में बात करके फैसला करने के बाद, वे बोलीं, हम तीस हैं, हमें पानी चाहिए। इसलिए मुसलमान उन्हें कुएँ पर ले गए...मैं अपनी माँ के साथ बैठा हुआ था, पच्चीस औरतों का यह हादसा हुआ...सो कुएँ पर बैठी, माता लज्जावंती, जिसे लोग सरदारनी गुलाब कौर भी कहते थे, वह दो शब्द बोलीं, वह कुएँ में कूद गईं और कोई अस्सी औरतें उनके पीछे कूदीं...कुआँ पूरा भर चुका था; एक औरत जिसका नाम बसन्त कौर है, जिसके पेट से पैदा हुए छह बच्चे उस कुएँ में मर गए, लेकिन वह बच गई। वह चार बार कुएँ में कूदी, लेकिन कुआँ भर चुका था...वह कुएँ में कूदती, फिर बाहर आ जाती, फिर कूदती...वह अपने बच्चों को देखती, खुद को देखती...आज तक वह जिन्दा है!

अधिकतर गाँवों में हमलावरों और उनका निशाना बने लोगों में स्पष्टतः कुछ सौदेबाजियाँ जरूर हुई थीं। थमाली दंगे से बचा एक अन्य व्यक्ति कुलवंत सिंह

वह मुठभेड़ याद करता है, जहाँ (दोनों सम्प्रदायों में) एक राय बनी थी कि 'हम छोड़ दिए जाएँगे'। कुलवंत सिंह के अनुसार, सोलह से तीस हजार रुपए देने और सारे हथियार डालने का सौदा हुआ था। यह करने के बाद, "रात को उन्होंने गोलियाँ चलानी शुरू कर दीं और हमारी कुछ बहनों, बेटियों और दूसरी औरतों को, उनकी इज्जत बचाने के लिए, उनके रिश्तेदारों, हमारे वीरों ने उन्हें शहीद कर दिया और इस तरह उस समय हमारी कुछ औरतें और बच्चे मारे गए। गुरुद्वारे में लाशों के ढेर लगे थे।" इस बात का कोई रिकार्ड नहीं है कि कितनी औरतें और बच्चे अपने ही परिवार, अपने ही धर्म के पुरुषों द्वारा मारे गए थे। अपहृत औरतों के मामले के विपरीत, यहाँ परिवारों ने अपनी औरतों की मौतों की रिपोर्ट नहीं की, क्योंकि वे खुद उनके लिए जिम्मेदार थे। लेकिन जहाँ अपहृत औरतें तब खामोशी के गर्त में समा गईं, वहीं अपने ही परिवारों द्वारा मार दी गईं या खुदकुशी करनेवाली औरतें, शहादत की दुनिया में प्रवेश कर गईं।

इस तरह की सामूहिक आत्महत्या, या अपने ही परिवारों द्वारा मार दी गई औरतों की कहानियाँ अनगिनत हैं। आज, आधी सदी बाद, ये तथा ऐसी बहुत-सी कहानियाँ अभी भी जिन्दा हैं, और न केवल इन्हें सिख जाति की बहादुरी और पौरुष का उदाहरण समझा जाता है (यद्यपि यह औरतें थीं, जो मरीं, फिर भी उनकी जिन्दगियों को बलिदान करने का फैसला—इस मामले में, इसका श्रेय पुरुषों को दिया गया—बहुत बड़ा बहादुरी का काम माना गया, क्योंकि यह उन्हें मौत से भी बुरी नियति से 'बचाता' है), बल्कि सिख औरतों की वीरता के उदाहरण के रूप में भी देखा जाता है जिन्होंने अपने धर्म के लिए अपनी 'इच्छानुसार' अपनी जिन्दगियाँ 'दे दीं'। गुरुद्वारों में होनेवाले यादगार अनुष्ठानों में इन घटनाओं को आदमियों, औरतों और बच्चों को हर साल बार-बार सुनाया जाता है और औरतों को अपनी बहनों के बलिदान और वीरता को याद करने और खुद को भी इसी में ढालने के लिए प्रेरित किया जाता है। कभी भी कौम, जात या धर्म खतरे में हो तो, उन्हें बताया जाता है, तुम्हारा फर्ज साफ है। बँटवारे के समय ऐसी मौत मरनेवाली अनेक औरतों के 'बलिदान' की तुलना, जैसा कि स्टेट्समैन के लेख के अनुसार, राजपूत औरतों के महान 'बलिदान' से की गई है, जिन्होंने लड़ाई में अपने पतियों को खो देने के बाद सामुहिक आत्मदाह किया था। उस बलिदान और इस शहादत में एकदम सीधा या लगभग रेखीय सम्पर्क जोड़ना कोई असामान्य बात नहीं है। औरतों की शहादत की बात के साथ, हमेशा ही मार दी गई औरतों की कीमत पर, बचा ली गई औरतों की बात भी होती है, और यद्यपि शायद इसकी सीधी निन्दा न होती हो, यह स्पष्ट है कि जो बचकर भागीं, वे कुछ मायनों में उन औरतों के मुकाबले निकृष्ट समझी जाती हैं जिन्होंने अपने धर्म की रक्षा में खुद को मौत के लिए 'पेश' कर दिया था। एक सवाल के उत्तर में कि क्या नब्बे

औरतों की सामुहिक 'आत्महत्या' के बाद थोआ खालसा में कुछ औरतें बची थीं, वीर बहादुर सिंह ने बताया :

> हाँ, अभी भी हमारे गाँव में कई औरतें बची थीं, ज्यादातर हमारे परिवार की औरतें मरी थीं, और तब वे औरतें जो कुएँ में कूदी थीं। लेकिन दूसरी औरतों को बचा लिया गया था, क्योंकि मुसलमानों ने देखा कि वे खुद को ही मार रही थीं। जिन्होंने बलिदान दिया...अगर हमारे परिवार की औरतें न मारी जातीं, और जो कुएँ में कूदी थीं उन्होंने खुद ही अपनी जिन्दगी न ले ली होती, तो जो जिन्दा बची रह गई थीं, आज जिन्दा नहीं होतीं।

'जो जिन्दा बची रह गई थीं, आज जिन्दा नहीं होतीं', स्पष्टतः वीर बहादुर सिंह, और दूसरे आदमियों के लिए 'जिन्दा रहना' जैसे शब्दों का (जहाँ तक इनका सम्बन्ध औरतों से था) उनके शाब्दिक अर्थ से कुछ लेना-देना नहीं था। उन औरतों को क्या हो गया होता, अगर दूसरी औरतों ने अपनी जिन्दगियाँ नहीं 'दे दी' होतीं। बहुत सम्भव था, उनके साथ बलात्कार होता, शायद अपहरण और अधिक अपमान होता, या लगभग निश्चित रूप से धर्म-परिवर्तन होता। ये सभी मौत के समान थे। लेकिन कुछ औरतों के बलिदान ने दूसरी औरतों और पुरुषों की जिन्दगियाँ बचा दीं। साथ में आशय यह है कि ऐसे सर्वोच्च बलिदान की शक्ति ने हमलावरों को डराकर भगाने का काम किया, जब उन्होंने देखा कि औरतें कितनी ताकतवर हैं, अपने समुदाय की मर्यादा बचाने में कितनी दृढ़ हैं, तो वे ऐसी शक्ति के सामने पीछे हट गए। और ऐसे सर्वोच्च बलिदान द्वारा औरतों ने सिर्फ अपनी जिन्दगियाँ ही खोईं—या फिर अमर शहादत के बदले जीवन दे दिया, जबकि समुदाय अपना सम्मान बचाने में सफल रहा। इन विवरणों में यह मान्यता भी गर्भित थी कि समुदाय का सम्मान अपनी औरतों को अपमानित न होने देने में निहित है। सामान्य दिनों में पुरुष महिला की काम-वासना की रक्षा की जिम्मेदारी के जरिए ऐसे सम्मान के रक्षक हो सकते हैं, लेकिन असामान्य हालात में पुरुषों को हमलों में प्रतिकार के लिए लड़ने की आवश्यकता होती है और इस सम्मान की रक्षा का श्रेष्ठ तरीका है औरतों की बेइज्जती न होने दी जाय।

जैसा कि वीर बहादुर ने कहा : "मेरे पिता ने पहला कदम उठाया, और तब बाकी का काम सरदारनी लज्जावंती...माता लज्जावंती ने किया...अपना बलिदान देकर सभी दूसरे सिखों को बचाया...यही करीब सौ लड़कियाँ।"

और फिर भी चीजें हमेशा इतनी स्पष्ट नहीं थीं, क्योंकि जब उन्हें खुद को बचाने की बात आई, तो हर तरह के तर्क-वितर्क हुए। हर मामले में, हालाँकि सामान्य कारक औरतों की गौणता ही था। कई गाँवों में जहाँ संधि-वार्ताएँ हुई थीं, वहाँ अक्सर आजादी के बदले औरतों का सौदा किया गया था। थोआ खालसा

में भी, जैसा कि बच गए लोग बताते हैं, एक खास औरत तो थी जो किसी मुस्लिम के साथ मिली हुई बताई जाती थी। हमलों के वास्तव में शुरू होने से पहले, हमलावरों ने पूरे गाँव की आजादी की कीमत के बदले वह लड़की माँगी थी। वीर बहादुर सिंह ने जैसा बताया :

> यह ऐसा था, जब लड़ाई शुरू हुई, तो वहाँ समझौते की कोशिशें भी हुई थीं। आखिर, एक लड़ाई का मतलब ही होता है झगड़े का निबटारा। इसलिए मुसलमान एक समझौता करने आए। वे बोले, वे हमें हमारे घरों में रहने देंगे अगर हम उन्हें वह लड़की दे दें तो। वहाँ एक मुसलमान था, काफी हट्टा-कट्टा। वह एक आवारा जैसा था, जमीन खोदा करता था, लेकिन वह वही लड़की चाहता था। उसके उस लड़की से किसी तरह के समबन्ध भी थे। वे लड़की के लिए कहते रहे, कि अगर तुम उसे हमें दे दो, तो हम मुसलमानों को दूर भेज देंगे। *और लोग इस पर चर्चा कर रहे थे, कह रहे थे कि वह जो भी हो एक बुरी लड़की है, उसका उस मुसलमान के साथ सम्बन्ध भी है, उसे यहाँ रखने का क्या लाभ? देखिए आप, जब आपको अपनी जिन्दगी बचाने का सवाल आता है तो, कुछ भी नहीं दिखता।* (इटैलिक अंशों पर जोर मेरा–ले.) फिर उसे दे देने का एक प्रकार का फैसला किया गया...उस समय यह सवाल नहीं था कि वह क्या चाहती है, यह पूरे गाँव के सम्मान का प्रश्न था।

अन्त में, वह औरत नहीं दी गई, और बातचीत असफल हो गई। बाद में मुस्लिम आए और उसे एक ट्रांज़िट कैम्प से ले गए, जहाँ थोआ खालसा के बचे हुए लोगों को रखा गया था। हर प्रकार से वह अपनी इच्छा से गई, और एक मुस्लिम परिवार में ब्याही गई। अपने पूरे वृतान्त में, वीर बहादुर, खासकर अपने परिवार की औरतों और पुरुषों द्वारा दिए गए बलिदान पर जोर देता रहा। वह, उसका परिवार, थोआ खालसा के दूसरे बचे हुए लोग, सभी महसूस करते हैं कि वे अपनी जिन्दगियों के लिए उनके ऋणी हैं, जो मर गए थे :

> हमारे चारों ओर आग लगी हुई थी। कोई क्या कर सकता था? मैं सचमुच समझता हूँ कि वे सम्मान के लायक हैं जिन्होंने अपने बच्चों को मार डाला, जो कुएँ में कूद गए। और उन्होंने हमें बचाया...आप शहीदों के किसी भी परिवार को लीजिए और आप देखेंगे कि यह जड़ पकड़ेगा और बढ़ेगा। खून चीज ही ऐसी है, कि जैसे आप किसी एक पौधे, एक पेड़ को पानी दें, तो पेड़ बढ़ेगा ही, इसी तरह शहीद का घराना भी बढ़ता है।

उस समय को याद करता हुआ वह बोला : "आज भी जब मैं इसे याद

करता हूँ...मैं चिल्लाता हूँ, यह मेरे हृदय को रोशन करने में मदद करता है। एक पिता जो अपनी बेटी की हत्या करता है, कितना पीड़ित, कितना मजबूर रहा होगा वह... ।"

❑ ❑

मेरा यह दावा नहीं है कि परिवार और सामुदायिक-हिंसा में इस तरह से मारी गई सभी औरतें इस बात का शिकार थीं कि उन्हें जबरन अपनी जान देने को कहा गया था या उनके रिश्तेदारों ने उन्हें मार दिया। या फिर यह कि वे सभी अपने समुदाय के पुरुषों और बुजुर्गों की 'पितृक सर्वसम्मति' का शिकार हुईं। लेकिन हम इन घटनाओं की 'सच्चाई' पर कभी कैसे पहुँच सकते हैं? ऐसा कोई रास्ता नहीं है कि हम अपहृत हुई औरतों की खुद की आवाज को आसानी से खोज सकें, बसन्त कौर को छोड़कर, जितने भी विवरणों का मैंने जिक्र किया है वे सभी पुरुषों द्वारा दिए गए हैं, और साफ तौर पर, हम बिना किसी मुश्किल के, उनके स्वरों से यह अन्दाजा नहीं लगा सकते कि यह औरतों ने महसूस किया। मैं सोचती हूँ कि चयन और दबाव के बीच की रेखा जरूर ही, इन विवरणों से जो दर्शित होता है उसके मुकाबले, अधिक धुँधली रही होगी। मसलन, जब वीर बहादुर सिंह ने उन औरतों के बारे में बताया जो कई बार कुएँ में कूदीं और बच गईं, तो उसने कोई जिक्र नहीं किया कि उनमें से एक वास्तव में उसकी माँ, बसन्त कौर भी थी। इसलिए, जब बसन्त कौर ने अपने साथ घटी घटना को महानायिका के रूप में बयान किया, तो हमने इस पर पहले विश्वास नहीं किया। बाद में जब पक्का पता चला कि वाकई में यही वह महिला थी, तो मैं केवल यही निष्कर्ष निकाल सकी कि वीर बहादुर सिंह ने इसका इसलिए जिक्र नहीं किया था कि वह उसकी माँ थी, क्योंकि मरने से बचकर उसे उन औरतों में शामिल नहीं किया जा सकता था जो, वास्तव में, मरी थीं। तब, अपनी जिन्दा बच गई माँ की तुलना में उस बहन के बारे में बात करना ज्यादा आसान था जो एक 'सम्मानपूर्ण' मौत मरी थी।

थोआ खालसा और उसके आस-पास के इलाकों में कोई आठ दिनों तक हमले जारी रहे थे, और अन्तिम दिन सामुहिक रूप से डूबने की घटना हुई। इन कुछ दिनों में तकरीबन गाँव में हर कोई वहाँ चली अनेक चर्चाओं को जानता था। जैसा कि बचे हुए लोग बताते हैं, यद्यपि पुरुष चर्चा चला रहे थे, कुछ औरतें भी उसमें शामिल थीं। थोआ में, इनमें मुख्य थीं सरदारनी गुलाब कौर जो माता लज्जावंती के नाम से जानी जाती थीं, वह भी अपने पति स्व. गुलाब सिंह की तरह ही गाँव की प्रमुख व्यक्ति थीं। जैसा कि बचे हुए लोग बताते हैं, न केवल उन्होंने फैसला लिया, बल्कि एक मजबूत, कड़क, हिम्मती पंजाबी औरत की परम्परा को निभाते

हुए, 'निडरतापूर्वक' दूसरी औरतों को कुएँ तक ले भी गईं। यदि औरतें इन चर्चाओं के बारे में जानतीं, शायद इनमें शामिल भी रहतीं, तो क्या हम यह अनुमान लगा सकते हैं कि वे अपना जीवन लेने में अपने समुदाय की भलाई के उद्देश्य को समझकर (या गलत समझकर) कार्य कर रही थीं? क्या उनकी मौतों ने इस विचारधारा को परिपुष्ट किया—और क्या वे इस सिद्धान्त का हिस्सा थीं?—कि समुदाय का सम्मान उसकी औरतों को एक भिन्न समुदाय की 'पितृक' हिंसा से 'बचाने' में निहित है? इस अनुमान से पुरुष ही उनके स्वाभाविक रक्षक हैं, जो इस विशेष क्षण में उन्हें बचाने में असमर्थ हैं। चूँकि औरतें इसे जानती थीं, क्या तब कोई सुझाव दे सकता है कि वे ही अपनी खुद को मौतों के लिए हामी भर सकती थीं, ताकि समुदाय की इज्जत बचाई जा सके? क्या वे तब उस पितृक सर्वसम्मति, जिसके बारे में मैंने ऊपर बात की है, को मंजूरी देनेवाले बलि के बकरे या एजेंट थीं? उनके 'निर्णय' में 'चयन' कहाँ शुरू हुआ और 'दबाव' कहाँ खत्म हुआ? दूसरे शब्दों में, उनकी खामोशी आखिर क्या छिपाती है?

क्या इन चीजों की सच्चाई पर पहुँचने का कोई सन्तोषजनक मार्ग है? चयन करना, आखिर कोई आसान काम नहीं है, और यह भी कहा जा सकता है कि वापस इस घटना में इसके विवादित अस्तित्व पर मेरा अध्ययन नारीवाद के समकालीन विमर्श में मेरे शामिल होने से खुद इस घटना के मुकाबले, अधिक प्रभावित है। फिर भी मेरे लिए यह घटना, और इसके जैसी दूसरी बहुत-सी घटनाएँ महत्वपूर्ण हैं—क्योंकि ये चयन या दबाव के प्रश्न की तुलना में इस बात पर अधिक प्रकाश डालती हैं कि औरतें अपनी नियति का शिकार बनी थीं, या स्वयं ही उस नियति का कारण बनी थीं। मैं इस तथ्य से काफी आक्रान्त हूँ कि विभाजन पर विभिन्न निबन्धों, भाषणों में कहीं भी इन घटनाओं को हिंसक घटनाएँ नहीं माना जाता। किसी तरह जब हम बँटवारे की हिंसा के बारे में बात करते हैं, तो हम अपने अन्दर, अपने परिवारों में, समुदायों में मौजूद हिंसा का जिक्र नहीं करते। इसके बजाय, काफी हद तक जो हम कहते और करते हैं उसमें, ऐसे कार्य, बहादुरी के कार्यों के रूप में, हिंसा रहित, और वास्तव में उस दबाव के रूप में निरूपित होते हैं जिसने कितनी ही औरतों को जरूर ही मौत के मुँह में ढकेल दिया होगा। न ही हम कभी ऐसे कार्यों की शाखाओं को, और आगे की हिंसा के लिहाज से भी ध्यान में रखते हैं जो इनसे पनप सकती हैं और पनपती हैं; या फिर वाकई में बरसों में जो प्रतीकात्मक महत्व इन्होंने प्राप्त किया है, वह तथा इनका यह प्रयोग और अधिक हिंसा भड़काने में होता है।

बँटवारे के समय जो हिंसा हमने देखी है उसके बारे में जो झूठ हैं, उनमें से एक यह भी है कि अधिकांशतः यह पुरुषों ने की है : साम्प्रदायिक कलह के समय औरतें इसकी शिकार होती हैं, न कि इसे करनेवाली, न ही वे इसकी वजह

होती हैं, हालाँकि यह अधिकतर इस पर निर्भर होता है कि हम हिंसा को कैसे समझते हैं : मुझे विश्वास है कि हिंसा की हमारी अवधारणाएँ इतनी पितृसत्तात्मक हैं कि जब हिंसा शुरू होती है तो हमें घरेलू क्षेत्र की उन रक्षकों, औरतों के लिहाज से सोचने में दिक्कत होती है। फिर भी जो औरतें थोआ खालसा में मरीं, उन्होंने सचमुच में खुद को मौत के हवाले किया था या नहीं, लेकिन जिस तरह से उन्होंने मरना 'पसन्द' किया, वह कोई कम हिंसक नहीं था, यद्यपि यह बँटवारे की हिंसा से निश्चित रूप से भिन्न था। और, जब तक हिंसा को परिवार और समाज की सीमाओं से परे बाहर कहीं देखा जा सकता है, इसे काबू किया जा सकता है। इसी कारण से, मैं महसूस करती हूँ कि बँटवारे के समय, और इसे याद करते समय, हिंसा को 'दूसरे' से जोड़कर देखा जाता है। यह उस अति महत्वपूर्ण तथ्य को धुँधला देता है कि बहुत-सी हिन्दू और सिख समुदाय की औरतों ने अपने ही धर्म के पुरुषों को उनके विरुद्ध हिंसा करते हुए अवश्य ही देखा होगा—क्योंकि जहाँ 'स्वैच्छिक' आत्महत्याएँ हुई थीं, वहीं सामुहिक हत्याएँ भी हुई थीं।

औरतों ने अपने ही परिवारों और अपने ही समुदायों, दोनों की हिंसा झेली। मैं परिवार और समाज की हिंसा के विवरण को एक औरत प्रकाशवंती की कहानी से समाप्त करना चाहूँगी, जिससे मैं जालंधर के गाँधी वनिता आश्रम में मिली थी। आश्रम में अब तक वहाँ बँटवारे के बाद से बची तीन औरतों में से एक प्रकाशवंती की व्यथा इस तरह है : प्रकाशवंती और उसका पति और एक छोटा बच्चा शेखूपुरा में रहते थे। 1947 में वह कोई बीस साल की थी। जब लगने लगा कि सचमुच बँटवारा हो जाएगा, तो उसके गाँव के हिन्दू अपनी सुरक्षा के लिए एक चावल मिल में एक साथ जमा हो गए। उसके थोड़ी देर बाद, मिल पर हमला हुआ और हमलावरों ने उस जगह को लूटना शुरू कर दिया। प्रकाशवंती का पति उसके पास आया और बोला कि वह उसे मार देता है, 'नहीं तो,' उसने बताया 'वे तुम्हारी इज्जत लूट लेंगे।' उसके बाद उसे कुछ याद नहीं, सिवाय इसके कि उसके पति ने उस पर वार किया और वह बेहोश हो गई। स्पष्टः हमलावरों ने उसे मरा समझकर छोड़ दिया। बाद में, जब उसे होश आया तो वह, और दो अन्य लड़कियाँ कुछ बोरों के पीछे छिप गईं और हमलावरों के जाने का इन्तजार करने लगीं। बाद में प्रकाशवंती को अपने पति और बच्चे की लाशें दूसरी बहुत-सी लाशों के बीच पड़ी मिलीं। 'क्या उसे अपने पति पर गुस्सा नहीं आया?' मैंने उससे पूछा। वह बोली, 'वह कर क्या सकता था? वह अकेला था।' उसने अपने पति की सफाई तो नहीं दी, पर उसने यह बताने की कोशिश जरूर की कि उन्होंने अपने पति के काम में क्या 'तर्क' देखा। मुझे अक्सर ताज्जुब हुआ है कि क्या मरनेवाली औरतें, जिनका मैंने ऊपर जिक्र किया है, खुद को यही बताती थीं। लेकिन उनके लिए, जो आज इन कहानियों को बहादुरी और वीरता, बलिदान और सम्मान की कहानियों के रूप

में सुनाते हैं, एक और अधिक वास्तविक कार्यक्रम है।

जैसा कि हम थोआ खालसा की घटना के स्मरण-अनुष्ठानों में देख सकते हैं, पुरुषों को अपनी महिलाओं की तरफ से हिंसा की क्षमता, या इस सम्बन्ध में उनकी शक्ति को नियन्त्रित या सीमित भी करना था। इसलिए औरतों को हिंसक जीव का 'नाम' नहीं दिया जा सकता था। इसीलिए उनके काम को वीरतापूर्ण और यहाँ तक कि पारलौकिक पराक्रम कहकर वर्णित और पवित्रीकृत किया जाता है।

ऐसे वर्णन औरतों को उनकी औकात—उनकी निश्चित सीमाओं में रखने के लिए किए जाते हैं जो कि उन्हें अहिंसक के रूप में परिभाषित करते हैं, इसीलिए उनके कार्यों को समुदाय के लिए पीड़ित होने, यहाँ तक कि अहिंसा के लिए बलिदान—चाहे जैसे, घर की सीमाओं में उनकी भूमिका—के आसान प्रतीकात्मक क्षेत्र में रखा जाता है। इन औरतों को परिवार, समुदाय और देश के सम्मान के प्रतीकों के रूप में याद करना, उन्हें हिंसा और इसका माध्यम बनने, दोनों से ही अनावरित करना भी है।

भाग—3

वीर बहादुर सिंह

'आप शहीदों का कोई भी खानदान ले लीजिए और आप देखेंगे कि वह जड़ पकड़ेगा और बढ़ेगा...'

पाठक अब तक वीर बहादुर सिंह से अच्छी तरह परिचित हो गए होंगे, जिसके शब्दों से मैंने ऊपर व्यापक उद्धरण दिया है। फिर भी, मैंने यहाँ उसके इंटरव्यू को पूरा शामिल करना चाहा है, क्योंकि यहाँ ऐसी दूसरी बहुत-सी चीजों के बारे में वीर बहादुर ने बात की है, और जो मुझे इतनी ही महत्वपूर्ण और सार्थक लगती हैं और जिसका मैंने ऊपर वर्णन किया किया है। यह इंटरव्यू 1990 में दिल्ली में लिया गया था। उस समय वीर बहादुर साठ से सत्तर के बीच की उम्र का था। दूसरे बहुत से लोगों की तरह, वीर बहादुर से भी मैं इत्तेफाक से ही मिली थी। कुछ महीनों तक मैं और सुदेश, मार्च 1947 में हुए रावलपिण्डी दंगों से बच गए लोगों से जंगपुरा और भोगल में बात करते रहे थे। और अक्सर जैसा कि होता है, जब आप किसी समुदाय के लोगों से बात कर रहे हों तो एक आदमी आपको दूसरे से मिलाता है और दूसरा इसी तरह तीसरे से। सबसे पहले हमें किसी ने वीर बहादुर की माँ बसन्त कौर से मिलाया था। वह भोगल में एक नए बने मकान

में रहती थीं। और बसन्त कौर से एक बातचीत के दौरान हम वीर बहादुर से मिले। एक लम्बा, लहराती दाढ़ीवाला प्रभावी व्यक्ति वीर बहादुर दिल्ली में एक छोटी-सी परचून की दुकान चलाता था। जितने लोगों से हमने बात की उनमें वीर बहादुर ही सीधे-सीधे राजनीति में शामिल था। शिरोमणि गुरुद्वारा प्रबन्धक कमेटी (SGPC) का सदस्य होने के अलावा वह दिल्ली में इन्दिरा गाँधी हत्याकाण्ड के बाद दंगापीड़ित सिख परिवारों की मदद करने में भी सक्रिय था। साथ ही, वह कई सिख राजनीतिज्ञों के नियमित सम्पर्क में भी था और उनसे करीब से जुड़ा लगता था। क्योंकि 1984 के बाद अनेक सिखों पर सन्देह किया गया था, इस कारण वीर बहादुर भी एक उग्रवादी होने के शक में गिरफ्तार होकर जेल गया था। इस इंटरव्यू में वीर बहादुर काफी विस्तार से उस घटना को बयान करता है, और उस विश्वासघात को जिसे उसने और कई दूसरे सिखों ने 1984 के बाद महससू किया, बड़ी कड़ाई और मार्मिकता से सामने रखता है। वीर बहादुर और उसके परिवार ने 1984 से काफी नुकसान उठाए थे और इस इंटरव्यू में, उसका विश्वासघात-बोध दो बातों से सामने आता है : यह तथ्य कि यह लिखे जाने तक किसी भी अपराधी को सजा नहीं हुई थी, और यह तथ्य कि सरकार ने 'इस देश को आजाद कराने में अपना खून बहानेवाले लोगों' की उपेक्षा की और उनके लिए कुछ भी नहीं किया। इससे उसका मतलब है विभाजन के समय यहाँ आनेवाले सिख जिन्होंने 'दूसरे' से लड़ने के अलावा अपने परिवारों का बलिदान भी दिया था। सिख उसके पिता को पसन्द करते हैं जिसका इस इंटरव्यू में एक पीड़ित व्यक्ति के रूप में जिक्र है, जिस पर देश और समुदाय के सम्मान के लिए अपने ही रिश्तेदारों की हत्या का बोध सवार है। सिख इतना ही उसकी बहन मान कौर को भी चाहते हैं, जो सिख धर्म की खातिर अपने ही पिता के हाथों 'शहीद' बन गई।

जब मैंने सबसे पहले वीर बहादुर की कहानी सुनी, और इसके बाद से जितनी बार भी मैं इस पर वापस गई, मैं इसमें गर्व, दुख और वास्तविक हानि की भावना के उस संयोग से प्रभावित हुई हूँ, जिसके साथ वह औरतों की मौत की घटनाओं का वर्णन करता है। पिता के हाथों मारी गई उसकी बहन मान कौर, उसके लिए समुदाय के सम्मान की खातिर जान देनेवाली एक महिला ही नहीं, बल्कि उन लोगों में शामिल एक व्यक्ति भी है, जिसकी कुर्बानी को इस देश की जंगे-आजादी में एक जगह मिलनी चाहिए। स्थानीय गुरुद्वारे में होनेवाले सालाना स्मरण-अनुष्ठान में वीर बहादुर सिंह आकर अक्सर उन औरतों की कहानी सुनाता है जिन्होंने खुद को 'मार डाला' और वे जो मारी गईं थीं। वीर बहादुर सिंह के लिए शहादत के यह वीरतापूर्ण कार्य थोआ खालसा को उस इलाके के अन्य सिख गाँवों से अलग करते हैं। वह यह अर्थ लगाता प्रतीत होता है कि थोआ खालसा के पुरुषों ने अपनी औरतों को अपहृत नहीं होने दिया, उन्होंने यह कमजोरी भी नहीं दिखाई। इसकी

जगह उन्होंने औरतों को शहीद बनाकर इस घटना को टाल दिया।

एक मौके पर जब हम वीर बहादुर से मिले तो हमारे पास वह पुस्तक थी, जिसका मैंने पहले जिक्र किया, जिसमें पाकिस्तान में अपहृत हुई हिन्दू और सिख औरतों की जिलेवार सूची है। हम उससे पूछना चाहते थे कि क्या वह पुस्तक में दिए गए किसी नाम को पहचानता है। लेकिन हमारे पूछने से पहले ही वीर बहादुर ने बलपूर्वक कहा कि हमारी इस पुस्तक में थोआ की किसी औरत का नाम नहीं है, क्योंकि थोआ के पुरुषों ने अपनी औरतों को बचाया था। लेकिन यह सही नहीं है। दूसरे गाँवों की तरह थोआ खालसा का भी जिक्र इस पुस्तक में है, लेकिन हमने महसूस किया कि वीर बहादुर के लिए औरतों की 'शहादत' को न्यायोचित ठहराने के वास्ते थोआ में हुए किसी बलात्कार या अपहरण से इन्कार करना जरूरी था : क्योंकि यदि 'शहादत' का विशेष उद्देश्य बलात्कार और अपहरण को रोकना था, और फिर भी यदि ऐसा हुआ था, तो फिर ऐसी शहादत फिजूल थी। कितनी ही मौतें बेकार चली जातीं।

वीर बहादुर के बयानों में कहीं कोई निन्दा-भाव नहीं है, उस तर्क पर कोई प्रश्न नहीं जिसके चलते पुरुषों ने अपने ही परिवार के लोगों को मारा। बँटवारे के बारे में एक कहानी अक्सर सुनाई जाती है कि परिवारों ने अपनी आजादी के लिए किस तरह से अपनी बेटियों का लेन-देन करने की कोशिश की थी। वीर बहादुर ऐसी ही एक कहानी सुनाता है जब गाँववालों ने अपनी आजादी पाने के बदले में हमलावरों को एक लड़की को दे देने का फैसला किया था। वह बोला, "जब आपके सामने अपनी जान बचाने का मामला हो तो और कुछ भी महत्व नहीं रखता।" ऐसा करने से उन्हें वीर बहादुर के पिता ने रोका, जिसने तब उन लड़कियों और औरतों को 'शहीद' बनाने का फैसला लिया। मैं इस बात से ताज्जुब में थी कि इस सब में वीर बहादुर ने अपने पिता को मजबूरी का मारा, असहाय और ईश्वर की इच्छा को पूरा करने के एक साधन के रूप में देखा। अपनी बेटी को मारते समय उसका पिता अपने पहले प्रयास में सफल नहीं हुआ। उसने दुबारा प्रयास किया और सफल रहा : वीर बहादुर की नजरों में बाप और उसकी बहन दोनों ही जानते थे कि वे क्या कर रहे हैं। यद्यपि दोनों के बीच कोई बात नहीं हुई, "बस किरपाण की भाषा काफी थी।"

वीर बहादुर हिन्दुओं और मुस्लिमों के आपसी सम्बन्ध को भी बड़ी मार्मिकता से बताता है। वह बँटवारे की जिम्मेदारी हिन्दुओं के सिर पर डालता है जो, उसके मुताबिक (वह इसमें सिखों को शामिल करता है), मुसलमानों को एक कुत्ते जितनी इज्जत भी नहीं देते थे। तब भी, अपनी जिन्दगी के बाद के पड़ाव में, वीर बहादुर अधिक राजनीतिकेन्द्रित हो गया : मैं कई वर्षों से उससे नहीं मिली हूँ लेकिन मुझे विश्वास है कि वह अब बी.जे.पी. का सदस्य है। यह स्पष्ट करेगा कि क्यों,

हिन्दू-मुस्लिम सम्बन्धों के बारे में अपने खुलेपन के बावजूद, वह मुसलमानों की तेजी से बढ़ती आबादी के बारे में बी.जे.पी. के युगों पुराने तर्कों का हिमायती हो गया। उसके पूरे इंटरव्यू में, विरोधात्मक लगनेवाली परिस्थितियों के सह-अस्तित्व द्वारा मैं मोहित हुई हूँ : पहले उसकी हिन्दुओं के साथ पहचान और इस बात को उसकी मान्यता कि उन्होंने मुस्लिमों से कैसा व्यवहार किया, फिर सिख पहचान के प्रति बढ़ता हुआ उसका लगाव और साथ ही इस बात के साथ अलगाव की भावना जिसे वह हिन्दू राष्ट्र के रूप में देखता है, और तब, विभाजन पर, मुसलमानों के साथ उसकी सहानुभूति और उसका डर, कि वे अब भारतीय राष्ट्र पर कब्जा कर लेंगे, और इसके नीचे कहीं दबी उसकी राजनीतिक निष्ठाएँ और उसकी धार्मिक पहचान। मेरे लिए, यह इंटरव्यू इन सभी कारणों से महत्वपूर्ण हो गया।

वीर बहादुर सिंह

मेरा नाम वीर बहादुर सिंह है। मेरे पिता का नाम सन्त राजासिंह है। मेरा गाँव है थोआ खालसा, जिला रावलपिण्डी, तहसील कहूटा। हमारा गाँव रावलपिण्डी जिले में था। यह एक आदर्श गाँव समझा जाता था, क्योंकि पूरे इलाके में, अगर आप गुज्जर खान को छोड़ दें तो थोआ खालसा सबसे बड़ी तहसील थी। वहाँ थोक बिक्री की दुकानें थीं और करीब 50-60 बड़े व्यापारी। और हमारे आस-पास के छोटे गाँवों में...कोई दुकानें नहीं थीं। ये मुस्लिम गाँव थे, इसीलिए हर कोई हमारे यहाँ थोआ खालसा से खरीदारी करने आता और जत्थे के जत्थे आते। मसलन मुस्लिम गाँवों की कोई औरत यदि कुछ खरीदना चाहती तो वह रोज खरीदारियाँ करने नहीं जाती, बल्कि पूरे महीने का सामान खरीद लेती, क्योंकि बाजार उनसे काफी दूर था। और कोई बीस, बीस-पच्चीस आदमी और औरतें इकट्ठे होते और अपना सामान खरीदने आते, और थोआ खालसा में किसी कस्बे जैसी अच्छी-खासी भीड़-भाड़ रहती...इस जगह की खास बात यह थी कि मुस्तवाना साहब के सन्त अत्तर सिंह जी ने यहाँ गुरुद्वारा दुखभजनी साहब बनवाया था। यह गुरुद्वारा बहुत पूजनीय और प्रसिद्ध था और लोग दूर-दूर से यहाँ आते। साल में दो बार यहाँ मेला लगता और हजारों लोग, हिन्दू और सिख, यहाँ इसके लिए इकट्ठा होते। मुसलमान भी यहाँ काफी संख्या में आते और वे भी इस संत को अकीदत पेश करते। थोआ खालसा के निकट सैंथा गाँव है, जहाँ तीस या चालीस परिवार हैं। इसके साथ कुछ छोटे गाँव भी हैं। सैंथा में मेरे पिता की एक दुकान थी, और बचपन में मेरा लालन-पालन इसी गाँव में हुआ था। मेरे अध्यापक मुसलमान थे और पूरे गाँव में वहाँ अकेला सिख घर था हमारा, बाकी गाँव मुसलमान था।

...हमारे इलाके में जो लोग कस्बों, नगरों में रहा करते थे, वहाँ छोटे-छोटे गाँवों में दुकानें खोलने जाते और अपने परिवारों सहित वहीं रहा करते थे। और मुझे याद है, स्कूल में अपने दाखिले के समय, पहली से पाँचवीं कक्षा तक, मैं वहीं पढ़ा था...वहाँ एक मुसलमान औरत थी, हम उसे दादी-दादी कहा करते थे। उसका नाम माँ हुसैनी था, और मैं उसकी गोद में जाकर एक ओर बैठ जाता और दूसरी ओर उसकी पोती। मैं उसकी चुनट खींचकर उसे ढकेलता और वह मेरा जूड़ा, मेरे बाल पकड़कर धक्का देती। मैं उससे कहता कि ये मेरी दादी है। वह कहती, ये मेरी दादी है। इस पर देखिए, जब हम साथ खेला करते थे तो वह लड़की छोटी-सी थी, मैं पाँचवीं कक्षा में था और वह मुझसे छोटी थी, और अब उसका लड़का नौजवान हो चुका है। वह दुबई में है, और वहाँ से उसने मुझे मामूजी कहकर खत लिखा। तब उस लड़की की शादी भी नहीं हुई थी, अब उसका बेटा चालीस का है। उसने अपने नाना-नानी के घर मेरा खत देखा और पूछा, कौन है यह? उसके मामा ने उसे बताया कि ये भी तुम्हारा मामा है। हमारे इतने अच्छे सम्बन्ध थे कि जब भी हमारे घर कोई समारोह होता, तो हम मुसलमानों को अपने घरों पर बुलाते, वे हमारे यहाँ खाना खाते, लेकिन हम उनके यहाँ नहीं खाते थे, जो अब मुझे लगता है एक बुरी बात थी। यदि वे हमारे घर आते, तो हमारे घर के एक कोने में दो बरतन रखे रहते, और हम उन्हें कहते, इन्हें उठाओ और इनमें खाओ, और तब वे खाकर उन्हें धोते और अलग रखते। यह कितनी अपमानजनक बात थी। पाकिस्तान बनने का यही कारण था। यदि हम उनके घर शादियों, समारोहों में जाते थे तो वे सचमुच हमारी बहुत इज्जत और आदर करते थे। वे हमें अधपका खाना, घी, आटा, दाल, सब्जियाँ, चिकन और मटन भी देते, सब कुछ कच्चा। और हमारा व्यवहार उनसे इतना गिरा हुआ कि मुझे कहते हुए शर्म आती है। हमारे घर कोई मेहमान आए, और हम उससे कहें, जाओ वो बरतन लाओ और उसे धोओ, और यदि मेरी माँ और बहन को उसे खाना देना पड़े तो, वे उसे रोटी कमोबेश दूर से ही फेंककर देंगी इस डर से कि बरतन छूकर वे अछूत न हो जाएँ...मुसलमान हमसे अच्छी तरह पेश आते थे और हम इतनी बुरी तरह उनसे पेश आते थे। अगर हम सड़क पर जाते हुए किसी मुसलमान से हाथ मिलाते, और हमारे हाथ में खाने का एक डिब्बा या कोई खाने की चीज होती तो वह चीज तब खराब हो जाती और हम उसे नहीं खाते : अगर हमारे एक हाथ में कुत्ता हो और दूसरे में खाने की कोई चीज, तो फिर इस खाने में कोई खराबी नहीं थी। लेकिन यदि कोई मुसलमान आता और हाथ मिलाता तो हमारी दादियाँ और माँएँ कहतीं—बेटा, ये खराब

हो गया, इसे मत खाना। ऐसे तो व्यवहार थे : ऐसा कैसे हो सकता है कि एक ही गाँव में रहनेवाले दो आदमियों में से एक तो दूसरे की इज्जत करे और दूसरा उसे कुत्ते के बराबर भी न पूछे? वे हमारी माँओं, बहनों को दीदी पुकारते, और हमें भाई, बहन, पिता कहकर सम्बोधित करते, और हमारी जरूरत के समय हमेशा मदद को हाजिर रहते थे, फिर भी जब वे हमारे घरों में आते थे तो हम उनके साथ इतना बुरा व्यवहार करते थे। यह सचमुच बड़ी छोटी बात है। और यही कारण है कि पाकिस्तान बना। उन्होंने सोचा, क्या है यह, क्या हो गया है? ऐसा कैसे हो सकता है?

एक ही गाँव में रहनेवाले दो आदमी, और एक तो दूसरे को इतना अधिक प्यार करता है, जबकि दूसरा उससे इतनी नफरत करता है कि उसके हाथ का पकाया हुआ खाना नहीं खाएगा, उसे छुएगा तक नहीं...अगर कोई मुसलमान आपसे हाथ मिलाता और आपके हाथ में खाना हो तो समझिए खाना खराब हो गया, नष्ट हो गया...

हम अपनी निचली जातों से भी ऐसा व्यवहार नहीं करते, जितना हिन्दू और सिख मुसलमानों से करते थे। मैं सच कह रहा हूँ, आज मुझे इस पर शर्म आती है। मैं एक मुसलमान के घर गया और उसने पूछा, क्या खाओगे। मैं बोला, क्या नहीं खाऊँगा, बताओ। मैं सब कुछ खाऊँगा। आखिर वहाँ खाने और पीने में क्या है? अगर आप किसी के घर जाओ और वे आपसे इतनी घृणा करें कि आपको अपनी प्लेट उठाकर खुद खाना लेना पड़े तो इस तरह...क्या मैं ऐसा इन्सान हूँ कि इस तरह आपके घर खाऊँगा?

ब्राह्मणवाद सिखों में भी था, और हम सभी इस धरम-काँटे में फँसे हुए थे, इसी धर्म-संकट से नफरत बढ़ती गई। वरना इतना प्यार था, इतना कि आपके...अगर आप इन किस्सों को देखो मेरी जवानी के दिनों के, आज तक भी मुझे खत मिलते हैं...यहाँ तक कि हमारे चाचा-ताऊ के बच्चे, निकट के रिश्तेदार भी हमारे मुस्लिम दोस्तों जितने करीब नहीं थे। जब पाकिस्तान बनने के बाद हम यहाँ आए तभी जाकर हमें महसूस हुआ कि जिसे हम दादी कहते थे वह हमारी असली दादी नहीं थी, वह एक मुसलमानी थी। उसका अंजीर के पेड़ों का एक बगीचा हुआ करता था, और उसने एक पेड़ मेरे लिए रख छोड़ा था, जिसके फल वह मस्जिद को भी नहीं देती थी। उसका पोता भी मुझे बचाने में मर गया। मैं छोटा था, और आपको पता है किसानों का हल...जमीन जोतने के लिए...वह आदमी अपने पैरों पर खड़ा है, इस तरह, और सामने एक बैल है। मैं एक बार उसके पैरों के बीच खड़ा था, उसका नाम आरिफ था...और एक साँप वहाँ से गुजरा और मेरी ओर झपटता हुआ-सा लगा। मैं उसके पैरों के बीच खड़ा था। आरिफ नंगे पाँव था...पता

है किसानों के पास जूते-शूते नहीं होते, और उसने ऐसे किया, और साँप ने उसे काट लिया। उसका केवल एक पोता था और वह भी मर गया। लेकिन उसने कभी एक शब्द नहीं कहा, कभी कोई इल्जाम नहीं...वास्तव में वह कहा करती थी कि मेरे पोते की रूह इस लड़के में जिन्दा है...खुदा से कितना डरनेवाली थी वह औरत। आज तक अपनी जिन्दगी में मैंने ऐसी औरत नहीं देखी है। वह खुद ही हल जोता करती...हाँ, खुद ही। भरी जवानी में ही उसका पति मर गया था। और मुसलमान अक्सर दूसरी शादी कर लेते हैं, लेकिन अपनी जिन्दगी में मैंने वही औरत देखी, जिसने ऐसा नहीं किया, जो खुद ही अपने हाथों से सब कुछ करती और कर सकती थी। केवल वही औरत थी जो मैंने देखी कि हल चलाती और चला सकती थी...वरना आमतौर पर औरतें हल को छूती तक नहीं। हाँ, पंजाब में आप उन्हें ट्रेक्टरों पर देखते हैं। अब तो वे इन्हें चलाती भी हैं। तो इस तरह हमारे मुसलमानों से काफी नजदीकी रिश्ते और सम्पर्क रहे थे। केवल ब्राह्मणवाद और राजनीति ने हमें बरबाद किया है। ब्राह्मणों ने ऐसा चक्कर चलाया है, लोगों को ऐसे कुटिल जाल में फँसाया है कि शायद अगली सौ पीढ़ियों तक हम इस सजा को भोगेंगे जो उन्होंने हमें दी है। मैं महसूस करता हूँ कि हमारे बुजुर्ग उन मुसलमानों के प्रति इतने अपराधी हैं, उन्होंने उनके प्रति इतने पाप किए कि अगले सौ सालों तक हमें चाहे जो सजा दो, मिलनी चाहिए। हम इसके अधिकारी हैं, हमने इतने अधिक पाप किए हैं।

मुसलमान हम पर विश्वास करते थे, इतना अधिक भरोसा करते थे...कि...उदाहरण के तौर पर जो मजदूर थे...जो सेवा किया करते थे...अगर किसी का कोई मनीआर्डर आता था तो उनके घर इसे देने कोई नहीं जाता था। वहाँ एक डाकखाना था...क्योंकि हमारे गाँव में एक डाकखाना था और आस-पास कई छोटे गाँव थे। उन्हें खुद डाकखाने आकर अपनी डाक और मनीआर्डर ले जाने पड़ते थे।

(पोस्ट आफिस) थोआ खालसा में था, और डाकिया हर आदमी के पास डाक या मनीआर्डर नहीं पहुँचाता। इसलिए जब मुसलमान अपने घरों से दूर काम पर जाते तो, वे मनीआर्डर भेजने के लिए हमारे पते दे जाते...उनके लिए वहाँ पैसा आता। मेरे पिता अपने रजिस्टर में बड़ी ईमानदारी से सबका लेखा लिखा करते थे...ये फलाँ-फलाँ का है, ये फलाँ-फलाँ का है...और तब लोग इसके बदले में हमारी दुकान से अपना सामान ले जाया करते। यह एक प्रकार से एडवांस पैसा मिलने जैसा था। अगर सौ रुपए के सौ मनीआर्डर हुए तो कुल दस हजार रुपए होते। तो

आप इस पैसे को राशन खरीदने में खर्च करते थे, या पाँच हजार रखकर बाकी से दुकान चला सकते थे...वे लोग हम पर इतना भरोसा करते थे। लेकिन हमने यह भी नहीं सोचा कि हमें इंसानों से इंसानों-जैसा व्यवहार करना चाहिए...मैं नहीं कह रहा कि आप अपना धर्म बदलकर मुसलमान बन जाओ, आखिर धर्म की भी अपनी जगह है, लेकिन मैं जो कह रहा हूँ वह यह कि इन्सानियत की भी अपनी जगह है और हमने इसी को हटा दिया, इसे एक ओर कर दिया, मानो यह थी ही नहीं। वही लोग जो हमारी ओर देखा करते थे, जब उनसे बँटवारे के बारे में पूछा गया और पूछा गया कि सिखों ने उनसे कैसा बर्ताव किया...यदि मैं जब आपको बता रहा हूँ कि हमने उनसे कैसा बुरा बर्ताव किया, तो जब एक मुसलमान दूसरे मुसलमान से बात करेगा तो जाहिर है, वह कुछ नमक-मिर्च लगाकर इसे अधिक विस्तार से बताएगा। और बेशक इसमें कोई शुबहा नहीं है कि सभी मुसलमानों ने यही कहा कि हमने उनसे बहुत बुरा व्यवहार किया और वे हमारे साथ अब नहीं रह सकते। बिलाशक उन्हें हमारे साथ क्यों रहना चाहिए? क्यों? अलग होकर उन्होंने एक अच्छा काम किया। हम उनके साथ रहने के काबिल नहीं थे। और हमें उनके हाथों से जो सजा मिली है, उनकी मार मिली है, यह उसी का नतीजा है। वरना क्या सगे भाई और बहनें एक दूसरे को मारते और पीटते नहीं हैं। आखिर, हममें भी तो कुछ पाप था...किसी से इतनी घृणा, किसी के लिए अपने अन्दर इतनी नफरत पालना...इन्सानियत इसे कैसे माफ कर सकती है?

❑ ❑

थोआ खालसा में जब गड़बड़ और लड़ाई शुरू हुई, तो तीन दिन तक वे लड़ते रहे, हमारे जवान तीन दिन तक लड़ते और मुसलमानों को बाहर खदेड़ते रहे...। जब हजारों में मुसलमान आ गए तो भी हम लड़ते रहे, लेकिन अन्त में समझौते का फैसला हुआ। कुछ मुसलमान आगे आए और इस पर चर्चा की। समझौते में उन्होंने एक शर्त रखी—वहाँ एक लड़की है, वह अभी भी पाकिस्तान में है...वास्तव में हर कोई उसके बारे में जानता था, यहाँ तक कि मैं भी जानता था और मैं एक बच्चा था, इसलिए पूरा गाँव जरूर ही जानता होगा...ऐसी कोई बात जिसे एक बच्चा जानता है, वह बड़ों को तो पता होती ही है...उसके उनमें से किसी से सम्बन्ध थे। तो मुसलमानों ने कहा, हमें वह लड़की दे दो। लेकिन मेरे पिता बोले, देखो, हम ऐसा काम करनेवाले लोग नहीं हैं, तुम्हें पैसा चाहिए, ले लो, यदि तुम्हें कुछ और चाहिए, उसे भी ले जाओ, लेकिन...काबुल, कंधार में भी जब गज़नी हमारी लड़कियाँ

ले गया था, हम उन्हें वापस ले आए थे, और आज तुम हमसे यह लड़की देने को कह रहे हो, बिलकुल नहीं। और वे—वे सात भाई थे, मेरे पिता और उनके भाई, और दो बहनें, और सभी भाई-बहनों के बच्चे, कुल मिलाकर पच्चीस या छब्बीस लड़कियाँ होंगी, लड़कों को छोड़कर...तो वे जवान लोग...जवान लोग नई विवाहित लड़कियाँ, और अनब्याही लड़कियाँ...मेरे पिता और मेरे चाचा अवतार सिंह ने उन्हें एक जगह जमा किया और बोले, जो भी हो जाय हम इस शर्त को नहीं मानने जा रहे हैं, हम बल्कि तुम सबको मार देंगे। इस पर कोई विरोध नहीं हुआ, कोई शोर नहीं। वे सभी औरतें बोलीं—हमें मार दो... ।

गाँव में कोई 1000-1200 लोग होंगे। वहाँ एक सरदार गुलाबसिंह थे—हम सब उनकी हवेली में जमा हुए। वह एक बड़ा घर था, हम सभी वहाँ जमा हुए...गुलाबसिंह की हवेली में 25 लड़कियों को एक तरफ कर दिया गया। सबसे पहले मेरे पिता संत राजासिंह, जब वह अपनी लड़की को लाए, अपनी लड़की को आँगन में मारने के लिए लाए, तो सबसे पहले उन्होंने अरदास की। बोले—सच्चे पादशाह, हमने तेरी सिखी पर दाग नहीं आने दिया है, और तेरी सिखी को बचाने के लिए हम अपनी बेटियों की बलि चढ़ाने जा रहे हैं, उन्हें शहीद बनाने, हमें माफ करना। तब...वहाँ गाँव में एक आदमी था जो कुली का काम करता था, वह आगे आया...वह आगे आया और उसने मेरे पिता के पैर पकड़े...रामसिंह ने उनके पैर पकड़े और बोला—भाया जी, पहले आप मुझे मारो क्योंकि मेरे घुटने सूजे हुए हैं और मैं भाग नहीं सकता...आप भाग जाओगे और मैं नहीं, और मुसलमान मुझे पकड़कर मुसलमान बना देंगे। तो मेरे पिता ने तुरन्त किरपाण से उसका सिर उड़ा दिया। उसके बाद, जस्टिस हरनामसिंह जो, जो पंजाब के चीफ जस्टिस थे, उनका बहनोई, यानी उनके ससुर का साला, वह सरदार नन्दसिंह धीर, वह मेरे पिता से बोला—राजा सिंगा, पहले मुझे शहीद बनाओ, क्योंकि मेरे लड़के लाहौर में रहते हैं...तुम क्या सोचते हो, मैं मुसलमानों को अपनी यह दाढ़ी काटने दूँगा और शेख बनाकर लाहौर भेजने दूँगा? इस कारण से मुझे मारो। मेरे पिता ने तब उसे मार डाला। उन्होंने दो को मार डाला, और तीसरी मेरी बहन मान कौर थी...मेरी बहन आई, और मेरे पिता के सामने बैठ गई। मैं ठीक उनकी बगल में खड़ा रहा, उनका कुर्ता पकड़े, जैसे बच्चे करते हैं। मैं उनसे लिपट रहा था...लेकिन जब मेरे पिता ने किरपाण चलाई (वार कित्ता)...शायद कोई शक या डर उनके दिमाग में आया, या शायद किरपाण दुपट्टे में फँस गई...कोई नहीं कह सकता...वह इतना भयावह, इतना डरावना दृश्य था। तब मेरी बहन ने अपने हाथ से चोटी हटाकर उसे आगे

खींचा...और मेरे पिता ने अपने हाथों से दुपट्टा हटाकर तब किरपाण चलाई और उसका सिर धड़ समेत लुढ़ककर गिर गया...वहाँ...दूर। मैं रेंगता हुआ सीढ़ियों से नीचे गया, रोता-सुबकता; और इस दौरान किरपाण चलने की आवाज लगातार आती रही...25 लड़कियाँ मारी गईं, उन्हें काट डाला गया। एक लड़की, मेरे तायाजी की बहू, जो गर्भवती थी...किसी तरह वह मारी नहीं गई और बाद में मेरे ताया के लड़के ने उसे पिस्तौल से गोली मार दी। फिर उसने खुद को भी मार डाला, वह और उसके पिता, दोनों शहीद हो गए...।

वह बचा ली गई। वह लड़की, वह हमसे बोली, मुझे मार दो क्योंकि मैं नहीं बचूँगी। मेरे पेट में बच्चा है, मैं कैसे बच सकती हूँ? उसे खून बह रहा था। तब मेरे चाचा और मेरी माँ, वे उसकी बगल में बैठे, उसका नाम हरनाम कौर था, और उनके पास कुछ अफीम थी—उन दिनों गाँवों में लोगों के पास अफीम हुआ करती थी—तब उन्होंने अफीम को अपने थूक में मिलाया और गरम किया। उसने जपजी साहब का पाठ शुरू किया और बोली—वाहे गुरु, मुझे शहीद बनने दे, और जैसे ही पाठ खत्म हुआ वह भी मर गई। बिल्कुल ऐसा था मानो...पता है, यह बड़ा दुर्लभ है कि कोई इन्सान मौत की तैयारी इस तरह करता है, जैसे उसने की। मौत सचमुच उसके काबू में थी, और जब उसने मौत को चाहा, तभी वह आई। करीब आधे घण्टे तक उसने खुद पाठ किया, और ज्यों ही उसने आखिरी श्लोक खतम किया, वह भी खतम हो गई। वह जानती थी, वह मर रही है। अन्तिम श्लोक...'पन गुरु पानी पिता, माता तत महात'...मैं इसे ठीक से याद नहीं कर सकता। लेकिन उसकी जिन्दगी उस समय पूरी हो गई। उसी रात, वहाँ दो जवान लड़कियाँ थीं, और उन्हें हवेली के कुएँ में फेंक देने का फैसला हुआ। सुबह हमने सोचा, वे मर गई होंगी। काफी गहरा कुआँ था वह, रावलपिण्डी जिले में कुएँ बहुत गहरे थे और अगर आप उनमें झाँको तो गहराई नहीं देख सकते थे। सुबह हमने कुएँ से पाठ करने की आवाजें आती सुनीं। तो हमने मुसलमानों से पूछा। हमने उनसे कहा कि हमारी दो लड़कियाँ कुएँ से पानी लेने गई थीं और उसमें गिर गईं, क्या तुम उन्हें बाहर निकालने में हमारी मदद कर सकते हो? तो वे रस्सियाँ लाए और तब हमने लड़कियों को बाहर निकाला। वे अभी भी जिन्दा थीं, उनकी कलाइयों की चूड़ियाँ तक नहीं टूटी थीं। वहाँ एक हरीसिंह था, उसने मुझे जाने का इशारा किया। वह बोलने की कोशिश कर रहा था, लेकिन बोल नहीं पा रहा था। उसने मुझे इशारे से बताया कि मुसलमानों ने उसकी जीभ काट दी है, क्योंकि उसने मुसलमान बनने से इन्कार कर दिया था। उसने कहा था कि वह अपना सिर नहीं

कटवाना चाहता, लेकिन अपनी जुबान कटवा देगा। एक भी आदमी मुसलमान बनने को तैयार नहीं हुआ। हम सभी चले गए और नदी के किनारे तक गए।

❑ ❑

1945 में हम सैंथा से थोआ खालसा आए थे। छह महीने बाद हम वहाँ गए और जब वापस आए तो हमें तोहफे में दो ऊँट बोझा सामान उपहार मिले : कद्दू, पेठे, आम, दाल, घी, और करीब 16 मन चीजें वहाँ के मुसलमानों से तोहफे में मिलीं। राशन, 16 मन सामान। जैसे वे पीरों, संतों को तोहफे देते थे, उन्होंने हमें भी दिए। हर घर से आटा, घी, दाल और कई चीजें, ये चीजें वे हमारे घर छोड़ गए।

मुसलमान खेती करते या नौकरी। अक्सर परिवार का एक आदमी फौज में होता। वे पैसे भेजते—वह भी हमारे नाम से आया करते। वे भले लोग थे। वे चोरी नहीं करते, न हमें डराते, या धमकाते।

यहाँ तक कि जब पाकिस्तान बनने की बात उन्हें पता चली, तब भी वे चाहते थे कि हम चले जाएँ ताकि हमें कोई नुकसान न हो। हम वहाँ से सम्मान से आए। और जब गड़बड़ शुरू हुई, लोग वहाँ से आए। पता है माँ हुसैनी, जिसका मैंने जिक्र किया था, उसका बेटा सजावल खाँ, हमारे पास आया और बोला कि हम चाहें तो उसके घर रह सकते हैं। वह अपने बच्चों के साथ आया था। लेकिन हमें शक था। पर आज मुझे महसूस होता है कि वह क्या कह रहा था। उसके चेहरे का भाव, उसका व्यवहार—सच्चाई और सहानुभूति के सिवा कुछ नहीं था, और हमने उसे गलत समझा। हम सभी इतनी कठिनाइयों से गुजरे थे, और वे हमें मदद देने आए, हमारी सहायता करने, और हमने मना कर दिया।

रावलपिण्डी में, जो दुकानदार थे, उनकी अपनी जमीनें भी थीं, और वे मुसलमानों की सम्पत्ति भी गारन्टी के रूप में रखते थे। यानी वे जमीन के बदले पैसा उधार देते, तो वे यह भी करते थे। और वहाँ सिख थे जो जमींदारी भी करते थे। उनके पास माजे, गाएँ, और डंगर, भैंसें घर में होती थीं, और उन्हें चारे आदि की जरूरत होती थी, तो वे इस जमीन को जो उन्होंने गारंटी पर रखी थी, इस्तेमाल करते थे। इसके अलावा वे ज्यादातर दुकानदार थे, थोड़ा मुनाफा, साफ काम। उनके ऊपरी खर्चे भी कम थे। मुझे याद है, मैं पाँचवीं कक्षा में था और पिताजी ने मुझसे कहा, बेटा तू बहुत फिजूलखर्ची करता है, अनावश्यक खर्चे। तुझे पता नहीं हमें घर-खर्च के लिए पैसा चाहिए? पैसा खर्चते समय ध्यान जरूर रखा कर। लोग अपने लिए

काफी कमा लेते थे, और वे खुश थे। मैं अपनी दुकान सुबह खोलता। मेरे पिता गुरुद्वारे से नौ बजे वापस आते और दुकान में बैठते। वह चार बजे उठते, नहाते, पाठ करते, गुरुद्वारे जाते और तब दुकान में आकर बैठते। आज मैं जो भी जानता हूँ, मैंने उनसे सीखा है, साफ, ईमानदार धन्धा। यदि कोई छोटी लड़की आती तो वे उसे बेटी कहते। कोई बड़ी लड़की आती तो उसे बहन कहते। वह हरेक के साथ सम्मानजनक बर्ताव करते।

हम गुज्जर खान से सामान खरीदा करते थे। सारा सामान ऊँटों पर आता, और दुकानदार इसे लेने जाते। उस जमाने में कोई ट्रक नहीं थे। बसें थीं, थोआ खालसा से रावलपिण्डी और वहाँ से वापसी बस। कोई बीस किलोमीटर। वहाँ हिन्दुओं, मुसलमानों और सिखों का लोगों में इतना अधिक आना-जाना था कि छोटी-मोटी चीजों की कोई चिन्ता नहीं करता था। मुसलमान अधिक बड़े दिलवाले थे। अनाज, फल, सभी कुछ वे ही पैदा करते थे। और वे उदार भी थे। जब भी कभी कोई उनके घरों में जाता, मानो कोई सिख उनके घर गया, वे हमें तोहफे देते, सूखी रस कहते थे इसको, अनपकी चीजें। वास्तव में अगर किसी मुसलमान ने किसी सिख को यह नहीं दिया तो दूसरे गाँवों के मुसलमान उसे अच्छा मुसलमान नहीं समझते थे। वे कहते, शाह जी आए थे और तुमने कुछ नहीं दिया। कोई नहीं पूछता, लेकिन दो या तीन आदमी खुद ही चीजें ले आते। और वे बड़ी शांति से कहा करते, आप हमारी पकाई हुई चीजें तो खाते नहीं, लेकिन कभी-कभी जो बरतन वे लाते...देखिए हम उनके घरों से आया हुआ दूध पिया करते थे, लेकिन दूध एकदम नए बरतन में होना चाहिए था। लेकिन हमने कभी नहीं पूछा कि इससे क्या फर्क पड़ेगा, अगर हमने वाकई में उनके पुराने इस्तेमाल हुए कपों में ही दूध पी लिया तो। बस धोओ और पी लो। क्या हो गया होता यदि हम उन्हीं कपों में दूध पीने के इच्छुक होते? तब हम एक होते, हममें यह भेद न होते, हजारों लोग मारे न गए होते, और कोई बँटवारा न हुआ होता। क्या मुसलमान हिन्दुस्तान में नहीं रह रहे हैं, या हिन्दू पाकिस्तान में? यह राजनीति से भी इतना नहीं हुआ, जितना ब्राह्मणवाद से। और इन दिनों मुझे डर है, मैं सोचता हूँ कि हरिजन भी तो हमारे साथ वैसा ही नहीं करेंगे जैसा मुसलमानों ने किया। एक समय आएगा जब हरिजन, जिन्हें हम सूरदास कहते हैं, आज भी हम उन्हें अपनी लड़कियाँ नहीं देते, उनके लड़के नहीं लेते, हम उन्हें कोई इज्जत नहीं देते। मैं आपको कहता हूँ यह बड़ा खतरनाक है, वे विद्रोह कर सकते हैं। देखिए काशीराम अपनी सभाओं में क्या कह रहा है—वह कहता है, उसे ब्राह्मणवाद की जरूरत नहीं है। आप देखिए गुस्सा भड़क रहा है। हमारे सम्बन्ध, हमारा रवैया हरिजनों, सिखों,

मुसलमानों, किसी के भी प्रति एक जैसा होना चाहिए। हमें किसी के साथ भेद-भाव भरा व्यवहार नहीं करना चाहिए। किसी आदमी के चार दोस्त हैं, तो उसे गर्व होना चाहिए कि उसका एक मुसलमान दोस्त है, एक हिन्दू है, एक सिख है आदि। मैं बड़ी कोशिश करता हूँ कि हर तबके में मेरे मित्र हों।

❑ ❑

जब गड़बड़ शुरू हुई (1948 में) तो मेरे कई दोस्त—मेरे एक मित्र गुप्ताजी, मनोहर गुप्ता, आए और मेरी दुकान के आगे खड़े हो गए। जब हमलावर आए तो वह उनसे बोले—यह मेरी दुकान है। वे बोले—लेकिन यह तो वीर बहादुर की है। वह बोले—हाँ, यही मेरा नाम है। तीन दिनों तक उन्होंने हमे अपने घर में रखा। उन्होंने हमें एक दीवान दिया और सिखाया कि जब गड़बड़ हो तो हमें क्या करना है। वह बोले—अगर खतरा हो, अगर वे दरवाजे तोड़कर भीतर घुसें—उन्होंने मुझे कुछ सिन्दूर दिया, और बोले—अगर ऐसा होता है, तो हम सब नीचे बैठ जाएँगे और कहेंगे कि हमारे गुरुजी आए हैं। वह बोले कि तुम्हें अपने बाल खोलने होंगे, और तुम बैठ जाना और हम तुम्हारे चारों ओर बैठेंगे और प्रार्थना शुरू कर देंगे और कहेंगे, हमारे गुरुजी आए हैं। मैं आपसे कहता हूँ जब कोई आपकी पूजा करने का इच्छुक है, आपको गुरु बनाने का इच्छुक है, आपकी जिन्दगी बचाने के लिए, तो उससे बड़ी चीज और क्या हो सकती है? यह सच्ची महानता है। मेरे मुस्लिम मित्रों ने फोन किया...हिन्दू मित्र और सिख मित्र भी थे...1984 में सिखों के साथ क्या हुआ, हमें इसका बहुत दुख है। मेरा पूरा परिवार पाकिस्तान में खत्म कर दिया, और मेरे दो भाई, और मेरी माँ, हम यहाँ आ गए। यहाँ हमें कोई जमीन नहीं मिली, न ही घर। हमें सरकार से कोई मदद नहीं मिली, और हमने मिलकर एक-एक पाई निकाल दी। हमने खुद बड़ी मेहनत की अपने लिए और एक छोटा-सा फार्म बनाया, और तब अपने घर बनाए। सब कुछ लुट और बर्बाद हो गया था। मैंने भारत सरकार से चार हजार बत्तखें खरीदी थीं—मैंने इन्हें खरीदने की इजाजत ली थी। मेरा यह सपना था कि मैं इन्हें यू.पी. के सभी गाँवों में, जहाँ हरिजन रहते हैं, वहाँ तालाबों में छोडूँगा। मैं यू.पी. में बत्तख के अण्डों का इतना ज्यादा उत्पादन करना चाहता था, क्योंकि उनमें विटामिन होता है, और यह मुर्गी के अण्डों से अधिक अच्छे होते हैं, और यह कम खर्च पर भी हो जाता है, क्योंकि बत्तखें तालाबों में ही मिलनेवाली चीजों पर जी लेती हैं। वह सब बरबाद कर दिए गए, मेरा ट्यूबवेल उखाड़ दिया गया। यह गाजियाबाद जिले में हुआ था। और जिन्होंने

यह किया वे पहचान लिए गए थे, लेकिन कोई एक्शन नहीं हुआ। सरकार को यह करना चाहिए था कि जिनका खून इस देश को आजाद करने में बहा था—यदि हमें अपने देश से प्यार न होता, तो यह दूसरी बात होती। यदि हम मुसलमान बन गए होते तो वहाँ रह सकते थे। लेकिन हमने कहा, नहीं, हमारे सम्बन्ध हिन्दुस्तान से हैं। उस समय मास्टर तारासिंह ने कहा था कि हिन्दू और सिख एक हैं। और हम हैं, मुझे विश्वास है कि हम हैं। मेरे गाँव थोआ खालसा में, हमारी दुकान के पीछे एक मन्दिर है, और यह मन्दिर जरूर ही कोई हजार साल पुराना होगा। और गुरुद्वारा करीब दो या तीन सौ साल पुराना। सिख धर्म इससे अधिक पुराना नहीं है। इसका मतलब हुआ, मेरे परदादा या दूसरे पूर्वज उस मन्दिर में पूजा करने जरूर गए होंगे। तो फिर, हम कैसे अलग हो सकते हैं? गुरुग्रन्थ साहब में भी जिक्र है कि हम एक हैं। और हिन्दू हमारी जड़ हैं। यदि जड़ मरती है तो पेड़ कहाँ होगा? हिन्दुओं के लिए सिख लोग योद्धा हैं। यदि आप योद्धाओं को ही मार दें तो आपके घरों को कौन बचाएगा। यह एक अलग बात है कि जब अगर हर कोई घर में एक योद्धा को घेर लेता है तो वह जवाब तो जरूर देगा। 1984 में जो भी हुआ, मैं उसे अच्छा नहीं समझता। आज तक किसी को सजा नहीं मिली है और मुझे इसका सचमुच काफी दुख है कि दूसरे लोगों को उनके खिलाफ एफ.आई.आर. दर्ज करके उन्हें फँसाया गया है। लेकिन इस तरह की मुकदमेबाजी...यह केवल सिमरनजीत सिंह मान का ही सवाल नहीं है, लेकिन हर सिख सोचने लगा है कि हमें क्या करना होगा। एक आदमी को फाँसी दिए जाने के बाद भी, लोगों को सजा देते रहना। पिछले साल मैं पकड़ा गया था...मैं इसे भी टेपरिकार्डर में बोलूँ क्या? मैं चाहता हूँ। 24 अक्टूबर को पंजाब में एक कांग्रेसी मंत्री प्रबोधचन्द्र का देहान्त हुआ। वह मेरा मित्र था। मेरा एक अन्य मित्र वरिन्दर सिंह और मैं उसके घर गए थे। वापस लौटते समय पृथ्वीराज रोड पर एक कार खड़ी थी और कुछ लोग सड़क पर घायल पड़े थे, और दो तो शायद मर गए लगते थे। उनमें से एक को मैंने पहचाना। वह बूटासिंह का लड़का था और वह चिल्ला रहा था, लोगों को रुकने को कह रहा था। कोई रुकने को तैयार नहीं था। मैं रुका, और बूटासिंह के लड़के, उसके गनमैन, उसके मित्र को अस्पताल ले गया, अमेरिकन हास्पिटल और वहाँ उन्हें दाखिल कराया। मेरी कार खून से सनी थी, लेकिन मैंने ये इन्सानियत के नाते किया, मानवता के नाते। मैं नहीं भी कर सकता था। एक आदमी मर गया, लेकिन घायल को—वह हिन्दू था—हमने अस्पताल में दाखिल कराया। इसके बाद बमुश्किल पन्द्रह दिन ही बीते होंगे (मैंने मूर्खता में सोचा कि मुझे इस काम की शाबाशी

मिलेगी—मुझे बूटासिंह को इस घटना के बारे में बताना याद आया और उसने मेरा शुक्रिया भी अदा किया था) जब मैं घर में बीमार पड़ा था, उन्होंने मुझे पकड़ लिया। आपने पेपरों में यह खबर जरूर पढ़ी होगी। खबर यह छपी थी कि दिल्ली में गुरुद्वारा बंगला साहब के पास पाँच बड़े आतंकवादी पकड़े गए। आतंकवादी रात के दो बजे वहाँ मिल रहे थे और हमने उन्हें पकड़ लिया। उनके पंजाब के आतंकवादियों से गहरे सम्बन्ध हैं और उनकी संसद भवन को उड़ाने और राजीव गाँधी की हत्या की योजना थी! क्या हम आतंकवादी थे? बूटासिंह का लड़का हमारे साथ था, और हमें किस चीज की जरूरत थी? हम उसे भगा ले जा सकते थे, बूटासिंह से और आतंकवादियों से पैसे वसूल सकते थे, लेकिन हमने इंसानों की तरह काम किया, फिर भी बूटासिंह ने हमें पाँच महीने जेल में रखा, हमें दहशतगर्द कहकर। चौबीसों घण्टे हम आठ फुट लम्बी, छह फुट चौड़ी काल कोठरी में रहे। वहाँ रोशनी नहीं थी। हमने गवर्नर को लाइट के लिए चिट्ठियाँ लिखीं। मैं वहाँ पाठ किया करता था। मैंने वहाँ चार भोग किए। बिल्कुल किसी मौत की सजा पाए अपराधी की कोठरी में बन्द होने जैसा लगता था, और पूरे समय जेलर हमसे कहता रहता कि बिल्ला को यहीं फाँसी हुई थी, फलाँ-फलाँ को यहीं फाँसी हुई थी, और फाँसी से पहले उन्हें इसी कमरे में लाया गया था। फिर हमने उन्हें लटका दिया। मैं, जो मर गए, उनके बारे में भी अक्सर सोचा करता था। मैं सोचा करता था कि कभी-कभी रात को मैंने उन्हें देखा, मानो उनकी छवि मेरे सामने प्रकट हुई हो। मकबूल भट, बिल्ला, रंगा...जिसे भी फाँसी हुई, वे कहते, हम उन्हें यहाँ लाए। हाईकोर्ट तक भी सभी जमानत अर्जियाँ रिजेक्ट हो गईं। और अन्त में उन्हें लिखित में देना पड़ा कि हमने वीर बहादुर सिंह को गिरफ्तार किया था, लेकिन वह सीधे तौर पर कहीं शामिल नहीं था। यह अक्टूबर 1987 की बात है और दिसम्बर में हाईकोर्ट ने मुझे छोड़ दिया, और मई या जून 1988 में सरकार ने सेशन कोर्ट में लिखकर दिया कि मैं इस मामले में शामिल नहीं था। मैं उग्रवादी नहीं हूँ, मैं शिरोमणि गुरुद्वारा प्रबन्धक कमेटी का एक सदस्य हूँ। बस।

जेल में हम अकेले थे, हाँ अकेले। हम सभी पाँचों को अलग-अलग रखा गया था, अकेले। फाँसीवाले कमरे में दो हिस्से हैं, एक में फाँसी मिलनेवाले को रखा जाता है, और दूसरा खाली रहता है। हमें उनमें रखा गया था। वहाँ एक छोटा गुसलखाना था, तीन फुट लम्बा और कुछ चौड़ा, पानी और मच्छरों से भरा, और वही हमारे पास था। वहाँ पाखाना भी था, और वहीं हमें खाना मिलता। हम सोचा करते थे कि हम देशभक्तों के बच्चे हैं। हम उन जेलों को देखा करते थे, जहाँ वे कैद हुए थे। लेकिन मेरा यह

अनुभव मुझे, अगर मैं जरा भी चाहता तो, उग्रवादी बना सकता था।

मुझे काफी गुस्सा है, लेकिन मुझमें लड़ने की ताकत नहीं है। मेरा एक परिवार है, मेरी बेटियाँ हैं, मैं ऐसा कैसे कर सकता हूँ? अगर मैं 22 साल का होता तो जरूर ही कुछ हो गया होता। मेरे जैसे ऐसे सैकड़ों मामले हैं, जहाँ नौजवान लोग उग्रवादी बन गए हैं। आखिर, यह देश है, और उन्हें यह देखना चाहिए—एक सत्तर साल का आदमी, उसे उन्होंने उग्रवादी बना दिया! मेरा रिकार्ड देखिए, मैं म्यूनिसिपल कारपोरेशन का चेयरमैन और शिरोमणि गुरुद्वारा प्रबन्धक कमेटी का सदस्य रहा हूँ, मेरे खिलाफ कोई केस नहीं है, मैं एक ईमानदारी की जिन्दगी जीता हूँ, मेरे परिवार का इतिहास देखो, मेरे पिता...

मेरे पिता एक राष्ट्रवादी थे, आजादी की लड़ाई में सबसे आगे थे। उन्होंने जेल में समय बिताया था, इसीलिए मेरी माँ को पेंशन मिलती है। एक ओर तो वे आपको पेंशन देते हैं, दूसरी ओर आपको उग्रवादी बताते हैं। और यह एक इस तरह का कलंक है जो आपसे इतना अधिक चिपक जाता है कि आपके अपने भाई और बहन तक आपसे कोई मतलब नहीं रखना चाहते हैं। मैं अपनी पत्नी और बच्चों को देखा करता था। अक्सर मैं उनके चेहरे ठीक से नहीं देख पाता था, और हम केवल इशारों में ही बात करते। मेरे और उनके बीच पुलिस होती...आप क्या कह सकते हैं? इसमें न्याय कहाँ है? क्या यह कोई लोकतन्त्र है? किसी को इस तरह पकड़ लो और उग्रवादी बना दो, जो एस.जी.पी.सी. का मेम्बर हो। यह बहुत बड़ा पाप है, इसे मैं जिन्दगी-भर नहीं भूलूँगा। उन्होंने हमसे कैसा व्यवहार किया? फिर भी भारत हमारा घर है, सभी सिख ऐसा ही सोचते हैं, कोई भी खालिस्तान नहीं चाहता। यह नारा, 'राज करेगा खालसा' (सच्चाई की जीत होगी) यही कुछ है, जो शुरू से ही साथ रहा है।

❑ ❑

बात यह है, अधिकांश हमले सिखों पर हुए क्योंकि सिख आसानी से दिख जाते हैं। हिन्दुओं और मुसलमानों में देखने में इतना फर्क नहीं लगता। इसलिए मुझे लगता है कि किसी को हिन्दू समझने में यह डर जरूर होता होगा कि कहीं वास्तव में वे किसी मुस्लिम पर तो हमला नहीं कर रहे। सिख आसानी से पहचान लिए जाते हैं। और वे अपनी किरपाणें निकाल लेते हैं। आपको पता है, मेरी बहन को मारने के बाद मेरे पिता ने सात मुसलमानों को मार डाला था। उनकी उनसे दुश्मनी नहीं थी। वास्तव में उनमें काफी प्यार था। लेकिन जब कुचलने की बात आई, और यह सिखों के

साथ होता है, तब किरपाणें निकल आती हैं। गुरु गोबिन्द सिंह ने सिखों में इस तरह का जोश भरा है, यह खत्म नहीं किया जा सकता। अंग्रेज भी इसे महसूस करते थे। केवल यही सरकार है...फिर भी बावजूद इसके कि हमारे साथ क्या हो रहा है, पिछले चालीस वर्षों में, आप देख सकते हैं कि सिख पूरे समय फिर से इतिहास बनाते रहे हैं। 1984 में मैं गवर्नर से मिला, और बोला कि जो हो रहा है, उसे देखकर मैं बहुत दुखी हूँ। मैं एस.जी. पी.सी. का एक सदस्य हूँ लेकिन लोगों का हाल पूछने बाहर भी नहीं जा सकता। वह बोला, तुम क्या चाहते हो? मैंने कहा, मैं दंगाग्रस्त इलाकों में जाना चाहता हूँ। उसने हमें एक कार और लोग दिए और मैं सोचता हूँ कि पूरे शहर का दौरा करनेवाला मैं पहला सिख रहा होऊँगा। मैं शकरपुर गया, मैं हर जगह गया। उन्होंने हमारे साथ कुछ आदमी भेजे थे। मैं इसका शुक्रगुजार हूँ। शकरपुर में, हम घायलों की मदद कर रहे थे और उन्हें संताँ दा डेरा ले जा रहे थे। वहाँ सड़क पर एक लड़की पड़ी हुई थी, और उसका नवजात शिशु दूध पीने के लिए उसका स्तन ढूँढ़ रहा था। तो हमने वहाँ कार रोकी, और मैंने उससे कहा—बीबी! लेकिन वह मरी हुई थी! तो हमने बच्चे को उठाया और उसे कैम्प भेज दिया। इस हालत में हमने औरतें पाईं। जिन नौजवानों ने यह सब देखा, वे किसी भी चीज में अपना विश्वास कैसे बना सकते हैं? मैंने आपको बताया, हमने सजावल खाँ पर शक किया था उस समय, हमें उसका भरोसा करना चाहिए था। आखिर विश्वास से विश्वास पैदा होता है और अविश्वास से अविश्वास जन्मता है। भरोसा बड़ी चीज है। यहाँ तक कि दुश्मन भी भरोसे लायक होता है...वह आपसे झूठ नहीं बोलेगा और धोखा नहीं देगा, अगर आप दिखाएँ कि आप भी उस पर भरोसा करते हैं। बेईमान आदमी भी ऐसा नहीं करेंगे।

कुएँ में जो दो लड़कियाँ थीं, उनके पिता को मुसलमानों ने घायल कर दिया था। उसके पैर में गोली लगी थी। वह उस समय हमारा नेता था, प्रतापसिंह धीर। लड़कियों में से एक महिन्दर कौर थी। हम उसकी (प्रतापसिंह) चारपाई उठाया करते थे, और जो भी वह कहता, हम उसे करते। अगर उसने हमसे मुसलमान बनने को कहा होता तो हम मुसलमान बन गए होते। लेकिन उसने कहा, हम खुद के छोटे-छोटे टुकड़े हो जाने देंगे, लेकिन धर्म नहीं बदलेंगे...हम अपनी जिन्दगी बचाने के लिए अपना धर्म नहीं बदलेंगे। वह बोला, मैं तो वैसे भी आधा मरा हुआ हूँ। तुम मुझे छोटे-छोटे टुकड़ों में काट सकते हो, और हर टुकड़े पर तुम मुझसे फिर पूछ सकते हो, लेकिन मैं धर्म नहीं बदलूँगा। और जैसे ही उसने यह कहा, लज्जावंती और दूसरी औरतें कुएँ में कूद पड़ीं। तो फिर मुस्लिम बोले, यहाँ तो यह

लोग खुद को ही मार रहे हैं। और उन्होंने थमाली जाने का फैसला किया, जो थोआ से चार किलोमीटर दूर था। हमारा गाँव कुछ करीब था और छोटी-छोटी पहाड़ियों से घिरा हुआ था। वह काफी खूबसूरत जगह थी। और बहुत-से लोग वहाँ लूटने आए थे। बाद में वहाँ गए लोगों ने बताया कि वहाँ ईंटें तक नहीं बची थीं। हमारे गाँव से भीड़ थमाली गई, जहाँ कुछ दिन लड़ाई होती रही। वहाँ एक बड़ी बहादुर औरत थी, मेरी रिश्तेदार, दीवान कौर, वह पगड़ी पहनकर लड़ने गई। उसकी लाश गाँव से थोड़ी दूर मिली थी। लोग उससे अकेले जाने को मना करते रहे और वह बोली—क्या बकवास है, मैं गुरु गोबिन्द सिंह की बेटी हूँ, और वह उन पर तूफान की तरह गिरी।

हाँ, बहुत-सी औरतें अभी भी हमारे गाँव में बची थीं। ज्यादातर हमारे परिवार की औरतें मरी थीं, और फिर वे औरतें जो कुएँ में कूद गई थीं। लेकिन दूसरी बचा ली गईं, क्योंकि मुसलमानों ने देखा कि वे खुद को ही मार रहे थे। जिन्होंने कुर्बानी दी...अगर हमारे परिवार की औरतें न मारी गई होतीं, और जो कुएँ में कूदी थीं, उन्होंने अपनी जान न ली होती तो जो जिन्दा बच गई थीं, वे आज जिन्दा न होतीं। मुसलमान इसके लिए आए थे। आप मुझे ऐसा कहने पर माफ करेंगी, लेकिन हमारे गाँव के मुसलमान, वे इतने अच्छे नहीं थे। मसलन हमारे बच्चे, वे साफ-सुथरे रहते, ढंग से कपड़े पहनते। मुसलमान आठ-आठ दिन तक नहाते तक नहीं थे। साबुन के बारे में सुना तक नहीं था। तब वे बड़े भयानक दिखते। और हमारी औरतें सुन्दर थीं, इसीलिए उन्होंने उन्हें उठा ले जाने की योजना बनाई थी। लेकिन मेरे पिताजी ऐसा न होने देने को दृढ़प्रतिज्ञ थे। इतिहास रोज नहीं बदलता और न हम रोज पैदा होते हैं। आखिर हमें कितने दिन तक जिन्दा रहना है, उन्होंने कहा। शायद दस बरस, शायद बीस बरस। और फिर क्या? उसके बाद भी हमें मरना ही है। हम सम्मान से मरेंगे। और बाकी का काम...मेरे पिता ने पहला कदम उठाया, और बाकी काम सरदारनी लज्जावंती ने कर दिया। हमारे इलाके में केवल दो वकील थे : एक थे जस्टिस हरनामसिंह और दूसरे थे संत गुलाबसिंह।

जस्टिस हरनामसिंह हाईकोर्ट तक पहुँचे, और गुलाब सिंह संत हो गए। वह इस दिशा में गए। वह ऊँचे आदर्शोंवाले एक साहित्यिक आदमी थे। माता लज्जावंती उनकी पत्नी थी, और उन्होंने सभी दूसरे सिखों को अपनी कुर्बानी देकर बचाया। तो छब्बीस और...इसमें करीब सौ लड़कियाँ थीं। तब, हमारे गाँव में मुसलमानों ने...वहाँ हरीसिंह था। एक और था, एक ग्रन्थी जिसे वे पकड़कर ले गए। पहले उन्होंने उसका हाथ काटा, फिर बाजू, लेकिन वह मुसलमान बनने से मना करता रहा। वह बोला, तुम चाहो तो मुझे मार

सकते हो। उन्होंने उसे मार दिया। तब हमारा एक रिश्तेदार, गुरबक्शसिंह धीर था, जो अब मर चुका है। उन्होंने उसके सीने पर बन्दूक तान दी। बताओ हमें तुम्हारा बाप कहाँ है? बताओ हमें तुम्हारा बाप कहाँ है? उसके पिता रात को बच निकले थे। वह कोई बीस किलोमीटर चलकर रावलपिण्डी पहुँचे, जहाँ वह जिला कलेक्टर के पास गए, और वहाँ से किसी तरह मिलिटरी तक पहुँचे। असली कुर्बानी माता लज्जावंती ने, और कुएँ में कूदनेवाली लड़कियों ने दी। देखिए उन्होंने कैसा हथियार ढूँढ़ा, समय के लिहाज से कितना उपयुक्त था। उन्होंने संत राजासिंह से प्रेरणा ली। उन्होंने देखा, राजा सिंह ने अपनी ही लड़कियाँ काट डाली थीं। तब ये लड़कियाँ और वे, क्या फर्क था? अगर वे एक भी लड़की ले गए होते तो बड़ी रुसवाई होती। जिस लड़की के बारे में वे बात कर रहे थे, उसे हम अपने साथ लाए थे। वह जिन्दा थी...हम उसे अपने साथ कैम्प में लाए थे, वहाँ से वह भाग गई और मोंटगुमरी चली गई, और उसने किसी मुसलमान से शादी कर ली। वह अब भी हमारे गाँव में रहती है।

यह ऐसे था। जब लड़ाई शुरू हुई, तो निबटारे के प्रयास भी हुए। आखिर लड़ाई का मतलब ही निबटारा करना होता है। तो मुसलमान निबटारे के लिए आए। वे बोले, वे हमें हमारे घरों में रहने देंगे अगर हम उन्हें वह लड़की दे दें तो। वहाँ एक मुसलमान था, काफी तगड़ा। वह आवारा किस्म का था, जमीन खोदने का काम करता था, लेकिन वह यही लड़की चाहता था। उसके उससे किसी तरह के सम्बन्ध थे। वे इस लड़की के लिए कहते रहे कि अगर तुम हमें वह लड़की दे दो, तो हम सभी मुसलमानों को वापस भेज देंगे। और लोग इसकी चर्चा कर रहे थे, कह रहे थे कि जो भी हो, यह एक बुरी लड़की है, उसके उससे सम्बन्ध हैं, उसे यहाँ रखने से क्या फायदा? आप देखिए, जब अपनी जान बचाने का सवाल आए, तो कुछ भी महत्व नहीं रखता। तो उसे उन्हें दे देने का एक फैसला-जैसा किया गया।

उस समय यह सवाल नहीं था कि वह क्या चाहती है। यह सवाल था गाँव की इज्जत का। मेरे पिता बोले, ऐसा कैसे हो सकता है? हमारी तवारीख कहती है कि काबुल और कन्धार में गज़नी लड़कियाँ ले गया था, और उन लड़कियों को हम उनके घरों में वापस लाए थे, और अब हम कहें, हमारी लड़कियों को ले जाओ, सिर्फ अपनी जान बचाने के लिए? हम ऐसा कैसे कर सकते हैं? यह लड़की मेरी बेटी है। वह बोले, सब एक तरफ हो जाओ, मैं दिखाऊँगा कैसे हम यह लड़की देते हैं। तो उन्होंने अपनी लड़कियाँ एक तरफ कर दीं, और तब वह बाहर मैदान में गए,

और वह वहाँ लड़े और मुसलमानों को भगा दिया। तब हमने चारपाई उठाई, जिस पर प्रतापसिंह था। वह बोला, आओ लड़की दे दें। तब जब फौज आई, तो वह लड़की हमारे साथ ट्रकों में आई। पहले हम झेलम गए...नहीं, गुज्जर खान गए। तब रात को हम रवात गए, फिर वाह कैम्प, हम वहाँ रुके, और वह लड़की भी वहीं थी। तब वहाँ मोंटगुमरी में उसके कुछ रिश्तेदार थे। वहाँ कहीं और अभी इतनी गड़बड़ नहीं हुई थी...जब हमारे रावलपिण्डी में गड़बड़ शुरू हुई, तो दूसरी जगहों पर लोग अपने घरों में अभी भी आराम से थे। हमारे लिए गड़बड़ी मार्च में शुरू हुई थी। झेलम में एक सरदार हरनाम सिंह थे, उन्होंने लोगों की बड़ी मदद की। वह हर जगह से चीजें इकट्ठी करके लोगों में बाँटते। हम इतनी बुरी हालत में थे कि हमारे पास कुछ नहीं था, एक पाई भी नहीं। एक बार मैंने अपनी जेब में हाथ डाला तो उसमें एक दुअन्नी मिली और मैंने इसे अपने भतीजे को दे दिया और कहा कि जा, कुछ छोले ले आ। रवात जाते समय हम बहुत भूखे थे। एक तरह से पूरी भूख और प्यास मर गई थी...जब आपने एक हाथ से अपनी माँ को पकड़ रखा हो, दूसरे हाथ से बच्चे को और उसी समय छोटे भाई को भी पकड़ा हुआ हो, तो आपके पास भूख महसूस करने की ताकत कहाँ है?

लेकिन एक आदमी आखिर एक आदमी है और लोग भूख महसूस भी करते हैं। तो मेरा भतीजा, मुझे याद है, वह मुझसे बोला था कि सिक्का खोटा है, टूटा हुआ। और मैं चिल्लाया। तब मैंने अपना हाथ दूसरी जेब में डाला, और वहाँ मुझे अपने पिता की एक चिट्ठी मिली, एक चिट्ठी जो उन्होंने अपनी भाभी को लिखी थी। जरूर ही यह इत्तेफाक से मेरी जेब में आ गई होगी। और मेरे पास अपने पिता की एक चद्दर, एक शाल थी। कभी मैं चिट्ठी पढ़ता, कभी शाल को छूता और चूमता। मैंने वह चिट्ठी कई साल तक अपने पास रखी थी। अब मुझे पता नहीं कहाँ है वह। जब भी मैं कभी किसी चीज पर दुखी होता, रोता तो इससे मुझे बड़ी दिलासा मिलती। लेकिन आँसू भी अच्छे संकेत हैं। वह सब छलकना अच्छा है। उस दिन जब मुझे पता चला कि सिक्का खोटा है तो मैं कितना चिल्लाया था।

रवात कैम्प में एक कमरा था, जहाँ एक दरी बिछी थी। जैसे ही हम वहाँ बैठने लगे तो हमें कहा गया कि वह हमारे लिए नहीं है, और वहाँ एक दूसरा कमरा था। तो हमने अपनी चद्दर और टाट उठाई, जो भी थोड़ा बहुत सामान था; और उसी में हमें एक छोटी पोटली मिली। एक रूमाल का बण्डल बना हुआ था, जिसमें पचास रुपए बँधे हुए थे। जब मैंने उसे

खोला और पचास रुपए देखे तो मैं बोला, इसमें पचास रुपए हैं, किसके हैं? लेकिन हर कोई उस समय ऐसी हालत में था, हरेक ने हजारों पीछे छोड़े होंगे, इसलिए कोई उन पर दावा नहीं करने जा रहा था। शायद वे वहाँ पहले से ही पड़े थे, या फिर दरी के साथ आए थे। लेकिन किसी ने दावा नहीं किया। तो हमने रख लिए, और उन पचास रुपयों से, हर छोटी चीज का ध्यान रखते हुए, हमने अगले दो महीने किसी तरह गुजारे। फिर पेशावर से हमारे कुछ रिश्तेदारों ने पचास रुपए का मनीआर्डर भेजा, और उन रुपयों से हमारे कुछ रिश्तेदार जो दिल्ली में रहते थे, हमें यहाँ लाए। हमारे पास कुछ भी नहीं था। हम जवान थे यद्यपि, सोलह या ऐसे ही कुछ एक साल के, और आपको पता है यह डिब्बाबन्द दूध, और सार्डीन मछली—यह चपटी होती है। तो मछली के टिन हमारी कटोरी थे और दूध की कैन हमारा गिलास। हम इनके किनारों को पत्थर से भोथरा कर देते थे, और इन्हें इस्तेमाल करते। अच्छे से अच्छे लोग कहते, हमारे लिए भी बना दो। पता है, फौजी लोग, वे खाते और टिनों को फेंक देते, और हम उन्हें उठा लेते, पीट-पाटकर कटोरी-गिलास बनाते और इस्तेमाल करते। तब हम इन्हें बाँट देते। ताया जी, यह आप लो; चाची जी, यह आप लो। हमने हरेक को दिए। यह मैंने पहली मदद जो दी, वह यह थी। हमने कुछ अपने लिए बटोरे थे, लेकिन सभी रिश्तेदारों और दूसरों के लिए मैं यह चीजें बटोरा करता, सावधानी से साफ करता और तब बाँट देता। और जब खाने का समय होता, हम इन टिनों को अपने बरतनों की तरह निकालते। धीरे-धीरे कैम्प के लोगों ने हमें बरतन दिए, और हमने कटोरियों और गिलासों का इन्तजाम किया। लेकिन शुरू में केवल यही था। और तब, धीरे-धीरे, हम यहाँ आ गए।

हाँ, वह लड़की। जब हम आए, हम मोंटगुमरी के पास थे। वहाँ से वे उसे ले गए। यह सब बड़े गाजे-बाजे के साथ हुआ था। तब उस गाँव में पता चला कि वह बसस्टैण्ड के पास रह रही थी, उसने उस आदमी से शादी कर ली और वह पेट से भारी थी। वह उसे ले गया। वह बड़ी खूबसूरत थी। शादीशुदा थी। उसका लड़का अब बड़ा हो गया होगा, बच्चों के साथ। उनका एक होटल था। उसका आदमी कोई दो साल पहले ही मरा है। वह बहुत ही ज्यादा खूबसूरत थी। यह कुछ बातें हैं कि...उसकी वजह से कई मौतें हुईं। यह सब बड़ी सोची-समझी योजना थी। सारे गाँव एक ही रात में घेर लिए गए थे। हालत यह थी कि अगर वहाँ सिखों का एक गाँव था, तो मुसलमानों के तीस या चालीस गाँव थे। तो सिख कहाँ जाएँगे? उन्हें पानी पीना है, खाना है, राशन लेना है। देखिए, मुसलमानों ने कुछ बड़ी भयानक चीजें की हैं—उन्होंने लड़ाई के मैदान में कभी लड़ाई नहीं लड़ी है।

खुले मैदान में। वे आएँगे और आपकी पीठ में छुरा घोंपेंगे। एक मुसलमान किसी सिख से आमने-सामने की लड़ाई नहीं लड़ सकता। वे चीजों में आग लगा देंगे, आपके घर में, आपके गाँव में। तो जब उन्होंने गाँव घेर लिया, तो वे घरों में आग लगाते रहे, और आग इतनी खतरनाक चीज है, जैसे ही कोई आदमी धुआँ देखता है, वह डर जाता है। हम पूरी तरह से घिर गए थे। हमारे चारों ओर आग थी। कोई क्या कर सकता था? जिन्होंने अपने बच्चों को मार डाला, जो कुओं में कूद गए, उनके लिए मेरे मन में सचमुच बड़ी श्रद्धा है। और उन्होंने हमें बचाया...आप शहीदों के किसी भी खानदान को ले लो, और आप देखोगे कि यह जड़ पकड़ेगा और बढ़ेगा। खून चीज ही ऐसी है, जैसे आप किसी पौधे को, पेड़ को पानी डालो, तो जैसे पेड़ बढ़ता है, वैसे ही शहीद का खानदान भी बढ़ता है। हमारे घर में, मेरा बेटा मर गया—यह पाकिस्तान बनने के बाद की बात है। एक फार्म में, हमारी शादी के बाद। यहाँ जहाँ मैं अब हूँ, कोई मौत नहीं हुई है। तो आखिर कुछ बरकत तो है, कुछ अच्छी। किसी तरह किस्मत भी जानती है कि अगर उनका पूरा खानदान भी बर्बाद हो गया है तो भी कम से कम कुछ समय के लिए जो बचा है, उसे जरूर बचाया जाय। हम भाग्य के लिखे के मुताबिक बढ़े और पनपे हैं—मेरे पाँच बेटे हैं। मेरी माँ जब भी उन घटनाओं को याद करती थी तो पूरे दिन रोती। वह चिल्लाती, और अपने परिवार के दुख को गाती। पूरा दिन वह चिल्लाती। लेकिन वाहे गुरु ने उसकी जरूर ही सुनी होगी। हम अब तीन भाई हैं, हम सबके बच्चे हैं, मेरे पाँच लड़के, पोते-पोतियाँ हैं। एक अच्छा, बड़ा परिवार है और अब मेरी माँ शिकायत करती है कि वह सो भी नहीं पाती, क्योंकि घर में जरा भी शान्ति नहीं है! इसलिए आपको खुश होना चाहिए कि किस्मत ने आपके लिए यह करिश्मा कर दिखाया।

❑ ❑

मेरी दो बहनें थीं। एक उस समय कलकत्ता में थी। दूसरी सबसे पहले शहीद हुई थी, और कैसे उसने यह किया, इतनी हिम्मत से। मैंने किसी और को अपनी आँखों से नहीं देखा। वह ठीक तरह से बैठ गई, अपने कूल्हों पर, उसके पीछे मेरे पिता खड़े थे, जबकि मैं उनकी बगल में था। पिता और बेटी एक दूसरे को नहीं देख सकते थे। वह उसके पीछे थे। वह बैठे। उन्होंने किरपाण निकालकर अरदास की। और तब, जब उन्होंने उसे मारने की कोशिश की, बीच में शायद कुछ आ गया, या शायद पिताजी का मोह बीच में आ गया। तब मेरी बहन...कोई बात नहीं हुई... पिता और बेटी में एक दूसरे को समझने के लिए किरपाण की भाषा ही काफी थी। वे दोनों निराश

थे कि यह वार, यह चोट खाली गई। तब मेरी बहन ने अपनी चोटी पकड़ी और एक ओर हटाई, और मेरे पिता ने इस तरह वार किया, और उसका सिर कटकर गिर पड़ा...

कुछ लोग ऊपर थे और कुछ नीचे थे। पूरा गाँव वहाँ था... वहाँ कुछ कमरे ऊपर थे और कुछ नीचे। वहाँ ऐसी कोई बड़ी योजना नहीं थी, लेकिन अचानक ही लोगों ने महसूस किया कि उनका पूरा खानदान ही बर्बाद हो जाएगा, सभी लड़कियाँ जवान थीं। फर्क केवल इतना कि मेरे पिता सात भाइयों में सबसे छोटे थे। अवतार सिंह, जिसके बारे में मैंने ऊपर बताया है, वह लड़की जिसके पेट में बच्चा था, यह उसका पहला बच्चा था...मैं क्या कह रहा था? चाचा और भतीजे नौजवान थे। बड़े भाई का लड़का और चाचा करीब एक ही उम्र के थे। वे सभी नौजवान थे। परिवार में काफी अधिक आदमी थे। आखिर, अगर वहाँ छब्बीस लड़कियाँ थीं तो आप अन्दाज लगा सकते हो, वहाँ कितने आदमी होंगे। पन्द्रह या बीस जवान आदमी। उन सभी ने सोचा, हम बरबाद हो जाएँगे और चाचा बोला, यही ठीक है, तुम ऐसा जरूर करो। तो वे सभी उसके पीछे खड़े हो गए। अगर मुसलमान लड़कियों को उठा ले जाते हैं, उन्होंने सोचा...कौन जानता है हम कितने दिन जिन्दा रहेंगे। आज मानो कि उन्होंने ऐसा नहीं किया होता तो क्या मेरी बहन का नाम इस किताब में, अपहृत हुई औरतों की लिस्ट में न होता जो आज आपके पास है? (वह किताब जिसमें अपहृत औरतों की लिस्ट थी, जो मेरे पास थी) ये वही लोग हैं, जिन्होंने जानें बचाईं। वे बोले, हम अपनी लड़कियों को पतित होने के लिए छोड़ देने के बजाय उन्हें मार देंगे। इस पूरी किताब में देखो, आपको हमारे गाँव का नाम नहीं मिलेगा। थमाली और दूसरी जगहों की जिन लड़कियों के नाम इसमें है, उन बेचारी लड़कियों के पास कोई चारा नहीं था। मानो अगर दस आदमी आते हैं और हमारी लड़कियाँ ले जाते हैं, तो मैं क्या कर सकता हूँ? वहाँ बहुत-से लोग थे, इसकी कोई उनके लिए सीमा नहीं थी। लगता था, तमाम दुनिया के सरहदें टूट गई हैं और लोग उसमें घुस रहे हैं।

हाँ, वहाँ ऐसे लोग भी थे जो अपनी लड़कियों को ले गए। केवल हमारा परिवार बचा रहा, और दूसरे लोग नीचे चले गए। ऊपर, हम अकेले रह गए थे। जो ऊपर रह गए थे वे खत्म हो गए। उन्होंने आदमियों को नहीं मारा। मैं ऊपर था, उन्होंने मुझे नहीं मारा। उन्होंने बस मुझे अलग कर दिया। मैंने ऐसा भयानक नजारा कभी नहीं देखा है। आज भी जब मैं उसे याद करता हूँ...मैं चिल्लाता हूँ, जो मेरा हृदय आलोकित करने में सहायक है। एक पिता, जो अपनी बेटी की हत्या करता है, कितना पीड़ित, कितना

मजबूर रहा होगा। मानो उसका अन्तरंग फट रहा हो, जब वह सोचता है कि कोई मेरी बेटी को उठा ले जाएगा। और अपनी पूरी जिन्दगी, मुझे याद करना पड़ेगा...वे उन्हें धर्म-परिवर्तन के लिए ले जाना चाहते थे।

यह बिल्कुल ऐसा ही था (1984 जैसा)। लोगों को अपने बाल काटने, धर्म बदलने को मजबूर होना पड़ा। बिल्कुल ऐसा ही हुआ था। लोग लड़े हैं, वे मर गए। एक औरत थी जिसका पति दिल्ली में काम करता था, उसका ट्रांसफर अम्बाला हो गया, और उस औरत का भाई पटियाला में काम करता था और उसका ट्रांसफर दिल्ली हो गया। तो पति अम्बाला में था और भाई और बहन दिल्ली में। औरत के बच्चे थे, वे पालम के पास पालम कालोनी में रहते थे, और वहाँ उन्हें घेर लिया गया। बहन ने अपने भाई की जिन्दगी की भीख माँगते हुए उसे न मारने को कहा। वे बोले, हट जाओ, हम औरतों को नहीं मारते और तुम्हें नहीं मारेंगे। लेकिन उसके सामने, उसने मुझे बताया, उन्होंने उसके भाई को नुकीली छड़ों से मारना शुरू किया और उसे मारकर वहीं छोड़ गए। वह अपने भाई की लाश के पास अकेली रह गई। वह सोचती रही कि वह क्या कर सकती है। कभी वह खिड़की से कुछ लकड़ी तोड़कर निकालती। कभी कुछ घी लाई। फिर उसे एक किताब मिली, एक कुर्सी मिली...जो कुछ भी उसके हाथ लग सका, उसने इकट्ठा करके अपने भाई की चिता बनाई। फिर भी वह उसे पूरी तरह से जला नहीं सकी। यह सब एक ऐसे रवैए के कारण।...अगर पाकिस्तान बना तो यह हमारे रवैए के कारण बना। और यही सिख थे जिन्होंने हिन्दुस्तान बनाने में मदद की है। हमने इसका झण्डा बुलन्द रखा। मुसलमानों से पहले इतिहास क्या कहता है? अगर कोई हमला हुआ तो सिख आगे आते। सिख भी तो आखिर हिन्दू ही हैं, जो सिख बन गए। और अब हिन्दू सोचते हैं, वे अलग हैं। या सिख सोचते हैं, वे अलग हैं। हम संतरी हैं, गेटकीपर। अगर आप चाहो तो पूरे हिन्दू समाज के सिपाही। आप हमें इनमें से किसी नाम से पुकार सकते हो। सरदार, बड़े, छोटे...लेकिन हमें अलग किया गया तो...

देखिए, मुसलमानों की आबादी कैसे बढ़ रही है। मैं सोचता हूँ, पाकिस्तान बनते समय वे सात करोड़ थे। मुझे नहीं लगता कि मैं इसमें गलत हूँ। अब यह सोलह करोड़ हैं। अगर चालीस साल में ऐसा हुआ है, तो अगले चालीस सालों में और नहीं बढ़ेंगे? मेरा एक मुस्लिम दोस्त था। मैं भोगल से निगम चुनाव लड़ता था। वह, इकबाल, मेरे पास आया और बोला—मेरे बच्चे का जन्मदिन है। आपको जरूर आना है। मैंने कहा—जरूर आऊँगा। तब मैंने उससे पूछा—इकबाल साहब, आपके कितने बच्चे हैं? वह बोला—छोड़ो यार, मैं तुम्हें बाद में बताऊँगा। तो मैं फिर बोला—बताओ

मुझे, या मैं बताऊँ मेरे कितने हैं? मेरे पाँच बेटे और दो बेटियाँ हैं। वह बोला—जाने दो यार, मैं कभी बताऊँगा। कभी तुम सोचो कि बहुत सारे हैं। मैं बोला—मुझे बताओ कितने हैं? वह बोला—अट्ठारह बच्चे...अगर इन अट्ठारह को गुणा करो तो हमारे वोटों का क्या होगा। यह नहीं होना चाहिए। खालिस्तान के नाम पर आपने सिखों को दबाया, और अब आप दूसरों को खुश करने की कोशिश कर रहे हैं। यह देशभक्ति नहीं है। यह कुर्सीभक्ति है, सत्ता की भूख। देशभक्ति है, पूरे हिन्दुस्तान को अगर आप आजाद समझो। हिन्दुस्तान आजाद हुआ गुरुद्वारा आन्दोलन के कारण। और जो एक सौ सात लोग आजादी के संघर्ष में फाँसी पर लटकाए गए थे, उनमें बयानवे सिख थे। एक सौ सात में से बयानवे सिख हैं, आप खुद ही अनुपात का पता लगा सकते हैं। यह लोग क्या वीर जाति के हैं? वे मजबूत लोग हैं, हमें उन्हें अपनी ओर रखना चाहिए। हमारी दाइयाँ कहती हैं—अगर कोई गाय ढंग की है और दूध देती है, तो क्या फर्क पड़ता है, अगर वह कभी-कभार तुम्हें दुलत्ती भी जड़ दे। हमारे साथ भी ऐसा ही है। लेकिन जो दूध नहीं देती, उसकी परवाह किसे करनी चाहिए?

6

बच्चे

विभाजन का अब तक मैंने जो भी इतिहास देखा है, उसमें बच्चों का कोई उल्लेख नहीं है। यह आश्चर्यजनक नहीं है, क्योंकि इतिहास के विषयों के रूप में बच्चों से निबटना मुश्किल है। इतिहासकार पूछ सकता है : आप बच्चों के रूप में उनके अनुभवों को कैसे खोजते हैं? इतिहास के एक साधन के रूप में स्मृति को ज्यादातर अविश्वसनीय समझा जाता है, 'तथ्यों' के रूप में यह कुछ भी नहीं देती। प्रौढ़ अनुभव के प्रिज़्म से छनी हुई बचपन की यादें–ये आत्मकथा के रूप में तो स्वीकार्य हो सकती हैं, लेकिन जरूरी नहीं कि यह इतिहास ही हों। तब हम बच्चों के अनुभवों से कोई अर्थ कैसे निकालते हैं?

जहाँ बँटवारे के इतिहास का सम्बन्ध है, यह खासतौर पर महत्वपूर्ण है। बच्चों के चारों ओर इतना इतिहास बुना गया है कि उनकी इसमें अनुपस्थिति अब काफी दुखद है। भारत और पाकिस्तान जितना औरतों को लेकर झगड़े थे, उतना बच्चों पर नहीं, या वास्तव में हरिजनों पर नहीं। लेकिन यह अपहृत बच्चों के तन और प्राण ही थे, जिसने सबसे बड़ी चुनौती पेश की : क्योंकि जहाँ अपहृत और बलात्कृता औरत को अपने धर्म में वापस लाया जा सकता था, और कहा जाए तो 'पुनः पवित्रीकृत' किया जा सकता था, वहीं एक बच्चा, जिसमें दो धर्मों का खून बराबर मात्रा में मिला हुआ हो, इतनी आसानी से पुनः एकीकृत नहीं किया जा सकता था। यदि संख्याओं का कोई अर्थ होता है, तो ये हमारा ध्यान बच्चों पर ले जाएँगी। करीब 75,000-1,00,000 औरतें विभाजन के समय अपहृत हुई बताई जाती हैं। इसकी बहुत कम संख्या में भी उन्हें खोजने में एक दशक का समय लगा। यदि हम कल्पना भी करें कि अपहृत हुई औरतों में से आधी औरतों के बच्चे थे, तो इनकी संख्या करीब 50,000 होती है। और इनके अलावा काफी संख्या में परित्यक्त बच्चे भी थे, या जो यों ही छोड़ दिए गए थे–इनका हमारे पास कोई रिकार्ड नहीं है। क्या हम इस इतिहास को अनदेखा कर सकते हैं?

लेकिन जहाँ ज्यादातर रिकार्डों में बच्चों के बारे में कोई सूचना नहीं थी, वहीं जितने भी लोगों से मैंने बात की उन्होंने सैकड़ों परित्यक्त, निराश्रित, खोए हुए बच्चों का उल्लेख किया : कुछ को परिवारों ने पीछे छोड़ दिया, दूसरों को अपहृत कर लिया गया, कुछ अस्पताल में थे, जिन्हें कभी पता नहीं चला कि उनके परिवारों का क्या हुआ, कुछ ने अपने सारे रिश्तेदार खो दिए। गैर-सरकारी संगठनों में राहत

और बचाव कार्यों के समन्वय के लिए एडविना माउंटबेटन के नेतृत्व में बने मूल संगठन यूनाइटेड काउंसिल ऑफ रिलीफ एण्ड वेल्फेयर की रिकार्ड कलेक्टर सावित्री मखीजानी ने उस समय के बारे में बताया, जब लाहौर में एक बड़ा कैम्प बन्द हुआ था। बँटवारे के कुछ महीने बाद, उस समय, वह स्कूल ऑफ सोशल वर्क, दिल्ली में थीं। कैम्प बन्द होने के कुछ ही समय बाद उन्हें खबर मिली कि वहाँ कोई दर्जन-भर बच्चे थे, जो पीछे ही छोड़ दिए गए थे, जो किसी के भी नहीं लगते थे। उनके साथ क्या किया जाता? बच्चे दिल्ली भेज दिए गए और मृदुला साराभाई द्वारा एक घर में रखे गए। स्कूल ऑफ सोशल वर्क के सामाजिक कार्यकर्त्ताओं ने तब ऑल इंडिया रेडियो पर विज्ञापन दिया कि यदि कोई इन्हें गोद लेना चाहे तो लिखे। अब बड़ी संख्या में पोस्टकार्ड आने लगे। लेकिन यहाँ भी रोजमर्रा की जिन्दगी की तरह, हर कोई पहले लड़का ही चाहता था, लेकिन पीछे छोड़ दिए गए अधिकांश बच्चे—फिर से रोजमर्रा जिन्दगी की ही तरह—लड़कियाँ ही थीं। क्या किया जाता? अन्त में अधिकतर बच्चे गोद ले लिए गए। और तब एक आदमी ने एक छोटी बच्ची को लौटा दिया। उसने बताया कि यह बड़ी 'शरारती' है। बनिस्बत बच्चा गोद लेने के 'शरारतपना' साफ तौर पर नहीं चाहा गया था। सावित्री याद नहीं कर पाईं कि उस छोटी बच्ची का क्या हुआ। लेकिन दूसरे सामाजिक कार्यकर्त्ताओं की तरह उन्होंने भी इस बात की पुष्टि की कि 'वैध' अभिग्रहण के लिए जहाँ लड़कों को तरजीह दी जाती थी, छोटी लड़कियों की 'दूसरे कामों' में अधिक माँग थी। मैं सावित्री को उद्धृत करती हूँ :

> जब हम दिल्ली आए तो मैं सामाजिक कार्य कर रही थी। हम दिल्ली पहुँचे ही थे। हमें पता चला कि हिन्दू पलायन कर गए हैं, और कुछ भारतीय डॉक्टरों को कैद में हिन्दुओं की चिकित्सा सहायता के लिए पाकिस्तान भेजा गया था। पाकिस्तान के पास अधिक डॉक्टर नहीं थे, और यदि होते भी... भारत सरकार ने भारतीय डॉक्टर भेजे। और जब वे कैम्प उठा रहे थे, तो ऐसी स्थिति आई कि वहाँ कोई आठ या दस परित्यक्त बच्चे कैम्प में छूट गए थे। तो वे भारतीय डॉक्टर इन बच्चों को भारत वापस ले आए, क्योंकि वे सम्भवतः उन्हें वहाँ छोड़ नहीं सकते थे। अगर यह कोई मुस्लिम बच्चा भी होता—यद्यपि उन्हें पता था कि वे हिन्दू बच्चे थे...। उस समय रामेश्वरी नेहरू और रक्षाशरण कोई इस तरह का घर चला रही थीं...तो उन्होंने इन्हें वहाँ रखा। और स्कूल से हमारी एक अध्यापिका, जो हमारे सामाजिक कार्य की अगुआई कर रही थीं, वह ऑल इंडिया रेडियो में यह उद्घोषणा करने गईं कि हमारे पास आठ या दस बच्चे हैं—क्या कोई स्वेच्छा से इन्हें गोद लेगा। यह एक छोटी संख्या थी...आठ या दस बच्चे कोई अधिक नहीं होते हैं। मैं अभी भी स्कूल ऑफ सोशल वर्क में थी और हमें पोस्टकार्ड मिलने

शुरू हो गए। और हर कोई पहले लड़का ही गोद लेना चाहता था, तब वे सुन्दर और स्वस्थ बच्चा चाहते थे। लड़की कोई नहीं चाहता था। फिर भी, एक आदमी आया, वह एक लड़की ले गया और दो या तीन दिनों में वह उसे यह कहते हुए वापस ले आया कि यह बड़ी शरारती है। अब आप एक बच्चे से शरारती होने के अलावा और क्या उम्मीद करते हैं? उसके बाद...मुझे नहीं मालूम आखिर उन बच्चों का क्या हुआ। लेकिन यह एक घटना है जहाँ हिन्दू माँ-बापों ने अपने बच्चों को छोड़ दिया। आप जानते हैं लोगों की मानसिक हालत बदल गई थी। खास बात थी खुद को बचाना, इसलिए उन्होंने बच्चों को पीछे छोड़ दिया।

❑ ❑

बँटवारे के चार दशक बाद मैं त्रिलोकसिंह से मिली। त्रिलोकसिंह उस समय नौ साल का था, जब उसके पिता और दो चाचाओं ने फैसला किया कि उन्हें बचकर भारत् जाने के लिए अपने परिवार की औरतों और बच्चों को मारना होगा। यह तय था कि उनका गाँव पाकिस्तान में जाएगा। सिखों पर पहले ही हमले हो रहे थे, और हर रोज बीतते हिंसा पास आ रही थी। मंगलसिंह (त्रिलोक का चाचा) और उसके दो भाई जानते थे कि वे तो बचकर भाग सकते हैं—लेकिन उनके परिवार की औरतों और बच्चों के पास इसका कोई मौका नहीं है। उन्होंने वही करने का फैसला किया जो अब तक हिन्दू और सिख परिवारों में सामान्य बना चुका था : जो कमजोर थे उन्हें मार दो—औरतें, बच्चे, बूढ़े और असमर्थ। केवल यही नहीं था कि ये लोग बचकर भागना मुश्किल और भारी कर देंगे, बात यह भी थी कि वे—खासतौर पर औरतें—बलात्कार का आसान शिकार होंगी और 'कमजोर' होने के कारण धर्म-परिवर्तन को मजबूर कर दी जाएँगी। दोनों ही बातों में उनके धर्म का अपमान होता (और उनकी मर्दानगी का भी)। बच्चे भी धर्म-परिवर्तित किए जा सकते थे, या फिर वे उठा ले जाए जा सकते थे—दोनों समुदायों में यह हुआ था, इसलिए यह कोई काल्पनिक भय नहीं था।

त्रिलोक ने घर के बड़ों को परिवार की आसन्न मौतों पर चर्चा करते हुए सुना। उन्होंने इसे शहादत कहा। लेकिन किसी तरह, नौ की उम्र में, वह जानता था कि उसकी मरने की इच्छा नहीं है। तो वह अपने पिता और चाचाओं के सामने गिड़गिड़ाया। वह बोला कि वह बचकर भागने और रास्ते में मारे जाने का खतरा उठाने को तैयार है। लेकिन वह चाहता है कि वे उसे कम से कम इस कोशिश के लिए एक मौका तो दें। उन्होंने मौका दिया। परिवार में दूसरों के पास यह विकल्प नहीं था। उनमें से सत्रह सदस्य अपने ही आदमियों के हाथों मारे गए, जबकि छोटा त्रिलोक बच निकला।

जब मैं त्रिलोक से मिली तो वह अमृतसर से महज तीस किलोमीटर दूर एक गाँव में रहता था, जहाँ उसकी कपड़े की दुकान थी। अपने में ही रहने के बावजूद, उसे वह समय याद था। वह बोला, ''मैं नहीं चाहता, मैं इसे अपने पीछे छोड़ देना चाहता हूँ, लेकिन यह वापस लौट आता है।'' अपने पिता और एक चाचा की मौत के बाद, वह और मंगलसिंह, उनके 'मूल' परिवार के दो ही लोग बचे थे। अब दोनों के 'नए' परिवार थे, और जाहिर है, दोनों में से किसी भी परिवार को दोनों व्यक्तियों द्वारा झेली गई त्रासदियों में कोई दिलचस्पी नहीं थी। एक विचित्र किस्म की भागीदारी में, त्रिलोक और उसके चाचा सम्पर्क में तो रहे, लेकिन उन्होंने शायद ही कभी 'उस समय' की बात की हो। मानो दोनों ही अपने संबंधों के नीचे मौजूद उस 'विश्वासघात' को समझते थे—क्योंकि यदि त्रिलोक गिड़गिड़ाया न होता तो वह भी परिवार के दूसरे सदस्यों के साथ मार दिया गया होता। जब वह मंगलसिंह के सामने आता, तो उसे पता होता था कि वह इस आदमी के हाथों मारा जा सकता है। लेकिन, एक ही स्मृतिचिन्ह द्वारा, दोनों ही खामोशी की एक किस्म की 'साजिश' से बँधे हुए थे : वे मौतें उनके चारों ओर एक अटल उपस्थिति की तरह लटकी हुई थीं। लेकिन उन्होंने इसका कभी कोई जिक्र नहीं किया। कभी-कभार जब मंगलसिंह मृतकों के नाम अपने अड़तालीस घण्टे के वार्षिक स्मरण-अनुष्ठान में भाग लेने स्वर्ण मन्दिर जाता था तो त्रिलोक भी उसके साथ जाता। वे प्रार्थना करते और मृतकों को चुपचाप याद करते, और अपने घरों को लौट जाते। परिवार का कोई भी सदस्य इस निजी तीर्थयात्रा में उनके साथ नहीं जाता था।

❑ ❑

त्रिलोक की कहानी कोई सामान्य नहीं है। जिनकी मैंने कहानियाँ सुनीं थीं उनमें बहुत से लोग जो अब पचास साल से ऊपर के हैं, वे उस समय बच्चे थे। उन्हें बच्चों के रूप में जो अनुभव हुआ था, उसका बयान करते हुए उन्होंने ये कहानियाँ अपनी प्रौढ़ावस्था में सुनाई थीं। वयस्क लोगों के विपरीत, बच्चों के रूप में, उनके पास अक्सर इस अनुभव को बयान करने की भाषा तक नहीं थी, जिसका खुद उनके लिए कोई अर्थ होता, जिसमें वे दूसरों को बताते। जिस चीज से त्रिलोक गुजरा था, उसके बारे में बोलने में समर्थ होने में त्रिलोक को कई साल लगे। बहुत से बच्चे अनाथालयों और निराश्रय गृहों में बड़े हुए; दूसरे बहुत से बच्चों ने सड़कों पर जीवन गुजारा और कुछ बच्चों को परिवारों में गोद लिए जाने का सौभाग्य मिला था। उनकी अधिकांश जिन्दगी में, शायद कोई ऐसा था ही नहीं जिसे वे अपने अनुभवों को बता सकते, न ही वे शायद इन्हें बताने में समर्थ होते। ऐसी त्रासदी और तकलीफ के अनुभवों से गुजरनेवाले वयस्कों के पास अपने खुद के या दूसरों के, विभिन्न अनुभवों का एक इतिहास होता है जिससे वे कोई निष्कर्ष निकाल

सकते हैं, उस पर वापस जा सकते हैं। लेकिन बच्चों के पास ऐसा कुछ नहीं होता : उनकी जिन्दगियों को बुरी तरह तबाह और बरबाद करनेवाली घटनाओं को बयान करनेवाली शब्दावली वे कहाँ खोजेंगे? बँटवारे के बाद बचे रह गए अनेक बच्चों में भयानक मानसिक समस्याएँ विकसित हो गईं, और उन्होंने देखा कि वे परिवारों में नहीं रह सकते। कुलवंतसिंह ऐसा ही एक बच्चा था।

जब मैं कुलवंतसिंह से मिली तब वह साठ के करीब का एक सज्जन, लम्बा और लहराती सफेद दाढ़ीवाला पतला-सा आदमी था और उसका एक हाथ कुहनी से कटा हुआ था। विभाजन की एक वसीयत। "मैं एक अस्पताल में टैकनीशियन का काम करता हूँ, और बाकी का दिन प्रार्थना और समाजसेवा में बिताता हूँ," उसने हमें बताया। अपनी दिनचर्या के एक भाग के रूप में अपना जीवन बचाने और जिन्दा रहना सम्भव बनाने के लिए वह गुरुद्वारे में दो या तीन घण्टे समाज सेवा में भी देता था। वह रोज वहाँ जाता, फर्श को धोता-पोंछता, उस काउण्टर की रखवाली करता जहाँ लोग जूते उतारते, और जो कुछ भी उससे होता वह जरूर करता। बहुत-से दूसरे लोगों की तरह, उसके लिए भी बँटवारा एक बड़ा अनुभव था। उसने अपना करीब पूरा परिवार खोया था। वह उस घटना को याद करता है, जब वह अपने मृत पिता के बगल में पड़ा चारों ओर से उठती तेज लपटों के बीच घिरा हुआ था। हमलावरों को दूर रखने के प्रयास में उसके गाँव के लोगों ने चारों ओर काँटों की तरह की बाड़ लगा दी थी। इससे हमलावरों को कोई बाधा नहीं हुई और कुलवंतसिंह को एक तरफ काँटों के और दूसरी तरफ लपटों के होने का तीव्र आभास है :

> मैं छोटा था; मेरी माँ...जब उसने मेरे पिता को मारे जाते देखा—उन्होंने उनके सौ टुकड़े कर दिए, पहला वार उन्होंने उनकी गरदन पर किया, और तब उनके सौ टुकड़े कर दिए—उस समय मैं काँप रहा था, मेरे पैरों पर कई लाशें पड़ी थीं, वहाँ चारों ओर आग लगी हुई थी, मैं प्यास से मरा जा रहा था। उन्होंने मेरी आवाज सुनी—मेरी-माँ ने मेरा सिर उठाया और मेरी चाची ने मेरी टाँगें पकड़ीं—छह महीने की बेटी, पहले उन्होंने अरदास की और उसे आग में फेंक दिया, और तब वे बोलीं—बीबियो हमारी इज्जत खतरे में है, हम अपनी इज्जत बचाएँगे या अपने बच्चों को। और फिर बारी-बारी से सभी ने अपने बच्चों को आग में फेंक दिया...मेरी माँ, उसने मुझे उठाया और मेरे पिता की लाश के बगल में रख दिया, जहाँ चारों ओर आग थी और मुझे बहुत प्यास लगी थी, और आग के कारण मेरे पैर जल गए।
>
> (बाद में) मैं उठा। मेरे हाथ कट गए थे, शरीर से खून निकल रहा था, मेरा जिस्म जला हुआ था। मैं गिर पड़ा। तब उन्होंने मुझे उठाया और जब वे मुझे लाए मैं बड़े-बड़े काँटों पर चल रहा था, लेकिन उस समय मैं

उन्हें महसूस नहीं कर पा रहा था।

कुलवंत ने एक साल से अधिक—मार्च 1948 तक रावलपिण्डी के अस्पताल में बिताए। जब वह ठीक हो गया, तो वह दिल्ली में अपने रिश्तेदारों के पास आया। लेकिन उसे परिवार के साथ रहना बड़ा कठिन लगा। तब उसके रिश्तेदारों ने एक आश्रम को अर्जी दी और कुलवंतसिंह वहाँ दाखिल हो गया।

> उसके बाद मैं आया और दो या तीन साल तक अपने रिश्तेदारों के पास रहा, लेकिन बहुत अच्छा नहीं लगा, और मेरे चाचा के लड़के तरलोकसिंह ने यह कहकर अर्जी दी कि मुझे हॉस्टल में रहना चाहिए, क्योंकि मैं दुखों से भरा हुआ, और नाखुश हूँ। उस समय मैं यहाँ आश्रम के पास एक हॉस्टल में दाखिल हुआ, जहाँ पहले एक सब्जीमण्डी थी और तब कस्तूरबा निकेतन यहाँ बना। मैं हॉस्टल में करीब सोलह साल रहा, मैंने मैट्रिक की। और तब मुझे मेरा 5,000 रुपए या ऐसे ही कुछ हर्जाना मिला। इसके बाद मुझे रहने को एक क्वार्टर मिला और तब, महाराज का शुक्रिया, मुझे जे.पी. अस्पताल (इर्विन), मौलाना आजाद मेडिकल कालेज में नौकरी मिली। तब से अब तक मैं नौकरी कर रहा हूँ। यही मेरी जिन्दगी है।

जब एक बार कुलवंत दिल्ली आने में सफल हो गया, तो वह राष्ट्र की पुनर्वास-योजना के अन्तर्गत आनेवाले कई व्यक्तियों में से एक बन गया। उसे एक अनाथालय में रखा गया, जहाँ वह तब तक रहा जब तक कि नौकरी ढूँढ़ने लायक युवक न हो गया। इसमें भी सरकार ने उसकी मदद की : क्योंकि विस्थापित व्यक्तियों और शरणार्थियों को नौकरियाँ देने में एक किस्म की प्राथमिकता दी गई थी, और कुलवंत उन भाग्यशाली लोगों में से एक था। अपनी स्थाई सरकारी नौकरी से उसे एक यथोचित आराम की जिन्दगी जीने को मिली।

यदि कुलवंत राष्ट्र की कल्याणकारी नीतियों से लाभ प्राप्त करने में काफी भाग्यशाली था, तो ऐसे दूसरे लोग भी वहाँ थे जो इतने भाग्यशाली नहीं थे, और जिनके लिए 'उस समय' का अनुभव घबराहट और नासमझी की भावना से अंकित है। मुझे मुराद की कहानी सुनना याद था, जिसे यह भी नहीं पता था कि विभाजन के समय उसकी उम्र क्या थी, हालाँकि उसे यह पता था कि वह एक बच्चा है। जिस समय सत्ती खन्ना और पीटर चैपल ने मुराद का इण्टरव्यू लिया था, वह चालीस से अधिक का था और लाहौर में एक ताँगा चलाता था :

> उसने मेरी देखभाल थी। एक स्कूल मास्टर ने मुझे रख लिया और मैं उसके साथ रहने लगा। वह मेरे रिश्तेदारों के मुकाबले मेरा अधिक हमदर्द था और मेरी जरूरतों का ध्यान रखता था। मैं उसके ढोरों को चरागाहों में चराने ले

जाता। तब हिन्दुस्तान और पाकिस्तान पर विवाद उठा...मुझे कोई भी रखने को तैयार नहीं था। बड़े बेमन से एक बूढ़ा बाबा मुझे ले गया।

मैं हमेशा बाहर खेलता रहता। मेन रोड पर हमारे गाँव के आसपास कुछ सिख रहते थे। लोगों ने कहा, वह सारे समय बाहर खेलता रहता है। वहाँ गोलियाँ चलती रहती हैं, वह मर जाएगा। लेकिन मैं हमेशा बाहर खेलता रहता था। मेरे मामे मुझे अपने घर ले गए। उन्होंने सोचा, गलियों में खेलता हुआ मैं मारा जाऊँगा। एक बार हम घर के अन्दर थे। मेरे मामे आए और बैठ गए। सिख आ गए बेटीचोद!

पहले उन्होंने मेरे मामा को गिरा दिया...मैंने सोचा, मैं भी मारा जाऊँगा और बाहर भागने की कोशिश की। पिछवाड़े गन्ने की खोई का ढेर था। मैं उसमें कूद गया और उसे अपने चारों ओर लपेट दिया।

बाद में मुराद उसके एक और 'मामा' द्वारा खोई के ढेर में पड़ा पाया गया। एक साथ वे पास के कैम्प में चले गए—एकमात्र जगह जहाँ वे कुछ सुरक्षित रह सकते थे। "बड़ी दुखद बात थी, यदि किसी भी मुस्लिम को वे देखते तो उसे मार देते...। कैम्प के पास गन्ने का एक खेत था, लेकिन वहाँ खाने को कुछ भी नहीं था। हम बस जमीन पर लेट गए और अपना वक्त काटा।" उसने बताया।

मुराद की कहानी ने उन सैकड़ों और हजारों बच्चों को प्रतिबिंबित किया, जिनकी जिन्दगियाँ बँटवारे के कारण बरबाद हो गईं। कैम्प में पहुँचकर वह पाकिस्तान जानेवाली एक लॉरी में बैठ गया। सीमा पर, उसे याद है कि ड्राइवर ने उसे उतारकर अपनी राह जाने को कह दिया था। "मैंने सोचा, कहीं भी जाने को नहीं था। मुझे रास्ता मालूम नहीं था।" वह किसी के पीछे चल पड़ा जो शायद जानते थे कि वह कहाँ जा रहा है। बच्चा होने के बावजूद, वह काफी सतर्क था कि पैसा जरूरी है : "मेरे पास जो कुछ सिक्के थे, मैं उन्हें खर्चता नहीं। अगर हालात और खराब हुए तो उनकी जरूरत पड़ेगी।" चारों ओर मौत और विनाश के बीच गिरते-पड़ते, आगे बढ़ते मुराद को सीमा के पास अटारी में एक बुढ़िया के पास पहुँचना याद है। वह उससे बोला : "अम्मा मैं यहाँ रहना चाहता हूँ।" "तू कहाँ से आया है?" उसने पूछा। "कुएँ से निकलकर रसातल में!" मुराद ने उत्तर दिया। उसने उसे खाना दिया, उसके सिर पर छत की पेशकश की, लेकिन मुराद चला गया : "मेरा कोई परिवार नहीं हैं," वह बोला और चला गया।

कई साल तक मुराद ने कभी-कभार छोटा-मोटा काम करके एक असहाय जीवन जिया, कभी वह सब्जीमण्डी में कुछ काम करता, तो कभी छोटे-मोटे दूसरे काम। किसी समय वह लाहौर गया, जहाँ उसने ताँगे और छकड़ेवालों के घोड़ों की देखभाल का काम शुरू किया। वह दो आने प्रति घोड़ा कमाता था। "वक्त बीत गया," उसने बताया। एक दिन उसने ताँगेवालों के चौधरी से पूछा कि क्या उसे

ताँगा चलाने की इजाजत मिल सकती है? उसे बताया गया कि उसे सड़कें तो मालूम नहीं। लेकिन किस्मत उसके साथ थी : एक ताँगा-चालक अपनी नौकरी छोड़ गया था, उसकी जगह लेनेवाला वहाँ कोई नहीं था, और मुराद से कहा गया कि वह ताँगा चला सकता है। उसने झिझकते हुए सड़क पर लोगों से और अपनी सवारियों से शहर का रास्ता पूछते हुए ताँगा चलाया। और धीरे-धीरे, उसके पास एक नौकरी थी, थोड़ा-बहुत पैसा, और एक किस्म की जिन्दगी थी।

"बँटवारे के बारे में ज्यादा कुछ सोचने को नहीं है," मुराद ने कहा। उस समय की खास याद उसका वह डर है कि उसके पास कोई सहारा नहीं था—न पैसा, न परिवार। "आप कहाँ जा सकते हैं," वह बोला, "अगर आपके पास कोई रास्ता न हो तो?" वह अशान्त रातें गुजारता, खासतौर पर त्यौहारों के वक्त। उसे बँटवारे की चर्चाएँ और वहाँ से चले जाने की बात याद है। "कहाँ," वह कहता है, "किस दोजख में हम जा सकते हैं?" वे कहते, "अपने पाकिस्तान में।" "पाकिस्तान कहाँ होगा?" मैं पूछता। "वहीं कहीं लाहौर के पास।" "लेकिन मैंने लाहौर नहीं देखा है। लोग पूछते—क्या लाहौर कोई शहर है? मुझे पता नहीं था। मैं वहाँ कभी नहीं गया था। नहीं, वे जोर देते कि तुझे भी लाहौर जाना होगा। लेकिन कैसे? जहाँ मैं पैदा हुआ हूँ, वही मेरे लिए लाहौर था, लेकिन किसी तरह हम लाहौर घसीट लिए गए थे।

❑ ❑

बँटवारे के बच्चे। इन कहानियों को सुनना, या सहज ही इनके बारे में पढ़ना, मुझे खुद को लगातार याद दिलाते रहना पड़ा था कि हम बच्चों के बारे में बात कर रहे हैं—वयस्कों द्वारा सुनाई गई ये कहानियाँ, बच्चों के रूप में उनके साथ क्या हुआ था, इसकी कहानियाँ थीं। तब वे छह, आठ, नौ, ग्यारह या दस बरस के रहे थे। ऐसे मामलों में याददाश्त क्या भूमिका निभाती है, मैंने अक्सर इस पर सोचा है। लोग कितनी पीछे तक याद कर सकते हैं, और इस याद करने में से कितनी बातें 'सही' होती हैं? क्या इनमें से किसी आदमी ने उस समय को याद भी करना चाहा था? वाकई क्या इस मामले में उनके पास कोई विकल्प था? अगर वे बच्चे थे, तो उनकी स्मृतियाँ कितनी विश्वसनीय थीं? क्या इन्हें महज बचपन की छल रचनाएँ कहकर खारिज कर दिया जाना चाहिए? इन प्रश्नों के उत्तर देना कठिन है। जब कुलवंत सिंह ने मुझे अपने परिवार की औरतों द्वारा, पहले बच्चों और फिर खुद को मारने की बात बताई, तब मैं यह महसूस करने से स्वयं को रोक नहीं सकी कि ये शब्द, और वाकई में व्याख्या, किसी वयस्क के हैं। उसने जो कुछ भी बताया था, क्या वह उसे एक बच्चे के रूप में देख सकता था? स्मृति ने विस्तृत विवरणों को किसी और तरह से कैसे गढ़ा होता? या फिर ऐसा था

कि उसका वयस्क मन अब उस समय की सुनी हुई बातों को लेकर कहानियाँ गढ़ रहा था?

लेकिन उसकी पत्नी ने हमें बताया कि उसे अभी तक बुरे सपने आते हैं, आधी रात को वह अपने चारों ओर तेज गर्मी महसूस करता हुआ उठ जाता है। उसे सपने में वे लपटें दिखतीं, जिनसे वह 1947 में अपने पिता की लाश के बगल में घिरा हुआ था। दिल्ली के भोगल में रहनेवाला एक और सिख जो वास्तव में खुद एक बच्चे के रूप में कई हत्याओं में शामिल था, अक्सर रात को चीखता हुआ उठ जाता था। उसकी पत्नी ने बताया कि वह उन मुस्लिमों की चीखें नहीं भूल पाता जिन्हें मारने में उसने मदद की थी। क्या त्रिलोकसिंह अपने पिता और चाचाओं से अपने गिड़गिड़ाने और वहाँ से बच निकलने के विवरणों को ही स्पष्ट रूप से याद कर सकता था, जैसा कि उसने किया और नौ साल की उम्र में? या फिर इन्हें आसपास के दूसरे लोगों के विवरणों से पुनः गढ़ा गया था? यदि ऐसा था, तो क्या इन्हें गम्भीरता से लिया जाना चाहिए था या नहीं? मेरे पास सिर्फ प्रश्न हैं, और अधिक प्रश्न?

❑ ❑

नवम्बर 1948 में अनीस किदवई ने दिल्ली में इर्विन अस्पताल का दौरा किया—वह ठुकराए हुए परित्यक्त बच्चों को खोज रही थीं—बँटवारे के बच्चे। अनीस किदवई की मित्र जमीला बेगम सहित जामिया के लोगों का एक दल इन बच्चों को आश्रय मुहैया कराने के लिए इकट्ठा हुआ था। किदवई ने अस्पताल में हर उम्र के बच्चे देखे—किसी के सिर में चोट थी, दूसरे की टाँग टूटी थी, तीसरे का हाथ। एक छोटी-सी लड़की जो पाँच साल से अधिक की नहीं हो सकती थी, किदवई के मुताबिक, वहाँ खेलती और गाती हुई खुशी से बैठी हुई थी। "तुम तो अच्छी लगती हो," किदवई ने उससे कहा। "हाँ, मैं यहाँ अपनी आंटी के साथ आई हूँ (वास्तव में उसकी आया)," लड़की ने उत्तर दिया, "लेकिन वो अब मर गई हैं।" और इसके साथ उसने बच्चों का परिचय कराना शुरू किया। "यह है रशीद," वह बोली, "इसके परिवार में सब मर गए, और यह जैनब है, इसका परिवार भी खत्म हो गया, और वह रहा नाबू...उन्होंने इसकी माँ का गला काट दिया..." वह यह सब बताते हुए हँसती रही!

इन बच्चों के लिए एक घर खोजने का किदवई का प्रयास सम्भवतः किसी निजी कार्य का हिस्सा था—सम्बन्धित नागरिकों द्वारा शुरू किया गया सामाजिक कार्य। ऐसी अनेक पहलें हुईं, लेकिन, चूँकि वे इसका कोई रिकार्ड नहीं रखते थे, तो यह जानना मुश्किल है कि सरकार की इसमें कोई भूमिका थी या नहीं (यद्यपि सरकार ने भी कई अनाथालय और गृह खोले थे)। किसी ने कोई घर दान में दिया,

किसी ने समय, और किदवई अस्पतालों में बच्चे खोजने गईं। एक छोटे लड़के ने बताया कि उसका घर लखनऊ में था, हालाँकि वह इससे अधिक और कुछ नहीं जानता था। फीरोज़ गाँधी ने उसे वहाँ ले जाकर उसके परिवार को खोजने की पेशकश की। रास्ते में, किसी स्टेशन पर बच्चा पानी पीने उतरा और तेजी से भागता हुआ वापस आया। गाँधी ने उससे पूछा कि क्या वह दुबारा उसके लिए पानी लेने जाएगा, लेकिन बच्चे ने यह कहते हुए मना कर दिया कि स्टेशन पर बहुत-से सिख हैं और वह सिखों से डरा हुआ है, क्योंकि वे उसे मार डालेंगे। एक और छोटी-सी लड़की के पास सुनाने को एक भिन्न कहानी थी : नाम पूछने पर उसने कहा—सीता हसीना। तुम्हारे पिता का क्या नाम है? फिर से उसने एक मुस्लिम और एक हिन्दू नाम लिया। यह बच्चा किस परिवार का था? हिन्दू या मुस्लिम? या किसी 'मिश्रित' परिवार का? अब जबकि हिन्दुओं और मुसलमानों के बीच लकीर खींच दी गई थी, बच्चे को कहाँ जाना था? अगर वह मुस्लिम थी, तो उसका घर पाकिस्तान में था, यदि हिन्दू थी, तो भारत में। सीता हसीना ने अपने खोजे जाने की सारी कोशिशें नाकाम कर अपने लिए सीमाएँ खींचने की इजाजत नहीं दी। लेकिन अन्त में, फीरोज़ की सलाह पर, उसे दिल्ली के कस्तूरबा ट्रस्ट में भेज दिया गया।

लेकिन सारे मामले इतनी आसानी से हल नहीं हुए। अक्सर बच्चों को ढूँढ़ना आसान नहीं होता था। किदवई दिल्ली के अस्पतालों में उन्हें खोजने निकलीं तो वहाँ उनकी इतनी कम संख्या से वह काफी अचंभित हुई थीं। हर जगह अस्पतालों में परित्यक्त बच्चों का वार्ड बताया जाता था, लेकिन जब किदवई वहाँ गईं तो उन्हें ऐसे कोई बच्चे नहीं मिले। "उन बच्चों को क्या हुआ, मैं अभी तक नहीं समझ पाई हूँ। वे कहाँ खो गए? शायद वे चंगे हो गए और कहीं चले गए। या क्या ऐसा हो सकता था कि मिशनरियाँ उन्हें ले गईं?"[1]

यह आखिरी बात कोई अनुचित डर नहीं थी : सामान्य माहौल में जहाँ अगर किसी के साथ कुछ सबसे बुरा हो सकता था तो वह था धर्म-परिवर्तन, और मिशनरियाँ खासतौर पर संदिग्ध थीं। आर.एस.एस. की तरह वे कैंपों में काम करते थे। राहत, चिकित्सा और मदद उपलब्ध कराते थे। लेकिन आर.एस.एस. जहाँ लोगों को केवल हिन्दू धर्म में खींचता देखा गया था—जो उस समय अधिक 'स्वीकार्य' लगता था, मिशनरियों को 'बाहरवाला' समझा जाता जिनका अपना निजी कार्यक्रम था लोगों को एक भिन्न विश्वास में बदलना, और बच्चे खासतौर पर असुरक्षित थे। अक्सर बच्चों को गैंगों और उनका संगठित लेन-देन करनेवालों द्वारा उठा लिया जाता और इनसे वेश्यावृत्ति, और भीख माँगना आदि कराया जाता—बहुत से लोगों

1. अनीस किदवई : आज़ादी की छाँव में। ऊपर दिए गए दोनों वृतान्त इसी पुस्तक से हैं।

ने याद किया कि उत्तर भारत के बड़े शहरों की सड़कों पर पहले के मुकाबले बहुत अधिक संख्या में बच्चे थे। लेकिन इस बात पर प्रकाश डालनेवाला कोई रिकार्ड नहीं है।

बच्चों के अपहरण के लिए हर तरह के कारण आगे रखे गए थे। यद्यपि इस बात की पुष्टि का कोई रास्ता नहीं है, भारत के सामाजिक कार्यकर्ताओं का यह ख्याल था कि मुसलमान परिवारों द्वारा अधिक संख्या में हिन्दू और सिख उठाए गए थे, बजाय इसके उलटे के। यदि यह सही था, तो ऐसा क्यों होना चाहिए? दमयन्ती सहगल ने इसका एक स्पष्टीकरण दिया :

> मुझे बताया गया कि गुजरात में एक नवाब था जो अपने सिंहासन पर बैठता और अपहृत लड़कियों की उसके सामने परेड कराई जाती और वह उनमें से खूबसूरत लड़कियों को चुन लेता। जो जवान लड़कियाँ थीं उनको वह छुआ करता, और अधिक उम्रवालियों को बाँट देता। लड़कियाँ कुछ नहीं कर सकती थीं—विरोध, कुछ भी नहीं। वह कहता—फलाँ-फलाँ को कैटेगरी एक, कैटेगरी दो में डालो, और जो सबसे अच्छी हों, उन्हें जनाने में डालो। तब मैंने सुना दो लड़के, जिनके माँ-बाप मारे गए थे, उन्हें भी रखा हुआ था। मैंने इसके बारे में सुना, और मैं वहाँ गई और उन्हें वापस देने को कहा। वे बोले, नहीं, हम इन लड़कों को वापस नहीं देंगे। मैं बोली, क्यों, तुम्हारा अपना परिवार है। वह, नवाब की बेगमों में से एक बोली, हाँ, मेरे अपने तीन बेटे हैं। तब तुमने इन्हें क्यों रखा हुआ है? वह बोली, इसके पीछे एक प्लान है। हम यूँ ही किसी को भी नहीं उठा लेते। हम खाली कचरा नहीं लेते। जिन्हें हम लेते हैं उन्हें चुनते हैं। अब यह लड़के, ये मेरे बेटों के साथ पढ़ रहे हैं, ये ट्यूशन पढ़ते हैं (लड़कों को मेरे आगे लाकर पेश किया गया) और ये दोनों और मेरे बेटे, ये सभी पढ़ रहे हैं और तब मैं इन्हें इंग्लैण्ड भेजूँगी, क्योंकि मेरे पास पैसा है। ये बच्चे इतने बुद्धिमान हैं कि मेरे बच्चों को प्रभावित करेंगे, और जब ये शादी करेंगे, ये दो लड़के, तो इनके बच्चे भी काफी बुद्धिमान होंगे...।

दमयन्ती, और दूसरे सामाजिक कार्यकर्त्ताओं के अनुसार, हिन्दुओं और सिखों के अधिक बुद्धिमान होने के बारे में मिथ्या धारणा बड़ी सामान्य थी। उन्होंने बताया कि यह आमतौर पर हिन्दुओं और सिखों की आर्थिक और बौद्धिक सफलता पर आधारित थी, और, मैं मानकर चल रही हूँ कि लोभी और कामुक मुस्लिमों की रूढ़िबद्धता का प्रतिरूप थी। इस रूढ़िबद्धता के अनुसार, हिन्दू तब शारीरिक रूप से कमजोर हो सकते थे, लेकिन उनकी मानसिक ताकत मजबूत थी, जबकि मुसलमान इसके उलट थे। यदि यह वास्तव में सच है कि बच्चे इसी कारण अपहृत

किए गए थे, तो यह दुखद और विडम्बनापूर्ण दोनों ही था। जैसे औरतों का शरीर जाति के सम्मान—और असम्मान—को ढोनेवाला बना था, वैसे ही बच्चों का शरीर, और इस मामले में लड़कों का शरीर, बुद्धिमत्ता जैसी किसी अस्पष्ट चीज का वाहन, और उस घातक तरीके का एक साक्षी बना जिसमें रूढ़िबद्धता लोगों की चेतना पर कब्जा कर सकती है।

यदि कुछ वयस्कों को, बच्चों के रूप में हुए अपने अनुभवों को बताने में मुश्किल हुई थी, तो ऐसे लोग भी थे जिन्होंने इन्हें जान-बूझकर खामोश कर दिया था—शायद क्योंकि वे अनुभव बहुत ही कड़ुए थे, उन्हें याद करना बहुत मुश्किल था, या फिर शायद ये उस समय की याद दिलाते थे जिसे भूलना ही सबसे अच्छा था। गाँधी वनिता आश्रम, जालन्धर में मुझे एक सफल महिला डॉक्टर के बारे में बताया गया, जो आश्रम कार्यकर्त्ताओं के अनुसार, आश्रम की ही एक बच्ची थी। उसकी माँ बँटवारे के समय विधवा हो गई थी, और आश्रम में अपने एक बेटे और बेटी के साथ आई थी। बच्चों ने अपना अधिकांश समय आश्रम में ही बिताया, लेकिन वहाँ दूसरे बच्चों की तुलना में उन्हें एक दूसरे भिन्न वर्ग का होने के कारण, अनेक सुविधाओं का लाभ मिला था। मुझे बताया गया कि आश्रम ने उनकी शिक्षा का खर्चा उठाया था, लड़कियों की मदद की थी, खासतौर पर डॉक्टरी पढ़ने के लिए स्कॉलरशिप दिलाने में, और तब भिन्न प्रकार की सहायता दी थी। अब विवाहित और सफल मेडिकल प्रैक्टिस करनेवाली, यह डॉक्टर इसमें से किसी चीज को याद नहीं करना चाहती थी। वह मुझसे बात करने को तैयार तो हुई, लेकिन बोली—इसमें उसके नाम का जिक्र नहीं होना चाहिए, क्योंकि उसके बच्चे उसके अतीत को नहीं जानते, और वह नहीं चाहती कि वे इसे जानें। वह बोली—हालाँकि ऐसी कोई शर्मवाली बात नहीं है, क्योंकि, उसके अनुसार, वह एक स्वनिर्मित महिला है, और यद्यपि, वह और उसकी माँ आश्रम में रहे हैं, उन्होंने कभी सरकार से कोई दान नहीं लिया। हालाँकि यह कहानी आश्रम के अधिकारियों द्वारा सुनाई गई कहानी से बिल्कुल भिन्न कहानी थी।

तब मुझे ऐसा लगा कि खुद को अनाथ-आश्रम के एक बच्चे के रूप में समझे जाने के डर का यह भाग, एक महिला के रूप में, उसकी पहचान से भी सम्बन्धित है। उसकी माँ बँटवारे के बाद आश्रम में आई थी : डॉक्टर मुझे यह बताते हुए बड़ी परेशान थी कि उसकी माँ ऐसा नहीं करना चाहती थी, कि अपने पति (जो स्पष्टतः फौज में था) की मौत के बाद उसने पाकिस्तान में ही रहने पर जोर दिया था, लेकिन उसे उसके पुरुष रिश्तेदारों ने ऐसा करने की सलाह दी या उसे ऐसा करने पर मजबूर किया। "वह आश्रम के दान पर नहीं रही, उसे मेरे पिता की पेंशन मिलती रही," उसने बताया। बेशक आश्रम के दान में पैसे के अलावा भी बहुत कुछ था—इसका अर्थ था घर, सुरक्षा, काम, बच्चों की शिक्षा। लेकिन

वह डॉक्टर इनमें से किसी भी बात को कबूलना नहीं चाहती थी। आश्रम के अन्य बच्चों से खुद को दूर रखने की उसकी इच्छा का सम्बन्ध इस बात से भी था कि उनमें से अधिकांश बच्चे अपहृत औरतों के थे ("मेरी माँ का उन औरतों से कोई लेना-देना नहीं था," उसने मुझे बताया), और इसीलिए वे किसी तरह से दूषित और अपवित्र थीं। दूसरी ओर, वह उन सबसे भिन्न थी।

भारतीय राष्ट्र ने विभाजन के बाद विशाल और व्यापक राहत कार्य किए गए थे। जो औरतें बँटवारे के कारण अकेली रह गई थीं या विधवा हो गई थीं, उन औरतों को राष्ट्र ने स्थाई रूप से अपनी जिम्मेदारी के रूप में समझा था। बँटवारे के बच्चों को भी शिक्षा, घर, अनाथालय, कभी-कभी गोद लेने जैसी सुविधाएँ भी मुहैया कराई गईं। लेकिन अपनी सफल जिन्दगी के शिखर बिन्दु से यह डॉक्टर इसमें से किसी को भी याद नहीं करना चाहती थी। उसका इन्कार करना भी मुझे लगा कि उस वर्ग से जुड़ा हुआ था जिससे वह सम्बन्धित थी : बँटवारे द्वारा पूरी तरह सम्पत्तिहीन हो गए लोगों का वर्ग, वह खुद को एक 'स्वनिर्मित महिला' के अलावा और किसी भी रूप में नहीं देखना चाहती थी—एक ऐसी छवि जो सैकड़ों पंजाबियों के लिए महत्वपूर्ण है। और इस कारण से, उसके बचपन की कहानी का अब अस्तित्व नहीं था—बल्कि उसकी जगह, वह कहानी स्वयं को धीरे-धीरे एक दूसरे रूप में, अलग प्रकार के बचपन में, परिवर्तित कर रही थी। आश्रम में उसकी उपस्थिति से इन्कार नहीं किया जा सकता था, लेकिन इस उपस्थिति के स्वभाव को बदला जा सकता था। वह महिला डॉक्टर, कुलवंतसिंह, मुराद, त्रिलोकसिंह—बँटवारे के अनेक प्रकार के बच्चे थे।

❑ ❑

अपहृत औरतों के बच्चों ने दूसरी किस्म की समस्याएँ खड़ी कीं। 1954 में भारत और पाकिस्तान की सरकारें इस बात के लिए राजी हुईं कि किसी भी देश द्वारा खोजे गए अपहृत व्यक्तियों को दूसरे देश में जबरन नहीं भेजा जा सकता। इसने उनके पिछले निर्णय को उलट दिया जिसमें यह साफ कहा गया था कि चाहे औरतें कुछ भी कहें, उन्हें अपने धर्म द्वारा परिभाषित देश में वापस जाना ही था। यह परिवर्तन इसलिए आया क्योंकि अधिकांश औरतों को अब तक बच्चे हो चुके थे, और वे उनसे अलग नहीं होना चाहती थीं। और बहुत से परिवार औरतों को तो वापस लेना चाहते थे, मगर उनके बच्चों को नहीं।

अपहृत व्यक्तियों की परिभाषा व्यापक थी। भारत में जो कानून बना था, उसमें (अबडक्टेड परसंस रिकवरी एण्ड रेस्टोरेशन एक्ट, 1949) एक अपहृत व्यक्ति का मतलब था 'सोलह साल से कम उम्र का कोई बच्चा या किसी भी उम्र की बच्ची जो खोई हुई है या पहली मार्च से ठीक पहले, खोई थी। और जो उस तारीख

या उस तारीख के बाद और पहली जनवरी 1949 से पहले, अपने परिवार से अलग हो गई या हो गया है और जो किसी व्यक्ति के साथ या किसी अन्य व्यक्ति या परिवार के नियन्त्रण में रहता/रहती पाई/पाया गई/ गया है और परवर्ती मामले में कथित तिथि के बाद ऐसी किसी महिला को पैदा हुआ बच्चा भी शामिल है। दूसरे शब्दों में, विभाजन के समय किसी भी समुदाय द्वारा उठाए गए बच्चे, या इसके बाद के वर्षों में, इसी तरह अपहृत औरतें, और बँटवारे के बाद ऐसी औरतों को पैदा हुए बच्चे, या एक ही धर्म की महिलाएँ और/या बच्चे अगर दूसरे धर्म के लोगों के साथ रहते हुए पाए गए, तो उन्हें अपहृत समझा जाएगा।

लेकिन उन बच्चों का क्या होना था जो अभी पैदा होनेवाले थे? बहुत-सी बरामद हुई अपहृत औरतें गर्भवती थीं। बच्चे के पैदा होने के समय तक उन्हें लोगों की नजर से दूर रखने का कोई मार्ग ढूँढ़ा जाना था, और तब बच्चे को उनसे अलग करना था, या अगर गर्भ आरम्भिक चरण में था तो उन्हें यह फैसला करने में कि बच्चे का क्या करना है, 'सहायता' देना था। दमयन्ती सहगल ने बताया था कि क्या किया गया :

> वे सभी जो बरामद हुई थीं, हमने उनके लिए होशियारपुर, जालन्धर में कैम्प खोले...वे जवान लड़कियाँ थीं, और हमें उनकी खोज का काम शुरू किए हुए एक साल से अधिक हो गया था। बहुतों को बच्चा होनेवाला था। वे गर्भवती थीं। यह असली समस्या बन गई। हम क्या कर सकते थे? हमने उनसे पूछा भी और अक्सर वे बड़ी कठोर बन जातीं। आखिर, यह (दमयन्ती यहाँ गर्भपातों का जिक्र कर रही हैं, यद्यपि वे यह शब्द प्रयोग नहीं करना चाहती थीं) तो जरूर ही करना था...लेकिन वे भी आखिर माँएँ थीं, और वे अक्सर कहतीं, हम यह नहीं करना चाहतीं, यह मुझसे वे बाद में कहतीं। वे कहती थीं, मुझे बच्चा होने दो। तो फिर इसके लिए सरकार ने बच्चों के लिए एक स्थान, शारदा भवन (इलाहाबाद में) बनाया।
>
> मुसलमान बाप से पैदा बच्चे, अनचाहे बच्चे...। अक्सर कोई औरत कहती, मैं बच्चे को अपने साथ ले जाना चाहती हूँ, पर मैं इसे अपने पास नहीं रख सकती, मैं कैसे रहूँगी? हर कोई मुझ पर 'थू, थू' करेगा। और तब जो औरतें सचमुच गर्भवती थीं, हम उनसे पूछते, क्या तुम इसको ले जाने देना चाहती हो? तुम्हें पता है वह अस्पताल, कपूर अस्पताल, हम लड़कियों को वहाँ सफाई के लिए भेज देते—मेरा मतलब उन्हें, जो ऐसा चाहती थीं।

दमयन्ती की बहन कमला ने इस वृत्तान्त की पुष्टि की : "ये एक सरकारी नियम था।" उन्होंने बताया :

> ...उनका यह कार्यक्रम था। लेकिन गर्भपात, यह गैर-कानूनी था। इसीलिए

मौसी (प्रेमवती थापर का सन्दर्भ। रिकावरी ऑपरेशन की एक सीनियर आफिसर इंचाज) बोलीं उनसे—यह बड़ा निर्मम काम है। ये लड़कियाँ इतनी नाखुश हैं, अगर ये बच्चे हो गए, तो वे क्या करेंगी? वह बोलीं, मैं क्या कर सकती हूँ? ये तो एक नियम है। लेकिन यह डॉक्टर कपूर, करोलबाग में, उसे कहा गया, अगर आप ये करोगे, अगर आप उनका गर्भपात करेंगे तो मैं आपको पैसे दूँगी, और उससे आपका अस्पताल भी बन जाएगा और ये बेचारी लड़कियाँ, इनकी जिन्दगी भी बच जाएगी। तो सारी लड़कियाँ कपूर अस्पताल भेजी गईं और उसने गैर-कानूनी गर्भपात किए। इसके लिए वह जेल भी जा सकती थी...। ऐसी औरतें भी थीं जिन्होंने गर्भपात कराने से मना कर दिया था। वे कहतीं, उधर से तो अब हमारा कोई नहीं, यहाँ भी हम स्वीकार नहीं किए जाएँगे। हमारे पास जो कुछ भी है, यह बच्चा ही है।

जहाँ कुछ औरतें गर्भपात कराने के लिए राजी थीं (और सचमुच हर सामाजिक कार्यकर्त्ता ने इन सामुहिक गर्भपातों की पुष्टि की, लेकिन कईयों ने कहा कि वे इस विषय पर अपना उल्लेख नहीं चाहती थीं : "देखिए, गर्भपात उस समय गैर-कानूनी था," उन्होंने बताया या अधिक ठीक कहें, उन्हें इसके लिए, या वास्तव में, जब वे खोजी गईं, तब उनके बच्चे हो चुके थे। उनके लिए, "वे अपने बच्चों को इलाहाबाद के गृह को सौंप देतीं।" बच्चों के साथ यह बड़ा कठिन था। और जब औरतें अपने बच्चों के पास उनसे मिलने जाना चाहतीं—यानी जब उनके सम्बन्धी बच्चे को सम्मान से रहने देने को इच्छुक होंगे, और यहाँ तक कि जब वे उस बच्चे को सम्मान से देखें। वरना, उन्हें इन्हें छोड़ना ही पड़ता था। यह एक बड़ी समस्या थी। हर मामला भिन्न था। माँएँ...हमसे वहाँ जाने के लिए छुट्टी लेतीं। वहाँ वे क्या करती थीं, हम नहीं जानते, वे कैसा अनुभव करती थीं...हम उन्हें टिकट देते और कहते, जाओ और अपने बच्चों से मिलो। उन बच्चों का कैसा भविष्य था...कौन जानता है।[1]

और सचमुच, कोई नहीं जानता : ऐसे हजारों बच्चों का 'गायब होना' विभाजन के इतिहास की अनेक त्रासदियों में से एक है। कमला बेन पटेल के अनुसार, "जहाँ अधिकांश औरतें डॉक्टरी जाँच के लिए तैयार थीं, वहीं जो औरतें पैंतीस या अधिक की उम्र की थीं, उन्हें ऐसा करने से अक्सर लज्जा आती थी। उन्हें लगा वे अपने मूल परिवारों में एक अवश्यंभावी स्थिति में पहुँच चुकी हैं और अब गर्भपात करवाने के बाद उनके पास वापस जाना शर्मनाक होगा। समानतः, यदि नए सम्बन्ध से उन्हें सचमुच बच्चे हुए थे, तो वे उन्हें अपने साथ नहीं ले

1. दमयन्ती सहगल : व्यक्तिगत साक्षात्कार

जाना चाहती थीं, क्योंकि तब वे अपने दूसरे बच्चों को जो पहले ही उनके पास थे, इन बच्चों के बारे में कैसे बतातीं? जवान औरतों, खासतौर पर पहली बार माँ बनी औरतों के लिए यह ऐसी कोई दुविधा की बात नहीं थी, क्योंकि अधिकांश औरतें अपने बच्चों को रखना चाहती थीं, लेकिन यहाँ एक भिन्न समस्या थी—क्या उन्हें सचमुच ऐसा करने दिया जाएगा? कमला बेन ने बताया :

> जब इन औरतों के रिश्तेदार इन्हें देखने आते थे, तो वे (औरतें) उनसे मिलने में झिझकती थीं। उन्हें खुद पर लाज आती थी, और कुछ तो रोती भी थीं। वे जानती थीं कि अगर वे अपने माँ-बाप के पास वापस गईं तो अपने बच्चों को साथ नहीं ले जा सकतीं थी, उन्हें उनके परिवार में स्वीकार नहीं किया जाता। और उन्हें यह मुश्किल फैसला करना पड़ता था कि वे बच्चों को छोड़कर नहीं जाएँ, या कैम्प में ही रहें। उनमें से अधिकांश औरतें अपने बच्चों को पीछे छोड़कर जाने की बात पर रोती थीं।

तब, इन बच्चों का क्या हुआ? कमला बेन ने बताया कि किस तरह इन बच्चों को हवाई जहाज से, टोकरियों में रखकर, उनके विवरणों को चिट्ठी में लिखकर, निःशुल्क भेजा गया :

> अमृतसर और दिल्ली के बीच एक हवाई सेवा थी। हमने उनसे पूछा कि क्या वे बच्चों को दिल्ली ले जाने को राजी होंगे। वे राजी हो गए। तब, हम हर बच्चे को उसका विवरण लिखे लिफाफे के साथ एक टोकरी में रख देते। टोकरी में कुछ कपड़े और दूसरी चीजें भी होती थीं। टोकरी तब एयर होस्टस को दे दी जाती और वह उसे दिल्ली में हमारी किसी सामाजिक कार्यकर्त्ता को दे देती। यहाँ से उसे फिर हवाई जहाज से इलाहाबाद भेजा जाता था। वहाँ पहुँचकर उसे हमारे सामाजिक कार्यकर्त्ता अस्पताल ले जाते। मैं सोचती हूँ हमने कोई दो सौ बच्चे इस तरह भेजे थे।

हर तरह के तर्क सामने रखे गए कि बच्चों को इस तरह से क्यों ढूँढ़ा गया, या वास्तव में, उन्हें छोड़ा क्यों नहीं जा सका? मई 1948 में, मीर इनायतुल्लाह खान ने, जिसकी तेरह वर्षीय बेटी का अपहरण कर लिया गया था, भारत में पाकिस्तान उच्चायोग में, उसको खोजने में मदद करने के लिए अपील की। जैसा कि कई मामलों में हुआ, उसे अपनी बच्ची का पता मालूम था—अक्सर अपहृत व्यक्तियों के परिवारवाले अपहर्ताओं को जानते थे। इनायतुल्लाह की अपील के उत्तर में, भारत स्थित पाकिस्तान हाई कमीशन के डिप्टी कमिश्नर ने, पूर्वी पंजाब के प्रमुख सचिव को लिखा :

1. महामहिम, किसी मीर इनायतुल्लाह खान ने मुझे लिखा है कि उसकी

तेरह साल की बेटी रजिया बेगम को किसी फावासिंह, पुत्र जीवनसिंह, गाँव भोमा, पु.स्टे. मजीठिया, जिला अमृतसर ने अपने यहाँ रखा हुआ है। इनायतुल्लाह खान के अपनी बेटी को खोजने के अनुरोध के जवाब में, भारतीय फौजी अधिकारियों ने उसे बताया कि उसकी बेटी अपने पति को छोड़ने के लिए राजी नहीं है। जैसा कि आपको पता है, 6 दिसम्बर 1947 को इंटर डोमिनियन कांफ्रेंस में लिए गए फैसलों में यह भी था कि पहली मार्च 1947 के बाद अपहृत हुए व्यक्तियों के धर्म-परिवर्तनों और विवाहों को मान्यता नहीं दी जाएगी और ऐसे सभी व्यक्तियों को उनके अपने देशों में लौटाया जाएगा। ऐसे व्यक्तियों की अपनी इच्छाएँ अप्रासंगिक हैं।

2. मैं आपका आभारी रहूँगा यदि कृपया लड़की को खोजने के प्रबन्ध किए जाते हैं, ताकि उसे लाहौर में अपने पिता के पास पहुँचाया जा सके। लड़की के विवरण संलग्न हैं। तुरन्त उत्तर देने की कृपा करें।[1]

एक तेरह वर्षीय बच्ची, जिसे भारतीय राष्ट्र ने बच्चे के रूप में परिभाषित किया और इस तरह अपहृत व्यक्तियों की राज्य-सूची में रखा, विभाजन के बदले माहौल में, अचानक एक 'पति' के बारे में मुक्त वयस्क चयन करने के काबिल हो गई, ऐसा चयन जिसका मतलब था अपने माँ-बाप को ठुकराना।

❑ ❑

बँटवारे के बच्चों में अब 'अपहरण के बाद जन्मे बच्चों' की एक समस्यात्मक श्रेणी भी शामिल हो गई थी। 1 जनवरी 1954 से 30 सित. 1957 तक कोई 860 बच्चों को 'बरामद हुई' और पाकिस्तान 'भेजी गई' मुस्लिम औरतों ने यहीं छोड़ दिया, और 410 बच्चों को वे अपने साथ ले गईं। दूसरी ओर 1952 की एक संख्या के अनुसार, पाकिस्तान में अपहृत हुई हिन्दू और सिख औरतों को पैदा हुए 102 बच्चों को उनके साथ भारत वापस लाया गया। स्पष्टतः ये संख्याएँ उस समस्या का सिरा-भर छूती थीं, अतः इस तरह अपहरण के बाद पैदा हुए बच्चों के दो वर्ग थे : एक तो वे बच्चे जो भारत में अपहृत हुई और तब बरामद करके पाकिस्तान भेज दी गई मुस्लिम औरतों से पैदा हुए थे, और दूसरे वे जो पाकिस्तान में अपहृत हुई और तब बरामद करके भारत भेज दी गई हिन्दू और सिख औरतों से पैदा हुए थे। दोनों ही मामलों में बच्चों में मिश्रित रक्त था—तो फिर वे किससे सम्बन्ध रखते थे? समस्या यहीं समाप्त नहीं हो गई, क्योंकि दोनों देशों के बीच हुए समझौते के अनुसार (और बाद के कानूनों में भी) काफी चर्चा के बाद एक निश्चित तिथि 1 मार्च, 1947 तय की गई थी, क्योंकि पंजाब में पहली गड़बड़ी इसी समय, मार्च

1. डॉन, 12 मई 1948

में शुरू हुई थी। इस तिथि के बाद किन्हीं भी अनुचित सम्बन्धों, विवाहों, धर्म-परिवर्तनों को स्वैच्छिक रूप में मान्यता नहीं दी गई थी। निस्सन्देह तब ऐसे संसर्ग से उत्पन्न बच्चे भी मुश्किल क्षेत्र में आ गए, लेकिन फिर बच्चों की 'वैधता' के लिए किस तरह तारीख तय की जा सकती थी? मान लीजिए, कोई बच्चा किसी मिश्रित युगल को जून या जुलाई 1947 में पैदा होता है, तो उसे अवैधता की समय परिधि में आने के लिए निश्चित तिथि (कटऑफ डेट) के पहले गर्भ में आना चाहिए था। या अपहरण के समय हो सकता है कि माँ गर्भवती हो और उसके पेट का बच्चा वैध हो सकता था, लेकिन, निश्चित तिथि के बाद उसका जन्म होने के कारण वह अवैध हो जाता।

इस प्रमाण के आधार पर बच्चा किससे सम्बन्धित था, माँ से या पिता से? और इसलिए, उसे कहाँ भेजा जाय, माँ के देश, या पिता के दिश? संविधान सभा में, जहाँ इन मामलों पर एक प्रचंड बहस थी, एक सदस्य ने पूछा कि इस बात की क्या गारण्टी है कि मुस्लिम माँ और हिन्दू पिता के बच्चे को यदि पाकिस्तान भेज दिया जाय तो उसको 'काफिर' की तरह वहाँ नहीं जीना पड़ेगा? उन्होंने कहा, "हमें इस प्रश्न पर अपहृत औरत के नजरिए से देखना चाहिए। उसके लिए ये बच्चे उस अपमान का प्रतीक हैं और यदि वह इनके साथ पाकिस्तान लौटती है, तो मैं समझता हूँ हमें लगभग निश्चित हो सकता है कि उनसे उनकी माँ के परिवार के सदस्य के रूप में व्यवहार नहीं किया जाएगा। सम्भवतः उन्हें अनाथाश्रमों में भेज दिया जाएगा।" अध्यक्ष ने आगे पूछा, "तब फिर इन बच्चों को भारत में ही क्यों न रखा जाय, क्योंकि इनका पिता, *शुरू में उसका चाहे जैसा भी व्यवहार रहा हो, अब इन्हें अपनाने और क्षमतानुसार पालने-पोसने को तैयार है... ।*"[1] (इटैलिक्स अंशों पर जोर मेरा—ले.)

तब, इस बात से कोई फर्क नहीं पड़ता कि पिता एक अपहरणकर्त्ता था। बच्चे पर उसका दावा माँ के दावे से अधिक पुख्ता था। अपहरण के बाद पैदा हुए बच्चों के भाग्य पर चर्चा करने के लिए लाहौर में हुए सम्मेलन में भी ऐसे ही विचार व्यक्त किए गए थे। मीटिंग में मौजूद अधिकांश सामाजिक कार्यकर्त्ताओं ने भी इसे ही बेहतर समझा कि पाकिस्तान में पैदा हुए बच्चों को, उनकी माँओं के साथ भारत ले जाने देने के बजाय, उनके पिताओं के पास ही छोड़ दिया जाय, क्योंकि भारत में, इस बात की सम्भावनाएँ थीं कि उन्हें हिन्दू, सिख समाज में वर्जित पवित्रता-प्रदूषण के कारण अनाथालयों और सुधारगृहों में भेज दिया जाएगा। हालाँकि इस दृष्टिकोण का दूसरों द्वारा विरोध किया गया था, जिन्होंने यही जोर दिया कि औरतों को उनके बच्चे उनके साथ ले जाने दिए जाएँ। बरामदगी-कार्य

1. कांस्टीट्यूएंट असेम्बली डिबेट्स 1949. बहस से सम्बन्धित सभी प्रश्न यहाँ से लिए गए हैं, जब तक कि अन्यथा उल्लेख न हो।

में प्रमुख रही महिलाओं में से रामेश्वरी नेहरू और मृदुला साराभाई में भी इस विषय पर कड़े मतभेद थे। रामेश्वरी नेहरू की इन औरतों के प्रति अधिक सहानुभूति थी। काफी चर्चा के बाद यह सहमति हुई कि औरतें अपने बच्चों को 15 दिनों के लिए अपने साथ भारत ले जा सकती हैं और इस दौरान तय कर सकती हैं कि वे इन्हें अपने साथ रखना चाहती हैं या नहीं। लकिन कुछ प्रश्न अनिश्चितता में ही रहे थे : कि अगर औरत ने बच्चे को अपने पास न रखने का फैसला किया तो बच्चे का क्या होगा? क्या बच्चे को पाकिस्तान भेजा जाएगा? क्या वहाँ पुलिस या सामाजिक कार्यकर्त्ता उसके पिता को ढूँढ़ने का प्रयास करेंगे? यदि उन्होंने पिता को फिर से खोज लिया—जो सन्देहपूर्ण था—तो क्या वह बच्चे को वापस लेने का इच्छुक होगा? यदि वह इच्छुक नहीं होगा, तो बच्चे की जिम्मेदारी कौन लेगा? वास्तविक तथ्य में, अनेक औरतों को अपने बच्चे पीछे ही छोड़ने पड़े थे—वे अपने परिवारों में उनके बिना अधिक स्वीकार्य थीं, और बच्चे, सम्भवतः चाहे जो हो, अनाथाश्रमों में भेज दिए गए। कमला बेन के शब्दों में :

> सरकार ने एक अध्यादेश जारी किया कि जिन औरतों के बच्चे पाकिस्तान में पैदा हुए थे, उन्हें उनको वहीं छोड़ना होगा, और जो बच्चे भारत में पैदा हुए, उन्हें भारत में ही रहना होगा। इस पर चर्चा करने के लिए लाहौर में एक कांफ्रेंस बुलाई गई थी, लेकिन मैंने उसमें भाग लेने से मना कर दिया। मैंने मृदुला बेन से कहा कि मैं भाग नहीं लूँगी क्योंकि अगर मैं गई, तो जो मैं महसूस करती हूँ, उसे कहने से मुझे रोका जाएगा। मैं उनसे बोली, ऐसा कैसे हो सकता है कि एक माँ, जो पहले ही इतना कुछ झेल चुकी है, उससे अब कहा जाय कि वह वापस जा सकती है, लेकिन उसे अपने बच्चे को यहीं छोड़ना होगा?

"मैं इतना ही कहना चाहती थी कि एक माँ को उसके बच्चे से अलग नहीं किया जाना चाहिए," वह बोलीं। यद्यपि औरतों के पास एक विकल्प था कि बच्चे को अपने पास रखें या पीछे छोड़ दें, लेकिन यह शायद ही कोई असली विकल्प था, और अधिकांश औरतों ने बच्चों को कैम्प की देखभाल में छोड़ना मजबूरी समझा। कमला बेन ने बताया, "जैसे ही हर औरत अपने बच्चे को पीछे छोड़कर गई, वह खूब रोई, कैम्प अधिकारियों से बच्चे की देखभाल करने, और उसकी खबर देते रहने के लिए गिड़गिड़ाई। अधिकारियों द्वारा सच्चे मन से किए गए वादे अक्सर भुला दिए जाते थे। एक बार अपहृत के वहाँ से जाते ही, उनके लिए, किस्सा यहीं खत्म था। फिर उस बच्चे की जिन्दगी, दूसरी, एक भिन्न ही कहानी थी।"

संविधान सभा के अन्दर, ॲबडक्टेड परसंस रिकवरी एण्ड रेस्टोरेशन एक्ट

पर बहस का एक महत्वपूर्ण भाग, अपहरण के उपरान्त बच्चों के मुश्किल सवाल पर विचार-विमर्श को समर्पित था, क्योंकि जिस बिल पर बहस हो रही थी, उसका सम्बन्ध भारत में मुस्लिम औरतों की बरामदगी से था, जहाँ सवाल यह था कि उनके साथ उनके बच्चे पाकिस्तान भेजे जाएँ या नहीं, या उन्हें भारत में ही रखा जाय—सवाल का मुश्किल पहलू जिस पर लाहौर सम्मेलन में विचार हुआ था। सरदार हुकुम सिंह ने इस मान्यता पर सवाल उठाया कि माँ ही वह व्यक्ति है जो बच्चे से सबसे अधिक जुड़ी हुई है। वह बोले, "ऐसे मामले भी हो सकते हैं, जहाँ माँ अपने बच्चे को पाकिस्तान ले जाने की इच्छुक न हो और पिता लड़के या लड़की को यहीं रखने का काफी इच्छुक हो।"

उनके लिए, असेम्बली के अनेक दूसरे सदस्यों की तरह ही सरदार हुकुम सिंह की चिन्ता, उनके ही अनुसार, एक मानवीय चिन्ता थी। यदि ऐसे बच्चे इस तरफ अवैध हैं, तो "वे उस तरफ भी अवैध हैं, और मैं सोचता हूँ कि बच्चे को उस जगह ले जाना लड़की के लिए शर्म की बात होगी। यदि ऐसे बच्चे लड़कियों द्वारा ले जाए जाते हैं तो *उनकी हत्या हो जाएगी या वे मार दिए जाएँगे।*" (इटैलिक अंश पर जोर मेरा—ले.) वह बोले। अतः, मानवीय दृष्टिकोण पर वह यह वितर्क कर रहे थे। ऐसा विचार यही कहता था कि "ये लड़के और लड़कियाँ भारत में ही रखे जाएँ।" मान्यता यह थी कि इन बच्चों के 'प्राकृतिक पिता' उनकी देखभाल करेंगे। असेम्बली के दूसरे सदस्यों ने भी इस दावे का समर्थन किया। उन्होंने पूछा, क्या सरकार ने गार्जियनशिप एक्ट के प्रावधानों को देखा है जो भारत में लागू है? इसके अन्तर्गत, पिता के पास बच्चे की परिरक्षा के सम्पूर्ण अधिकार थे।

सरकार के लिए, हालाँकि, समस्याएँ दूसरी ही कोटि की थीं। औरतों की बरामदगी में सामाजिक कार्यकर्त्ताओं को एक बड़ी समस्या का सामना करना पड़ा : वे अपने बच्चों को पीछे नहीं छोड़ना चाहती थीं। इसलिए मंत्री जी बच्चों या 'सोलह साल से कम किसी भी नर को' अपहृत व्यक्तियों में शामिल करने के लिए इसकी परिभाषा को व्यापक करने का प्रयास कर रहे थे। यदि बच्चे भी अपहृत व्यक्तियों में शामिल हो गए होते, तब इंटर-डोमिनियन एग्रीमेंट के प्रावधानों के अन्तर्गत, वे भी अपनी माँओं के साथ बरामद किए जा सकते थे। लेकिन, मन्त्री से पूछा गया कि क्या तब यह देश के कानून, संरक्षण-कानून की अवहेलना नहीं है, जिसमें पिता को परिरक्षा की अनुमति है? एक अन्य सदस्य का एक भिन्न सुझाव था : औरतों को अपने साथ अवैध बच्चों को क्यों नहीं रखने दिया जाय—लेकिन यदि बच्चा वैध हुआ, तो पिता का 'सम्पूर्ण नियन्त्रण' होना चाहिए। या फिर, इन बच्चों को 'युद्ध के बच्चे' क्यों न समझा जाय और उनकी पूरी जिम्मेदारी पिता पर डाल दी जाय? एक तीसरे ने सुझाया।

निःसन्देह, सवाल था : पिता कहाँ है?

बच्चे पर पिता के सम्पूर्ण दावे के विचार को हरेक का अनुमोदन नहीं था। परिवहन और रेलमन्त्री, गोपालस्वामी आयंगार ने कहा, ''मैं सरंक्षण कानून के बारे में नहीं जानता। यह सब इस पर निर्भर करता है कि आप बच्चे के साथ कैसा व्यवहार करते हैं, यह एक वैध बच्चा है या एक अवैध बच्चा, और जब तक यह एक छोटा-सा बच्चा है तब तक, मैं सोचता हूँ इसके परिरक्षण पर प्रथम वरीयता माँ की होनी चाहिए, और जब उसे परिरक्षण न मिल सके, तो उसकी इच्छाओं पर अवश्य ही सर्वाधिक सम्भव ध्यान दिया जाना चाहिए।''

यद्यपि मन्त्री अपनी इच्छानुसार, अपहृत व्यक्तियों की परिभाषा को व्यापक करने में सफल हो गए थे, फिर भी असेम्बली में हर कोई उनसे सहमत नहीं था। इससे पहले यू.पी. से हृदयनाथ कुंजरू ने सुझाव दिया था कि बच्चों को अपहृत व्यक्तियों की परिभाषा से बाहर रखा जाय। उन्होंने पूछा कि क्या किसी औरत का अपहरण करनेवाला एक व्यक्ति उस संयोजन से उत्पन्न बच्चे का पिता होने का दावा कर सकता है? वह बोले, ''यह सच है, महोदय, कि अपहर्ता के व्यवहार की सराहना नहीं की जा सकती। वह अत्यन्त ही निंदनीय आचरण का दोषी रहा है, ऐसा आचरण जिसने उसके देश को लज्जित कर दिया है। लेकिन हम इस प्रश्न को अपहृत स्त्री के दृष्टिकोण से देखें। बच्चे उसके लिए उस अपमान का प्रतीक हैं जिसे उसने एक या दो साल तक झेला है। उसके दृष्टिकोण से, ये बच्चे अवांछित हैं, और यदि वह इन बच्चों के साथ पाकिस्तान लौटती है, तो मैं समझता हूँ हमें लगभग निश्चित लगता है कि उनके साथ अपनी माँ के परिवार के सदस्यों के रूप में व्यवहार नहीं किया जाएगा। इस बात की पूरी सम्भावनाएँ हैं कि उन्हें अनाथालय भेज दिया जाए।''

दूसरों ने इस मत का समर्थन किया। उदाहरणार्थ पण्डित ठाकुरदास भार्गव ने इस बात पर जोर दिया कि बच्चों को भारत में ही रखा जाय, क्योंकि ''भारत में पैदा हुए सभी बच्चे भारत के नागरिक हैं।'' उन्होंने आगे कहा, ''मान लीजिए कि एक हिन्दू पुरुष और एक मुस्लिम महिला ने शादी की थी, तो उनके बच्चों का संरक्षक कौन होगा? यदि कोई मुस्लिम औरत, हिन्दू पिता से उत्पन्न बच्चे को पाकिस्तान ले गई तो बच्चा वहाँ अवैध समझा जाएगा और उससे वहाँ दुर्व्यवहार होगा या उसे मार दिया जाएगा।'' केवल इसलिए कि अध्यादेश में कहा गया है कि ऐसे बच्चे को पाकिस्तान भेजा जाना चाहिए, यह कोई कारण नहीं था कि ऐसा किया ही जाय। इसके बजाय, अगर ''पिता जोर देता है कि वह बच्चे के हितों का ध्यान रखेगा और देखेगा कि इसका लालन-पालन ठीक से हो, तब मैं नहीं समझता कि प्रशासकीय कार्यवाही द्वारा ऐसे बच्चे को पाकिस्तान को क्यों दे दिया जाना चाहिए?''

लेकिन सभी सदस्य एक स्वर में नहीं बोले। श्री बृजेश्वर प्रसाद (बिहार) ने महसूस किया कि इन बच्चों को भारत में रखने का कोई औचित्य नहीं है, क्योंकि हिन्दू समाज इन बच्चों और मुस्लिम समाज से भिन्न है और इसमें इनके लिए कोई जगह नहीं है। 'कानून की निगाहों में अवैध' बच्चे अगर भारत में रहे तो 'कुत्तों की तरह' रहेंगे।

तो क्या, हिन्दू पिता और मुस्लिम माँ से उत्पन्न ये बच्चे सचमुच भारत के नागरिक थे? क्या ये तर्क नागरिकता के तर्क थे, जिसने संविधान सभा के कुछ सदस्यों को, बच्चों को उनके प्राकृतिक परन्तु अपहर्ता पिता के साथ रहने देने के पक्ष में, बोलने को तैयार किया? क्या यही तर्क हिन्दू माँ और मुस्लिम पिता पर भी लागू होते? क्या नागरिकता, दूसरे शब्दों में, माताओं के जरिए या पिताओं के जरिए, राष्ट्रीयता के जरिए या धर्म के जरिए सुपुर्द की गई?

एक नए स्वतन्त्र हुए खुदमुख्तार देश में, नागरिकता, स्वयं एक विवादित प्रश्न थी, जो अभी भी अपने निर्माणात्मक चरण में थी और यथेष्ट द्वैधवृत्ति से ढकी हुई थी। मिसाल के तौर पर, राज्य ने देश में आनेवाले लाखों शरणार्थियों के प्रति एक प्रमुख रक्षक और शुभचिंतक कुलपति के रूप में कार्य किया। सभी कल्याण योजनाएँ, सभी मुआवजे और पुनर्वास सम्बन्धी नीतियों ने शरणार्थी को एक ऐसे व्यक्ति के रूप में निर्मित किया, जिसे 'सहायता,' 'उत्थापन' और 'कल्याण' की जरूरत थी। पंजाबी शरणार्थियों ने खासतौर पर, अपनी आत्मनिर्भरता, अपनी स्वतन्त्रता, और राज्य से दान के लिए अपने इन्कार का दावा करके इसका विरोध किया। लेकिन ऐसा तब था जब यह पुरुषों पर लागू हुआ। नागरिक के रूप में औरत पूरी तरह एक दूसरी ही कहानी थी। यदि हम हृदयनाथ कुंजरू के तर्क पर चलें कि हिन्दू पिता और मुस्लिम माताओं से पैदा हुए बच्चे–इस तथ्य पर ध्यान दिए बिना कि पिता एक अपहर्ता था या हो सकता था–दूसरे शब्दों में, जिसने देश के कानून की अवज्ञा की–भारत के नागरिक थे, तो इसका अर्थ होता कि हिन्दू और सिख पुरुष तब स्वयं के लिए और अपने बच्चों के लिए नागरिकता धारण कर सकते थे। लेकिन हिन्दू और सिख औरतों के लिए, दूसरी तरफ, ऐसी कोई मान्यता नहीं थी। माताओं के रूप में, और धर्मनिरपेक्ष भारत के नागरिकों के रूप में, जिनको मातृदेश द्वारा वापस लाया जा रहा था, उन्हें फिर भी यह मुश्किल चुनाव करना था कि वे अपने बच्चों को अपने साथ ले जाएँ, या उन्हें पीछे छोड़ जाएँ। न केवल बच्चे एक उभयभावी स्थान पर खड़े थे जिसमें वे दोनों समुदायों से सम्बन्ध रखते थे, जिससे उनकी नागरिकता का मामला इसलिए और उलझ गया, बल्कि यह भी लगता था कि उनकी माताओं को एक नागरिक के रूप में मिला कम महत्वपूर्ण स्थान, उन्हें भी उतना ही कम मिलेगा।

जैसा कि अपहृत औरतों की बरामदगी के कार्य ने दिखाया, कि औरतों की

पहचान एक या दूसरे देश के नागरिक के रूप में न होकर, उनके धार्मिक समुदायों के अनुसार परिभाषित की जाती रही। उन्हें, जहाँ वे रहना चाहती थीं, वह जगह चुनने के अधिकार से—जो सिद्धान्ततः प्रत्येक नागरिक का अधिकार है—वंचित किया गया। इसमें उन्हें इससे अधिक कानून में कोई सहारा नहीं था कि उनके विवादित मामले तय करने के लिए केवल ट्राइब्यूनल (न्यायाधिकरण) बनाए गए थे। उन्हें इस निर्णय का भी अधिकार नहीं था कि उन्हें अपने बच्चों का क्या करना है। स्पष्टतः नागरिकता एक पूरी तरह से लिंग-तटस्थ अवधारणा नहीं थी। यह इसी सन्दर्भ में है कि बच्चों को अबडक्टेड परसंस रिकावरी एक्ट के तहत अपहृत व्यक्तियों की परिभाषा में शामिल करने का प्रयास महत्वपूर्ण हो जाता है। एक्ट ने एक अपहृत व्यक्ति को इस तरह परिभाषित किया : 'सोलह वर्ष से कम आयु का कोई बच्चा, या किसी भी आयु की कोई बच्ची...' बच्चियाँ किसी भी आयु की हों, अपहृत व्यक्ति हो सकती थीं, लेकिन बच्चों के अपहरण के सवाल पर उनकी उम्र सोलह पर रुक जाती थी, वह उम्र जिस पर वे अनुमानतः नाबालिग से बालिग होते।

क्या ऐसा हो सकता था कि अधिनियम का प्रारूप बनानेवालों ने महसूस किया हो कि सोलह की उम्र के बाद, कोई नवयुवक यह निर्णय करने में समर्थ था कि वह कौन-सी पहचान अपनाना चाहता है, वह कहाँ रहना और सम्बन्ध रखना चाहता है, और, औरतें—चाहे वे किसी भी आयु की औरतें हों—यह सब तय करने में समर्थ नहीं थीं?

अपहृत बच्चों की नियति ने विभाजन के समय एक अन्य काफी चर्चित और विवादित विषय, मातृत्व, पर भी प्रश्न उठा दिया। मैंने पिछले अध्याय में इस बारे में बात की है कि किस तरह माता के रूप में भारत के निरूपण, और पाकिस्तान के निर्माण के जरिए उसके दैहिक अपमान को, भारत की उन हिन्दू और सिख औरतों के शरीरों के व्यक्तिगत और सामुहिक अपमान के रूप में प्रतिबिंबित किया गया, जिनका दूसरे धर्म के लोगों ने अपहरण और बलात्कार किया था। अवैध बच्चों की माँओं ने किसी तरह अपने वैध मातृत्व के दावे को छोड़ दिया था। माँ की 'पवित्रता,' उसकी सन्तता, और उसकी काम-वासना के दमन पर ऐसे बच्चों की उपस्थिति या उनकी (माताओं की) इन्हें रखने की इच्छा द्वारा सवाल खड़े हो गए। ठीक जिस तरह औरतों को अपने धर्म, अपने राष्ट्र, समुदाय और परिवार में वापस लाया जाना था, उसी तरह उनके बच्चों को भी उनसे अलग किया जाना था, गुमनाम छोड़ दिया जाना था, ताकि औरतों को फिर से माँओं के रूप में बहाल किया जा सके, और उनके अनुचित सम्बन्धों के दैहिक प्रमाणों को माँओं से दूर ले जाकर कम डरावना या खतरनाक बनाया जा सके। शायद सबसे बड़ी विडम्बना यह थी कि मातृत्व जैसे निजी मामले को, निःसन्देह समुदाय और परिवार की मौन सहमति

के साथ, अब राष्ट्र परिभाषित कर रहा था।

❑ ❑

अन्त में, निःसन्देह हर मामला भिन्न था। कुछ औरतों ने अपने बच्चे अपने पास रखे, दूसरी औरतों ने उन्हें छोड़ दिया, जबकि अन्य कुछ औरतों के पास अभी भी इस मामले में कोई विकल्प नहीं था। जहाँ अपहरण के उपरान्त बच्चों ने वैधता और अवैधता की समस्या खड़ी की, वहीं बँटवारे के कारण विधवा हो गई औरतों के बच्चे राज्य की कल्याण-नीतियों से अधिक आसानी से लाभ उठा सकते थे। ये बच्चे, और उनकी माँएँ राज्य की 'स्थाई जिम्मेदारी' बन गए। सरकार और स्वैच्छिक संस्थाओं द्वारा भी अनाथालय और गृह चलाए गए। विद्यार्थियों को वित्तीय सहायता दी गई और राहत और पुनर्वास मन्त्रालय में एक विशेष विभाग विस्थापित, असम्बद्ध औरतों और बच्चों को समर्पित था। सिद्धान्ततः भारत सरकार ने "विस्थापित हो गई असम्बद्ध, असहाय औरतों और बच्चों के भरण-पोषण और देखभाल की जिम्मेदारी स्वीकार की थी।"[1] राज्य सरकारें एक औरत को पन्द्रह रुपए नगद मासिक भत्ता और शारीरिक रूप से विकलांग, तथा गृहों में दाखिल न की जा सकनेवाली औरतों के प्रत्येक आश्रित-निराश्रित बच्चों को सात या आठ रुपए नगद मासिक भत्ता देने को अधिकृत की गई थीं।

बच्चों के पुनर्वास के अनेक प्रयासों के बावजूद, हालाँकि, अभावग्रस्तता का पैमाना, और इसकी सारी विद्यमान समस्याएँ, चिन्ता का विषय थीं, 1954 में, भारतीय राष्ट्रीय सेना के एक भूतपूर्व जनरल, जे.के. भोंसले ने, जो उस समय, उप-पुनर्वास मन्त्री भी थे, एक योजना आरम्भ की। उनका विचार एक ऐसा ट्रेनिंग कार्यक्रम चलाने का था जो "विस्थापित विद्यार्थियों के जोश को बहाल कर सकता था और उनमें नैतिक और आध्यात्मिक मूल्यों के प्रति आदर्श निष्ठा और शारीरिक तन्दरुस्ती से जुड़ी कठोर अनुशासन की भावना प्रदान कर सकता था।" विडम्बना के अजीब मोड़ में, विस्थापित बच्चों की समस्या, और वास्तव में जो समस्याएँ उन्होंने झेलीं, उन्हें 'अनुशासनहीनता' के रूप में देखा गया और इसके हल को, यदि कोई हल खोजा ही जा सकता था तो 'नैतिक और आध्यात्मिक मूल्यों' की प्रतिस्थापना के रूप में देखा गया। यह स्पष्ट नहीं है कि यह स्कीम वाकई में किन बच्चों के लिए थी। लेकिन इसका मुख्य ध्येय विद्यार्थियों के अल्प मनोबल को ऊँचा उठाना (क्योंकि अनुशासनहीनता को मुख्यतः मनोबल की एक समस्या के रूप में देखा गया) और "राष्ट्र की नियति में एक स्थाई योगदान करने में उन्हें समर्थ, आत्मनिर्भर और शक्तिशाली नागरिक बनाना था।" इसके साथ ही इस योजना ने "भारत की सांस्कृतिक धरोहर और परम्पराओं, हमारे नायकों और नायिकाओं के जीवन और

1. यू. भास्कर राव : द स्टोरी ऑफ रिहैबिलिटेशन, पृ. 77.

नागरिकता तथा देशभक्ति पर भी जोर दिया...।''[1]

इसे शुरू करने के लिए राष्ट्रीय अनुशासन योजना दिल्ली में लाजपत नगर के कस्तूरबा निकेतन स्कूल में अनाथों और विधवाओं के बच्चों के छोटे समूह पर आजमाई गई। बाद में तब इसे दूसरे शरणार्थी-स्कूलों तक बढ़ा दिया गया, जहाँ अन्ततोगत्वा एक लाख से भी अधिक विस्थापित और अन्य बच्चे थे। अनुभवहीन, मुसीबत के मारे और घिरे हुए भारतीय राष्ट्र के लिए, अनाथों, परित्यक्त और विस्थापित बच्चों, या अपहृत औरतों के बच्चों की समस्या से मुकाबला करना आसान नहीं हो सकता था। अनेक राहत-उपायों जैसे गृह और रुग्णालय (अस्पताल) स्थापित करना, शैक्षिक अनुदान देना, आदि को कार्य में लाया गया। लेकिन इनका लाभ केवल उन्हीं बच्चों द्वारा उठाया जा सकता था जो पहले से ही इन गृहों में थे, और जिनकी जिम्मेदारी सरकार ने ली हुई थी। जिनके पास कोई घर नहीं था, जो सड़कों पर थे, उनके लिए ऐसा कोई साधन नहीं था। और राहत उपाय इस विकराल समस्या का महज स्पर्श-भर ही करते थे—इस बात से कोई अन्तर नहीं था कि अनुशासन, और नैतिक निर्माण पर भिन्न योजनाएँ चाहे कितना ही केन्द्रित थीं, ये योजनाएँ शायद ही बच्चों की उस त्रासदी को सम्बोधित कर सकती थीं, जिसे उस समय वे मुश्किल से ही बयान कर सकते थे। अनेक सहायतार्थ संस्थान राहत-प्रयास में शामिल हुए। इनमें सेव द चिल्ड्रन कमेटी, कस्तूरबा गाँधी मेमेमोरियल ट्रस्ट, ट्रस्ट फार सिंधी वूमेन एण्ड चिल्ड्रन, आर्य प्रादेशिक प्रतिनिधि सभा और जैनेन्द्र गुरुकुल, पंचकूला सम्मिलित थे। उन्होंने सेन्ट्रल एडवाइज़री बोर्ड के सहयोग में कार्य किया। हमें बताया गया है कि 'सुधार कार्य उनकी विशिष्टता थी,' लेकिन यह जानने का कोई उपाय नहीं है कि बच्चों ने जिस तरह की समस्याओं का सामना किया, उन्हें 'सुधारने' में वे समर्थ थे या नहीं।

❑ ❑

अभी भी बहुत-सी बातें हैं जो अज्ञात हैं। मैंने अक्सर सोचा है, मसलन, पीछे छोड़ गए, परित्यक्त या मारे गए बच्चों में से कितनी लड़कियाँ थीं। सामाजिक कार्यकर्त्ताओं ने कहा कि कैम्पों में छोड़े गए परित्यक्त बच्चों में ज्यादातर लड़कियाँ थीं, और काम के दबाव ने सम्भावित गोद लेनेवालों की खोज को मुश्किल बना दिया था। तब कई लड़कियाँ घेरलू नौकरानियाँ या वेश्याएँ बन गईं, और जवान लड़कियों की 'पूरी पीढ़ी' की संख्या में वृद्धि हो गई जिन्हें कृष्णा सोबती के शब्दों में, बँटवारे पर 'बलिदान' कर दिया गया था। गृह और शैक्षिक संस्थाएँ लड़के और लड़कियों दोनों के लिए स्थापित किए गए थे, लेकिन जब इन्हें छोड़कर जाने और स्वतन्त्र जीवन बनाने का समय आया तो, लड़के—युवक—लड़कियों या जवान औरतों की तुलना में ऐसा अधिक

1. यू. भास्कर राव : द स्टोरी ऑफ रिहैबिलिटेशन, पृ. 77.

आसानी से करने में समर्थ थे। कुछ की शादी आश्रम अधिकारियों द्वारा कर दी गई थी और वे अपनी जिन्दगियाँ खुद बनाने में समर्थ थीं। लेकिन बहुतों के लिए, विभाजन ने उनके जीवन का नक्शा ही बदल दिया था।

बच्चों की वैधता या अवैधता की चिन्ता को विभाजन के सम्पूर्ण सन्दर्भ में रखने की आवश्यकता है : जब से भिन्न समुदायों के बीच मतभेद दिखने शुरू हुए, तो हिन्दू और सिख धर्मों की पवित्रता की चिन्ता, विशेषकर पंजाब राज्य में, महत्वपूर्ण हो गई थी। यहाँ, आर्यसमाज की बढ़ती शक्ति और पंजाबी हिन्दू चेतना का क्रमशः दृढ़ीकरण (ठोस बनाना) मुस्लिमों और इसाईयों, दोनों में धर्म-परिवर्तन के भय का प्रत्यक्ष परिणाम थे। धर्म-परिवर्तन के जरिए अपनी वैध पहचान को खोना, ऐसा लगता था, सबसे बड़ा खतरा था। बँटवारे से, देश के शरीर का एक भाग हमेशा के लिए खो गया, प्रभावी रूप से धर्म-परिवर्तित हो गया। लेकिन, औरतों और बच्चों के भीतर सीमाएँ अनिश्चित ही रहीं। हिन्दू और सिख औरतें मुस्लिम पुरुषों के साथ प्रेम और कामना, दोनों ही सम्बन्धों—स्पष्टतः जबरन, लेकिन अक्सर स्वैच्छिक समझे जानेवाले—में थीं। लेकिन राज्य की कुछ सहायता से उन्हें शायद हिन्दू धर्म में पवित्रिकृत रूप में वापस लाया जा सकता था। लेकिन बच्चों की देह में बहनेवाला खून अंतरंग रूप से मिश्रित था। यहाँ कोई विभाजन नहीं किया जा सकता था, स्पष्ट रेखा नहीं खींची गई थी कि इन बच्चों को कहाँ जाना चाहिए। उनके अस्तित्व की कोई सीमा तय नहीं की जा सकती थी। तब, उनके बारे में पूरी तरह से भूल जाना ही, या शायद यह स्वाँग भरना ही बेहतर था कि उनका कोई अस्तित्व ही नहीं था।

यह हमने आसानी से कर दिया। उस समय अपने बच्चे खो देनेवाले कई अभिभावकों ने उन्हें खोजने का प्रयास किया था। उन्होंने अर्जियाँ दीं, रिपोर्टें दर्ज करवाईं, मौखिक सन्देशे भेजे। कुरुक्षेत्र में ढेरा धुपसदी गाँव की धरम कौर जैसी कुछ औरतें भाग्यशाली थीं। उसने बँटवारे की हिंसा में अपने कई सम्बन्धी खोए थे। हिंसा के स्थान पर वापस जाकर उसने अपने रिश्तेदारों की लाशें तो देखीं, लेकिन अपनी बेटी मोहिन्दर कौर का शव उसे नहीं दिखा। उससे अनभिज्ञ मोहिन्दर को ग्रेस नामक एक सहृदया नर्स ने उठा लिया और एक अनाथालय में रख दिया, जहाँ वह अनवर सादिका नाम से रही। बरसों बाद, जब उसका विवाह हुआ, ग्रेस ने सादिका के अतीत की कहानी उसे सुनाई।

एक दिन, अपनी बेटी अज़मत के साथ बस में सफर करते हुए सादिका किसी सिख की बगल में बैठी हुई थी। और जैसा बच्चे अक्सर करते हैं, बच्ची ने आगे बढ़कर उस सिख को छुआ, और किन्हीं अनजान कारणों से, उसे मामू कहकर बुलाया। सादिका रो पड़ी, और उसने उस बूढ़े व्यक्ति को अपनी कहानी सुना दी। निरजंनसिंह, जिसे हाल ही में अपनी, लम्बे समय से खोई हुई, बहन

का पता चला था, उसने सादिका की मदद का वादा किया। भारत लौटने पर उसे पता चला कि लुबानावाला के शरणार्थी कुरुक्षेत्र में बस गए थे, जो उसके घर के पास ही था। जैसा कि कहानी बताई जाती है :

> निरंजन रोज सुबह एक बस में चढ़ता और घोषणा करता : 'मैं पाकिस्तान से आया हूँ जहाँ एक औरत अपनी माँ को बहुत याद करती है, अगर आप में से कोई लुबानावाला का सिख हो, तो कृपा करके खड़े हो जाओ।' इस घोषणा ने असर दिखाया। मौखिक शब्दों के इस नेटवर्क के जरिए, जो विभाजन-उपरान्त अनेक पुनर्मिलनों के मर्म में है, निरंजन को पता चला कि सादिका के माँ-बाप विभाजन की हिंसा से बच गए थे और कुरुक्षेत्र के निकट एक छोटे-से गाँव ढेरा धुपसदी में बस गए थे।[1]

निरंजन सिंह इसी रास्ते पर गया। एक रात, वह सादिका का लिखा एक नोट लेकर चुपचाप धरम कौर के घर जा पहुँचा। नोट में लिखा था, 'मैं, मोहिन्दर कौर, जाविन्द कौर की बेटी जिन्दा हूँ।' और कुछ वर्षों बाद सादिका धुपसदी आने और अपनी माँ से मिलने में सफल हो गई, और उसकी माँ अपनी नतिनी के विवाह में शामिल होने पाकिस्तान गई।

लेकिन हरेक का ऐसा अच्छा भाग्य नहीं था। जालन्धर के गाँधी वनिता आश्रम के कार्यकर्त्ता बताते हैं कि 1947 में एक दो वर्षीय बच्ची आश्रम लाई गई थी। कोई नहीं जानता था कि वह किसकी बच्ची है या कहाँ से लाई गई है। आज, 52 वर्ष की उम्र में वह अभी भी वहीं रहती है, इतिहास की एक ऐसा बच्ची, जिसका कोई इतिहास नहीं है।

धरम कौर और सादिका जितना भाग्यशाली हर कोई नहीं था। अगस्त 1956 में कराँची स्थित अखबार 'डॉन' ने अपहृत औरतों की बरामदगी के सवाल पर दोनों देशों के भिन्न रवैयों पर सम्पादकीय लिखा। इसमें एक विशेष मामले का जिक्र था, जिसमें 'एक जवान लड़की के दुखी पिता ने हमारे पत्र-स्तम्भ में अक्सर अपने दुखों की कहानी कही है।' सम्पादकीय में पूछा गया कि "अपहृत औरतों के रिश्तेदारों को सुरागों के पीछे जाने में सहायता देने के संयुक्त वचनों का क्या मोल है, जब एक पिता, अब पाकिस्तानी नागरिक, अपनी बेटी को वापस लेने अपने पुश्तैनी कस्बे में जाता है, तो उसे अधिकारियों द्वारा न केवल कानूनी सहायता और सुरक्षा ही नहीं मिलती बल्कि उसे वास्तव में झूठे इल्जामों के कारण जेल में ठूँस दिया जाता है, और नतीजतन अपना केस लड़ने के उसके अधिकारों से भी उसे वंचित किया जाता है।"

---

1. इंडिया टुडे, भारत की आजादी की पचासवीं वर्षगाँठ के उपलक्ष्य में विशेषांक, अगस्त 1997.

लड़की का पिता, कमरुद्दीन अहमद, अपनी बेटी को खोजने के लिए कई बार भारत आया था, उसकी नाबालिग बेटी को उसी के गाँव के किसी व्यक्ति द्वारा अपहृत किया गया था। 1951 में पिता को एक जासूस होने के आरोप में गिरफ्तार करके जेल में भेज दिया गया था। उसने तीन साल जेल में बिताए। उसने कहा, ''भारत सरकार द्वारा उसकी बेटी को उसे देने से इन्कार करना कोई आश्चर्य की बात नहीं थी, लेकिन हमारी अपनी सरकार ने, मेरे लाख नाक रगड़ने पर भी, न तो मुझे कोई कानूनी मदद मुहैया कराई, और न ही मेरी बच्ची को खोजने में मेरी सहायता की।'' भारत में जेल काटकर, जब कमरुद्दीन पाकिस्तान वापस आया, तो उसने अपनी बेटी को बरामद करने में फिर से पाकिस्तानी अधिकारियों से मदद की अपील की। और उसे बताया गया, ''गवर्नमेंट ऑफ इंडिया ने उसकी बच्ची को वापस देने से इन्कार कर दिया है। हमारी गवर्मेंट ने भी मामला छोड़ दिया है।''[1] 1957 में, अपहृत औरतों की बरामदगी का कार्य आधिकारिक रूप से बन्द कर दिया गया और इसके साथ ही इस पिता का, और दूसरे कई माँ-बापों का अपने बच्चों को खोजने का काम भी बन्द हो गया।

❑ ❑

पिछले अध्याय में मैंने एक पुस्तक के बारे में कहा था जो मुझे और मेरी एक मित्र को मिली थी। इसमें उन हिन्दू, सिख औरतों की जिला-दर-जिला सूची थी, जो पाकिस्तान में अपहृत हुई थीं। पुस्तक में प्रविष्टियाँ इस आधार पर दर्ज हैं कि क्या अपहृत व्यक्ति कोई बच्चा है (आमतौर पर 16 से कम, यद्यपि 16 वर्षीय व्यक्ति को कभी-कभी वयस्क के रूप में भी सूचीबद्ध किया गया है), या कोई औरत, या कोई विधवा, या—और यह दुर्लभ है—कोई वयस्क पुरुष है। बच्चों के अपहरण की समस्या के आयामों को देखने के प्रयास में मैंने इस लिस्ट को बेतरतीब छाना, और मुझे निम्न आँकड़े मिले। कैम्प बेलपुर में, कुल अपहृत हुए 92 लोगों में से 30 बच्चे थे; डेरा गाज़ी खान में यह संख्या 107 और 23 थी; रावलपिण्डी में, 598 अपहरणों में से 146 बच्चे थे। औसतन, अधिकांश स्थानों पर इस संख्या की एक तिहाई से आधी संख्या लड़कों की थी।

मैं बच्चों के इस विवरण को, बँटवारे के समय अपहृत हुए बच्चों की एक काफी छोटी संख्या की सूची के नमूने के साथ, समाप्त करना चाहूँगी। यहाँ (देखें, आगे दी गई सूची) दी गई प्रविष्टियाँ शेखुपरा जिले की हैं। यदि इस लिस्ट पर किंचित भरोसा किया जाए, तो कई मामलों में बच्चों के बलात्कारी और अपहर्ता, जैसा अक्सर होता है, उसी गाँव के लोग थे, वे लोग जिन्हें खोए हुए बच्चों के परिवारवाले जानते थे।

1. डॉन, अगस्त 1956

क्रम एवं संदर्भ संख्या	अपहृत व्यक्ति	अपहरण की तारीख का विवरण और स्थान	अपहरणकर्ताओं, रक्षकों आदि का विवरण
Qsp/s-13/u-3c	अंगरेज़ सिंह, 4 वर्ष, पुत्र/प्रकाश, मोहल्ला अकंदपुरियाँ पु.स्टे.पो.आ. सईदवाला, तहसील ननकाना साहिब, जि. शेखुपुरा	शेखुपुरा में, दंगों के दौरान	सम्भवतः वह शेखुरा या इसके आसपास कहीं है
Qsp/b/n-4c	अरवेल कौर, 9 वर्ष, पुत्री/मंगर सिंह, पु.स्टे. मुरीदकी, तहसील शाहदरा, जिला शेखुपुरा	चक नं. 9 शेखुपुरा सित. 1947	बक्शी थडोला पिंड थाडेल, जिला शेखुपुरा
Qsp/s-2/n-1c	अमर कौर, 4.5 वर्ष, गाँव शेकुच, पो.आ. कठियाला कलाँ पु.स्टे.तह. और जिला शेखु.	गाँव शेकुच, अगस्त, 1947	कठियाला कलाँ तह. और जिला शेखुपुरा
Qsp/s-13/n-3c	अशोक कुमार, 3.5 वर्ष, पुत्र/हरबंस, गाँव लाल पो.आ., पु.स्टे. नारंग मण्डी, तह. जि. शेखुपुरा	नारंग मण्डी अगस्त, 1947	करीम बीबी पत्नी/जवाहर मोसेच, नारंग मण्डी, जिला, शेखुपुरा
Qsp/s-1/n-3c	दयाल, 3 वर्ष, पुत्री/धरमसिंह, गाँव कलारी, चक 282 तह. और जिला, शेखुपुरा	कलारी नं. 282 शेखुपुरा	फल्लो ईसाई, गाँव कलारी चक नं. 282 जि. शेखुपुरा

ऊपर जो मैंने प्रयास किया है वह एक अपेक्षाकृत अ-मानचित्रित भूभाग के अन्दर छानबीन के रूप में है। शुरू से अन्त तक, मुझे इस प्रश्न का सामना करना पड़ा है कि हम बच्चों के इतिवृत्तों की छानबीन कैसे करते हैं? यदि औरतें मुश्किल विषय हैं, और उनके जीवन में खामोशियाँ इस कदर व्याप्त हो गई हैं, तो बच्चों के जीवन में झाँकना कितना अधिक कठिन है, खासतौर पर तब, जब अक्सर कुछ औचित्य के साथ यह मान लिया जाता है कि वे खुद अपनी ओर से कुछ नहीं बोल सकते। यदि बँटवारे के इतिहास के पास, बच्चों की इसमें केन्द्रीयता के बावजूद, इनके बारे में कुछ भी कहने को नहीं है, तो इसमें कुछ भी अनोखा नहीं है, क्योंकि सामान्य इतिहास, और विशेषकर भारतीय इतिहास ने, इस महत्वपूर्ण प्रश्न को सम्बोधित नहीं किया है। पश्चिम में, विध्वंस से बचे हुए लोगों के बच्चों ने अभी हाल ही में उस कार्य को फिर से आरम्भ किया है, जिसे ऐन्ने फ्रैंक ने बहुत साल पहले शुरू किया था। उन्होंने उनके एक समय के जीवन में झाँकना शुरू किया है, जब उनके चारों ओर दुनिया ध्वस्त होती लग रही थी। विभाजन

भी ऐसा ही एक क्षण था : एक बच्चा अपने परिवार और समुदाय की हिंसक बर्बादी, माँ-बाप के अचानक खो जाने को समझ सकने में समर्थ नहीं हो सकता है, लेकिन वह इनसे अनछुआ भी नहीं रह सकता था। हम पूछ सकते हैं कि इन बच्चों का क्या हुआ? जब उनकी जिन्दगी और भविष्य का फैसला किया जा रहा था, तब भी उनमें से अनेक बच्चे आश्रमों और गृहों में रह गए, या उन्हें टोकरियों में रखकर पूरे देश में, एक संस्था से दूसरी संस्था में ले जाया जा रहा था, उनमें से अधिकांश बच्चे इतिहास में खो गए। कब और कैसे हम इन बच्चों के इतिहासों को खोजना शुरू करेंगे? हम उन्हें इतिहास में कैसे शामिल करेंगे?

मुराद

'मैं हमेशा बाहर खेल रहा होता...'

लाहौर में एक ताँगेवाला, मुराद, बँटवारे के समय नौ साल का एक बच्चा था और भारत में रहता था। बहुत-से बच्चों की तरह उसे भी मालूम नहीं था कि क्या हो रहा है और उसे पाकिस्तान जाने पर बाध्य कर दिया गया। मैं मुराद से कभी नहीं मिली : पीटर चैपल और सत्ती खन्ना ने अपनी फिल्म के लिए उससे इण्टरव्यू लिया था। उनकी अनुमति से मैं उसका यह इण्टरव्यू यहाँ पुनः प्रस्तुत करती हूँ। काफी सोचने के बाद और बहुत विशेष कारणों से मैंने मुराद के इण्टरव्यू को यहाँ शामिल करने का फैसला किया है। मुझे लगता है कि मुराद के बचपन में विस्थापन के अनुभव की याद उन बहुत-सी बातों का दृष्टान्त देती है जिनके बारे में मैंने ऊपर बात की है। उसकी कहानी भी अन्यथा परिष्कृत, कुछ रूखी और उदासीन किस्सागोई, स्पष्टतः एक प्रौढ़ व्यक्ति की किस्सागोई है, और जब पीटर और सत्ती मुराद से मिले थे तो मुराद पचास से अधिक का हो चुका था। फिर भी, उनके अनुसार, वह अपनी कहानी को पहली बार सचेतन रूप से सुना रहा था : यदि ऐसा था तो मुझे ताज्जुब हुआ कि ऐसी आत्म-चेतना खोजने की प्रक्रिया, क्या वर्णनों में इतना सामंजस्य और रैखिकता प्रदान करती है, जितना मुराद के इण्टरव्यू में लगता है।

एक दूसरा प्रश्न जो इस वर्णन ने मेरे समक्ष उठाया, यह है कि क्या यह 'महत्वहीनता' जो मुराद के इस कथन—'हम वहाँ लेट गए और अपना वक्त गुजारा,'—से काफी स्पष्ट है। यह कहकर वह उस अनुभव का वर्णन करता है जो निश्चय ही भय से भरा होगा, मानो वह पूरा हादसा कोई खेल था, उस अनुभव

को सार्थक बनाने का एक तरीका, जो अन्यथा इसमें से गुजरनेवाले बच्चे के लिए अबोधगम्य रहा होगा। ऐसा शायद इसीलिए है कि मेरा ध्यान बार-बार इस इण्टरव्यू पर जाता रहा है, क्योंकि यह मुझे बार-बार, यह प्रश्न समझाता है कि कोई बच्चा इस प्रकार के सदमे-भरे अनुभव को किस तरह समझता है और वास्तव में जब वही बच्चा वयस्क हो जाता है तो यह उस अनुभव को कैसे याद करता और बताता है। जब पीटर चैपल और सत्ती खन्ना ने मुराद से बात की, तो इस बात में कोई दो राय नहीं थीं कि हिन्दुओं और मुस्लिमों के बीच मतभेदों के बारे में उसे कैसा महसूस हुआ। फिर भी अपने बचपन के समय की उसकी याद में हिन्दू-मुसलमान के बीच प्यार-भरे मेल-मिलाप के प्रति विरह का—और जो अन्तिम कहानी वह सुनता है, उसमें यथार्थवाद का—तत्व है। क्या लाहौर ने, जो लोगों के उखड़ने का द्योतक बन गया था—और विभाजन ने उसके लिए यह किया। कोई हिन्दू या मुस्लिम बच्चा—या दूसरे शब्दों में मुराद—पूरी तरह से किसी प्रकार मुस्लिम बन गया होगा, अपने हिन्दू पड़ोसी से भिन्न किसी व्यक्ति के रूप में अपनी पहचान से अवगत या फिर यह बँटवारे का नतीजा था? और यदि सामान्य स्थिति में यह जानकारी आई होती तो क्या इसने मुराद के जीवन पर ऐसी गहरी लकीरें खींची होतीं, जितनी गहरी उसके 'लाहौर' गमन ने खींच दी थीं? इन सवालों को हर उस उल्लेख में उठाया जाना चाहिए जहाँ कोई भी व्यक्ति बँटवारे के बाद धर्म के चारों ओर पहचानों का एक निश्चित रूप देख सके। यह ऐसा प्रश्न नहीं है, जिसका उत्तर आसानी से दिया जा सके।

मुराद का इण्टरव्यू इसलिए भी महत्वपूर्ण है क्योंकि यह उन कुछ साक्षात्कारों में से एक है जो 'दूसरी तरफ' का एक नजारा उपलब्ध कराता है—और यह हैरत की बात नहीं कि यह अनुभव कितने एक जैसे हैं। भौगोलिक स्थिति और नाम के अलावा, मुराद का इण्टरव्यू सीमा के किसी भी ओर के एक गरीब बच्चे का इण्टरव्यू हो सकता है। तब धर्म और स्थान के प्रश्न से अधिक महत्वपूर्ण है, मुराद की प्रभावी अन्तर्दृष्टि। मिसाल के तौर पर "जमींदार जाते हैं जमींदारों के पास और गरीब जाते हैं गरीबों के पास," यह कहकर वह बताता है कि उसने कैसे और कहाँ से मदद और हमदर्दी को तलाशा। आखिर वर्गभेद को इतनी आसानी से तो नकारा नहीं जा सकता है।

मुराद

मैं एक बच्चा था। मेरे मामू भारत में रहते थे। कोई मुझे आसपास के लोगों में से किसी के पास ले जाता, लेकिन वे मेरी जिम्मेदारी लेने से इन्कार कर देते। लोग कहते कि मैं बदकिस्मती लाऊँगा। एक स्कूल मास्टर ने मुझे अपना लिया और मैं उसके साथ रहने लगा। उसने मेरी देखभाल की। वह

मेरे रिश्तेदारों के मुकाबले मुझसे अधिक हमदर्दी रखता था और मेरी जरूरतों का ख्याल रखता था। मैं उसके ढोरों को चरागाहों में चराने ले जाता। तब हिन्दुस्तान और पाकिस्तान का विवाद उठा।

मैं हमेशा बाहर खेलता रहता...। मेरे मामे मुझे अपने घर ले गए। उन्होंने सोचा, बाहर सड़कों पर खेलता हुआ मैं मारा जाऊँगा। एक दिन हम घर के अन्दर थे। मेरा मामा अन्दर आया और बैठ गया। सरदार आ गए; बेटीचोद!

पहले उन्होंने मेरे मामा को चित्त कर दिया...मैंने सोचा, मैं भी मारा जाऊँगा और मैंने बाहर भागने की कोशिश की। पिछवाड़े गन्ने की खोई का ढेर लगा था। मैं उसमें कूद गया और अपने चारों ओर से खुद को खोई से ढक दिया। वहाँ मेरा एक और मामा था। वह कुछ देर बाद आया, मुझे हिलाया और बोला—अब क्या? हमें भाग जाना चाहिए, मैंने कहा। वे हमें नहीं छोड़ते, मामा को मारने के बाद भी। मेरा मामा जो मारा गया था, उसने मुझे कुछ सिक्के दिए थे...तब हम पास के कैम्प में आए। वहाँ हालत बड़ी खराब थी। एक आदमी गन्ने ला रहा था और दूसरा उन्हें टुकड़ों में काट रहा था। अगर वे किसी मुसलमान को देखते तो उसे मार देते। किसी तरह, छिपते-छिपाते, हम कैम्प पहुँचे। कैम्प के पास गन्ने का एक खेत था, कुछ खाने को नहीं था, हम जमीन पर लेट गए और अपना वक्त गुजारा।

जब मैं बच्चा था तभी मेरे माँ-बाप दोनों ही मर गए थे। मैं जहाँ भी ले जाया जाता, लोग मुझे यह कहकर रखने से मना कर देते कि मैं उनके लिए बदकिस्मती लाऊँगा...। कोई मुझे रखने को तैयार नहीं था। न चाहते हुए भी बेमन से मेरा बड़ा मामा मुझे ले गया। मेन रोड पर हमारे गाँव के पास कुछ सिख रहते थे। लोग कहते, 'यह हर वक्त बाहर खेलता रहता है...। वहाँ चारों ओर गोलियाँ चलती रहती हैं, यह कभी मारा जाएगा।' तो वे मुझे मेरे गाँव वापस ले गए। तब कुछ मिरासियों ने मेरी देखभाल की। मैं उनके घोड़ों को चराता और उनके साथ खाता। मैं छत पर चढ़ गया, और देखा सिखों ने वहाँ आकर उनमें से तीन या चार को मार डाला। मैंने सोचा, अगर उन्होंने इन आदमियों को मार डाला है, तो मुझे क्यों छोड़ेंगे? वे मुझे भी मार देंगे। तो मैं गन्ने की खोई के ढेर में कूद गया और लेट गया। मैंने सोचा, वे इसे ढेर समझेंगे और चले जाएँगे, भाग जाएँगे। तब हम बचने का रास्ता खोजेंगे। मेरा मामा आकर बोला, "उन्होंने तेरे नाना को भी मार दिया है, चल यहाँ से भाग चलें।" हम कैम्प की ओर चल पड़े, वहाँ चारों ओर सिखों की तादाद ज्यादा थी। एक फौजी ट्रेन आई। वे बोले, "वे सभी जिन्हें बचाने के लिए उनके परिवार नहीं हैं, गाड़ी में बैठ

जाएँ। "हम पाकिस्तान जाने वाले हैं।" हम बैठ गए। वहाँ व्यास नदी के पास एक किला है। गाड़ी रुकी और हम उतर गए। हम तीन या चार लड़के थे। वे बोले—आओ लस्सी पीएँ। मैं बोला—नहीं, मैं लस्सी नहीं पीऊँगा, इसमें उन्होंने जहर मिला रखा होगा। हम बाजार में घुस गए। उन तीनों ने लस्सी पी, लेकिन मैंने नहीं पी। मैं बोला—नदी का पानी पीना बेहतर है, सिपाहियों ने इसे चेक किया है। इसमें जहर नहीं है। हम वापस आए। वे सभी तीनों गिर गए और मर गए।

तब वहाँ पाकिस्तान जाने के लिए लारियाँ तैयार खड़ी थीं। एक आदमी बोला, सिख हमें रास्ते में काट डालेंगे। मैं नहीं जाऊँगा। मैं बोला, मैं तभी जाऊँगा जब हमारे सिपाही आएँगे। मैं पहले ही बहुत खो चुका हूँ। इस तरह मौत को क्यों बुलाऊँ? मुसलमानों की लारियाँ आईं। हम उनमें बैठ गए और फिर वाघा सरहद पर उतर गए। जाओ अब अपना रास्ता देखो, वे बोले। कोई रास्ता नहीं था, मैंने सोचा। मुझे रास्ता मालूम नहीं था। मैंने जालंधर से ही किसी के पीछे चलना शुरू कर दिया था। मैं अपने कुछ सिक्के भी नहीं खर्चता। हालात और खराब होने पर उनकी जरूरत पड़ती। जब मैं सहेदरा पहुँचा, रात घिर रही थी। वहाँ चारों ओर खजूर के पेड़ और झाड़ियाँ फैली हुई थीं। लोगों की हालत खराब थी और उन्हें हैजा हो गया था। मैंने वह जगह छोड़ी और अटारी गाँव की तरफ चल पड़ा। वहाँ मैंने एक बुढ़िया को देखा। मैं बोला, अम्मा, मैं यहाँ रुकना चाहता हूँ। 'तू यहाँ रुक सकता है' वह बोली, और पूछा, 'कहाँ से आया है?' मैंने जवाब दिया, 'कुएँ से बचकर समुद्र में। मेरे कोई रिश्तेदार नहीं हैं।' वह बड़ी नेक बुढ़िया थी, उसने मुझे रोटी खाने को दी। वह बोली, 'अगर तू यहाँ रहना चाहे तो हम तुझे घर दे सकते हैं।' 'किसलिए, अम्मा?' मैंने कहा, 'मैं घर का क्या कर सकता हूँ? मेरा कोई परिवार तो है नहीं।' मैं बाहर सड़क पर आ गया। एक ट्रक आकर रुका। उस वक्त बसें बहुत कम हुआ करती थीं। लोग ट्रकों में ही सफर करते थे। एक आदमी चिल्लाया, 'जडाँवाला को।' 'अबे लौंडे, तू वहाँ जड़ें खोदता है क्या?' मैं बोला, 'भाई, मेरी जड़ें तो पहले ही खुद गईं। मुझे तंग क्यों करते हो?' तो ड्राइवर बोला, 'यार तू तो पहले ही काफी झेला हुआ लगता है, चल अन्दर आ जा।' फिर मैं जडाँवाला उतर गया। वहाँ थोड़ी मटरगश्ती की और बोला, 'यही जगह है जहाँ पर वे जड़ें खोदते हैं।'

मैं किसी को नहीं जानता था। एक ताँगेवाला वहाँ चिल्लाता हुआ आया, 'सारण दी खू।' 'यह क्या है?' मैंने पूछा। 'एक जगह है,' उसने जवाब दिया, 'मुझे वहाँ ले जा सकते हो?' मैंने पूछा। 'क्यों नहीं', वह बोला। मैं

एक बच्चा था, तो वह बोला 'तेरा कोई ज्यादा बोझा तो बनेगा नहीं। तू तो बस एक बच्चा है।' 'लेकिन जो हो मेरे थोड़े पैसे तो जाएँगे ही न।' 'कोई बात नहीं, मैं तुझे मुफ्त सवारी दूँगा।' 'तुम बड़े भले हो', मैंने कहा। वह मुझे उस स्टाप तक ले गया। वहाँ पास में एक गाँव था। मैं गाँव में आया। जमींदार जाते हैं जमींदारों के पास और गरीब जाते हैं गरीबों के पास। वहाँ कुछ कुली थे। मैं उनके पास गया, और उन्हें अपनी आपबीती सुनाई। 'हमारी हालत तो भाई पहले से ही खराब है', वे बोले, 'पर ऐसा लगता है तूने हमने ज्यादा मुसीबतें उठाई हैं, लेकिन हम तो अपना ही गुजारा नहीं चला पाते।' अगर यह हालत है, तो मैंने सोचा, क्यों न मण्डी चलकर वहाँ अपनी किस्मत आजमाई जाए। 'क्या वहाँ काम मिल सकता है?' 'हाँ, वहाँ तुझे काम मिल सकता है,' वे बोले। उन्होंने मुझे एक झोंपड़ी दिखाई।

फिर मैं लाहौर आया। वहाँ एक 'शावाँ दा डेरा' था। मैं यहाँ लगातार आता। यहाँ छकड़ेवाले थे जो ताँगे चलाते थे। मैंने घोड़ों की देखभाल का काम शुरू किया। उनका खुरेरा करने के मुझे हर घोड़े के दो आने मिलते थे। फिर समय बीतता गया। मैं चौधरी से बोला, 'क्या मैं कोई ताँगा नहीं चला सकता हूँ?' 'तुझे तो लाहौर की सड़कों का पता नहीं है।' 'मैं खोज लूँगा। जिन्हें पता है मैं उनसे पूछ सकता हूँ।' वहाँ एक छकड़ा चलानेवाला अपना काम छोड़कर चला गया था। उसका घोड़ा वहाँ था। वहाँ कोई तजुर्बेकार छकड़ा चलानेवाला नहीं था। तो चौधरी ने मुझसे ताँगा चलाने को कहा। मैं सवारियों से पूछता, 'कहाँ मुड़ना है? आप कहाँ जाना चाहते हो? वहाँ तक कौन-सी सड़क जाती है?' मैं छुपाने की कोशिश करता था कि मुझे कुछ पता नहीं। लेकिन वाह री बदकिस्मती! मेरे हाथ और पाँव सूजने लगे। वे काफी मोटे हो गए। मैं फिर सड़क पर आ गया। मैं एक बूढ़ी से मिला। उसने मुझे कुछ पैसे देने चाहे। मैंने मना कर दिया और उससे कहा कि मेरे लिए दुआ करो। अल्लाह के करम से मैं ठीक हो गया। वहाँ एक नौगजे की खानगाह है (नौ फुट की)। मैंने वहाँ जाना शुरू किया। वहाँ किसी ने मुझसे पूछा, 'तेरा कोई परिवार है?'

एक मुसाफिर आया और उसने पूछा, क्या मैं उसे मीराँ दी खूही पहुँचा सकता हूँ। 'कितने पैसे लेगा?' उसने पूछा। 'आपकी राय में आमतौर पर कितना किराया होता है?' उसने कुछ पैसे बताए। मैं बोला, 'ठीक है।' मुझे रास्ता नहीं मालूम था। 'किस रास्ते?' मैंने पूछा, 'मुझे छोटा रास्ता बताओ। सीधा दिल्ली गेट।' जब हम दिल्ली गेट पहुँचे तो मैंने पूछा, 'किस रास्ते, जनाब? मोड़ दूँ?' 'अबे नहीं, गाँडू, सीधे चल।' अपनी ओर से मैंने चालाक बनने की पूरी कोशिश की ताकि उसे पता न चल सके कि मैं लाहौरी नहीं

हूँ। हम 'खूही' पहुँचे। मैं रुक गया। सिगरेट का पैकेट खरीदने के बहाने नीचे उतरा। मैं एक दुकान पर गया और दुकानदार से पूछा, यह जगह कहाँ है? 'अबे यही तो है,' उसने बताया। 'भाटी से यहाँ तक का ताँगे में एक आदमी का कितना किराया होता है?' 'सालम ताँगे का एक रुपया।' मैंने सोचा, वह मुझे बारह आने देगा। लेकिन उसने मुझे डेढ़ रुपया दिया।

बँटवारे के बारे में सोचने को यहाँ कुछ नहीं है। हमारी जात में शादियाँ मानो 'वट्टे' से तय होती थीं, तराजू के बाट से। अगर आपके पास एक औरत है तो इसके बदले में हमें भी एक औरत दो। एक किलो दो, एक किलो लो। अगर आपके पास कोई औरत नहीं, तो गए काम से। मैं बहुत परेशान था। या अल्लाह, मेरे पास कोई सहारा नहीं है। अगर आपके पास कोई रास्ता नहीं तो आप कहाँ जा सकते हो? जब ईद आई, तो मुझे बड़ा बुरा लगा, और रातों की नींद हराम हो गई। आपको पता है, भारत में क्या हुआ—दंगे हुए। पहले वहाँ चुनाव हुए। मुस्लिम लीग और कांग्रेस पर्दे पर आए। लारियाँ आतीं और वे लोगों को वोट डालने को कहते थे। हमने सुना, कायदे आज़म हमारा नेता है। अफवाहें फैलने लगीं। कोई कहता, तुम तो वहाँ जा रहे हो। 'कहाँ?' मैं उससे पूछता, 'किस दोजख में हम जा सकते हैं? मैं यहाँ सदियों से रहता आ रहा हूँ।' वे कहते, 'तुम्हारे पाकिस्तान में।' 'पाकिस्तान कहाँ होगा?' मैं पूछता। 'वहीं, कहीं, लाहौर के पास।' लेकिन मैंने कभी लाहौर नहीं देखा था।

लोग पूछते, क्या लाहौर कोई शहर है? मुझे नहीं पता था। मैं वहाँ कभी नहीं गया था। 'नहीं', वे जोर देकर कहते, 'तू भी लाहौर जाएगा।' लेकिन कैसे? जहाँ मैं पैदा हुआ हूँ मेरे लिए तो वही लाहौर है, लेकिन किसी तरह हम लाहौर घसीट लिए गए।

झगड़े की जड़ यही है। अंग्रेजों ने तमाम लोगों को, खासकर मुसलमानों को कभी ऊपर नहीं आने दिया। कभी किसी को मजबूत नहीं होने दिया। यंह मेरा कहना है—मैंने खुद यह देखा है। मैं एक नौजवान था, जब एक हिन्दू स्त्री ने एक अंग्रेज से पूछा, 'जनाब, मुसलमान दो वक्त की रोटी भी नहीं जुटा सकते। इस समस्या को हल करने के लिए कुछ किया जाना चाहिए।' वह बोला, 'वे जैसे हैं उन्हें वैसा ही रहने दो। जिस दिन उनके पेट भर जाएँगे उसी दिन वे लोगों को मारना शुरू कर देंगे...अब...तुम चारों ओर कत्ल की हवा सूँघ सकते हो। हर जगह तुम्हारी टक्कर पुलिस से होती है।'

हमारे गाँव में दो तेली थे कोल्हू चलानेवाले, बड़े मजबूत नौजवान थे। वहाँ एक बहुत बड़ा मेला लगता था, ज्यादातर सिखों का मेला था यह।

लोग दूर-दराज से इस मेले में आते। वहाँ गुरुद्वारे का इन्तजाम देखनेवाले महन्त भी होते थे। सिख उन्हें चारपाई पर लादकर लाते। वे चारों ओर आटा छिड़कते और हरे राम, हरे राम का जाप करते।

माज़ी (अतीत) में हिन्दू और मुसलमान भाइयों की तरह रहते थे, और एक-दूसरे का ख्याल रखते थे। यहाँ तक कि कोई बड़ा जमींदार भी अपने छोटे गरीब नौकर की शादी में हर तरह की मदद देता। वह बड़ी बारात तक का स्वागत-सत्कार करता। जब बारात आती तो वे सभी बरतन, चारपाइयाँ इकट्ठा करते। वहाँ बड़ा भाईचारा था। लेकिन जब बँटवारा हुआ, हर चीज ऊपर से नीचे उलट गई। उन्होंने नन्हें बच्चों तक को अपनी बरछियों से भोंक दिया। अपनी बरछियों पर लाशें लटकाते और उनमें से एक कहता, 'ओ, मुझे एक ही मिली!'...फिर उन्होंने एक-दूसरे से नफरत करनी शुरू कर दी। इसके पहले उनमें इतना मेल-मिलाप था—गरीब किसी भी अमीर के घर घुसकर लस्सी माँग सकते थे...।

अब एक लकीर खींच दी गई है। सरहदें तय कर दी गई हैं। हम यहाँ हैं और वे वहाँ हैं। अगर कोई चीज पाकिस्तान से भारत भेजी जाती है, तो भारतीय इस पर भारी टैक्स लगाते हैं, और कोई चीज भारत से यहाँ आती है, तो पाकिस्तानी भी ऐसा ही करते हैं।

7

हाशिए

विभाजन के इतिवृत्तों के हाल के खुलासे के बावजूद इस घटना के आधिकारिक और ऐतिहासिक विवरणों में ऐसे बहुत से पहलू हैं जो अदृश्य हैं। लेकिन जैसे ही कोई इतिहास के 'परम्परागत' समझे जानेवाले स्रोतों—दस्तावेजों, रिपोर्टों, आधिकारिक पत्रों, अखबारों की खबरों आदि—की परत खुरचना शुरू करता है, वैसे ही उन 'आवाजों' का कोलाहल शुरू हो जाता है जो यह माँग करती हैं कि उन्हें भी 'सुना' जाय। ये आवाजें जो उन अनेक इतिहासों का बयान करती हैं जो अभी भी इन पन्नों में अज्ञात हैं। इनमें ऐसे बहुतेरे लोगों की कहानियाँ हैं जिनकी दुनिया को किसी तरह—गलत रूप से—बाहर की दुनिया के रूप में देखा जाता है। मेरी समझ में ये इतिहास प्रच्छन्न रहे हैं, क्योंकि विभाजन पर लिखा गया इतना कुछ हिन्दुओं और सिखों और मुसलमानों पर केन्द्रित है—या और सही कहें तो, हिन्दू, और सिख और मुस्लिम पुरुषों पर—मानो किसी अन्य पहचान का कोई अस्तित्व ही नहीं था। और इसके अलावा, हिन्दू, मुसलमान या सिख होना केवल धार्मिक लिहाज से ही समझा गया है। हिन्दुओं और मुसलमानों में वर्ग और स्थिति की भिन्नताएँ या वास्तव में जाति-लिंग की भिन्नताएँ—इन मुश्किल चीजों का, जो पहचान की सीमाओं को अधिक जटिल कर देती हैं, आमतौर पर गलत अर्थ लगाया गया है। बँटवारे के इतिहास ने हिन्दुओं और सिखों और मुसलमानों पर लगभग विशेष ध्यान देने में बहुत-सी दूसरी चीजों को अदृश्य करने का काम किया है। ऐसा ही एक इतिहास अनुसूचित जातियों या अछूतों का है। हरिजन, दलित, अछूत, जिस नाम से भी आप पुकारिए, इतिहास के ये नायक, एक तरह से, इतिहास को लिखे जाने में भी, पूरी तरह से अछूत रहे हैं। इन स्वरों को खोजने के प्रयास में मैं कुछ नया खोज लेने का दावा नहीं करती। बरसों तक, दूसरों की तरह, मैंने भी बँटवारे को धार्मिक पहचान और विशेषकर, दो विरोधी समुदायों की पहचान के लिहाज से ही सोचा है। यह ठीक-ठीक पता लगाना हमेशा ही मुश्किल होता है कि कोई कब एक भिन्न व्याख्या पर पहुँचना शुरू करता है। मेरे लिए, मैं सोचती हूँ कि यह प्रक्रिया तब शुरू हुई जब मैंने औरतों और बच्चों के इतिहासों की अपनी छान-बीन शुरू की। 1986 में, पीटर चैपल, सत्ती खन्ना और मैंने बटाला की एक मेहतरानी से बँटवारे के बारे में बात की। उस समय,

मैंने स्वतः ही मायारानी को एक औरत के रूप में पहचाना था, यह मानकर कि वह भी एक औरत के रूप में ही हमसे बात करेगी। लेकिन माया, जब उसने हमसे बात की, तो खुद को पहले हरिजन और फिर एक औरत समझकर बात की। क्या तब बँटवारे पर हरिजनों का भी कोई इतिहास था? तब मुझे महसूस हुआ कि केवल औरतों और बच्चों की ही कहानियाँ खामोशी में छिपी हुई नहीं हैं। ऐसे लोग भी थे, जिनके जीवन को बँटवारे ने अनपेक्षित रूप से छुआ था, और जिनके बारे में किसी को कोई जानकारी नहीं थी। इसलिए मैंने दूसरी कहानियों, दूसरी खामोशियों में झाँकना शुरू किया।

❑ ❑

जब हम उससे मिले तो माया 55 के आसपास की, एक हट्टी-कट्टी औरत थी, जो बटाला के एक स्कूल (वह इसे कालेज कहती थी) में झाड़ू-बुहारू का काम करती थी। स्कूल का काम खत्म होने के बाद माया थोड़ा-बहुत इधर-उधर निजी घरों में, कुछ और पैसा कमाने के लिए, काम करती थी। माया ने अपने घर, दीनानगर की कहानी हमें सुनाई। 1947 में दूसरे बहुत-से गाँवों की तरह, उसके गाँव की किस्मत भी कुछ समय के लिए अधर में लटकी रही थी। (और सचमुच गुरदासपुर जिला, जिसमें बटाला भी आता है, 'विवादित' जिलों में एक समझा जाता था, न तो स्पष्टतः मुस्लिमबहुल और न ही स्पष्टतः हिन्दू/सिखबहुल)। अब वहाँ एक अफवाह फैली रहती कि यह पाकिस्तान में जाएगा, और अचानक फिर बातें होने लगतीं कि यह हिन्दुस्तान में जाएगा। उसने बताया कि हर बार जब ऐसी कोई अफवाह गर्म होती, तो दूसरे समुदाय के लोग अपने घर-बार और सारा सामान पीछे छोड़कर भागते। माया और उसके मित्रों ने यह अफरा-तफरी इस तरह देखी मानो यह कोई खेल हो। उसने हँसते हुए यह कहानी सुनाई :

> क्या हम डरे हुए नहीं थे? नहीं, हम डरे हुए नहीं थे...हरेक ने हमें डराने की कोशिश की, हमारे माँ-बाप तक ने भी। लेकिन उस इलाके के सभी बच्चे, हममें से कोई भी डरा हुआ नहीं था। अक्सर, हम अपनी छत छोड़ देते और पड़ोसियों की छत पर चढ़ जाते, केवल देखने के लिए। तब हम सब इकट्ठा हुए और लोगों के घरों में जाना शुरू कर दिया। कुछ घरों में हमें चावल मिला, कुछ में बादाम, सेवइयाँ...हमने उन्हें बटोरना और अपने घर में जमा करना शुरू कर दिया। खूब बड़े बरतनों में, पतीलों, परातों में...हमने उन सबको इकट्ठा कर लिया।
>
> हाँ, हम बच्चों ने यह सब किया। तब शहर के बड़ों, हिन्दुओं, ने सोचा यह कोई अच्छी चीज नहीं है, इस तरह की लूट, और इसे रुकना

चाहिए, यदि सम्भव हो तो बिना किसी दुर्भाव के। करीब छह या सात खास लोग जमा हुए और हमें बुलाया। हम सब एक साथ थे, हमारे लोग। वे बोले, ऐसा मत करो, तुम्हारी भी बाद में तलाशी ली जाएगी, तुम्हारी सारी चीजें तुमसे छीन ली जाएँगी, तुम्हें ऐसा नहीं करना चाहिए। लेकिन हम नहीं रुके, बस करते गए।

हमारे बाप ने भी हमसे यह सब बन्द करने को कहा, और हर बार जब उसने ऐसा कहा, हम कहते, हाँ-हाँ, हम बन्द कर देंगे। लेकिन जैसे ही सब आदमी बैठने और बात करने जाते थे, हम फिर शुरू कर देते...चावल, खाना हर तरह की बढ़िया चीजें। एक दुकान से हमने शुद्ध घी और बादाम चुराए, दूसरी जगहों पर हमें कपड़ा मिला। हमने इतने बरतन बटोरे थे कि उनसे इतना बड़ा कमरा भर लिया। एक बार जब हमने ऐसा कर लिया, तो शहर के बड़ों ने ऐलान किया कि जिस किसी के घर में ताँबे के बरतन पाए गए, वे सब जब्त कर लिए जाएँगे। लोगों को उन्हें बेच देना चाहिए। वे जरूर ही उन्हें अपने पास रखना चाहते होंगे। तो हमने पूरे कमरे में भरा सामान दो या ढाई रुपए किलो के हिसाब से बेच दिया। बाद में, लोगों ने महसूस किया कि यह सब इस सारी संपत्ति को सस्ते में हथियाने की एक चाल थी—दुकानदारों ने इसमें से काफी सामान लिया...

मैंने बहुत सारे नए बरतन, सामान इत्यादि अपनी शादी के लिए रखे। जब मेरी शादी हुई तो मैं अपने साथ बहुत सारे बरतन लाई थी। मैंने बहुत-सी रजाइयाँ, दुलाइयाँ भी लूटीं, कुछ बनी हुई थीं और कुछ को मैंने बाद में उसी सामान से बनवाया जो हमें मिले थे। वहाँ हम ग्यारह लड़कियाँ थीं, हम सबने अपने दहेज का सामान, बटोरे हुए माल से ही तैयार किया था...उनमें से दो लड़कियों की शादी भी बटाला में ही हुई थी।

माया की कहानी मुझे हैरतंगेज लगी। वह और उसकी मित्र ऐसा कैसे कर सकती थीं? किसी ने तुम्हें नुकसान पहुँचाने की कोशिश नहीं की, हमने पूछा। तुम लोग हिंसा से कैसे बचे? माया ने आखिर में यह मान ही लिया कि जब वह और उसकी सहेलियाँ अपने पड़ोसियों का घर लूट रहे थे तो वह थोड़ी डरी हुई जरूर थी। लेकिन वह बोली, "एक गली से दूसरी गली जाते हुए हम यह करते रहे। हमारे माँ-बाप बड़े चिन्तित थे, वे हमें रोकने की कोशिश करते रहे, कहते रहे कि हम मारी जाएँगी, लोग हमें मुसलमान बनाने के लिए उठा ले जाएँगे। *लेकिन हमने सोचा, हमें कौन ले जाने आ रहा है, कौन हमें मारने जा रहा है? हम खुद को हरिजन कहते हैं। हिन्दू, ईसाई कोई हमें नहीं ले जा सकता।* (इटैलिक अंशों पर जोर मेरा—ले.) और इस तरह, हम एक छत से दूसरी छत पर कूदते थे, बिना किसी परवाह के कि क्या हुआ।"

मैंने पहली बार यह सुना, तो मुझे धक्का-सा लगा। लूट और चोरी, संघर्ष की किन्हीं परिस्थितियों का भाग होते हैं, और आर्थिक रूप से कमजोर तबके के लिए ऐसी स्थिति धन और माल बटोरने के मौके देती है। लेकिन इस बात ने मुझे चिन्तित नहीं किया। बल्कि, सभी हिन्दुओं की तरह, अपने मन में मैंने यह मान लिया था कि हरिजन (दलित), जिन्हें गाँधी ने 'हरिजन' माना था, और जिन्हें समाज के बिल्कुल निचले दर्जे पर रखा गया था, हिन्दू समाज का भाग थे, बिल्कुल 'हमारे' हिस्से थे। फिर भी, वे ऐसा क्यों महसूस करें? उन्होंने खुद को क्या यही समझा था? माया बिल्कुल स्पष्ट थी कि वे खुद को हिन्दू या ईसाई (या किसी और) के रूप में नहीं देखते थे, बल्कि उनकी अपनी खुद की, एक अलग पहचान थी। इसी अनुभूति के नक्शे-कदम पर एक दूसरी अनुभूति यह थी कि हिन्दू समाज की मुख्य धारा में दलितों की प्रचलित अदृश्यता 'अछूतों', अनुसूचित जातियों के रूप में उनकी स्थिति पर आधारित है, ऐसे लोगों के रूप में जिनकी जातिविहीन स्थिति उन्हें किसी तरह सवर्ण हिन्दू समाज के घेरे से बाहर रखती है। वे दासोचित, परंतु आवश्यक कार्यों, जैसे कचरा बटोरना, शौचालय साफ करना, ऐसे कार्य जो बिल्कुल अनदेखे, और इससे भी अधिक अनछुए रहने चाहिए, आदि को करनेवाले हैं। और यथार्थतः इसी कारण से वे 'अदृश्य' और 'अछूत' रहते हैं। यहाँ, माया के साथ इस अस्पृश्यता को एक विडम्बनापूर्ण विकृति मिली थी, जिसने, अगर माया की बात पर विश्वास किया जाए तो, एक ऐसी लड़ाई में जो हिन्दुओं और मुसलमानों के बीच मानी जाती थी, एक ढाल का काम किया। इसके अलावा यह तथ्य कि बँटवारे की हिंसा में हरिजन, कुछ हद तक, अदृश्य रह गए थे, एक दूसरे प्रकार की अदृश्यता पर ले गया था : वह थी स्वयं इतिहास की अदृश्यता। तब मुझे महसूस हुआ कि बँटवारे के इतिहास में मुसलमानों और हिन्दुओं और सिखों की अत्यधिक उपस्थिति ने यह सुनिश्चित करने का काम किया था कि बँटवारे को देखनेवाले लोग किसी अन्य पहचान को न 'देखें'। यह आशंका शुरू होते ही, यद्यपि पहले यह धुँधली ही थी, मैंने उन कहानियों को बड़ी सजगता से देखने का फैसला किया जो इस विषय पर कुछ प्रकाश डाल सकती थीं।

और ऐसी अनेक कहानियाँ थीं। जनवरी, 1948 में, दो सामाजिक कार्यकर्त्ता, सुशीला नय्यर और अनीस किदवई, दिल्ली के किनारे तिहाड़ गाँव का दौरा करने गईं। उन्होंने सुना था कि पाकिस्तान से आए एक अमीर हिन्दू ने, वहाँ से चलते समय, अपनी भारी दौलत वहीं छोड़ दी थी, और इसलिए उसने, बहुत-से लोगों की तरह, तिहाड़ के किसी रईस मुसलमान की सम्पत्ति से अपनी सम्पत्ति की अदला-बदली कर ली थी जो जमीन का मालिक था। दोनों ने एक-दूसरे की सम्पत्ति तो ले ली लेकिन कोई भी दूसरे का व्यवसाय जारी रखने को बाध्य नहीं था। हिन्दू

ने इसलिए, अपनी नई अर्जित सम्पत्ति से, सभी पुराने कर्मचारियों को हटा दिया। इनमें से अधिकांश मुस्लिम थे, लेकिन करीब एक तिहाई हरिजन भी थे। मुस्लिम लोग शहर में लगे दो मुस्लिम कैम्पों में चले गए। लेकिन हरिजनों के लिए, वहाँ कहीं कोई रास्ता नहीं था, जो एक ऐसी लड़ाई में विस्थापित हो गए थे जो बुनियादी तौर पर हिन्दू और मुसलमान पहचानों पर केन्द्रित थी। बुरे वक्त में उन्हें पार लगाने के लिए उनकी मदद को वहाँ कोई कैम्प नहीं था। सरकार का कोई सहारा नहीं था जो पहले से ही उस समय मुस्लिमों और हिन्दुओं के हितों की देखभाल में व्यस्त थी, राजनीतिक नेताओं की भी कोई मदद नहीं मिली, जिनकी प्राथमिकताएँ उस समय भिन्न थीं।

न केवल उनकी प्राथमिकताएँ ही भिन्न थीं, बल्कि वहाँ एक और अधिक राजनीतिक कारण था जिसकी वजह से ये नेता हरिजनों को पृथक, या हिन्दुओं से अलग 'देखने' की खुद को अनुमति नहीं दे सके। 1932 में, औपनिवेशिक राष्ट्र ने दलितों को एक भिन्न समूह के रूप में मान्यता दी थी और उन्हें एक पृथक निर्वाचन मण्डल प्रदान किया था। फिर, कुछ महीनों बाद, इसे पूनापैक्ट द्वारा आंशिक रूप से पलट दिया गया था। इसके द्वारा कांग्रेस ने, जो मुस्लिम लीग की विरोधी होने के कारण बड़ी तेजी से हिन्दू हितों की प्रतिनिधि समझी जाने लगी थी, दलितों को भी अपने छत्र में ले लिया था। ये भारतीय राजनीति में वृहत्तर राष्ट्रवादी प्रयास का भाग थे। अतः जहाँ इसमें मतभेद को मान्यता मिली कि पूनापैक्ट ने आरक्षण स्थापित किया, वहीं हरिजन अभी भी संयुक्त निर्वाचन मण्डल का भाग बने रहे। 1946 में, यह अदृश्यता और बढ़ गई जब कैबिनेट मिशन ने एक अन्तरिम योजना रखी, जो आशा थी कि भारतीयों को शान्तिपूर्वक और नियोजित सत्ता हस्तांरण के लिए मार्ग प्रशस्त करती। इस योजना ने भारतीयों को अपना संविधान खुद तैयार करने में समर्थ बनाने के लिए, भारतीय प्रतिनिधियों की एक संविधान सभा (कांस्टीट्यूएंट असेंबली) बनाने का सुझाव दिया। लेकिन संविधान सभा में किसका प्रतिनिधित्व होगा? कैबिनेट मिशन ने अपनी समझ से फैसला किया कि 'भारत में केवल तीन मुख्य समुदायों की पहचान ही पर्याप्त है : सामान्य, मुस्लिम और सिख।' मुस्लिम या सिख के अलावा कोई भी अन्य व्यक्ति तब सामान्य (जिसे कोई हिन्दू भी समझा जा सकता है) में सम्मिलित था। न सिख, न हिन्दू, न ही मुस्लिम, लेकिन 'सामान्य'—तब उनकी भिन्न आवश्यकताएँ कैसे पहचानी जा सकती थीं?

जब अनीस किदवई और सुशीला नय्यर तिहाड़ गईं, तो उन्होंने गाँव के किनारे, अनेक बूढ़े हरिजन व्यक्तियों को अपने पुराने घरों को देखते हुए और अपने भाग्य पर रोते-पीटते हुए पाया। उनका गाँव अब पाकिस्तान से आनेवाले हिन्दू शरणार्थियों को रखने के लिए तैयार किया जा रहा था। ''लेकिन हमारे बारे

में क्या? हम कहाँ जाएँगे? कौन हमारी देखभाल करेगा?"[1] उन्होंने कहा। और सचमुच उनकी देखभाल करनेवाला वहाँ कोई नहीं था, क्योंकि वे उन परिभाषाओं में से किसी में भी नहीं आते थे, जिसके तहत विस्थापित लोगों को मदद मिलती थी। दिसम्बर 1947 में अम्बेडकर ने नेहरू को यह शिकायत करते हुए लिखा कि पूर्वी पंजाब से आनेवाले अनुसूचित जाति के शरणार्थियों को भारत सरकार द्वारा लगाए गए कैम्पों में शरण नहीं मिल पा रही है। उन्होंने कहा, "इसका कारण यह है कि अधिकारी वर्ग हिन्दू और अनुसूचित जाति के शरणार्थियों के बीच भेदभाव बरत रहा है।" स्पष्टतया, राहत और पुनर्वास विभाग ने एक नियम बनाया था कि केवल राहत कैम्पों में रह रहे शरणार्थी ही मदद के रूप में राशन, कपड़े वगैरह प्राप्त कर सकते हैं। "उपरोक्त कारण से उनके कैम्प में न रहने की स्थिति में अनुसूचित जाति के शरणार्थियों को कोई राहत नहीं मिल रही है।"[2] उन्होंने कहा, इसलिए केवल वही लोग राशन के योग्य थे, जो कैम्पों में पहुँच सकते थे; अनुसूचित जाति के लोग कैम्पों में इसलिए नहीं पहुँच सकते थे, क्योंकि उन्हें कैम्प अधिकारी वहाँ आने नहीं देते। वे प्रकट रूप से, हिन्दुस्तान में रहनेवाले 'हिन्दू' थे। कुल मिलाकर शरणार्थी कैम्पों में दो तरह के शरणार्थी रखे गए थे : पाकिस्तान से आनेवाले (अधिकांशतः हिन्दू), और पाकिस्तान जाने की प्रतीक्षा कर रहे (अधिकांशतः मुस्लिम) शरणार्थी। तिहाड़ के हरिजन इन दोनों ही वर्गों में कहीं नहीं आते थे। वे दिल्ली से थे और उन्हें दिल्ली में ही जगह चाहिए थी। तब वे कहाँ जा सकते थे?

इसमें और भी असंगतियाँ थीं। सभी दलित बेघर या कैम्प तक पहुँचने में असमर्थ नहीं हुए थे। पाकिस्तान से किसी तरह यहाँ आने में सफल हो गए लोगों में भारी संख्या में भूमि-मजदूर थे। लेकिन उनके लिए, समस्याएँ दूसरे प्रकार की थीं। बनाए गए प्रशासनिक नियमों के अनुसार भूमि का मुवावजा मुख्यतः उन्हीं लोगों के लिए उपलब्ध था जो खेतिहरों के रूप में परिभाषित हो सकते थे—दूसरे शब्दों में, जिनके पास अपनी जमीन थी। और दलित लोग जमीनों के मालिक नहीं थे, बल्कि वे जमीन को जोतनेवाले थे, इसलिए मुआवजे की जमीन पाने के लिए कोई वैध दावा नहीं कर सके। इस कमी को दूर करने के लिए सम्भावित उपायों का सुझाव देते हुए सरकार से अनेक अपीलें की गईं, उन्हीं में, उस समय, हरिजन विभाग की प्रमुख रामेश्वरी नेहरू का 3 मई, 1948 को लिखा गया यह पत्र भी था :

1. अनीस किदवई, आजादी की छाँव में, पृ. 80-82
2. अम्बेडकर टू नेहरू, दिसम्बर 18, 1947

मान्यवर,

करीब 2,50,000 हरिजन, यानी हरिजन शरणार्थियों के 50,000 परिवार पश्चिम पंजाब से पलायन करके यहाँ आए हैं और अब पूर्वी पंजाब के कैम्पों में सड़ रहे हैं। इनमें करीब 90% अच्छे खेतिहर, यानी जमीन जोतनेवाले हैं और 'ग्रो मोर फूड' कार्यक्रम में शानदार योगदान कर सकते हैं। लेकिन वे अभी शरणार्थी कैम्पों में तंगहाली और बेकारी का जीवन जी रहे हैं और अपने आहार के लिए सरकार द्वारा की जानेवाली मुफ्त, लेकिन अपर्याप्त राशन सप्लाई पर निर्भर हैं।

2. उनके पुनर्वास की समस्या पर हमारा तुरन्त ध्यान देना जरूरी है। मोटी गणना के हिसाब से अगर सरकार प्रत्येक शरणार्थी पर रोजाना एक रुपया भी खर्च कर रही है तो इन शरणार्थियों की राहत पर आनेवाला दैनिक खर्च 2,80,000 रुपए आता है जो किसी भी सरकार के लिए वहन करना बहुत भारी है। साथ ही मजबूरन बेकारी का जीवन जीनेवाले इन शरणार्थियों में उत्साह की क्रमशः कमी के संकेत भी दिख रहे हैं। अतः हमें उनके लिए तुरन्त पुनर्वास की योजना बनानी होगी।

3. ये हरिजन तमाम जिन्दगी खेतिहर यानी जमीन जोतनेवाले रहे हैं। उन्हें उनकी सारी जिन्दगी के पेशे से हटाकर दूसरे कामों में लगाना अनुचित होगा। इसलिए उन्हें भूमि पर ही बसाना होगा। यदि सम्भव हो तो कृषि के सुधरे हुए और वैज्ञानिक तरीके उन्हें सिखाए जाने होंगे।

4. हालाँकि, घबरा देनेवाली समस्या यह है कि ऐसी जमीन कहाँ से लाई जाय? पूर्वी पंजाब के प्रधानमंत्री गोपीचन्द भार्गव द्वारा, 26 नवम्बर 1947 में, दिल्ली में एक संवाददाता सम्मेलन में दिए गए बयान के अनुसार, पूर्वी पंजाब के मुस्लिम 33 लाख एकड़ जमीन छोड़कर गए हैं, जबकि पश्चिम पंजाब के गैर-मुस्लिम वहाँ 61 लाख एकड़ जमीन छोड़कर आए हैं। यह भी अनुमान किया गया है कि पूर्वी पंजाब के चार राज्यों–जींद, पटियाला, फरीदकोट और कपूरथला में मुस्लिमों द्वारा 12 लाख एकड़ जमीन पीछे छोड़ी गई है। इसका अर्थ हुआ कि पश्चिम पंजाब से आए आप्रवासियों में वितरण के लिए 45 लाख एकड़ जमीन उपलब्ध है। पूर्वी पंजाब सरकार द्वारा अब तक की घोषित नीति के अनुसार, इस प्रांत में उपलब्ध भूमि केवल भूमि-मालिकों को ही आबंटित की जाएगी जो उन्हें जोतनेवालों, जिनमें हरिजन भी हैं, से भिन्न हैं। यह विनम्र सुझाव है कि यदि कुल 45 लाख एकड़ जमीन में से केवल 5 लाख एकड़ जमीन खेतिहर हरिजन शरणार्थियों के लिए सुरक्षित हो जाय और बाकी 40 लाख एकड़ जमीन, 60 लाख एकड़ जमीन के मालिकों में बाँट दी जाय तो पश्चिम पंजाब से आए जमीन मालिकों

के आबंटन में कोई बड़ी कमी किए बिना, हम इन गरीब हरिजनों को बसाने का एक साहसिक कार्य करेंगे। तब इस तरह हर हरिजन परिवार को दस एकड़ जमीन के मालिकाना अधिकार दिए जा सकते हैं और बढ़ा हुआ उत्पादन सुनिश्चित करने के लिए उनमें सहकारी कृषि को आरम्भ करना सम्भव होगा।

5. यह जानना सुखद है कि भारत सरकार के हस्तक्षेप से बीकानेर रियासत ने गंगानगर कालोनी में (बीकानेर में) मुस्लिमों द्वारा खाली की गई एक लाख एकड़ भूमि वास्तविक जोतनेवालों में, 16 एकड़ भूमि प्रति खेतिहर परिवार के हिसाब से बाँट दी है। करीब 6,000 हरिजनों के 1,200 परिवारों को भी इस क्षेत्र की जमीन आबंटित की गई है। भरतपुर और अलवर रियासतों में भी, मुसलमानों द्वारा खेती योग्य अपार जमीन छोड़ी गई है और भारत सरकार का पुनर्वास विभाग बड़ी कड़ाई से इस सिद्धान्त पर अड़ा हुआ है कि यह जमीन केवल इसे जोतनेवालों को ही मिले। इस सिद्धान्त को पूर्वी पंजाब में सीमित या आंशिक तौर पर लागू करने से जमीन जोतनेवाला गरीब कांग्रेस राज के अन्तर्गत आर्थिक आजादी की चमक महसूस करेगा। वह अब तक महज एक दास रहा है और अब स्वतंत्र भारत में वह भूमिधारक, कुछ प्रतिष्ठा के साथ एक आजाद नागरिक बनेगा। वह स्वराज का अर्थ और कांग्रेस राज के महत्व को समझेगा। उसके बन्धन टूट जाएँगे और वह खुद को आजाद और आत्मनिर्भर व्यक्ति समझेगा।

6. इस बात पर ध्यान दिया जा सकता है कि बँटवारे से पहले पूर्वी पंजाब में केवल कुछ ही मुस्लिम जमींदार थे। जमीन-जायदाद छोटे भूमि-धारकों में बाँटी गई थी। यह सिफारिश की जाती है कि भूमि जोतनेवालों को सरकारी प्रयासों के जरिए सहकारी खेती आरम्भ करनेवाला बनाया जाय।

7. ध्यान देने योग्य एक अन्य बात यह है कि जो भूस्वामी व्यापार को अपनी आय का मुख्य साधन समझ सकते हों, और भूमि को केवल अनुपस्थित जमींदार के रूप में रखते हों, उन्हें भूमि का आबंटन करना उचित भूसंपदा-विषयक नीति नहीं होगी। यदि वह विचार स्वीकृत होता है तो हरिजन खेतिहर दूसरे कृषकों के साथ ही जमीन पर सम्मिलित रूप से बसने में समर्थ हो जाएँगे।

8. संक्षेप में, इसलिए, पश्चिम पंजाब से आए हरिजन खेतिहर शरणार्थियों के 50,000 परिवार यह माँग करते हैं कि आजाद भारत में उन्हें अवश्य ही अब दास न समझा जाय। वास्तव में वे अब ऐच्छिक काश्तकारों की स्थिति को स्वीकार करने के लिए तैयार नहीं हैं। दूसरे शब्दों में, इसका अर्थ हुआ दासता की जिन्दगी। अतः आपसे नम्र निवेदन है कि पूर्वी पंजाब

सरकार के साथ उच्च स्तर पर यह मामला उठाया जा सकता है और इस पर फैसला किया जा सकता है, ताकि गरीब खेतिहर उस जमीन से वंचित न रह सकें जो उसका जन्मसिद्ध अधिकार है।[1]

बँटवारे के समय लेन-देन में कितनी जमीन गई और कितनी मिली—एक प्रमुख बात थी। रामेश्वरी नेहरू की पंजाब सरकार से दूसरी सरकारों द्वारा तय किए गए आदर्श या अनुकरण करने और स्वतन्त्र भारत के वचन का पालन करने की अपीलों में इतनी साफ दिखनेवाली विडम्बना और त्रासदी यह थी कि जहाँ शरणार्थियों का सम्बन्ध था, जमीन केवल उन्हीं की होती देखी गई थी जो इसके स्वामी थे, न कि उनकी जो इस पर काम करते थे। अतः सभी क्षतिपूरक नीतियाँ और योजनाएँ मालिक-से-मालिक तक थीं। यदि आपने सम्पत्ति खोई, तो बदले में सम्पत्ति पाई। लेकिन भूमि इसके स्वामित्व से भी अधिक निश्चय ही कुछ और भी है। अगर पुरानी कहावत का प्रयोग करें तो यह उन लोगों की मेहनत का फल है जो इस पर काम करते हैं। जहाँ राहत और पुनर्वास नीतियों ने तब जमीन मालिकों को हरजाना देने का रास्ता निकाल लिया था, वहीं मजदूरी या, वास्तव में उसे मजदूरी का स्थान खोने की किसी भी तरह से क्षतिपूर्ति करने का कोई रास्ता नहीं था। जो महज मजदूर थे या जो अपनी मजदूरी करनेवाली भूमि पर ही रहते थे, उनके लिए जमीन के एक बार जाते ही उनके घर और काम दोनों समाप्त हो गए। एक नई जगह पर भू-स्वामी नए मजदूर रख सकता था, या जमीन को किसी दूसरे उपयोग में ला सकता था। दूसरे किस्म के नुकसानों की भरपाई कौन करता? तिहाड़ के हरिजनों के साथ भी प्रत्यक्षतः यही फिक्र थी, और यही रामेश्वरी नेहरू के उपरोक्त पत्र से भी झलकनेवाली चिन्ताओं में भी थी। यह पूछा जा सकता है कि मजदूरी के नुकसान की भरपाई राष्ट्र कैसे कर सकता था। इस बात पर कोई सोच-विचार क्यों नहीं किया गया? क्या ऐसा हो सकता था कि उस समय की आवश्यकताओं ने सत्ता में बैठे लोगों के लिए सभी आकस्मिकताओं पर ध्यान देना मुश्किल कर दिया हो? लेकिन तब स्वतन्त्रता की कार्य-सूची, इसकी प्रत्याशाएँ, और तीस के दशक से ही चल रहे भूमि-सुधार के मद्देनजर, भू-स्वामित्व और इसकी तुलना में हरिजनों के ढर्रे को बदलने का यहाँ आदर्श अवसर था। इसे उपयोग क्यों नहीं किया गया था? क्या तब यह सच्चाई कि हरिजनों के पास अधिक सम्पत्ति और माल नहीं था, उन पर हमले न होने का कारण भी रही है? सम्पत्ति की जब्ती ने हिंसा में आखिर एक बड़ी ही महत्वपूर्ण भूमिका अदा की थी। हरिजनों के पास लुटवाने को कुछ नहीं था, खोने को कुछ नहीं था। और उनके काम ने उन्हें एक बड़ी अजीब किस्म की प्रतिरक्षा प्रदान की थी : अनगढ़ शब्दों में कहें तो यदि

1. ए.आई.सी.सी. पेपर्स रिलीफ एण्ड रीहैबिलिटेशन एफ.न. 9-26 (11)/1947

आप एक जमींदार को मारते हैं तो उसकी जगह दूसरा आ जाएगा, लेकिन यदि आप ऐसे किसी व्यक्ति को मारें जो आपके शौचालय साफ करता है, तो सम्भवतः उसकी जगह तत्काल दूसरा व्यक्ति मिलना मुश्किल होता है।

❑ ❑

मुझे लगा कि पहचान एक विशिष्ट चीज है। मेरा परिवार आधा सिख है : मेरे दादा पगड़ी पहनते थे, उनका एक सिख नाम था, और वह सिख धर्म को मानते थे। एक अच्छी पत्नी की तरह मेरी हिन्दू दादी उनका अनुसरण करती थी। तब, जैसा कि अनेक मिश्रित पंजाबी परिवारों में होता है, सबसे बड़ा बेटा सिख मत को दिया जाता है, जबकि दूसरे चाहें तो सिख बनें या हिन्दू ही रहें। अतः सबसे बड़ा बेटा होने के कारण, मेरे पिता के नाम के साथ 'सिंह' लगा था, जबकि उनके सभी भाइयों के नाम के साथ अधिक हिन्दू 'चंदर' लगा था। लेकिन यदि परिवार किसी भी तरह धार्मिक ही था, तो वे सिख धर्म का आचरण ही करते थे या सच कहें तो विषम धार्मिक अवसरों पर सिख धर्म की साधना ही याद करते थे। यह भी पूरी तरह सच नहीं है : परिवार में शादियाँ हिन्दू रिवाजों के अनुसार होती थीं, मृत्यु सम्बन्धी अनुष्ठान अधिक सिख थे, जिसके बाद आमतौर पर अड़तालीस घण्टे का गुरुग्रन्थ साहब का अखण्ड पाठ होता था। और हम, मेरी पीढ़ी के लोग, हमेशा दोनों धर्मों की एक प्रकार की अवचेतन जागरूकता के साथ पले-बढ़े थे, लेकिन साथ ही धार्मिक कर्मकांड से दूर भी रहे। हम खुद को धर्मनिरपेक्ष मानते थे।

फिर, 1948 में इंदिरा गाँधी अपने ही सिख अंगरक्षकों द्वारा मारी गईं, यह सिख समुदाय पर प्रतिहिंसा का संकेत था—केवल दिल्ली और इसके आसपास ही करीब तीन हजार सिख मारे गए, और हर किसी सिख नाम के या सिख दिखने वाले व्यक्ति को अचानक अपनी असुरक्षा का दुखद बोध हुआ। इस समय तक मेरे पिता पगड़ी पहननी छोड़ चुके थे, और उनके लम्बे बाल भी नहीं थे, लेकिन हमारे नाम जरूर सिख थे और हैं भी। यह पहली बार था कि हमें—मेरे सहोदरों, रिश्तेदारों, सिख मित्रों के डर का क्या अर्थ है, इसकी एक झलक मिलनी शुरू हुई, जिससे हमारे माँ-बाप और दादा-नाना गुजरे थे। बाद में, राहत कैम्प में जहाँ हम काम करते थे, वहाँ मैंने स्वयं को अपनी सिख पहचान पर बार-बार दृढ़ होते देखा—किसी तरह मुझे लगा कि इसने मुझे एक वैधता, दंगापीड़ितों के साथ निकटता प्रदान की जिससे मुझे उनकी आपबीती को कुछ समझने में मदद मिली। मैंने खुद से कहा कि बचपन में हमने गुरुद्वारों में काफी समय बिताया है, लेकिन मन्दिर शायद ही कभी गए हों (और यही सच था, लेकिन किसी तरह उस समय यह अधिकतर नैतिक शक्ति से चालित था)। हमारे अपने घर में भी, पूजा के कमरे में गुरु नानक की तस्वीर थी, न कि किसी हिन्दू देवी-देवता की (वास्तव में यह

कमरा ज्यादातर स्टोर की तरह इस्तेमाल होता था, लेकिन जब भी कभी मेरी दादी वहाँ आती तो इसे आनन-फानन में पूजाघर में बदल दिया जाता)। अचानक हममें से अनेक ने, जो अनुकूल समय में गैर-धार्मिक थे, स्वयं को सिख महसूस करना शुरू कर दिया।

आठ साल बाद, जब दक्षिणपंथी हिन्दू गिरोहों ने बाबरी मस्जिद को गिराया, तब तक मेरी सिखपने की भावना एक बार फिर से भूमिगत हो गई थी। तथाकथित रूप से सभी बातें सामान्य हो चुकी थीं। मुझे अपनी सिख पहचान पर दृढ़ रहने की ठीक वैसी ही जरूरत महसूस नहीं होती थी। लेकिन जब मस्जिद गिरी तो मुझे याद है कि, और इसमें मैं अकेली नहीं थी, मुझे हिन्दू होने पर शर्म महसूस हुई। और अप्रसन्नता भी हुई : क्योंकि यह वह पहचान थी जो मैंने चुनी नहीं थी, बल्कि इसके साथ ही मैं पैदा हुई थी, ऐसी पहचान, जब तक कि इससे 'सिखपने' को अलग करना जरूरी नहीं हो गया तब तक, वास्तव में इसमें दोनों शामिल थे। दूसरे बहुत से हिन्दुओं की तरह उस समय, मुझे भी अपने मुस्लिम मित्रों से क्षमा माँगने की आवश्यकता महसूस हुई, मस्जिद गिरानेवाले साम्प्रदायिक हिन्दुओं से स्वयं को अलग रखने की जरूरत हुई, यहाँ तक कि 'बहुसंख्यक समुदाय का' होने पर एक अपराधबोध-सा लगा और, इसके साथ-साथ मैंने इस अपराध के लिए स्वयं को घोर अपमानित भी महसूस किया जो अब मुझे मुस्लिम साम्प्रदायिकता की आलोचना नहीं करने देगा, जो यद्यपि मैं अच्छी तरह से जानती थी कि उतनी ही खतरनाक है जितनी इसकी पूरक हिन्दू साम्प्रदायिकता। हिन्दू और सिख पहचानों के बीच की सीमाएँ, बेशक, हिन्दुओं और मुसलमानों के बीच की सीमाओं के मुकाबले अधिक अनिश्चित हैं। लेकिन कम से कम पंजाब में, जहाँ भले ही धर्म ने हिन्दुओं और मुसलमानों को बाँट दिया हो, उनमें साझी पंजाबी संस्कृति थी। आज भी, जब पंजाबी हिन्दू और मुसलमान मिलते हैं, तो तुरन्त उस पंजाबी पहचान को आपस में बाँटने लगते हैं। तब किसी धार्मिक पहचान की सीमाएँ कहाँ खिंचती हैं और कैसे ये सीमाएँ तब उत्कर्षित हो जाती हैं और, इसलिए सांस्कृतिक पहचान द्वारा धुँधली हो जाती हैं?

और यदि विभाजन महज हिन्दुओं और सिखों और मुसलमानों के बारे में ही नहीं था, तो दूसरों ने इसके बारे में कैसा महसूस किया था, और वास्तव में, उनके जीवन इससे कैसे प्रभावित हुए थे? मिसाल के तौर पर ईसाइयों की स्थिति कुछ संदिग्ध थी। काफी कम संख्या में होने के कारण, काम के लिहाज से, उनकी कोई खास पहचान नहीं थी, जैसी कि हरिजनों की थी, और उपनिवेशियों के साथ अपनी तथाकथित 'निकटता' के कारण वे वास्तव में राष्ट्रवादी व्यवस्था में 'स्वीकार्य' नहीं समझे जाते थे, क्योंकि यह व्यवस्था स्वयं भी विशेष पहचानों के लिहाज से ही देखी जाती है। फिर भी उन्होंने कैसा महसूस किया था? क्या उनके लिए विभाजन

महज हिन्दुओं और मुसलमानों के बीच एक युद्ध था, या फिर इससे अधिक भी कुछ था? क्या उन्हें महसूस हुआ कि वे इसमें शामिल हैं? सन 1947 के दंगों के बाद दिल्ली में कानून और व्यवस्था की निगरानी में शामिल एक सैनिक अधिकारी की विधवा, लक्ष्मी फेन से मैंने यहाँ बात की। उसने बताया कि उसके और उसके पति के लिए, भारतीय होने के अलावा कुछ और होने का प्रश्न ही नहीं था, और वे इसमें अकेले नहीं थे। लेकिन लोगों को उनसे यह अपेक्षा नहीं थी।

वह उन दो नौजवान वायुसेना अधिकारियों (ईसाइयों) की कहानी सुनाती है जिन्होंने राजस्थान के रेगिस्तान में सीमा के निकट मजबूरन क्रैश लैण्ड किया था। जैसे ही वे जहाज से बाहर निकले, लोगों ने उन्हें घेर लिया। क्या हो तुम, वे जानना चाहते थे। तुम हिन्दू हो या मुस्लिम? जब उन्होंने बताने की कोशिश की कि वे न हिन्दू हैं न मुस्लिम, बल्कि धर्म के लिहाज से वास्तव में वे ईसाई हैं और अन्यथा भारतीय वायु सेना के अधिकारी हैं तो कोई नहीं समझा कि वे क्या कह रहे हैं। और दोनों आदमी मारे जाने से बाल-बाल बचे। इस तरह की पूछताछ 'दूसरे' समुदाय से ही नहीं आती थी। जियन साइमन, जो अब अस्सी पार कर चुकी हैं, बताती हैं कि अपनी जवानी में वह राष्ट्रवादी आन्दोलन में खुद को शामिल समझती थीं, "लेकिन इसके लिए मैं वाकई अपने ही समुदाय में बहिष्कृत थी। लोग कहते, क्या हो गया है तुम्हें, हिन्दुओं और मुसलमानों को अपना झगड़ा खुद क्यों नहीं निबटाने देती हो तुम?" जब बँटवारा हुआ तो उस समय जियन अपने पति के साथ, बेलगाम के एक क्रिश्चियन कालेज में अपने चाचा के पास रहती थीं। "हमारे एक ओर मुस्लिम मोहल्ला, और दूसरी तरफ एक हिन्दू मोहल्ला था। काफी डरावना था यह।" लेकिन उन्हें किसी तरह 'भिन्न' व्यक्ति समझकर दोनों समुदायों के लोग उन्हें मदद और पनाह देने आए। स्पष्टतः अपेक्षा यह थी कि वे हिंसा से किसी तरह अछूते रहेंगे—हालाँकि हिंसा ऐसी कसौटियों से नहीं चलती।

माया रानी के इंटरव्यू ने मुझे महसूस कराया कि कैसे मैंने भी बड़ी आसानी से यह मान लिया था कि बँटवारे के समय केवल हिन्दू, मुस्लिम और सिख ही प्रमुख, वाकई में मात्र, पहचानें थीं। फिर भी, जैसा कि इस इंटरव्यू से भी जाहिर था, बँटवारा और भी बहुत-सी चीजों से सम्बन्धित था—जाति और समान रूप से वर्ग भी। मैंने इस प्रश्न में और गहराई से झाँकने और वापस माया के इंटरव्यू पर जाने का फैसला किया। क्या उसने अपनी दलित पहचान के बारे में और अधिक कुछ बताया था जिसे जानने से मैं चूक गई थी? इसे पुनः पढ़ने के बाद मैं जो चूक गई थी उस पर आश्चर्यचकित और शर्मिंदा थी। यह पूछने पर कि क्या उसके कोई मुस्लिम दोस्त भी थे, माया ने जवाब दिया :

> नहीं, मेरे कोई मुस्लिम दोस्त नहीं थे, लेकिन मेरी माँ की एक सहेली थी जिसकी हालत इतनी खराब थी कि उसने मुझे भी बहुत उदास बना दिया।

> मेरी माँ की कोई बहन नहीं थी इसलिए वह सहेली उसकी बहन की तरह ही थी, और वह उसके लिए रोई थी। हम भी रोए थे। मेरी माँ ने कहा—'तुम्हारी मौसी की हालत बहुत खराब है। उसकी बेटियाँ थीं और उसने मेरी माँ से विनती की थी कि वह उसकी बेटियों को अपने यहाँ रख ले। लेकिन मेरी माँ ने कहा—हम कैसे रख सकते हैं, पुलिस हमें ऐसा नहीं करने देती है। हिन्दू हमें ऐसा नहीं करने देते हैं। मैं तुम्हारी बेटियों को कैसे छिपा सकती हूँ? मेरे हाथ बँधे हुए हैं।' *देखो, हिन्दू हरेक पर नजर रखते हैं और यदि तुमने किसी को छिपाया तो वे तुरन्त आकर उसे निकलवा देंगे।* (इटैलिक अंशों पर जोर मेरा—ले.)

हिन्दुओं में यह सुनिश्चित करने के लिए पर्याप्त ताकत थी कि दलित कहीं मुसलमानों को बचा न लें। बहुसंख्यक समुदाय के हाथों उत्पीड़न के सामुहिक बोध के कारण ही शायद पंजाब में मुस्लिमों और दलितों के बीच इतनी निकटता बनी थी। माया ने बँटवारे के कुछ वर्ष बाद के एक समय की बात बताई, जब अपनी मुस्लिम सहेली की चिंता में उसकी माँ उसे खोजने पाकिस्तान गई थी। सरहदें कुछ दिनों के लिए खोली गई थीं। वहाँ पहुँचकर वह अपनी सभी मुस्लिम मित्रों से मिली जो माया के अनुसार, उसे देखकर काफी खुश थीं। वे क्यों न खुश होतीं, 'लड़ाई तो हिन्दुओं और मुस्लिमों के बीच थी', पूछने पर उसने बताया, 'हम मुस्लिमों से नहीं लड़े थे। उसका हमसे कोई लेना-देना नहीं था।'

बार-बार माया ने बताया कि उसे और उसकी मित्रों को कोई डर नहीं लगा था। क्या यह सच हो सकता था? मैंने खुद से लगातार यह सवाल पूछा है। हालाँकि, माया उस समय सोलह साल की थी, और कोई बच्ची नहीं थी। तनाव में न रहने की उसकी भावना ने मुझे सचमुच चकित किया था। वह याद करती है कि लोग कैसे डरे हुए थे। उस समय की उसकी याद बिल्कुल सजीव है, हर तफसील में, मानो लगभग सामने ही सारा नजारा हो। फिर भी उसे खुद कोई डर नहीं था। बल्कि पश्चदृष्टि में, उसे इस विवादित स्थिति में होने के कारण इतनी दौलत संचित करने की उपलब्धि पर एक किस्म का गर्व था। उसने बताया :

> वहाँ हमें कोई खतरा नहीं था, क्योंकि हम हरिजन हैं। पाकिस्तान बना था या हिन्दुस्तान बना था, इससे हमें कोई फर्क नहीं पड़ा। हम वहीं रहते जहाँ पैदा हुए थे। हमारे बड़ों ने महसूस किया कि कुछ भी हो जाय, हम इस जगह से नहीं जाएँगे। यह हमारा घर है। अगर किसी ने हमें वहाँ से भगाने की कोशिश की होती, तो हम अपनी ताकत दिखा देते। आखिर, हरिजन कोई यूँ ही तो हैं नहीं। हम भी बड़े ताकतवर गुट हैं। अगर ऐसा होता तो हम भी एक अलग देश माँगते और उन्हें यह देना ही पड़ता। इस जानकारी

में हम मजबूत महसूस करते थे।

अपनी ताकत को पहचानकर मजबूत अनुभव करना, एक 'ताकतवर वर्ग' होने का बोध, यह एक बोध था जो दलितों में कुछ समय से निर्मित हो रहा था। पूर्वी पंजाब की एक करोड़ छब्बीस लाख आबादी में से 6.9 प्रतिशत (लगभग 8,69,400) हरिजन थे। चूँकि पंजाब में संख्या इतनी ज्यादा थी—इसी से पता चलता कि कौन अल्पसंख्यक हैं और कौन बहुसंख्यक—इसलिए स्पष्टतः यह ताकत का हथियार भी हो सकती थी। शायद इसी बोध के कारण माया और दूसरों ने खुद को 'शक्तिशाली वर्ग' कहा था।

जब मैंने इन कहानियों में झाँकना शुरू किया तो मुझे इनमें अजीब विरोधाभास मिले। माया और उसके मित्र अपने गाँव की हिंसा में अकेले 'अछूत' या 'अदृश्य' नहीं थे। मार्च 1947 में, रावलपिण्डी दंगों के कुछ ही बाद, ऑल इंडिया शेड्यूल्ड कास्ट फेडरेशन के उस समय महासचिव पी.ए. राजभोज ने उस इलाके का दौरा किया और कहा : "हर जगह अपने दौरे में मुझे यह जानकर खुशी हुई कि अनुसूचित जाति के लोगों पर दंगों का कोई असर नहीं हुआ। अगर किसी जगह किसी व्यक्ति को कोई नुकसान हुआ तो इसलिए कि भूल से उसे हिन्दू वर्ण समझ लिया गया था। अन्यथा, जब भी किसी ने दंगाइयों को बताया कि वह न तो हिन्दू है न मुसलमान तो उसे बिना छुए छोड़ दिया गया।"[1] फिर भी अनेक सवाल अनुत्तरित हैं : क्या इसी अदृश्यता/अस्पृश्यता ने माया के अनुभव के बावजूद हरिजन औरतों और उनके बच्चों को बलात्कार और अपहरण से बचाया था? और दंगाइयों को कोई कैसे बता सकता था कि वह 'न हिन्दू है न मुसलमान'? अगर सचमुच यह सत्य था कि अनेक दलित हिंसा से इसलिए बच गए कि वे दलित थे, तो इससे जरूर यही अर्थ निकलना चाहिए कि हमलावर जानते थे कि वे किन लोगों को मार रहे हैं : ऐसी चीज जो साम्प्रदायिक कलह के जानकार अनेक विद्वानों के स्वीकृत विवेक को भी उड़ा देती है—कि दंगाई हमेशा बाहर से आते हैं और दंगा-पीड़ितों की दुनिया उजाड़ते हैं। और अगर यह सच है कि हमलावरों को अक्सर यह पता था कि वे किस पर हमला कर रहे हैं और मार रहे हैं, तो क्या हम अन्दाजा लगा सकते हैं कि दलितों की अभेद्यता का एक और स्रोत यह भी हो सकता है कि वे शायद इतने निकृष्ट समझे जाते थे, और वास्तव में दोनों समुदायों के लिए इतने घृणित थे कि वे उस लड़ाई में मारे जाने लायक नहीं थे जो तब दोनों समुदायों द्वारा, सामाजिक रूप से बराबर के लोगों के बीच की लड़ाई समझी गई प्रतीत होती है। फिर भी, कई मायनों में, हिन्दू और मुस्लिम सामाजिक बराबरी पर नहीं थे,

---

1. ए.आई.सी.सी (ऑल इंडिया कांग्रेस कमेटी) दस्तावेज, फाईल न. जी-19 (KW-I) हरिजन सेवक संघ, 1946-48

यद्यपि वे हरिजनों से अपनी बराबरी की तुलना में एक-दूसरे के प्रति निश्चित रूप से अधिक बराबरी पर थे। और इसके अलावा यदि हम दलित औरतों के बलात्कार के प्रश्न पर वापस आएँ तो, तब ऐसा क्यों है कि इस सबसे अधिक अन्तरंग सम्पर्कों में अस्पृश्यता, 'निकृष्टता' के प्रश्न क्यों नहीं उठते? क्या इसका जवाब इस तथ्य में हो सकता है कि लूट और हत्या की तुलना में बलात्कार एक दूसरे प्रकार का बल-प्रयोग है।

इस अदृश्यता का एक दूसरा पक्ष भी था। ज्यादातर जगहों में जहाँ लोग रहते हैं, वहाँ व्यावहारिक व्यवस्थाएँ निश्चित ढाँचों में तय हो जाती हैं। विभिन्न व्यक्ति विभिन्न कार्यों को करते हैं, जिनसे कुल मिलाकर समुदायों, परिवारों, व्यक्तियों के रूप में जीवन बनता है। पश्चिमी पंजाब में, भारत के दूसरे कई हिस्सों की तरह ही, निचली जातियाँ और दलित रोजमर्रा की जिन्दगी में कई तरह की जरूरी 'आवश्यक सेवाएँ' उपलब्ध कराते थे। जिन्दगी के इन ढाँचों की एक हिंसक बरबादी, सामाजिक ताने-बाने के टूटने से, जैसा कि विभाजन ने प्रस्तुत किया, इनमें से अनेक 'व्यवस्थाएँ' छिन्न-भिन्न हो गईं। लोग जान बचाकर बेतरतीब भागे, उन्होंने समुदायों के रूप में एक साथ रहने की कोशिश की, लेकिन सभी व्यवस्थाएँ अपने नए घरों में आवश्यक रूप से पहले जैसी ही नहीं थीं। कई जगहों पर, जरूरी सेवाएँ करनेवाले दलित, जो अपनी उपस्थिति के कारण किसी को नहीं दिखते थे, अब अपनी अनुपस्थिति में सबको दिखने लगे। वे कहाँ थे? अब इन सारे छोटे कामों को—साफ-सफाई, झाड़ू-बुहारू, शौचालय की सफाई कौन करेगा? लोग कैसे रहेंगे? सवर्ण हिन्दुओं ने अब दलितों को 'देखना' शुरू किया। दलितों को एक पहचान मिल गई।

मैंने जाना कि दलितों की यह पहचान काफी समय से बनती आ रही थी। गाँधी और अम्बेडकर दोनों ने ही, अलग-अलग तरीकों से, दलितों और अनुसूचित जातियों पर ध्यान केन्द्रित किया था। लेकिन दलितों ने गाँधी द्वारा प्रचारित बहुत-सी चीजों जैसे मन्दिरों में प्रवेश, एक ही कुएँ से पानी निकालना, आदि को महज एक दिखावा कहकर नकार दिया। वे तो राजनीतिक स्वाद, राजनीतिक शक्ति और प्रतिनिधित्व, और सबसे महत्वपूर्ण, समान नागरिकता चाहते थे। दस जून 1947 को, पार्टीशन प्लान की घोषणा के तुरन्द बाद, ऑल इंडिया डिप्रेस्ड क्लासेज़ लीग के अध्यक्ष एच.जे. खांडेकर ने माउंटबेटन को भेजे अपने प्रतिवेदन में कहा कि बंगाल और पंजाब के विभाजन में सीमा रेखा खींचने के लिए बने बाउंड्री कमीशन में दलित वर्गों को पर्याप्त प्रतिनिधित्व दिया जाए "ताकि अनुसूचित जातियों के अधिकारों और विशेषाधिकारों को कुचला या अनदेखा न किया जा सके।" पंजाब की आबादी में अनुसूचित जातियों एक बड़ा अनुपात था—अगर दूसरे समूहों से, सीमाएँ खींचने की प्रक्रिया में, सलाह की जा रही थी तो दलितों से भी पूछने की

जरूरत थी कि वे क्या महसूस करते हैं। खांडेकर ने इस पत्र के साथ ऑल इंडिया डिप्रेस्ट क्लासेज़ लीग द्वारा इसकी उसी महीने हुई बैठक में पास किए गए प्रस्ताव को भी भेजा। प्रस्ताव यह था :

> I. ऑल इंडिया डिप्रेस्ड क्लासेज़ लीग की यह सभा यह महसूस करती है कि बंगाल और पंजाब के दलित वर्ग इन दोनों प्रान्तों के विभाजन से बुरी तरह प्रभावित होंगे, और मुस्लिमबहुल प्रान्तों में दलितों के जबरन धर्म-परिवर्तन का भय है और इसे रोकने के लिए, वस्तुतः यह बहुत जरूरी है कि हिज़ मैजेस्टी गर्वनर (H.M.G.) की योजना के तहत बननेवाले सीमा आयोग में, दलित वर्गों के प्रतिनिधियों को अवश्य ही शामिल किया जाय।
>
> II. (a) यह समिति खेद व्यक्त करती है कि पिछले पंजाब मंत्रिमंडल में दलित वर्गों का बिल्कुल भी प्रतिनिधित्व न होने के कारण प्रान्त में दलित वर्गों के लिए यह कोई रचनात्मक कार्य नहीं कर सका। समिति कांग्रेस, हिन्दू और सिख नेताओं से अपील करती है कि प्रान्त में, निकट भविष्य में बननेवाले क्षेत्रीय मंत्रिमंडलों में, दलित वर्गों को ठीक-ठाक प्रतिनिधित्व दिया जाय।
>
> III. समिति मुस्लिम, ईसाई और सिख मिशनरियों द्वारा केवल राजनीतिक उद्देश्यों के लिए अपनी संख्या बढ़ाने हेतु अपने धर्मों में दलित वर्गों के धर्म-परिवर्तन की बढ़ती गतिविधियों को बड़ी चिंता से देखती है। इन गतिविधियों को यदि समय पर काबू नहीं किया गया तो न केवल दलित वर्गों की संख्या नगण्य हो जाएगी, बल्कि आमतौर पर हिन्दू समाज भी प्रभावित होगा और प्रत्येक प्रान्त में नई राजनीतिक समस्याएँ और जटिलताएँ उत्पन्न हो जाएँगी।[1]

जबरन धर्म-परिवर्तन की दलितों की चिंता या किसी समुदाय द्वारा अपनी संख्या बढ़ाने में उनके इस्तेमाल के डर में अनुसूचित जातियाँ अपनी विशिष्टता का दावा कर रही थीं, और अपनी ताकत को अक्षुण्ण बनाए रखना चाह रही थीं। केवल अकेली अनुसूचित जातियाँ ही राजनीतिक शक्ति में एक स्वर नहीं चाहती थीं। नवम्बर 1948 में ऑल क्रिश्चियन वेल्फेयर सोसाइटी की शिमला शाखा ने "पूर्वी पंजाब प्रान्तीय असेम्बली के स्पीकर और प्रीमियर (प्रमुख) द्वारा अल्पसंख्यक अधिकारों के लिए आयोजित तथाकथित उप-समिति में ईसाई हितों की अपमानजनक अनदेखी के तरीके और आचरण पर"[2] चिन्ता व्यक्त की थी।

1. ऑल इंडिया डिप्रेस्ड क्लास लीग, करोलबाग, अ.भा.कां.क. दस्तावेजों में, फा.स. G-19 (KW-I) हरिजन सेवक संघ, 1946-48
2. अ.भा.कां.क. दस्तावेज, पंजाब, फा.स. G-26,1948

पहचान की भावना के लिए अलगाववादी भावना जरूरी हो गई लगती थी। अतः 'दूसरों' यानी मुस्लिमों, सिखों और ईसाइयों के हाथों धर्म-परिवर्तन का भय भी (अनुसूचित जातियों में विभिन्न समूह थे। शेड्यूल्ड कास्ट फेडरेशन, कुछ मायनों में मुस्लिमों के अधिक नजदीक था जबकि डिप्रेस्ड क्लासिज लीग हिन्दुओं के ज्यादा निकट थी) था, क्योंकि 'केवल राजनीतिक उद्देश्यों के लिए अपनी संख्या बढ़ाने हेतु' यह स्पष्ट रूप से किया भी गया था। अलग निर्वाचन मंडलों, आनुपातिक राजनीतिक प्रतिनिधित्व और महत्वपूर्ण निर्णय करनेवाले निकायों में अपनी उपस्थिति की माँग, ये कुछ ऐसी व्यापक सच्चाइयाँ थीं जो उस विशिष्टता, उस अलगाववादी भावना के नीचे मौजूद हैं, जिसे माया रानी ने व्यक्त किया था और जिसे मैंने, उससे अपनी मुलाकात के बाद, कई बार स्पष्ट रूप से कहते हुए सुना है।

दलित वर्गों के सभी लोगों ने इस विशेष अलगाववादी भावना को समर्पित नहीं किया, और ऐसे भी समूह थे जिन्होंने जाति के बजाय 'आर्थिक हितों के आधार पर' संगठित होने का प्रचार किया। लेकिन स्पष्ट कहा जाय तो अलगाववादी भावना पनप रही थी। पंजाब के उसी दौरे में, जिसका पहले जिक्र किया गया है, पी.एन. राजभोज ने कहा बताया जाता है : "अनुसूचित जातियों का सवर्ण हिन्दुओं के साथ कुछ भी समान नहीं है। जबकि दूसरी ओर सिख, व्यवहारतः सवर्ण हिन्दुओं के ही सहोदर हैं। मजहबी सिखों सहित, अनुसूचित जातियों की संख्या, सिखों के बराबर बैठती है। अतः यदि पंजाब का बँटवारा होता है, तो इसके तीन हिस्से होने चाहिए, नामतः मुस्लिम पंजाब, सिख-कम-हिन्दू पंजाब और शेड्यूल्ड कास्ट पंजाब।"[1]

❑ ❑

तब, यहाँ बँटवारे को लेकर एक समानान्तर विषय था। जहाँ हिन्दू और मुस्लिम नेता प्रभाव, प्रतिनिधित्व, राजनीतिक शक्ति और बाद में, बँटवारे के बाद सम्पत्तियों, धन (मुख्यतः औरतों और बच्चों) को लेकर बहस करते और लड़ते थे, वहीं लोगों का एक दूसरा समुदाय, यदि इस शब्द का इस्तेमाल किया जा सकता है तो, इस युद्ध में अपनी आवाज और स्वयं को शामिल करने के लिए लड़ा। हमें भी मान्यता दो, वे कहते प्रतीत होते, हम भी अल्पसंख्यक हैं, हमें भी अपने लिए डर लगता है, हमारी भी अपनी माँगें हैं, अपने अधिकार और आवश्यकताएँ हैं, हम भी अपना देश बनाना चाहते हैं, वे ऐसा कहते प्रतीत होते थे। और यह कोरी कपोल-कल्पना न रह जाय, इसलिए उन्होंने इसका एक तर्काधार भी दिया और इस काल्पनिक गृहप्रवेश का एक नाम भी खोज लिया, 'अछूतिस्तान', अछूतों का प्रदेश। यह तब,

1. अ.भा.कां.क. दस्तावेज, पंजाब, फा.स. G.26,1948

वही देश था जिसके बारे में माया रानी ने बात करते हुए कहा था : "हमने भी एक अलग देश माँग लिया होता, और उन्हें यह हमें देना ही पड़ता।"

नवम्बर 1946 में अखिल भारतीय अछूतिस्तान आन्दोलन की स्थापना हुई थी। इसके संस्थापक, ब्याहलाल ने इसी महीने यह बयान भी जारी कर दिया :

> यह कहना न्यायोचित है कि भारत अछूत जनता का स्थान था और यह उन्हें जरूर दे दिया जाना चाहिए। 'अछूतिस्तान' नाम अछूत शब्द से निकला है, जिसका भारत में शाब्दिक अर्थ है 'अपवित्र नहीं।' लेकिन यह हिन्दुस्तान, पाकिस्तान और इंगलिशस्तान के मिश्रण से अपवित्र बना दिया गया था। यह जिन्ना की मूर्खता है जो वह केवल पाकिस्तान की माँग करता है और अछूतिस्तान को याद नहीं रखता। अछूतिस्तान की समस्या हिन्दुस्तान, पाकिस्तान और इंगलिशस्तान की समस्याओं से पहले है। बाद के तीनों तानों ने, अपनी ताकत मजबूत करके और बन्दूकों तथा लड़ाई के हथियारों का इस्तेमाल करके, पहलेवाले तान के लोगों को कुचलने की एक से एक सबसे अच्छी कोशिशें की हैं...। मेहतरों, जमादारों और चमारों की क्या स्थितियाँ हैं? नगरपालिका के संगठनों और जिला-बोर्डों द्वारा उन्हें शहरों में और चमारों को गाँवों में, घरों से उनकी टट्टियाँ और उनके जानवरों के मुर्दों को उठाने पर मजबूर किया जा रहा है। जमींदारों द्वारा बेगारी ली जा रही है जो आमतौर पर हिन्दुस्तान, पाकिस्तान और इंगलिशस्तान के लोग हैं। अनुसूचित जातियों, दलित वर्गों और हरिजनों की शक्ल में अछूतिस्तान के लोगों के विभिन्न संगठनों द्वारा ताकत का अस्तित्व जागा है लेकिन उक्त तीनों ताकतों ने इस ताकत को हमेशा हड़पने की कोशिश की है। हिन्दुस्तान के लोग उन्हें हरिजन कहकर उनसे (Sie) ऊपर उठना चाहते हैं, पाकिस्तानी लोग उन्हें अनुसूचित जाति का कहकर और मुसलमान बनाकर, और इंगलिशस्तानी लोग उन्हें दलित वर्ग बनाकर उनसे ऊपर बने रहना चाहते हैं...[1]

उक्त चिंताएँ असामान्य नहीं थीं। जैसा कि लाहौर में, पंजाब के गवर्नर को लिखे गए निम्न (बिना तारीख के) पत्र से जाहिर भी होता है। यह पत्र केवल एक स्वतन्त्र राज्य की माँग से भी एक कदम आगे जाकर वास्तव में इसका भूगोल भी बताता है :

> महामहिम,
>
> पंजाब प्रान्तीय अनुसूचित जाति संघ, प्रान्त की अनुसूचित जातियों की ओर से पंजाब के प्रस्तावित विभाजन के सम्बन्ध में निम्न 'ज्ञापन' देना चाहता

1. ए.आई.सी.सी पेपर्स, फा.न. G-19 (KW-I) हरिजन सेवक संघ, 1946-48

है, कि :

1. पंजाब का प्रस्तावित विभाजन पूरी तरह से अनुसूचित जातियों के हितों के विरुद्ध है जो हिन्दुओं से पूरी तरह से एक अलग समुदाय हैं और प्रान्त में एक महत्वपूर्ण अल्पसंख्यक हैं।

2. अनुसूचित जातियाँ प्रान्त के लगभग सभी भागों में रहती हैं, न कि एक या दो विशेष जिलों में। यदि बँटवारा स्वीकार हुआ तो वे पूरी तरह से दूसरे समुदायों की दया पर छोड़ दिए जाएँगे।

3. एक स्थान से दूसरे स्थान पर आबादी में परिवर्तन होने से अनुसूचित जातियों को नुकसान होने की सम्भावना है और कोई भी बाध्यकर परिवर्तन इन अनुसूचित जातियों की आर्थिक, सामाजिक और राजनीतिक जिन्दगी में भारी प्रभाव डालेगा।

4. जैसा कि हाल की साम्प्रदायिक गड़बड़ियों से भी निश्चित रूप से साबित हो गया है कि अनुसूचित जातियाँ अब हिन्दू नहीं हैं। अनुसूचित जातियाँ हिन्दुओं से बेहतर व्यवहार की आशा नहीं कर सकतीं जो पूर्वी पंजाब में बहुसंख्यक होने के कारण उनकी आवाज को दबाएँगे और उनके महान उद्देश्य को हानि पहुँचाएँगे, जिसके लिए वे पिछले दो दशकों से कड़ा संघर्ष कर रहे हैं। हिन्दुओं ने उन्हें पहले ही उनके वैध अधिकारों से वंचित किया हुआ है। प्रस्तावित बँटवारा अनुसूचित जातियों की भलाई के दरवाजे और भी बन्द कर देगा।

5. अनुसूचित जातियाँ पहले से ही उत्पीड़ित और अपमानित हैं। पंजाब का बँटवारा उन्हें दो वर्गों में बाँट देगा और इस तरह उनकी ताकत और एकता को नष्ट कर देगा। इस बात का भय है कि अनुसूचित जातियाँ अपने सम्मान, अपनी सभ्यता और संस्कृति की, दूसरे धर्मों की विशुद्ध बहुसंख्या के अन्तर्गत, अपने इलाकों में रक्षा नहीं कर पाएँगी।

6. अनुसूचित जातियाँ विभाजित पंजाब में किसी अन्य एक धर्म के विशुद्ध बहुसंख्यकों के राज में जीने के बजाय मर जाना बेहतर समझेंगी। अनुसूचित जातियाँ विभाजन सम्बन्धी किसी निर्णय को स्वीकार नहीं करेंगी या उसके आगे घुटने नहीं टेकेंगी जो उन पर उनकी इच्छाओं के विरुद्ध जबरन थोपी जाएँगी।

7. ब्रिटिश सरकार भारतीयों को सत्ता-हस्तांतरण करने और विशेषकर पंजाब के प्रस्तावित बँटवारे को स्वीकार करने से पहले अनुसूचित जातियों से किए गए अपने वादे को निभाए।

8. यदि पंजाब का बँटवारा ही वर्तमान परिस्थितियों में एकमात्र उपाय है तो अनुसूचित जातियों की निम्न प्रामाणिक माँगों को अनदेखा नहीं किया

जा सकता—

(अ) बँटवारे की समस्या का फैसला पंजाब लेजिस्लेटिव असेम्बली में प्रान्त के सभी समुदायों के वास्तविक प्रतिनिधियों द्वारा किया जा सकता है, जो कि वर्तमान असेम्बली को भंग करके और वास्तविक प्रतिनिधियों को चुनने के लिए नए चुनाव कराने से हो सकता है। अनुसूचित जातियाँ, हिन्दुओं के साथ संयुक्त चुनाव लड़ने के कारण पिछले चुनावों में अपने वास्तविक प्रतिनिधियों को नहीं चुन सकी थीं। कांग्रेस के वर्तमान 'हरिजन' विधायक वास्तव में हिन्दुओं के प्रतिनिधि हैं, हरिजनों के नहीं, क्योंकि वे हिन्दू वोटों पर चुनाव जीतकर आए हैं। अनुसूचित जातियों को कांग्रेस पर कोई भरोसा नहीं है और उसी रूप में कांग्रेसी हरिजन विधायक भी अनुसूचित जातियों की ओर से अब नहीं बोल सकते।

(आ) *अनुसूचित जातियों को जालंधर और अम्बाला डिवीजन मिलाकर एक स्वतन्त्र राज्य दिया जा सकता है। इन डिवीजनों में ज्यादातर आबादी अनुसूचित जातियों की है। और सरकार को प्रान्त के भिन्न हिस्सों से अनुसूचित जातियों के उनके 'स्वतन्त्र राज्य' में देशान्तर-गमन कराने का खर्चा उठाना चाहिए, और जब तक वे सन्तोषजनक रूप से वहाँ स्थापित न हो जाएँ उन्हें सुरक्षा, भोजन और ठहरने का इन्तजाम मुहैया कराना सरकार का कर्तव्य है। सरकार को देशान्तर-गमन के दौरान अनुसूचित जातियों को होनेवाले नुकसान की भरपाई भी करनी चाहिए।*[1] (इटैलिक अंशों पर जोर मेरा—ले.)

जैसे-जैसे बँटवारे का समय पास आता गया, इस खेल के दो मुख्य नायक—कांग्रेस और मुस्लिम लीग—दोनों ही—हरिजनों को अपनी ओर करने के महत्व को समझ गए, क्योंकि उनकी संख्या बढ़ाने से उनकी अपनी संख्या बढ़ाई सकती थी। तब उन्हें लुभाने का काम शुरू हुआ। अवसरानुकूल राजनीतिक गठजोड़ स्वार्थ-साधक होते हैं, और यह भी कोई अपवाद नहीं थे। 6 मार्च, 1947 को अंतरिम सरकार में लॉ मेम्बर जे.एन. मंडल ने यू.पी. शेड्यूल्ड कास्ट फेडरेशन कान्फ्रेस में कहा था कि उन्हें गाँधी में बिल्कुल भरोसा नहीं है, क्योंकि गाँधी केवल इतना ही चाहते हैं कि अनुसूचित जातियों के लिए मन्दिर खोल दिए जाएँ। "मैंने लीग से हाथ मिला लिए हैं, क्योंकि अनुसूचित जातियाँ और मुस्लिम दोनों ही गरीब और पिछड़े हुए हैं। वे कम से कम बंगाल में ज्यादातर मजदूर और खेतिहर किसान

1. अ.भा.कां. क. दस्तावेज, फा.स. G-19 (KW-1) हरिजन सेवक संघ, 1946-48

ही हैं, और उन्हें काफी राहत की जरूरत है। इसलिए ऐसा कोई कानून नहीं बनाया जाएगा, जिससे मुसलमानों को तो लाभ हो और अनुसूचित जातियों को कोई फायदा न हो।''[1]

एक बार फिर विशिष्टता की रेखाएँ खींची गईं, और एक बार ये फिर दुराग्रही और हठीली साबित हुईं। हरिजनपना कहाँ से शुरू हुआ और हिन्दुस्तान कहाँ खत्म हुआ? अल्पसंख्यकों को किस तरह परिभाषित किया गया था—संख्या के लिहाज से? (इस मामले में मुस्लिम वास्तव में पंजाब में बहुसंख्यक थे) या फिर आर्थिक और सामाजिक पिछड़ेपन के लिहाज से जिसमें हरिजनों और ईसाइयों पर सबसे पहले ध्यान दिया जाना चाहिए था। सबसे अधिक जो इसने मुझ पर खुलासा किया, वह यह था कि सीमाओं के बार-बार खींचे जाने की बात ने हमारे खुद के अन्दर कितना अधिक आन्तरिक प्रतिबिम्ब देखा। उदाहरणार्थ—अनुसूचित जातियों के समूह विशिष्टता का दावा चाहते थे। फिर भी जैसा कि सभी पददलित समूहों के साथ होता है, इस विशिष्टता, इस दूसरेपन के दावे का एक भाग बहुसंख्यकों, या प्रभावी वर्ग के साथ समतुल्यता, समानता और एकरूपता—आप चाहे जो कहें—की एक इच्छा भी होती है। इतिहास ने उन्हें कहाँ रखा था, इस बात के आधार पर यह समूह हिन्दुओं या मुसलमानों के साथ निष्ठा का दावा कर सकता था। इसलिए, कुछ फैसला होने तक, दोनों को ही अपने इन्द्रजाल में—उन पर आक्षेप करना, उनकी आलोचना करना, उनके साथ गठजोड़ करना, उनका विरोध करना—फँसाए रखना जरूरी था, और इस मौके को अपनी स्वयं की माँगें आगे रखने में इस्तेमाल करना था। इस तरह हरिजन नेताओं ने अपनी विशिष्टता और स्वतन्त्रता का दावा किया, लेकिन इस बात का तर्क देते हुए कि वे किस तरह से किसी एक या दूसरे के धर्म और उसकी संस्कृति से अधिक निकट हैं, उन्होंने कांग्रेस और मुस्लिम लीग दोनों से ही सौदेबाजी भी की। राजनीतिक घुमाव को झपट लेने के महत्व को जानते हुए, हरिजन समूह कभी एक के साथ तो कभी दूसरे के साथ खेले।

लेकिन प्रधान समुदाय भी इससे अनभिज्ञ नहीं थे, क्योंकि उन्हें भी हरिजनों को, न केवल उनकी राजनीतिक उपस्थिति के कारण बल्कि उनकी सेवाएँ लेने के लिए भी, अपनी ओर मिलाना था। बँटवारे के बाद यह खासतौर पर स्पष्ट हो गया। हरिजनों को अपनी ओर करने को आतुर भारत सरकार ने हरिजनों के पुनर्वास के लिए अनेक पुनर्वास-संस्थान खोले—एक हरिजन हाउसिंग बोर्ड को अपने घर बनाने के लिए हरिजनों को लोन उपलब्ध कराना था। हरिजन सेवक संघ को इससे मिलकर राहत और पुनर्वास का काम करना था, ''इस देश में विस्थापित हुए हरिजनों के हितों की देखभाल करनी थी।'' लेकिन इस खास तरह की सावधानी के नीचे दुखद विडम्बना यह थी कि इसने भेदभाव के उस मूल आधार को ही सुदृढ़ कर

1. अ.भा.कां.क. दस्तावेज, पंजाब फा.स. जी-26 1948

दिया जिससे हरिजन लड़ने का प्रयास कर रहे थे। और फिर भी, जहाँ वे इस भेदभाव से राजनीतिक स्तर पर लड़े, वहीं रोजमर्रा की सच्चाइयों और रोजमर्रा की जरूरतों के स्तर पर राहत की, घर की, पुनर्वास की एक अत्यन्त वास्तविक जरूरत भी थी। अतः आवास को, यदि यह विशिष्ट पहचान पर भी आधारित था तो भी अस्वीकृत नहीं किया जा सकता था।

इस कहानी में एक और विकृति थी। पाकिस्तान बनने से बहुत से लोगों के लिए नौकरियों के अनेक अवसर सामने आए। बहुत से समूह और व्यक्ति, जिनकी राष्ट्र बनाने की प्रक्रिया में आवश्यक रूप से कोई धार्मिक साझेदारी नहीं थी, अच्छी जिन्दगी की तलाश में दोनों देशों में गए। दलित इसके अपवाद नहीं थे। आरंभिक चरणों में खासी संख्या में लोग वहाँ अच्छी जिन्दगी की तलाश की उम्मीद में भारत से पाकिस्तान गए। लेकिन बहुत से लोगों के लिए ऐसा नहीं हुआ। जब अभी भी लौटना सम्भव था, तो उनमें से सैकड़ों ने ऐसा करने की कोशिश भी की। साथ ही अब पाकिस्तान के अन्तर्गत आनेवाले इलाकों में रह रहे हरिजन भी भारत आने की इच्छा रखते थे। भारत ने उन्हें राहत, घर, लोन, नौकरियों की पेशकश से लुभाकर अपने यहाँ बुलाने की कोशिश की, जबकि पाकिस्तान ने उन्हें यह कहानियाँ सुनाकर रोकने की कोशिश की कि भारत में हालात कितने खराब हैं : भूख से मर रहे लोग, खाने की कमी, चारों ओर गरीबी, आसमान छू रहे दाम। बहुत से हरिजन सिंध में थे, जहाँ से भारत आने का सबसे सुविधाजनक साधन पानी के जहाज थे। जहाज और कैरियर काफी कम थे, और साथ ही सिंध की सरकार ने भी इस बात पर जोर दिया कि कम से कम कुछ समय के लिए, लोगों को वहाँ से जाने के लिए परमिट (अनुमति-पत्र) चाहिए और प्रतिदिन केवल सीमित संख्या में ही परमिट जारी किए जाते थे। तब भारी संख्या में हरिजन भारत जाने का इन्तजार करते ट्रांजिट कैम्पों में ही रहे। उनकी गैर-मौजूदगी के परिणामस्वरूप कराँची शहर की स्वच्छता और सफाई-व्यवस्था चरमरा गई। दबाव में आकर, सिंध सरकार ने इसेंशियल सर्विसेज मेंटेनेंस एक्ट (ESMA) नामक कानून पास किया, जिसके अन्तर्गत हरिजनों को देश छोड़कर जाने की आज्ञा नहीं थी। इससे भारतीय राजनीतिक नेता बड़े क्रोधित हुए : असेम्बली में काफी हो-हल्ला भी हुआ था। नेताओं ने पूछा, भारत सरकार इसके बारे में क्या कर रही है? लेकिन सरकार कुछ नहीं कर सकती थी। वे केवल बातचीत कर सकते थे। यहाँ शायद सबसे अधिक मर्मस्पर्शी बयान अम्बेडकर ने दिया, जब 1952 में उन्होंने पंजाब के एक चुनावी दौरे में कहा :

> बँटवारे के तुरन्त बाद, पाकिस्तान सरकार ने अनुसूचित जातियों को पाकिस्तान छोड़कर भारत चले जाने से रोकने के लिए आदेश जारी कर दिए थे। पाकिस्तान को हिन्दुओं के जाने की इतनी चिंता नहीं थी, लेकिन अगर

अछूत पाकिस्तान छोड़कर चल गए तो झाडूवालों, मेहतरों, भंगियों और तिरस्कृत जातियों द्वारा किए जानेवाले गन्दे काम कौन करेगा? मैंने पंडित नेहरू से तुरन्त एक्शन लेने और उनके पलायन पर लगी रोक को हटवाने की कोशिश करने का अनुरोध किया था। लेकिन उन्होंने कुछ भी नहीं किया। वह इस मामले पर सोए रहे और पाकिस्तानियों से हुई विभिन्न चर्चाओं के दौरान उन्होंने इसका भूले से भी जिक्र नहीं किया। कांग्रेसी हरिजनों में से भी किसी ने पाकिस्तान में अपनी बिरादरीवालों के इस उत्पीड़न पर उँगली नहीं उठाई।[1]

विस्थापित हरिजनों के बारे में लेजिस्लेटिव असेम्बली (विधानसभा) में सवाल उठाए गए थे। राहत और पुनर्वास राज्यमंत्री, श्री मोहनलाल सक्सेना से पूछा गया कि क्या यह सच है कि पाकिस्तान सरकार हरिजनों को वहाँ से जाने से रोक रही है? उन्होंने कहा—हाँ, करीब 35,000 हरिजन अभी भी पाकिस्तान में हैं और उन्हें आवश्यक सेवा अधिनियम के कारण जाने से रोका गया। अम्बेडकर, सन् 1947 से, खुद ही इस बात के लिए लगातार लड़ रहे थे ताकि हरिजनों से उचित व्यवहार किया जाय। उन्होंने दिसम्बर 1947 में नेहरू का इस ओर ध्यान दिलाया था कि पाकिस्तान सरकार "अपने इलाके से अनुसूचित जातियों के निष्क्रमण (पलायन) को हर सम्भव तरीके से रोक रही है।" उन्होंने महसूस किया कि इसका कारण यह है कि छोटे, निकृष्ट कामों को करने और देश की भूस्वामी आबादी के लिए भूमिहीन मजदूरों की तरह सेवा करने के लिए उनकी जरूरत थी। उन्होंने ध्यान दिलाया कि आवश्यक सेवाओं से सम्बन्धित व्यक्तियों के रूप में घोषित मेहतरों को वहाँ रोके रखने के पीछे एक विशेष इच्छा भी थी।[2] भेदभाव केवल पाकिस्तान के हाथों ही नहीं हुआ था, बल्कि भारतीय शरणार्थी कैम्पों में अनुसूचित जातियों को आश्रय पाने की आज्ञा नहीं मिल रही थी, वे कृषक समुदायों की परिभाषा के अन्तर्गत योग्यता भी नहीं रखते थे, क्योंकि इस समुदाय में केवल वही लोग आते थे जिन्हें सरकार ने इसके अन्तर्गत घोषित किया हुआ था। कुछ स्थानों पर जहाँ पूर्वी पंजाब में अनुसूचित जाति के समुदाय रह रहे थे, वहाँ उनकी जमीनों को लेने की इच्छा रखनेवाले अमीर सिखों और जाटों द्वारा उन्हें अपनी जमीनें छोड़ देने को मजबूर किया जा रहा था। अम्बेडकर की नेहरू से तब यह शिकायत थी कि "अब तक भारत सरकार की सारी चिंता और सावधानी मुसलमानों की समस्या पर रही है। अनुसूचित जातियों की समस्या या तो अस्तित्व में ही नहीं मानी गई

1. भगवानदास, द स्पोक अम्बेडकर, सलेक्टेड स्पीचेज़, खण्ड-2 1969, भीम पत्रिका पब्लिकेशंस, जालन्धर, पृ. 31-42
2. अम्बेडकर टू नेहरू, दिस. 14,1947

या इतनी छोटी और मामूली समझी गई जिस पर विशेष ध्यान देना जरूरी नहीं था।[1] इस लिहाज से अम्बेडकर की बात ठीक थी कि हिन्दू-सिख और मुस्लिम पहचानों को विशेष सुविधाएँ देने में अनुसूचित जातियों की समस्याओं को ग्रहण लगा दिया गया है। बेशक सिवाय इसके कि अनुसूचित जातियों को पूरी तरह से अनदेखा नहीं किया जा सका—क्योंकि वे महत्वपूर्ण, भले ही निकृष्ट, काम करते थे। लाहौर से आए एक शरणार्थी ने हिन्दू महासभा को लिखे एक पत्र में उनके अखण्ड हिन्दुस्तान के दर्शन का समर्थन करते हुए इस दुविधा का विवरण दिया। उसने कहा, "अगर हम किसी भारतीय मुस्लिम (या ईसाई) को कुरेदें तो हम पाते हैं कि उसके पास उसकी प्राचीन हिन्दू जातियाँ और उप-जातियाँ अक्षुण्ण हैं; यह केवल विदेशी संस्कृति और धर्म की खाल है जो उसे एक हिन्दू से भिन्न करती है और महासभा को यह खाल हटाने की बात सोचनी चाहिए।" लेकिन उसने सावधान किया कि "जहाँ हमें भारत में रहनेवाले गैर-हिन्दुओं को पुनः ले लेना चाहिए, वहीं हमें उनका प्राकृतिक उन्मूलन नहीं करना चाहिए (जैसे स्पेन में मुस्लिमों का ईसाइयों द्वारा किया गया था), क्योंकि ऐसा *उन्मूलन हमारे समाज में कुशल दस्तकारों का विनाश कर देगा और इस तरह से भारत के सामने आर्थिक संकट और अधिक जोर पकड़ जाएगा।*[2] (इटैलिक अंशों पर जोर मेरा—ले.) उन्मूलन शायद एक चरम उपाय था, जिस पर केवल उसी के द्वारा विचार करने की सम्भावना थी जो हिन्दू महासभा जैसे संगठनों के रंगों में रँगा हो। लेकिन कांग्रेस और मुस्लिम लीग, दोनों ही दल अनुसूचित जातियों के व्यक्तित्व को ठुकराकर, लेकिन उनकी मजदूरी पर अपने दावे करके उनकी—जो आखिर, कुशल कामगारों के समुदाय का ही भाग थे—बड़ी सावधानी से माप-तौल कर रहे थे।

❑ ❑

इन कहानियों को सुनकर मुझे मंटो की आज तक मशहूर कहानी 'टोबा टेकसिंह' याद आई, जिसमें कहानी के नायक—एक मानसिक रोगी—से जब उसके धर्म के आधार पर अपनी पसन्द का देश चुनने को कहा गया तो उसने दोनों देशों की सीमाओं के बीच मरना पसन्द किया, जहाँ कोई नहीं रहता था। बँटवारे के जिन इतिहासों को हम जानते हैं उनमें, लगभग ऐसा था मानो धुँधली पहचानों की एक झुटपुटी दुनिया, जिसमें किन्हीं साम्प्रदायिक सीमाओं की पारगम्यता के लिए कोई जगह नहीं थी। इसका अस्तित्व वहाँ समाप्त हो चुका था। आपकी पहचान तय थी : वह एक ऐसी लाठी बन सकती थी जिससे आपको पीटा जा सकता था, लेकिन उसी तरह वह एक ऐसी लाठी भी बन सकती थी जिसे आप खास हिदायतें और

1. अम्बेडकर टू नेहरू, दिस. 14,1947
2. हिंदू महासभा पेपर्स, फा.नं. C-168/1947

विशेषाधिकार पाने की लड़ाई में इस्तेमाल कर सकते थे।

लेकिन पहचानें ऐसी सीमाओं के अन्दर आसानी से नहीं आती हैं। यह अस्थिर होती हैं, बदलती रहती हैं, अक्सर स्वार्थ-साधक होती हैं। हरिजनों ने स्वयं को हिन्दुओं और मुसलमानों से अलग समझा था, लेकिन ऐसे भी मौके थे जब उन्होंने स्वयं को सांस्कृतिक रूप से हिन्दुओं या मुस्लिमों के अधिक करीब भी महसूस किया। भारत में बहुसंख्यक हिन्दू, पंजाब में अल्पसंख्यक थे, फिर भी तुलनात्मक रूप से, हिन्दुओं की तुलना में, सिख अधिक बड़े अल्पसंख्यक थे। उत्तर-पश्चिम सीमान्त प्रान्त (सरहदी सूबे) के हिन्दू स्वयं को कांग्रेस द्वारा परित्यक्त और छोड़ दिए गए, शत्रुतापूर्ण लोगों से घिरे हुए, मुसीबत के मारे, अल्पसंख्यकों से भी अधिक गया-गुजरा समझते थे। हरिजन स्वयं को धार्मिक समुदाय के रूप में नहीं देखते थे, अतः वे हिन्दू धर्म में होने, या वास्तव में मुसलमानों से संबद्ध होने की बात पर विचार कर सकते थे। और ये संबंध धार्मिक आधार पर नहीं थे, बल्कि सांस्कृतिक आधार पर अधिक थे या फिर उस आधार पर थे, जिसे एक साझे उत्पीड़न के रूप में देखा गया था।

बँटवारे के बारे में, और बँटवारे की विभीषिका से बच गए लोगों से जो कहानियाँ मैंने सुनीं, उनमें जिस चीज ने मुझे वशीभूत करना शुरू किया, वह यह थी कि इस घटना का उन लोगों के लिए क्या महत्व है जिन्हें समाज ने हाशिए पर डाल दिया था। मिसाल के तौर पर, विभाजन की हिंसा-जैसी हिंसा ने ऐसे लोगों के साथ क्या किया? विभाजन-जैसी आघातपूर्ण घटनाओं और हिंसा को लेकर असल बात यह है कि वह समदर्शी होती है। यह माना जाता है कि हिंसा जब बड़े पैमाने पर होती है तो यह जाति और वर्ग-भेदों को नहीं पहचानती। समानतः यह तथ्य कि विस्थापन पूरे वर्ग में एक समान अनुभव था, यह संकेत करता प्रतीत होता है कि किसी प्रकार का समानीकरण जरूर हुआ था। कुछ मायनों में, यह गलत नहीं है। मसलन, औरतों के बलात्कार की घटना ने विभाजन के समय, लगता नहीं था कि वर्गभेद को पहचाना हो। फिर भी, चूँकि ऊँचे तबकों की औरतों द्वारा की गई यात्राएँ तुलनात्मक रूप से अधिक सुरक्षित थीं, उन्होंने हवाई जहाज, कार द्वारा सिपाहियों की सुरक्षा में यात्रा की थी और कभी-कभार ही गरीब औरतों की तरह पैदल यात्रा की, इसीलिए बलात्कार का शिकार हुई ज्यादतर औरतें निचले तबकों से थीं। या जहाँ गृहविहीनता का सम्बन्ध था, वहाँ भी यह अनुभव पूरे वर्ग में सामान्य था। लेकिन पीछे छोड़ दिए गए या लुट गए घरों और जमीन के मुआवजे के लिए दावेदारों के मूल वर्ग का ध्यान रखा जाता था, जैसा कि उन हरिजनों के मामले में हमने देखा जो कृषिभूमि के लिए अनुदान पाने योग्य नहीं थे।

औरतों और बच्चों के विपरीत, दलितों में स्वयं के प्रति एक समूह की भावना थी। इसका यह अर्थ नहीं है कि यह समूहीकरण एकांगी या सजातीय था, क्योंकि

दलितों के समूहों में भी आन्तरिक मतभेद थे : कुछ ऐसे थे जो स्वयं को मुसलमानों के निकट समझते थे, कुछ ऐसे थे जो हिन्दुओं और मुसलमानों दोनों से ही खुद को अलग मानते थे, और स्वयं को हिन्दुओं के निकट समझनेवाले भी समूह थे। विभाजन के समय ये सभी मतभेद काफी स्पष्ट रूप से उभरकर सामने आते हैं। लेकिन जहाँ ईसाइयों और हरिजनों के पास उनका प्रतिनिधित्व करने और आवाजों को सुनाने का प्रयास करने के लिए समुदाय और संगठन हो सकते थे, दूसरे बहुत से लोगों के लिए यह सम्भव नहीं था। धर्म के आधार पर बाँटे गए, अनेक कैदियों का प्रतिनिधित्व कौन कर सकता था, या वास्तव में असल जिन्दगी के मानसिक रोगियों का जिन्हें यह 'चुनना' था, या हिजड़ों और कोढ़ियों का जो सचमुच समाज के हाशिए पर रहते हैं, प्रतिनिधि कौन हो सकता था? उन सभी को बँटवारे के समय अपने धार्मिक सम्बन्ध, अपनी पहचान की घोषणा करनी थी; और अगर वे यह घोषणा करने में असमर्थ थे, तो उनके लिए चयन कर दिया गया था।

कई मायनों में अनुसूचित जातियों के अनुभव औरतों के अनुभवों के समान ही थे। दोनों ही वर्गों को समाज ने किनारे कर दिया था, फिर भी दोनों ही समाज को चलाने में इतने आवश्यक थे। वास्तविक संसार में उनका महत्व बराबर, लेकिन भिन्न रूपों में था। अनुसूचित जातियाँ उत्पादन (यानी कृषि) और सफाई व्यवस्था दोनों में, और वास्तव में कर्मकाण्ड और आचार की दुनिया में अपनी दैहिक स्थिति के कारण अत्यावश्यक थीं। औरतें समाज की उत्पादक और पुनः उत्पादक के रूप में अपनी भूमिका के लिए दैहिक रूप से उतनी ही महत्वपूर्ण थीं। वे एक अधिक धुँधले, लेकिन उतने ही महत्वपूर्ण, क्षेत्र में भी मौजूद थीं : यह क्षेत्र था सम्मान का, गौरव का, माँ की रक्षा का और इसलिए मातृभूमि की भी रक्षा का, और इसके द्वारा अपने पुरुषों के पौरुष की अभिपुष्टि का भी। फिर भी, एक वर्ग के रूप में, औरतों का कोई प्रतिनिधि नहीं था और न ही वे सामुहिक रूप से संघटित होकर स्वयं का प्रतिनिधित्व करने में समर्थ थीं। जहाँ विस्थापन और हिंसा का अनुभव एक समान था, वहीं यह नितान्त व्यक्तिगत भी रहा। और इसके अलावा इसकी प्रकृति ने भी यह सुनिश्चित किया कि औरतें इसके बारे में कुछ बोल नहीं सकती थीं, या बोलती नहीं। इसके विपरीत, चूँकि दलित संगठित थे—भले ही उनके संगठनों में मतभेद रहे हों—वे कम से कम अपने हितों को नाम दे सकने में समर्थ तो थे। ऐसा कोई मार्ग औरतों के लिए नहीं खुला था। वे औरतें जो भी प्रतिरोध जुटाने में समर्थ थीं, वह शायद इसी कारण व्यक्तिगत स्तर पर रहा। व्यक्तिगत—और महिलाओं के मामले में, बिखरी हुई—आवाज तब मुश्किल से ही सुनी जा सकती थी, और इसीलिए आधिकारिक प्रवचन या इतिहास में खुद को दर्ज नहीं करा पाई। तब इसीलिए बँटवारे पर दलित अनुभव से सम्बन्धित सामग्री खोजना औरतों के अनुभवों से सम्बन्धित सामग्री खोजने की तुलना में सापेक्षिक रूप से अधिक आसान

भी है। क्योंकि, अब तक आपेक्षिक रूप से अनछुए रह गए दस्तावेजों, भाषणों, प्रतिवेदनों आदि के उस समृद्ध अभिलेखागार तक इतिहासकार की पहुँच होती है। इसीलिए दलित अनुभव पर अधिकांश सामग्री व्यक्तिगत रूप से या उनके संगठनों के जरिए, खुद दलितों की अभिव्यक्ति में है। वहीं दूसरी ओर, हमारे पास जो अभिलेखागार है, उसमें औरतों की आवाज शायद ही कभी सुनाई देती है, बल्कि इनकी जगह यहाँ उन लोगों के स्वर हैं जो औरतों के लिए बोलने का दावा करते हैं, और इस व्यापक समूह में दलित औरतें भी शामिल हैं, जिनके स्वर दलित स्वरों के अभिलेखागार से समान रूप से गायब हैं। एक वर्ग के रूप में तब औरतों के लिए उनकी एकमात्र सामुहिकता खामोशी में ही मौजूद है।

यद्यपि विरोधाभासों और जटिलताओं का अंबार है। लोकतांत्रिक कार्यसूची और नए राष्ट्र द्वारा स्वयं के लिए तय की गई सामाजिक दृष्टि और जिस तरह से पुनर्वास नीतियाँ धरातल पर समाप्त की जा रही थीं, इनके बीच आसानी से तालमेल खोजना मुश्किल था। चारों ओर से जाति-बहिष्कृत हरिजन पुनर्वासित किए जाते समय भी दूसरे दर्जे के नागरिक बने रहे। और जहाँ नए राष्ट्र की कार्यसूची में उनके लिए कोई जगह नहीं थी, वहीं औरतों के लिए इसमें काफी जगह थी, क्योंकि उनके साथ भिन्न दावे थे। अतः विधवाओं को एक पैतृकवादी राष्ट्र की स्थाई जिम्मेदारी के रूप में मान्यता दी गई। बलात्कार का शिकार हुई और बेसहारा औरतों के लिए गृह और आश्रम उपलब्ध कराए गए। मैरिज ब्यूरो (शादी-दफ्तर या विवाह-कार्यालय) खोले गए और राष्ट्र ने औरतों के 'नैतिक कल्याण' की देखभाल करने का काम खुद अपने हाथ में ले लिया। इसके बावजूद, उस समय नागरिकता के बदलते भूगोल में, नए भारतीय नागरिक के मानक, कुल मिलाकर, पुरुष नागरिक ही रहे। और इसीलिए राष्ट्र न केवल पैतृकवादी रहा, बल्कि इसने जहाँ औरतों का सम्बन्ध था, वहाँ दबाव डालनेवाले अभिभावक का काम भी किया। अतः जहाँ औरतों को इस देश के नागरिकों के रूप में अधिकार और विशेष सुविधाएँ दी जा रही थीं, वहीं इन्हीं अधिकारों का औरतों की बलपूर्वक बरामदगी की प्रक्रिया के जरिए बिना किसी दण्ड के मजाक भी उड़ाया जा रहा था, खासतौर पर उन औरतों के अधिकारों का जो बरामद नहीं होना चाहती थीं।

❑ ❑

मैंने इस अध्याय में मुख्यतः हिन्दुओं के और भारतीय तथा पाकिस्तानी राष्ट्रों के सम्बन्ध में अनुसूचित जातियों के अनुभवों के बारे में बात की है। भारत के बाहर जो कुछ हुआ उसके बारे में मुझे कोई जानकारी नहीं है, लेकिन मैं इस वृतान्त को उन दो कहानियों से खत्म करना चाहूँगी, जिनका गरीबों, अलग-थलग कर दिए गए लोगों के अनुभवों से वास्ता है, और जो जीवन के दो सबसे महत्वपूर्ण क्षणों,

जन्म और मृत्यु से सम्बन्धित हैं। मेरे लिए ये कहानियाँ उन अनेक गुप्त तरीकों की मार्मिक याद दिलानेवाली हैं, जिनमें बँटवारे ने लोगों की जिन्दगियों पर प्रकाश डाला।

दाइयाँ (धात्रियाँ) बच्चों के पैदा होते समय सहायता करके उन्हें इस दुनिया में लाने का काम करती हैं और यह काम बड़ा गन्दगी भरा होता है। दाई ही इस गन्दगी से निबटती है : वह खून साफ करती है, नाल काटती है। इतने ही महत्वपूर्ण वे लोग भी होते हैं, जो मुर्दों के दफनाने या जलाने की तैयारी करते हैं : इसमें बहुत से कर्मकाण्ड करने होते हैं, दोनों ही मामलों में शव को नहलाकर कपड़े पहनाए जाते हैं। यह कार्य या तो निकट परिजनों द्वारा किया जाता है या फिर उनके द्वारा जिनके लिए यह काम एक पेशा है। अनीस किदवई का दिल छू लेनेवाला विवरण है, जिस पर मैं बार-बार लौटी हूँ, और परम्परागत इतिहास की किसी भी पुस्तक की तुलना में मैंने कहीं अधिक आत्मसात किया है। इसमें एक ऐसे बूढ़े आदमी की कहानी है, जिसकी अन्तिम क्रिया करनेवाला उसका अपना कोई नहीं था।

एक दिन मैं कैम्प से होकर अस्पताल की ओर गई तो मुझे वहाँ अस्पताल के टैंट में एक मरीज के बगल में एक बिस्तर पर एक लाश मिली। यह कोई नई बात नहीं थी : क्योंकि वहाँ जिंदों की देखभाल का समय तो था, लेकिन मुर्दों के लिए कोई समय नहीं था। सामान्यतः शव को नहलाने और उसे दफनाने के लिए तैयार करने, कफन डालने, ये सभी काम परिवारवालों द्वारा या फिर जमायतवालों द्वारा किए जाते थे। इसलिए मैंने इसके बारे में अधिक नहीं सोचा।

कुछ देर बाद, जब अनीस किदवई वहाँ लौटी तो उन्होंने देखा कि लाश अभी तक नहीं उठाई गई है। क्या इस बुजर्ग आदमी को दफनानेवाला यहाँ कोई नहीं है, उन्होंने पूछा, इसके रिश्तेदार कहाँ हैं? लेकिन वहाँ एक लड़की जो शायद उसकी बेटी थी, और उसके छोटे बच्चे के सिवा और कोई नहीं था। लड़की वहाँ पूरे समय रोती रही, लेकिन अपने पिता की लाश को दफनाने की तैयारी का काम अपने हाथ में लेने की इच्छुक नहीं थी। फिर किदवई और उनकी मित्र, जमीला, किसी को खोजने गए। सबसे पहले वे राहत कमेटी के आफिस में रुके। वहाँ मौलवी ने उनके अनुरोध को मानने से मना कर दिया। "सभी कब्र खोदनेवाले और कफन तैयार करनेवाले लोग पिछली गाड़ी से पाकिस्तान चले गए हैं, और अब यहाँ यह काम करनेवाला कोई नहीं है," वह बोला। उनकी अनुनय-विनय के बावजूद, उसने उनकी मदद करने से यह कहते हुए इन्कार कर दिया कि यह मेरा काम नहीं है, मेरे पास पहले से ही काफी काम है। निराश होकर, किदवई और जमीला ने जामिया के छात्रों की मदद लेने की कोशिश की, लेकिन वे भी सभी चले गए थे। उन्होंने मृतक की बेटी को ही यह काम करने के लिए मनाने की कोशिश की, लेकिन असफल रहीं। जब वह इस काम के लिए किसी को भी खोज पाने में

बिलकुल विफल होकर पूरी तरह हतोत्साहित हो रही थीं, तभी वहाँ दो बूढ़ी औरतों ने आकर उनकी मदद की पेशकश की। वे बोलीं, "हमने यह पहले कभी नहीं किया है, लेकिन एक आदमी की लाश दूसरे की लाश से बहुत अलग नहीं हो सकती, और फिर आखिर हम सब तो अल्लाह के आगे एक जैसे ही हैं।" और ऐसा कहते हुए उन्होंने काम शुरू कर दिया, जबकि किदवई, जमीला और कुछ दूसरों ने कब्र खोदनी शुरू की। आखिर में वह बूढ़ा आदमी दफना ही दिया गया। उसकी बेटी ने कुछ नहीं किया, बस वह देखती और रोती रही। बाद में उसकी पारिवारिक जिम्मेदारियाँ पूरी हुईं, और वह पाकिस्तान चली गई।

यदि कब्र खोदनेवालों के चले जाने से मुर्दों के साथ क्या किया जाय, इसकी समस्या पैदा हुई, तो ऐसी ही समस्या दाइयों के जाने से भी हुई, सिवाय इसके कि इस मामले में प्रश्न यह था कि जिंदों के साथ क्या किया जाय। सत्रह या अट्ठारह साल की उम्र में ही अनीस किदवई की बेटी, किश्वर किदवई, ने अनजाने में ही एक बच्चे के जन्म में मदद की थी। दुनिया में प्रवेश पाने को अधीर यह बच्चा खुद को बाहर ढकेल रहा था, जबकि उस समय 'अस्पताल' में अकेली किश्वर ने किसी नर्स या दाई को खोजने की जी-तोड़ कोशिश की। लेकिन वे सभी पाकिस्तान चले गए थे। फिर जो डॉक्टर वहाँ आया, वह हिन्दू था और पुरुष था। उसने माँ की ओर अपनी पीठ की, और किश्वर को विस्तृत हिदायतें दीं, जिसने बड़ी घबराहट से उनका पालन किया। लेकिन किसी तरह वह सारा काम करने में सफल हो गई। "कोई फर्क नहीं पड़ता कि बँटवारे ने लोगों को विस्थापित कर दिया या जड़ों से उखाड़ दिया, लेकिन इसका यह अर्थ नहीं था कि जन्म और मृत्यु का चक्कर रुक गया हो", अनीस किदवई ने बताया, "और न ही निःसन्देह वे बहुत-सी चीजें जो लोगों के जीवन की दिनचर्या और रिवाज बनाती थीं।" और इस प्रकार ऐसे लोगों का महत्व स्पष्ट हुआ, जो आमतौर पर समाज के हाशिए पर माने जाते थे।

माया रानी

'घुटनों तक खून...'

मैं माया रानी से 1985-86 में पीटर चैपल और सत्ती खन्ना के साथ उनकी फिल्म 'ए डिवीजन ऑफ हार्ट्स' बनने के दौरान मिली। यह इंटरव्यू जो आप यहाँ देख रहे हैं, हमने मिलकर किया था। यद्यपि अधिकांश प्रश्न सत्ती ने पूछे थे, मैंने प्रतिलिपि और अनुवाद का काम किया था। मैंने कई

कारणों से इस इंटरव्यू को यहाँ शामिल करना चाहा है। जैसी कि मैंने ऊपर चर्चा की है, विभाजन पर इतनी अधिक चर्चा केवल मुसलमानों, हिन्दुओं और सिखों पर ही केन्द्रित रही है, जबकि दूसरे जिन लोगों की जिन्दगी बँटवारे से प्रभावित हुई थी, उनके अनुभवों को बमुश्किल ही इसमें कभी कोई जगह मिलती है। उस नजरिए से, माया का इंटरव्यू विशेष महत्वपूर्ण हो जाता है। यहाँ उसका यह इंटरव्यू एकमात्र ऐसा विवरण है जो जाति-समस्या को सीधे-सीधे और निष्पक्षता से सम्बोधित करता है। जाति समस्या का महत्व मुझे केवल धीरे-धीरे समझ में आया, यद्यपि यह माया का ही साक्षात्कार था जिसने मुझे, बँटवारे में एक घटक के रूप में जाति और इसलिए वर्ग पर, वास्तव में झाँकने की दिशा में प्रोत्साहित किया। अगर मैंने पहले ही समझ लिया होता कि वह किस ओर इशारा कर रही है तो मैं शायद ऐसे और लोगों को खोज पाने में समर्थ रहती, जो इस समस्या के बारे में बोल सकते थे। चूँकि उसका इस तरह का यह एकमात्र इंटरव्यू है, और इसी तरह इस विवरण में इसकी स्थिति, अतः इसे यहाँ देना अत्यन्त आवश्यक है।

जब हम माया से मिले, तो उस समय वह 55 साल के आसपास की एक मजबूत काठी और आत्मविश्वास से भरी पंजाबी औरत थी, जो अपना गुजारा चलाने के लिए दिन-भर कड़ी मेहनत करती थी। एक स्कूल में पक्की नौकरी से वह काफी निश्चिंत थी और यही निश्चिंतता उसके आत्मविश्वास के लिए बहुत जरूरी थी, जो उसकी बातों से जाहिर भी था। उसने हमसे अपने घर की, बँटवारे की यादों से जुड़ी बहुत-सी चीजें दिखाते हुए बात की। ये वही चीजें थीं जो उसने और उसकी मित्रों ने उस समय की घबराहट और इस बात का फायदा उठाकर लूटी थीं कि लड़नेवाले दोनों समुदायों में से किसी एक में भी शामिल न होने से, उन्हें कुछ नुकसान नहीं होगा।

मैं इस विचित्र अलगाव और उसके कहानी सुनाने के लगभग हास्यकर और थोड़े-बहुत रूखे तरीके से प्रभावित थी। कोई आँसू नहीं, कोई विलाप नहीं, कोई रोना-धोना नहीं। ऐसा था, मानो यह हिंसा किसी और के साथ हुई हो। सचमुच ऐसा ही था भी। जैसा कि माया ने बताया, उन्हें कोई डर की भावना नहीं थी, क्योंकि वह और उसकी सहेलियाँ सभी बच्चे थे और पूरा मामला किसी खेल की तरह था। पूरे इण्टरव्यू में एक मौके पर वह हिंसा और एक बलात्कार का जिक्र करती है। वह कुछ नौजवान लड़कों के बारे में बताती है जो किसी औरत को ले जा रहे थे। और यह बताकर वह केवल इतना ही कहती है : "और इस तरह दो घंटे बीत गए।" सबसे पहले लिए गए जितने भी साक्षात्कारों में मैं शामिल थी, उनमें क्योंकि माया का साक्षात्कार भी शामिल था, इसलिए यह मेरे लिए भी महत्वपूर्ण है, क्योंकि सभी सवालों को हमने नहीं पूछा था। हमने उसकी हरिजन पहचान के सवाल पर और खोजबीन क्यों नहीं की या यह जानने की कोशिश

क्यों नहीं की कि क्या दूसरों ने भी वैसा ही महसूस किया था, जैसा माया ने? ग्यारह या बारह साल बाद, इन प्रश्नों को पूछने का कोई फायदा नहीं है। मुझे कुछ पता नहीं कि माया अब कहाँ है, या मैं उसे फिर से खोज भी पाऊँगी या नहीं। मुझे इस बात का बहुल अधिक अफसोस है कि मैं उस समय वह क्या कह रही थी, इसका महत्व नहीं समझी और इसीलिए इस पर और अधिक खोजबीन नहीं कर पाई।

माया रानी

उस रोज...हमने रास्ते में बहुत-सी चीजें देखीं—लोगों को चोरी करते हुए, एक दूसरे को मारते हुए। तो हम सभी छत पर चढ़ गए। बच्चे, तब वे बच्चे थे—उस इलाके की सभी लड़कियाँ, हम सभी छत पर चढ़ गए यह देखने के लिए कि क्या हो रहा है। हमने यह सब, और इससे भी बुरा होता देखा। कुछ देर बाद फौज आई। उन्होंने चिल्लाकर हमसे नीचे आने को कहा, वरना वे हमें गोली मार देंगे। हम तब भी नहीं डरे थे। उस समय, आप देखो, हम जवान थे, और इतना डरे नहीं थे। हम बस देखते रहे और देखते रहे कि क्या हो रहा है—लोग लूटपाट कर रहे थे और चीजों को इधर-उधर फेंक रहे थे। अगर किसी ने अपने कानों या गले में गहने पहने हुए थे, तो वे इन्हें उतार लेते, और दूसरे लोग लोगों को काट रहे थे और उनके टुकड़े कर रहे थे...दो दिनों तक सड़कों पर चारों ओर लाशें बिखरी पड़ी थीं, कुत्ते भी उन्हें नहीं सूँघते थे। बड़ी भयानक स्थिति थी, मौत और बर्बादी जो पाकिस्तान और हिन्दुस्तान बनने के वक्त हुई थी। वहाँ एक बड़ा अमीर मुस्लिम वकील था—उसके छह घर थे। वह बोला, चाहे कुछ भी हो जाय, हम जानेवाले नहीं। हम दीनानगर में ही रहेंगे। हम घर में बन्द रहेंगे और केवल तभी बाहर आएँगे जब बाहर आना सुरक्षित होगा। उस घर में कुछ बूढ़ी औरतें थीं—वे कभी बाहर नहीं आया करती थीं। इसलिए लोगों ने सोचा, ठीक है, उन्हें रहने दो। और उन्होंने यही किया। वे पूरा एक महीना घर के अन्दर रहे। फिर कुछ लड़के उनसे बोले, आओ, हम तुम्हें ले जाएँगे, तो उस परिवार ने अपना सामान ट्रकों में रखना शुरू कर दिया—लेकिन लड़कों ने उन्हें कहा, यह सब यहीं छोड़ दो, हम तुम्हारे पास बाद में पहुँचा देंगे। बस अपने पैसे और सोना ले जाओ। तो उन्होंने ऐसा किया। लेकिन जब वे घर से थोड़ी दूर ही पहुँचे थे तो उन्होंने ट्रक पर थोड़ा पेट्रोल छिड़का और उसमें सवार सभी लोगों समेत, आग लगा दी। वे सभी मर गए। ऐसी कुछ चीजें हमने देखीं। हम डरे हुए थे। नहीं, हम डरे नहीं थे—हरेक ने हमें डराने की कोशिश की, हमारे माँ-बापों ने भी लेकिन उस

इलाके के सभी बच्चे, हममें से कोई भी नहीं डरा हुआ था। अक्सर हम अपनी छत को छोड़ देते और पड़ोसी की छत पर चढ़ जाते, बस देखने के लिए। तब हम सब इकट्ठा हुए और लोगों के घरों में जाना शुरू कर दिया। कुछ घरों में हमें चावल मिला, दूसरे घरों में बादाम, सेवईं...हमने यह सब बटोरना और अपने घरों में इनका ढेर लगाना शुरू कर दिया। खूब बड़े, विशाल बरतन–पतीले, परातें...हमने सब बटोर लिया।

हाँ, बच्चों ने किया यह सब। तब शहर के बड़ों, हिन्दुओं को लगा कि यह कोई अच्छी चीज नहीं है, इस तरह की लूटपाट, और इसे बन्द होना चाहिए। और मुमकिन हो तो बिना किसी दुर्भावना के कोई छह या सात खास लोग इकट्ठा हुए और उन्होंने हमें बुलाया। हम सभी इकट्ठे थे, हमारे लोग। वे बोले, ऐसा मत करो। बाद में तुम्हारी भी तलाशी होगी, तुमसे तुम्हारी सारी चीजें छीन ली जाएँगी, तुम्हें यह सब नहीं करना चाहिए। लेकिन हम नहीं रुके, बस करते गए।

हमारे बाप ने भी हमसे यह सब रोकने को कहा। और हर बार जब उसने हमसे ऐसा कहा, हम कहते–हाँ, हम रोक देंगे। लेकिन जैसे सब आदमी बैठकर बातें करने गए, हम फिर शुरू हो जाते...चावल, खाना हर तरह की बढ़िया चीजें। एक दुकान से हमने शुद्ध घी चुराया, और बादाम, दूसरी जगहों पर हमें कपड़ा मिला। हमने इतने बरतन बटोरे कि हमने इतना ही बड़ा एक कमरा पूरा भर लिया। जब हमने यह कर लिया, तो शहर के बड़ों ने एलान किया कि किसी के घर में भी पाए जानेवाले ताँबे के बरतनों को जब्त कर लिया जाएगा। लोग इन्हें बेच दें। वे जरूर ही इन पर अपना कब्जा चाहते होंगे। तो हमने पूरे भरे कमरे का सामान दो या ढाई रुपए किलो में बेच दिया। बाद में लोगों ने महसूस किया कि यह सब एक चाल थी, इतने सस्ते में सारा सामान झपटने की। दुकानदारों ने इसमें से काफी माल लिया।

हमने (अपने पिता को) बताया कि हम पास ही रहेंगे। आप यह घर देखते हैं? हमारे इतने पास हमारे मुस्लिम पड़ोसी रहा करते थे, इसलिए हम अपनी छत से बस उनके घर में कूद जाया करते थे...।

मैंने बहुत-से नए बरतन वगैरह, अपनी शादी के लिए रखे। जब मेरी शादी हुई तो मैं अपने साथ बहुत सारा सामान लाई। मैंने बहुत-सी रजाइयाँ, दुलाइयाँ भी लूटी थीं, कुछ पहले से ही बनी हुई थीं और कुछ को लूट के सामान से ही मैंने बाद में बनाया। वहाँ हम ग्यारह लड़कियाँ थीं...उनमें से दो लड़कियों की भी शादी बटाला में ही हुई थी।

मेरा कोई अपना मुस्लिम दोस्त नहीं है, लेकिन मेरी माँ की एक सहेली

थी, जिसकी हालत इतनी खराब थी कि मुझे बहुत दुख हुआ। मेरी माँ की कोई बहन नहीं थी, इसलिए उसकी यह सहेली उसकी बहन-जैसी थी और वह उसके लिए रोई थी। हम भी रोए। मेरी माँ ने कहा, तुम्हारी मौसी की हालत बहुत खराब है। उसकी बेटियाँ थीं और उसने मेरी माँ से अपनी बेटियों को अपने घर रखने की मिन्नत की। लेकिन मेरी माँ बोली, हम कैसे रखें, पुलिस हमें ऐसा नहीं करने देती। हिन्दू भी हमें ऐसा नहीं करने देते। मैं तुम्हारी बेटियों को कैसे छिपा सकती हूँ? मेरे हाथ बँधे हैं। आप देखिए, हिन्दू हरेक पर नजर रखते थे और अगर आपने किसी को छिपाया तो वे तुरन्त आकर आपको उसे बाहर निकालने को मजबूर कर देते। जब हालात कुछ अच्छे हुए तो हमें पता चला कि मेरी माँ की मुस्लिम सहेली का वक्त बाद में भी खराब रहा—क्योंकि जिस घर में वह रह रही थी, उसे बरबाद कर दिया गया था। बँटवारे के कुछ समय बाद मेरी माँ वापस पाकिस्तान गई—थोड़ी देर के लिए सड़कें खोल दी गई थीं कुछ दिनों के लिए, आठ दिनों के लिए। मेरी माँ ने कहा, वह वहाँ जरूर जाएगी क्योंकि वह अपनी सहेली को खोजना और उसके परिवार से मिलना चाहती थी जो लाहौर में था। पाकिस्तान में वह अपने बहुत-से मुस्लिम मित्रों से मिली और उनसे अपनी सहेली फातिमा के बारे में पूछा, और वहाँ उसे पता चला कि उसका पूरा घर ध्वस्त कर दिया गया है। लेकिन मेरी माँ अपने मुस्लिम मित्रों से मिलकर बड़ी खुश हुई थी—वे भी उसे देखकर काफी खुश थे।

अब भी जब हम पाकिस्तान जाते हैं तो अपने सभी पुराने दोस्तों से मिलते हैं, और हरेक का बड़े प्यार से स्वागत होता है। लड़ाई तो हिन्दुओं और मुसलमानों के बीच थी। हम मुसलमानों के साथ थोड़े न लड़े थे। झगड़े का हमसे कोई लेना-देना नहीं था।

मैं वहाँ कभी नहीं गई। मेरी माँ गई। और आपको पता है कि मेरी वह सहेली लड़कियों की मुखिया बन गई और मेरे मौसा से मिली, और उन्होंने मेरे लिए, और बच्चों के लिए ढेर सारी चीजें भेजीं। जल्दी ही वह वहाँ फिर जानेवाली है। उसने अपने लिए परमिट ले लिया है—वह हर बार दिल्ली से वीसा लेती है और तब दोनों जाते हैं। एक दिन मैं उससे मिली और उसने पूछा कि क्या मैं अपने मौसा के लिए कुछ भेजना चाहती हूँ।

❑ ❑

वह एक खास किस्म का वक्त था। और हम बच्चे थे, इसलिए सारी चीजें हमारे लिए करीब एक खेल-जैसी थीं। हमें बिल्कुल भी समझ नहीं थी कि इसका क्या असर हो सकता है—इस तरह की समझ तब आती है जब आप

अधिक बड़े और अधिक समझदार हो जाते हैं। बच्चों को इसकी कोई समझ कैसे हो सकती है? इसके बाद जल्दी ही मेरी शादी हो गई और तब मैं पाकिस्तान के बारे में बिल्कुल भूल गई—यह बँटवारे के एकाध साल बाद की बात है, और मैंने वह सारा पिछला सामान अपने दहेज में इस्तेमाल किया। बटाला में ब्याही गई मेरी सहेली और मेरी, हम दोनों की शादियाँ एक साथ हुई थीं। मेरे पास बहुत कम सोना था लेकिन वह किसी घर का ढेर-सा सोना पाने में कामयाब हो गई थी, और उसने यह सोना अपनी शादी में लगाया। उसकी शादी बड़ी अच्छी हुई थी। लेकिन शादी होने के बाद हम उस पुराने समय के बारे में सबकुछ भूल गए।

और अब हमें कुछ बतानेवाला कोई नहीं है। अगर उस समय हमें रास्ता दिखानेवाला कोई समझदार, परिपक्व आदमी होता, तो वह हमें बता पाता कि क्या हो रहा है। आखिर कोई क्या कर सकता है, आप हर चीज के बारे में तो नहीं सोच सकते।

हिन्दुओं और मुस्लिमों ने एक दूसरे को इसलिए काट गिराया, क्योंकि अंग्रेजों ने उनमें फूट डाल दी थी। उन्हें बताया था कि वे अलग-अलग लोग हैं। वे बोले, अगर तुम आजाद होना चाहते हो, खुद राज करना चाहते हो तो तुम्हें अलग होना ही पड़ेगा। वरना, हम अलग क्यों होते? पहली अफवाह यह थी कि पाकिस्तान बना दिया गया है और वहाँ हिन्दू और मुस्लिम मिलकर रहेंगे, और हिन्दुस्तान बना दिया गया है और यह भी ऐसा ही होगा। और यह सब अच्छा और मानने लायक था। लेकिन तब ऐसे लोग भी थे जिन्होंने हिन्दुओं और मुसलमानों को उल्टी ताकत देकर भड़काया और वे बोले कि इस इलाके को आजाद करने के लिए, जैसा हम पंजाबी में कहते हैं, घुटनों तक खून बहेगा। और ऐसा ही हुआ था—यहाँ इतना खून-खराबा हुआ कि हम घुटनों तक खून में डूब गए। यह गड़बड़ी फैलानेवालों की सलाह थी। अगर हम अलग हो गए, अलग रहते हैं और इस देश में अमन नहीं रहने देते हैं, अगर यहाँ फूट रहती है, तो अंग्रेज दूसरी जगह पर ध्यान दे पाने में समर्थ होगा, यह जानते हुए कि यहाँ के लिए ज्यादा चिन्ता करने की जरूरत नहीं है। यह कुछ शैतान लोगों का इरादा था।

मैं किसी अंग्रेज को नहीं जानती—मैं तो बस आपको सुनी-सुनाई कहानियाँ ही सुना रही हूँ। एक बूढ़ा बाबा हुआ करता था। वह हमें बताया करता था कि इस गड़बड़ के पीछे वही लोग हैं जो यह चाहते हैं कि ब्रिटिश वापस आ जाएँ। हर बार हम वही बातें सुना करते थे कि हम देश का ध्यान रखने लायक नहीं हैं। इसलिए हमारे बीच कलह पैदा करने की यह अच्छी चाल थी—एक दिन दो मारे गए, तीसरे दिन तीन, ताकि अन्त में हम हार

मान जाते और कहते कि मैं यह नहीं कर सकता, आप ही करो, आप इस देश पर राज करो, यह आपका काम है।

अमन? अच्छा, दूसरी बार भी बिल्कुल वैसा ही हुआ, केवल हिन्दुओं और सिखों के बीच था इस बार, बिल्कुल वैसी ही अनबन और बँटवारे किए गए, जैसे पाकिस्तान बनने के वक्त हुए थे। यहाँ पर भी वैसे ही शैतान लोग हैं जो कहते हैं कि हमें अलग हो जाना चाहिए। सिखों के बीच ऐसे ही लोग थे जो इस बात पर जोर देते थे कि वे अलग होना चाहते हैं। वैसा ही वक्त आ रहा है, वैसा ही वक्त जैसा तब था, कुछ लोग यहाँ मर रहे हैं, कुछ लोग वहाँ मर रहे हैं। जो चीज पाकिस्तान और हिन्दुस्तान के वक्त हुई, इसके पीछे वैसी ही भावना थी जो उस समय थी, लेकिन जब लोगों को पता चला कि क्या होनेवाला है, सरकार में बैठे लोग, उन्होंने हालात को काबू किया, वरना वैसी ही बुरी हालत हो गई होती।

उस दिन मैं सोलह साल की थी। हम काम पर जा रहे थे। मैं उनके घर में काम कर रही थी, उनकी गाय की सानी-पानी करना, उसे नहलाना वगैरह, और उनके घर की सफाई करना। जैसे ही मैंने सफाई खत्म की, मेरे पिता आए। अपने कन्धों पर उन्होंने एक इतना बड़ा-सा छुरा रखा हुआ था। वह आए और जोर से पुकारा, बसन्त कौर, और उसने जवाब दिया और बोली—हाँ, भइया, तुम यहाँ कैसे? वह बोले, मैं अपनी बेटी को ले जाने आया हूँ। उसने पूछा—क्यों, क्या गड़बड़ है? मेरे पिता ने जोर देकर कहा—कुछ नहीं। लेकिन बसन्त कौर ने उनका विश्वास नहीं किया। वह बोली, कैसे तुम्हारा मतलब है, कुछ नहीं? आमतौर पर तुम्हें कभी नहीं देखती और आज तुम यहाँ! जरूर कुछ गड़बड़ होगी। शाम थी। मेरे पिता बोले—बहन, मुझे एक बात कहने दो। फटाफट अपना सामान बाँधो, बस चलने को तैयार हो जाओ। वह बोली, क्यों? उन्होंने कहा, पाकिस्तान बना दिया गया है। और वह चिल्लाई—राम, राम, राम, यह क्या हो गया, यह क्या है? जल्दी ही आसपास के इलाके के लोग वहाँ इकट्ठा हो गए। और वहाँ बड़ी उलझन थी जब लोगों ने पूछा, क्या हो गया है, क्या है? पास ही में वहाँ एक मुस्लिम परिवार था और वहाँ से औरतें कहती रहीं, चिन्ता मत करो, चिन्ता मत करो, हम वैसे ही रहते रहेंगे जैसे अब रह रहे हैं। जाहिर था, क्योंकि वे सभी दोस्त थे और बरसों से मिल-जुलकर रहे थे। लेकिन हम बाहर चले गए और घूमते रहे...वहाँ वे हमसे चिन्ता नहीं करने को कह रहे हैं और देखिए यहाँ क्या हो रहा है। थोड़ा और आगे—वहाँ दो लाशें पड़ी थीं और थोड़ा और आगे लड़कों का एक झुण्ड, वे मुसलमान थे, और वे एक औरत को ले जा रहे थे, और इसी तरह करीब ढाई घण्टे बीत

गए। तब हमने लोगों को चिल्लाते सुना : 'हिन्दुस्तान, हिन्दुस्तान', और हिन्दुओं को फिर से उम्मीद बँधने लगी, और अब उन्होंने कहना शुरू किया—चिन्ता मत करो, हिन्दु-मुस्लिम मामले में ऐसा कुछ नहीं हैं, हम साथ ही रहेंगे, जैसे हमने हमेशा किया है। लेकिन गड़बड़ी फैलानेवालों को यह पसंद नहीं आया, वे भ्रम फैलाने और फूट डालने पर तुले हुए थे। एक घर में वे अपना खाना पकाने की तैयारी कर रहे थे, लेकिन उन्हें भागना पड़ा और गुँधा हुआ आटा वहीं, बिना पके, परात में पड़ा रहा। हम गए और देखा, आग अभी भी दहक रही थी। हम साँस थामे इन घरों के अन्दर गए, डरे हुए कि कहीं घर के मालिक इधर-उधर छिपे हुए न हों। हम अन्दर जाकर उनका सारा सामान उठा लाना चाहते थे। उसे चुराना चाहते थे, लेकिन हम थोड़ा डरे हुए भी थे। मान लो अगर वे वहाँ होते तो...? और हम यह करते रहे, एक गली से दूसरी गली जाते रहे। हमारे माँ-बाप बड़े चिन्तित थे, वे हमें रोकने की कोशिश करते रहे, कहते रहे, हम मारे जाएँगे, लोग हमें मुसलमान बनाने ले जाएँगे। लेकिन हमने सोचा, हमें कौन ले जाने आ रहा है, हमें कौन मारने आ रहा है। हम खुद को हरिजन कहते हैं, हिन्दू, ईसाई हमें कोई नहीं ले जा सकता। और इस तरह हम छत से छत पर कूदे, बिना इस बात की ज्यादा परवाह किए कि क्या हो गया। फिर एक और दिन बीता, और हालात अधिक खराब हो गए। लोग चीजें उठाकर ले जाने लगे, पूरे मुसलमान मुहल्ले में आग लगा दी गई। वहाँ सब ओर आग लगी हुई थी, और बेशक तब हालात और खराब हो गए। और लोगों ने सोचा, अगर अमीर आदमियों के घर इस तरह जलाए जा सकते हैं, तो गरीबों से डरने को वहाँ ऐसा क्या था। और तब यह भी शुरू हो गया। कुछ घरों में, एक घर में, एक छोटा-सा लड़का चिल्ला रहा था—तुमने मेरी माँ को देखा है, तुमने मेरी माँ को देखा है?

जो हो रहा था, उस पर हमें हैरत जरूर थी लेकिन हमें इसकी कोई समझ नहीं थी। केवल बड़े लोगों को ही मालूम था कि क्या हो रहा है। ज्यादातर समय हम तो केवल देखते रहे। अगर यह जगह पाकिस्तान में चली गई होती तो हमें कोई खतरा नहीं था। क्योंकि हम हरिजन हैं, चाहे यह पाकिस्तान बना हो या हिन्दुस्तान, इससे हमें कोई फर्क नहीं पड़ा। हम वहीं रहते जहाँ हम पैदा हुए थे। हमारे बड़ों ने सोचा कि चाहे कुछ भी हो जाय, हम इस जगह से नहीं जाएँगे। यह हमारा घर है। अगर किसी ने हमें वहाँ से जाने के लिए मजबूर किया होता, तो हमने भी अपनी ताकत दिखा दी होती। आखिर हरिजन कोई ऐरे-गैरे तो हैं नहीं, हम भी बहुत ताकतवर समाज हैं। अगर ऐसा हो गया होता, तो हमने

भी एक अलग मुल्क की माँग की होती और उन्हें हमें यह देना ही पड़ता। इस जानकारी में हमने मजबूती महसूस की। ठीक जैसे अब सिख एक अलग देश की माँग कर रहे हैं, तो क्या तब इससे तीन देश नहीं बनते—हिन्दुस्तान, पाकिस्तान और सिक्खिस्तान, तब फिर चौथे देश की माँग करने में नुकसान कहाँ है? आज भी हमें ऐसा लगता है—उस समय केवल हमारे बड़ों को ऐसा लगा था, लेकिन आज हम भी जानते हैं। हर कोई ताकत लेता है—हिन्दुओं ने ताकत ली, सिखों ने इसे लिया है, उस समय अंग्रेजों ने इसे लिया था, लेकिन हम जैसे लोग गिनती में कहाँ हैं? हमें क्यों भुला दिया गया है? किसी ने भी अधिक गरीब आदमियों—हरिजनों, ईसाइयों की चिन्ता नहीं की है, हम तो तस्वीर में कहीं आते ही नहीं। हमने इन्दिरा गाँधी और उनके पिता से बात की है, दोनों ने एक ही बात कही कि यह तुम्हारा अपना देश है, तुम्हीं राज करनेवाले हो। मेरे पिता बताया करते थे कि नेहरू ने भी यही कहा था कि यह तुम्हारा देश है, तुम्हीं इसके राज करनेवाले हो।

आप पूछते हैं मेरे पिता और दादा क्या काम करते थे। मेरे दादा अनाज मण्डी में एक झाडूकश (स्वीपर) थे, बाद में मेरे पिता ने भी वहाँ काम किया। इसके अलावा उनकी सरकारी नौकरी भी थी। और फिर मेरा भाई भी अपनी सरकारी नौकरी के अलावा वहाँ काम करता था। अनाज मण्डी का काम हमारे परिवार में बहुत लम्बे समय से है। मैं कालेज में काम करती हूँ, और निजी रूप से कुछ घरों में भी काम करती हूँ। मैं सुबह आठ बजे काम शुरू करती हूँ, और ग्यारह बजे तक निबटा लेती हूँ। तब मैं कालेज जाती हूँ, इसके बाद एक (निजी) घर, तब दो बजे के करीब फिर कालेज, लेकिन कभी-कभी मैं वहाँ देर से पहुँचती हूँ और वे मुझे सचमुच कुछ नहीं कहते, अगर मुझे देर हो जाय तो; क्योंकि वे जानते हैं कि मैं काम से जी नहीं चुराती। दूसरे घर में मैं कपड़े धोती हूँ, झाड़न, सफाई वगैरह करती हूँ।

जिन्दगी की मेरी समझ मुझे एक बात बताती है : कि इन सब फूट और फसाद का कभी कोई अन्त नहीं हो सकता। और अगर यह रुक भी सकता हो तो, समाज में बुरे तत्व इन्हें खत्म नहीं होने देंगे। सोलह साल की उम्र से लेकर आज तक मैंने सिवाय लड़ाई के, सिवाय फूट के और कुछ नहीं देखा। मैं नहीं समझती इन्हें खत्म करने का कोई उपाय हो सकता है। हममें से किसी के पास इसके लिए कोई नुस्खा नहीं है। बेशक, अगर यह रुक जाते तो यह बहुत अच्छी बात होती। हमारी अपनी जमीन पर शान्ति होती, हमारे पाकिस्तान में या हिन्दुस्तान में, या हमारे पंजाब में, या सचमुच सारी दुनिया में। लेकिन गड़बड़ करनेवाले ऐसा नहीं होने देंगे। यहाँ

तक कि पंजाब में भी, मैं नहीं सोचती हमें फिर से शान्ति से रहने दिया जाएगा...।

हमने एक लड़की को मारे जाते, उसके टुकड़े किए जाते और फेंके जाते देखा। उन्होंने उसके कानों से झुमके निकाले, फिर उसे फेंक दिया। आगे चलकर वे एक जवान लड़की को घसीट रहे थे, और वह बेचारी, अपनी जान पर खतरा देखकर, पास की एक नहर में कूद गई, वह बस उसमें कूद गई। यह है जो हमने देखा। वहाँ एक लड़की थी, किन्हीं शेखों की बेटी—उनके दो बच्चे थे, एक लड़की और एक लड़का। लड़का कहीं बाहर था, इसलिए लड़की उनके लिए बेटे की तरह ही थी। वह कहा करती थी कि वह लड़का है, हर कोई उसे काका पुकारता। कुछ गुण्डे चिल्लाते हुए उसके पीछे पड़े थे कि हम काका को उठाने आ रहे हैं, हमें काका चाहिए। देखें कौन है यह काका। वह अपनी इज्जत बचाने के लिए छत से कूद पड़ी, वह बेइज्जत नहीं होना चाहती थी।

तब पुलिस की किसी चीज में दिलचस्पी नहीं थी। वे किसी की चिन्ता नहीं करते थे। फौज ने थोड़ी मदद की। पुलिस भी दूसरे किसी व्यक्ति की तरह ही लूट रही थी। मैं सोचती हूँ लोगों ने सम्मान और नैतिकताओं की सारी समझ को खो दिया था...।

उन ढाई घण्टों में जब हमने पहली बार सुना कि दीनानगर पाकिस्तान का हिस्सा बन गया है, तभी मुसलमानों ने हिन्दुओं का कत्ल शुरू कर दिया, और तब ढाई घण्टे बाद फोन पर खबर आई कि नहीं, दीनानगर पाकिस्तान में नहीं गया, यह हिन्दुस्तान का हिस्सा है। और तब पासा पलट गया और हिन्दुओं ने मुसलमानों को मारना शुरू कर दिया...नारे लगाते हुए, उन्होंने लोगों को खींचकर बाहर निकाला, उन्होंने उन्हें मार डाला, उन्हें उनके घरों से बाहर फेंक दिया, उन्होंने औरतों के साथ बलात्कार किया, जवान औरतों के साथ...। पहली बात जो हिन्दुओं ने कही, वह यह कि हम भाई और बहनें हैं, हम साथ हैं। पहले उन्होंने यही कहा था। अगर यह पाकिस्तान बन भी गया तो भी हम साथ-साथ रहेंगे। आखिर वे कैसे अपनी जिन्दगियों, अपने घरों को छोड़ सके और जा सके? नहीं, वे साथ मिलकर रहे होते। यह तो शैतान था जिसने यह गड़बड़ पैदा की। वे हमें बाँटना चाहते थे, यह दिखाने के लिए कि हम राज चलाने के काबिल नहीं हैं, ताकि अंग्रेजों को वापस आने का एक मौका मिल जाय...।

8

स्मृतियाँ

किसी काम का सबसे मुश्किल भाग शायद यह होता है कि उसका समापन कैसे किया जाय। मैं विभाजन के विषय में ऐसा क्या कह सकती हूँ जो इसके लिए उपर्युक्त निष्कर्ष का काम करे? यह कि विभाजन एक बड़े महत्व की घटना है? यह कि इसने लोगों के जीवन को अपूर्व, और बड़े ही गहरे तरीके से प्रभावित किया? यह कि इस उपमहाद्वीप के इतिहास पर इसका असर गहरा और दूरगामी रहा है? यह सभी बातें सही हैं, लेकिन इनमें से कोई पर्याप्त नहीं है। विभाजन पर अभी इतना अधिक कुछ जानने लायक बाकी है, कि जो कुछ मैंने करने का प्रयास किया है वह इस इतिहास को जानने में आवश्यक रूप से केवल पहला कदम ही है। जब मैंने विभाजन पर काम शुरू किया तो मुझे कुछ पता नहीं था कि मैं क्या जान सकूँगी। कई मायनों में मैंने बिल्कुल एक अनजान की तरह शुरुआत की—जो घटना के 'इतिहास' से परिचित हो—बहुत से भारतवासियों की तरह जिन्हें स्कूल में 'आधुनिक इतिहास' पढ़ना पड़ता है और जो इसकी उन कहानियों-किस्सों के बीच पला-बढ़ा हो, जो हमारे स्कूल में पढ़े इतिवृत्तों से किसी तरह मेल नहीं खाती थीं। उन कहानियों पर शायद इसी वजह से, हमने विश्वास नहीं किया। जब 1984 के बाद, मैंने इन कहानियों को 'सुनना' शुरू किया, उन पर ध्यान देना शुरू किया तो मेरी पहली अनुभूति गुस्से की थी। आम आदमियों के जीवन को बँटवारे ने किस तरह से प्रभावित किया था, इस बात का वर्णन करने में विभाजन के इतिहास में इतनी कमी क्यों थी, आम आदमियों के लिए वास्तव में इसका क्या मतलब था? इतिहासकारों ने इस बात की खोजबीन करने की कोशिश तक क्यों नहीं की, जिसे मैंने इस इतिहास के 'छिपे पक्ष' के रूप में देखा—अनुभूतियाँ, आवेग, दुख और वेदना, त्रासदी, नुकसान और वे खामोशियाँ जिसके नीचे यह दफन है? क्या यह इतिहास-लेखन की उपेक्षा थी या कोई और अधिक गम्भीर बात—दर्द और सन्ताप से भरी उस त्रासदी का सामना करने से इतिहासकारों का इन्कार था, जिसका सामना कर पाने से पहले उन्हें इससे कुछ दूर रहना जरूरी था?

इतिहास के साधन आपको अतीत के एक वास्तविक दृश्य तक ले जाने के लिए होते हैं। आप यह वास्तविकता उस परिस्थिति में कैसे धारण कर सकते

हैं जिसमें स्वयं आपका अपना परिवार शामिल रहा हो? मृत्यु, स्थानान्तरण, विस्थापन, घर और परिवार का नाश—अनेक इतिहासकारों, विशेषकर उत्तर-भारतीय इतिहासकारों के अपने जीवन से यह सब इतना करीब था कि यह आश्चर्य की बात नहीं थी कि विभाजन का इतिहास अभी तक केवल देश के एक इतिहास से ही सम्बन्धित रहा है। 1984 ने अनेक इतिहासकारों के लिए जल-विभाजक का काम किया। लेकिन 1984 से पहले और वास्तव में इसके बाद भी, ऐसी ही उत्तेजित करनेवाली घटनाएँ हुई थीं : पंजाब में हिंसा, उत्तर-पूर्व में बढ़ता अलगाव, हिन्दूवादी दक्षिणपंथ का बढ़ता प्रभाव, 1992 में हिन्दू सम्प्रदायवादियों द्वारा बाबरी मस्जिद का विध्वंस, इसके बाद हुए हिन्दू-मुस्लिम दंगे...इन सभी घटनाओं में लोगों ने बड़े संत्रास और अक्सर निस्सहाय होकर, भारतीय समाज का ताना-बाना धार्मिक और जातीय पहचानों की लीकों पर तार-तार होना शुरू होते हुए देखा। महज दर्शक रहे लोगों, और इसके शिकार हुए और इसमें भागीदार रहे लोगों के लिए विभाजन एक बार फिर वापस आया। 'उस समय' की कहानियाँ फिर से उभर आईं। 1984 'फिर से विभाजन-जैसा' था। 1984 और 1992 में सिखों और मुसलमानों द्वारा अपनी मनोव्यथा को यह कहकर व्यक्त किया गया कि "हमने नहीं सोचा था कि हमारे अपने देश में हमारे साथ ऐसा होगा।" मैं सोचती हूँ कि धर्म के आधार पर भारतीय समाज के इसी बढ़ते हुए ध्रुवीकरण ने, विभाजन के इतिहास की पुनर्परीक्षा के लिए मुझे प्रेरित किया, एक ऐसी पुनर्परीक्षा के लिए, जो वर्तमान की चिन्ताओं में काफी गहराई तक अपनी जड़ें जमाए हुए थी। और इसी ने मुझे व्यक्तिगत रूप से यह समझने के लिए प्रेरित किया कि क्यों और कैसे निश्चित प्रकारों के ऐतिहासिक अन्वेषण निश्चित समय पर महत्वपूर्ण बन जाते हैं, और यह कि अतीत के विशेष प्रकार के अन्वेषणों की जड़ें वर्तमान के विशेष प्रकार के अनुभवों में मौजूद हैं। वर्तमान में हमारा सम्मिलित रहना, अपने इच्छित भविष्य में जाने के लिए उसे वैसा ही आकार देने की हमारी इच्छा, यह वर्तमान ही है जो अतीत में फिर से जाने और इसकी पुनर्परीक्षा के लिए प्रेरित करता है। इतिहास के पेशे में व्यस्त लोगों के लिए यह कोई नई बात नहीं होगी, लेकिन मेरे लिए, इसका बहुत कुछ अर्थ है। इसने मुझे महसूस कराया कि जिन सवालों ने मेरा ध्यान पूरी तरह से अपनी ओर खींचना शुरू कर दिया था, वे केवल मेरे ही नहीं थे : दूसरे लोग भी समान दिशाओं के साथ सोच रहे थे, समान छान-बीन कर रहे थे।

एक अर्ध शताब्दी—एक मनमानी गणना, लेकिन आखिर इसका भी कोई अर्थ तो था ही—भी दूसरी शुरुआतों का संकेत करती लगी। विभाजन के शिकार बने और इससे बच जानेवाले लोगों में से अनेक लोग अब सत्तर और अस्सी की उम्र में थे : उस इतिहास में पुनः जानेवाले इतिहासकारों के लिए, बच गए लोगों से बात करना और उनके कथनों को इकट्ठा करना महत्वपूर्ण हो गया, जबकि यह

अब भी सम्भव था। स्वयं उत्तरजीवी या बचे हुए लोगों के लिए आधी सदी की 'दूरी', और इस काल में उनकी देखी हुई घटनाओं ने विभाजन-काल की स्मृतियों को उभारने में एक तरह की प्रेरणा का काम किया। जहाँ बहुत से लोगों को अब भी अपने जीवन के उस समय के बारे में बात करना काफी कष्टकर लगा, वहीं ऐसे लोग भी थे जो चाहते थे कि उनके वृतान्त रिकार्ड कर लिए जाएँ। उन्होंने महसूस किया कि उनके लिए ऐसा करने का समय आ गया है। विभाजन पर नई गवेषणा शुरू करने के लिए परिस्थितियाँ ठीक लगीं।

जब आप कोई ऐसा काम शुरू करते हैं जो आपको असामान्य, शायद अनूठा लगता है तो आप कुछ नया, एक नया मार्ग, नई सामग्री, और चीजों को देखने का नया तरीका खोज लेने पर खुद को मुबारकबाद देते हैं। और, इस भ्रांत धारणा में कि आपने जो खोजा है वह एक अनूठा परिप्रेक्ष्य है तो आप यह दावा भी करने लगते हैं कि किसी ने भी इससे पहले इन चीजों को इस प्रकार से नहीं देखा है। लेकिन जैसा कि मैंने पाया, शोध या अनुसंधान आपको असली जमीन पर ला पटकने वाली चीज है। असल में कुछ भी नया नहीं है, सिवाय आपकी अपनी व्याख्या के (और कभी-कभी वह भी नई नहीं होती) : क्योंकि आप अतीत पर केवल अपनी एक भिन्न दृष्टि ही साधते हैं। तब, बहुत जल्दी ही, मैं समझ गई कि अपने 'प्रथम' होने पर मुझे आत्मसन्तुष्टि नहीं होनी चाहिए, क्योंकि मुझसे पहले यह काम करनेवाले कितने ही लोग रहे हैं। चूँकि मैं उस चीज में झाँक रही थी, जिसे मैंने विभाजन के इतिहास के 'छिपे पक्ष' के रूप में देखा, इसलिए मैंने परंपरागत इतिहास के साधनों पर शंकालू होकर शुरुआत की थी। दस्तावेज, सरकारी प्रतिवेदन और भाषण मुझे उन सब चीजों के बारे में क्या बता सकते थे, जिन्हें मैं देखना चाहती थी : वे मनोभाव, वे भावनाएँ, और बहुत-सी अपरिभाष्य चीजें जिनसे किसी घटना का बोध होता है। फिर भी अपने काम के क्रम में मैंने यह जाना कि जिन्हें हम 'परम्परागत' साधनों के रूप में देखते हैं वे भी काफी कुछ उत्पन्न कर सकते हैं, क्योंकि उस परिप्रेक्ष्य पर इतना कुछ निर्भर करता है जिसे आप उन पर प्रयोग में लाते हैं। मसलन, औरतों ने जो हिंसा झेली थी, उसके बारे में उनके विवरणों के जरिए जानकारी प्राप्त करके मैं इसके कुछ दूसरे आयामों को दस्तावेजों और रिपोर्टों जैसे स्रोतों में खोज पाने में समर्थ हुई। बच्चों और अनुसूचित जातियों का क्या हुआ, यह जानने को उत्सुक मैं उनके बारे में भाषणों, अखबारी विवरणों, संसदीय बहसों में, भले ही कम, सामग्री ढूँढ़ पाई थी। इसलिए मैं उन्हीं स्रोतों की काफी ऋणी हूँ जिनकी मैं आलोचक थी : अगर इनकी मदद न मिली होती तो उन बहुत-सी चीजों के प्रति मैं दुरुस्त नहीं हुई होती जिनके बारे में मैंने इस पुस्तक में लिखा है।

एक नारीवादी के रूप में यह अनुभूति मेरे लिए भी महत्वपूर्ण थी, और ऐसा

व्यक्ति होने के कारण भी जो इतिहास में रुचि रखता हो, विशेषकर उन लोगों के इतिहास में जो समाज द्वारा हाशिए पर डाल दिए गए हों, एक ऐसा इतिहास जो स्वयं भी इतिहास-लेखन के अधिक विस्तृत संसार के पार्श्व में पटक दिया गया हो। सचमुच, इस पुस्तक को लिखते समय एक प्रश्न लगातार मेरे सामने आता रहा कि मनुष्य अपने इतिहास से कैसे जुड़ते हैं? मुझे लगा कि कम से कम जहाँ तक विभाजन के इतिहास का सम्बन्ध है, जो इतिहास हम जानते हैं, जो हमने सीखा था, और वह इतिहास जो लोगों को याद था, वहाँ एक अन्तर्विरोध था। बहुत-से इतिहासकारों ने बात की है कि इन्सानों और उनके इतिहास के सम्बन्ध की जड़ में स्मृति और स्मृति-लोप कितने विवरणात्मक हैं, कि एक तकनीकी रूप में इतिहास लेखन, 'स्मृति-लोप को मिटाने और स्मृति का पोषण करने का' प्रयास करता है।[1] लेकिन ऐसा करने में, ऐसा कोई इतिहास लेखन अतीत के कुछ निश्चित पहलुओं के अपने स्पष्टीकरण में स्वयं ही चयनात्मक है।

इस कार्य के समापन के अधिक निकट पहुँचते हुए मुझे स्पष्ट हुआ कि अतीत की किसी ऐसी गवेषणा में जिन पहलुओं को हम उजागर करना चाहते हैं, वे न केवल हमारे वर्तमान से तय होते हैं जिसमें हम रहते हैं, बल्कि भविष्य से भी तय होते हैं, जिसके लिए हम काम करना चाहते हैं। इस पुस्तक में, मेरा सम्बन्ध आम आदमियों, और साथ ही समाज में तिरस्कृत व्यक्तियों के स्वरों में झाँकने से रहा है। मैंने बहुत सोच-समझकर अतीत पर खास किस्म की निगाह डालने का निर्णय लिया है, क्योंकि मुख्य धारा का इतिहास ऐसे 'समूहों' (अगर यह शब्द किंचित प्रयोग किया ही जा सके) के अनुभवों को किनारे करने की ओर प्रवृत्त रहा है, और मेरी 'भविष्य के लिए प्राक्कल्पना' वह होगी जिसमें ऐसे सभी समूहों की, चाहे वे कितने भी छोटे क्यों न हों, एक आवाज और एक भूमिका होगी। मैं यह भी विश्वास करती हूँ कि चूँकि विभाजन के इतिहास-लेखन ने एक खास तरीके से अतीत पर अपना ध्यान केन्द्रित किया है, इसलिए इससे अतीत के केवल कुछ निश्चित पहलू ही दृष्टिगोचर हुए हैं, और खोज-बीन के भिन्न साधनों को उन इतिहासों में, जिनसे हम अवगत हैं, प्रयोग करते हुए, जब हम अतीत को पुनः पढ़ना आरम्भ करते हैं, नई और भिन्न सच्चाइयाँ सामने आएँगी। चूँकि मैं ऐसा समाज देखना चाहती हूँ जिसमें औरतों, बच्चों और निचली जातियों को एक अनिवार्य और समग्र भूमिका निभाने का अवसर हो, इसीलिए मैं अतीत में उनके इतिहासों को खोजती हूँ, इसीलिए मैं उस चीज को बरामद करने की कोशिश करती हूँ जिसे मैंने उनकी आवाज के रूप में परिभाषित किया है।

ऐसा करने में मैंने नारीवादी इतिहास-लेखन के साधनों को काफी अधिक

1. अन्नारिटा बुट्टाफुक्को, 'ऑन मदर्स एण्ड सिस्टर्स : फ्रैगमेंट्स ऑन वूमेन/फेमिनिज़्म/हिस्टीरियोग्राफी,' नुओवो डी-डब्ल्यू एफ (इटालियन) न. 15, 1980

मददगार पाया है, क्योंकि यह आपको उन सबसे अधिक अनसुनी चीजों, जैसे खामोशी को सुनने, और उसे समझने, तथा उसके साथ काम करने की अनुमति देता है। छिपे स्वरों को खोजने का प्रयास करनेवाले इतिहास—और कुछ मायनों में इस पुस्तक में जो मैंने करने का प्रयास किया है, स्पष्टतः यही है—बहुधा, कुछ बोलने और मौन रहने के बीच, एक साधारण-सा विरोध ही उत्पन्न करते हैं। अगर कोई चीज मौन में दबी हुई है, तो वाणी अवश्य ही अच्छी और विमुक्त होगी। इसमें कोई संशय नहीं है कि बँटवारे के इतिहास में, औरतों, बच्चों, अनुसूचित जातियों और अनेक दूसरे लोगों की कहानियाँ, राज्य के स्तर पर और इतिहास लेखन के स्तर पर गोल कर दी गई हैं। लेकिन ऐसा कोई आसान रास्ता भी नहीं है, जिसमें कोई इस नीरवता को भेद सके और, बिना किसी जिम्मेदारी तथा बिना किसी मुश्किल के, इसे भंग करने का प्रयास कर सके। मैंने इस पूरी पुस्तक में, उस निरन्तर असमंजस की स्थिति का जिक्र किया है, जिसका मैंने इसे लिखते समय सामना किया। लोगों ने जिसके बारे में बात की या जिस चीज के बारे में वे कुछ नहीं बोले, उसमें से कितना अधिक मैं इस पुस्तक में शामिल कर सकती थी? लोगों को बोलने के लिए मनाने हेतु मैं कितनी दूर तक जा सकती थी? बलात्कार और अपहरण का सामना जिन औरतों ने किया था, उनके लिए अब इसके बारे में बोलना कैसे मदद करेगा? मेरे लिए ये प्रश्न नारीवादी इतिहास-लेखन की प्रक्रिया के जरिए ही सम्भव हुए हैं। अपने काम में, औरतों के स्वरों में जितना ही अधिक झाँकती गई, और उन्हें स्वयं को इसमें शामिल करती हुई पाती गई, उतना ही अधिक मुझे यह महसूस होता गया कि खामोशियाँ केवल औरतों के चारों ओर ही मौजूद नहीं हैं, बल्कि उन लोगों के आसपास भी हैं, जिनकी खामोशियाँ समाज के लिए कम महत्वपूर्ण रही हैं। तब औरतों के एक इतिहास की छानबीन मुझे दूसरों के एक इतिहास की छानबीन की तरफ ले गई। औरतों की आवाजें, बच्चों, और अछूतों की मेरे लिए विभाजन के इतिहास पर न केवल एक भिन्न परिप्रेक्ष्य ही उपलब्ध कराती हैं, बल्कि ये आवाजें इस इतिहास को एक प्रक्रिया, एक अनवरत इतिहास के रूप में भी स्थापित करती हैं, जो आज हमारे जीवन में विविध रूपों में जिन्दा हैं।

इस पूरी पुस्तक के दौरान, मैंने लोगों के विवरणों और साक्ष्यों, दोनों ही में और साथ ही पत्रों और दस्तावेजों में भी इन 'स्वरों' में झाँकने की कोशिश की है। हालाँकि 'आवाजों' को पुनः खोजना आसान नहीं होता है। मैं जानती हूँ, ये विभिन्न प्रकार के स्वर हैं, कुछ जो अधिक तात्कालिक होते हैं, और जो यहाँ और अभी की चिन्ताओं को प्रतिबिंबित करते हैं, और दूसरे वे स्वर, जो अधिक विचारशील होते हैं, और कुछ मामलों में अधिक अनुभवी होते हैं, क्योंकि ये अनेक वर्षों के अन्तराल के बाद और शायद अनेक बार सुनाए जा चुकने के बाद सामने आते

हैं। हालाँकि जब इन स्वरों का इतिहास लिखा जाता है, यह लगभग हमेशा ही 'दूसरों' द्वारा लिखा जाता है : लोग अपनी स्वयं की पहचानों को कैसे परिभाषित करते हैं, और किस तरह से इन पहचानों का निरूपण होता है, ये दो भिन्न बातें हैं। मुझे काफी गहराई से मालूम है कि विभाजन पर औरतों, बच्चों और अनुसूचित जातियों के अनुभवों के मेरे प्रस्तुतिकरण, आखिर मेरे अपने निरूपण हैं, जो मेरी अपनी चिन्ताओं और प्राथमिकताओं द्वारा भी प्रदीप्त हैं। यदि यह मेरा निरूपण है तो मैं आशा करती हूँ कि मौखिक वर्णनों के विषय उस तरीके को निरूपित करते हैं, जिसमें स्वयं को जोड़नेवाले लोग घटनाओं को याद करते, और पुनः कल्पित करते हैं। मैंने उन्हें उससे अधिक बढ़ा-चढ़ाकर पेश करने की कोशिश नहीं की है, जितने कि वे हैं : यानी एक समय में, एक व्यक्ति के साथ, याद करने का एक तरीका। इन आवाजों को समय के परम्परागत, तथ्यात्मक इतिहासों के 'विरुद्ध' रखने की मेरी कोशिश नहीं है। बल्कि, मैं इन्हें विद्यमान इतिहासों के साथ रखना चाहूँगी : क्योंकि ये वास्तविक लोगों की स्मृतियाँ हैं, विभाजन के इतिहास की स्मृतियाँ हैं, और केवल इसी कारण से भी ये महत्वपूर्ण हैं। इन्हीं के जरिए विभाजन के इतिहास को देखा जा सकता है। मेरा काम यहाँ एक और तरह के स्वर को खोजता है : और वह है राष्ट्र का स्वर, जो आधिकारिक प्रबन्ध में गूँजता है, और कभी-कभी एक विरोधी स्वर (आर.एस.एस. जैसों का) भी, लेकिन फिर भी जो काफी शक्तिशाली स्वर है। ये सभी प्रकार के स्वर मिलकर एक समग्र स्वर बनाते हैं, जिसे रखने का मैंने प्रयास किया है।

यदि 'स्वर' को खोजना समस्याविहीन नहीं है, तो यह कार्य इस तथ्य से और अधिक जटिल हो जाता है कि अपने आप में सभी स्वर स्वयं ही एक दूसरे से भिन्न होते हैं। इनमें एक अनुक्रम होता है। एक लम्बे समय तक लोगों से साक्षात्कार करने की प्रक्रिया में, मैंने बार-बार यही देखा कि औरतों की आवाजों को खोजना कितना मुश्किल है। संयुक्त साक्षात्कारों में—और क्योंकि 'पारिवारिक' इतिहासों में विभाजन इस कदर इसका एक भाग है, और इसलिए भी क्योंकि परिवार अपने सदस्यों को घर के बड़ों, आमतौर पर पुरुषों, की गैर-मौजूदगी में विभाजन के बारे में बात करने 'देने' से अक्सर घबराते हैं। हमेशा पुरुष ही थे जो बात करते थे। सीधे सम्बोधित होने पर औरतें किसी सवाल को पुरुषों पर टाल देतीं। जब भी कभी कोई अलग साक्षात्कार सम्भव होता, तो औरतें अक्सर इसी बात से इसे शुरू करतीं कि उनके पास कहने को कुछ भी नहीं है, कुछ भी नहीं जिसकी कोई अहमियत हो। धीरे-धीरे वे बात करना शुरू करतीं, लेकिन फिर बहुधा केवल वही बातें कहतीं जो उन्हें लगता कि आप सुनना चाहते हैं या वे बातें जो उन्हें लगता कि उनके आदमी सुनना चाहते हैं। पुरुषों और स्त्रियों दोनों से बरसों तक बात करने के बाद मैं इस चीज को पहचानना सीख गई जिसकी ओर मौखिक

इतिहासकारों ने अक्सर इशारा किया है। एक विचारपूर्ण लेख में, कैथरीन एंडरसन और डाना सी. जैक यह इंगित करते हैं कि अपनी जिन्दगी के बारे में बात करते समय एक औरत बहुधा दो अलग-अलग और कभी-कभी परस्पर विरोधी परिप्रेक्ष्यों का उपयोग करती है : "एक तो उन विचारों और मूल्यों से रचित होता है जो संस्कृति में पुरुषों की प्रधान स्थिति को प्रतिबिंबित करता है, और दूसरा किसी औरत के व्यक्तिगत अनुभव की अधिक तात्कालिक सच्चाइयों द्वारा अवगत होता है। जहाँ अनुभव, प्रधान अर्थों में 'फिट' नहीं बैठता, वहाँ वैकल्पिक विचार सहज ही उपलब्ध नहीं हो सकते। अतः जब औरतें मौजूदा विचारों और परंपराओं की चिर-परिचित और लोक-स्वीकृत शर्तों में अपने जीवन का वर्णन करती हैं तो अनजाने में वे प्रायः अपने ही विचारों और मनोभावों को छुपा लेती हैं। महिलाओं के संदर्शों (परिप्रेक्ष्यों) को ठीक-ठीक सुनने के लिए हमें स्टीरियो सुनना सीखना होगा, प्रधान और मूक दोनों ही चैनलों को स्पष्ट रूप से रिसीव करना होगा और दोनों के बीच सम्बन्ध को समझने के लिए इनमें बड़ी सावधानी से ट्यून (समस्वरण) करना होगा।"[1]

औरतों के बीच भी विभिन्न प्रकार के स्वर थे : मेरे लिए मध्यवर्गीय औरतों को तो खोजना और उनसे बात करना सापेक्षिक रूप से आसान था, लेकिन दलित औरतों को खोजना काफी मुश्किल था। काफी कोशिश के बाद, मैं ऐसी केवल एक औरत को ही ढूँढ़ पाई। और वास्तव में ऐसा कोई तरीका नहीं था, जिसमें मैं किसी ऐसी औरत से बात कर सकती जो बलात्कार या अपहरण का शिकार हुई थी। न केवल वे पूरी तरह अदृश्य कर दी गई थीं, बल्कि उनमें से बहुत-सी औरतें अपनी कहानियों को अपने में ही समेटे हुए अदृश्य बने रहना चाहती थीं। यह बिल्कुल ऐसा ही था मानो बलात्कार की याद, अपहरण का अनुभव, किसी मायने में शर्मनाक था और इसलिए उसे स्मृति-लोप के क्षेत्र में ढकेल दिया जाना जरूरी था।

जहाँ तक मैं याद कर सकती हूँ, मैंने खुद को नारीवादी कहा है। नारीवाद की राजनीतिक प्रक्रिया, इसके गहरे व्यक्तिगत अर्थ : मेरे लिए मेरे अस्तित्व के ही हिस्से रहे हैं। मैं कभी भी इसकी इतनी अधिक अहसानमन्द नहीं रही हूँ जितनी कि इस पुस्तक को लिखते समय हुई, क्योंकि मैं सोचती हूँ, इसी ने मुझे औरतों के अनुभवों, और इतिहासों के बहुत से सूक्ष्म भेदों के प्रति चौकन्ना किया है। इससे मेरा यह मतलब नहीं है कि औरतों के प्रच्छन्न इतिहास को समझने के लिए नारीवाद का अनुभव अनिवार्य रूप से अत्यावश्यक है, बल्कि केवल मेरे लिए यह

1. कैथरीन एंडरसन और डाना सी. जैक, 'लर्निंग टू लिसन : इंटरव्यू टेक्नीक्स एण्ड एनॉलिसिस,' शेर्न बर्गर ग्लक एण्ड डेफन पटेई में (संस्क.) वूमेंस वर्ड्स : द फेमिनिस्ट प्रैक्टिस ऑफ ओरल हिस्ट्री, न्यूयार्क, राउटलेज, 1991, पृ. 11

अत्यावश्यक और मुझे समर्थ करनेवाला, दोनों ही था। नारीवादी इतिहास-लेखन की प्रथा ने भी अनेक द्वार खोले। एक विरोधाभासी प्रकार के तरीके में, अगर यह मुख्य धारा के—ज्यादातर पुरुषवादी इतिहास-लेखन की प्रथा न होती और इसमें लिंगीय परिप्रेक्ष्य की स्पष्ट अनुपस्थिति न होती, तो शायद नारीवादी इतिहासकार यह न जान पाते कि किस चीज को खोजा जाय। यहाँ इतनी अधिक सामग्री है जो इतिहास की नारीवादी प्रथा से जुड़ती है : कई मायनों में इसे किसी 'कम गम्भीर' चीज के रूप में देखा जाता है, शायद 'सीमान्त' और निश्चित ही किसी ऐसी चीज के रूप में, जो आमतौर पर, औरतों की ही चिन्ता लगती है, जो मुख्यधारा के इतिहास की दुनिया में, एक बार फिर, अपनी अगंभीरता को रेखांकित करती है। फिर भी हममें से वे लोग जो इतिहास-लेखन की ऐसी प्रथाओं को इनके योग्य महत्व देते हैं, नारीवादी इतिहास उनके लिए बहुत समर्थ बनानेवाला रहा है—क्योंकि यह चर्चा की उन रंगभूमियों को खोलता है जो आवश्यक रूप से दृष्टिगोचर नहीं होतीं। मिसाल के तौर पर, अगर नारीवाद ने मेरे लिए इस दुनिया को नहीं खोला होता तो मैं बच्चों के इतिहासों पर दृष्टि डालने की कल्पना भी नहीं कर सकती थी। और न ही मैं औरतों और अनुसूचित जातियों के इतिहास की अपेक्षित जाँच करने की कल्पना कर सकती थी, अगर विश्लेषण के एक वर्ग के रूप में लिंगभेदी यथार्थ का उपयोग करने में समर्थ न रही होती। यद्यपि मेरी पुस्तक 'केवल' औरतों के बारे में ही नहीं है, फिर भी मैं इस निष्कर्ष पर पहुँची हूँ कि औरतें, उनके इतिहास, और यह इतिहास हमें जहाँ ले जाते हैं, इसके मूल में हैं।

❑ ❑

मौन और वाणी, स्मृति और विस्मरण, दुःख और निवारण; मेरी पुस्तक के मर्म में यही सब हैं। बरसों के काम की समाप्ति पर मैंने बहुत-सी कहानियाँ सुनी थीं। हर एक कहानी अनोखी थी। हर कहानी में मैंने एक भिन्न विभाजन देखा, एक भिन्न अनुभव देखा।[1] हर वर्णन ने भिन्न प्रश्न उठाए। शायद जिस सवाल का मैंने अक्सर सबसे ज्यादा सामना किया, वह इस काम की असल प्रकृति के ही बारे में था : एक सवाल जिसका सम्बन्ध, कुल मिलाकर, याद करने से था। अब इन सबको फिर से क्यों कुरेदा जाय? अगर लोग अपने अनुभवों के साथ जी चुके हैं, कुछ मायनों में उनके साथ शान्ति स्थापित कर चुके हैं तो उन्हें इन अनेक कष्टकर और अप्रिय स्मृतियों को याद करने, इनकी गाद निकालने के लिए बाध्य करने से क्या फायदा होना है, जिन्हें वे शायद दूर ही रखना चाहते हैं? इस प्रश्न का कोई भी सन्तोषजनक उत्तर नहीं है। असमंजस की स्थिति बनी रहती है : चुप रहना बेहतर है या बोलना? या शोधकर्त्ता के लिए कि क्या खामोशी की

1. देखें जेम्स ई. यंग : राइटिंग एण्ड रिराईटिंग द होलोकास्ट

'अनुमति' देना बेहतर है या बोलने को 'बाध्य' करना?

दूसरी बहुत-सी चीजों के साथ, राणा मामा, अपने सगे मामा, से मेरी मुलाकात ही थी जिसने मेरा ध्यान इस ओर खींचा। जब मैंने उनसे सबसे पहले बात करनी शुरू की तो उस समय काफी रोमांचक माहौल था। मैं बहुत खुश थी कि वह आपबीती सुनाने को तत्पर हैं। वह अपनी खामोशियों के साथ काफी लम्बे समय तक जी चुके थे। जब मैंने उनसे पूछा कि वह मेरे द्वारा इस कहानी को आगे दूसरे लोगों को पढ़वाने पर कैसा महसूस करेंगे, तो उन्होंने कहा, "जो मर्जी आए, लिखो। मेरी जिन्दगी इससे बदतर हो नहीं सकती।" हालाँकि, इसके बाद मेरे दिमाग में यह बोध अधिक गहरा हुआ कि मेरी नैतिक जिम्मेदारी न केवल 'सत्य' कही जानेवाली किसी दुर्बोध श्रेणी के प्रति थी, बल्कि—और विशेषकर—राणा की सांसारिक सच्चाइयों के प्रति भी थी। क्या मैं इतनी गैर-जिम्मेदार हो सकती थी कि उन्होंने जो कुछ भी मुझे बताया था उस सबको मैं सार्वजनिक कर देती? स्पष्टतः नहीं—उनके जीवन के लिए उलझनें पैदा करने की बात सोची भी नहीं जा सकती। लेकिन, तब क्या केवल एक 'अधूरी' तस्वीर पेश करना गलत नहीं होगा? किसी 'सच्चाई' को छिपाना और दूसरी को सामने लाना सही है? इस दुविधा ने मुझे परेशान किया और हर वक्त यह मेरे साथ रही। जब रावलपिण्डी के परिवारों ने उन हमलों और हिंसा की बात बताई जो उन्होंने देखे थे, तो मैंने स्वयं भी सही और गलत के बारे में सोचा। जब तक मेरे पास कहानी का 'दूसरा' पक्ष न हो, तब तक क्या इसका यह अर्थ नहीं होता कि मैं केवल वह सामग्री उपलब्ध करा रही हूँ, जिसका दक्षिणपंथी हिंदुओं द्वारा खतरनाक रूप से उपयोग किया जा सकता है? जब औरतों के बलात्कार और अपरहण का प्रश्न मेरे सामने आया, तो मैंने स्वयं से पूछा—क्या इसका प्रयास करना और उनकी खामोशियों को तोड़ना सही है? क्या एक ऐतिहासिक सच के लिए मेरी खोज का अर्थ एक दूसरी हिंसा नहीं होता?

कई वर्षों बाद भी, मुझे अभी तक इस प्रश्न का कोई सन्तोषजनक उत्तर नहीं मिला है। विभाजन की स्मृतियों को खोदना हमारे लिए कितना महत्वपूर्ण है? विभाजन के चलते शरणार्थी रही एक लेखिका, कृष्णा सोबती ने एक बार कहा था कि विभाजन को भूलना मुश्किल है लेकिन उसे याद करना खतरनाक है। लेकिन तब क्या इसका यह मतलब है कि हम उसे कतई याद ही न करें? बरसों तक, अनेक अनिश्चितताओं के बावजूद, मैं इस बात को काफी मानने लग गई हूँ कि यद्यपि इसे याद करना खतरनाक हो सकता है, फिर भी ऐसा करना अत्यंत आवश्यक है; न केवल इसलिए कि तब हम इससे समझौता ही कर सकते हैं, बल्कि इसलिए भी क्योंकि स्मृतियों पर पड़ा ताला खोलना और याद करना समाधान करने, और शायद भूल जाने की प्रक्रिया को आरम्भ करने का एक अत्यावश्यक भाग है। इससे पहले इस पुस्तक में मैंने कभी आर.एस.एस. के सदस्य रहे एक सत्तर वर्षीय प्रोफेसर

की बात की है, जो यह याद करते समय रो पड़ा था कि कैसे उसने पास के बाजार में एक मुस्लिम औरत के साथ बलात्कार होते हुए और फिर उसे मारे जाते हुए देखा था, लेकिन वह अपने भय या दुख को व्यक्त करने में समर्थ नहीं था। पचास साल बाद, वह खुद को उसे याद करने, उस पर शोक करने और शायद उसे भूलना आरम्भ करने की अनुमति देने में समर्थ था। हालाँकि ऐसा कर सकने से पूर्व, उसे यादों को प्रवेश करने देने में समर्थ होना जरूरी था। मैं सोचती हूँ, जैसा लोग आवश्यक रूप से करते हैं, कि इस बात का कोई निर्णय पहले से ही कर लेना चाहिए कि आप एक विशेष इतिहास को कहाँ तक खोजना चाहते हैं। तब मैं बहुत पक्के तौर पर मानती थी, और अब भी मानती हूँ, कि अगर हम इस उपमहाद्वीप में अपने जीवन में बँटवारे के प्रभाव से सुलह करना चाहते हैं तो हमें इसके अनेक अर्थों में झाँकने के लिए, बँटवारे को याद करना निहायत ही जरूरी है। इसे देखे-जाने बिना ही, यह बहाना करना कि यह वहाँ है ही नहीं, इसे भुलाने में सहायक नहीं होगा। साथ ही, यद्यपि, मैं यह भी विश्वास करती हूँ कि हमें इस प्रकार की खोजबीन की ओर अवश्य ही बड़ी सावधानी से बढ़ना होगा : क्योंकि इस बात के उदाहरण हैं, जहाँ मौन या चुप रहना बोलने से अधिक महत्वपूर्ण होता है, खासकर ऐसे समय में जब यह रुद्ध वाणी पर आक्रामक हो, और मैं सोचती हूँ कि जब हम ऐसी खामोशियों का सामना करें तो हमें उन्हें पहचानने में समर्थ होने की जरूरत है।

अपने इण्टरव्यू इकट्ठा करने के दौरान में लोगों की बोलने के प्रति झिझक से परिचित हुई। वे पूछते थे कि इन कहानियों को बटोरने से क्या फायदा, क्या ये किसी की कोई मदद करेंगी! कभी-कभी यह झिझक, उनके लिए ऐसे काम को बिल्कुल फिजूल का समझ लेने के कारण भी होती थी। अन्य अवसरों पर यह झिझक एक अवशिष्ट भय, चिन्ता की भावना के कारण भी होती कि 'उस' समय की हिंसा के काम, उनके विरुद्ध थोपे जा सकते हैं। धीरे-धीरे, मैंने यह समझना आरम्भ किया कि विभाजन की खामोशियाँ कई किस्म की हैं। यदि, एक स्तर पर, हमारा सामना एक प्रकार के ऐतिहासिक मौन से होता है, तो वहीं दूसरे स्तर पर यह एक पारिवारिक मौन से संयोजित होता है, जिसमें परिवारों ने अपने स्वयं के इतिहास को छिपाने में साँठ-गाँठ की है, अक्सर सक्रिय रूप से भी, जैसा कि दो भाइयों ने किया था, उनसे मैं जंगपुरा में मिली थी। और कभी-कभी केवल उदासीनता के जरिए भी, जैसा कि कुछ हद तक, मेरे अपने परिवार में हुआ था। कभी-कभी खामोशी विरोध के रूप में भी होती थी : अपने मुस्लिम अपहरणकर्ता से भारतीय राज्य द्वारा बलपूर्वक बरामद की गई एक अपहृत औरत ने, जिसने अपने अपहर्ता के साथ ही एक किस्म की जिन्दगी का ढर्रा बना लिया था, इस विषय पर मौन को अपना विरोध जाहिर करने का तरीका बना लिया। एक पंजाबी शरणार्थी ने,

जिसने अपने पड़ोसी की बेटियों का बलात्कार होते और फिर उन्हें कत्ल किए जाते हुए देखा था, इस घटना के बाद बिल्कुल बोलने से ही इन्कार कर दिया। एक मशहूर लेखिका, अतिया हुसैन, ने भारत और पाकिस्तान में से किसी एक देश को चुनने को विवश होने से मना कर दिया था—क्योंकि वह एक कटा-फटा देश नहीं चाहती थी। इसके विरोध में उन्होंने विभाजन पर और कुछ भी लिखने से पूरी खामोशी अख्तियार कर ली। बहुत-से लोगों के लिए इसमें एक आत्म-समर्पण की भावना भी थी : वे विस्थापन और उथल-पुथल के बीच जिए थे। उस समय उन्होंने अपने जीवन को फिर से एकत्र करने में वह सब कुछ किया जिसे वे कर सकते थे। जैसा कि उनमें से अनेक ने बताया : उस समय मदद को कोई भी आगे नहीं आया, अब यह सब करने का क्या फायदा? इससे किसको लाभ होगा? सब चीजें उस प्रश्न की ओर गईं जो मनमोहन सिंह ने मुझसे किया था : इन सारे टेपों (टेपरिकार्डर) को भरने का क्या फायदा, जो मैं अपने साथ लिए फिरती हूँ?

हताशा के क्षणों में ऐसी बातों से मैं सहज ही सहमत थी। इतनी अधिक हिंसा, इतना अधिक दुख और वेदना, हिंसा के बारे में अक्सर इतना अधिक कपट! औरतों की हत्या हिंसा नहीं थी, बल्कि यह समुदाय की इज्जत को बचाना था, बच्चों से ओझल हो जाना, उन्हें उन लोगों की दया पर छोड़ देना जो जानते थे कि कौन-सी नियति हिंसा नहीं है, यह धर्म की पवित्रता बचाए रखने का काम है! दूसरे धर्म के लोगों को मारना हत्या नहीं थी, यह किसी तरह क्षम्य था। यदा-कदा ही किसी शोध के काम ने, जिसमें मैं व्यस्त रही हूँ, शायद मुझे इससे अधिक क्रोध दिलाया है और इससे अधिक वेदना पहुँचाई है।

बलात्कार और अपहरण से गुजर चुकी औरतों के लिए, बात करने की झिझक पूरी तरह से दूसरी ही कोटि की थी। अक्सर उन औरतों के इतिवृत्त की जानकारी स्वयं उनके अपने परिवार के सदस्यों को ही नहीं होती थी, खासतौर पर अगर वे आश्रमों में रहनेवाली औरतें थीं, जिनके विवाह आश्रम के अधिकारियों द्वारा तय किए गए थे; या दूसरे समय उनके इतिवृत्त की जानकारी परिवार के बुजुर्ग सदस्यों को ही थी, किसी और को नहीं। इसके बारे में बोलने, इसे सार्वजनिक करने का अर्थ न केवल पुराने घावों को खोलना था, बल्कि इसके नतीजों के साथ रहने के लिए भी तैयार होना था—जो शायद एक और बहिष्करण, एक और त्रासदी होती। बहुत-सी औरतों के लिए, विभाजन ने उनके जीवन की बनावट की एक अत्यंत मौलिक बरबादी को निरूपित किया था : क्योंकि औरतों के जीवन के केन्द्र में आखिर परिवार ही होता है, अतः इसका नाश बहुत गहराई से महसूस किया गया। जिन्हें बलात्कार और अपहरण के बाद उनके परिवारों से दूर ले जाया गया था, उनके लिए यह क्षति और भी अधिक गहरी थी। क्या

वे तब भी अपने मनोभावों को स्पष्ट रूप से बयान करने के लिए शब्दों को खोज पाने में समर्थ होंगी?

और आखिरकार शब्द ही तो हैं सब कुछ हमारे पास। अपने शोध और इंटरव्यू के दौरान एक चीज मैंने यह भी देखी कि लोग विभाजन के दौरान उन पर जो गुजरी थी, उसे बताने में काफी लड़खड़ा जाते थे, और बहुधा यह कहकर बात खत्म कर देते थे कि उन्होंने जो कुछ देखा था, वह अवर्णनीय है। लेकिन यह बड़ी अजीब, और दुखद बात है कि बाद के झगड़ों और अनबन में भी सन्दर्भ बिन्दु विभाजन ने ही उपलब्ध कराए हैं : क्योंकि किसी भी साम्प्रदायिक स्थिति के बारे में यह कहना कि यह बिल्कुल फिर से बँटवारे जैसी स्थिति थी, इसे एक गम्भीरता, हिंसा और भय की एक गहराई से आवृत करना है, जो अब आसानी से समझी जा सकती है। फिर भी, जो लोग बँटवारे की हिंसा और विस्थापन में जिए हैं, उन लोगों के पास जो भाषा उपलब्ध थी, उसमें उन्हें इसे वर्णन करने की क्षमता का अभाव अवश्य ही लगता होगा कि उन्होंने जो भोगा, वह क्या था। विभाजन : यह शब्द अपने आप में बेहद अपर्याप्त है। विभाजन केवल एक बँटवारा, एक अलग होना है, लेकिन 1947 में जो हुआ वह निश्चित रूप से इससे बहुत ज्यादा था। बँटवारा, विभाजन का एक और नाम, लेकिन उतना ही अपर्याप्त। एक उर्दू/पंजाबी शब्द 'तक्सीम' भी विभाजन का अर्थ रखता है। इन शब्दों से इस घटना के असंख्य अर्थों को कैसे समझा जा सकता है? न केवल लोग रातों-रात अलग कर दिए गए, और दोस्त दुश्मन बन गए, घर अनजान जगहों में बदल गए, अनजान जगहों को अब घर कहना था, सीमांकन के लिए एक लकीर खींच दी गई, और इन्हीं सीमाओं ने लोगों के जीवन और मानस में अपना प्रतिबिम्ब पाना शुरू कर दिया। पहचानों को एकाएक पुनर्परिभाषित होना पड़ा : अगर आप एक दिन किसी दूसरे पंजाबी की संस्कृति में साझा करनेवाले पंजाबी थे तो अब आपको पहचान के ऐसे सभी चिह्नों—सांस्कृतिक, भाषाई, भौगोलिक और आर्थिक—को अलग रखना था और अब आप केवल अपनी एक धार्मिक पहचान के हकदार थे। आपको अपने मन का भी बँटवारा करना था, और उन सभी जगहों को बन्द करना था जो अपने चारों ओर राजनीतिक बँटवारे में ठीक नहीं बैठती थीं। दूसरी चीजों ने इस अनुभव को अवर्णनीय बना दिया : क्योंकि विभाजन द्वारा उत्पन्न अनिश्चितता में, बहुत से लोगों के लिए, हिंसा एक निश्चित चीज बन गई। साधारण, शान्ति योग्य लोग स्वयं अपने अन्दर की हिंसा का सामना करने को बाध्य कर दिए गए थे। पीड़ित लोग हमलावर बन गए, और हमलावर लोग पीड़ित, और लोगों ने अपने मनों का बँटवारा शुरू कर दिया : अगर कोई व्यक्ति जिसे आप मार रहे थे, कोई 'दूसरा' था तो उसे मारना बिल्कुल ठीक था—लेकिन अपने भीतर के आक्रमणकारी को मिटाने के लिए, आपको स्वयं को पीड़ित के रूप में पेश करना था, और इसीलिए,

आपको एक झूठ, एक स्वाँग के साथ रहना था कि आपने किसी की हत्या नहीं की थी। एक साधारण-सा शब्द, जिसका शाब्दिक अर्थ केवल भौगोलिक विभाजन है, लोगों के उस अनुभव के अनेक स्तरों के निकट भी कैसे आ सकता था, जिन्हें लोगों ने भोगा था? ऐसे शब्द आप कहाँ से पाते जो न केवल 'वहाँ बाहर' बल्कि आपके अन्दर की हिंसा को पहचानते और खोजते? और यह शायद ठीक-ठीक इसी कारण से है कि कुछ मायनों में खुद को पीड़ितों के रूप में समझनेवाले इतने अधिक लोग विभाजन की हिंसा में सह-अपराधी हैं, और इसी कारण से इसे याद करने में इतनी अधिक झिझक है।

भारत में, विभाजन की कोई सांस्थानिक स्मृति नहीं है : राष्ट्र ने कोई स्मारक बनाना, किन्हीं विशेष स्थानों को चिह्नित करना ठीक नहीं समझा है—जैसे कि विध्वंस के मामले में स्मारक या वियतनाम युद्ध के लिए स्मारक बनाए गए हैं। सीमा पर भी ऐसा कुछ नहीं है जो इसे उस स्थान के रूप में दिखला सके कि यहाँ से दसियों लाख लोग पार गए थे। जिन जगहों पर कैम्प लगे थे, उनमें से भी किसी स्थान पर कोई पट्टिका या स्मारक नहीं है, ऐसा कुछ नहीं है जो किसी खास जगह को एक स्थान के रूप में दर्शाता हो, जहाँ विभाजन की यादें जमा हैं। विभाजन आजादी का अँधियारा पक्ष था : तब सवाल यह है कि इसे राष्ट्र द्वारा अपनी सह-अपराधिता को मान्यता दिए बिना स्मारक का रूप कैसे दिया जा सकता है? यह सच है कि लाखों लोग विभाजन के कारण मारे गए थे। आधी सदी बाद, आप उन्हें एक नया राष्ट्र गढ़ने के निमित्त होनेवाले शहीदों के रूप में भी देख सकते हैं। लेकिन इनके साथ ही एक दूसरी अपरिहार्य सच्चाई यह भी है कि दसियों लाख लोग मारे गए और बहुत-से परिवारों में जहाँ मौतें हुई थीं, वहीं इनमें सम्भवतः हत्याएँ भी हुई थीं। आप ऐसे इतिहास का स्मरणोत्सव किस प्रकार से मना सकते हैं? आप क्या कीर्तिगान करते हैं? लोगों के लिए, राष्ट्र के लिए, इसे स्मरण करने में क्या दाँव पर लगता है? याद करने के क्रम में आपको किस चीज के प्रति ईमानदार होना पड़ता है? केवल यही नहीं था कि लोगों ने 'दूसरे' धर्म के आदमियों को मारा, बल्कि सैकड़ों दृष्टांतों में लोगों ने अपने परिवार के सदस्यों की भी हत्या की। केवल यही नहीं था कि एक मजहब के आदमियों ने दूसरे मजहब की औरतों के साथ बलात्कार किया था, बल्कि सैकड़ों उदाहरणों में पुरुषों ने अपने ही धर्म की महिलाओं के साथ बलात्कार किया था। आप ऐसा क्या कर सकते हैं जो ऐसे इतिहास को एक शर्मनाक इतिहास के अलावा किसी और रूप में प्रतिष्ठित करें? भारतीय राजनीतिज्ञों, कांग्रेस पार्टी के सदस्यों ने स्वयं को इस खेल में अनिच्छुक खिलाड़ियों के रूप में देखने की चाहे जितनी भी कोशिश क्यों न की हो, वे इस जानकारी से नहीं बच सकते थे कि विभाजन को उन्होंने स्वतन्त्रता की कीमत के रूप में स्वीकार कर लिया था। ऐसे इतिहास के स्मारक आसानी से नहीं बनाए जा सकते।

दुनिया में आज बहुत से देशों में उथल-पुथल और फसाद के समय की यादों के स्मारक हैं। राष्ट्र की सहायता से या अन्यथा, विद्वानों ने बड़ी कड़ी मेहनत करके लोगों के साक्ष्यों, फोटोग्राफों, पत्रों, दस्तावेजों, संस्मरणों, और ऐसी पुस्तकों से जिनमें ऐसे ऐतिहासिक क्षणों का वर्णन है, बड़ी सावधानीपूर्वक अभिलेखागार बनाए हैं। विभाजन के लिए ऐसा बहुत ही कम अस्तित्व में है। अभी हाल तक, लोगों के वर्णन इकट्ठा करने का भी कोई प्रयास नहीं किया गया है। विभाजन का सदृश्य विवरण—अनेक अखबारों और पत्रिकाओं में मौजूद उन फोटोग्राफों के समृद्ध अभिलेखागार के बावजूद—सीमित है, और जहाँ भारतीय स्वतन्त्रता की अर्धशताब्दी ने हर तरह के समारोह मनाए हैं, वहीं अपने इतिहास की इस महत्वपूर्ण घटना को व्यक्त करने के लिए कुछ भी नहीं किया गया है।

लेकिन जहाँ विभाजन की कोई सार्वजनिक यादगार नहीं है, वहीं घरों और परिवारों में विशेष घटनाओं को व्यक्त करनेवाले स्मरण, अनुष्ठानों और किस्सों के जरिए इसकी याद को जिन्दा रखा जाता है। जब मंगलसिंह और उसके दो भाई अपने साथ अपने परिवार के सत्रह सदस्यों की मौत का बोझ ढोते हुए अपने गाँव से भागकर आए, तो उन्होंने उन सभी सत्रहों के नामोंवाली एक पट्टिका बनवाकर उसे अमृतसर के स्वर्णमन्दिर में रख दिया था। वहाँ उनकी शहादत को स्मरण करने, उनकी मृत्यु के समय को याद करने के लिए गुरुग्रन्थ साहब का अड़तालीस घण्टे का सालाना पाठ होता था। मंगलसिंह के भाई जब तक जिन्दा थे, उसके साथ हर साल उस स्मरण-अनुष्ठान में उपस्थित होते थे। उनकी मौत के बाद भी वह वहाँ जाता था, अमूमन अकेला ही, और कभी-कभार त्रिलोकसिंह के साथ, जो उन पारिवारिक मौतों से अकेला बच गया था। बरसों बाद, जब मैंने मंगलसिंह से पूछा कि वह इन स्मृतियों के साथ कैसे जिया, तो उसने अपने चारों ओर फैले पंजाब के उपजाऊ खेतों की ओर इशारा किया। वह बोला, "हम सभी ने जो वहाँ से आए थे, बँटवारे के रिफूजी, इस जमीन पर काम करने में, इसे फलता-फूलता बनाने में, अपना सारा बिसूरना लगा दिया है।"

रावलपिण्डी-हत्याकाण्डों से बच गए लोगों का एक छोटा-सा समुदाय नई दिल्ली के जंगपुरा में रहता है। हर साल 13 मार्च को वे मार्च 1947 में मारे गए लोगों की याद में एक स्मरण-अनुष्ठान करते हैं। शहीदी दिवस, या मार्टर्स डे, उन बहुत से लोगों, ज्यादातर औरतों, की शहादत को याद करने के लिए मनाया जाता है, जिन्होंने "अपनी इच्छा से अपने जीवन दे दिए ताकि उनकी सिखी पर दाग न लग जाय।" हर साल, मार्च 1947 के बच गए लोग—उनकी संख्या हर साल कम हो जाती है—उन लोगों की वीरता के किस्सों का वर्णन करने वहाँ जमा होते हैं जो मारे गए थे। अनुष्ठान का आरम्भ मृतकों के लिए प्रार्थनाएँ करने, उनकी स्मृति में श्रद्धांजलि अर्पित करने से होता है। फिर उनकी कहानियाँ सुनाई जाती

से आई एक चिट्ठी म्लिी, जिसमें सिर्फ 'घर में रहनेवाले को' सम्बोधित किया गया था। चौधरी लतीफ ने उर्दू में लिखा वह खत खोलकर पढ़ा :

> मैं आपको एक इन्सान की हैसियत से लिख रहा हूँ। उम्मीद है आप मेरी बात को 'एक हिन्दू ने लिखा है' इसलिए खारिज नहीं कर देंगे। हम सबसे पहले इन्सान हैं और सिर्फ इसके बाद ही हिन्दू और मुसलमान हैं। मुझे पक्का यकीन है कि आप हमारे बीच इन्सानी रिश्तों के नाते इस खत का जवाब देकर मुझ पर एहसान करेंगे।

पत्र में आगे यह बताया गया था कि इस पत्र को लिखनेवाले हरिकिशन दास बेदी को, जो पहले इस घर में रहता था, भारत का विभाजन जब एक सच्चाई बन गया तो किस तरह से अचानक इसे छोड़ना पड़ा था, जिसमें अब चौधरी लतीफ रहता था। सनातन धर्म हाईस्कूल, लाहौर में एक अध्यापक रहे बेदी को अपनी पुस्तकों और पेपरों से ज्यादा प्यार किसी और चीज से नहीं था। कुछ भी समय मिले बिना घर छोड़ने को मजबूर बेदी ने अपना सब कुछ पीछे ही छोड़ दिया था। इसमें रेखागणित पर बेदी द्वारा लिखी जा रही एक पुस्तक की अधूरी पाण्डुलिपि भी थी, जो वहीं उसके घर में मेज पर पड़ी थी। विभाजन के कुछ ही दिनों बाद, सितम्बर 1947 में, बेदी पुलिस के साथ अपने घर में वापस गया था, लेकिन उसे वहाँ से कुछ भी ले जाने की अनुमति नहीं दी गई। बाद में, जब इस घर में चौधरी लतीफ रहने आया, तो बेदी ने उसे विस्तारपूर्वक लिखा कि यह या वह किताब, या कागज या दस्तावेज कहाँ रखा है। सीमा पार से, बेदी ने उस घर के नए मालिक को अपनी आलमारियों, अपने टिन के सन्दूकों के बारे में बताते हुए पूछा कि क्या उसके कीमती कागजों और किताबों को सावधानी से रखा जा सकता है? "जिन चीजों की आपको जरूरत न हो, उन्हें एक थैले में रख दो..." बेदी ने लिखा, और चौधरी को अपने बारे में थोड़ा-बहुत बताकर अपनी पहचान स्थापित की : "मेरे तालिबेइल्मों (छात्रों) में हिन्दू, मुसलमान और सिख सभी थे। मेरी नजरों में उनके बीच कोई फर्क नहीं था। आप मेरे मुस्लिम पड़ोसी चौधरी सिराज से पूछ सकते हैं। दीनानाथ और मैंने फसाद के वक्त उसके घर की रखवाली की थी। वह उस वक्त कृष्ण नगर में नहीं था, लेकिन हमने किसी को भी उसके घर का नुकसान नहीं करने दिया।"

चौधरी लतीफ ने उतनी ही सावधानी से बेदी के निर्देशों का पालन किया। उसने कागज का एक-एक टुकड़ा, बेदी की पुस्तकें और दस्तावेज बटोरे और उन्हें धीरे-धीरे छोटे पार्सलों में बनाकर बेदी के पास जालंधर भेज दिया। चौधरी लतीफ के बेटे ने बताया कि किस तरह उसके पिता ने बेदी के सारे खतों के जवाब दिए थे और यहाँ तक कि कैसे उनके सामान के पार्सल जालंधर भेजे थे। उनके बीच

एक खास सम्बन्ध बन गए थे। कई वर्षों तक, दोनों दोस्तों ने सीमापार से पत्राचार बनाए रखा, और काफी लम्बे समय बाद, चौधरी लतीफ के मरने के बाद, उसकी बहू, कुलसूम को, चौधरी की दराज के एक कोने में रखे और बड़ी सावधानी से बँधे हुए, बेदी के पत्रों का बण्डल मिला। कोई नहीं जानता कि अब हरिकिशन दास बेदी जिन्दा है या नहीं, लेकिन चौधरी लतीफ को लिखे गए उसके पत्र विभाजन के दूसरे पक्ष का मार्मिक साक्ष्य देते हैं। लतीफ को अपने दूसरे पत्र में बेदी ने लिखा था :

> मैंने आपका खत बार-बार पढ़ा और महसूस किया कि यह किसी सच्चे दोस्त द्वारा लिखा गया है। मैंने इसे अपने दूसरे बहुत-से दोस्तों को भी पढ़ाया। इस बात के वे सभी हामी हैं कि अगर सारे हिन्दू और मुसलमान वैसा ही महसूस करते जैसा कि आपने अपने खत में जाहिर किया है, तो खून-खराबा कभी न हुआ होता, और हम, भारत और पाकिस्तान में रहनेवाले लोगों ने अपने मुल्कों को तमाम ऊँचाइयों तक पहुँचा दिया होता। लेकिन भगवान की कुछ दूसरी ही मर्जी थी। हिन्दुओं और मुसलमानों ने अपने ही मुल्क के बाशिन्दों के साथ जो किया है, यह सोचकर ही मेरे रोंगटे खड़े हो जाते हैं...। और इसका सबसे बुरा हिस्सा तो यह है कि यह मुजरिमाना काम मजहब के नाम पर हुआ। कोई भी मजहब इस तरह खून बहाने की इजाजत नहीं देता।

बेदी की आशाएँ पूरी होती हैं या नहीं, उसके और चौधरी लतीफ के बीच हुआ पत्राचार इस बात का सबूत है कि सरहदें पार की जा सकती हैं, और दोस्तियाँ बनाई और कायम रखी जा सकती हैं। और अब यदि मैं फिर से विभाजन पर वापस लौटती हूँ, तो इसका यही पहलू शेष है जिसकी मैं खोज-बीन करना चाहूँगी।

❑❑❑